El Paraíso en la otra esquina

Alfaguara es un sello editorial del Grupo Santillana

www. alfaguara.com

Argentina
Beazley, 3860
Buenos Aires 1437
Tel. (54 114) 912 72 20 / 912 74 30
Fax (54 114) 912 74 40

Bolivia
Avda. Arce 2333
La Paz
Tel. (591 2) 44 11 22
Fax (591 2) 44 22 08

Chile
Dr. Aníbal Ariztía 1444
Providencia
Santiago de Chile
Tel. (56 2) 236 85 60
Fax (56 2) 236 98 09

Colombia
Calle 80, nº10-23
Santafé de Bogotá
Tel. (57 1) 635 12 00
Fax (57 1) 236 93 82

Costa Rica
La Uruca
100 m oeste de Migración y Extranjería
San José de Costa Rica
Tel. (506) 220 42 42 y 220 47 70 / 1 / 2 / 3
Fax (506) 220 13 20

Ecuador
Avda. Eloy Alfaro 2277 y 6 de Diciembre
Quito
Tel. (593 2) 44 66 56 / 26 77 49 / 25 06 64
Fax (593 2) 44 87 91 / 44 52 58

España
Torrelaguna, 60
28043 Madrid
Tel. (34 91) 744 90 60
Fax (34 91) 744 92 24

Estados Unidos
2105 N.W. 86th Avenue
Miami, F.L. 33122
Tel. (1 305) 591 95 22 / 591 22 32
Fax (1 305) 591 91 45

Guatemala
30 Avda. 16-41
Zona 12
Guatemala C.A.
Tel. (502) 475 25 89
Fax (502) 471 74 07

México
Avda. Universidad 767
Colonia del Valle
03100 México D.F.
Tel. (52 5) 688 75 66 / 688 82 77 / 688 89 66
Fax (52 5) 604 23 04

Paraguay
Avda. Venezuela, 276
Asunción
Tel./fax (595 21) 213 294 / 214 983 / 202 942

Perú
Avda. San Felipe 731
Jesús María
Lima
Tel. (51 1) 461 02 77 / 460 05 10
Fax. (51 1) 463 39 86

Puerto Rico
Centro Distribución Amelia
Calle F 34, esquina D
Buchanan – Guaynabo
San Juan P.R. 00968
Tel. (1 787) 781 98 00
Fax (1 787) 782 61 49

República Dominicana
César Nicolás Penson 26, esquina Galván
Edificio Syran 3º
Gazcue
Santo Domingo R.D.
Tel. (1809) 682 13 82 / 221 08 70 / 689 77 49
Fax (1809) 689 10 22

Uruguay
Constitución 1889
11800 Montevideo
Tel. (598 2) 402 73 42 / 402 72 71
Fax (598 2) 401 51 86

Venezuela
Avda. Rómulos Gallegos
Edificio Zulia, 1º
Boleita Norte
Caracas
Tel. (58 212) 235 30 33
Fax (58 212) 239 79 52

Mario Vargas Llosa

El Paraíso en la otra esquina

EL PARAÍSO EN LA OTRA ESQUINA
D. R. © Mario Vargas Llosa, 2002

ALFAGUARA

De esta edición:
    D. R. © Aguilar, Altea, Taurus, Alfaguara, S.A. de C.V., 2003
    Av. Universidad 767, Col. del Valle
    México, 03100, D.F. Teléfono 5420 7530
    www.alfaguara.com.mx

Primera edición: marzo de 2003

D.R. © Cubierta: Archivo Santillana

ISBN: 968-19-1251-9

Impreso en México

A Carmen Balcells, la amiga de toda la vida.

«¿Qué sería, pues, de nosotros, sin la ayuda de lo que no existe?»

PAUL VALÉRY, *Breve epístola sobre el mito*

I. Flora en Auxerre
Abril de 1844

Abrió los ojos a las cuatro de la madrugada y pensó: «Hoy comienzas a cambiar el mundo, Florita». No la abrumaba la perspectiva de poner en marcha la maquinaria que al cabo de algunos años transformaría a la humanidad, desapareciendo la injusticia. Se sentía tranquila, con fuerzas para enfrentar los obstáculos que le saldrían al paso. Como aquella tarde en Saint-Germain, diez años atrás, en la primera reunión de los sansimonianos, cuando, escuchando a Prosper Enfantin describir a la pareja-mesías que redimiría al mundo, se prometió a sí misma, con fuerza: «La mujer-mesías serás tú». ¡Pobres sansimonianos, con sus jerarquías enloquecidas, su fanático amor a la ciencia y su idea de que bastaba poner en el gobierno a los industriales y administrar la sociedad como una empresa para alcanzar el progreso! Los habías dejado muy atrás, Andaluza.

Se levantó, se aseó y se vistió, sin prisa. La noche anterior, luego de la visita que le hizo el pintor Jules Laure para desearle suerte en su gira, había terminado de alistar su equipaje, y con Marie-Madeleine, la criada, y el aguatero Noël Taphanel lo bajaron al pie de la escalera. Ella misma se ocupó de la bolsa con los ejemplares recién impresos de *La Unión Obrera;* debía pararse cada cierto número de escalones a tomar aliento, pues pesaba muchísimo. Cuando el coche llegó a la casa de la rue du Bac para llevarla al embarcadero, Flora llevaba despierta varias horas.

Era aún noche cerrada. Habían apagado los faroles de gas de las esquinas y el cochero, sumergido en un capote que sólo le dejaba los ojos al aire, estimulaba a los caballos con una fusta sibilante. Escuchó repicar las campanas de Saint-Sulpice. Las calles, solitarias y oscuras, le parecieron fantasmales. Pero, a las orillas del Sena, el embarcadero hervía de pasajeros, marineros y cargadores preparando la partida. Oyó órdenes y exclamaciones. Cuando el barco zarpó, trazando una estela de espuma en las aguas pardas del río, brillaba el sol en un cielo primaveral y Flora tomaba un té caliente en la cabina. Sin pérdida de tiempo, anotó en su diario: 12 de abril de 1844. Y de inmediato se puso a estudiar a sus compañeros de viaje. Llegarían a Auxerre al anochecer. Doce horas para enriquecer tus conocimientos sobre pobres y ricos en este muestrario fluvial, Florita.

Viajaban pocos burgueses. Buen número de marineros de los barcos que traían a París productos agrícolas desde Joigny y Auxerre, regresaban a su lugar de origen. Rodeaban a su patrón, un pelirrojo peludo, hosco y cincuentón con el que Flora tuvo una amigable charla. Sentado en la cubierta en medio de sus hombres, a las nueve de la mañana les dio pan a discreción, siete u ocho rábanos, una pizca de sal y dos huevos duros por cabeza. Y, en un vaso de estaño que circuló de mano en mano, un traguito de vino del país. Estos marineros de mercancías ganaban un franco y medio por día de faena, y, en los largos inviernos, pasaban penurias para sobrevivir. Su trabajo a la intemperie era duro en época de lluvias. Pero, en la relación de estos hombres con el patrón Flora no advirtió el servilismo de esos marineros ingleses que apenas osaban mirar a los ojos a sus jefes. A las tres de la tarde, el patrón les sirvió la última comida del día: rebanadas de jamón, queso y pan, que ellos comieron en silencio, sentados en círculo.

En el puerto de Auxerre, le tomó un tiempo infernal desembarcar el equipaje. El cerrajero Pierre Moreau le había reservado un albergue céntrico, pequeño y viejo, al que llegó al amanecer. Mientras desempacaba, brotaron las primeras luces. Se metió a la cama, sabiendo que no pegaría los ojos. Pero, por primera vez en mucho tiempo, en las pocas horas que estuvo tendida viendo aumentar el día a través de las cortinillas de cretona, no fantaseó en torno a su misión, la humanidad doliente ni los obreros que reclutaría para la Unión Obrera. Pensó en la casa donde nació, en Vaugirard, la periferia de París, barrio de esos burgueses que ahora detestaba. ¿Recordabas *esa* casa, amplia, cómoda, de cuidados jardines y atareadas mucamas, o las descripciones que de ella te hacía tu madre, cuando ya no eran ricas sino pobres y la desvalida señora se consolaba con esos recuerdos lisonjeros de las goteras, la promiscuidad, el hacinamiento y la fealdad de los dos cuartitos de la rue du Fouarre? Tuvieron que refugiarse allí luego de que las autoridades les arrebataron la casa de Vaugirard alegando que el matrimonio de tus padres, hecho en Bilbao por un curita francés expatriado, no tenía validez, y que don Mariano Tristán, español del Perú, era ciudadano de un país con el que Francia estaba en guerra.

Lo probable, Florita, era que tu memoria retuviera de esos primeros años sólo lo que tu madre te contó. Eras muy pequeña para recordar los jardineros, las mucamas, los muebles forrados de seda y terciopelo, los pesados cortinajes, los objetos de plata, oro, cristal y loza pintada a mano que adornaban la sala y el comedor. Madame Tristán huía al esplendoroso pasado de Vaugirard para no ver la penuria y las miserias de la maloliente Place Maubert, hirviendo de pordioseros, vagabundos y gentes de mal vivir, ni esa rue du Fouarre llena de tabernas, donde tú habías pasado unos años de infancia que, ésos sí, recordabas muy bien. Subir y bajar las palanganas del agua, subir y bajar las bolsas de basura. Temerosa de encontrar, en la escalerita empinada de peldaños apolillados que crujían, a ese viejo borracho de cara cárdena y nariz hinchada, el tío Giuseppe, mano larga que te ensuciaba con su mirada y, a veces, pellizcaba. Años de escasez, de miedo, de hambre, de tristeza, sobre todo cuando tu madre caía en un estupor anonadado, incapaz de aceptar su desgracia, después de haber vivido como una reina, con su marido —su legítimo marido ante Dios, pese a quien pesara—, don Mariano Tristán y Moscoso, coronel de los ejércitos del rey de España, muerto prematuramente de una apoplejía fulminante el 4 de junio de 1807, cuando tú tenías apenas cuatro años y dos meses de edad.

Era también improbable que te acordaras de tu padre. La cara llena, las espesas cejas y el bigote encrespado, la tez levemente rosácea, las manos con sortijas, las largas patillas grises del don Mariano que te venían a la memoria no eran los del padre de carne y hueso que te llevaba en brazos a ver revolotear las mariposas entre las flores del jardín de Vaugirard, y, a veces, se comedía a darte el biberón, ese señor que pasaba horas en su estudio leyendo crónicas de viajeros franceses por el Perú, el don Mariano al que venía a visitar el joven Simón Bolívar, futuro Libertador de Venezuela, Colombia, Ecuador, Bolivia y Perú. Eran los del retrato que tu madre lucía en su velador en el pisito de la rue du Fouarre. Eran los de los óleos de don Mariano que poseía la familia Tristán en la casa de Santo Domingo, en Arequipa, y que pasaste horas contemplando hasta convencerte de que ese señor apuesto, elegante y próspero, era tu progenitor.

Escuchó los primeros ruidos de la mañana en las calles de Auxerre. Flora sabía que no dormiría más. Sus citas comenzaban a las nueve. Había concertado varias, gracias al cerrajero Moreau y a las cartas de recomendación del buen Agricol Perdiguier a sus amigos de las sociedades obreras de ayuda mutua de la región. Tenías tiempo. Un rato más en cama te daría fuerzas para estar a la altura de las circunstancias, Andaluza.

¿Qué habría pasado si el coronel don Mariano Tristán hubiera vivido muchos años más? No hubieras conocido la pobreza, Florita. Gracias a una buena dote, estarías casada con un burgués y acaso vivirías en una bella mansión rodeada de parques, en Vaugirard. Ignorarías lo que es irse a la cama con las tripas torcidas de hambre, no sabrías el significado de conceptos como discriminación y explotación. Injusticia sería para ti una palabra abstracta. Pero, tal vez, tus padres te habrían dado una instrucción: colegios, profesores, un tutor. Aunque, no era seguro: una niña de buena familia era educada solamente para pescar marido y ser una buena madre y ama de casa. Desconocerías todas las cosas que debiste aprender por necesidad. Bueno, sí, no tendrías esas faltas de ortografía que te han avergonzado toda tu vida y, sin duda, hubieras leído más libros de los que has leído. Te habrías pasado los años ocupada en tu guardarropa, cuidando tus manos, tus ojos, tus cabellos, tu cintura, haciendo una vida mundana de saraos, bailes, teatros, meriendas, excursiones, coqueterías. Serías un bello parásito enquistado en tu buen matrimonio. Nunca hubieras sentido curiosidad por saber cómo era el mundo más allá de ese reducto en el que vivirías confinada, a la sombra de tu padre, de tu madre, de tu esposo, de tus hijos. Máquina de parir, esclava feliz, irías a misa los domingos, comulgarías los primeros viernes y serías, a tus cuarenta y un años, una matrona rolliza con una pasión irresistible por el chocolate y las novenas. No hubieras viajado al Perú, ni conocido Inglaterra, ni descubierto el placer en los brazos de Olympia, ni escrito, pese a tus faltas de ortografía, los libros que has escrito. Y, por supuesto, nunca hubieras tomado conciencia de la esclavitud de las mujeres ni se te habría ocurrido que, para liberarse, era indispensable que ellas se unieran a los otros explotados a fin de llevar a cabo una revolución pacífica, tan importante para el futuro de la humanidad como la aparición del cristianismo hacía 1844 años. «Mejor que te murieras, *mon cher papa*», se rió, saltando de la cama. No estaba cansada. En veinticuatro horas no había tenido dolores en la espalda ni en la matriz, ni advertido al huésped frío en su pecho. Te sentías de excelente humor, Florita.

La primera reunión, a las nueve de la mañana, tuvo lugar en un taller. El cerrajero Moreau, que debía acompañarla, había tenido que salir de Auxerre de urgencia, por la muerte de un familiar. A bailar sola, pues, Andaluza. De acuerdo a lo convenido, la esperaban una treintena de afiliados a una de las sociedades en que se habían fragmentado los mutualistas en Auxerre y que tenía un lindo nombre: Deber de Libertad. Eran casi todos zapateros. Miradas recelosas, incómodas, alguna que otra burlona por ser la visitante una mujer. Estaba acostumbrada a esos recibimientos desde que, meses atrás, comenzó a exponer, en París y en Burdeos, a pequeños grupos, sus ideas sobre la Unión Obrera. Les habló sin que le temblara la voz, demostrando mayor seguridad de la que tenía. La desconfianza de su auditorio se fue desvaneciendo a medida que les explicaba cómo, uniéndose, los obreros conseguirían lo que anhelaban —derecho al trabajo, educación, salud, condiciones decentes de existencia—, en tanto que dispersos siempre serían maltratados por los ricos y las autoridades. Todos asintieron cuando, en apoyo de sus ideas, citó el controvertido libro de Pierre-Joseph Proudhon *¿Qué es la propiedad?* que, desde su aparición hacía cuatro años, daba tanto que hablar en París por su afirmación contundente:

«La propiedad es el robo». Dos de los presentes, que le parecieron fourieristas, venían preparados para atacarla, con razones que Flora ya le había oído a Agricol Perdiguier: si los obreros tenían que sacar unos francos de sus salarios miserables para pagar las cotizaciones de la Unión Obrera ¿cómo llevarían un mendrugo a la boca de sus hijos? Respondió a todas sus objeciones con paciencia. Creyó que, sobre las cotizaciones al menos, se dejaban convencer. Pero su resistencia fue tenaz en lo concerniente al matrimonio.

—Usted ataca a la familia y quiere que desaparezca. Eso no es cristiano, señora.

—Lo es, lo es —repuso, a punto de encolerizarse. Pero dulcificó la voz—. No es cristiano que, en nombre de la santidad de la familia, un hombre se compre una mujer, la convierta en ponedora de hijos, en bestia de carga, y, encima, la muela a golpes cada vez que se pasa de tragos.

Como advirtió que abrían mucho los ojos, desconcertados con lo que oían, les propuso abandonar ese tema e imaginar juntos más bien los beneficios que traería la Unión Obrera a los campesinos, artesanos y trabajadores como ellos. Por ejemplo, los Palacios Obreros. En esos locales modernos, aireados, limpios, sus niños recibirían instrucción, sus familias podrían curarse con buenos médicos y enfermeras si lo necesitaban o tenían accidentes de trabajo. A esas residencias acogedoras se retirarían a descansar cuando perdieran las fuerzas o fueran demasiado viejos para el taller. Los ojos opacos y cansados que la miraban se fueron animando, se pusieron a brillar. ¿No valía la pena, para conseguir cosas así, sacrificar una pequeña cuota del salario? Algunos asintieron.

Qué ignorantes, qué tontos, qué egoístas eran tantos de ellos. Lo descubrió cuando, después de responder a sus preguntas, comenzó a interrogarlos. No sabían nada, carecían de curiosidad y estaban conformes con su vida animal. Dedicar parte de su tiempo y energía a luchar por sus hermanas y hermanos se les hacía cuesta arriba. La explotación y la miseria los habían estupidizado. A veces daban ganas de darle la razón a Saint-Simon, Florita: el pueblo era incapaz de salvarse a sí mismo, sólo una élite lo lograría. ¡Hasta se les habían contagiado los prejuicios burgueses! Les resultaba difícil aceptar que fuera una mujer —¡una mujer!— quien los exhortara a la acción. Los más despiertos y lenguaraces eran de una arrogancia inaguantable —se daban aires de aristócratas— y Flora debió hacer esfuerzos para no estallar. Se había jurado que durante el año que duraría esta gira por Francia no daría pie, ni una sola vez, para merecer el apodo de Madame-la-Colère con que, a causa de sus rabietas, la llamaban a veces Jules Laure y otros amigos. Al final, los treinta zapateros prometieron que se inscribirían en la Unión Obrera y que contarían lo que habían oído esta mañana a sus compañeros carpinteros, cerrajeros y talladores de la sociedad Deber de Libertad.

Cuando regresaba al albergue por las callecitas curvas y adoquinadas de Auxerre, vio en una pequeña plaza con cuatro álamos de hojas blanquísimas recién brotadas, a un grupo de niñas que jugaban, formando unas figuras que sus carreras hacían y deshacían. Se detuvo a observarlas. Jugaban al Paraíso, ese juego que, según tu madre, habías jugado en los jardines de Vaugirard con amiguitas de la vecindad, bajo la mirada risueña de don Mariano. ¿Te acordabas, Florita? «¿Es aquí el Paraíso?» «No, señorita, en la otra esquina.» Y, mientras la niña, de esquina en esquina, preguntaba por el esquivo Paraíso, las demás se divertían cambiando a sus espaldas de lugar. Recordó la impresión de aquel día en Arequipa, el año 1833, cerca de la iglesia de la Merced, cuando, de pronto, se encontró con un grupo de niños y niñas que correteaban en el zaguán de una casa profunda. «¿Es aquí el Paraíso?» «En la otra esquina, mi señor.» Ese juego que creías francés resultó también peruano. Bueno, qué tenía de raro, ¿no era una aspiración universal llegar al Paraíso? Ella se lo había enseñado a jugar a sus dos hijos, Aline y Ernest-Camille.

Se había fijado, para cada pueblo y ciudad, un programa preciso: reuniones con obreros, los periódicos, los propietarios más influyentes y, por supuesto, las autoridades eclesiásticas. Para explicar a los burgueses que, contrariamente a lo que se decía de ella, su proyecto no presagiaba una guerra civil, sino una revolución sin sangre, de raíz cristiana, inspirada en el amor y la fraternidad. Y que, justamente, la Unión Obrera, al traer la justicia y la libertad a los pobres y a las mujeres, impediría los estallidos violentos, inevitables en Francia si las cosas seguían como hasta ahora. ¿Hasta cuándo iba a continuar engordando un puñadito de privilegiados gracias a la miseria de la inmensa mayoría? ¿Hasta cuándo la esclavitud, abolida para los hombres, continuaría para las mujeres? Ella sabía ser persuasiva; a muchos burgueses y curas sus argumentos los convencerían.

Pero, en Auxerre no pudo visitar ningún periódico, pues no los había. Una ciudad de doce mil almas y ningún periódico. Los burgueses de aquí eran unos ignorantes crasos.

En la catedral, tuvo una conversación que terminó en pelea con el párroco, el padre Fortin, un hombrecillo regordete y medio calvo, de ojillos asustadizos, aliento fuerte y sotana grasienta, cuya cerrazón consiguió sacarla de sus casillas. («No puedes con tu genio, Florita.»)

Fue a buscar al padre Fortin a su casa, vecina a la catedral, y quedó impresionada con lo amplia y lo bien puesta que era. La sirvienta, una vieja con cofia y delantal, la guió cojeando hasta el despacho del cura. Éste demoró un cuarto de hora en recibirla. Cuando se apareció, su físico rechoncho, su mirada evasiva y su falta de aseo la predispusieron contra él. El padre Fortin la escuchó en silencio. Esforzándose por ser amable, Flora le explicó el motivo de su venida a Auxerre. En qué consistía su proyecto de Unión Obrera, y que esta alianza de toda la clase trabajadora, primero en Francia, luego en Europa y, más tarde, en el mundo, forjaría una humanidad verdaderamente cristiana, impregnada de amor al prójimo. Él la miraba con una incredulidad que se fue convirtiendo en recelo, y por fin en espanto cuando Flora afirmó que, una vez constituida la Unión Obrera, los delegados irían a presentar a las autoridades —incluido el propio rey Louis-Philippe— sus demandas de reforma social, empezando por la igualdad absoluta de derechos para hombres y mujeres.

—Pero, eso sería una revolución —musitó el párroco, echando una lluviecita de saliva.

—Al contrario —le aclaró Flora—. La Unión Obrera nace para evitarla, para que triunfe la justicia sin el menor derramamiento de sangre.

De otro modo, acaso habría más muertos que en 1789. ¿No conocía el párroco, a través del confesionario, las desdichas de los pobres? ¿No advertía que cientos de miles, millones de seres humanos, trabajaban quince, dieciocho horas al día, como animales, y que sus salarios ni siquiera les alcanzaban para dar de comer a sus hijos? ¿No se daba cuenta, él que las oía y las veía a diario en la iglesia, cómo las mujeres eran humilladas, maltratadas, explotadas, por sus padres, por sus maridos, por sus hijos? Su suerte era todavía peor que la de los obreros. Si eso no cambiaba, habría en la sociedad una explosión de odio. La Unión Obrera nacía para prevenirla. La Iglesia católica debía ayudarla en su cruzada. ¿No querían los católicos la paz, la compasión, la armonía social? En eso, había coincidencia total entre la Iglesia y la Unión Obrera.

—Aunque yo no sea católica, la filosofía y la moral cristianas guían todas mis acciones, padre —le aseguró.

Cuando la oyó decir que no era católica, aunque sí cristiana, la carita redonda del padre Fortin palideció. Dando un pequeño brinquito, quiso saber si eso significaba que la señora era protestante. Flora le explicó que no: creía en Jesús pero no en la Iglesia, porque, en su criterio, la religión católica coactaba la libertad humana debido a su sistema vertical. Y sus creencias dogmáticas sofocaban la vida intelectual, el libre albedrío, las iniciativas científicas. Además, sus enseñanzas sobre la castidad como símbolo de la pureza espiritual atizaban los prejuicios que habían hecho de la mujer poco menos que una esclava.

El párroco había pasado de la lividez a una congestión preapoplética. Pestañeaba, confuso y alarmado. Flora calló cuando lo vio apoyarse en su mesa de trabajo, temblando. Parecía a punto de sufrir un vahído.

—¿Sabe usted lo que dice, señora? —balbuceó—. ¿Para *esas* ideas viene a pedir ayuda de la Iglesia?

Sí, para ellas. ¿No pretendía la Iglesia católica ser la iglesia de los pobres? ¿No estaba contra las injusticias, el espíritu de lucro, la explotación del ser humano, la codicia? Si todo eso era cierto, la Iglesia tenía la obligación de amparar un proyecto cuyo designio era traer a este mundo la justicia en nombre del amor y la fraternidad.

Fue como hablar a una pared o a un mulo. Flora trató todavía un buen rato de hacerse entender. Inútil. El párroco ni siquiera argumentaba contra sus razones. La miraba con repugnancia y temor, sin disimular su impaciencia. Por fin, masculló que no podía prometerle ayuda, pues eso dependía del obispo de la diócesis. Que fuera a explicarle a él su propuesta, aunque, le advertía, era improbable que algún obispo patrocinara una acción social de signo abiertamente anticatólico. Y, si el obispo lo prohibía, ningún creyente la ayudaría, pues la grey católica obedecía a sus pastores. «Y, según los sansimonianos, hay que reforzar el principio de autoridad para que la sociedad funcione», pensaba Flora, escuchándolo. «Ese respeto a la autoridad que hace de los católicos unos autómatas, como este infeliz.»

Intentó despedirse de buena manera del padre Fortin, ofreciéndole un ejemplar de *La Unión Obrera*.

—Por lo menos, léalo, padre. Verá que mi proyecto está impregnado de sentimientos cristianos.

—No lo leeré —dijo el padre Fortin, moviendo la cabeza con energía, sin coger el libro—. Me basta con lo que usted me ha dicho para saber que ese libro no es sano. Que lo ha inspirado, tal vez, sin que usted lo sepa, el propio Belcebú.

Flora se echó a reír, mientras devolvía el pequeño libro a su bolsa.

—Usted es uno de esos curas que volverían a llenar las plazas de hogueras para quemar a todos los seres libres e inteligentes de este mundo, padre —le dijo, a modo de adiós.

En el cuarto del albergue, después de tomar una sopa caliente, hizo el balance de su jornada en Auxerre. No se sintió pesimista. Al mal tiempo, buena cara, Florita. No le había ido muy bien, pero tampoco tan mal. Rudo oficio el de ponerse al servicio de la humanidad, Andaluza.

II. Un demonio vigila a la niña
Mataiea, abril de 1892

El apodo de Koke se lo debía a Teha'amana, su primera mujer de la isla, porque la anterior, Titi Pechitos, esa cotorra neozelandesa-maorí con la que en sus primeros meses en Tahití vivió en Papeete, luego en Paea, y finalmente en Mataiea, no había sido, propiamente hablando, su mujer, sólo una amante. En esa época todo el mundo lo llamaba Paul.

Había llegado a Papeete en el amanecer del 9 de junio de 1891, luego de una travesía de dos meses y medio desde que zarpó de Marsella, con escalas en Aden y Noumea, donde debió cambiar de barco. Cuando pisó, por fin, Tahití acababa de cumplir cuarenta y tres años. Traía consigo todas sus pertenencias, como para dejar claro que había acabado para siempre con Europa y París: cien yardas de tela para pintar, pinturas, aceites y pinceles, un cuerno de cacería, dos mandolinas, una guitarra, varias pipas bretonas, una vieja pistola y un puñadito de ropas usadas. Era un hombre que parecía fuerte —pero tu salud ya estaba secretamente minada, Paul—, de ojos azules algo saltones y movedizos, boca de labios rectos generalmente fruncidos en una mueca desdeñosa y una nariz quebrada, de aguilucho predador. Llevaba una barba corta y rizada y unos largos cabellos castaños, tirando para rojizos, que a poco de llegar a esta ciudad de apenas tres mil quinientas almas (quinientos de ellos *popa'a* o europeos) se cortó, pues el subteniente Jénot, de la marina francesa, uno de sus primeros amigos en Papeete, le dijo que por esos cabellos largos y el sombrerito mohicano a lo Buffalo Bill que llevaba en la cabeza, los maoríes lo creían un *mahu*, un hombre-mujer.

Traía muchas ilusiones consigo. Apenas respiró el aire caliente de Papeete y sus ojos quedaron deslumbrados por la vivísima luz que bajaba del cielo azulísimo y sintió en torno la presencia de la naturaleza en esa erupción de frutales que irrumpían por doquier y llenaban de aromas las polvorientas callecitas de la ciudad —naranjos, limoneros, manzanos, cocoteros, mangos, los exuberantes guayaberos y los nutridos árboles del pan—, le vinieron unas ganas de ponerse a trabajar que no sentía en mucho tiempo. Pero no pudo hacerlo de inmediato, pues no pisó esa tierra tan anhelada con el pie derecho. A los pocos días de llegar, la capital de la Polinesia francesa enterró al último rey maorí, Pomare V, en una imponente ceremonia que Paul siguió, con un lápiz y un cuadernillo que embadurnó de croquis y dibujos. Pocos días después creyó que él iba a morir también. Porque, los primeros días de agosto de 1891, cuando empezaba a adaptarse al calor y a las fragancias penetrantes de Papeete, tuvo una violenta hemorragia, acompañada de ataques de taquicardia que hinchaban y deshinchaban su pecho como un fuelle y lo dejaban sin respiración. El servicial Jénot lo llevó al Hospital Vaiami, así llamado por el río que pasaba a su vera camino del mar, un vasto local de pabellones con ventanas protegidas de los insectos por telas metálicas y coquetas barandas de madera, separados por jardines alborotados de mangos, árboles del pan y palmas reales de moños enhiestos donde se aglomeraban los pájaros cantores. Los médicos le recetaron un medicamento a base de digitalina para contrarrestar su debilidad cardíaca, emplastos de mostaza contra la irritación de las piernas y ventosas en el pecho. Y le confirmaron que esta crisis era una manifestación más de la enfermedad impronunciable que le habían diagnosticado, meses atrás, en París. Las hermanas de San José de Cluny, encargadas del Hospital Vaiami, le reprochaban, medio en broma medio en serio, que dijera las palabrotas de los marineros («Eso es lo que he sido muchos años, hermana») y que, pese a estar enfermo, fumara su pipa sin parar y exigiera con ademanes arrogantes que bautizaran sus tazas de café con chorritos de brandy.

Apenas se salió del hospital —los médicos querían retenerlo pero él se negó pues los doce francos diarios que le cobraban desequilibraron su presupuesto— se mudó a una de las pensiones más baratas que encontró en Papeete, en la barriada de los chinos, a la espalda de la catedral de la Inmaculada Concepción, feo edificio de piedra levantado a pocos metros del mar, cuya torrecilla de madera con techumbre rojiza veía desde su pensión. En esa vecindad se habían concentrado, en cabañas de madera decoradas con linternas rojas e inscripciones en mandarín, buen número de los tres centenares de chinos venidos a Tahití como braceros para trabajar en el campo, pero, por las malas cosechas y la quiebra de algunos colonos, emigraron a Papeete, donde vivían dedicados al pequeño comercio. El alcalde François Cardella había autorizado en el barrio la apertura de fumaderos de opio, a los que tenían acceso sólo los chinos, pero, al poco tiempo de instalarse allí, Paul se las arregló para colarse en un fumadero y fumar una pipa. La experiencia no lo sedujo; el placer de los estupefacientes era demasiado pasivo para él, poseído por el demonio de la acción.

En la pensión del barrio chino vivía con muy poco dinero, pero en una estrechez y pestilencia —había chiqueros en torno y muy cerca estaba el camal, donde se beneficiaba toda clase de animales— que le quitaban las ganas de pintar y lo empujaban a la calle. Iba a sentarse en uno de los barcitos del puerto, frente al mar. Allí solía pasarse horas, con un azucarado ajenjo y jugando partidas de dominó. El subteniente Jénot —delgado, elegante, culto, finísimo— le dio a entender que vivir entre los chinos de Papeete lo desprestigiaría ante los ojos de los colonos, algo que a Paul le encantó. ¿Qué mejor manera de asumir su soñada condición de salvaje que ser despreciado por los *popa'a,* los europeos de Tahití?

A Titi Pechitos no la conoció en alguno de los siete barcitos del puerto de Papeete, donde los marineros de paso iban a emborracharse y a buscar mujeres, sino en la gran Plaza del Mercado, la explanada que rodeaba una fuente cuadrada, con una pequeña verja, de la que surtía un lánguido chorrito de agua. Limitada por la rue Bonard y la rue des Beaux-Arts y contigua a los jardines del ayuntamiento, la Plaza del Mercado, corazón del comercio de alimentos, artículos domésticos y chucherías desde el amanecer hasta la media tarde, se convertía de noche en el Mercado de la Carne, al decir de los europeos de Papeete, que tenían de ese lugar visiones infernales, todas asociadas con la licencia y el sexo. Hirviendo de vendedores ambulantes de naranjas, sandías, cocos, piñas, castañas, dulces almibarados, flores y baratijas, con la oscuridad y al reflejo de pálidos mecheros sonaban los tambores y se organizaban allí fiestas y bailes que terminaban en orgías. Participaban en ellas no sólo los nativos; también, algunos europeos de escasa reputación: soldados, marineros, mercaderes de paso, vagos, adolescentes nerviosos. La libertad con que se negociaba y practicaba allí el amor, en escenas de verdadera promiscuidad colectiva, entusiasmó a Paul. Cuando se supo que, además de vivir entre chinos, era un asiduo visitante del Mercado de la Carne, la imagen del pintor parisino recién avecindado en Papeete tocó fondo ante las familias de la sociedad colonial. Nunca más fue invitado al Club Militar, donde lo llevó Jénot a poco de llegar, ni a ceremonia alguna que presidieran el alcalde Cardella o el gobernador Lacascade, quienes lo habían recibido cordialmente a su llegada.

Titi Pechitos estaba aquella noche en el Mercado de la Carne ofreciendo sus servicios. Era una mestiza de neozelandés y maorí que debió haber sido bella en una juventud rápidamente quemada por la mala vida, simpática y locuaz. Paul pactó con ella por una suma módica y se la llevó a su pensión. Pero la noche que pasaron juntos fue tan grata que Titi Pechitos se negó a recibir su dinero. Prendada de él, se quedó a vivir con Paul. Aunque prematuramente envejecida, era una gozadora incansable y en esos primeros meses en Tahití lo ayudó a aclimatarse a su nueva vida y a combatir la soledad.

A poco de estar viviendo juntos, aceptó acompañarlo al interior de la isla, lejos de Papeete. Paul le explicó que había venido a la Polinesia a vivir la vida de los nativos, no la de los europeos, y que para eso era indispensable salir de la occidentalizada capital. Vivieron unas semanas en Paea, donde Paul no se sintió del todo cómodo, y luego en Mataiea, a unos cuarenta kilómetros de Papeete. Allí, alquiló una cabaña frente a la bahía, desde la cual podía zambullirse en el mar. Tenía al frente una pequeña isla, y, detrás, la alta empalizada de montañas de picos abruptos cargadas de vegetación. Nada más instalados en Mataiea, empezó a pintar, con verdadera furia creativa. Y, a medida que se pasaba las horas fumando su pipa y pergeñando bocetos o plantado frente a su caballete, se desinteresaba de Titi Pechitos, cuya cháchara lo distraía. Luego de pintar, para no tener que hablar con ella, pasaba el rato rasgueando su guitarra o entonando canciones populares acompañado de su mandolina. «¿Cuándo se marchará?», se preguntaba, curioso, observando el aburrimiento indisimulable de Titi Pechitos. No tardó en hacerlo. Cuando él había ya terminado una treintena de cuadros y cumplía exactamente ocho meses en Tahití, una mañana, al despertarse, encontró una nota de despedida que era un modelo de concisión: «Adiós y sin rencores, querido Paul».

Lo apenó muy poco su partida; la verdad, la neozelandesa-maorí, ahora que estaba dedicado a pintar, en vez de una compañía era un estorbo. Lo importunaba con su charla; si no se iba, probablemente hubiera terminado echándola. Por fin pudo concentrarse y trabajar con total tranquilidad. Luego de dificultades, enfermedades y tropiezos, comenzaba a sentir que su venida a los Mares del Sur, en busca del mundo primitivo, no había sido inútil. No, Paul. Desde que te enterraste en Mataiea, habías pintado una treintena de cuadros, y, aunque no hubiera entre ellos una obra maestra, tu pintura, gracias al mundo sin domesticar que te rodeaba, era más libre, más audaz. ¿No estabas contento? No, no lo estabas.

A las pocas semanas de la partida de Titi Pechitos, comenzó a sentir hambre de mujer. Los vecinos de Mataiea, casi todos maoríes, con los que se llevaba bien y a los que a veces les invitaba en su cabaña un trago de ron, le aconsejaron que se buscara una compañera en las poblaciones de la costa oriental, donde había muchachas ansiosas de maridar. Resultó más fácil de lo que suponía. Fue, a caballo, en una expedición que bautizó «en busca de la sabina», y en la minúscula localidad de Faaone, en una tienda a la vera del camino donde se detuvo a refrescarse, la señora que atendía le preguntó qué buscaba por aquellos lares.

—Una mujer que quiera vivir conmigo —le bromeó.

La señora, ancha de caderas, todavía agraciada, estuvo considerándolo un momento, antes de volver a hablar. Lo escudriñaba como si quisiera leerle el alma.

—Tal vez le convenga mi hija —le propuso al fin, muy seria—. ¿Quiere verla?

Desconcertado, Koke asintió. Momentos después, la señora volvió con Teha'amana. Dijo que sólo tenía trece años, pese a su cuerpo desarrollado, de pechos y muslos firmes, y unos labios carnosos que se abrían sobre una dentadura blanquísima. Paul se acercó a ella, algo confuso. ¿Querría ser su mujer? La chiquilla asintió, riéndose.

—¿No me tienes miedo, a pesar de no conocerme?

Teha'amana negó con la cabeza.

—¿Has tenido enfermedades?

—No.

—¿Sabes cocinar?

Media hora más tarde, emprendía el regreso a Mataiea seguido a pie por su flamante adquisición, una bella lugareña que hablaba un francés dulce y que llevaba al hombro todas sus pertenencias. Le ofreció subirla a la grupa del caballo, pero la muchacha se negó, como si le propusiera un sacrilegio. Desde ese primer día lo llamó Koke. El nombre se extendería como la pólvora y poco después todos los vecinos de Mataiea, y más tarde todos los tahitianos e incluso algunos europeos, lo llamarían así.

Muchas veces recordaría esos primeros meses de vida conyugal, a fines de 1892 y comienzos de 1893, con Teha'amana, en la cabaña de Mataiea, como los mejores que pasó en Tahití, acaso en el mundo. Su mujercita era una fuente inagotable de placer. Dispuesta a entregarse a él cuando la solicitaba, lo hacía sin remilgos, gozando también con desenfado y una alegría estimulante. Además, era hacendosa —¡qué diferencia con Titi Pechitos!— y lavaba la ropa, limpiaba la cabaña y cocinaba con el mismo entusiasmo con que hacía el amor. Cuando se bañaba en el mar o en la laguna, su piel azul se llenaba de reflejos que lo enternecían. En su pie izquierdo, en vez de cinco tenía siete deditos; dos eran unas excrecencias carnosas que avergonzaban a la muchacha. Pero a Koke lo divertían y le gustaba acariciarlas.

Sólo cuando le pedía que posara tenían disgustos. Teha'amana se aburría inmóvil mucho rato en una misma postura, y, a veces, con un mohín de fastidio se marchaba, sin explicación. Si no hubiera sido por los crónicos problemas del dinero, que nunca llegaba a tiempo y que, cuando llegaban las remesas que le enviaba su amigo Daniel de Monfreid a raíz de la venta en Europa de algún cuadro, se le escurría entre los dedos, Koke se hubiera dicho, en aquellos meses, que a la felicidad él por fin le pisaba los talones. Pero ¿para cuándo la obra maestra, Koke?

Después, con esa propensión suya a convertir las menudencias de la vida en mitos, se diría que los *tupapaus* destruyeron su ilusión de estar casi tocando el Edén que albergó en los primeros tiempos con Teha'amana. Pero a ellos, a esos demonios del panteón maorí, les debías, también, tu primera obra maestra tahitiana: no te lamentes, Koke. Llevaba ya casi un año aquí y no se había enterado todavía de la existencia de esos espíritus malignos que se desprendían de los cadáveres para estropear la vida de los vivientes. Supo de ellos por un libro que le prestó el colono más rico de la isla, Auguste Goupil, y, vaya coincidencia, casi al mismo tiempo tuvo una prueba de su existencia.

Había ido a Papeete a averiguar, como de costumbre, si le había llegado alguna remesa de París. Eran desplazamientos que procuraba evitar, pues el coche público cobraba nueve francos por la ida y nueve por la vuelta, y, además, había aquel zangoloteo en una ruta infame, sobre todo si estaba enfangada. Partió al alba, para regresar en la tarde, pero un diluvio cortó el camino y el coche lo dejó en Mataiea pasada la medianoche. La cabaña estaba a oscuras. Era raro. Teha'amana no dormía jamás sin dejar una pequeña lámpara encendida. Se le encogió el pecho: ¿se habría ido? Aquí, las mujeres se casaban y se descasaban como quien cambia de camisa. Por lo menos en eso, el empeño de los misioneros y pastores para que los maoríes adoptaran el modelo de la estricta familia cristiana, era bastante inútil. En asuntos domésticos los nativos no habían perdido del todo el espíritu de sus ancestros. Un buen día, el marido o la mujer se mandaban mudar, y a nadie le sorprendía. Las familias se hacían y deshacían con una facilidad impensable en Europa. Si se había ido, la echarías mucho de menos. A Teha'amana, sí.

Entró a la cabaña, y, cruzado el umbral, buscó en sus bolsillos la caja de fósforos. Encendió uno y, en la llamita amarillo azulada que chisporroteaba en sus dedos, vio aquella imagen que nunca olvidaría, que los días y semanas siguientes trataría de rescatar, trabajando en ese estado febril, de trance, en el que había pintado siempre sus mejores cuadros. Una imagen que, pasado el tiempo, seguiría en su memoria como uno de esos momentos privilegiados, visionarios, de su vida en Tahití, cuando creyó tocar, vivir, aunque fuera unos instantes, lo que había venido a buscar en los Mares del Sur, aquello que, en Europa, ya no encontraría nunca porque lo aniquiló la civilización. Sobre el colchón, a ras de tierra, desnuda, bocabajo, con las redondas nalgas levantadas y la espalda algo curva, media cara vuelta hacia él, Teha'amana lo miraba con una expresión de infinito espanto, los ojos, la boca y la nariz fruncidos en una mueca de terror animal. Sus manos se empaparon también de susto. Su corazón latía, desbocado. Debió soltar el fósforo que le quemaba las yemas de los dedos. Cuando encendió otro, la chiquilla seguía en la misma postura, con la misma expresión, petrificada por el miedo.

—Soy yo, soy yo, Koke —la tranquilizó, acercándose a ella—. No tengas miedo, Teha'amana.

Ella rompió a llorar, con sollozos histéricos, y, en su murmullo incoherente, él distinguió, varias veces, la palabra *tupapau, tupapau*. Era la primera vez que la oía, pero antes la había leído. Su memoria retrotrajo, de inmediato, mientras, abrazada contra su pecho, sentada en sus rodillas, Teha'amana se iba recobrando, que, en el libro *Voyages aux îles du Grand Océan* (París, 1837), escrito por un antiguo cónsul francés en estas islas, Antoine Moerenhout, figuraba la palabreja que ahora Teha'amana repetía de manera entrecortada, reprochándole que la hubiera dejado a oscuras, sin aceite en la lamparilla, conociendo su miedo a la oscuridad, porque en las tinieblas se aparecían los *tupapaus*. Eso era, Koke: al entrar tú a la habitación a oscuras y encender el fósforo, Teha'amana te tomó por un aparecido.

Así, pues, existían esos espíritus de los muertos, malignos de garras curvas y colmillos de lobo que habitaban en los huecos, las cavernas, los escondrijos de la maleza, los troncos excavados, y que salían de sus escondites a espantar a los vivos y atormentarlos. Lo decía Moerenhout, en ese libro que te prestó el colono Goupil, tan minucioso sobre los desaparecidos dioses y demonios de los maoríes, antes de que los europeos llegaran hasta aquí y mataran sus creencias y costumbres. Y, acaso, hasta hablaba de ellos, también, aquella novela de Loti que entusiasmó a Vincent y que por primera vez puso en tu cabeza la idea de Tahití. No los habían desaparecido totalmente, después de todo. Algo de ese hermoso pasado aleteaba bajo el ropaje cristiano que misioneros y pastores les habían impuesto. No hablaban nunca de ello, y cada vez que Koke trataba de sonsacar algo a los nativos sobre sus viejas creencias, el tiempo en que eran libres como sólo pueden serlo los salvajes, ellos lo miraban sin comprender. Se reían de él, ¿de qué hablaba?, como si lo que sus ancestros hacían, adoraban y temían se hubiera eclipsado de sus vidas. No era cierto; por lo menos ese mito todavía estaba vivo; lo demostraba el murmullo quejumbroso de la muchacha que tenías en tus brazos: *tupapau, tupapau*.

Sintió la verga tiesa. Temblaba de excitación. Advirtiéndolo, la chiquilla se desplegó en el colchón con esa lentitud cadenciosa, algo felina, que tanto lo seducía e intrigaba en las nativas, esperando que él se desnudara. Con fiebre en el cuerpo, se tumbó junto a ella, pero, en vez de montarse encima, la hizo girar sobre sí misma y quedar bocabajo, en la postura en que la había sorprendido. Tenía todavía en los ojos el espectáculo imborrable de esas nalgas fruncidas y levantadas por el miedo. Le costó trabajo penetrarla —la sentía ronronear, quejarse, encogerse, y, por fin, chillar—, y, apenas sintió su verga allí adentro, apretada y doliendo, eyaculó, con un aullido. Por un instante, sodomizando a Teha'amana se sintió un salvaje.

A la mañana siguiente, con las primeras luces, comenzó a trabajar. El día estaba seco y había ralas nubes en el cielo; dentro de poco estallaría a su alrededor una fiesta de colores. Fue y se dio un chapuzón en la cascada, desnudo, recordando que, a poco de llegar al lugar, un antipático gendarme llamado Claverie que lo vio chapoteando en el río sin ropa lo multó por «ofender la moral pública». Tu primer encuentro con una realidad que contradecía tus sueños, Koke. Se levantó y se preparó una taza de té, atropellándose. Hervía de impaciencia. Cuando Teha'amana se despertó, media hora más tarde, él estaba tan absorbido en sus bocetos y apuntes, preparando el cuadro, que ni siquiera escuchó sus buenos días.

Estuvo una semana encerrado trabajando sin descanso. Sólo abandonaba el estudio al mediodía, para comer unas frutas, a la sombra del frondoso mango que flanqueaba la cabaña, o abrir una lata de conserva, y continuaba hasta el declive de la luz. El segundo día, llamó a Teha'amana, la desnudó y la hizo tumbar sobre el colchón, en la postura en que la había descubierto cuando ella lo tomó por un *tupapau*. De inmediato comprendió que era absurdo. La muchacha jamás podría volver a representar lo que él quería volcar en el cuadro: ese terror religioso venido desde el pasado más remoto, que la hizo ver aquel demonio, un miedo tan poderoso que corporizó al *tupapau*. Ahora, la chiquilla se reía o aguantaba la risa, tratando de devolver a su cara una expresión miedosa, como él le suplicaba que hiciera. Tampoco su cuerpo reproducía esa tensión, ese arqueo de la columna que enderezaba sus nalgas de la manera más lujuriosa que Koke vio jamás. Era estúpido pedirle que posara. Los materiales estaban en su memoria, esa imagen que él volvía a ver cada vez que cerraba los ojos y ese deseo que lo llevó, aquellos días, mientras pintaba y retocaba *Manao tupapau,* a poseer a su *vahine* cada noche, y alguna vez también en el día, en el estudio. Pintándolo, sintió, como pocas veces antes, qué cierto estaba cuando a esos jóvenes de la pensión Gloanec que lo escuchaban con fervor y se decían sus discípulos allá en Bretaña, les aseguraba: «Para pintar de verdad hay que sacudirse el civilizado que llevamos encima y sacar al salvaje que tenemos dentro».

Sí: éste era un verdadero cuadro de salvaje. Lo contempló con satisfacción cuando le pareció terminado. En él, como en la mente de los salvajes, lo real y lo fantástico formaban una sola realidad. Sombría, algo tétrica, impregnada de religiosidad y de deseo, de vida y de muerte. La mitad inferior era objetiva, realista; la superior, subjetiva e irreal, pero no menos auténtica que la primera. La niña desnuda sería obscena sin el miedo de sus ojos y esa boca que comenzaba a deformarse en mueca. Pero el miedo no disminuía, aumentaba su belleza, encogiendo sus nalgas de manera tan insinuante. Un altar de carne humana sobre el cual oficiar una ceremonia bárbara, en homenaje a un diosecillo pagano y cruel. Y, en la parte superior, el fantasma, que, en verdad, era más tuyo que tahitiano, Koke. No se parecía a esos demonios con garras y colmillos de dragón que describía Moerenhout. Era una viejecita encapuchada, como las ancianas de Bretaña, siempre vivas en tu recuerdo, mujeres intemporales que, cuando vivías en Pont-Aven o en Le Pouldu, te encontrabas por los caminos del Finisterre. Daban la impresión de estar ya medio muertas, afantasmándose en vida. Pertenecían al mundo objetivo, si era preciso hacer una estadística, el colchón negro retinto como los cabellos de la niña, las flores amarillas, las sábanas verdosas de corteza batida, la almohada verde pálida y la almohada rosa cuyo tono parecía haber contagiado el labio superior de la chiquilla. Este orden de la realidad tenía su contrapartida en la parte superior: allí las flores aéreas eran chispas, destellos, bólidos fosforescentes e ingrávidos, flotando en un cielo malva azulado en el que los brochazos de color sugerían una cascada lanceolada.

La fantasma, de perfil, muy quieta, apoyaba la espalda en un poste cilíndrico, un tótem de formas abstractas finamente coloreadas, con tonos rojizos y un azul vidriado. Esta mitad superior era una materia móvil, escurridiza, inaprensible, que, se diría, podía desvanecerse en cualquier instante. De cerca, la fantasma lucía una nariz recta, labios tumefactos y el gran ojo fijo de los loros. Habías conseguido que el conjunto tuviera una armonía sin cesuras, Koke. Emanaba de él la música del toque de difuntos. La luz transpiraba del amarillo verdoso de la sábana y del amarillo, con celajes naranja, de las flores.

—¿Qué nombre le debo poner? —preguntó a Teha'amana, después de barajar muchos y descartarlos todos.

La chiquilla reflexionó, grave. Después, asintió, aprobándose: *«Manao tupapau»*. Le costó trabajo, por las explicaciones de Teha'amana, entender si la traducción correcta era «Ella piensa en el espíritu del muerto» o «El espíritu del muerto la recuerda». Esa ambigüedad le gustó.

Una semana después de terminar su obra maestra seguía retocándola, y se pasaba horas enteras delante de la tela, en observación. ¿Lo habías conseguido, no, Koke? El cuadro no revelaba una mano civilizada, europea, cristiana. Más bien, la de un ex europeo, ex civilizado y ex cristiano que, a costa de voluntad, aventuras y sufrimiento, había expulsado de sí la afectación frívola de los decadentes parisinos, y regresado a sus orígenes, ese esplendoroso pasado en el que religión y arte, esta vida y la otra, eran una sola realidad. Las semanas que siguieron a *Manao tupapau* fueron de una serenidad de espíritu que Paul no disfrutaba hacía tiempo. De la manera misteriosa en que se iban y venían, esas llagas que aparecieron en sus piernas poco antes de dejar Europa, un par de años atrás, se habían borrado. Pero él, por precaución, se seguía poniendo las compresas de mostaza y vendándose las pantorrillas, como le recetó el doctor Fernouil, en París, y le aconsejaron los médicos del Hospital Vaiami. Hacía tiempo que no padecía esas hemorragias por la boca que le vinieron a poco de llegar a Tahití. Seguía tallando pequeñas piezas de madera, inventándose dioses polinesios, a partir de los dioses paganos de su colección de fotografías, sentado a la sombra del gran mango, haciendo bocetos y emprendiendo nuevos cuadros que abandonaba apenas iniciados. ¿Cómo pintar algo después de *Manao tupapau*? Tenías razón, Koke, cuando perorabas, allá en Le Pouldu, en Pont-Aven, en el Café Voltaire de París, o discutías con el Holandés Loco, en Arles, que pintar no era cuestión de oficio sino de circunstancias, no de destreza sino de fantasía y entrega vital. «Como entrar a La Trapa, a vivir sólo para Dios, hermanos.» La noche del susto de Teha'amana, te decías, se rasgó el velo de lo cotidiano y surgió una realidad profunda, donde podías trasladarte a los albores de la humanidad y codearte con los ancestros que daban sus primeros pasos en la historia, en un mundo todavía mágico, de dioses y demonios entremezclados con las gentes.

¿Se podía fabricar artificialmente esas circunstancias en que se rompían las barreras del tiempo, como la noche del *tupapau*? Intentando averiguarlo, preparó aquella *tamara'a* en la que, en uno de esos actos irreflexivos que jalonaban su vida, gastó buena parte de una importante remesa (ochocientos francos) que le hizo llegar Daniel de Monfreid, producto de la venta de dos de sus cuadros bretones a un armador de Rotterdam. Apenas tuvo en sus manos el dinero, comunicó sus planes a Teha'amana: invitarían a muchos amigos, cantarían, comerían, bailarían y se embriagarían a lo largo de toda una semana.

Fueron donde el almacenero de Mataiea, el chino Aoni, a cancelar la deuda acumulada. Aoni, oriental gordo, de párpados caídos de tortuga, que se abanicaba con un pedazo de cartón, miró maravillado el dinero que ya no esperaba cobrar. Koke, en un despliegue de magnificencia, hizo una impresionante provisión de latas de conservas, carne de vaca, quesos, azúcar, arroz, frejoles y bebidas: litros de clarete, botellas de ajenjo, garrafas de cerveza y de ron licuado en los ingenios de la isla.

Invitaron una decena de parejas de nativos de los alrededores de Mataiea, y algunos amigos de Papeete, como el subteniente Jénot, los Drollet y los Suhas, funcionarios de la administración colonial. El discreto y amable Jénot se presentó, como siempre, cargado de viandas y bebidas que sacaba a precio de costo del bazar militar. La *tamara'a,* comida a base de pescados, papas y legumbres cocidos en la tierra, donde permanecían envueltos en hojas de banano, con piedras ardientes, resultó deliciosa. Cuando terminaron de comer, atardecía y el sol era un bólido de fuego hundiéndose en los relampagueantes arrecifes. Jénot y las dos parejas de franceses se despidieron, pues querían retornar a Papeete el mismo día. Koke bajó sus dos guitarras y su mandolina y entretuvo a sus invitados con canciones bretonas y algunas de moda en París. Mejor quedarse rodeado de nativos. La presencia de los europeos era siempre un freno, impedía a los tahitianos dar rienda suelta a sus instintos y divertirse de verdad. Lo había comprobado desde sus primeros días en Tahití, en los bailes de los viernes, en la Plaza del Mercado. La diversión sólo empezaba a fondo cuando los marineros debían retornar a sus barcos, los soldados al cuartel, y quedaba en el lugar una muchedumbre casi sin *popa'a.* Sus amigos de Mataiea estaban bastante borrachos, hombres y mujeres. Bebían ron con cerveza o con jugos de frutas. Algunos bailaban, otros cantaban canciones aborígenes, en grupo y de manera acompasada. Koke ayudó a encender la fogata, no lejos del gran mango, a través de cuyas ramas tentaculares, cargadas de verdura, titilaban las estrellas en un cielo añil. Entendía ya bastante el maorí tahitiano, pero no cuando cantaban. Muy cerca del fuego, bailando con los pies en el sitio, meneando las caderas, las pieles en incandescencia por los reflejos de las llamas, estaba Tutsitil, dueño del terreno donde había construido

su cabaña, y su mujer Maoriana, todavía joven, algo rolliza, cuyos muslos elásticos asomaban a través del floreado
pareo. Tenía la típica pierna tahitiana, cilíndrica, aposen-
tada en esos grandes pies planos que se confundían con la
tierra. Paul la deseó. Fue y trajo cerveza mezclada con ron
y les ofreció de beber y bebió y brindó, abrazado a ellos,
siguiendo con un murmullo la canción que entonaban.
Los dos nativos estaban ebrios.

—Vamos a desnudarnos —dijo Koke—. ¿Acaso
hay mosquitos?

Se quitó el pareo que le cubría la parte inferior
del cuerpo, y quedó desnudo, con la verga medio erecta
muy visible en el flaco resplandor de la fogata. Nadie lo
imitó. Lo miraban con indiferencia o curiosidad, pero no
se sentían concernidos. ¿A qué tenían miedo, zombies? Nadie le respondió. Seguían bailando, cantando o bebiendo, como si él no estuviera allí. Bailó junto a sus vecinos,
tratando de imitar sus movimientos —ese imposible re-
volar de las caderas, ese acompasado brinquito de los dos
pies con las rodillas golpeándose entre sí—, sin conseguir-
lo, aunque lleno de euforia y optimismo. Se había intro-
ducido entre Tutsitil y Maoriana como una cuña, y ahora se pegaba mucho a la mujer, tocándola. La cogió de la
cintura, y la empujó, despacio, con su cuerpo, aleján-
dola del círculo que iluminaba la fogata. Ella no opuso
resistencia, ni cambió de expresión. Parecía no advertir la
presencia de Koke, como si bailara con el aire o una sombra. Forcejeando un poco, la hizo deslizarse hasta el suelo, sin pronunciar palabra ninguno de los dos. Maoriana
dejó que la besara pero no lo besó; canturreaba entre dientes, mientras él le abría la boca con su boca. La amó con
los nervios enervados por esa melopea que ahora entonaban los invitados todavía en pie, haciendo una ronda en
torno al fuego.

Cuando despertó, uno o dos días más tarde —imposible recordarlo—, con los dardos del sol en los ojos, tenía picaduras en el cuerpo y sospechaba haber llegado por sus propios medios hasta su cama. Teha'amana, medio cuerpo fuera de la sábana, roncaba. Sentía el aliento espeso y picante por la mezcla de alcoholes y un malestar generalizado. «¿Debo quedarme o regresar a Francia?», pensó. Llevaba un año en Tahití y tenía cerca de sesenta telas pintadas, además de innumerables bocetos y dibujos, y una docena de tallas en madera. Y lo más importante: una obra maestra, Koke. Regresar a París y hacer una exposición con lo más selecto de este año de trabajo en la Polinesia. ¿No era tentador? Los parisinos quedarían boquiabiertos con esa explosión de luz, de paisajes exóticos, con ese mundo de hombres y mujeres al natural, orgullosos de sus cuerpos y de sus sentidos, abrumados por esas formas audaces y las arriesgadas combinaciones de colores que convertían en travesuras los juegos impresionistas. ¿Te animas, Koke?

Cuando Teha'amana se despertó y fue a preparar una taza de té, él estaba inmerso en un sueño lúcido, los ojos muy abiertos, gozando de sus triunfos: los artículos exultantes en periódicos y revistas, los galeristas dando brincos por la manera como los entendidos se disputaban sus cuadros, ofreciendo precios demenciales que ni Monet, Degas, Cézanne, el Holandés Loco ni Puvis de Chavannes alcanzaron jamás. Paul disfrutaba de la gloria y la fortuna que dispensa Francia a los famosos, con elegancia, sin envanecerse. A los colegas que dudaron de él, les refrescaba la memoria: «Les dije cuál era el método, ¿no lo recuerdan, amigos?». A los jóvenes los ayudaba con recomendaciones y consejos.

—Estoy embarazada —le dijo Teha'amana, cuando volvió con las tazas de té humeante—. Tutsitil y Maoriana vinieron a preguntar si, ahora que has recibido dinero, les devolverás lo que te prestaron.

Les pagó a ellos y a otros vecinos lo que les debía, pero entonces descubrió que todo lo que le restaba de la remesa de Daniel de Monfreid eran cien francos. ¿Cuánto tiempo les permitiría comer? Ya casi no tenía telas ni bastidores, las cartulinas se habían agotado e incluso le quedaban apenas unos pocos tubos de pinturas. ¿Retornar a Francia, Paul? En el estado en que te encontrabas, y con ese futuro sombrío, ¿podías aún sacar provecho de Tahití? Por lo demás, si querías volver a Europa, era preciso actuar de inmediato. No había la menor posibilidad de que pudieras costearte el pasaje. El único modo, hacerte repatriar. Tenías derecho, según la ley francesa. Pero, ya que del derecho al hecho había mucho trecho, era urgente que Monfreid y Schuffenecker, allá en París, hicieran gestiones con el Ministerio. Mientras se movían y te llegaba la respuesta oficial, seis meses u ocho, al menos. Manos a la obra, sin pérdida de tiempo.

Ese mismo día, el cuerpo todavía descompuesto por lo bebido en la *tamara'a*, escribió a sus amigos urgiéndolos a hacer gestiones en el Ministerio, para que el director de Bellas Artes (¿seguía siéndolo monsieur Henri Roujon, que le había dado unas cartas de presentación cuando se vino a Tahití?) consintiera en repatriarlo. Escribió también a éste una larga carta, justificando su pedido por motivos de salud y de total insolvencia, y, por fin, una carta a su esposa legítima, Mette, en Copenhague, anunciándole que se verían dentro de unos meses, pues había decidido regresar a Francia, a mostrar el resultado de su trabajo en los Mares del Sur. Sin comunicar sus planes a Teha'amana, se vistió y partió a Papeete a despachar las cartas. Correos, en la principal calle de la capital, la rue de Rivoli, enmarcada por altos árboles frutales y las grandes casas de los principales, estaba a punto de cerrar. El más viejo de los empleados (¿Foncheval o Fonteval?) le dijo que la correspondencia partiría dentro de poco por la ruta de Australia, el *Kerrigan* se alistaba a zarpar. Aunque más larga, era más segura que la de San Francisco, pues no había en ella tantos transbordos, donde se extraviaban los envíos.

Fue a beber un trago en un bar del puerto. Había tomado la decisión de regresar a París apenas pasado un año de su llegada y no daría marcha atrás, pero no se sentía cómodo consigo mismo. Hablando claro, se trataba de una fuga, a consecuencia de una derrota. Con el Holandés Loco, allá en Arles, y en Bretaña, y en París, con Bernard, con Morice, con el buen Schuff, en todas las conversaciones y sueños sobre la necesidad de partir en busca de un mundo todavía virgen, no capturado por el arte europeo, una consideración central había sido, también, huir de la maldita odisea diaria para conseguir dinero, de la angustia cotidiana para sobrevivir. Vivir al natural, de la tierra, como los primitivos —los pueblos sanos—, había impulsado su aventura de Panamá y la Martinica, y luego lo llevó a hacer averiguaciones sobre Madagascar y Tonkin, antes de decidirse por Tahití. Pero, en contradicción con tus sueños, aquí tampoco se podía vivir «al natural», Koke. No se podía vivir sólo de cocos, mangos y bananas, lo único que ofrecían graciosamente las ramas de los árboles. Y, aun así, las rojas bananas sólo crecían en las montañas, y había que escalar empinados cerros para poder arrancarlas. Tú no aprenderías nunca a cultivar la tierra, porque quienes lo hacían dedicaban a ese quehacer un tiempo que a ti te hubiera privado de pintar. De modo que, aquí también, pese a su paisaje y a sus nativos, pálido reflejo de lo que fue la fecunda civilización maorí, el dinero presidía la vida y la muerte de las personas, y condenaba a los artistas a esclavizarse al dios Mamón. Si no que-

rías morirte de hambre, tenías que comprar latas de conservas a los mercaderes chinos, gastar, gastar un dinero
que tú, incomprendido y rechazado por los despreciables
esnobs que dominaban el mercado del arte, no tenías ni
tendrías nunca. Pero, bueno, habías sobrevivido, Koke,
pintado, enriquecido tu paleta con estos colores, y conforme a tu divisa —«el derecho a osarlo todo»—, corrido todos los riesgos, como los grandes creadores.

Confesarías a Teha'amana tus planes de retorno
a Francia sólo en el último momento. Eso se terminaba, también. Debías estar agradecido a esta chiquilla. Su
cuerpecito joven, su languidez, su espíritu despierto, te
habían hecho gozar, rejuvenecer, y a ratos sentirte un primitivo. Su viveza natural, su diligencia, su docilidad, su
compañía te hicieron la vida llevadera. Pero el amor estaba excluido de tu existencia, obstáculo insalvable para tu
misión de artista, pues aburguesaba a los hombres. Ahora,
con esa semilla tuya en las entrañas, la chiquilla comenzaría
a hincharse, se volvería una de esas nativas adiposas, mons-
truosas, por la que tú, en vez de afecto y deseo, sentirías
repulsión. Mejor cortar esa relación antes que terminara
de mala manera. ¿Y el hijo o la hija que tendrías? Bueno,
sería un bastardo más en este mundo de bastardos. Racionalmente, estabas convencido de obrar bien, regresando
a Francia. Pero algo en ti no lo creía, pues los ocho meses
siguientes, hasta que, en junio de 1893, te embarcaste por
fin en el *Duchaffault* rumbo a Noumea, primer tramo de
tu retorno a Europa, te sentiste ansioso, disgustado, temeroso de cometer un grave error.

Hizo muchas cosas en esos ocho meses, pero una
de las veces que creyó que podía volver a pintar una segunda obra maestra tahitiana, se equivocó. Fue de Mataiea a Papeete a ver si le habían llegado cartas y alguna
remesa, y en la ciudad había una conmoción en casa de su

amigo Aristide Suhas, porque su hijito de año y ocho meses se moría. Llegó cuando el niño acababa de fallecer, de una infección intestinal. Al ver al niño muerto, la carita afilada, la tez cerúlea, sintió el excitante cosquilleo. Sin vacilar, simulando una congoja que no sentía, abrazó a Aristide y a madame Suhas y les propuso pintar un retrato del niño fallecido y ofrecérselo. Marido y mujer se miraron con los ojos llorosos, y accedieron: sería una manera más de conservarlo junto a ellos.

Hizo de inmediato unos bocetos, siguió haciéndolos durante el velatorio, y luego lo pintó en una de sus últimas telas, con precaución y detallismo. Examinó mucho la cara de ese niño de ojos cerrados y manitas juntas, aferrando un rosario, que expresaba el instante mismo del tránsito. Pero, cuando le llevó el cuadro, en vez de agradecerle el regalo, madame Suhas se enojó. Jamás admitiría en su casa aquel retrato.

—Pero ¿qué hay de ofensivo en él? —inquirió Koke, no del todo insatisfecho con la reacción de la esposa del colono.

—Éste no es mi niño. Es un chinito, uno de los amarillos que han comenzado a invadirnos. ¿Qué le hemos hecho a usted para que se burle de nuestro dolor, poniendo a nuestro ángel una cara de chino?

Como no pudo contener la risa, los Suhas lo echaron de la casa. De regreso a Mataiea, contempló el retrato con ojos nuevos. Sí, sin darte cuenta, lo habías orientalizado. Entonces, rebautizó a su flamante creación con un nombre mítico maorí: *Retrato del príncipe Atiti*.

Algún tiempo después, al notar que, pese a haber pasado cuatro meses del día en que le anunció su embarazo, el vientre de Teha'amana no crecía, se lo comentó.

—Tuve una hemorragia y lo perdí —dijo ella, sin interrumpir el zurcido—. Me olvidé de contarte.

III. Bastarda y prófuga
Dijon, abril de 1844

Aunque no figuraba en su plan de viaje, Flora, en vez de trasladarse directamente de Auxerre a Dijon, hizo dos escalas, de un día cada una, en Avallon y Semur. En librerías de ambas localidades dejó ejemplares de *La Unión Obrera* y carteles. Y, en ambas, como carecía de cartas de presentación y referencias, fue a buscar a los obreros a los bares.

En la placita de la iglesia de Avallon, de santos y vírgenes tan pintarrajeados que le recordaron las capillas indígenas del Perú, había dos tabernas. Entró a L'Étoile du Jour al anochecer. El fuego del hogar enrojecía las caras de los parroquianos y llenaba de humo la atestada habitación. Era la única mujer. A las voces chillonas sucedieron murmullos y risitas. Entre las nubecillas blancas de las cachimbas, distinguió ojillos que pestañeaban, expresiones salaces. Un rumor serpentino iba escoltándola mientras se abría camino entre la masa sudorosa que la dejaba pasar y se cerraba a su espalda.

No se sentía incómoda. Al patrón del establecimiento, un hombre bajito, de modales untuosos, que se acercó a preguntarle a quién buscaba, le respondió de manera cortante: a nadie.

—¿Por qué me lo pregunta? —inquirió a su vez, de modo que todos la oyeran—. ¿No se permite la entrada a las mujeres aquí?

—A las mujeres decentes, sí —exclamó, desde el mostrador, una voz aguardentosa—. A las hetairas, no.

«Es el poeta del lugar», pensó Flora.

—No soy una puta, señores —explicó, sin enojarse, imponiendo silencio—. Soy una amiga de los obreros. Vengo a ayudarlos a romper las cadenas de la explotación.

Entonces, por sus caras, comprendió que ya no la
creían hetaira sino tronada. Sin darse por vencida, les habló. La escucharon por curiosidad, como se escucha el
canto de un pájaro desconocido, sin prestar mucha atención a lo que decía, más atentos a sus faldas, a sus manos,
a su boca, a su cintura y a sus pechos que a sus palabras.
Eran hombres cansados, de caras vencidas, que sólo querían olvidar la vida que llevaban. Al poco rato, saciada la
curiosidad, algunos retomaron sus diálogos, olvidándose
de ella. En el segundo cabaret de Avallon, La Joie, un pequeño reducto de paredes tiznadas con una chimenea en
la que agonizaban los últimos rescoldos, los seis o siete
parroquianos estaban demasiado bebidos para perder el
tiempo hablándoles.

Regresó al albergue con aquel saborcillo ácido entre los dientes que de tanto en tanto la invadía. ¿Por qué,
Florita? ¿Por el tiempo perdido en este pueblo de campesinos ignaros que era Avallon? No. Porque la visita a esas
tabernas te removió la memoria y ahora tenías en las narices las exhalaciones vinosas de los antros llenos de borrachos, jugadores y gentes de mal vivir de la Place Maubert
y alrededores, entre los que pasó tu niñez y adolescencia.
Y tus cuatro años de matrimonio, Florita. ¡Qué miedo a los
borrachos! Pululaban en el vecindario de la rue du Fouarre, en las puertas de las tabernas y en las esquinas, tumbados en zaguanes y calzadas, durmiendo, eructando, vo-
mitados, profiriendo groserías en el sueño. Se le erizó la piel
recordando los regresos a su casa, a oscuras, del Taller de
Grabado y Litografía del maestro André Chazal, donde,

a poco de cumplir dieciséis años, su madre consiguió que la aceptaran como aprendiz de obrera-colorista. De algo te sirvió tu buena disposición para el dibujo. En otras circunstancias, acaso habrías llegado a ser una pintora, Andaluza. Pero no se arrepentía de haber sido una operaria en su juventud. Al principio, le pareció magnífico, una liberación, no tener que pasar los días encerrada en la sórdida covacha de la rue du Fouarre, salir de casa muy temprano y trabajar doce horas en el Taller de Grabado y Litografía con la veintena de obreras del maestro Chazal. El taller, una verdadera universidad sobre lo que significaba ser obrera en Francia. Del maestro, las muchachas del taller le contaron que tenía un hermano famoso, Antoine, pintor de flores y animales en el Jardin des Plantes. A André Chazal le gustaba beber, jugar y perder el tiempo en las tabernas. Cuando estaba con tragos, y a veces sin estarlo, solía propasarse con las obreras. Dicho y hecho. El mismo día que te entrevistó para ver si te aceptaba como aprendiz, te examinó de arriba abajo, posando con descaro su mirada vulgar en tus pechos y caderas.

¡André Chazal! Vaya pobre diablo que te deparó el azar, o acaso Dios, para que le ofrendaras tu virginidad, Florita. Un hombre alto, algo encorvado, de pelos pajizos, frente muy ancha, unos ojos atrevidos y canallas y una nariz protuberante en permanente auscultación de los olores circundantes. Lo sedujiste a primera vista, con tus grandes ojos profundos y tu rizada cabellera negra, Andaluza. (¿Fue André Chazal el primero en apodarte así?) Era doce años mayor que tú y debió hacérsele agua la boca soñando con la fruta prohibida de esa doncellita. Con el pretexto de enseñarte el oficio se te arrimaba, te cogía la mano, te ceñía la cintura. Así se mezclan los ácidos, se cambian los tintes, cuidado con poner el dedo allí, te quemarías, y, zas, lo tenías encima, frotándote la pierna, el brazo, los hombros, la espalda. Tus compañeras te bromea-ban, «Has conquistado al patrón, Florita». Amandine, tu mejor amiga, te pronosticó: «Si no cedes, si te le resistes, se casará contigo. Porque lo tienes loco, te lo juro».

Sí, lo tenías loco a André Chazal, grabador-litógra-fo, tabernero, jugador y bebedor. Tan loco que, un buen día, oliendo a vino chusco y con los ojos desbocados, se permitió tocarte los pechos con sus grandes manazas. Tu bofetada lo hizo trastabillar. Pálido, te miraba asombrado. En vez de despedirla, como Flora temía, se apareció, con-trito, en la covacha de la rue du Fouarre, con un ramito de azucenas en la mano, a presentar excusas a madame Tristán: «Señora, mis intenciones con su hija son forma-les». A madame Aline aquello le produjo una alegría tan grande que se echó a reír y abrazó a Flora. La única vez que viste a tu madre tan efusiva y feliz. «Qué suerte tie-nes», repetía, mirándote con ternura. «Agradécelo a Dios, hija».

—¿Suerte porque monsieur Chazal quiere casarse conmigo?

—Suerte porque está dispuesto a casarse contigo a pesar de ser tú una bastarda, hija. ¿Crees que hay mu-chos que harían algo semejante? Agradécelo de rodillas, Florita.

Ese matrimonio significó el principio del fin de su relación con su madre; desde entonces Flora fue dejan-do de quererla. Sabía que era una hija ilegítima, porque el matrimonio de sus padres, hecho por aquel curita fran-cés en Bilbao, no valía ante la ley civil, pero sólo ahora tomó conciencia de que ser *bastarda* echaba sobre ella una culpa de nacimiento tan horrenda como el pecado origi-nal. Que André Chazal, propietario casi burgués, estuviese dispuesto a darle su nombre, era una bendición, una ventu-ra que debías agradecer con toda el alma. Pero a ti, Flori-

ta, todo eso, en vez de ilusionarte, te dejó el mismo saborcillo desagradable que ahora tratabas de sacarte de la boca haciendo gárgaras de agua con menta, antes de meterte a la cama en el albergue de Avallon.

Si lo que sentías por monsieur Chazal era el amor,
entonces el amor era una mentira. No tenía nada que ver
con el de las novelas, ese sentimiento tan delicado, esa
exaltación poética, esos deseos ardientes. A ti, que André
Chazal, tu patrón, no todavía tu marido, te hiciera el amor
en aquel *chaise-longue* de resortes que chirriaban, en su
despacho del taller, cuando tus compañeras habían partido, no te pareció romántico, bello, ni sentimental. Una
asquerosidad dolorosa, más bien. El cuerpo apestando a sudor que la aplastaba, esa lengua viscosa con aliento a tabaco y alcohol, la sensación de sentirse destrozada entre
los muslos y el vientre, le dieron náuseas. Y, sin embargo,
Florita idiota, Andaluza incauta, después de aquella repugnante violación —fue eso, ¿no?— escribiste a André
Chazal esa carta que el miserable haría pública diecisiete
años más tarde, ante un tribunal de París. Una esquela
mentirosa, estúpida, con todos los lugares comunes que
una muchacha enamorada debía decir a su amante después de ofrecerle su virginidad. ¡Y con tantas faltas de ortografía y de sintaxis! Qué vergüenza pasarías oyéndola
leer, escuchando las risitas de jueces, abogados y público.
¿Por qué se la escribiste si te habías levantado muerta de
asco de aquel *chaise-longue*? Porque eso hacían en las novelitas las heroínas desfloradas.

Se casaron un mes después, el 3 de febrero de 1821,
en la municipalidad del distrito XI y desde ese día habita-
ron en un pisito de la rue des Fossés-Saint-Germain-des-
Prés. Cuando, encogida en la cama del albergue de Avallon, advirtió que tenía los ojos húmedos, Flora hizo un
esfuerzo para apartar de su cabeza esos recuerdos desagra-

dables. Lo importante era que reveses y desilusiones, en vez de destruirte, te hicieron más fuerte, Andaluza.

En Semur le fue mejor que en Avallon. A pocos pasos de las famosas torres del duque de Borgoña, que a ella no le causaron la menor admiración, había una taberna que era, en el día, merendero. Una decena de agricultores celebraban un cumpleaños, y había también unos toneleros. No le fue difícil entablar conversación con los dos grupos. Se juntaron y ella les explicó la razón de su gira por el interior de Francia. La miraban con respeto y desconcierto, aunque, pensaba Flora, sin entender gran cosa de lo que les decía.

—Pero, nosotros somos agricultores, no obreros —dijo uno de ellos, a modo de disculpa.

—Los campesinos también son obreros —les aclaró—. Y los artesanos, y los domésticos. El que no es propietario, es obrero. Todos los explotados por los burgueses. Y, por ser los más numerosos y los que más sufren, ustedes salvarán a la humanidad.

Se miraban, azorados con semejante profecía. Al fin se animaron a hacerle preguntas. Dos de ellos le prometieron que comprarían *La Unión Obrera* y se afiliarían a la organización cuando estuviera constituida. Para no desairarlos, antes de partir tuvo que mojarse los labios en una copita de vino.

Llegó a Dijon en la madrugada del 18 de abril de 1844 con unos dolores muy fuertes en la matriz y en la vejiga, que se le declararon en la diligencia, acaso por los sacudones y la irritación que le producía en las entrañas el polvo que tragaba. Pasó toda la semana dijonesa fastidiada con estas molestias en el bajo vientre que le provocaban una sed abrasadora —la combatía con sorbos de agua azucarada—, pero de buen ánimo, porque en esta limpia, bonita y acogedora ciudad de treinta mil almas no dejó un solo momento de hacer cosas. Los tres diarios de Dijon habían anunciado su visita, y tenía muchos encuentros preparados de antemano gracias a sus amigos sansimonianos y fourieristas de París.

Le hacía ilusión conocer a mademoiselle Antoinette Quarré, costurera y poeta dijonesa a la que Lamartine había llamado en un poema «ejemplo para las mujeres» por su talento artístico, su capacidad de superación y espíritu justiciero. Pero, a poco de conversar con ella en la redacción del *Journal de la Côte d'Or,* se dio cuenta de que se trataba de una vanidosa y una estúpida. Jorobada en la espalda y en el pecho, era, además, enormemente gorda y casi una enana. Nacida en una familia muy humilde, sus triunfos literarios la hacían sentirse ahora burguesa.

—No creo que pueda ayudarla, señora —le dijo, de mal modo, luego de escucharla con impaciencia, agitando una manita de niña—. Por lo que me acaba de decir, su prédica va dirigida a los obreros. Yo no frecuento a la gente del pueblo.

«Claro que no, los espantarías», pensó Madame-la-Colère. Se despidió de ella secamente, sin entregarle el ejemplar de *La Unión Obrera* que le llevaba de regalo.

Los sansimonianos estaban bien implantados en Dijon. Tenían su propio recinto. Prevenidos por Prosper Enfantin, la tarde de su llegada la recibieron en una sesión solemne. Desde la puerta del local, vecino al museo, Flora los vio, olió y catalogó en pocos segundos. Ahí estaban esos típicos burgueses socialistas, soñadores imprácticos, esos sansimonianos amables y ceremoniosos, adoradores de la élite y convencidos de que controlando el Presupuesto revolucionarían la sociedad. Idénticos a los de París, Burdeos y cualquier otra parte. Profesionales o funcionarios, propietarios o rentistas, bien educados y bien vestidos, creyentes en la ciencia y el progreso, críticos de los burgueses pero burgueses ellos mismos, y recelosos de los obreros.

Aquí también, como en las sesiones de París, habían puesto en el proscenio una silla vacía, símbolo de su espera en la llegada de la Madre, la mujer-mesías, la hembra superior que, uniéndose en santa cópula con el Padre (el Padre Prosper Enfantin, ya que el fundador, el Padre Claude-Henri de Rouvroy, conde de Saint-Simon, estaba muerto desde 1825), formarían la Pareja Suprema, conductora de la transformación de la humanidad que emanciparía a la mujer y a los obreros de su actual servidumbre e inauguraría la era de la justicia. ¿Qué esperabas, Florita, para darles una sorpresa yendo a sentarte en esa silla vacía y anunciarles, con el dramatismo de la actriz Rachel, que la espera había terminado, que tenían ante sus ojos a la mujer-mesías? Había sentido la tentación de hacerlo, en París. Pero la retuvieron las discrepancias crecientes que tenía con ellos por la idolatría sansimoniana a la minoría selecta, a la que querían entregar el poder. Además, si la aceptaban como Madre, debería aparearse con el Padre Enfantin. No estabas dispuesta a hacerlo aunque ése fuera el precio para romper las cadenas de la humanidad, pese a que Prosper Enfantin tenía fama de apuesto y tantas mujeres suspiraban por él.

Copular, no hacer el amor sino copular, como los cerdos o los caballos: eso hacían los hombres con las mujeres. Abalanzarse sobre ellas, abrirles las piernas, meterles sus chorreantes vergas, embarazarlas y dejarlas para siempre con la matriz averiada, como André Chazal a ti. Porque esos dolores allí abajo tú los tenías desde tu malhadado matrimonio. «Hacer el amor», esa ceremonia delicada, dulce, en la que intervenían el corazón y los sentimientos, la sensibilidad y los instintos, en la que los dos amantes gozaban por igual, era una invención de poetas y novelistas, una fantasía que no legitimaba la pedestre realidad. No entre las mujeres y los hombres en todo caso. Tú, por lo menos, no habías hecho el amor ni una sola vez en esos espantosos cuatro años con tu marido, en aquel pisito de la rue des Fossés-Saint-Germain-des-Prés. Tú habías copulado, o, mejor dicho, habías sido copulada, cada noche, por esa bestia lasciva, hedionda a alcohol, que te asfixiaba con su peso y manoseaba y besuqueaba hasta desplomarse a tu lado como un animal ahíto. Cuánto habías llorado, Florita, de asco y vergüenza, después de esas violaciones nocturnas a que te sometía ese tirano de tu libertad. Sin preocuparse jamás de averiguar si querías hacer el amor, sin la menor curiosidad por saber si gozabas con sus caricias —¿había que llamar así esos jadeos repugnantes, esos lengüetazos y mordiscos?—, o si te causaban dolor, tristeza, abatimiento, repugnancia. Si no hubiera sido por la tierna Olympia, qué pobre idea tendrías del amor físico, Andaluza.

Pero todavía peor que ser copulada, fue quedar embarazada a consecuencia de esos atropellos nocturnos. Peor. Sentir que te hinchabas, deformabas, que tu cuerpo y tu espíritu se trastornaban, sed, mareos, pesadez, el menor movimiento te costaba un esfuerzo doble o triple del normal. ¿Eso, las bendiciones de la maternidad? ¿Eso lo que ansiaban las mujeres, con lo que cumplían su vocación íntima? ¿Hincharse, parir, esclavizarse a las crías como si no bastara ser esclavas del marido?

El piso de la rue des Fossés-Saint-Germain-des-Prés era pequeño, aunque más limpio y aireado que el de la rue du Fouarre. Pero Flora lo odió aún más que a éste, sintiéndose una prisionera, un ser despojado de lo que desde entonces aprendería a valorar más que nada en el mundo: la libertad. Los cuatro años de esclavitud matrimonial te abrieron los ojos sobre lo cierto y lo falso en la relación entre hombres y mujeres, sobre lo que querías y no querías en la vida. Eso que eras, un vientre para dar placer e hijos al señor André Chazal, desde luego, no lo querías.

Empezó a inventar pretextos para rehuir los brazos de su marido, luego del nacimiento de su primer hijo, Alexandre, en 1822: anginas, fiebres, jaquecas, vómitos, malestares, sueño anestésico. Y, cuando aquello no bastaba, rebelándose a cumplir con sus deberes conyugales, aunque a su amo y señor le dieran rabietas y la insultara. La primera vez que intentó alzarte la mano, saltaste de la cama empuñando la tijera de la cómoda:

—Si me tocas, te mataré. Ahora, mañana, pasado mañana. Esperaré que estés dormido, distraído. Y te mataré. Ni tú ni nadie me pondrá una mano encima. ¡Jamás!

La vio tan resuelta, tan fuera de sí, que André Chazal se asustó. Bueno, Florita, resulta que no lo mataste. Más bien, el pobre idiota por poco te mata a ti. Y después de seguirte copulando y embarazándote, y haciéndote parir un segundo hijo (Ernest-Camille, en junio de 1824), te embarazó todavía una tercera vez. Pero cuando nació Aline ya habías roto tus cadenas.

Los sansimonianos de Dijon la escucharon con atención. Después, le hicieron preguntas, y uno de ellos insinuó que su idea de los Palacios Obreros debía mucho al modelo de sociedad concebido por los discípulos de Saint-Simon. No le faltaba razón, Florita. Habías sido una discípula aprovechada de sus enseñanzas y, en una época, la locura del agua de Saint-Simon —quien creía que, como los ríos y las cascadas, los flujos humanos, el saber, el dinero, la consideración y el poder debían circular libremente para producir el progreso— te había fascinado, así como su personalidad. Y los grandes gestos que engalanaban su biografía; por ejemplo, renunciar a ser conde, porque, dijo, «lo considero un título muy inferior al de ciudadano». Pero los sansimonianos se habían quedado a medio camino, pues, aunque defendían a la mujer, no hacían justicia al obrero. Eran unas personas bien educadas y simpáticas, eso sí. Todos los asistentes le prometieron inscribirse en la Unión Obrera y leer su libro, aunque, era evidente, no los habías convencido. La idea de que sólo la unión de todos los trabajadores lograría la emancipación femenina y la justicia, los dejaba escépticos. Ellos no creían en una reforma hecha desde abajo, de brazo con la chusma. A los obreros los veían desde muy arriba, con desconfianza instintiva de propietarios, funcionarios y rentistas. Eran tan ingenuos que creían que un puñado de banqueros y de industriales, elaborando un Presupuesto con sabiduría científica, pondrían remedio a todos los males de la sociedad. Pero, en fin, en su doctrina al menos figuraba en lugar principalísimo la liberación de la mujer de todas las servidumbres y el restablecimiento del divorcio. Aunque fuera sólo por eso, les estabas agradecida.

Más interesante que el encuentro con los sansimonianos, fueron las sesiones con carpinteros, zapateros y tejedores de Dijon. Se reunió con ellos por separado, pues las asociaciones mutualistas del *Compagnonnage* eran muy celosas de su autonomía, reticentes a mezclarse con trabajadores de otra especialidad, prejuicio que Flora intentó quitarles de la cabeza sin mucho éxito. La mejor reunión fue la de los tejedores, una docena de hombres apiñados en un taller de las afueras, con quienes pasó varias horas, desde la caída de la tarde hasta la plena noche. Desvalidos, vestidos con simples blusas de jerga, zapatones gastados y algunos descalzos, la escucharon con interés, asintiendo a menudo, inmóviles. Flora vio que esas caras cansadas se ilusionaban oyéndola decir que, una vez formada en toda Francia, y más tarde en toda Europa, la Unión Obrera tendría tanta fuerza que gobiernos y parlamentos convertirían en ley el derecho al trabajo. Una ley que los defendería contra el desempleo, para siempre.

—Pero, en este derecho usted quiere incluir también a las mujeres —le reprochó uno de ellos, cuando abrió el turno de las preguntas.

—¿No comen las mujeres? ¿No se visten? ¿No necesitan también trabajar para vivir? —silabeó Flora, como recitando un poema.

No era fácil convencerlos. Temían que, si se extendía el derecho al trabajo a las mujeres, cundiría la desocupación, pues jamás habría empleo para tanta gente. Tampoco pudo persuadirlos de que se debía prohibir el trabajo en fábricas y talleres a niños menores de diez años, para que éstos pudieran ir a las escuelas a aprender a leer y escribir. Se asustaban, se encolerizaban, decían que con el pretexto de educar a los niños se reduciría el exiguo ingreso de las familias. Flora entendía sus miedos y dominaba su impaciencia. Trabajaban quince o más horas sobre veinticuatro, siete días por semana, y se los veía desnutridos, macilentos, enfermizos, envejecidos por esa vida animal. ¿Qué más podías pedirles, Florita? Salió del taller con la certeza de que este diálogo sería fructífero. Y, a pesar de la fatiga, a la mañana siguiente cumplió con su deber de hacer turismo.

La famosa Virgen Negra de Dijon, Nuestra Señora de la Buena Esperanza, le pareció un sapo feo, una escultura indigna de ocupar ese lugar de privilegio en el altar mayor de la catedral. Así se lo dijo a dos muchachas de la cofradía de la Virgen que adornaban al fetiche con túnicas y velos de seda, gasas y organdí, brazaletes y diademas.

—Adorar a la Virgen en ese tótem es superstición. Me recuerdan ustedes a los idólatras que vi en las iglesias del Perú. ¿Lo permiten los párrocos? Si yo viviera en Dijon, en tres meses acababa con esta manifestación de oscurantismo pagano.

Las muchachas se santiguaron. Una de ellas balbuceó que el duque de Borgoña había traído esa imagen de su peregrinación por el Oriente. Desde hacía cientos de años la Virgen Negra era la devoción más popular en la región. Y la más milagrosa.

Flora tuvo que salir de allí a la carrera —apenada, le hubiera gustado seguir discutiendo con las dos beatitas—, para no llegar tarde a su cita con cuatro grandes damas, organizadoras de colectas de beneficencia y patrocinadoras de asilos de ancianos. Las señoras la recibieron intrigadas. La examinaban de arriba abajo, curiosas por saber cómo era esa estrafalaria parisina que escribía libros, esa santa laica que sin ruborizarse proclamaba su designio de redimir a la humanidad. Le habían preparado una mesita con té, refrescos y pastelitos que Flora no probó.

—Vengo a pedirles su apoyo para una acción profundamente cristiana, señoras.

—Pero, qué cree usted que hacemos, madame —dijo la más anciana, una viejecita de ojos azules y ademanes enérgicos—. Dedicar nuestras vidas a ejercer la caridad.

—No, ustedes no practican la caridad —la corrigió Flora—. Distribuyen limosnas, que es muy distinto.

Aprovechando su sorpresa, trató de hacérselo entender. Las limosnas sólo servían a los que las daban para armarse de buena conciencia y creerse justos. Pero, las dádivas no ayudaban a los pobres a salir de la pobreza. En vez de limosnas, debían utilizar su dinero y sus influencias en favor de la Unión Obrera, financiar su periódico, abrir sus locales. La Unión Obrera haría justicia a la humanidad doliente. Una de las damas, ofuscada, haciéndose aire con el abanico, murmuró que nadie podía darle lecciones de caridad a ella, que descuidaba su familia para dedicar cuatro tardes por semana a las obras pías, y, menos, una mujercita arrogante, con los zapatos llenos de barro y agujereados. ¡Y que se permitía despreciarlas! Se equivocaba, madame: Flora creía en sus buenas intenciones y sólo pretendía encauzarlas hacia la eficacia. La tensión se suavizó algo, pero no obtuvo la menor promesa de apoyo. Se despidió de ellas divertida: esas cuatro ciegas nunca se olvidarían de ti. Les habías entreabierto los ojos, inoculado el gusanito de la mala conciencia.

Ahora te sentías segura, Andaluza, capaz de enfrentarte a todas las burguesas y burgueses del mundo, con tus excelentes ideas. Porque tenías una noción muy clara de lo bueno y lo malo, sobre victimarios y víctimas, y sabías la receta para curar los vicios de la sociedad. Cuánto habías cambiado desde aquella época terrible, cuando, al descubrir que André Chazal te había embarazado por tercera vez, decidiste, en secreto, sin prevenir siquiera a tu madre, abandonar a tu marido. «Nunca más.» Y habías cumplido.

Tenía veintidós años, dos hijitos y una niña creciendo en su vientre. Carecía de dinero, amigos o familia que la apoyara. Pese a ello, decidió perpetrar ese suicidio para cualquier mujer a la que le importaran la seguridad y el buen nombre. A ti ya no te importaba nada cuyo precio fuera seguir llevando vida de esclava. Sólo escapar de esa jaula con barrotes llamada matrimonio. ¿Sabías a lo que te exponías? No, desde luego. Nunca imaginó que la consecuencia más dramática de aquella fuga sería esa bala incrustada en el pecho cuyo metal frío sentía de pronto en los accesos de tos, las contrariedades y los momentos de desánimo. No lo lamentabas. Lo volverías a hacer, exactamente, porque aún ahora, después de veinte años, se te ponía la carne de gallina imaginando tu vida si hubieras seguido siendo madame André Chazal.

Facilitó su partida una desgracia: el estado crónico de debilidad y las continuas enfermedades de su hijito
mayor, Alexandre, que moriría a los ocho años, en 1830.
El médico insistió: había que sacarlo al campo a respirar
aire puro, lejos de las miasmas de París. André Chazal consintió. Alquiló un cuartito cerca de Versalles, en casa de
la nodriza que amamantaba a Ernest-Camille, y permitió
que Flora se fuera a vivir allí hasta dar a luz. Qué sentimiento de liberación el día que André Chazal la despidió
en la estación de la diligencia. Aline nació dos meses después, el 16 de octubre de 1825, en el campo, a manos de
una comadrona que hizo pujar y rugir a Flora cerca de tres
horas. Así terminó tu matrimonio. Pasarían muchos años
antes de que volvieras a ver a tu marido.

Después de insistir tres veces, y de enviarle un ejemplar autografiado de *La Unión Obrera,* Su Grandeza, el
obispo de Dijon, se dignó atenderla. Era un viejo de apariencia distinguida y de palabra culta, con quien Flora pasó
un rato polémico muy agradable. La recibió en el palacio
episcopal, con mucha afabilidad. Se había leído el librito
y, antes de que Flora abriera la boca, la colmó de elogios.
Hija mía: sus intenciones eran puras, nobles. Había en ella
una clara inteligencia del dolor humano y la vehemente
voluntad de aliviarlo. Pero, pero, siempre había un pero
para todo en esta vida imperfecta. En el caso de Flora, no
ser católica. ¿Acaso se podía hacer una obra grande, moral, útil para el espíritu, al margen del catolicismo? Sus rectas intenciones se verían distorsionadas, y, en vez de resultar lo que ella esperaba, su empresa tendría corolarios
dañinos. Por eso —el obispo se lo decía con dolor de corazón— no la ayudaría. Más aún. Era su obligación aler-
tarla. Si se formaba la Unión Obrera, y era posible que con
la energía y voluntad de que Flora hacía gala lo con-
siguiera, él la combatiría. Una organización no católica

de esa envergadura podría significar un cataclismo para la sociedad. Discutieron mucho rato. Flora se convenció pronto de que sus razones jamás harían mella en monseñor François-Victor Rivet. Pero quedó encantada con la finura del obispo, quien le habló también de arte, literatura, música e historia, con buen gusto y versación. Cuando oía a alguien así, no podía evitar un sentimiento de nostalgia, por lo mucho que ella no sabía, por todo lo que no había leído ni leería ya, porque ya era tarde para llenar los vacíos de su educación. Por eso George Sand te despreciaba, Florita, y por eso sentías siempre, ante esa gran señora de las letras francesas, una paralizante inferioridad. «Tú vales más que ella, tontita», la animaba Olympia.

Ser inculta además de pobre era ser doblemente pobre, Florita. Se lo dijo a sí misma muchas veces aquel año de la liberación del yugo de André Chazal —1825—, cuando, con su hijo mayor enfermo, el segundo con una nodriza en el campo, y Aline recién nacida, se enfrentó a una circunstancia que no había previsto, obsesionada como estaba con la sola idea de librarse de la coyunda familiar. A esos niños había que darles de comer. ¿Cómo, si no tenías ni un centavo? Fue a ver a su madre, que vivía entonces en un vecindario menos sórdido, en la rue Neuve-de-Seine. Madame Tristán no podía entender que no quisieras retornar al hogar, donde tu marido, el padre de tus hijos. ¡Flora! ¡Flora! ¿Qué locura era ésta? ¿Abandonar a André Chazal? Con razón el pobre hombre se quejaba de no recibir noticias suyas. Creía a su mujercita en el campo, cuidando de los niños. En las últimas semanas André había tenido, de pronto, quebrantos económicos: los acreedores lo acosaban, debió abandonar el piso de Fossés-Saint-Germain-des-Prés y su taller fue embargado por el juez. Y, precisamente ahora, cuando tu marido te necesitaba más que nunca, ¿ibas a abandonarlo? Su madre tenía los ojos llenos de lágrimas y la boca trémula.

—Ya lo hice —dijo Flora—. Nunca volveré a su lado. Nunca más perderé mi libertad.

—Una mujer que abandona su hogar cae más bajo que una prostituta —la recriminó su madre, espantada—. Está penado por la ley, es un delito. Si André te denuncia, te buscará la policía, irás a la cárcel como una criminal. ¡No puedes hacer una locura semejante!

La hiciste, Florita, sin importarte los riesgos. Cierto, el mundo se volvió hostil, la vida dificilísima. Por lo pronto, convencer a aquella nodriza de Arpajon que se quedara con los tres niños, mientras buscabas un trabajo para poder pagar sus servicios y la manutención de tus hijos. ¿Y, en qué podías trabajar, criatura incapaz de escribir una frase correctamente?

Para evitar que André Chazal diera con ella, rehuyó los talleres de grabadores, donde, acaso, la hubieran contratado. Y salió de París, a ocultarse en las provincias. Tuvo que empezar por lo más bajo. De vendedora de agujas, carretes de hilos y material de bordar en una tiendecilla de Rouen, que, fuera de las horas de atención al público, tenía que fregar, barrer y sacudir por un salario indigno, que enviaba íntegro a la nodriza de Arpajon. Luego, de niñera de los hijos mellizos de la esposa de un coronel que vivía en el campo, cerca de Versalles, mientras su marido hacía la guerra o administraba un cuartel. No era un trabajo mal pagado —no gastaba nada y tenía una habitación decente— y se hubiera quedado allí más tiempo si su carácter le hubiera permitido soportar a los mellizos, verracos regordetes que, cuando no chillaban perforándole los tímpanos, vomitaban y se meaban en las ropas que les acababa de cambiar, porque también habían cagado y vomitado las anteriores. La coronela la echó el día que descubrió a Madame-la-Colère fuera de sí con la chillería de los mellizos, dándoles de pellizcos a ver si se callaban.

Aunque, desde jovencita y por todos los medios a su alcance, Flora había tratado de llenar las deficiencias de su formación, siempre la abrumaba la idea de ser inculta, ignorante, cuando aparecía en su camino una persona tan sabia, de francés tan bien hablado, como el obispo de Dijon. Sin embargo, no salió abatida del palacio episcopal. Más bien, estimulada. No podía dejar de pensar, luego de oírlo, en lo grata que sería la vida cuando, gracias a la gran revolución pacífica que estaba poniendo en marcha, todos los niños del mundo recibieran en los Palacios Obreros una educación tan esmerada como la que debió tener monseñor François-Victor Rivet.

Luego de una reunión con un grupo de fourieristas, Flora, la víspera de su partida de Dijon, fue al campo a visitar a Gabriel Gabety, un anciano filántropo. Había sido un revolucionario activo —un jacobino— durante la Gran Revolución y, ahora, rico y viudo, escribía libros filosóficos sobre la justicia y el derecho. Se decía que era simpatizante de las ideas de Charles Fourier. Pero, Flora se llevó otra gran decepción. No obtuvo de monsieur Gabriel Gabety la menor promesa de ayuda para la Unión Obrera, proyecto que el ex secuaz de Robespierre descartó como «una fantasía delirante». Y Flora tuvo que soportar un monólogo de cerca de una hora del friolento octogenario —además de bata de lana y bufanda, llevaba gorro de dormir— sobre sus investigaciones en pos de huellas romanas en la región. Pues, no contento con el derecho, la ética, la filosofía y la política, hacía en sus ratos libres de arqueólogo aficionado. Mientras el vejete salmodiaba, Flora seguía las idas y venidas de la criadilla de monsieur Gabety. Jovencita, ágil, risueña, no se estaba quieta un segundo: pasaba el escobillón por las losetas rojizas de la galería, sacudía con el plumero el polvo a la loza del comedor, o les traía las limonadas que el humanista le ordenaba, haciendo un rápido paréntesis en su aburrida perorata. Eso habías sido tú, Florita, años atrás. Como ella, dedicaste tus días y tus noches, a lo largo de tres años, a fregar, limpiar, barrer, lavar, planchar y servir. Hasta que conseguiste un empleo mejor. Criada, doméstica, sirvienta, de aquella familia por culpa de la cual contrajiste, como se contrae la fiebre amarilla o el cólera, tu odio inconmensurable hacia Inglaterra. Sin embargo, sin esos años al servicio de la familia Spence, no serías ahora tan lúcida sobre lo que había que hacer para volver digno y humano este valle de lágrimas.

Al regresar al albergue, luego del viaje inútil a la casa de campo de Gabriel Gabety, Flora tuvo una grata sorpresa. Una de las camareras, adolescente y tímida, vino a tocarle la puerta de la alcoba. Traía un franco en la mano y balbuceaba:

—¿Alcanzaría esto, señora, para comprar su libro?

Le habían hablado de *La Unión Obrera* y tenía ganas de leerlo. Porque ella sabía leer y le gustaba hacerlo, en sus ratos libres.

Flora la abrazó, le dedicó un ejemplar y no le aceptó su dinero.

IV. Aguas misteriosas
Mataiea, febrero de 1893

En los once meses que tardó en materializarse su decisión de regresar a Francia, desde la *tamara'a* aquella en la que terminó revolcándose con Maoriana, la mujer de Tutsitil, hasta que, gracias a las gestiones de Monfreid y Schuffenecker en París, el gobierno francés aceptó repatriarlo y pudo embarcarse en el *Duchaffault* el 4 de junio de 1893, Koke pintó muchos cuadros e hizo innumerables apuntes así como esculturas, aunque sin tener nunca la certeza de la obra maestra, como le ocurrió pintando *Manao tupapau*. Su fracaso con el retrato del niño muerto de los Suhas (con los que al cabo de un tiempo Jénot consiguió reconciliarlo) lo disuadió de intentar ganarse la vida retratando a los colonos de Tahití, entre los que, según sus pocos amigos europeos, se lo tenía por un extravagante impresentable.

No había dicho palabra a Teha'amana de sus gestiones para ser repatriado por temor de que, sabiendo que pronto la iba a abandonar, su *vahine* se adelantara a dejarlo. Estaba encariñado con ella. Con Teha'amana podía hablar de cualquier cosa porque la chiquilla, aunque ignoraba muchos temas importantes para él, como la belleza, el arte y las antiguas civilizaciones, tenía una mente muy ágil y suplía con su inteligencia sus lagunas culturales. A cada rato estaba sorprendiéndolo con alguna iniciativa, broma o sorpresa. ¿Te quería ella a ti, Koke? No acababas de saberlo. Estaba siempre dispuesta cuando la requerías; y, a la hora del amor, era efusiva y diestra como la más experimentada de las cortesanas. Pero, a veces, se desaparecía de Mataiea por dos o tres días, y al volver no te daba la menor explicación. Cuando insistías en averiguar dónde había estado, ella se impacientaba y no salía del «Me fui, me fui, ya te lo dije». Jamás le había hecho la menor demostración de celos. Koke recordaba que, la noche de la *tamara'a,* mientras abrazaba en la tierra a Maoriana, vio como en sueños en los reflejos de la fogata la cara de Teha'amana, mirándolo burlona con sus grandes ojos color azabache. ¿Esa perfecta indiferencia frente a lo que hacía su pareja era la forma natural del amor en la tradición maorí, un signo de su libertad? Sin duda, aunque, cuando los interrogaba al respecto, sus vecinos de Mataiea rehuían la respuesta con risitas evasivas. Teha'amana tampoco manifestó nunca la menor hostilidad hacia las vecinas de la aldea y alrededores a las que Koke invitaba a que posaran para él, y, a veces, lo ayudaba a convencerlas de que lo hicieran desnudas, a lo que solían ser muy reticentes.

¿Cómo hubiera reaccionado tu *vahine* con la historia de Jotefa, Koke? Nunca lo sabrías, porque nunca te atreviste a contársela. ¿Por qué? ¿Todavía alentaban en ti los prejuicios de la moral civilizada europea? ¿O simplemente porque estabas más enamorado de Teha'amana de lo que hubieras admitido y temías que si se enteraba de lo ocurrido en aquella excursión se enojara y te dejara? ¡Vaya, Koke! ¿No ibas a dejarla tú, sin el menor escrúpulo, apenas consiguieras tu repatriación como artista insolvente? Sí, cierto. Pero, hasta que aquello ocurriera, querías seguir viviendo —hasta el último día— con tu bella *vahine.*

Su vida, en esos meses, le parecería después, cuando la adversidad se encarnizó con él, agradable y, sobre todo, productiva. Lo hubiera sido más, desde luego, sin los eternos apuros de dinero. Las espaciadas remesas de Monfreid o del buen Schuff no alcanzaban nunca a cubrir sus gastos y vivían eternamente endeudados con Aoni, el almacenero chino de Mataiea.

Se levantaba temprano, con la luz del día, y se bañaba en el río vecino, tomaba un desayuno frugal —la infalible taza de té y una tajada de mango o de piña— y se ponía a trabajar, con entusiasmo que nunca decaía. Se sentía bien en ese entorno de luminosidad tan viva, de colores tan nítidos y contrastados, de calor y rumores crecientes, animales, vegetales, humanos, y el eterno sonsonete del mar. En vez de pintar, el día que conoció a Jotefa, hacía tallas. Pequeñas, a partir de bocetos que pergeñaba deprisa, tratando de captar en unos cuantos trazos las caras firmes, de narices chatas, bocas anchas, labios gruesos y cuerpos robustos de los tahitianos de la vecindad. E ídolos de su invención, ya que, para su desdicha, en la isla no quedaban trazas de estatuas ni tótems de los antiguos dioses maoríes.

El joven que cortaba árboles por los alrededores de su cabaña era menos tímido o más curioso que los demás vecinos de Mataiea, los que, si Koke no los buscaba, rara vez tomaban la iniciativa de visitarlo. No era de aquí, sino de una pequeña aldea del interior de la isla. El hacha en el hombro, cara y cuerpo empapados de sudor por el esfuerzo, una mañana se acercó al toldo de cañas bajo el cual Paul pulía el torso de una muchacha, y, con una curiosidad infantil en la mirada, se puso a contemplarlo, acuclillado. Su presencia te perturbaba y estuviste a punto de echarlo, pero algo te contuvo. ¿Que el muchacho fuera tan bello, acaso, Paul? Sí, también. Y algo más, que intuías difusamente, mientras, de tanto en tanto, haciendo una pausa, lo observabas de reojo. Era un varón, cerca de ese límite turbio en el que los tahitianos se convertían en *taata vahine,* es decir, en andróginos o hermafroditas, aquel tercer sexo intermediario que, a diferencia de los prejuiciados europeos, los maoríes, a ocultas de misioneros y pastores, aceptaban todavía entre ellos con la naturalidad de las grandes civilizaciones paganas. Muchas veces había intentado hablar de ellos a Teha'amana, pero, que existieran *mahus* a la muchacha le parecía algo tan obvio, tan natural, que no conseguía sacarle más que pequeñas banalidades o un alzamiento de hombros. Sí, claro, había hombres-mujeres, ¿y?

La piel cobrizo cenicienta del muchacho traslucía unos músculos tensos cuando hachaba un tronco o se lo echaba al hombro y caminaba con él a cuestas hasta el sendero donde vendría a llevárselo a Papeete o a algún pueblo la carreta del comprador. Pero, cuando se acuclillaba a su lado para verlo esculpir, alargaba la lampiña faz y abría mucho sus ojos oscuros, profundos, de largas pestañas, como buscando, más adentro y más allá de lo que veía, una secreta razón para la tarea en que Paul se afanaba, su postura, su expresión, el mohín que separaba sus labios y mostraba la blancura de sus dientes, se dulcificaban y feminizaban. Se llamaba Jotefa. Hablaba bastante francés como para mantener el diálogo. Cuando Paul hacía un alto, charlaban. El muchacho, con un pequeño lienzo ceñido en la cintura que le cubría apenas las nalgas y el sexo, se lo comía a preguntas sobre esas estatuillas de madera en las que Paul reproducía figuras nativas y fantaseaba dioses y demonios tahitianos. ¿Qué te atraía de ese modo en Jotefa, Paul? ¿Por qué irradiaba de él ese aire familiar, de alguien que, de tiempo atrás, parecía formar parte de tu memoria?

El leñador se quedaba a veces con él, conversando, luego del trabajo, y Teha'amana le preparaba también a Jotefa una taza de té y algo de comer. Una tarde, luego de que el muchacho se marchara, Koke recordó. Corrió a la cabaña a abrir el baúl donde guardaba su colección de fotos, clichés y recortes de revistas con reproducciones de templos clásicos, estatuas y cuadros, y figuras que lo habían conmovido, colección sobre la que volvía una y otra vez como, otros, a los recuerdos de familia. Recorría, barajaba, acariciaba ese entrevero, cuando una foto se le quedó pegada en los dedos. ¡Ahí estaba la explicación! Ésta era la imagen que, de manera vaga, tu conciencia, tu intuición, habían identificado con el joven leñador, tu flamante amigo de Mataiea.

Aquella fotografía, tomada por Charles Spitz, el fotógrafo de *L'Illustration,* Paul la había visto por primera vez en la Exposición Universal de París de 1889, en la sección dedicada a los Mares del Sur que Spitz había ayudado a organizar. La imagen lo turbó de tal modo que se quedó mucho rato contemplándola. Volvió a verla al día siguiente, y, por fin, le rogó al fotógrafo, a quien hacía años conocía, que le vendiera un cliché. Charles se lo regaló. Su título, *Vegetación en los Mares del Sur,* era tramposo. Lo importante en ella no eran los enormes helechos, ni las madejas de lianas y hojas enredadas en ese flanco de la montaña del que fluía una delgada cascada, sino la persona de torso desnudo y piernas descubiertas, de perfil, que, aferrándose a la hojarasca, se inclinaba para beber o acaso sólo observar aquella fuente. ¿Un joven? ¿Una joven? La foto sugería ambas posibilidades con la misma intensidad, sin excluir una tercera: que fuera las dos cosas, alternativa o simultáneamente. Ciertos días, Paul tenía la certeza de que aquél era el perfil de una mujer; otros, el de un hombre. La imagen lo intrigó, lo indujo a fantasear, lo excitó. Ahora no tenía la menor duda: entre aquella imagen y Jotefa, el leñador de Mataiea, había una misteriosa afinidad. Descubrirlo le produjo una vaharada de placer. Los manes de Tahití comenzaban a hacerte partícipe de sus secretos, Paul. Ese mismo día le mostró la foto de Charles Spitz a Teha'amana.

—¿Es hombre o mujer?

La muchacha estuvo un rato escudriñando la cartulina y por fin movió la cabeza, indecisa. Tampoco ella pudo adivinarlo.

Tuvieron largas conversaciones con Jotefa, mientras Paul tallaba sus ídolos y el muchacho lo observaba. Era respetuoso; si Paul no le dirigía la palabra, permanecía quieto y callado, temeroso de incomodar. Pero cuando Paul iniciaba el diálogo, no había modo de pararlo. Su curiosidad era desbordante, infantil. Quería saber sobre las pinturas y las esculturas más cosas de las que Paul podía decirle; también, muchas, sobre las costumbres sexuales de los europeos. Curiosidades que, si no las hubiera formulado con la transparente inocencia con que lo hacía, hubieran resultado vulgares y estúpidas. ¿Tenían las vergas de los *popa'a* los mismos tamaños y formas que las de los tahitianos? ¿Era el sexo de las europeas igual al de las mujeres de aquí? ¿Lucían más o menos vello entre sus piernas? Cuando, en su imperfecto francés mezclado de palabras y exclamaciones tahitianas, y de gestos expresivos, disparaba estas preguntas, no parecía satisfacer una morbosa inclinación, sino estar ansioso por enriquecer sus conocimientos, por averiguar qué acercaba o diferenciaba a europeos y tahitianos en aquella materia generalmente excluida de la conversación entre franceses. «Un verdadero primitivo, un pagano de verdad», se decía Paul. «Pese a haberlo bautizado e infamado con un nombre que no es tahitiano ni cristiano, sigue sin domesticar.» Algunas veces, Teha'amana se acercaba a escucharlos, pero, ante ella, Jotefa se inhibía y permanecía silencioso.

Para las tallas de regular o gran tamaño, Koke prefería los árboles del pan, el *pandanos* o bombonaje, las palmas o *boraus* y cocoteros; para las pequeñas, siempre la del árbol llamado palo de balsa, con el que los tahitianos fabricaban sus piraguas. Blanda y dócil, casi una arcilla, sin ojos ni vetas, producía al tacto un efecto carnal. Pero era difícil encontrar palo de balsa en las vecindades de Mataiea. El leñador le dijo que no debía preocuparse. ¿Quería una buena provisión de esa madera? ¿Un tronco entero? Él conocía un bosquecillo de árboles de palo de balsa. Y le señaló el flanco de la escarpada montaña más próxima. Lo guiaría.

Partieron al amanecer, con un atado de provisiones al hombro, vestidos sólo con taparrabos. Paul se había acostumbrado a andar descalzo, como los nativos, algo que hizo también, en los veranos, en Bretaña, y, antes, en la Martinica. Aunque, en los meses que llevaba en la isla, se movió mucho, anduvo siempre por los caminos costeros. Ésta era la primera vez que, como un tahitiano, enfilaba a bosque traviesa, hundiéndose en una vegetación espesa, de árboles, arbustos y matorrales que se enredaban sobre sus cabezas hasta ocultar el sol, y por senderos invisibles para sus ojos, que, en cambio, los de Jotefa distinguían con facilidad. En la verde penumbra, tachonada de brillos, conmovida por cantos de pájaros que aún no conocía, aspirando ese aroma húmedo, oleaginoso, vegetal, que penetraba por todos los poros de su cuerpo, Paul sintió una sensación embriagadora, plena, exaltante, como producida por un elíxir mágico.

Delante de él, a uno o dos metros, el joven marchaba sin vacilar sobre el rumbo, moviendo los brazos a compás. A cada paso, los músculos de sus hombros, de su espalda, de sus piernas, se insinuaban y movían, con brillos de sudor, sugiriéndole la idea de un guerrero, un cazador de los tiempos idos, internándose en la selva espesa en busca del enemigo cuya cabeza cortaría y llevaría al hombro, de vuelta a casa, para ofrecérsela a su despiadado dios. La sangre de Koke hervía; tenía los testículos y el falo en ebullición, se ahogaba de deseo. Pero —¡Paul, Paul!— no era exactamente el deseo acostumbrado, saltar sobre ese cuerpo gallardo para poseerlo, sino, más bien, abandonarse a él, ser poseído por él igual que posee el hombre a la mujer. Como si hubiera adivinado sus pensamientos, Jotefa volvió la cabeza y le sonrió. Paul enrojeció violentamente: ¿había percibido el muchacho tu verga tiesa, asomando entre los pliegues de tu taparrabos? No parecía darle la menor importancia.

—Aquí se acaba el camino —dijo, señalando—. Sigue en la otra orilla. Hay que mojarse, Koke.

Se hundió en el arroyo y Paul lo siguió. El agua fría le produjo una sensación bienhechora, lo liberó de la insoportable tensión. El leñador, al ver que Paul permanecía en el río, protegido de la corriente por una gruesa roca, dejó en la otra orilla la bolsa de provisiones y su taparrabos, y volvió a sumergirse, riendo. El agua cantaba y formaba ondas y espuma al chocar contra su armonioso cuerpo. «Está muy fría», dijo, acercándose a Paul hasta rozarlo. El espacio era verde azul, no piaba pájaro alguno, y, salvo el rumor de la corriente contra las piedras, había un silencio, una tranquilidad y una libertad que, pensaba Paul, debieron ser los del Paraíso terrenal. Tenía otra vez la verga tiesa y se sentía desfallecer de aquel deseo inédito. Abandonarse, rendirse, ser amado y brutalizado como una hembra por el leñador. Venciendo su vergüenza, de espaldas a Jotefa, se dejó ir hacia él y recostó su cabeza contra el pecho del joven. Con una risita fresca, en la que no detectó asomo de burla, el muchacho le pasó los brazos por los hombros y lo atrajo hasta tenerlo bien sujeto contra su cuerpo. Lo sintió acomodarse, acoplarse. Cerró los ojos, presa de vértigo. Sentía contra su espalda la verga, también dura, del muchacho, frotándose contra él, y, en vez de apartarlo y golpearlo, como hizo tantas veces en el

Luzitano, en el *Chili* y en el *Jérôme-Napoléon* cuando sus compañeros intentaban usarlo como mujer, lo dejaba hacer, sin asco, con gratitud y —¡Paul, Paul!— también gozando. Sintió que una de las manos de Jotefa rebuscaba bajo el agua hasta atrapar su sexo. Apenas sintió que lo acariciaba, eyaculó, dando un gemido. Jotefa lo hizo poco después, contra su espalda, siempre riéndose.

Salieron del arroyo; con las telas de los taparrabos se sacudieron el agua que chorreaba de sus cuerpos. Luego, comieron las frutas que traían. Jotefa no hizo la menor alusión a lo ocurrido, como si no tuviera importancia o ya lo hubiera olvidado. Qué maravilla, ¿no, Paul? Ha hecho contigo algo que, en la Europa cristiana, provocaría angustias y remordimientos, una sensación de culpa y vergüenza. Pero, para el leñador, ser libre, fue una mera diversión, un pasatiempo. ¿Qué mejor prueba de que la mal llamada civilización europea había destruido la libertad y la felicidad, privando a los seres humanos de los placeres del cuerpo? Mañana mismo empezarías un cuadro sobre el sexo tercero, el de los tahitianos y los paganos no corrompidos por la eunuca moral del cristianismo, un cuadro sobre la ambigüedad y el misterio de ese sexo que, a tus cuarenta y cuatro años, cuando creías conocerte y saberlo todo sobre ti mismo, te había revelado, gracias a este Edén y a Jotefa, que, en el fondo de tu corazón, escondido en el gigante viril que eras, se agazapaba una mujer.

Llegaron al bosquecillo de palo de balsa, hacharon una rama larga, cilíndrica, con la que Paul podría tallar la Eva tahitiana que tenía en proyecto, y emprendieron de inmediato el regreso a Mataiea, cargando el leño al hombro entre los dos. Entraron a la aldea al anochecer. Teha'amana estaba ya dormida. A la mañana siguiente, Paul regaló a Jotefa uno de sus pequeños ídolos. El muchacho se resistía a recibirlo, como si, aceptándolo, desnaturalizara su gesto generoso de acompañar a su amigo a buscar la madera que necesitaba. Finalmente, ante la insistencia de Paul, lo aceptó.

—¿Cómo se dice en tahitiano «aguas misteriosas», Jotefa?

—*Pape moe*.

Así se llamaría. Comenzó a pintarlo a la mañana siguiente, temprano, luego de prepararse la habitual taza de té. Tenía a la mano la fotografía de Charles Spitz, pero apenas la consultó, porque la conocía de memoria, y porque mejor modelo para su nuevo cuadro era aquella espalda desnuda del leñador andando delante de él en la espesura, en medio de un ámbito mágico, que conservaba intacta en la retina.

Trabajó una semana en *Pape moe*. Buena parte del tiempo en ese raro estado de euforia y desasosiego que no había vuelto a sentir desde que pintó *El demonio vigila a la niña*. Sólo unos cuantos espíritus selectos advertirían el verdadero tema de *Pape moe;* él no pensaba revelarlo jamás, ni a Teha'amana, con la que no solía comentar sus propios cuadros, y menos en sus cartas a Daniel, a Schuffenecker, a la Vikinga o a los galeristas de París. Ellos verían, en el centro de un bosque de flores, hojas, aguas y piedras lujuriosas, a un ser que, apoyado en las rocas, inclinaba su bello cuerpo sombreado hacia una ligera cascada, para aplacar su sed o rendir culto al invisible diosecillo del lugar. Muy pocos adivinarían el enigma, la incertidumbre sexual de aquella personita que encarnaba un sexo distinto, una opción que la moral y la religión habían combatido, perseguido, negado y exterminado hasta creerla desaparecida. ¡Se equivocaban! *Pape moe* era la prueba. En esas «aguas misteriosas» sobre las que se inclinaba el andrógino del cuadro flotabas tú también, Paul. Lo acababas de descubrir, luego de un largo proceso que comenzó con el hechizo que ejerció sobre ti, en la Exposición Universal de 1889, la fotografía de Charles Spitz, y terminó en aquel arroyo, sintiendo en tu espalda la verga de Jotefa, y tú, aceptando ser su *taata vahine* en aquellas soledades sin tiempo ni historia. Nadie sabría nunca que *Pape moe* era también tu autorretrato, Koke.

Pese a que aquello lo hacía sentirse más cerca del salvaje que hacía años anhelaba ser, lo ocurrido no dejó de incomodarlo. ¿Un marica, tú, Paul? Si alguien te lo hubiera dicho años atrás, le hubieras abollado la cara. Desde niño se jactó siempre de su virilidad y la defendió con los puños. Lo hizo muchas veces, en su lejana juventud, en alta mar, en sus años de marino, en las bodegas y camarotes del *Luzitano* y del *Chili,* esos barcos mercantes en los que pasó tres años, y en la nave de guerra, el *Jérôme-Napoléon,* donde sirvió otros dos años, cuando la contienda con los prusianos. Quién te hubiera dicho en esa época que terminarías pintando y esculpiendo, Paul. Ni una sola vez se te pasó por la cabeza ser artista. Entonces soñabas con una gran carrera de lobo de mar por todos los océanos y puertos del mundo, por todos los países, razas y paisajes, mientras ascendías hasta llegar a capitán. Un barco entero y su vasta tripulación a tus órdenes, Ulises.

Desde el principio fue indispensable en el *Luzitano,* barco de tres mástiles donde lo aceptaron como aspirante en diciembre de 1865, pues se le había pasado la edad para ser admitido en la Academia Naval, usar los puños y los pies, dar mordiscos y blandir el cuchillo, para conservar el culo intacto. A algunos no les importaba. Subidos de tragos, muchos compañeros se jactaban de haber pasado por ese ritual marinero. Pero a ti sí te importaba. Nunca serías marica de nadie; tú eras un varón. En su primer viaje de aspirante, de Francia a Río de Janeiro, tres meses y veintiún días en alta mar, el otro aspirante, Junot, un pelirrojo bretón lleno de pecas, fue violado en la sala de máquinas por tres fogoneros, que, después, lo ayudaron a secarse las lágrimas, asegurándole que no debía avergonzarse, era una práctica universal del mundo marinero, un bautizo del que nadie se libraba y que, por eso, no ofendía, más bien creaba una hermandad entre la tripulación. Paul sí se libró, para lo cual tuvo que demostrar a esos lobos de mar soliviantados por la falta de mujer que quien quisiera tirarse a Eugène-Henri Paul Gauguin tenía que estar dispuesto a matar o morir. Su fuerza descomunal, y, sobre todo, su resolución y ferocidad, lo protegieron. Cuando, el 23 de abril de 1871, después de cumplir su servicio militar en el *Jérôme-Napoléon,* fue liberado, seguía con el trasero tan incólume como seis años atrás, al iniciar la carrera naval a la que ahora ponía fin. ¡Cómo se hubieran reído de ti tus compañeros del *Luzitano,* del *Chili* y del *Jérôme-Napoléon* si te hubieran visto en el arroyo de aquel bosquecillo, ya viejo, de *taata vahine* de un maorí!

El sexo no había sido importante en su vida en la época que suele serlo para el común de los mortales, la juventud, la era del celo y de la fiebre. Aquellos seis años de marino visitó los burdeles en cada puerto —Río de Janeiro, Valparaíso, Nápoles, Trieste, Venecia, Copenhague, Bergen y otros que apenas recordaba— más por seguir a sus compañeros y no parecer un anormal, que por el placer. Te era difícil sentirlo en esos antros sórdidos, hediondos, atestados de borrachos, fornicando con mujeres en ruinas, a veces desdentadas y de pechos colgantes, que bostezaban o se adormecían de fatiga mientras las montabas. Eran indispensables varias copas de aguardiente para perpetrar aquellos coitos tristes y veloces, que dejaban en tu boca un sabor ceniza, una fúnebre melancolía. Para eso, preferible masturbarse en las noches, en la colchoneta, hamacado por las olas.

Ni de marinero, ni, después, cuando, recomendado por su tutor, Gustave Arosa, empezó a trabajar como agente de Bolsa en las oficinas de Paul Bertin, en la rue Laffitte, decidido a labrarse un porvenir burgués en la Bolsa de París, había significado el sexo para Paul la obsesionante preocupación en que se convertiría a medida que, a una edad en que normalmente un hombre tiene ya su destino trazado, él comenzó a cambiar de vida, a reemplazar su existencia próspera, disciplinada, rutinaria, de buen marido y buen padre de familia por esta otra, incierta, aventurera, de pobreza y sueños que lo trajo hasta aquí.

El sexo comenzó a ser importante para él a medida que iba siéndolo la pintura, aquello que pareció al principio un pasatiempo, emprendido a instancias de su compañero y colega en la agencia de Paul Bertin, Émile Schuffenecker, quien un buen día le mostró un cuaderno con sus bocetos a carboncillo y sus acuarelas y le confesó que su sueño secreto era ser artista. El buen Schuff, que pintaba en todos sus ratos libres, cuando no estaba, como Paul, a la caza de familias adineradas para que confiaran sus inversiones en la Bolsa de París a la sabiduría de Paul Bertin, lo animó a que tomara un curso de diseño en las noches, en la Academia Colarossi. El buen Schuff lo estaba haciendo y era divertidísimo, más que jugar a las cartas o pasar las noches en las terrazas de los cafés de la Place Clichy haciendo durar una copita de ajenjo y barajando hipótesis sobre el alza y la baja de las cotizaciones. Así comenzó la aventura que te tenía en Tahití, Koke. ¿Para bien? ¿Para mal? Muchas veces, en períodos de hambre, de desamparo, como aquellos días de París con el pequeño Clovis a cuestas, de preguntarte hasta cuándo vivirías sin techo y mendigando un plato de sopa en los hospicios de las monjas, habías maldecido al buen Schuff por aquel consejo, imaginando qué bien te iría, qué bella casa tendrías en Neuilly, en Saint-Germain, en Vincennes, si hubieras seguido de asesor financiero en la Bolsa de París. Acaso serías ya tan rico como Gustave Arosa, y estarías en condiciones, como tu tutor, de adquirir una magnífica colección de pintura moderna.

Para entonces ya había conocido a Mette Gad, la Vikinga, danesa de alta facha y rasgos ligeramente masculinos —¡Paul, Paul!—, y ya se había casado con ella, en noviembre de 1873, por el registro civil del noveno distrito y por la Iglesia luterana de la Redención. Y habían comenzado una vida muy burguesa, en un departamento muy burgués, en un barrio que era el colmo de lo burgués: la Place de Saint-Georges. Tan poco importante era el sexo para Paul todavía en esa época, que no tuvo inconveniente, en esos primeros tiempos de su matrimonio, en acatar la pudibundez de su mujer y hacer con ella el amor de la manera que la moral luterana aconsejaba, Mette embutida en sus largos y abrochados camisones de dormir y en estado de total pasividad, sin permitirse una audacia, un disfuerzo, una gracia, como si ser amada por su marido fuera una obligación a la que debía resignarse, igual que se resigna a tomar aceite de ricino el paciente de estómago petrificado por el estreñimiento.

Sólo bastante después, cuando Paul, sin descuidar todavía la agencia de Paul Bertin, dedicaba sus noches a pintar de todo y con todo —lápiz, carboncillo, acuarela, óleo—, de pronto, al tiempo que su fantasía creaba y recreaba imágenes susceptibles de ser pintadas, sus noches comenzaron a encabritarse de deseos. Entonces, imploraba o exigía a Mette en la cama libertades que la escandalizaban: que se desnudara, que posara para él, que se dejara acariciar y besar aquella esquiva intimidad. Había sido fuente de agrias disputas conyugales, las primeras sombras en esa armoniosa familia que tenía hijos cada año. Pese a las resistencias de la Vikinga, y al creciente deseo sexual que lo acometió, no engañaba a su mujer. No tuvo amantes, no frecuentó casas de placer, no mantuvo costureritas como sus amigos y colegas. No buscó fuera del lecho conyugal los placeres que le retaceaba la Vikinga. Todavía a fines de 1884, a sus treinta y seis años, cuando su vida había dado ya un giro copernicano y estaba decidido a ser un pintor, sólo un pintor, a no volver jamás a los negocios, y había comenzado la lenta bancarrota que lo dejaría en la miseria, seguía siendo fiel a Mette Gad. Para entonces, el sexo se había vuelto una preocupación central, una ansiedad constante, una fuente de fantasías atrevidas, de exagerado barroquismo. A medida que dejaba de ser burgués, y empezaba a llevar vida de artista —escasez, informalidad, riesgo, creación y desorden—, el sexo fue dominando su existencia, como una fuente de goce, pero, también, de ruptura de las viejas ataduras, de conquista de una nueva libertad. Renunciar a la seguridad burguesa te hizo pasar muy malos ratos, Paul. Pero te impuso una vida más intensa, más rica y lujosa para los sentidos y el espíritu.

Habías dado un nuevo paso hacia la libertad. De la vida del bohemio y el artista, a la del primitivo, el pagano y el salvaje. Un gran progreso, Paul. Ahora, el sexo no era para ti una forma refinada de decadencia espiritual, como para tantos artistas europeos, sino fuente de energía y de salud, una manera de renovarte, de recargar el ánimo, el ímpetu y la voluntad, para crear mejor, para vivir mejor. Porque en el mundo al que estabas por fin accediendo, vivir era una continua creación.

Por todo ello debió pasar para concebir un cuadro como *Pape moe*. No hacía falta retoques. En la pintura la fotografía de Charles Spitz centellaba y vibraba; el andrógino y la Naturaleza no eran independientes, se integraban en una nueva forma de vida panteísta; aguas, hojas, flores, ramas y piedras reverberaban y la persona tenía el hieratismo de los elementos. La piel, los músculos, los negros cabellos, los fuertes pies tan asentados en las rocas cubiertas de musgo oscuro, denotaban respeto, reverencia, amor hacia aquel ser de otra civilización, que, aunque colonizada por los europeos, conservaba, en el secreto profundo de los bosques, la pureza ancestral. Te entristecía haber terminado *Pape moe*. Como siempre que ponías la pincelada final a un buen trabajo, te rondaba la pregunta de si, luego de esto, no irías como artista para peor.

Dos o tres noches después, hubo luna llena. Hechizado por la dulce luminosidad que descendía del cielo, irguiéndose sobre el cuerpo de Teha'amana —respiraba profundamente, con un acompasado y suave ronquido—, bajó a la explanada que circundaba la vivienda, con *Pape moe* en los brazos. Lo estuvo contemplando bañado por esa claridad amarillo azulada que imprimía una pátina enigmática a aquella laguna donde anidaban plantas acuáticas que podían ser luces, reflejos. También la Naturaleza era andrógina en el cuadro. No eras propenso al sentimentalismo, algo contra lo que debías inmunizarte para trascender los límites de esta civilización degradada y confundirte con las viejas tradiciones, pero sentiste que los ojos se te mojaban. Era uno de los mejores cuadros que habías pintado, Paul. No todavía una obra maestra, como *Manao tupapau*, aunque la rozaba. Aquello que repetía con tanta convicción el Holandés Loco, allá en Arles, en esos últimos días del otoño de 1888, antes de que se desencadenara en su relación esa mezcla de amor y de histeria, que la verdadera revolución de la pintura no se haría en Europa sino lejos, en los trópicos, donde ocurría aquella novela que a ambos los había deslumbrado —*Rarahu, Le mariage de Loti*, de Pierre Loti—, ¿no era una realidad aplastante en *Pape moe*? En esta imagen había vigor, una fortaleza espiritual que provenía de la inocencia y la libertad con que veía el mundo un primitivo no aherrojado por las orejeras de la cultura occidental.

La noche en que Paul conoció al Holandés Loco, en el invierno de 1887, en Grand Bouillon, Restaurant du Chalet, en Clichy, Vincent ni siquiera permitió que Paul lo felicitara por los cuadros que exhibía. «Soy yo el que debo felicitarte», le dijo, apretándole la mano con fuerza. «He visto en casa de Daniel de Monfreid tus cuadros de la Martinica. ¡Formidables! No fueron pintados con pincel, sino con el falo. Cuadros que al mismo tiempo que arte son pecados.» Dos días después, Vincent y su hermano Theo fueron a casa de Schuffenecker, donde Paul estaba alojado desde su regreso de la aventura de Panamá y la Martinica con su amigo Laval. El Holandés Loco contempló los cuadros desde todos los ángulos y sentenció: «Ésta es la gran pintura, sale de las entrañas, de la sangre, como la esperma del sexo». Abrazó a Paul y le rogó: «Yo también quiero pintar mis cuadros con mi falo. Enséñame, hermano». Así comenzó esa amistad que terminaría tan mal.

El Holandés Loco, en una de sus intuiciones geniales, dio en el clavo antes que tú, Paul. Era cierto. En esa estancia tan sufrida, primero en Panamá, luego en las afueras de Saint-Pierre, en la Martinica, de mayo a octubre de 1887, te convertiste en un artista. Vincent fue el primero en descubrirlo. ¿Qué importaba, frente a eso, haberlo pasado tan mal, trabajando como peón de lampa en las obras del Canal de monsieur de Lesseps, picoteado por los mosquitos y a punto de morir de disentería y malaria martiniquesas? Era verdad: en aquella pintura de Saint-Pierre, iluminada por el sol esplendoroso del Caribe, donde los colores estallaban como frutas maduras, y los rojos, los azules, los amarillos, los verdes, los negros, se enfrentaban unos a otros con ferocidad de gladiadores, disputándose la hegemonía del cuadro, la vida irrumpía por fin como un incendio en tu pintura, purificándola, redimiéndola de esa acobardada actitud que había sido para ti, hasta entonces, pintar y esculpir. En ese viaje, en efecto, a pesar de haber estado a punto de morir de hambre y de enfermedad —botando los bofes en una cabañita por cuyo techo de hojas de palma se colaba la lluvia—, empezaste a limpiarte las legañas y a ver claro: la salud de la pintura pasaba por huir de París, en pos de una vida nueva bajo otros cielos.

El sexo había irrumpido también en su vida, como la luz en sus cuadros, con beligerancia irresistible, llevándose de encuentro todos los remilgos y prejuicios que hasta entonces lo mantenían apagado. Como sus compañeros de la azada, en las ciénagas pestilentes donde se abrían las exclusas del futuro Canal, fue a buscar a las mulatas y negras que rondaban los campamentos panameños. No sólo se dejaban tirar por una suma módica, también maltratar mientras eran fornicadas. Y si lloraban y, asustadas, querían huir, qué fruición, qué destemplado goce caerles encima y dominarlas, enseñarles quién era el varón. A la Vikinga nunca la amaste así, Paul, como a esas negras de enormes tetas, fauces animales y sexos voraces que quemaban como braseros. Por eso, tu pintura era tan desvaída y esclerótica, tan conformista y tímida. Porque así era tu espíritu, tu sensibilidad, tu sexo. Te habías hecho la promesa —no la cumplirías, Paul— allá en las noches sofocantes de Saint-Pierre, cuando podías tumbar a una de esas negras descaderadas que hablaban en un *creole* ardiente, que cuando volvieras a ver a la Vikinga, le darías una lección retroactiva. Se lo dijiste a Charles Laval, una noche de borrachera con ron crudo:

—La primera vez que estemos juntos le quitaré a la Vikinga toda la frigidez nórdica que lleva encima desde la cuna. La desnudaré a golpes y a jalones, a mordiscos y abrazos la haré retorcerse y chillar, revolverse y pelear para sobrevivir. Como una negra. Ella desnuda y yo desnudo, en la lucha amorosa esa remilgada burguesa aprenderá a pecar, a gozar, a hacer gozar, a ser caliente, sumisa y jugosa como una hembra de Saint-Pierre.

Charles Laval te miraba alelado, sin saber qué decir. Koke se echó a reír a carcajadas, con la mirada clavada en *Pape moe*, iluminado por la luz fosforescente de la luna. No, no. La Vikinga nunca haría el amor como una martiniquesa o una tahitiana, su religión y su cultura se lo impedían. Sería siempre un ser a medias, una mujer a la que le marchitaron el sexo antes de nacer.

El Holandés Loco lo entendió muy bien, desde el primer momento. Aquellos cuadros de la Martinica no fueron pintados así gracias al color desmesurado de los trópicos, sino a la libertad mental y de costumbres, conquistada por un novicio de salvaje, un pintor que al mismo tiempo que a pintar aprendía a hacer el amor, a respetar el instinto, a aceptar lo que había en él de Naturaleza y de demonio, y a satisfacer sus apetitos como los hombres al natural.

¿Eras un salvaje cuando regresaste a París de aquel malhadado viaje a Panamá y a la Martinica, convaleciendo todavía de esa malaria que te chupó la carne, envenenó tu sangre y te quitó diez quilos de peso? Comenzabas a serlo, Paul. Tu conducta ya no era la de un burgués civilizado, en todo caso. ¿Cómo iba a serlo después de sudar bajo el sol inclemente tirando la azada en las selvas de Panamá, y amando a mulatas y negras en el barro, la tierra rojiza y las arenas sucias del Caribe? Además, traías dentro de ti la enfermedad impronunciable, Paul. Una marca infamante, pero, también, tu credencial de hombre sin frenos. Tú no sabías y no sabrías por buen tiempo que estabas apestado. Pero eras ya un ser liberado de remilgos, de respetos, de tabúes, de convenciones, orgulloso de tus impulsos y pasiones. ¿Cómo te hubieras atrevido, si no, a alargar las manos y tocarle los pechos a la delicada esposa de tu mejor amigo, el buen Schuff, que te alojaba en su casa, te daba de comer y hasta regalaba unos francos para un ajenjo en los cafés? Madame Schuffenecker empalidecía, enrojecía, se escapaba balbuceando una protesta. Pero, su pudor y su vergüenza eran tan grandes que no se atrevió nunca a contarle al buen Schuff los atrevimientos del compañero a quien tanto ayudaba. ¿O lo hizo? Acariciar a madame Schuffenecker cuando las circunstancias los dejaban solos se convirtió en un juego peligroso. Te hacía pasar muy buenos ratos y te empujaba al caballete, ¿no, Koke?

Una nubecilla empañó la luz de la luna y Paul regresó a la cabaña, llevando *Pape moe* con extremo cuidado, como si se pudiera trizar. Lástima que el Holandés Loco no pudiera ver esta tela. La hubiera perforado con la mirada alucinada que ponía en las grandes ocasiones, y, después, te hubiera abrazado y besado, exclamando con su voz convulsionada: «¡Has fornicado con el diablo, hermano!».

Por fin, a mediados de mayo de 1893, llegó la orden de repatriación enviada por el gobierno de Francia a la gobernación de la Polinesia francesa. El gobernador Lacascade en persona le comunicó que, según instrucciones recibidas —le leyó la resolución ministerial— se había acordado, en vista de su insolvencia, pagarle un pasaje de barco en segunda clase, Papeete-Marsella. Ese mismo día, luego de cinco horas y media de zangoloteo en el coche público, regresó a Mataiea y anunció a Teha'amana que partía. Le habló largo rato, explicándole con lujo de detalles las razones que lo impulsaban a regresar a Francia.

Sentada en una de las bancas, bajo el mango, la muchacha lo escuchaba sin decir palabra, sin derramar una lágrima, ni hacer un gesto de reproche. Con su mano derecha se acariciaba de manera mecánica el pie izquierdo, el de los siete deditos. Tampoco dijo nada cuando Paul calló. Éste subió a acostarse luego de fumar una última pipa y encontró a Teha'amana ya dormida. A la mañana siguiente, al abrir Koke los ojos, su *vahine* había hecho una bolsa con todas sus cosas y partido.

Cuando Paul se embarcó hacia Francia a comienzos de junio de 1893 en el *Duchaffault,* sólo acudió a despedirlo en el muelle de Papeete su amigo Jénot, recién ascendido a teniente de la armada.

V. La sombra de Charles Fourier
Lyon, mayo y junio de 1844

Tanto en Chalon-sur-Saône como en Mâcon, donde estuvo la última semana de abril y los primeros días de mayo de 1844, la gira de Flora dependió casi enteramente de la ayuda de sus amigos adversarios, los falansterianos o fourieristas. Se la brindaban con tanta generosidad que Flora tenía conflictos de conciencia. ¿Cómo hacer explícitas, sin ofenderlos, las diferencias con esos discípulos del fallecido Charles Fourier que la despedían y recibían en las estaciones de la diligencia o en los puertos fluviales, y que se desvivían para facilitarle reuniones y citas? Sin embargo, aunque la apenaba desilusionar a los fourieristas, no ocultó sus críticas a sus teorías y conductas, que le parecían incompatibles con la tarea que la ocupaba: la redención de la humanidad.

En Chalon-sur-Saône, los falansterianos organizaron, para el día siguiente de su llegada, una reunión en el vasto local de la logia masónica La Perfecta Igualdad. Le bastó una ojeada al atestado local, en el que se apiñaban doscientas personas, para que se le viniera el alma a los pies. ¿No les habías escrito que las reuniones debían ser siempre reducidas, treinta o cuarenta obreros a lo más? Un número pequeño permitía el diálogo, la relación personal. Un público como éste era distante, frío, incapaz de participar, obligado sólo a oír:

—Pero, madame, había una enorme curiosidad por escucharla. ¡Viene usted precedida de tanta fama! —se excusó Lagrange, dirigente fourierista en Chalon-sur-Saône.

—La fama me importa un bledo, monsieur Lagrange. Busco la eficacia. Y no puedo ser eficaz si me dirijo a una masa anónima, invisible. A mí me gusta hablar a seres humanos, y para eso necesito verles las caras, hacerles sentir que quiero conversar con ellos, no imponerles mis ideas como el Papa a la grey católica.

Más grave que el número de oyentes era su composición social. Desde el proscenio, decorado con un jarroncito de flores y una pared llena de símbolos masónicos, mientras monsieur Lagrange la presentaba Flora descubrió que tres cuartas partes de los asistentes eran patrones y sólo un tercio obreros. ¡Venir a Chalon-sur-Saône a predicar la Unión Obrera a los explotadores! Esos falansterianos no tenían remedio, pese a la inteligencia y honestidad de un Victor Considérant, quien, desde la muerte del maestro, en 1837, presidía el movimiento fourierista. Su pecado original, que abría un abismo infranqueable entre tú y ellos, era el mismo de los sansimonianos: no creer en una revolución hecha por las víctimas del sistema. Ambos desconfiaban de esas masas de ignaros y miserables, y, con ingenuidad angélica, sostenían que la reforma de la sociedad se haría gracias a la buena voluntad y el dinero de los burgueses iluminados por sus teorías.

Lo fantástico era que Victor Considérant y los suyos, todavía ahora, en 1844, siguieran convencidos de ganar para su causa a ese puñado de ricos que, convertidos al falansterianismo, financiarían «la revolución societaria». En 1826, su guía, Charles Fourier, anunció en París, mediante avisos en la prensa, que todos los días estaría en su casa de Saint-Pierre Montmartre de doce a dos de la tarde, para explicar sus proyectos de reforma social a un industrial o rentista de espíritu noble y justiciero interesado en financiarlos. Once años después, el día de su muerte, en 1837, el amable viejecito de eterna levita negra, corbata blanca y bondadosos ojos azules —te entristecía recordarlo, Andaluza—, seguía esperando, puntualmente, de doce a dos, la visita que nunca llegó. ¡Nunca! Ni un solo rico, ni un solo burgués se tomó la molestia de ir a hacerle unas preguntas o escuchar sus proyectos para acabar con la infelicidad humana. Y ninguna de las personalidades a las que escribió pidiéndoles apoyo para sus planes —Bolívar, Chateaubriand, Lady Byron, el doctor Francia de Paraguay, todos los ministros de la Restauración y del rey Louis-Philippe entre ellos— se dignaron contestarle. ¡Y, ciegos y sordos, los falansterianos seguían confiando en los burgueses y recelando de los obreros!

Presa de un súbito acceso de indignación retrospectiva, imaginando al pobre Charles Fourier, sentado en vano, cada mediodía, en su modesta vivienda, todo el otoño de su vida, Flora cambió de pronto el tema de su exposición. Estaba describiendo el funcionamiento de los futuros Palacios Obreros y pasó a hacer un retrato psicológico del burgués contemporáneo. Con regocijo advertía, mientras afirmaba que el patrón carecía por lo común de generosidad, que tenía un espíritu estrecho, mezquino, temeroso, mediocre y malvado, que sus oyentes se removían en sus asientos como atacados por escuadras de pulgas. Cuando tocó el turno a las preguntas, hubo un silencio cargado de púas. Por fin, el dueño de una fábrica de muebles, monsieur Rougeon, todavía joven pero ya con la barriguita hinchada del triunfador, se puso de pie y dijo que, dado el concepto que tenía madame Tristán de los patrones, no acababa de explicarse por qué se empeñaba en invitarlos a la Unión Obrera.

—Por una razón muy simple, monsieur. Los burgueses tienen dinero y los obreros no. Para realizar su programa, la Unión necesita recursos. Es dinero lo que queremos de los burgueses, no sus personas.

Monsieur Rougeon enrojeció. La indignación le hinchaba las venas de la frente.

—¿Debo entender, señora, que si me afilio a la Unión, pese a pagar mis cuotas, no tendré derecho a entrar a los Palacios Obreros ni a utilizar sus servicios?

—Exactamente, monsieur Rougeon. Usted no necesita esos servicios, porque tiene cómo pagar de su bolsillo la educación de sus hijos, los médicos y una vejez sin angustias. No es el caso de los obreros, ¿verdad?

—¿Por qué razón daría mi dinero, sin recibir nada a cambio? ¿Por imbécil?

—Por generosidad, por altruismo, por espíritu solidario con el desvalido. Sentimientos que, ya lo veo, tiene usted dificultad en identificar.

Monsieur Rougeon abandonó ostentosamente la logia, murmurando que semejante organización jamás contaría con su apoyo. Algunas personas lo siguieron, solidarias con su indignación. Desde la puerta, uno de ellos comentó: «Es verdad: madame Tristán es una subversiva».

Más tarde, en una cena ofrecida por los fourieristas, al ver sus caras decepcionadas y dolidas, Flora hizo un gesto para apaciguarlos. Dijo que, a pesar de sus diferencias con los discípulos de Charles Fourier, ella tenía tanto respeto por la cultura, la inteligencia y la integridad de Victor Considérant, que, una vez constituida la Unión Obrera, no vacilaría en sugerir su nombre como Defensor del Pueblo, el primer representante rentado de la clase obrera, elegido para defender los derechos de los trabajadores en la Asamblea Nacional. Victor sería, estaba segura, un tribuno popular tan bueno como lo era, en el Parlamento inglés, el irlandés O'Connell. Esa deferencia hacia su jefe y mentor les levantó el espíritu. Cuando la despidieron en el albergue habían hecho las paces y uno de ellos, en tono risueño, le dijo que por fin había entendido, oyéndola esta noche, por qué su sobrenombre de Madame-la-Colère.

No pudo dormir bien. Se sentía decepcionada con lo ocurrido en la logia masónica y lamentaba haberse dejado llevar por el impulso de insultar a los burgueses, en vez de concentrarse en hacer proselitismo entre los obreros. Tenías un carácter endemoniado, Florita; a tus cuarenta y un años aún no conseguías dominar tus arrebatos. Sin embargo, gracias a ese espíritu insumiso, a esos estallidos de mal humor, habías sido capaz de mantenerte libre y de recuperar la libertad cada vez que la perdías. Como cuando fuiste esclava de monsieur André Chazal. O cuando te convertiste poco menos que en una autómata, en una bestia de carga, donde la familia Spence. Esa época en la que aún no sabías lo que eran el sansimonismo, el fourierismo, el comunismo icariano, ni conocías la obra de Robert Owen, en New Lanark, en Escocia.

Los cuatro días que pasó en Mâcon, tierra del ilustre poeta y diputado Lamartine, los males del cuerpo volvieron a abatirse sobre ella, como para probar su fortaleza. A los dolores a la matriz y al estómago, que la hacían retorcerse, se añadía la fatiga, la tentación de renunciar a las citas, las visitas a los diarios y la cacería en pos de los obreros, aquí más esquivos que en otras partes, para ir a tumbarse en la camita floreada de su cuarto, en el lindo Hotel du Sauvage. Resistía esa tentación a costa de un esfuerzo hercúleo. En las noches, la fatiga y los nervios la tenían desvelada, recordando —uno de esos pensamientos con los que le gustaba torturarse a veces, como penitencia por no tener más éxito en su lucha— los tres años de calvario al servicio de los Spence. Esa familia inglesa debía de ser muy próspera, pero, salvo en viajes, apenas disfrutaba de su prosperidad, por su espíritu ahorrativo, su puritanismo y su falta de imaginación. Los esposos, Mr. Marc y Mrs. Catherine, andarían por la cincuentena, y Miss Annie, la hermana menor de aquél, por los cuarenta y cinco. Los tres eran flacos, desgarbados, algo tétricos, de vestiduras siempre negras y desprovistos de curiosidad. La contrataron como dama de compañía, para ir con ellos a las montañas de Suiza, a respirar aire puro y desinfectarse los pulmones afectados por el hollín de las fábricas de Londres. El salario era bueno; le permitía pagar a la nodriza por la manutención de los niños y le dejaba un excedente para sus necesidades personales. Lo de dama de compañía resultó un eufemismo; en verdad, fue la sirvienta del trío. Les servía el desayuno en la cama, con el intragable *porridge,* las tostadas y la desabrida taza de té que tomaban tres o cuatro veces al día, les lavaba y planchaba la ropa y ayudaba a las horribles cuñadas, Mrs. Spence y Miss Annie, a vestirse luego de sus abluciones matutinas. Les hacía los mandados, llevaba sus cartas al correo e iba a los almacenes a comprarles las insípidas galletitas con que acompañaban sus tazas de té. Pero también sacudía habitaciones, tendía camas, vaciaba bacinicas, y sufría la humillación cotidiana, a la hora de las comidas, de ver que los Spence le reducían las raciones del almuerzo y la cena a la mitad de las que ellos comían. Algunos ingredientes de la dieta familiar, como la carne y la leche, le estuvieron siempre vedados.

Pero, no fue ese trabajo estúpido, la rutina embrutecedora que la tenía en movimiento desde la madrugada hasta el anochecer, lo peor de esos tres años al servicio de los Spence. Sino la sensación de que, a poco de trabajar para ellos, esa pareja y la solterona iban desapareciéndola, privándola de su condición de mujer, de ser humano, convirtiéndola en un instrumento inerte, sin sentimientos ni dignidad, acaso sin alma, a quien sólo se concedía el derecho de existir los breves instantes en que se le impartían órdenes. Hubiera preferido que la maltrataran, que le volaran platos por la cabeza. Eso, al menos, la hubiera hecho sentirse viva. La indiferencia de que era objeto —no recordaba que le hubieran preguntado si se sentía bien, alguna gentileza o un solo gesto afectuoso hacia ella— la ofendía en el alma. En la relación con sus patrones, le correspondía trabajar como una bestia haciendo todo el día cosas estúpidas. Y resignarse a perder la dignidad, el orgullo, los sentimientos y hasta la sensación de estar viva. Pese a ello, al terminar la temporada en Suiza, cuando los Spence le propusieron llevársela a Inglaterra, aceptó. ¿Por qué, Florita? Sí, claro, qué otra cosa podías hacer para seguir manteniendo a tus hijos, pues entonces aún vivían los tres. De otro lado, era difícil que André Chazal te encontrara en Londres y te denunciara allá a la policía por tu fuga del hogar. El temor de ir a la cárcel fue tu sombra todos esos años.

Lúgubres recuerdos, Florita. Esos tres años de sirvienta la avergonzaban tanto que los borró de su biografía, hasta que, mucho después, en el condenado juicio, el abogado de André Chazal los sacó a la luz pública. Ahora la asediaban en Mâcon debido a lo mal que se sentía, a lo frustrante que resultó esta feísima ciudad de diez mil almas, las que, por lo demás, le parecieron también, todas ellas, tan feas como las casas y calles en que habitaban. Pese a haber recorrido las cuatro asociaciones gremiales, dejando en cada una su dirección y un prospecto sobre la Unión Obrera, sólo dos personas vinieron a visitarla: un tonelero y un herrero. Ninguno tenía interés. Ambos le confirmaron que las asociaciones gremiales estaban en Mâcon en vías de extinción, pues, ahora, los talleres habían encontrado la manera de pagar salarios más bajos, contratando agricultores de paso, cosechadores migrantes, por períodos intensivos, en vez de tener plantillas permanentes. Los obreros habían partido en masa a buscar trabajo en las fábricas de Lyon. Y los agricultores-obreros no querían ocuparse de problemas gremiales, pues no se consideraban proletarios, sino hombres de campo ocasionalmente empleados en los talleres para asegurarse un ingreso suplementario.

Lo único divertido en Mâcon fue monsieur Champvans, encargado del periódico *Le Bien Public* que dirigía por correspondencia, desde París, el ilustre Lamartine. Burgués distinguido, culto, la trató con una elegancia y cortesía que, pese a sus reservas políticas y morales contra los burgueses, le encantaron. Monsieur Champvans disimuló educadamente los bostezos cuando ella le describió la Unión Obrera y le explicó cómo transformaría la sociedad humana. Pero la invitó a un almuerzo exquisito en el principal restaurante de Mâcon y la llevó al campo, a visitar Le Monceau, el dominio señorial de Lamartine. El castillo de este gran artista y demócrata le pareció de una ostentación irritante y de pésimo gusto. Empezaba a aburrirse con la visita cuando apareció, para guiarla, madame de Pierreclos, viuda del hijo natural del poeta, muerto a los veintiocho años, de tuberculosis, al poco tiempo de casarse. La joven y agraciada viudita, una niña todavía, habló a Flora de su trágico amor, de la desolación en que vivía desde la muerte de su marido, decidida a no volver a disfrutar de diversión alguna y a llevar una existencia de renuncia y clausura, hasta que la muerte la librara de su viacrucis.

Oír hablar así a esta linda jovencita, con los ojos llenos de lágrimas, provocó a Flora una irritación extraordinaria. Sin pérdida de tiempo, mientras paseaban entre los parterres llenos de flores de Le Monceau, le infligió una lección.

—Me entristece, pero también me enoja oírla hablar así, señora. Usted no es una víctima del infortunio, sino un monstruo de egoísmo. Perdone mi franqueza, pero verá que tengo razón. Es joven, bella, rica, y, en vez de dar gracias al cielo por estos privilegios, y aprovecharlos, se entierra en vida porque una circunstancia la salvó del matrimonio, la peor servidumbre que puede padecer una mujer. Miles, millones de personas se quedan viudos o viudas, y usted toma su viudez como una catástrofe de la humanidad.

La muchacha se había parado y tenía la lividez de una muerta. La miraba incrédula, preguntándose si era o se había vuelto loca en este instante.

—¿Una egoísta porque soy leal al gran amor de mi vida? —musitó.

—Nadie tiene derecho a desaprovechar una oportunidad así —asintió Flora—. Olvídese de su luto, salga de este sarcófago. Empiece a vivir. Estudie, haga el bien, ayude a los millones de seres que, ellos sí, padecen problemas muy reales y concretos, el hambre, la enfermedad, el desempleo, la ignorancia, y no pueden hacerles frente. Lo suyo no es un problema, es una solución. La viudez la salvó de tener que descubrir la esclavitud que significa el matrimonio para una mujer. No juegue a sentirse una heroína de novela romántica. Siga mi consejo. Regrese a la vida y ocúpese de cosas más generosas que cultivar su dolor. Por último, si no quiere dedicar su tiempo a hacer el bien, goce, diviértase, viaje, consígase un amante. Es lo que hubiera hecho su marido si usted moría de tuberculosis.

De la palidez cadavérica, madame de Pierreclos pasó a enrojecer como una fresa. Y, de pronto, lanzó una risita histérica que tardó buen rato en sofocar. Flora la observaba, divertida. Al despedirse, la viudita, azorada, balbuceó que, aunque no sabía si Flora le había hablado en serio o en broma, sus palabras la harían reflexionar.

Al tomar el barco a Lyon, Flora sintió que se libraba de un peso. Estaba harta de pueblos y aldeas, ansiosa de volver a pisar una gran ciudad.

La primera imagen de Lyon, con sus lóbregas mansiones parecidas a cuarteles, recurrentes como pesadillas, y sus calles de guijarros filudos que lastimaban las plantas de los pies, le causó pésima impresión. Le recordó al Londres de los Spence, por su grisura, sus contrastes entre ricos riquísimos y pobres pobrísimos, y su carácter de urbe-monumento consagrado a la explotación de los obreros. Esa sensación deprimente del primer día desaparecería a medida que sus encuentros, citas, reuniones, se multiplicaban, y se veía, por primera vez en su vida, acosada por la policía. Aquí sí tuvo, por fin, innumerables encuentros con obreros de todos los sectores, tejedores, zapateros, talladores de piedras, herreros, carpinteros, terciopeleros y otros. Su fama la había precedido; mucha gente la conocía y miraba en la calle con admiración o reprobación, y, algunos, como bicho raro. Pero, la razón por la que, en los meses restantes de su gira —en Lyon cumplió dos meses desde su salida de París—, recordaría siempre el mes y medio lionés, fue porque, en la apretada agenda de esas semanas, verificó de manera abrumadora los excesos de la explotación de que eran víctimas los pobres, y también las reservas de decencia, de pureza moral y de heroísmo que tenía la clase obrera, pese a vivir en la más absoluta degradación. «En seis semanas en Lyon aprendí más sobre la sociedad que en toda mi vida pasada», apuntó en su diario.

En la primera semana dio una veintena de charlas, en los talleres de tejedores de seda del barrio de la Croix-Rousse, los famosos *canutos,* que, no hacía muchos años —1831 y 1834—, encabezaron dos revoluciones obreras que la burguesía sofocó con terrible derramamiento de sangre. En los estrechos, sucios, oscuros talleres encaramados en la montaña de la Croix-Rousse, cuyas interminables escaleras la dejaban sin aliento, Flora tuvo dificultad en asociar a esos hombres medio borrados por la penumbra, iluminados apenas por un candil —las reuniones se hacían de noche, luego del trabajo—, tímidos, mal vestidos, descalzos, en harapos, de caras estupidizadas por el cansancio —trabajaban de cinco de la madrugada a ocho de la noche con un pequeño descanso al mediodía—, con los combatientes que se enfrentaron a pedradas y palazos a las bayonetas, balas y cañones de los soldados. Muchos ponían en duda que ella hubiera escrito *La Unión Obrera*. Los prejuicios contra la mujer habían calado en todas las clases sociales. Por llevar faldas, la creían incapaz de desarrollar estas ideas para la redención del obrero. Luego de un cierto embarazo —que fuera mujer los desconcertaba— solían hacerle muchas preguntas y, por lo general, cuando ella los interrogaba sobre sus problemas, se explayaban con desenvoltura. Había muchos seres limitados entre ellos, pero, también, inteligencias en bruto, a las que la sociedad impedía pulirse. Salía de esas reuniones cayéndose de fatiga, pero en estado de incandescencia espiritual. Tus ideas prenden, Florita, los obreros las adoptan, la Unión Obrera comienza a ser realidad.

Al noveno día de su estancia, cuatro agentes de la policía y el comisario de Lyon, monsieur Bardoz, se presentaron en el Hotel de Milan con una orden de registro. Luego de hurgarlo todo por espacio de un par de horas, se llevaron sus papeles, libretas y cartas íntimas —entre ellas una, apasionada, de Olympia— y los ejemplares de *La Unión Obrera* que no alcanzó a distribuir en librerías. Partieron, entregándole una orden de comparecencia ante el procurador del rey, monsieur A. Gilardin. Éste era un hombre delgado como un cuchillo, vestido con un traje que parecía un hábito religioso. No se levantó a saludarla cuando ella entró a su despacho.

—La labor que usted desarrolla en Lyon es subversiva —le dijo, glacial—. Se ha abierto una investigación y podría ser procesada como agitadora. Por eso, en espera del resultado de la investigación, le prohíbo que continúe las reuniones con los *canutos* de la Croix-Rousse.

Flora lo examinó de arriba abajo, con lento desprecio. Hacía grandes esfuerzos para no estallar.

—¿Considera subversivo cambiar ideas con las personas que tejen los paños de los elegantes trajes con que usted se viste? Me gustaría saber por qué.

—Esos antros no son lugares aparentes para las damas. Además, ir a hablar a los obreros es asunto peligroso, cuando se tienen ideas desquiciadoras del orden social —le repuso, sin moverse, la boca sin labios del procurador del rey—. Debo prevenirla: mientras dure la investigación, estará sometida a vigilancia. Pero, si lo desea, puede abandonar Lyon de inmediato.

—Lo haré sólo por la fuerza. Esta ciudad me gusta mucho. Yo también debo advertirle algo: moveré cielo y tierra para que la prensa de aquí y de París haga conocer a la opinión pública el atropello de que soy víctima.

Partió del despacho del procurador del rey sin despedirse. Los tres diarios de oposición —*Le Censeur, La Démocratie* y *Le Bien Public*— informaron del registro e incautación de sus papeles, pero ninguno se atrevió a criticar la medida. Y, a partir de ese día, Flora tuvo dos policías instalados en la puerta del Hotel de Milan, apuntando las visitas que recibía y siguiéndola en la calle. Pero eran tan perezosos y torpes que resultó fácil despistarlos, gracias a la complicidad de las camareras del hotel, que la hacían salir por una ventana de las cocinas a un callejón furtivo, a la espalda del local. De modo que, pese a la prohibición, siguió celebrando reuniones diarias con obreros, extremando las precauciones, y temerosa de que, en alguno de esos encuentros, llamada por algún traidor, apareciera la policía. No ocurrió.

Al mismo tiempo, llevó a cabo un intenso trabajo de información social. Talleres, hospitales, casas de caridad, casas de locos, orfelinatos, iglesias, escuelas, y, por fin, el barrio de las prostitutas, en La Guillotière. En esta última expedición la acompañaron dos fourieristas —se portaron muy bien, consiguiéndole un abogado para defender su caso ante el procurador del rey—, no disfrazada de hombre como en Londres, sino cubierta con una capa y un sombrero algo ridículo, que le ocultaba media cara. Aunque no tan enorme ni dantesco como el del Stepney Green londinense, el espectáculo de las prostitutas apiñadas en las esquinas y las puertas de las tabernas y prostíbulos de nombres risueños —La casa de la novia, Los brazos cálidos— la descompuso. A varias, entre las más jóvenes, les preguntó su edad: doce, trece, catorce años. Unas niñitas sin desarrollar haciendo de mujeres. ¿Cómo era posible que los hombres se excitaran con estas criaturas puro hueso y pellejo, que no habían salido de la niñez y a las que rondaban la tisis y la sífilis, si es que ya no las habían contraído? Se le encogía el corazón; la rabia y la tristeza la enmudecían. Igual que en Londres, aquí también había algo entre monstruoso y cómico: en medio de esa depravación, se arrastraban, jugando, en los pisos de tierra de las casas de placer, entre las prostitutas y sus clientes —muchos obreros entre ellos—, niños de dos, tres o cuatro años, a los que las madres abandonaban allí mientras hacían su trabajo.

Realizaba esas visitas por obligación moral —no se podía reformar lo que se desconocía—, con profundo disgusto. Desde los primeros tiempos de su matrimonio con

André Chazal, el sexo la repelía. Antes incluso de adquirir una cultura política, una sensibilidad social, intuyó que el sexo era uno de los instrumentos primordiales de la explotación y dominación de la mujer. Por eso, aunque sin predicar la castidad o la reclusión monjil, siempre había desconfiado de las teorías que exaltaban la vida sexual, los placeres del cuerpo, como uno de los objetivos de la futura sociedad. Éste fue uno de los temas que la llevaron a apartarse de Charles Fourier, a quien, sin embargo, profesaba admiración y cariño. Curioso caso el del maestro; había llevado siempre, por lo menos en apariencia, una vida de total austeridad. Se lo tenía por misógino. Pero, en su diseño de la futura sociedad, el Edén venidero, la etapa de Armonía que sucedería a la Civilización, el sexo figuraba como protagonista. A ella le costaba aceptarlo. Aquello podía terminar en un verdadero aquelarre, pese a las buenas intenciones del maestro. Innecesario, absurdo, imposible organizar la sociedad de acuerdo al sexo, como pretendían ciertos fourieristas. En los falansterios, según el diseño de Fourier, habría jóvenes vírgenes, que prescindirían por completo del sexo, y vestales, que lo practicarían de manera moderada con los *vesteles* o trovadores, y mujeres todavía más libres, las *damiselas,* que harían el amor con los *menestrales,* y así sucesivamente, en un orden de libertad y exceso crecientes —las odaliscas, las faquiresas, las bacantes—, hasta las *bayaderas,* que practicarían el amor caritativo, acostándose con viejos, inválidos, viajeros, y, en general, seres a los que por su edad, mala salud o fealdad, la injusta sociedad actual condenaba a la masturbación o a la abstinencia. Aunque todo en esta organización fuese libre y voluntario —cada cual elegía a qué cuerpo sexual del falansterio quería pertenecer y podía abandonarlo a su albur— a Flora este sistema le parecía indebido, la hacía temer que, a su amparo, brotaran nuevas injusticias. En su proyecto de Unión Obrera no había recetas sexuales; salvo la igualdad absoluta entre hombres y mujeres y el derecho al divorcio, el tema del sexo se evitaba.

Lo que más la sobrecogía en la doctrina de Fourier era que, según éste, «toda fantasía es buena en materia de amor» y «todo el mundo tiene razón en sus manías amorosas porque el amor es esencialmente la pasión de la sinrazón». Le daba vértigo su defensa de «la orgía noble», los acoplamientos colectivos, y que, en la futura sociedad, los gustos minoritarios —él los llamaba unisexuales—, sádicos y fetichistas, no fueran reprimidos sino fomentados, para que cada cual encontrara su pareja afín, y pudiera ser feliz con su debilidad o capricho. Eso sí, sin hacer daño al prójimo, pues todo sería libremente elegido y consentido. Estas ideas de Fourier la escandalizaron tanto que, secretamente, le dio algo de razón al reformador Proudhon, un puritano que no hacía mucho, en 1842, en su *Advertencia a los propietarios,* acusó a los falansterianos de «inmoralidad y pederastia». El escándalo llevó a Victor Considérant a atenuar en los últimos tiempos las teorías sexuales del fundador.

Aunque reconocía y admiraba su audacia revolucionaria, a Flora la tolerancia libérrima de Charles Fourier en materia sexual la intimidaba. También la divertía, a veces. Ella y Olympia habían reído hasta el llanto una tarde, en medio de un encuentro amoroso, recordando la confesión del maestro de que tenía una «irreprimible inclinación por las lesbianas», y su afirmación según la cual sus cálculos e investigaciones le permitían afirmar que en el mundo existían veintiséis mil colegas con la misma inclinación, con los que podía formar una asamblea o «cuerpo» en la futura sociedad de Armonía, en la que él y sus asociados podrían disfrutar sin trabas ni vergüenza de espectáculos sáficos. Las lesbianas que se exhibirían ante los felices mirones lo harían por su libre elección y porque, haciéndolo, practicarían su vocación exhibicionista. «¿Lo invitamos, mi reina?», se reía Olympia.

La manía clasificatoria de Charles Fourier ahora te merecía burlas, Florita, pero diez años atrás, al regresar del Perú, con qué alegría habías descubierto esa doctrina que reconocía la injusta situación de la mujer y del pobre, y se proponía repararla mediante la nueva sociedad que surgiría con la multiplicación de falansterios. La humanidad había dejado atrás las etapas iniciales, Salvajismo, Barbarie, Civilización, y ahora, gracias a las nuevas ideas, pronto ingresaría en la última: la Armonía. El falansterio, con sus cuatrocientas familias, de cuatro miembros cada una, constituiría una sociedad perfecta, un pequeño paraíso organizado de manera que desaparecieran todas las fuentes de la infelicidad. La justicia era inservible, a menos que trajera la dicha a los seres humanos. El maestro Fourier lo había previsto y prescrito todo. En cada falansterio se pagaría más los trabajos más aburridos, estúpidos y sacrificados, y menos los más divertidos y creativos, ya que ejercer estos últimos constituía un placer en sí mismo. Por tanto, un carbonero o un hojalatero estarían mejor retribuidos que un médico o un ingeniero. Cada limitación o vicio serían aprovechados en beneficio de la sociedad. Como a los niños les gustaba embarrarse, ellos se encargarían de recoger las basuras en los falansterios. Esto le pareció a Flora, al principio, el colmo de la sabiduría. Como, también, la fórmula de Fourier para que hombres y mujeres no se mediocrizaran haciendo siempre lo mismo: rotar de trabajo en trabajo, a veces en un mismo día, para que no los apollara la rutina. De jardinero a profesor, de albañil a abogado, de lavandera a actriz, nunca nadie se aburriría.

Sin embargo, muchas afirmaciones contundentes del amable y compasivo Fourier terminaron por alarmarla. Asegurar: «Yo solo he conseguido confundir veinte siglos de imbecilidad política» era exagerado. El maestro presentaba como verdades científicas afirmaciones inverificables: que el mundo duraría, exactamente, ochenta mil años, y que, en ese tiempo, cada alma humana transmigraría ochocientas diez veces entre la Tierra y otros planetas, y viviría mil seiscientas veintiséis existencias diferentes. ¿Era eso ciencia o brujería? ¿No resultaba estrafalario? Por lo mismo, aunque sabía que sus conocimientos no igualaban ni de lejos los del fundador de la doctrina fourierista, se decía a sí misma que su propuesta de Unión Obrera era, precisamente por ser más modesta, más realista que la falansteriana.

Después de la visita al barrio de las rameras, fue aún peor recorrer La Antigualla, el hospital de locos y de prostitutas portadoras de enfermedades vergonzosas. Unos y otras andaban mezclados, entre los celadores embrutecidos y perversos, que molían a golpes a los locos que se paseaban semidesnudos y encadenados en un patio lleno de inmundicias, entre nubes de moscas, cuando chillaban demasiado. En los rincones, unas ruinas de mujeres escupían sangre o mostraban las pústulas de la sífilis, mientras trataban de entonar cánticos religiosos bajo la batuta de las hermanas de la Caridad, encargadas de la enfermería. El director del hospital, hombre amable, de ideas modernas, reconoció a Flora que, en la mayoría de los casos, la miseria había causado la enajenación de esos infelices.

—Lógico, doctor. ¿Sabe usted cuánto gana una obrera, en Lyon, por catorce o quince horas en el taller? Cincuenta centavos. La tercera o cuarta parte que el obrero, por el mismo trabajo. ¿Quién vive con eso al día, si tiene hijos que alimentar? Por eso muchas recurren a la prostitución, y acaban locas.

—Que no la oigan las hermanas —bajó la voz el doctor—. Para ellas la locura castiga el vicio. Su teoría les parecería poco cristiana.

No sólo en La Antigualla encontró Flora sacerdotes y religiosas. Estaban por todas partes. Lyon, ciudad de obreros revolucionarios, era, también, una ciudad clerical, que apestaba a incienso y sacristía. Entró y salió de muchas iglesias, llenas de pobres gentes fanatizadas, de rodillas, rezando o escuchando, sumisas, las asnerías oscurantistas que derramaban sobre ellas unos curas predicadores de la resignación y la servidumbre al poderoso. Lo más triste era comprobar que los pobres eran la inmensa mayoría de fieles. Para estudiar el fetichismo, subió, medio asfixiada por el esfuerzo, al pico más alto de Lyon, donde, en una pequeña capilla, se rendía culto a Notre Dame de Fourvière. La fealdad de la imagen la impresionó menos que el espectáculo de abyecta idolatría con que la masa de feligreses que habían subido como ella se empujaba y codeaba para acercarse y de rodillas tocar con la punta de los dedos la urna de la Virgen. ¡La Edad Media, en el corazón de una de las ciudades más industrializadas y modernas del mundo!

De regreso al centro de Lyon, a medio camino de la montaña, trató de visitar un Depósito de Mendigos donde los pobres ancianos sin casa ni empleo podían refugiarse y obtener un techo, un plato de sopa y un entierro cristiano. No logró entrar. El local estaba custodiado por gendarmes con mosquetes. Divisó, por las rejas, a las hermanas de la Caridad, que tenían también, en la ciudad, escuelas para pobres. ¡Cuándo no! Hábitos y guardias brazo con brazo, para tener atrapados a los pobres, de la niñez a la ancianidad, a fin de enseñarles la sumisión con rezos y sermones, o imponiéndosela por la fuerza.

Qué distintas eran, en comparación con estas visitas de estudio, las reuniones con pequeños grupos de *canutos* de las sederías y demás obreros lioneses. A veces, las discusiones resultaban violentas. Flora salía de ellas fortalecida en sus convicciones, recompensada en sus esfuerzos. Una noche, en una reunión con obreros icarianos, seguidores de Étienne Cabet, cuya novela *Viaje por Icaria* había reclutado en la región muchos seguidores para sus doctrinas llamadas comunistas, en medio de una fogosa polémica Flora se desmayó. Cuando abrió los ojos era el amanecer. Había pasado la noche en un taller de tejedores, tumbada en el suelo. Los obreros que dormían allí, se turnaron para cuidarla, sobándole las manos y mojándole la frente. A una de las obreras, Eléonore Blanc, la había visto en otras reuniones. Flora advirtió en ella, además de la devoción con que la escuchaba, una mente muy ágil. Un pálpito le dijo que esta mujer todavía joven podía ser una de las dirigentes de la Unión Obrera en Lyon. La invitó al Hotel de Milan, a tomar el té. Conversaron varias horas, bajo las plácidas miradas de los policías encargados de vigilarla. Sí, Eléonore Blanc era una mujer excepcional y formaría parte del comité organizador de la Unión Obrera de Lyon.

Cuando la llamó el juez de instrucción, su popularidad en Lyon era aún más grande. La gente la rodeaba en la calle, y, aunque algunos burgueses le torcían los ojos y algunas burguesas osaban decirle «Lárguese de aquí y déjenos en paz», la mayoría la saludaba con palabras amables. Tal vez esa popularidad hizo que el juez de instrucción, monsieur François Demi, decretara, luego de interrogarla dos horas —una amable conversación—, que no había lugar a proceso y que la policía le devolviera los papeles incautados.

«Estas últimas semanas he estado sencillamente soberbia», se dijo Flora, al recobrar sus cuadernos, cartas y agendas, que el propio comisario Bardoz le entregó, disgustado. Sí, sí, Florita. En cinco semanas en Lyon habías hecho apostolado ante centenares de obreros, enriquecido tus estudios sociales sobre la injusticia, instalado un comité de quince personas, y, por sugerencia de los propios trabajadores, se hallaba en marcha una tercera edición de *La Unión Obrera,* que se vendería a un precio muy bajo, de modo que estuviera al alcance de los bolsillos más humildes.

Su palabra llegó incluso al corazón del enemigo, la Iglesia. La última reunión que tuvo en la región fue sorprendente. Con mucho secreto, unos curas que vivían en comunidad, en Oullins, bajo la dirección del abate Guillemain de Bordeaux, la invitaron a visitarlos, pues «compartían con ella muchas ideas». Fue por curiosidad, sin esperar gran cosa del encuentro. Pero, para su asombro, en el castillo de Perron, en Oullins, la recibió un grupo de religiosos revolucionarios. Se llamaban a sí mismos «los curas rebeldes». Habían leído y discutido a Proudhon, Saint-Simon, Cabet y Fourier. Pero su guía y mentor era el padre Lamennais de la última época, el sacerdote rechazado por el Vaticano, el partidario de la República, adversario y fustigador de la monarquía y la burguesía, defensor de la libertad de cultos y de reformas sociales. Como Saint-Simon y como Flora, estos «curas rebeldes» creían que la revolución debía conservar a Cristo y a un cristianismo no corrompido por el autoritarismo de la Iglesia ni las prebendas del poder. La velada resultó entretenida y Flora se despidió de los curas rebeldes diciéndoles que también habría sitio para ellos en la Unión Obrera, y aconsejándoles, medio en broma medio en serio, que, ya que habían dado tantos buenos pasos, dieran uno más y se insubordinaran contra el celibato eclesiástico.

La separación de Eléonore Blanc, el día de su partida, fue penosa. La muchacha rompió en llanto. Flora la abrazó, diciéndole al oído algo que, mientras lo decía, la asustó: «Eléonore, te quiero más que a mi propia hija».

VI. Annah, la Javanesa
París, octubre de 1893

Cuando aquella mañana del otoño de 1893 tocaron la puerta de su estudio parisino del número 6, rue Vercingétorix, Paul se quedó boquiabierto: la niña-mujer que tenía al frente, muy menudita, de color oscuro, embutida en una túnica parecida al hábito de las hermanas de la Caridad, llevaba una monita en el brazo, una flor en los cabellos, y, en el cuello, este cartel: «Soy Annah, la Javanesa. Un presente para Paul, de su amigo Ambroise Vollard».

Nada más verla, sin recuperarse todavía del desconcierto ante semejante regalo del joven galerista, Paul sintió ganas de pintar. Era la primera vez que le ocurría desde su regreso a Francia, el 30 de agosto, luego de aquel malhadado viaje de tres meses, procedente de Tahití. Todo había salido mal. Bajó del barco en Marsella con sólo cuatro francos en el bolsillo y llegó medio muerto de hambre y desazón a un París de fuego, desertado por sus amigos. La ciudad, en los dos años pasados en la Polinesia, se había vuelto extraña y hostil. La exposición de sus cuarenta y dos «pinturas tahitianas» en la galería de Paul Durand-Ruel, fue un fracaso. Sólo vendió once, lo que no compensaba lo que tuvo que gastar, endeudándose una vez más, en marcos, carteles y publicidad. Aunque hubo algunas críticas favorables, desde esos días sintió que el medio artístico parisino le hacía el vacío o lo trataba con desdeñosa condescendencia.

Nada te había deprimido tanto, en la exposición, como la manera cruda con que tu viejo maestro y amigo,

Camille Pissarro, liquidó sumariamente tus teorías y los cuadros de Tahití: «Este arte no es el suyo, Paul. Vuelva a lo que era. Usted es un civilizado y su deber es pintar cosas armoniosas, no imitar el arte bárbaro de los caníbales. Hágame caso. Desande el mal camino, deje de saquear a los salvajes de Oceanía y vuelva a ser usted». No le discutiste. Te limitaste a despedirte de él con una venia. Ni siquiera el gesto afectuoso de Degas, que te compró dos cuadros, te levantó el ánimo. Las severas opiniones de Pissarro eran compartidas por muchos artistas, críticos y coleccionistas: lo que habías pintado allá, en los Mares del Sur, era un remedo de las supersticiones e idolatrías de unos seres primitivos, a años luz de la civilización. ¿Eso debía ser el arte? ¿Un retorno a los palotes, bultos y magias de las cavernas? Pero, no sólo era un rechazo a los nuevos temas y técnicas de tu pintura, adquiridos con tanto sacrificio en los dos últimos años en Tahití. Era también un rechazo sordo, turbio, retorcido, a tu persona. ¿Y, por qué? Por el Holandés Loco, nada menos. Desde la tragedia de Arles, su estancia en el manicomio de Saint-Rémy y su suicidio, y, sobre todo, desde la muerte, también por mano propia, de su hermano Theo van Gogh, la pintura de Vincent (que, cuando estaba vivo, a nadie interesaba) había comenzado a dar que hablar, a venderse, a subir de precio. Nacía una morbosa moda Van Gogh, y, con ella, retroactivamente, todo el medio artístico comenzaba a reprocharte haber sido incapaz de comprender y ayudar al holandés. ¡Canallas! Algunos añadían que, acaso, por tu proverbial falta de tacto, hasta podías haber desencadenado la mutilación de Arles. No necesitabas oírlos para saber que murmuraban estas y peores cosas a tus espaldas, señalándote, en las galerías, en los cafés, en los salones, en las fiestas, en las reuniones sociales, en los talleres de los artistas. Las infamias se filtraban en las revistas y en los diarios, de la manera oblicua con que la prensa parisina solía comentar la actualidad. Ni siquiera la muerte providencial de tu tío paterno Zizi, un solterón octogenario, en Orléans, que te dejó unos miles de francos que vinieron a sacarte por un tiempo de la miseria y las deudas, te devolvió el entusiasmo. ¿Hasta cuándo ibas a seguir en este estado, Paul?

Hasta aquella mañana en que Annah la Javanesa, con aquel pintoresco cartel en el cuello y Taoa, su monita saltarina de ojos sarcásticos a la que llevaba sujeta con un lazo de cuero, entró, contoneándose como una palmera, a compartir con él ese enclave luminoso y exótico en que Paul convirtió el estudio alquilado en este rincón de Montparnasse, en el segundo piso de un viejo inmueble. Ambroise Vollard se la enviaba para que fuera su sirvienta. Eso había sido Annah hasta ahora en casa de una cantante de ópera. Pero esa misma noche Paul hizo de ella su amante. Y, después, su compañera de juegos, fantasías y disfuerzos. Y, finalmente, su modelo. ¿De dónde venía? Imposible saberlo. Cuando Paul se lo preguntó, Annah le contó una historia trufada de tantas contradicciones geográficas, que, sin duda, se trataba de una fabulación. Tal vez la pobre ni siquiera lo sabía, y se estaba inventando un pasado mientras hablaba, delatando su prodigiosa ignorancia de los países y demarcaciones del planeta. ¿Cuántos años tenía? Ella le dijo que diecisiete, pero él le calculó menos, acaso sólo trece o catorce, como Teha'amana, esa edad, para ti tan excitante, en que las muchachas precoces de los países salvajes entraban en la vida adulta. Tenía los pechos desarrollados y los muslos firmes, y ya no era virgen. Pero no fue su cuerpecito menudo y bien formado —una enanita, un dije, al lado del fortachón de cuarenta y siete años que era Paul— lo que lo sedujo de inmediato en esa compañera que le deparó el ingrato París.

Era su cara ceniza oscura de mestiza, sus facciones finas y marcadas —la naricita respingona, los gruesos labios heredados de sus ancestros negros— y la viveza e insolencia de sus ojos, en los que había desasosiego, curiosidad, burla de todo lo que veía. Hablaba un francés de extranjera, de exquisitas incorrecciones, con vocablos e imágenes de una vulgaridad que a Paul le recordaban los burdeles de los puertos, en su mocedad marinera. Pese a no tener donde caerse muerta, ni saber leer ni escribir, ni poseer más cosas que su monita Taoa y la ropa que llevaba puesta, hacía alarde de una arrogancia de reina, en su desenfado, en sus poses y los sarcasmos que se permitía con todo y todos, como si nada le mereciera respeto, ni las formas convencionales rigieran para ella. Cuando algo o alguien le disgustaba, le sacaba la lengua y le hacía una morisqueta que Taoa imitaba, chillando.

En la cama, era difícil saber si la Javanesa gozaba o fingía. En todo caso, te hacía gozar a ti, y, a la vez, te divertía. Annah te devolvió lo que, desde el regreso a Francia, temías haber perdido: el deseo de pintar, el humor y las ganas de vivir.

Al día siguiente de aparecer Annah por su estudio, Paul la llevó a una tienda del boulevard de l'Opéra y le compró ropa, que le ayudó a escoger. Y, además de botines, media docena de sombreros, por los que Annah tenía pasión. Los llevaba puestos incluso dentro de casa, y era lo primero que se echaba encima, al despertar. A Paul lo estremecían las carcajadas cuando veía a la muchacha desnuda y con un rígido *canotier* en la cabeza, danzando en dirección a la cocina o el cuarto de baño.

Gracias a la alegría e inventiva de la Javanesa, el estudio de la rue Vercingétorix se convirtió, los jueves en la tarde, en un lugar de reunión y festejo. Paul tocaba el acordeón, se vestía a veces con un pareo tahitiano y se llenaba el cuerpo de fingidos tatuajes. A las *soirées* venían los amigos fieles de antaño, con sus esposas o amantes —Daniel de Monfreid y Annette, Charles Morice con una arriesgada condesa que compartía su miseria, los Schuffenecker, el escultor español Paco Durrio que cantaba y tocaba la guitarra, y una pareja de vecinos, dos suecos expatriados, los Molard, Ida, escultora, y William, compositor, quienes llevaban a veces a un compatriota dramaturgo e inventor medio loco llamado August Strindberg—. Los Molard tenían una hija adolescente, Judith, chiquilla inquieta y romántica, fascinada por el estudio del pintor. Paul lo había empapelado de papel amarillo, las ventanas de tonalidades ambarinas, y lo alborotó con sus esculturas y cuadros tahitianos. De las paredes parecían salir llamas vegetales, cielos azulísimos, mares y lagunas esmeralda y sensuales cuerpos al natural. Antes de que apareciera Annah, Paul mantenía a cierta distancia a la hija de sus vecinos suecos, divertido con el embelesamiento que la chiquilla le mostraba, sin tocarla. Pero, desde la llegada de la Javanesa, especie exótica que excitaba sus sentidos y fantasías, comenzó también a juguetear con Judith, cuando sus padres no andaban cerca. La cogía de la cintura, le rozaba los labios y apretaba sus nacientes pechitos, susurrándole: «Todo esto será mío, ¿cierto, señorita?». Aterrada y feliz, la chiquilla asentía: «Sí, sí, de usted».

Así se le metió en la cabeza pintar desnuda a la hija de los Molard. Se lo propuso y Judith, blanca como la cera, no supo qué decir. ¿Desnuda, totalmente desnuda? Claro que sí. ¿No era frecuente que los artistas pintaran y esculpieran desnudas a sus modelos? Nadie lo sabría, porque Paul, luego de pintarla, ocultaría el cuadro hasta que Judith creciera. Sólo lo exhibiría cuando ella fuera una mujer hecha y derecha. ¿Aceptaba? La chiquilla terminó por acceder. Sólo tuvieron tres sesiones y la aventura por poco termina en drama. Judith subía al estudio cuando Ida, su madre, que alentaba una pasión benefactora por los animales, salía en expedición, acompañada de Annah, por las calles de Montparnasse en pos de perros y gatos abandonados, enfermos o heridos, a los que traía a su casa, cuidaba y curaba, y les buscaba padres adoptivos. La chiquilla, desnuda sobre unas mantas polinesias multicolores, no alzaba los ojos del suelo; se encogía y sumía en sí misma, tratando de hacerse lo menos visible a los ojos que escudriñaban sus secretos.

A la tercera sesión, cuando Paul había esbozado su silueta filiforme y su carita oval de grandes ojos asustados, Ida Molard irrumpió en el estudio con aspavientos de trágica griega. Te costó trabajo calmarla, convencerla de que tu interés por la niña era estético (¿lo era, Paul?), que la habías respetado, que tu empeño en pintarla desnuda carecía de malicia. Ida sólo se calmó cuando le juraste que desistías del proyecto. Delante de Ida embadurnaste con trementina la tela inconclusa y la raspaste con una espátula, sepultando la imagen de Judith. Entonces, Ida hizo las paces y tomaron té. Enfurruñada y asustada, la niña los escuchaba charlar, calladita, sin inmiscuirse en sus diálogos.

Cuando, tiempo después, Paul decidió hacer un desnudo de Annah, tuvo una iluminación: sobrepondría la imagen de su amante a la inconclusa Judith de la tela interrumpida. Así lo hizo. Fue un cuadro que le tomó mucho trabajo, por la incorregible Javanesa. La más inquieta e incontrolable modelo que tendrías nunca, Paul. Se movía, alteraba la pose, o, para combatir el aburrimiento, se ponía a hacer morisquetas a fin de provocarte la risa —el juego favorito, con el espiritismo, de las veladas de los jueves—, o, simplemente, de buenas a primeras, harta de posar, se ponía de pie, se echaba encima cualquier ropa y largaba a la calle, como hubiera hecho Teha'amana. Qué remedio, guardar los pinceles y postergar el trabajo hasta el día siguiente.

Pintar este cuadro fue tu respuesta a esas críticas y comentarios ofensivos que, desde la exposición en Durand-Ruel, oías y leías por doquier sobre tus pinturas tahitianas. Ésta no era una tela pintada por un civilizado, sino por un salvaje. Por un lobo de dos patas y sin collar, sólo de paso en la prisión de cemento, asfalto y prejuicios que era París, antes de retornar a tu verdadera patria, en los Mares del Sur. Los refinados artistas parisinos, sus relamidos críticos, sus educados coleccionistas, se sentirían agraviados en su sensibilidad, su moral, sus gustos, con este desnudo frontal de una muchacha, que, además de no ser francesa, europea ni blanca, tenía la insolencia de lucir sus tetas, su ombligo, su monte de Venus y el mechón de vellos de su pubis, como desafiando a los seres humanos a venir a cotejarse con ella, a ver si alguien podía enfrentarle una fuerza vital, una exuberancia y sensualidad comparables. Annah no se proponía ser lo que era, ni siquiera se daba cuenta del poder incandescente que le venía de su origen, de su sangre, de los indomesticados bosques donde había nacido. Igual que una pantera y un caníbal. ¡Qué superioridad sobre las escleróticas parisinas, muchacha!

No sólo el cuerpo que iba apareciendo en la tela —la cabeza más oscura que el ocre enardecido, con reflejos dorados, de su torso y sus muslos y los grandes pies de uñas como garras de fiera— era una provocación; también su entorno, lo menos armonioso que cabía imaginar, con ese sillón chino de terciopelo azul en el que habías sentado a Annah en una postura sacrílega y obscena. En los brazos de madera del sillón, los dos ídolos tahitianos de tu invención insurgían, a ambos flancos de la Javanesa, como una abjuración del Occidente y su remilgada religión cristiana, en nombre del pujante paganismo. Y, también, la insólita presencia, en el cojincillo verde donde reposaban los pies de Annah, de esas florecillas luminosas que merodeaban siempre por tus telas, desde que descubriste los grabados japoneses, cuando empezabas a pintar. Estudiando el simbolismo y la sutileza de esas imágenes tuviste, por primera vez, la adivinación de lo que, ahora, por fin, veías muy claro: que el arte europeo estaba enclenque, afectado también de la tuberculosis pulmonar que mataba a tantos artistas, y que sólo un baño revivificador, venido de esas culturas primitivas no aplastadas aún por Europa, donde el Paraíso era todavía terrenal, lo sacaría de la decadencia. La presencia en la tela de Taoa, la monita colorada, a los pies de Annah, en una actitud entre pensativa y negligente, reforzaba el inconformismo y la soterrada sexualidad que bañaba todo el cuadro. Hasta esas manzanas aéreas que sobrevolaban la cabeza de la Javanesa, en la rosada pared del fondo, violentaban la simetría, las convenciones y la lógica a las que rendían un culto beato los artistas parisinos. ¡Bravo, Paul!

El trabajo, lentísimo por la vocación peripatética de Annah, resultó estimulante. Era bueno volver a pintar con convicción, sabiendo que no sólo pintabas con tus manos, también con los recuerdos de los paisajes y gentes de Tahití —sentías una irreprimible nostalgia de ellos, Paul—, con sus fantasmas, y, como le gustaba decir al Holandés Loco, con tu falo, el que, a veces, en plena sesión de trabajo, se enardecía con la visión de la chiquilla desnuda, y te empujaba a tomarla en brazos y llevarla a la cama. Pintar, luego de hacer el amor, con ese olor seminal en el ambiente, te rejuvenecía.

Desde que volvió de Tahití había escrito a la Vikinga que, apenas vendiera algunos cuadros y tuviera para el pasaje, iría a Copenhague a verlos a ella y a los chicos.

Mette le contestó una carta sorprendida y dolida de que, apenas pisó Europa, no hubiera volado a ver a su familia. La inercia lo ganaba cada vez que le venía a la mente la imagen de su mujer e hijos. ¿Otra vez eso, Paul? ¿Ser de nuevo un padre de familia, tú? Los trámites judiciales para cobrar la pequeña herencia del tío Zizi, la aparición de Annah en su vida y los deseos de volver a pintar que ella le despertó, fueron postergando el reencuentro familiar. Al llegar la primavera decidió, de manera intempestiva, llevarse a Annah a Bretaña, al antiguo refugio de Pont-Aven, donde pasó tantas temporadas y comenzó a ser un artista. No era sólo un retorno a las fuentes. Quería recuperar los cuadros pintados allí en 1888 y 1890, que dejó a Marie-Henry, en Le Pouldu, en prenda de la pensión que, debido a su insolvencia crónica, había pagado tarde, mal o nunca. Ahora, gracias a los francos del tío Zizi podría cancelar aquella deuda. Recordabas esas telas con aprensión, pues eras ahora un pintor más cuajado que aquel ingenuo que fue a Pont-Aven creyendo que en la Bretaña profunda, misteriosa, creyente y tradicional, encontrarías las raíces del mundo primitivo que la civilización parisina resecó.

Su llegada a Pont-Aven causó verdadera conmoción. No tanto por él como por Annah, y por las piruetas y chillidos de Taoa, que había aprendido a saltar de la cabeza de su ama a los hombros de Paul y viceversa, manoteando. Nada más llegar, supo que, en Egipto, había muerto Charles Laval, el amigo con quien compartió la aventura de Panamá y la Martinica, y que su esposa, la bella Madeleine Bernard, se hallaba muy enferma. Esa noticia lo deprimió tanto como recordar a sus viejos amigos artistas con los que había vivido años atrás las ilusiones de Bretaña: Meyer de Haan, recluido en Holanda y entregado al misticismo; Émile Bernard, también retirado del mundo, volcado en la religión y ahora hablando y escribiendo contra ti, y el buen Schuff, allá en París, dedicando sus días, en vez de pintar, a peleas domésticas con su mujer.

Pero, en Pont-Aven encontró otros amigos, pintores jóvenes que lo conocían y admiraban, por sus cuadros y por su leyenda de explorador de lo exótico, que abandonó París para buscar inspiración en los lejanos mares de la Polinesia: el irlandés Roderic O'Conor, Armand Seguin y Émile Jourdan, quienes, al igual que sus amantes o esposas, lo recibieron con los brazos abiertos. Se disputaban por halagarlo, y se mostraron tan obsequiosos con Annah como con él. En cambio, Marie-Henry, Marie la Muñeca, la del albergue de Le Pouldu, pese a haberlo saludado de manera afectuosa, fue terminante: los cuadros no eran prestados ni empeñados. Eran el pago por el cuarto y la pensión. No se los devolvería. Porque, aunque, según decían, ahora no valían gran cosa, en el futuro tal vez sí. No hubo nada que hacer.

La cordial acogida que Paul y Annah recibieron de los vecinos de Pont-Aven, sin embargo, mudó con el paso de los días en una actitud distante, y, luego, de sorda hostilidad. La razón eran las chiquillerías, escándalos y bromas, a veces de subido mal gusto, con que O'Conor, Seguin, Jourdan y otros jóvenes artistas instalados en Pont-Aven, se divertían, azuzados por Annah, feliz con los excesos de esos bohemios. Se emborrachaban y salían a la calle a hacer pasar malos ratos a las señoras del vecindario; improvisaban mojigangas en las que la Javanesa era la heroína. Las expresiones y poses descaradas de Annah y su risa torrencial, dejaban estupefactos a los vecinos, que, en las noches, desde las ventanas de sus casas les afeaban su conducta, mandándolos callar. Paul participaba de lejos, como espectador pasivo, en estas farsas. Pero su presencia era un silencioso aval a las locuras de sus discípulos, y las gentes de Pont-Aven lo hacían a él, por su edad y autoridad, el responsable.

El escándalo más comentado fue el de los pollos, concebido por la incorregible Javanesa. Ella convenció a los jóvenes discípulos de Paul —así se proclamaban ellos mismos— que se metieran a escondidas en el gallinero del tío Gannaec, el mejor provisto de la localidad, y, cambiándoles el agua por sidra, emborracharan a los pollitos. Luego, les rociaron botes de pintura, abrieron el gallinero y los ahuyentaron hacia la plaza, donde, en plena retreta del domingo, irrumpió aquella alucinante procesión de aves zigzagueantes y ruidosas, multicolores, que piaban con estruendo y daban vueltas sobre sí mismas o rodaban, desbrujuladas. La indignación del pueblo fue estentórea. El alcalde y el párroco dieron sus quejas a Gauguin y lo exhortaron a poner freno a esos alocados. «Cualquier día, esto terminará mal», sentenció el párroco.

En efecto, terminó muy mal. Semanas después del episodio de los pollos ebrios y pintarrajeados, el soleado 25 de mayo de 1894, todo el grupo —O'Conor, Seguin, Jourdan y Paul, más sus respectivas amantes o esposas, y Taoa—, aprovechando el excelente tiempo decidió hacer un paseo a Concarneau, antiguo puerto pesquero, a doce kilómetros de Pont-Aven, que conservaba las viejas murallas y las casas de piedra del barrio medieval. Desde que entraron al paseo marítimo, contiguo al puerto, Paul tuvo el presentimiento de que algo desagradable iba a ocurrir. Las tabernas estaban repletas de pescadores y marineros que, en las terrazas, bajo el espléndido sol, bajaban sus jarras de sidra y cerveza para ver pasar, con los ojos alelados, a ese grupo estrafalario de hombres con los cabellos larguísimos, de atuendos estridentes, y señoras llamativas, entre las cuales, contoneándose como una artista de circo, una negra tiraba de una cuerda a un mono chillón y les mostraba los dientes. Escucharon exclamaciones de sorpresa, de disgusto, advirtieron gestos amenazadores: «¡Fuera, payasos!». A diferencia de las de Pont-Aven, las gentes de Concarneau no estaban acostumbradas a los artistas. Y menos a que una negra diminuta les hiciera morisquetas.

A la mitad del paseo marítimo una nube de chiquillos los rodeó. Los miraban con curiosidad, algunos sonreían, otros les decían en su crujiente bretón cosas que no parecían muy cordiales. De pronto, empezaron a tirarles piedrecitas, guijarros, que llevaban en los bolsillos. Apuntaban sobre todo a Annah y a la monita, que, asustada, se estrechaba contra las faldas de su ama. Paul vio que Armand Seguin se apartaba del grupo, corría, alcanzaba a uno de los chicos que los apedreaban y lo sacudía de una oreja.

Entonces todo se precipitó de una manera que Paul recordaría después como vertiginosa. Varios pescadores de la taberna más cercana se pusieron de pie y vinieron hacia ellos a la carrera. En pocos segundos, Armand Seguin volaba por los aires, sacudido a empellones por un hombrón con zuecos y gorra marinera que rugía: «A mi hijo sólo le pego yo». Cayendo y trastabillando, Armand retrocedió, retrocedió, y terminó rodando al espumoso mar que golpeaba el parapeto. Reaccionando con ímpetu juvenil, Paul descargó su puño contra el agresor, al que vio desmoronarse, rugiendo, con las dos manos en la cara. Fue lo último que vio, pues, segundos después, caía sobre él un remolino de hombres en zuecos que lo golpeaban y pateaban desde todas las direcciones y en todo su cuerpo. Se defendió como pudo, pero resbaló y tuvo la seguridad de que su tobillo derecho, triturado y cercenado, se partía en cuatro. El dolor le hizo perder el sentido. Cuando abrió los ojos, resonaban en sus oídos alaridos de mujeres. Arrodillado a sus pies, un enfermero le señalaba en su pierna desnuda —le habían cortado el pantalón para examinarlo— un hueso saliente y astillado, que asomaba entre carne sanguinolenta. «Le han roto la tibia, señor. Tendrá que guardar mucho reposo.»

Mareado, dolorido, con vómitos, recordaba como un mal sueño el regreso a Pont-Aven en un coche de caballos que en cada hueco o barquinazo lo hacía aullar. Para adormecerlo, le alcanzaban traguitos de un aguardiente amargo, que le raspaba la garganta.

Guardó cama dos meses, en un cuartito de techo bajísimo y ventanas pigmeas de la pensión Gloanec, convertida en enfermería. El médico lo descorazonó: con la tibia rota era impensable que regresara a París, o, incluso, intentara ponerse de pie. Sólo el reposo absoluto permitiría que el hueso volviera a su sitio y soldara; de todos modos, quedaría cojo y en adelante debería usar bastón. De esas ocho semanas inmovilizado en una cama, recordarías el resto de tu vida los dolores, Paul. Mejor dicho, un solo dolor, ciego, intenso, animal, que te empapaba de sudor o te hacía tiritar, sollozar y blasfemar enloquecido, sintiendo que perdías la razón. Calmantes y analgésicos no servían de nada. Sólo el alcohol, que bebías en esos meses casi sin parar, te atontaba y sumía en breves intervalos de calma. Pero, pronto, ni siquiera el alcohol apaciguaba ese tormento que te hacía implorar al médico —venía una vez por semana—: «¡Córteme la pierna, doctor!». Cualquier cosa, con tal de poner fin al suplicio infernal. El médico se decidió a prescribirte el láudano. El opio te adormecía; en el atontamiento vago, en esos lentos remolinos de paz, te olvidabas de tu tobillo y de Pont-Aven, del incidente de Concarneau y de todo. Sólo quedaba en la mente un pensamiento fijo: «Es un aviso. Parte cuanto antes. Vuelve a la Polinesia y no regreses a Europa nunca más, Koke».

Luego de un tiempo incalculable, después de una noche en la que, por fin, durmió sin pesadillas, una ma-

ñana se despertó, lúcido. El irlandés O'Conor montaba
guardia junto a su cama. ¿Qué era de Annah? Tenía la impresión de no haberla visto hacía muchos días.

—Se fue a París —le dijo el irlandés—. Estaba muy
triste. No podía seguir aquí, desde que los vecinos envenenaron a Taoa.

Eso era, al menos, lo que la Javanesa suponía. Que
los vecinos de Pont-Aven, que odiaban a Taoa tanto como a ella, le habían preparado a la monita ese menjunje
con plátanos que le produjo una indigestión que la mató.
En vez de enterrarla, Annah evisceró al animalito con sus
propias manos, entre sollozos, y se llevó los restos consigo, a París. Paul recordó a Titi Pechitos cuando, harta del
aburrimiento de Mataiea, lo dejó para regresar a las noches agitadas de Papeete. ¿Volverías a ver a la traviesa Javanesa? Seguro que no.

Cuando pudo levantarse —en efecto, cojeaba, y le
era indispensable el bastón—, antes de regresar a París, tuvo que asistir a unas diligencias policiales sobre la pelea
de Concarneau. No se hacía ilusiones con los jueces, coterráneos de los agresores y probablemente tan hostiles
como ellos a los bohemios perturbadores de su tranquilidad. Los jueces, por supuesto, absolvieron a todos los
pescadores, con una sentencia que era una burla al sentido común, y le dieron como reparación una suma simbólica, que no cubría ni la décima parte de los gastos de
su cura. Partir, partir cuanto antes. De Bretaña, de Francia, de Europa. Este mundo se había vuelto tu enemigo.
Si no te dabas prisa, acabaría contigo, Koke.

La última semana en Pont-Aven, reaprendiendo
a caminar —había perdido doce kilos—, llegó a visitarlo,
desde París, un joven poeta y escritor, Alfred Jarry. Lo llamaba «maestro» y lo hacía reír con sus disparates inteligentes. Había visto sus cuadros donde Durand-Ruel y en

casas de coleccionistas, y le demostraba desbordante admiración. Había escrito varios poemas sobre sus cuadros, que le leyó. El muchacho lo escuchaba despotricar contra el arte francés y europeo, con beata devoción. A él y a los otros discípulos de Pont-Aven, que lo despidieron en la estación, los invitó a seguirlo a Oceanía. Formarían, juntos, ese Estudio de los Trópicos con el que soñaba el Holandés Loco allá en Arles. Trabajando a la intemperie, viviendo como paganos, revolucionarían el arte, inyectándole la fuerza y la audacia que había perdido. Todos juraron que sí. Lo acompañarían, partirían con él a Tahití. Pero, en el tren, rumbo a París, adivinó que no cumplirían su palabra ellos tampoco, como no la habían cumplido, antes, sus antiguos compañeros Charles Laval y Émile Bernard. A este simpático grupo de Pont-Aven tampoco volverías a verlo, Paul.

En París, todo fue de mal en peor. Parecía imposible que las cosas se agravaran aún más después de esos meses de convalecencia en Bretaña. En los medios artísticos reinaban el recelo y la incertidumbre, por la despreciable política. Desde el asesinato, por un anarquista, del presidente Sadi Carnot, el clima represivo, las delaciones y persecuciones llevaron a exiliarse a muchos de sus conocidos y amigos (o ex amigos) simpatizantes de los anarquistas, como Camille Pissarro, u opositores al gobierno, como Octave Mirbeau. Había pánico en los medios artísticos. ¿Te traería problemas ser nieto de Flora Tristán, una revolucionaria y anarquista? La policía era tan estúpida que tal vez te tenía fichado como subversivo, por razones hereditarias.

Su ingreso al taller de la rue Vercingétorix, número 6, le deparó una soberbia sorpresa. No contenta con mandarse mudar dejándolo medio muerto allá en Bretaña, Annah, ese diablillo con faldas, había saqueado el estudio, llevándose muebles, alfombras, cortinas, los adornos y las ropas, objetos y prendas que seguramente había ya subastado en el Mercado de las Pulgas y en las covachas de los usureros de París. Pero —¡suprema humillación, Paul!— no se llevó un solo cuadro, ni un dibujo, ni un cuaderno de apuntes. Los dejó como trastos inservibles, en esa estancia ahora totalmente vacía. Luego de una explosión de cólera con maldiciones, Paul se echó a reír. No sentías la menor animadversión hacia esa magnífica salvaje. Ella sí que lo era, Paul. Una salvajita de verdad, hasta el tuétano, de cuerpo y alma. Tenías bastante que aprender todavía, para estar a su altura.

Los últimos meses en París, preparando su regreso definitivo a Polinesia, echó de menos a ese ventarrón que se hacía pasar por javanesa, y era acaso malasia, india, quién sabe qué. Para consolarse de su ausencia, allí había quedado su retrato desnuda, al que, contemplado en estado de trance por Judith, la hija de los Molard, se dedicó a retocar, hasta sentir que lo había terminado.

—¿Te ves ahí, Judith, al fondo, asomando en ese muro rosa, como una doble de Annah, en blanco y rubio?

Por más que abría mucho los ojos y escudriñaba largo rato la tela, Judith no alcanzaba a distinguir esa silueta, detrás de la de Annah, que le señalaba Paul. Pero, no mentías. Los contornos de la chiquilla, que, para calmar a Ida, su madre, habías borrado con trementina y raspado con espátula, no habían desaparecido totalmente. Asomaban, de manera brevísima, como una aparición furtiva, mágica, a ciertas horas del día, con borrosa luz, cargando el cuadro de secreta ambigüedad, de misterioso trasfondo. Pintó el título, sobre la cabeza de Annah, en torno a unas frutas ingrávidas, en tahitiano: *Aita tamari vahine Judith te parari.*

—¿Qué quiere decir? —preguntó la chiquilla.

—«La mujer-niña Judith, aún sin desflorar» —tradujo Paul—. Ya ves, aunque a primera vista sea un retrato de Annah, la verdadera heroína de este cuadro eres tú.

Tumbado en el viejo colchón que los Molard le prestaron para que no durmiera en el suelo, muchas veces se dijo que esta tela sería el único buen recuerdo de su venida a París, tan inútil, tan perjudicial. Había terminado con los preparativos para el retorno a Tahití, pero tuvo que aplazar el viaje porque —«bien vengas mal si vienes solo», solía decir su madre, en Lima, cuando vivían de la caridad de la familia Tristán— las piernas se le llenaron de eczemas. El escozor lo atormentaba y las manchas se convirtieron en una placa de llagas purulentas. Debió internarse, tres semanas, en el pabellón de infecciosos de La Salpêtrière. Dos médicos te confirmaron lo que ya sabías, aunque nunca aceptaste esa realidad. La enfermedad impronunciable, otra vez. Hacía sus repliegues, te daba vacaciones de seis, ocho meses, pero seguía, soterrada, su trabajo mortífero, emponzoñándote la sangre. Ahora se manifestaba en tus piernas, despellejándolas, erupcionándolas de cráteres sanguinolentos. Después, subiría a tu pecho, a tus brazos, alcanzaría tus ojos y quedarías en tinieblas. Entonces tu vida habría acabado, aunque siguieras vivo, Paul. La maldita tampoco se detendría allí. Continuaría hasta penetrar en tu cerebro, privarte de lucidez y de memoria, desquiciándote, antes de volverte un desecho despreciable, al que la gente escupe, del que todos se apartan. Te volverías un perro sarnoso, Paul. Para combatir la depresión, bebía, a escondidas, el alcohol que le llevaban Daniel, el caballero, y Schuff, el generoso, en termos de café o botellas de refrescos.

Salió de La Salpêtrière con las piernas ya secas, aunque surcadas de cicatrices. Las ropas se le caían por la flacura. Con sus largos cabellos castaños, entre los que menudeaban hebras grises, sujetos por su gran gorro de astracán, la agresiva nariz quebrada sobre la cual titilaban, en perpetua excitación, sus pupilas azules, y la barbita de cabra en el mentón, su presencia seguía siendo imponente, y también sus gestos y ademanes, y las palabrotas con que acompañaba sus discusiones, cuando se reunía con sus amigos, en casa de ellos o en la terraza de algún café, pues en su estudio vacío ya no podía recibir a nadie. La gente solía volverse a mirarlo y a señalarlo, por su físico y sus excentricidades: la capa rojinegra que llevaba revoloteando, sus camisas de colorines tahitianos y su chaleco bretón, o sus pantalones de terciopelo azul. Lo creían un mago, el embajador de un exótico país.

La herencia del tío Zizi se redujo mucho con los gastos de hospital y médicos, de modo que se compró un pasaje de tercera, en *The Australian,* que, zarpando de Marsella el 3 de julio de 1895, cruzaría el canal de Suez y llegaría a Sidney a principios de agosto. De allí tomaría una conexión a Papeete, vía Nueva Zelanda. Procuró, antes de embarcarse, vender los cuadros y esculturas que le quedaban. Hizo una exposición en su propio taller, a la que, ayudado por sus amigos, y por una esquela de invitación escrita en términos crípticos por el sueco August Strindberg, cuyas obras de teatro tenían mucho éxito en París, acudieron algunos coleccionistas. La venta fue magra. Hizo un remate en el Hotel Drouot de toda su obra restante, que resultó algo mejor, aunque por debajo de sus expectativas. Tenía tanta urgencia de llegar a Tahití, que no podía disimularlo. Una noche, en casa de los Molard, el español Paco Durrio le preguntó por qué esa nostalgia de un lugar tan terriblemente alejado de Europa.

—Porque ya no soy un francés ni un europeo, Paco. Aunque mi apariencia diga lo contrario, soy un tatuado, un caníbal, uno de esos negros de allá.

Sus amigos se rieron, pero él, con las exageraciones de costumbre, les decía una verdad.

Cuando preparaba su equipaje —se había comprado un acordeón y una guitarra en reemplazo de los que se llevó Annah, muchas fotografías y una buena provisión de telas, bastidores, brochas, pinceles y botes de pintura— le llegó una carta furibunda de la Vikinga, desde Copenhague. Se había enterado de la venta pública de sus pinturas y esculturas en el Hotel Drouot, y le reclamaba dinero. ¿Cómo era posible que se mostrara tan desnaturalizado con su esposa y esos cinco hijos suyos, a los que ella, haciendo milagros —daba clases de francés, hacía traducciones, mendigaba ayuda a sus parientes y amigos—, llevaba ya tantos años manteniendo? Era su obligación de padre y marido ayudarlos, enviándoles un giro de cuando en cuando. Ahora podía hacerlo, egoísta.

La carta de Mette lo irritó y entristeció, pero no le envió un centavo. Más fuerte que los remordimientos que a veces lo asaltaban —sobre todo cuando recordaba a Aline, niña dulce y delicada— era el imperioso deseo de partir, de llegar a Tahití, de donde no debía haber vuelto nunca. Peor para ti, Vikinga. El poco dinero de esa venta pública le era indispensable para retornar a la Polinesia, donde quería enterrar sus huesos, y no en este continente de inviernos helados y mujeres frígidas. Que se las arreglara como pudiera con los cuadros de él que aún tenía, y, en todo caso, que se consolara, pues, según sus creencias (no eran las de Paul), los pecados que su marido cometía descuidando a su familia, los pagaría abrasándose toda la eternidad.

La víspera del viaje hubo una despedida, en casa de los Molard. Comieron, bebieron, y Paco Durrio bailó y cantó canciones andaluzas. Cuando él prohibió a sus amigos que, a la mañana siguiente, lo acompañaran a la estación donde tomaría el tren a Marsella, la pequeña Judith rompió a llorar.

VII. Noticias del Perú
Roanne y Saint-Étienne, junio de 1844

El cielo estaba lleno de estrellas y corría una brisa veraniega impregnada de aromas la noche que Flora llegó a Roanne, procedente de Lyon, el 14 de junio de 1844. Permaneció desvelada en su pensión, observando por la ventana el firmamento lleno de luceros, pero pensando todo el tiempo en Eléonore Blanc, la obrerita de Lyon con la que se había encariñado. Si todas las mujeres pobres tuvieran la energía, la inteligencia y la sensibilidad de esa muchacha, la revolución sería cosa de meses. Con Eléonore, el comité de la Unión Obrera funcionaría a la perfección y sería el motor de la gran alianza de trabajadores en todo el sur de Francia.

Echabas de menos a aquella chiquilla, Florita. Hubieras querido, en esta noche tranquila y estrellada de Roanne, abrazarla y sentir su cuerpo delgadito, como lo sentiste el día que fuiste a buscarla a su miserable casucha de la rue Luzerne, y la encontraste llorando.

—¿Qué te ocurre, hija mía? ¿Por qué lloras?

—Temo no ser lo bastante fuerte y hábil para hacer todo lo que usted espera de mí, señora.

Oyéndola hablar así, transida de emoción, viendo la ternura y reverencia con que la contemplaba, Flora tuvo que hacer un gran esfuerzo para no ponerse a llorar, también. La estrechó en sus brazos y la besó en la frente y las mejillas. El marido de Eléonore, un obrero tintorero de manos manchadas, no comprendía nada:

—Eléonore dice que en estas semanas usted le ha enseñado más que todo lo que ha vivido hasta ahora. ¡Y, en vez de alegrarse, llora! ¡Quién lo entiende!

Pobre muchachita, casada con semejante bobo. ¿También ella sería destruida por el matrimonio? No, tú te encargarías de protegerla y de salvarla, Andaluza. Imaginó una nueva forma de relación entre las personas, en la sociedad renovada gracias a la Unión Obrera. El matrimonio actual, esa compraventa de mujeres, habría sido reemplazado por alianzas libres. Las parejas se unirían porque se amaban y tenían fines comunes, y, a la menor desavenencia, se separarían de manera amistosa. El sexo no tendría el carácter dominante que mostraba incluso en la concepción de los falansterios de Fourier; estaría tamizado, embridado, por el amor a la humanidad. Los deseos serían menos egoístas, pues las parejas consagrarían buena parte de su ternura a los demás, a la mejora de la vida común. En esa sociedad, tú y Eléonore podrían vivir juntas y amarse, como madre e hija, o como dos hermanas, o amantes, unidas por el ideal y la solidaridad hacia el prójimo. Y esta relación no tendría el sesgo excluyente y egoísta que tuvieron tus amores con Olympia —por eso los cortaste, renunciando a la única experiencia sexual placentera de tu vida, Florita—; por el contrario, se sustentaría en el amor compartido por la justicia y la acción social.

A la mañana siguiente comenzó a trabajar en Roanne, desde muy temprano. El periodista Auguste Guyard, liberal y católico, pero admirador de Flora, cuyos libros sobre el Perú y sobre Inglaterra había comentado con entusiasmo, le tenía organizadas dos reuniones con grupos de unos treinta obreros cada uno. No resultaron muy exitosas. Comparados con los despiertos e inquietos *canutos* lioneses, qué resignados parecían los roanneses. Pero, después de visitar tres fábricas de paños de algodón —la gran industria local, que empleaba cuatro mil obreros—, Flora quedó sorprendida de que, dadas las condiciones en que trabajaban, estos infelices no fueran todavía más rústicos.

Su peor experiencia la tuvo en los talleres de paños de un ex obrero, monsieur Cherpin, convertido ahora en uno de los capitalistas más ricos de la región y explotador de sus antiguos hermanos. Alto, fuerte, velludo, vulgar, de maneras brutales y un olor de axilas que mareaba, la recibió mirándola burlonamente, de arriba abajo, sin disimular el desdén que le inspiraba, a él, un triunfador, una mujercita abocada a la innecesaria redención de la humanidad.

—¿Está usted segura de que quiere bajar allí? —le señalaba la entrada al sótano que era el taller—. Se arrepentirá, se lo advierto.

—Hablaremos después, señor Cherpin.

—Si es que sale viva —lanzó él una carcajada.

Ochenta desdichados se apiñaban, en tres hileras apretadas de telares, en una cueva asfixiante, donde era imposible estar de pie por lo bajo del techo, ni moverse debido al hacinamiento. Una cueva de ratas, Andaluza. Sintió que se iba a desmayar. El vaho ardiente del horno, la pestilencia y el ruido ensordecedor de los ochenta telares operando simultáneamente, la marearon. Apenas podía formular preguntas a esos seres semidesnudos, sucios, esqueléticos, encorvados sobre los telares, muchos de los cuales apenas la entendían porque sólo hablaban la jerga burguiñona. Un mundo de fantasmas, de aparecidos, de muertos vivientes. Trabajaban de cinco de la madrugada a nueve de la noche y ganaban, los hombres, dos francos diarios, las mujeres ochenta centavos, y los niños, hasta los catorce años, cincuenta centavos. Retornó a la superficie empapada de transpiración, las sienes oprimidas y el corazón acelerado, percibiendo clarito en su pecho el frío del huésped incómodo. Monsieur Cherpin le alcanzó un vaso de agua, riéndose siempre con obscenidad.

—Se lo advertí; no es un lugar para una señora decente, madame Tristán.

Haciendo esfuerzos por guardar la compostura, Madame-la-Colère silabeó:

—Usted, que comenzó como obrero tejedor, ¿cree justo hacer trabajar a sus prójimos en Dios, en semejantes condiciones? Este taller es peor que todos los chiqueros que he conocido.

—Debe ser justo, cuando cada madrugada se agolpan aquí decenas de hombres y mujeres implorándome que les dé trabajo —se ufanó monsieur Cherpin—. Compadece usted a unos privilegiados, madame. Si les pagara más, se lo gastarían en las tabernas, emborrachándose con ese vinazo que los vuelve idiotas. Usted no los conoce. Yo sí, precisamente porque fui uno de ellos.

Al día siguiente, luego de una jornada extenuante repartiendo ejemplares de la edición popular de *La Unión Obrera* en las librerías de Roanne, y de visitar otras dos fábricas de paños igual de infernales que la de monsieur Cherpin, Auguste Guyard llevó a Flora a las aguas termales de Saint-Alban. Su propietario, el doctor Émile Goin, era devoto lector suyo, en especial de su libro de viajes por el Perú, *Peregrinaciones de una paria,* que le hizo firmar. Cincuentón apuesto, de patillas canosas, ojos penetrantes, maneras aristocráticas aunque afables, el doctor Goin vivía con una apacible mujer y tres hijas de miriñaque en una casa señorial, llena de cuadros y esculturas, rodeada de jardines. En la cena que le ofreció, Flora advirtió que el dueño de casa la miraba con admiración. No sólo lo atraían tus hazañas intelectuales; también, lo negro de tus cabellos enrulados, la gracia y viveza de tus ojos y lo ar-

monioso de tus rasgos, Andaluza. Se sintió muy halagada. «He aquí un hombre al que, tal vez, hubieras podido
soportar en casa», pensó. El doctor Goin quería saber si
todo aquello que Flora contó en *Peregrinaciones de una
paria* era cierto, o estaba muy coloreado por la imaginación. No, no lo estaba; ella había hecho grandes esfuerzos por contar sólo su verdad, como Rousseau en sus *Confesiones*. ¿Era exacto, entonces, que esa increíble aventura
comenzó de manera casual, en una pensión parisina, gracias al encuentro con aquel capitán de navío que regresaba del Perú?

En efecto, así comenzó la historia que hizo de ti
lo que eras ahora, Florita. El buen Chabrié te salvó de ser
un parásito mustio, de vida prestada, como la regordeta
esposa pasmada del doctor Émile Goin. Sí, en aquella
pensión de París donde te refugiaste con Aline, luego de
tres años de servidumbre y degradación moral trabajando de doméstica de la familia Spence. Un lugar donde,
pensabas, nunca te encontraría tu marido André Chazal,
de quien seguías huyendo y escondiéndote, después de
tanto tiempo. Qué madeja de coincidencias y azares decidían los destinos de las personas, ¿no, Florita? Qué distinta hubiera sido tu vida si aquella noche, en el pequeño
comedor de la pensión parisina donde cenaban los pen-
sionistas, no te hubiera dirigido la palabra tu vecino de
mesa:

—Discúlpeme, señora, pero acabo de oír que la
patrona la llama madame Tristán. ¿Así se apellida? ¿No
será usted pariente de la familia Tristán, del Perú?

El capitán de navío Zacarías Chabrié hacía viajes
a ese lejano país, y había conocido allá, en Arequipa, a la
familia Tristán, la más próspera e influyente de toda la región. ¡Una familia patricia! Durante tres días, a la hora de
las comidas y las cenas, Flora sometió a un interrogato-

rio al amable marino, a quien sacó todo lo que sabía sobre aquella familia, la tuya, ya que don Pío, jefe y cabeza de los Tristán, era nada menos que el hermano menor de don Mariano, tu padre. A ese don Pío, tu tío carnal, tu madre le había escrito tantas veces desde que quedó viuda, pidiéndole ayuda, sin obtener jamás una respuesta. Vueltas que daba la vida, Florita. Sin esas charlas con el capitán Chabrié, en 1829, jamás se te hubiera ocurrido escribir aquella carta amorosa y dramática a tu tío arequipeño, el poderosísimo don Pío Tristán y Moscoso, contándole, con ingenuidad que pagarías cara, la situación en que tu madre y tú quedaron a la muerte de don Mariano por el irregular matrimonio de tus padres.

Diez meses después, cuando Flora había perdido las esperanzas, llegó la respuesta de don Pío. Una astuta y calculada carta en la que, a la vez que la llamaba «sobrina querida», le hacía saber, de manera rotunda, que su condición de hija natural —¡ay, el implacable rigor de la ley!— la excluía de todo derecho a la herencia de su «queridísimo hermano don Mariano». Herencia que, por lo demás, no existía, pues, luego de cancelar deudas y tributos, los bienes del padre de Flora se habían esfumado. Sin embargo, don Pío Tristán, en gesto dadivoso, enviaba a su desconocida sobrina de París, a través de un primo suyo residente en Burdeos, don Mariano de Goyeneche, un regalo de dos mil quinientos francos, y otra dádiva de tres mil piastras, ésta de la madre de don Pío y don Mariano, la abuelita de Flora, una matrona inquebrantable de noventa y nueve primaveras.

Aquel dinero cayó sobre Flora como una bendición del cielo. Eran tiempos difíciles, por la persecución encarnizada a que la sometía André Chazal. Había descubierto su paradero, en París, y la demandó ante los tribunales, acusándola de esposa y madre desnaturalizada.

Le reclamaba los dos hijos que sobrevivían (el mayor, Alexandre, acababa de morir). Flora pudo pagar a un abogado, defenderse, alargar el proceso y demorar una sentencia que —su defensor la previno—, dadas las leyes vigentes contra la mujer que desertaba su hogar, le sería desfavorable. Hubo un intento de arreglo amistoso, en casa de un tío materno de Flora, el comandante Laisney, en Versalles. André Chazal, a quien ella no veía hacía cuatro años, compareció hediendo a alcohol, con los ojos vidriosos y la boca llena de ira y de reproches. Andaba medio loco de resentimiento y amargura. «Usted me ha deshonrado, señora», repetía de tanto en tanto, trémulo. Luego de contenerse durante un buen rato, como le había suplicado su abogado, Madame-la-Colère no pudo más: cogió un plato de cerámica de la repisa más próxima y lo pulverizó contra la cabeza de su marido. Éste cayó al suelo, desbaratado, dando un rugido de sorpresa y de dolor. Aprovechando la confusión, Flora, cogiendo de la mano a la pequeña Aline —cuya custodia había confiado la justicia a su padre—, huyó. Su madre se negó a darle asilo, reprochándole comportarse como una enajenada. No contenta con eso, delató (estabas segura de ello) su escondite a André Chazal, en un hotelito pobretón de la rue Servandoni, en el barrio Latino donde Flora se refugió con Aline y Ernest-Camille. Una mañana, cuando ella abandonaba el hotel con el niño, su marido le salió al encuentro. Echó a correr, seguida por Chazal, quien le dio alcance en las puertas de la Facultad de Derecho de la Sorbonne. Se abalanzó sobre ella y comenzó a golpearla. Flora se defendía como podía, tratando de parar los golpes con su cartera y Ernest-Camille chillaba, aterrado, cogiéndose la cabeza. Un grupo de estudiantes los separó. Chazal aullaba que esa mujer era su esposa legítima, nadie tenía derecho a entrometerse en una disputa conyugal. Los futuros abogados dudaron. «¿Es cierto eso, señora?» Cuando ella reconoció que estaba casada con ese señor, los jóvenes, cariacontecidos, se apartaron. «Si es su esposo, no podemos defenderla, señora. La ley lo ampara.» «Son ustedes más puercos que este puerco», les gritó Flora, mientras Andrés Chazal la arrastraba, a empellones, al puesto de policía de la Place Saint-Sulpice. Allí fue fichada, amonestada y advertida por el comisario: no podría moverse del hotel de la rue Servandoni. Pronto recibiría una orden de comparecencia del señor juez. Aplacado, André Chazal partió llevándose en brazos al pequeño Ernest-Camille, que lloraba a gritos.

Horas después, Flora era de nuevo una fugitiva, con Aline, de seis añitos. Gracias a los francos y piastras venidos de Arequipa, erró cerca de seis meses por el interior de Francia, alejándose siempre de París como de la peste. Vivía a salto de mata, con nombres falsos, en hosterías modestísimas o viviendas de campesinos, sin permanecer jamás demasiado tiempo en ninguna parte. Estaba segura de que había una orden de captura contra ella. Si la policía le echaba mano, perdería también a Aline e iría a la cárcel. Se hacía pasar por una viuda atribulada por la muerte de su esposo; por una dama española alejada de su patria por motivos políticos; por una turista inglesa; por la mujer de un marino que navegaba en el mar de la China y distraía su añoranza viajando. Para hacer durar el dinero, comía apenas y buscaba cada vez hospedajes más humildes. Un día, en Angoulême, la fatiga, la angustia y la incertidumbre la derribaron. Cayó enferma. Las altísimas fiebres la hacían delirar. Madame Bourzac, dueña de la granja donde se alojaban, fue su ángel de la guarda, la salvadora de la pequeña Aline. La cuidó, la curó, le levantó el ánimo, y cuando Flora, entre sollozos, le contó su verdadera historia, con infinita dulzura la tranquilizó:

—No se preocupe, señora. La niña no puede seguir viviendo así, por los caminos, como una gitanilla. Déjela conmigo, hasta que su situación se arregle. Le he tomado cariño y la cuidaré como a una hija.

—El más noble y generoso ser que he conocido —exclamó Flora—. Sin ella, yo y Aline hubiéramos muerto en esos días terribles. ¡Madame Bourzac! Una campesina humilde, que apenas sabía escribir su nombre.

—¿Ya había decidido usted partir al Perú? —el doctor Émile Goin la miraba con tanta fascinación que Flora se ruborizó.

—¿Qué me quedaba? ¿Adónde podía seguir huyendo de André Chazal y de la mal llamada justicia francesa?

De Angoulême escribió una carta a don Mariano de Goyeneche, el primo de don Pío Tristán que vivía en Burdeos. Flora había estado ya en contacto epistolar con él, para recibir el dinero de Arequipa. Le pedía una audiencia, a fin de confiarle un asunto delicado de la mayor urgencia. Debía ser de viva voz. Don Mariano de Goyeneche contestó de inmediato, muy cordial. La hijita de don Mariano Tristán, su primo, podía venir a Burdeos cuando quisiera. Sería recibida con los brazos abiertos y todo el cariño del mundo. Don Mariano no tenía familia y estaba feliz de hospedarla por el tiempo que ella quisiera.

—Aquí debo interrumpir la historia —dijo Flora, de manera abrupta, poniéndose de pie—. Es tardísimo y mañana temprano parto a Saint-Étienne.

Cuando, al despedirla, el doctor Goin le besó la mano, Flora notó que sus labios húmedos se demoraban sobre su piel, insinuantes. «Me desea», pensó, disgustada. El desagrado le impidió dormir su última noche en Roanne, y la tuvo tensa y malhumorada al día siguiente durante el viaje en tren a Saint-Étienne. Y, en cierto modo, la persiguió, acosó, y no pudo desembarazarse de él toda la semana que pasó en aquella ciudad de militares cretinos y semicretinos, y de obreros beatos e idiotas, impermeables a toda idea inteligente, a todo sentimiento altruista, a toda iniciativa social. Lo único bueno que le ocurriría en la semana de Saint-Étienne fueron las dos cartas —largas, tiernas— de Eléonore Blanc, a la que contestó también extensas misivas. Como suponía, el comité de Lyon iba viento en popa.

En los cuatro talleres de tejedores que visitó —dos de hombres, uno de mujeres y otro mixto— se quedó sorprendida al saber que, al principio y al fin de la jornada, obreras y obreros rezaban. En uno de ellos la invitaron a sumarse a la plegaria. Cuando les explicó que no era católica, porque, a su juicio, la Iglesia era una institución opresora de la libertad humana, la miraron con tanto espanto que temió que la insultaran. De todas las reuniones salió convencida de que perdía su tiempo. Pese a sus esfuerzos, no ganaría a casi nadie para la Unión Obrera. En efecto, al final no pudo constituir el comité organizador con los diez miembros acostumbrados; debió conformarlo con siete y sospechando, además, que la mitad desertaría apenas ella partiera.

Para que la visita a Saint-Étienne no resultara inútil, se dedicó a esos estudios sociales que, después de la acción política, tanto le gustaban. Desde una mesa del simpático Café de París, donde tomaba sus desayunos y comidas, y de cuya dueña se hizo amiga, se dedicó a observar a los oficiales de la guarnición que habían hecho del Café de París una sucursal del cuartel.

Pronto llegó a la conclusión de que los militares de línea eran tarados congénitos, y que los oficiales de artillería, aunque alcanzaban los niveles del ser humano normal, lucían una arrogancia y un esnobismo nauseabundos. Por lo visto, estos oficiales, hijos de familias adineradas de la alta burguesía o la aristocracia, nada tenían que hacer en la vida salvo venir al Café de París, a jugar al dominó o a las cartas, a beber, fumar, contarse chistes y lanzar piropos a las damas que cruzaban la acera, en espera de alguna guerra en que ocuparse. Con Flora pretendieron coquetear también, al principio. Pero, desistieron, porque sus maneras desenvueltas e irónicas los incomodaban. Les gustaban las mujeres sumisas, como sus ordenanzas y sus caballos. Flora se dijo que había sido muy sensato seguir las enseñanzas del conde Saint-Simon y prohibir, en la nueva sociedad planeada por la Unión Obrera, la fabricación de toda clase de armas y abolir el ejército.

La fogata de recuerdos encendida en la cena donde los Goin, en Roanne, siguió chisporroteando durante su visita a Saint-Étienne. Aquella estancia en Burdeos, en el palacete del increíblemente rico don Mariano de Goyeneche, que se empeñó en que ella lo llamara «tío Mariano» y la llamó siempre «sobrina Florita», fue una fantasía hecha realidad. Nunca habías estado en una casa tan suntuosa, ni visto tantos criados, ni sospechado lo que era vivir como una persona rica. Nunca habías sido tratada con tanta deferencia, halagos y comodidades. Sin embargo, Andaluza, no fuiste totalmente feliz en esos meses de Burdeos, porque todavía no estabas acostumbrada a mentir. Vivías en el miedo, la desazón y la incertidumbre, con pánico de contradecirte, desdecirte, ser descubierta, humillada y regresada a tu verdadera condición, por don Mariano de Goyeneche y por su sombra, hombre de confianza, secretario y sacristán: Ismaelillo, el Eunuco Divino.

Don Mariano de Goyeneche se tragó las mentiras de Flora sin el menor recelo. Le creyó que, por la reciente muerte de su madre, había quedado sola en el mundo, sin parientes ni amistades en París, y que en estas circunstancias había concebido la idea —el anhelo, el sueño— de viajar al Perú, a Arequipa, a conocer la tierra de su padre, a tratar a su familia paterna, a pisar la casa donde nació su progenitor. Allá se sentiría protegida, consolada de su desamparo y soledad. Flora se pasó por los ojos el pañuelito de gasa, deformó su voz y fingió un sollozo. El anciano de cabellos blancos, facciones adustas y trajes oscuros que parecían hábitos, se conmovió, y, mientras ella le refería su desgracia, le cogió la mano varias veces, asintiendo. Sí, sí, Florita, una joven como ella no podía quedar sola en este mundo. La hija de su primo Mariano Tristán debía viajar al Perú, donde su tío, su abuela, sus primos y primas le brindarían el calor y el afecto que colmaran el vacío dejado por el fallecimiento de su madre. Escribiría a Pío, previniéndolo de su viaje, y él mismo se ocuparía de buscarle un buen barco y de recomendarla para que hiciera el largo viaje en toda seguridad. Mientras esperaban noticias de Arequipa, Florita no se movería de Burdeos, ni de esta casa, a la que su juventud alegraría. Don Mariano de Goyeneche estaba feliz de que su sobrinita viniera a hacerle compañía por unos meses.

Casi un año pasó alojada en la casa señorial de don Mariano de Goyeneche, un hombre que, si aún vivía, debía odiarte y despreciarte tanto como once años atrás te acariñó y protegió. Un hombre que te creyó soltera y virgen cuando, en verdad, eras una esposa prófuga, madre de tres niños (dos vivos y uno muerto) que, por lo demás, tampoco habías perdido a tu madre, aún viva en París, aunque, por la manera como tomó partido por André Chazal, ella había muerto para ti, pues nunca volverías a verla ni escribirle. ¿Qué cara habría puesto don Mariano de Goyeneche, leyendo, en *Peregrinaciones de una paria*, la verdad sobre los embustes que le hiciste tragar? ¡La sobrinita pura y cándida, a la que le pagó un pasaje al Perú, resultó ser una esposa y madre indigna, perseguida por la policía!

Se habría ido a confesar, y, esa noche, apretado más el cilicio sobre sus entecas carnes.

Era, con Ismaelillo, el Eunuco Divino, el ser más católico que Flora conoció. Un católico tan integral, tan obsesivo, que, más que un creyente, parecía una caricatura. Su máximo orgullo (alimentado tal vez de secreta envidia) era que su hermano menor fuera el arzobispo de Arequipa. «¡Un príncipe de la Iglesia en la familia, Florita! ¡Qué honor y qué responsabilidad!» Se había quedado solterón para cumplir mejor sus obligaciones con la Iglesia y con Dios, aunque no había hecho esos votos de castidad, pobreza y obediencia que, en cambio, había hecho al parecer Ismaelillo. Iba a misa todos los días, a la catedral, y varias veces a la semana volvía a la iglesia en las tardes, para la bendición y el rosario. Arrastraba a Flora a misas, vísperas, novenas, sahumerios, procesiones. Ella hacía extraordinarios esfuerzos para simular una devoción parecida a la de don Mariano a la hora de rezar: arrodillado, no en el reclinatorio sino en la fría losa, las manos en el pecho, los ojos cerrados, todo su cuerpo en actitud de contrición y humildad, y la expresión absorta en la oración. Visitaban la casa sacerdotes, párrocos, directores de obras pías, hermanas de la Caridad, congregaciones. A todos recibía don Mariano con afecto, les ofrecía tazas de chocolate humeante «venido del Cusco», acompañado de biscotelas y golosinas, y los despedía con generosas caridades.

Su inmenso palacete de piedra, en el barrio de Saint-Pierre, en el centro de Burdeos, parecía un convento. Estaba lleno de crucifijos y de imágenes sagradas, tapices y cuadros de tema religioso, y, además de la antigua capilla, había por las esquinas pequeños altares, hornacinas, urnas con vírgenes y santos, en los que se quemaba incienso. Como las espesas cortinas solían estar corridas, reinaba en la antigua y vasta mansión una eterna penumbra, un aire de recogimiento y renuncia terrenal que a Flora la sobrecogían. La gente, inspirada por lo sombrío y ceremonioso del lugar, tendía a hablar en voz baja, temerosa de cometer una ofensa si en este recinto tan fúnebre y espiritual hacía ruido.

El Eunuco Divino era un joven español lleno de sabiduría en materia económica al decir de don Mariano. Se ocupaba por el momento de administrar los bienes y rentas del señor De Goyeneche, pero acaso en el futuro entraría en el seminario. Vivía en un ala de la casa señorial, y su despacho y su dormitorio eran tan austeros como las celdas de un convento de clausura. A la hora de la cena, don Mariano pedía a Dios la bendición para el yantar; en el almuerzo lo hacía Ismaelillo, y engolaba tanto la voz y ponía una cara tan alelada y serafina, que Flora podía apenas aguantar la risa. Más que apuesto era bonito, con su tez rasurada y rosácea, su talle de avispa, y sus manos, de uñas recortadas y lustradas, suaves como la piel de un recién nacido. Vestía también con las ropas taciturnas del dueño de casa, pero, a diferencia de don Mariano de Goyeneche, que parecía perfectamente cómodo con la entrega total de su cuerpo y su espíritu al amor de Dios y a las prácticas de la religión, en el joven español —debía tener la edad de Flora, unos treinta o treinta y dos años a lo más—, algo en sus gestos, expresiones y comportamientos, delataba un conflicto no resuelto, un desgarro entre las formas exteriores de su conducta y su vida íntima. A ratos, a Flora le parecía un ser angelical, al que una ardiente fe religiosa llevó a negarse todos los apetitos y placeres, a renunciar al siglo para consagrarse a la salvación de su alma y a Dios. Pero, otras veces, sospechaba en él un ser dúplice, un simulador que, detrás de su modestia, austeridad y bondad, ocultaba un cínico, que fingía lo que no era ni creía, para ganarse la confianza de don Mariano, medrar a su sombra y heredar su fortuna.

Advertía de pronto, en los ojos de Ismaelillo, unos brillos codiciosos que la hacían recelar. A veces los provocaba, no sin malignidad, levantando al descuido su falda a la hora de las tertulias, de modo que quedara al descubierto su fino tobillo, o, ansiosa en apariencia de no perder una sílaba de lo que Ismaelillo contaba, acercándose a él tanto que el joven español debía olerla y sentir que su piel lo rozaba. Entonces perdía el control de sí mismo, palidecía o enrojecía, se le alteraba la voz, se le enredaban las frases y saltaba de un tema a otro sin ilación. Se había encariñado con esa muchacha, en esta vieja casa olorosa a sacristía, apenas la vio. Flora lo supo desde el primer día. Se había enamorado de ti y eso debía desgarrarlo. Pero nunca se atrevió a decirte nada que fuera más allá de la convencional amistad. Sin embargo, sus ojos lo traicionaban, y Flora sorprendía en ellos a menudo esa lucecita ansiosa que quería decir: cuánto me gustaría ser libre, poder decirle lo que siento, cogerle la mano y besársela, rogarle que me permita cortejarla, amarla, pedirle que sea mi mujer y me enseñe la felicidad.

En el año que pasó en esta casa, mientras se decidía su viaje al Perú, Flora vivió como una princesa, aunque aburrida con las prácticas religiosas incesantes. Sin las lecturas —nunca había leído tanto como en estos meses, en la gran biblioteca de don Mariano— y la compañía y devoción del Eunuco Divino, hubiera sido mucho peor. Ismaelillo la acompañaba a dar largos paseos por las orillas del Garonne, o por el campo vecino, donde los viñedos se perdían de vista, y la entretenía contándole de España, de don Mariano, de las intrigas de las grandes familias bordelesas que conocía al dedillo. Un día que jugaban a las cartas, junto a la chimenea, Flora advirtió que el joven, muy nervioso, se llevaba constantemente la mano al pantalón, como para apartar a un insecto o aquejado de escozores. Disimulando, se dedicó a espiar sus movimientos. Sí, no le cupo ninguna duda: como quien no quiere la cosa, se estaba gratificando, excitado por la cercanía de Flora, y lo hacía allí mismo, casi a la vista de ella y de don Mariano, que leía en su mecedora un libro con tapas de pergamino. Para hacerle pasar un mal rato, de súbito le rogó que le trajera un vaso de agua. Ismaelillo enrojeció como una antorcha, ganó tiempo simulando no haber oído bien; por fin se levantó de lado y encogido, pero, aun así, furtivamente, Flora vio que tenía hinchado el pantalón. Esa noche lo oyó sollozar, arrodillado en la capilla. ¿Se estaría azotando? Desde entonces, una compasión mezclada de disgusto rodeó su relación con el joven español. Le tenías pena, Florita, pero también repugnancia. Era bueno y sufría, sin duda. Pero, qué ganas de añadirse tormentos a los que ya deparaba la vida de por sí. ¿Qué habría sido de él?

La más pintoresca experiencia de la estancia de Flora en Saint-Étienne fue la visita a la fábrica de armas, contigua a la guarnición. Consiguió permiso para visitarla gracias a tres burgueses falansterianos amigos del coronel jefe del regimiento, quien designó a uno de sus ayudantes, un capitán de bigotito muy coqueto, para que la escoltara. Las explicaciones sobre las armas que allí se fundían la aburrieron tanto que, mientras se las daban, pensaba en otra cosa. Pero, al término de la visita, el director de la fábrica, un civil, y varios militares de artillería le ofrecieron un refrigerio. La conversación transcurría sobre temas banales. De pronto, el capitán que la escoltaba le preguntó, con muchos rodeos, qué había de cierto en los rumores según los cuales madame Tristán tendría veleidades pacifistas. Iba a contestarle de manera evasiva —la esperaban

en un taller de obreros cinteros, en el barrio de Saint-Benoît y no quería perder tiempo en una discusión inútil—,
pero, al ver las caras de sorpresa, de franco reproche o de
burla en los oficiales que la rodeaban, no pudo reprimirse:

—¡Mucho de cierto, capitán! Soy pacifista, claro
está. Por eso, mi proyecto de la Unión Obrera establece
que en la futura sociedad se prohibirán las armas y se abo-
lirán los ejércitos.

Dos horas después todavía discutía fogosamente
con esos interlocutores escandalizados, uno de los cuales
se atrevió a decir, enfurecido, que sostener semejantes ideas
«era indigno de una dama francesa».

—Antes que Francia, mi Patria es la humanidad,
señores —dijo, poniendo punto final a la reunión—. Gracias por su compañía. Tengo que irme.

Salió de allí fatigada con la discusión, pero divertida por haber desconcertado a esos artilleros pretenciosos
con sus ideas disolventes. Cuánto habías cambiado, Florita, desde que, alojada en el palacete girondino de don Mariano de Goyeneche, te aprestabas a partir al Perú, para
escapar a la persecución de André Chazal. Eras una mujercita rebelde, sí, pero confusa e ignorante, y nada revolucionaria aún. No se te pasaba por la cabeza que fuera
posible luchar de manera organizada contra esa sociedad
que permitía la esclavitud femenina, bajo el subterfugio
del matrimonio. Qué bien te haría la experiencia peruana. Ese año en Arequipa y en Lima te cambió.

Aunque sin entusiasmo, don Pío Tristán dio su
visto bueno al viaje de Flora. La familia la alojaría en la
casa en la que su padre había nacido y pasado infancia y
juventud. Don Mariano de Goyeneche e Ismaelillo empezaron las averiguaciones sobre barcos que zarparan hacia América del Sur en las semanas siguientes. Encontraron
el *Carlos Adolfo,* el *Fletes* y *Le Mexicano.* Los tres partirían

en el curso de febrero de 1833. Don Mariano fue personalmente a hacer una inspección. Descartó los dos primeros; el *Carlos Adolfo* estaba lleno de parches y era viejísimo; el *Fletes* era un buen barco, pero caleteaba por medio litoral africano antes de enrumbar a Sudamérica. *Le Mexicano* resultó la mejor opción. Un barco pequeño, con una sola escala, antes de dirigirse, por el estrecho de Magallanes, hasta Valparaíso. La travesía tomaba algo más de tres meses.

Elegido el barco, separado el camarote, sólo quedaba esperar la partida. Desde que se instaló en Burdeos, don Mariano e Ismaelillo se empeñaron en hacerle practicar su mal español, del que Flora recordaba palabritas, frases oídas de niña en la casa de Vaugirard, en boca de su padre. Ambos se tomaron muy en serio su papel de profesores, y, a los cuantos meses, Flora podía seguir sus diálogos y chapurrear el español.

No se enteró del infamante apodo con que la sociedad de Burdeos llamaba a Ismaelillo por los criados del señor De Goyeneche, sino por la propia víctima. Fue durante uno de los largos paseos que solían dar por las orillas del ancho Garonne o el campo adyacente a la ciudad, durante los cuales a Flora le parecía sentir los esfuerzos, la batalla silenciosa y feroz que tenía lugar en el corazón del joven para confesarle —o para no confesarle— la pasión que ella le inspiraba.

—Sin duda, habrá usted oído cómo me llaman, a mis espaldas, las gentes de Burdeos.

—No, no he oído nada. ¿Un sobrenombre, quiere decir?

—Uno vulgar y sacrílego —dijo el joven, mordiéndose los labios—. El Eunuco Divino.

—Es vulgar, sí —exclamó Flora, confundida—. Algo sacrílego. Pero, sobre todo, estúpido. ¿Por qué me cuenta eso?

—No quiero tener ningún secreto para usted, Flora.

Calló, cabizbajo, y ya no pronunció palabra el resto del paseo, como abatido por la fatalidad. Fue, creías tú, Florita, el momento en que el joven estuvo más cerca de romper sus votos religiosos y hacerte saber que era humano, no divino, y que soñaba con tener en sus brazos a una mujercita bella y despierta, como tú. Mejor que no lo hubiera hecho. Pese a esas asquerosidades que le descubrías a veces, le habías llegado a tomar cariño, mezclado de compasión.

La visita a los obreros cinteros de Saint-Benoît la enfureció y deprimió. Eran una veintena de trabajadores sordos, analfabetos, tontos, desprovistos de la más elemental curiosidad. Le pareció que hablaba ante árboles o piedras. Hubiera sido más fácil convertir en revolucionarios a los oficiales petimetres del Café de París que a estos infelices, embrutecidos por el hambre y la explotación, a los que los burgueses habían exprimido hasta la última partícula de inteligencia. Cuando, a la hora de las preguntas, uno de los *canutos* le sugirió que, según rumores, se estaba haciendo rica con los ejemplares de *La Unión Obrera* que vendía, ni siquiera tuvo ánimos para enojarse.

El día que supo la fecha definitiva de la partida de *Le Mexicano* del puerto de Burdeos rumbo al Perú —el 7 de abril de 1833, a las 8 de la mañana, aprovechando la marea alta— supo también que el capitán del barco que se disponía a tomar era ¡Zacarías Chabrié! Cuando oyó a don Mariano de Goyeneche pronunciar aquel nombre, sintió que la fulminaba un rayo. ¡Zacarías Chabrié! El capitán de aquella pensión de París que le informó sobre la familia Tristán de Arequipa. Aquel capitán había conocido a su hija Aline y, apenas viera aparecer a Flora rodeada de don Mariano e Ismaelillo, la llamaría «señora» y le preguntaría por su «bella hijita». Todas tus mentiras te caerían encima y te aplastarían, Andaluza.

Pasó una noche desvelada, el pecho encogido de angustia. Pero a la mañana siguiente había tomado una decisión. Con pretextos, salió a la calle, alegando una promesa a santa Clara que debía cumplir sola, y se hizo llevar al puerto por un coche de alquiler. Fue fácil dar con las oficinas de la compañía. A la media hora de estar esperando, apareció el capitán Zacarías Chabrié en la puerta del local. Reconoció su alta figura, sus cabellos ralos, la redonda cara bretona caballerosa y provinciana, sus ojos benévolos. Él la reconoció al instante.

—¡Madame Tristán! —se inclinó a besarle la mano—. Me preguntaba, al ver la lista de pasajeros, si sería usted. ¿Viaja conmigo en *Le Mexicano,* verdad?

—¿Podemos hablar un momento a solas? —asintió Flora, adoptando una expresión dramática—. Es un asunto de vida o muerte, señor Chabrié.

Desconcertado, el capitán la hizo pasar a un gabinete, y le cedió lo que debía ser su asiento, un amplio sofá con un banquito para los pies.

—Voy a confiar en usted porque lo creo un caballero.

—No la defraudaré, señora. ¿En qué puedo servirla?

Flora dudó unos segundos. Chabrié parecía uno de esos bretones a la antigua, que, aunque hubiera recorrido todos los mares del mundo, seguía fieramente apegado a los valores tradicionales, a principios éticos y a la religión.

—Le ruego que no me haga ninguna pregunta —le suplicó, con los ojos arrasados de lágrimas—. Se lo explicaré en altamar. Necesito que, el día de la partida, cuando yo venga aquí acompañada, me salude como si me viera por primera vez. No me traicione. Se lo ruego por lo que más quiera, capitán. ¿Me promete que lo hará?

Zacarías Chabrié asintió, muy serio.

—No necesito explicación alguna. No la conozco, no la he visto nunca. Tendré el gusto de conocerla el martes, a las ocho, hora de la partida.

VIII. Retrato de Aline Gauguin
Punaauia, mayo de 1897

El 3 de julio de 1895 Paul subió en Marsella al barco *The Australian,* agotado pero contento. Las últimas semanas había vivido angustiado, temiendo una muerte súbita. No quería que sus restos se pudrieran en Europa, sino en Polinesia, su tierra de adopción. Por lo menos en eso coincidías con las locuras internacionalistas de la abuela Flora, Koke. Dónde se nacía era un accidente; la verdadera patria uno la elegía, con su cuerpo y su alma. Tú habías elegido Tahití. Morirías como salvaje, en esa bella tierra de salvajes. Ese pensamiento le quitaba un gran peso de encima. ¿No te importaba no ver más a tus hijos, ni a los amigos, Paul? ¿A Daniel, al buen Schuff, a los discípulos últimos de Pont-Aven, a los Molard? Bah, no te importaba lo más mínimo.

En la escala de Port-Said, antes de iniciar el cruce del Canal de Suez, bajó a curiosear en el mercadillo improvisado junto a la pasarela del barco, y, de pronto, en medio de la muchedumbre de voces y chillidos de los vendedores árabes, griegos y turcos que ofrecían telas, baratijas, dátiles, perfumes, dulces de miel, descubrió un nubio de turbante rojizo que le hacía un guiño obsceno, mostrándole algo semioculto entre sus manazas. Era una soberbia colección de fotos eróticas, en buen estado, donde aparecían todas las posturas y combinaciones imaginables, hasta una mujer sodomizada por un lebrel. Le compró las cuarenta y cinco fotos de inmediato. Irían a enriquecer su baúl de clichés, objetos y curiosidades, que había dejado en un depósito, en Papeete. Se regocijó imaginando las reacciones de las tahitianas cuando les mostrara estas locuras.

Revisar aquellas fotos y fantasear a partir de sus imágenes fue una de las pocas distracciones de aquellos dos meses interminables para llegar a Tahití, con escalas en Sidney y en Auckland, donde estuvo varado tres semanas esperando un barco que hiciera la ruta de las islas. Llegó a Papeete el 8 de septiembre. El barco entró en la laguna con la gran orgía de luces del amanecer. Sintió indescriptible felicidad, como si volviera a casa y una nube de parientes y amigos estuvieran en el puerto para darle la bienvenida. Pero no había nadie esperándolo y le costó un triunfo encontrar un coche bastante grande que lo llevara con todos sus bultos, paquetes, rollos de telas y botes de pinturas a una pequeña pensión que conocía en la rue Bonard, en el centro de la ciudad.

Papeete se había transformado en sus dos años de ausencia: ahora había luz eléctrica y sus noches ya no tenían el aire entre misterioso y tenebroso de antes, sobre todo el puerto y sus siete barcitos, que ahora eran diez. El Club Militar, al que acudían también colonos y funcionarios, lucía, detrás de su empalizada de estacas, una flamante cancha de tenis. Deporte que tú, Paul, obligado a andar con bastón desde la paliza de Concarneau, no practicarías nunca más.

En el viaje amainó el dolor del tobillo, pero, apenas pisó tierra tahitiana, regresó acrecentado, al extremo, algunos días, de arrojarlo al lecho aullando. Los calmantes no le hacían efecto, sólo el alcohol, cuando bebía hasta que se le enredaba la lengua y apenas podía tenerse en pie. Y, también, el láudano, que un boticario de Papeete aceptó venderle sin receta médica, mediante una exorbitante gratificación.

La somnolencia estúpida en que lo sumían las dosis de opio lo tenía horas tumbado en su cuarto, o en el sillón de la terraza de la modesta pensión que siguió ocupando en Papeete, mientras le erigían en Punaauia, a unos doce kilómetros de la capital, en un terrenito que adquirió por poco precio, una choza de cañas de bambú y techo de hojas de palma trenzadas, que fue luego decorando y amueblando con los restos de su estancia anterior, las pocas cosas que había traído de Francia y otras que compró en el mercado de Papeete. Dividió con una simple cortina la única estancia, para que uno de los recintos fuera dormitorio y el otro su estudio. Cuando armó su caballete y dispuso sus telas y pinturas, se sintió de mejor ánimo. Para tener buena luz, él mismo, con dificultad por el dolor crónico del tobillo, abrió una claraboya en el techo. Sin embargo, durante varios meses fue incapaz de pintar. Talló unos paneles de madera que colgó en los tabiques de la choza, y, cuando el dolor y el escozor de las piernas se lo permitían —la enfermedad impronunciable había vuelto a comparecer, con puntualidad astral—, hacía esculturas, ídolos que bautizaba con el nombre de los antiguos dioses maoríes: Hina, Oviri, los Ariori, Te Fatu, Ta'aora.

Durante todo este tiempo, día y noche, lúcido o inmerso en el mareo gelatinoso en que el opio disolvía su cerebro, pensaba en Aline. No su hija Aline —la única de sus cinco hijos en Mette Gad a la que recordaba algunas veces—, sino su madre, Aline Chazal, convertida luego en madame Aline Gauguin, cuando las amistades políticas e intelectuales de la abuela Flora, a la muerte de ésta, ansiosas de asegurar un porvenir a la muchacha huérfana, la casaron en 1847 con el periodista republicano Clovis Gauguin, su padre. Matrimonio trágico, Koke, familia trágica la tuya. La cascada de recuerdos se desencadenó el día que Paul comenzaba a pegar, en fila, en las paredes de su flamante estudio de Punaauia, las fotos de Port-Said. La modelo que, en brazos de otra muchacha desnuda como ella, miraba de frente al fotógrafo, tenía una de esas cabelleras negras que los parisinos llamaban «andaluzas», y unos ojos grandes, enormes, lánguidos, que le recordaron a alguien. Sin saber por qué, se sintió incómodo. Horas más tarde, cayó. Tu madre, Paul. La putilla de la foto tenía algo de las facciones, los cabellos y las pupilas tristes de Aline Gauguin. Se rió y se angustió. ¿Por qué te acordabas de tu madre, ahora? No le sucedía desde 1888, cuando pintó su retrato. Siete años sin acordarte de ella y, ahora, metida en tu conciencia día y noche, como idea fija. ¿Y por qué con ese sentimiento, con esa tristeza lacerante que por semanas, meses, te acompañó al comenzar tu segunda estancia en Tahití? Lo extraño no era acordarse de su madre muerta hacía tanto tiempo, sino que su recuerdo viniera impregnado de esa sensación de desgracia y pesar.

Se enteró de la muerte de Aline Chazal, su madre viuda, en 1867 —¡veintiocho años de eso, Paul!— en un puerto de la India, en una escala del barco mercante *Chili,* donde trabajaba como ayudante de segunda. Aline había muerto en el lejanísimo París a los cuarenta y un años, la misma edad a la que murió la abuela Flora. No habías sentido entonces el desgarramiento que sentías ahora. «Bueno», repetías, poniendo cara de circunstancias al recibir el pésame de los oficiales y la marinería del *Chili,* «todos tenemos que morirnos. Hoy, mi madre. Mañana, nosotros».

¿Nunca la habías querido, Paul? No la querías cuando murió, cierto. Pero la habías querido muchísimo, de niño, allá en Lima, donde el tío don Pío Tristán. Uno de los recuerdos más nítidos de tu infancia era lo linda y graciosa que se veía la joven viudita en la gran casona donde vivían como reyes, en el barrio de San Marcelo, en el centro de Lima, cuando Aline Gauguin se vestía como dama peruana y envolvía su cuerpo fino en una gran mantilla bordada de plata, y, a la manera de las tapadas limeñas, se cubría con ella la cabeza y media cara, dejando descubierto uno solo de sus ojos. Qué orgullosos se sentían Paul y su hermanita María Fernanda cuando la vasta tribu familiar de los Tristán y los Echenique elogiaban a Aline Chazal, viuda de Gauguin: «¡Qué bonita!». «Una pintura, una aparición.»

¿Dónde estaría aquel retrato que hiciste de ella, en 1888, consultando tu memoria y aquella única fotografía de tu madre que conservabas, refundida en el baúl de los cachivaches? Nunca se vendió, que supieras. ¿Lo tendría Mette, en Copenhague? Debías preguntárselo, en la próxima carta. ¿Estaría entre las telas en poder de Daniel, del buen Schuff? Les pedirías que te lo enviaran. Lo recordabas con lujo de detalles: un fondo amarillo algo verdoso, como el de los íconos rusos, color que resaltaba los hermosos y largos cabellos negros de Aline Gauguin. Le caían hasta los hombros en una curva graciosa y se los sujetaba en la nuca con una cinta violeta, dispuesta en forma de flor japonesa. Unos verdaderos cabellos de andaluza, Paul. Trabajaste mucho para que sus ojos aparecieran como los recordabas: grandes, negros, curiosos, un poco tímidos y bastante tristes. Su piel muy blanca se animaba en las mejillas con el sonrojo que asomaba en ellas cuando alguien le dirigía la palabra, o entraba en un cuarto donde había gente que no conocía. La timidez y la discreta entereza eran los rasgos saltantes de su personalidad, esa capacidad para sufrir en silencio sin protestar, ese estoicismo que indignaba tanto —ella misma te lo contaba— a la abuela Flora, Madame-la-Colère. Estabas segurísimo de que tu *Retrato de Aline Gauguin* mostraba todo aquello y sacaba a la superficie la tragedia prolongada que fue la vida de tu madre. Tenías que averiguar su paradero y recobrarlo, Paul. Te haría compañía aquí en Punaauia y ya no te sentirías tan solo, con esas llagas abiertas en las piernas y el tobillo que los estúpidos médicos de Bretaña te dejaron lastimado.

¿Por qué pintaste aquel retrato, en diciembre de 1888? Porque te enteraste, por boca de Gustave Arosa, en el último frustrado intento de acercamiento entre los dos, de aquel repugnante proceso judicial. Una revelación que, póstumamente, te reconcilió con tu madre; no con tu tutor, pero sí con ella. ¿Te reconcilió de veras con ella, Paul? No. Eras ya tan bárbaro que conocer el viacrucis de tu madre cuando niña —Gustave Arosa te permitió leer todos los documentos del proceso pues pensó que, compartiendo su pena, te amistarías con él— no te quitó el rencor que te comía el corazón desde que, al regresar de Lima, luego de vivir unos años en Orléans, donde el tío Zizi, Aline te dejó allí interno en el colegio de curas de monseñor Dupanloup y se fue a París. ¡A ser amante y mantenida de Gustave Arosa, por supuesto! Nunca se lo habías perdonado, Koke. Ni que te dejara en Orléans, ni que fuera la querida de Gustave Arosa, millonario, diletante y coleccionista de pintura. ¿Qué clase de salvaje eras tú, hipócrita Paul? Un estofado de prejuicios burgueses, eso es lo que eras. «Te perdono ahora, mamá», rugió. «Perdóname tú también, si puedes.» Estaba totalmente borracho y sus muslos le ardían como si tuviese en cada uno de ellos un pequeño infierno. Se acordaba de su padre, Clovis Gauguin, muerto en altamar en aquella travesía rumbo a Lima, cuando huía de Francia por razones políticas, y enterrado en el fantasmal Puerto Hambre, cerca del estrecho de Magallanes, donde nunca nadie iría jamás a poner flores en su tumba. Y en Aline Gauguin, llegando a Lima viuda y con dos hijos pequeñitos, en el colmo de la desesperación.

En esos días, en que se sentía tan desamparado, incapaz de salir de su choza por los dolores en el tobillo, recordaba la profecía de su madre, en el testamento en el que le legó sus pocos cuadros y sus libros. Te deseaba éxito en tu carrera. Pero añadía una frase que te amargaba todavía: «Ya que Paul se ha hecho tan antipático ante todos mis amigos que un día este pobre hijo mío terminará por quedarse completamente solo». La profecía se cumplió al pie de la letra, mamá. Solo como un lobo, solo como un perro. Tu madre adivinó el salvaje que llevabas dentro, antes de que tú asumieras tu verdadera naturaleza, Paul. Por lo demás, no era cierto que fueras un joven tan antipático con todos los amigos de Aline Gauguin. Sólo con Gustave Arosa, tu tutor. Con él, sí. Nunca pudiste sonreírle ni hacerle creer a ese señor que lo querías, por más afectuoso que fuera contigo, por más regalos y buenos consejos que te diera, por más que te apoyara para que, cuando dejaste la marina, hicieras carrera en el mundo de los negocios. Te hizo entrar en la agencia de Paul Bertin para que intentaras suerte en la Bolsa de Valores de París y muchos otros favores. Pero ese señor no podía ser tu amigo, porque, si amaba a tu madre, su obligación era separarse de su mujer y asumir públicamente su amor por Aline Chazal, viuda de Gauguin, en vez de tenerla de querida a escondidas, para la satisfacción esporádica de sus placeres. Bueno, a un salvaje no deberían preocuparle esas estupideces. ¿Qué prejuicios eran ésos, Paul? Es verdad que, entonces, no eras un salvaje todavía, sino un burgués que se ganaba la vida en la Bolsa de París y cuyo ideal era hacerse tan rico como Gustave Arosa. Su gran carcajada hizo estremecer su cama y desprendió el mosquitero, que lo envolvió, como una red a un pescado.

Cuando calmaron los dolores, hizo averiguaciones sobre su antigua *vahine,* Teha'amana. Se había casado con un joven de Mataiea llamado Ma'ari y seguía viviendo en aquella aldea con su nuevo marido. Aunque sin esperanzas, Paul le envió un recado con el muchacho que limpiaba la iglesita protestante de Punaauia, rogándole que volviera con él y prometiéndole muchos regalos. Para su sorpresa y contento, a los pocos días Teha'amana se apareció en la puerta de su cabaña. Traía un pequeño bulto con sus ropas, como la primera vez. Lo saludó como si se hubieran separado la víspera: «Buenos días, Koke».

Había engrosado pero seguía siendo una bella joven llena de garbo, de cuerpo escultural, de pechos, nalgas y vientre ubérrimos. Su venida lo alegró tanto que empezó a sentirse mejor. Las molestias al tobillo desaparecieron y volvió a pintar. Pero la reconciliación con Teha'amana duró poco. La muchacha no podía disimular el asco que le producían las llagas, pese a que Paul tenía las piernas casi siempre vendadas, después de frotárselas con un ungüento a base de arsénico que le atenuaba el escozor. Hacer el amor con ella, ahora, era un remedo de esas fiestas del cuerpo que recordaba. Teha'amana se resistía, buscaba pretextos, y, cuando no había remedio, Paul la veía —la adivinaba— con la cara fruncida de disgusto, prestándose a un simulacro en el que la repugnancia le impedía el menor placer. Por más que la llenó de regalos y le juró que ese eczema era una infección pasajera, que se le curaría pronto, ocurrió lo inevitable: una mañana Teha'amana, con su bultito a cuestas, se marchó sin despedirse. Tiempo después, Paul supo que estaba viviendo de nuevo con su marido, Ma'ari, en Mataiea. «Qué afortunado.» Era una mujercita excepcional y no sería fácil reemplazarla, Koke.

No lo fue. Aunque, a veces, chiquillas traviesas de la vecindad, luego de las clases de catecismo en las iglesias protestante y católica de Punaauia —equidistantes de su choza—, venían a verlo pintar o esculpir, divertidas con ese gigantón semidesnudo rodeado de pinceles, botes de pintura, telas y pedazos de madera a medio desbastar, y él conseguía arrastrar alguna a su alcoba y gozar de ella del todo o a medias, ninguna aceptaba, como él les proponía, ser su *vahine*. El trasiego de chiquillas le trajo conflictos, primero con el cura católico, el padre Damián, y luego con el pastor, el reverendo Riquelme. Ambos vinieron, por separado, a reprocharle su conducta desinhibida, inmoral y corruptora de las niñas indígenas. Los dos lo amenazaron: podría traerle problemas con la justicia. Al pastor y al cura les respondió que nada le gustaría más que tener una compañera permanente, porque estos juegos de picaflor le hacían perder tiempo. Pero él era un hombre con necesidades. Si no hacía el amor, la inspiración se le escabullía. Así de simple, señores.

Sólo unos seis meses después de la partida de Teha'amana consiguió otra *vahine*: Pau'ura. Tenía —naturalmente— catorce años. Vivía cerca del pueblo y cantaba en el coro católico. Luego de los ensayos vespertinos, dos o tres veces fue a meterse a la cabaña de Koke. Contemplaba largo rato, entre risitas sofocadas, las postales pornográficas desplegadas en una pared del estudio. Paul le hizo regalos y fue a comprarle un pareo a Papeete. Por fin, Pau'ura aceptó ser su *vahine* y se vino a la cabaña. No era ni tan bella, ni tan despierta, ni tan ardiente en la cama como Teha'amana, y, a diferencia de ésta, descuidaba las tareas domésticas, pues, en vez de limpiar o cocinar, corría a jugar con las chiquillas de la aldea. Pero esa presencia femenina en la cabaña, sobre todo en las noches, le hizo bien, redujo la ansiedad que le impedía dormir. Sentir la respiración pausada de Pau'ura, divisar en las sombras el bulto de su cuerpo rendido por el sueño, lo serenaba, le devolvía cierta seguridad.

¿Qué te desvelaba así? ¿Qué te tenía en ese enervamiento constante? No que se estuviese agotando la herencia del tío Zizi y los magros francos del remate en el Hotel Drouot. Te habías acostumbrado a vivir sin dinero, eso nunca te quitó el sueño. No era la enfermedad impronunciable, tampoco. Porque, ahora, después de atormentarlo tanto tiempo, las llagas se cerraron una vez más. El dolor del tobillo era por el momento llevadero. ¿Qué, entonces?

Pensar en su padre, perseguido político al que le reventó el corazón en medio del Atlántico cuando huía de Francia hacia el Perú, y recordar el *Retrato de Aline Gauguin*. ¿Dónde estaba? Ni Daniel de Monfreid ni el buen Schuff lo tenían; no lo habían visto siquiera. Lo escondía Mette, entonces, en Copenhague. Pero, su mujer, en la única carta que recibió de ella desde que volvió a Tahití, no decía una palabra sobre ese retrato, pese a que él en dos cartas le había pedido noticias sobre su paradero. Lo hizo por tercera vez. ¿Cuándo recibirías la respuesta, Paul? Seis meses de espera cuando menos. El pesimismo lo ganó: nunca volverías a verlo. La imagen de Aline Gauguin, que no se apartaba de tu mente, se convirtió en otra llaga.

Era la Aline Chazal de carne y hueso, no sólo su imagen, la que lo asediaba. ¿Por qué volvía ahora tu memoria una y otra vez sobre las desgracias que habían jalonado la vida de la única hija que sobrevivió, de los tres hijos que parió la abuela? Hubiera sido preferible que no sobreviviera, que muriera como sus dos hermanitos, la infortunada hija de Flora Tristán, ex Chazal.

En aquella última reunión con su tutor, Paul vio cómo se llenaban de lágrimas los ojos de Gustave Arosa evocando el calvario de Aline Chazal, que él conocía al dedillo. Esto confirmó sus sospechas sobre las relaciones entre su madre y el millonario. Ella, tan lacónica, tan celosa de sus secretos, ¿a quién sino a un amante le hubiera confiado esa degradante historia? En eso pensabas, mientras te ibas enterando de los detalles macabros de la vida de Aline Gauguin, y, en vez de llorar como tu tutor, te descomponías de celos y vergüenza. Ahora, en cambio, en esta noche tibia, sin viento, perfumada por los árboles y las plantas, con esa gran luna amarilla de luz parecida a la que pusiste como fondo del retrato de Aline Gauguin, tenías ganas de llorar también. Por ti, por el infortunado periodista Clovis Gauguin, pero sobre todo por tu madre. Una infancia muy triste la de ella, desde luego. Haber nacido cuando la abuela Flora ya había huido de la casa de tu abuelo —pues esa bestia maligna, André Chazal, esa hiena asquerosa, era tu abuelo, por más que te helara la sangre tenerlo que admitir— y pasado sus primeros años de vida a salto de mata, sin saber lo que era un hogar ni una familia, en pensiones, hotelitos, albergues de mala muerte, bajo las faldas de la rauda abuela Flora, siempre huyendo, siempre escapando de la persecución del marido abandonado, o, todavía peor, entregada a nodrizas campesinas. Esa niña sin padre y sin madre debió tener una infancia deprimente. Cuando la abuela Flora se fue al Perú, y se pasó dos años ausente, en Arequipa, Lima y cruzando los océanos, dejó a Aline olvidada donde una señora caritativa de la campiña de Angoulême, que se compadeció de ella, según la misma abuela Flora contaba en *Peregrinaciones de una paria*. Cuánto lamentabas no tener esas memorias aquí contigo, Paul.

Al regresar a Francia, Flora rescató a Aline y ésta pudo disfrutar de su madre apenas tres añitos. Pero, en fin, Gustave Arosa lo decía y debía ser verdad, pues se lo había dicho la propia Aline: ese período, entre el regreso de la abuela Flora del Perú, cuando sacó a tu madre de

Angoulême y se la llevó con ella a París, a la casita de la rue du Cherche-Midi 42, y la matriculó, como alumna externa, en un colegio para niñas de la vecina rue d'Assas, fue el mejor de su vida, el único en que Aline gozó de su madre, de un hogar, de esa rutina cálida que fingía la normalidad. Hasta el 31 de octubre de 1835, en que comenzó aquella pesadilla que sólo acabaría tres años más tarde, con el pistoletazo de la rue du Bac. Ese día, acompañada por una criada, Aline Chazal regresaba del colegio a casa. Un hombre mal vestido y alcoholizado, con los ojos enrojecidos saltando de sus órbitas, la detuvo en plena calle. De un bofetón apartó a la aterrorizada criada y a empellones metió a Aline al coche que lo esperaba, chillando: «Una niña como tú debe estar con su padre, un hombre de bien, y no con la perdida de tu madre. Has de saber que yo soy tu padre, André Chazal». 31 de octubre de 1835: comienzo del infierno para Aline.

«Vaya manera de enterarse de la existencia de su progenitor», dijo Gustave Arosa, condolido hasta los huesos. «Tu madre tenía apenas diez años y era la primera vez que veía a André Chazal.» Fue el primer rapto, de los tres que la niña padeció. Esos secuestros hicieron de ella el ser triste, melancólico, lastimado que fue siempre y que tú pintaste en ese retrato perdido, Paul. Pero, peor que el rapto, que esa manera abusiva y brutal de presentarse a Aline, fueron los motivos del rapto, las razones que indujeron a esa inmundicia humana a secuestrarla. ¡La codicia! ¡El dinero! ¡La ilusión de un rescate con el oro imaginario del Perú! ¿De dónde le llegó el rumor, el mito, a la escoria muerta de hambre que era tu abuelo André Chazal, que la mujer que lo abandonó había regresado del Perú bañada por las riquezas de los Tristán de Arequipa? No la raptó por amor paternal, ni por orgullo de marido vejado. Sino para chantajear a la abuela Flora y desplumarla de unas imaginarias riquezas que habría traído de América del Sur. «No hay límites para la vileza, para la bajeza, en ciertos seres humanos», protestó Gustave Arosa. En efecto, la conducta de André Chazal fue la de los peores especímenes de la vida animal: los cuervos, los buitres, los chacales, las víboras. El miserable tenía las leyes de su parte, la mujer que huía de su hogar era, para la beata moral del reino de Louis-Philippe, tan indigna como una puta, y con menos derechos que las putas a reclamar nada de la legalidad.

Qué bien se había portado en esa ocasión Madame-la-Colère, ¿no, Paul? Ésas eran las cosas que hacían que sintieras de pronto una admiración ilimitada, una solidaridad visceral por esa abuela que murió cuatro años antes de que nacieras. Estaría rota, destrozada, con el secuestro de su hija. Pero no perdió la presencia de ánimo. Y, a lo largo de un mes, valiéndose de sus parientes maternos, los Laisney (principalmente su tío, el comandante Laisney), gestionó un encuentro con su marido. Porque el secuestrador de Aline seguía siendo su marido ante la ley. La reunión tuvo lugar en Versalles, cuatro semanas después del rapto, en casa del comandante Laisney. Imaginabas muy bien la escena y alguna vez garabateaste unos bocetos representándola. La fría discusión, los reproches, los gritos. Y, de pronto, la magnífica abuela reventándole un florero, ¿una olla, una silla?, a Chazal en la cabeza, y, aprovechando la confusión, tomando a Aline de la mano y escapando con ella por las calles desiertas y empapadas de Versalles. Una lluvia providencial facilitó su fuga. ¡Qué abuela la tuya, Koke!

A partir de ese soberbio rescate, en la memoria de Paul aquella historia se enredaba, espesaba y repetía, como en un mal sueño. Denunciada, perseguida, la abuela Flora iba de comisaría en comisaría, de fiscal en fiscal, de tribunal en tribunal. Como el escándalo prestigia a los abogados, un joven leguleyo ambicioso y vil, que haría carrera política, Jules Favre, asumió la defensa de André Chazal, en nombre del Orden, de la Familia Cristiana, de la Moral, y se dedicó a hundir en el descrédito a la fugitiva del hogar, madre indigna, esposa infiel. ¿Y la niña? ¿Qué pasaba con tu madre, todo ese tiempo? Era enviada por los jueces a unos internados ófricos, donde Chazal y la abuela Flora podían visitarla, por separado, sólo una vez al mes.

El 28 de julio de 1836 Aline fue secuestrada por segunda vez. Su padre la sacó a la fuerza del internado regentado por mademoiselle Durocher, 5 rue d'Assas, y la encerró, en secreto, en un pensionado de mala muerte, en la rue du Paradis-Poissonnière. «¿Te imaginas el estado de ánimo de esa niña con semejantes sobresaltos, Paul?», lloriqueó Gustave Arosa. A las siete semanas, Aline escapó de ese encierro, descolgándose por una ventana, y consiguió llegar donde la abuela Flora, quien vivía ya en la rue du Bac. La niña pudo disfrutar un par de meses de la casa materna.

Porque Chazal, gracias al leguleyo Jules Favre consiguió que la justicia y la policía se lanzaran a la caza de la criatura, en nombre de la patria potestad. El 20 de noviembre de 1836 Aline fue raptada por tercera vez, ahora por un comisario, en la puerta de su casa, y entregada a su padre. Al mismo tiempo, el procurador del rey y el juez hacían saber a la abuela Flora que cualquier intento de arrebatar a Aline a su progenitor significaría para ella la cárcel.

Ahora venía la parte más sucia y maloliente de la historia. Tan sucia y maloliente que, aquella tarde, cuando Gustave Arosa, creyendo congraciarse así contigo, te mostró la cartita de abril de 1837 que la niña hizo llegar a la abuela Flora cinco meses después de haber sido secuestrada por tercera vez, apenas comenzaste a leerla cerraste los ojos, enfermo de asco, y se la devolviste a tu tutor. Aquella cartita había figurado en el juicio, aparecido en los periódicos, formado parte del expediente judicial, hecho correr habladurías y chismes en los salones y mentideros parisinos. André Chazal vivía en un cubil sórdido, en Montmartre. La niña, desesperada, con faltas de ortografía en cada frase, rogaba a su madre que la rescatara. Tenía miedo, dolor, pánico, en las noches, cuando su padre —«el señor Chazal», decía—, generalmente borracho, la hacía acostarse desnuda con él en la única cama del lugar, y, él, asimismo desnudo, la abrazaba, la besaba, se frotaba contra ella, y quería que ella también lo abrazara y lo besara. Tan sucio, tan maloliente, que Paul prefería pasar como sobre ascuas por ese episodio y la denuncia que hizo la abuela Flora contra André Chazal por violación e incesto. Terribles, enormes acusaciones que provocaron el concebible escándalo, pero que, gracias al arte consumado de esa otra fiera, la del foro, Jules Favre, depararon sólo unas pocas semanitas de cárcel al violador incestuoso, ya que, aunque los indicios lo condenaban, el juez dictaminó que «no se pudo probar de manera fehaciente el hecho material del incesto». La sentencia condenaba a la niña, una vez más, a vivir separada de su madre, en un internado.

¿Habías puesto todos esos dramas mezclados con gran guiñol en el *Retrato de Aline Gauguin,* Paul? No estabas seguro. Querías recuperar esa tela para averiguarlo. ¿Era una obra maestra? Tal vez, sí. La mirada de tu madre en el cuadro, recordabas, despedía, desde su timidez congénita, un fuego quieto, oscuro, con visajes azulados, que traspasaba al espectador e iba a perderse en un punto indeterminado del vacío. «¿Qué miras en mi cuadro, madre?» «Mi vida, mi pobre y miserable vida, hijo mío. Y la tuya también, Paul. Yo hubiera querido que, a diferencia de lo que le ocurrió a tu abuelita, a mí, a tu pobre padre que murió en medio del mar y enterramos en ese fin del mundo, tú tuvieras otra vida. De persona normal, tranquila, segura, sin hambre, sin miedo, sin fugas, sin violencia. No pudo ser. Te legué la mala suerte, Paul. Perdóname, hijo mío.»

Cuando, un rato después, debido a los sollozos de Koke, Pau'ura se despertó y le preguntó por qué lloraba así, él le mintió:

—Me ha vuelto el ardor a las piernas y, qué desgracia, el ungüento se ha acabado.

Te pareció que la luna, la radiante Hina, la diosa de los Ariori, los antiguos maoríes, quieta en el cielo de Punaauia, luciente en medio de las hojas entrelazadas del cuadrado de la ventana, también se entristecía.

Ya casi no quedaba un centavo de la herencia del tío Zizi y del dinero que trajo de París. Ni Daniel, ni Schuff, ni Ambroise Vollard ni los otros galeristas a los que había dejado pinturas y esculturas en Francia, daban señales de vida. El corresponsal más fiel era, siempre, Daniel de Monfreid. Pero no conseguía comprador para una sola tela, una sola talla, ni un miserable apunte. Comenzaban a faltar los víveres y Pau'ura se quejaba. Paul propuso al chino, dueño del único almacén de Punaauia, un trueque: le daría dibujos y acuarelas para que los alimentara a él y a su *vahine* mientras le llegaba dinero de Francia. A regañadientes, el almacenero terminó por aceptar.

A las pocas semanas, Pau'ura vino a decirle que el chino, en vez de guardar sus dibujos, colgarlos en las paredes o tratar de venderlos, los usaba para envolver la mercadería. Le mostró los restos de un paisaje de mangos de Punaauia, manchado, arrugado y con residuos de escamas de pescado. Cojeando, apoyándose en el bastón que ahora usaba para el menor desplazamiento incluso dentro de la cabaña, Paul fue al almacén e increpó al dueño su falta de sensibilidad. Subió tanto la voz que el chino lo amenazó con denunciarlo a los gendarmes. Desde entonces, Paul fue extendiendo su odio del almacenero de Punaauia a todos los chinos de Tahití.

No sólo la falta de dinero y los males físicos lo tenían exacerbado, siempre a punto de estallar en una rabieta. Era, también, la obsesionante memoria de su madre y de ese retrato del que no quedaba rastro. ¿Dónde había ido a parar? ¿Y por qué la desaparición de esa tela —habías extraviado tantas sin el menor pestañeo— te tenía sumido en el abatimiento, con el espíritu lleno de malos presagios? ¿Te estabas loqueando, Paul?

Estuvo tiempo sin pintar, limitándose a trazar algunos bocetos en sus cuadernos y a esculpir pequeñas máscaras. Lo hacía sin convicción, distraído por las preocupaciones y el malestar físico. Le vino una inflamación en el ojo izquierdo, que lagrimeaba todo el tiempo. El boticario de Papeete le dio unas gotas para la conjuntivitis, pero no le hicieron el menor efecto. Como la visión de ese ojo irritado disminuyó mucho, se asustó: ¿ibas a quedarte ciego? Fue al Hospital Vaiami y el médico, el doctor Lagrange, lo obligó a internarse. Desde allí Paul escribió a los Molard, sus vecinos de la rue Vercingétorix, una carta lastrada de amargura, en la que les decía: «La mala fortuna me ha perseguido desde niño. Nunca tuve suerte, nunca alegrías. Siempre la adversidad. Por eso grito: Dios, si existes, te acuso de injusticia y maldad».

El doctor Lagrange, de larga estadía en las colonias francesas, nunca le tuvo simpatía. Era un cincuentón demasiado burgués y formal —calvito, anteojos sin montura prendidos en la punta de la nariz, cuellito duro y corbata mariposa a pesar del calor de Tahití— para hacer buenas migas con ese bohemio, de costumbres desaforadas, que convivía con indígenas, y del que circulaban las peores historias por todo Papeete. Pero era un profesional concienzudo y lo sometió a rigurosos exámenes. Su diagnóstico no tomó a Paul por sorpresa. La inflamación del ojo era otra manifestación de la enfermedad impronunciable. Ésta había evolucionado hasta una etapa más grave, según indicaban la erupción y supuraciones de sus piernas. ¿Seguiría empeorando, pues? ¿Hasta cuánto, doctor Lagrange?

—Es una enfermedad de largo aliento —evadió la respuesta el médico—. Usted lo sabe. Siga el tratamiento de manera rigurosa. Y cuidado con el láudano, no se exceda de la dosis que le he indicado.

El médico vaciló. Quería añadir algo, pero no se atrevía, temiendo sin duda tu reacción, pues en Papeete te habías hecho fama de intemperante.

—Soy un hombre capaz de recibir malas noticias —lo animó Paul.

—Usted sabe, también, que ésta es una enfermedad muy contagiosa —murmuró el médico, mojándose los labios con la punta de la lengua—. Sobre todo, si se tienen relaciones sexuales. En ese caso, la transmisión del mal es inevitable.

Paul estuvo a punto de contestarle una grosería, pero se contuvo, para no agravar los problemas que ya tenía. A los ocho días de internado, la administración le pasó una factura por ciento dieciocho francos, advirtiéndole que si no la cancelaba de inmediato, se interrumpiría el tratamiento. Esa noche, se escapó de su cuarto por una ventana y ganó la calle saltando la reja. Regresó a Punaauia en el coche público. Pau'ura le anunció que estaba encinta, de cuatro meses. Le contó también que el chino del almacén, en represalia por sus gritos, había hecho correr por la aldea el rumor de que Paul tenía lepra. Los vecinos, asustados por esa enfermedad que infundía pavor, se estaban concertando para pedir a las autoridades que lo echaran del pueblo, lo internaran en un leprosorio o le exigieran alejarse de los centros poblados de la isla. El padre Damián y el reverendo Riquelme los apoyaban, porque, aunque sin duda no creían en las habladurías del chino, querían aprovechar la ocasión para librar a la aldea de un lujurioso y un impío.

Nada de esto lo asustó ni preocupó demasiado. Pasaba buena parte del día tumbado en la cabaña, adormecido en un sopor que le vaciaba la mente de todo recuerdo o nostalgia. Como su única fuente de aprovisionamiento se había terminado, él y Pau'ura se alimentaban de mangos, bananas, cocos y los frutos del árbol del pan, que ella iba a recoger por los alrededores, y de los regalos de pescado que, a veces, le hacían sus amigas, a escondidas de las familias.

Por esta época, por fin, a Paul se le fue olvidando el retrato de su madre. Reemplazó a Aline Gauguin otro tema obsesivo: la convicción de que la sociedad secreta de los Ariori todavía existía. Había leído sobre ella en el libro del cónsul Moerenhout dedicado a las antiguas creencias de los maoríes que le prestó el colono Auguste Goupil. Y un buen día se puso a afirmar a diestra y siniestra que los nativos de Tahití mantenían la existencia de esta sociedad mítica en la clandestinidad, defendiéndola celosamente de los forasteros, europeos o chinos. Pau'ura le decía que veía visiones; los maoríes de la aldea que todavía venían a visitarlo le aseguraban que deliraba. Aquella sociedad secreta de los Ariori, dioses y señores de los antiguos tahitianos, la gran mayoría de ellos la desconocía por completo. Y los pocos maoríes que habían oído hablar de los Ariori le juraron que ya ningún nativo creía en semejantes antiguallas, que eran creencias enterradas en un brumoso pasado. Pero Paul, hombre terco y de ideas fijas, siguió día y noche, durante varios meses, con el tema de los Ariori. Y empezó a tallar ídolos y estatuas de madera y a pintar telas inspiradas en esos personajes fabulosos. Los Ariori le devolvieron las ganas de pintar.

«Me engañan», pensabas. Seguían viendo en ti a un europeo, a un *popa'a*, no al bárbaro que eras ya en el alma. Unas pocas decenas de años de colonización francesa no podían haber borrado siglos de creencias, ritos, mitos. Era inevitable que, en un movimiento defensivo, los maoríes hubieran ocultado aquella tradición religiosa en una catacumba espiritual, fuera del alcance de pastores protestantes y de curas católicos, enemigos de sus dioses. La sociedad secreta de los Ariori, que hizo vivir a los maoríes de todas las islas su período más glorioso, estaba viva. Se reunirían en lo más espeso del bosque a celebrar las antiguas danzas y cantar, y se expresarían siempre en los tatuajes, que, aunque no tan elaborados y misteriosos como los de las islas Marquesas, también, pese a las prohibiciones, florecían en Tahití escondidos bajo los pareos. Esos tatuajes revelaban, a quien sabía leerlos, la posición del individuo en la jerarquía de los Ariori. Cuando Paul empezó a asegurar que, en el espeso silencio de los bosques, todavía se practicaban la prostitución sagrada, la antropofagia y los sacrificios humanos, en Punaauia corrió la voz de que, aunque tal vez era falso que el pintor tuviera lepra, lo probable era que hubiera perdido la razón. La gente terminó riéndose de él cuando les pedía, a veces implorante, a veces furioso, que le revelaran el secreto de los tatuajes, y que lo iniciaran en la sociedad de los Ariori: Koke había hecho ya bastantes méritos, Koke ya se había vuelto un maorí.

Una carta de Mette cerró esa siniestra etapa con un golpe final. Una carta seca, fría, escrita hacía dos meses y medio: su hija Aline, poco después de cumplir veinte años, había fallecido ese enero, a consecuencia de una pulmonía contraída debido al frío al que estuvo expuesta al regresar de un baile, en Copenhague.

—Ahora ya sé por qué, desde que volví de Europa, me ha perseguido el recuerdo de mi madre y de su retrato —le dijo Paul a Pau'ura, con la carta de Mette en las manos—. Era un anuncio. Mi hija se llamaba Aline en recuerdo de ella. Era también delicada, algo tímida. Espero que no sufriera tanto en su infancia como la otra Aline Gauguin.

—Yo tengo hambre —lo interrumpió Pau'ura, tocándose el estómago, con una expresión cómica—. No se puede vivir sin comer, Koke. ¿No has visto qué flaco estás? Tienes que hacer algo para que comamos.

IX. La travesía
Avignon, julio de 1844

Cuando hacía sus maletas para viajar de Saint-Étienne a Avignon, a fines de junio de 1844, un desagradable episodio obligó a Flora a cambiar sus planes. Un diario progresista de Lyon, *Le Censeur*, la acusó de ser una «agente secreta del Gobierno» enviada a recorrer el sur de Francia con la misión de «castrar a los obreros» predicándoles el pacifismo y de informar a la monarquía sobre las actividades del movimiento revolucionario. La página calumniosa incluía un recuadro del director, monsieur Rittiez, exhortando a los trabajadores a redoblar la vigilancia para no caer «en el juego farisaico de los falsos apóstoles». El comité de la Unión Obrera de Lyon le pidió ir personalmente a refutar esos embustes.

Flora, sublevada por la infamia, lo hizo de inmediato. En Lyon la recibió el comité en pleno. En medio de su desazón, fue emocionante volver a ver a Eléonore Blanc, a la que sintió temblar en sus brazos, el rostro bañado por las lágrimas. En el albergue, leyó y releyó las delirantes acusaciones. Según *Le Censeur*, se descubrió su condición dúplice cuando llegaron a manos del procurador los objetos decomisados por el comisario de Lyon, monsieur Bardoz, en el Hotel de Milan; entre ellos habría aparecido la copia de un informe enviado por Flora Tristán a las autoridades sobre sus encuentros con dirigentes obreros.

La sorpresa y la cólera no le permitieron pegar los ojos, pese al agua de azahar que Eléonore Blanc la obligó a beber a sorbitos, cuando estaba ya acostada. A la mañana siguiente, luego de apurar una taza de té, fue a instalarse en la puerta de *Le Censeur*, exigiendo ver al director. Pidió a sus compañeros del comité que la dejaran sola, pues si Rittiez la veía acompañada seguramente se negaría a recibirla.

Monsieur Rittiez, a quien Flora había conocido de paso en su estancia anterior en Lyon, la hizo esperar cerca de dos horas, en la calle. Cuando la recibió, muy prudente o muy cobarde, estaba rodeado de siete redactores, que permanecieron en el atestado y humoso salón durante toda la entrevista, apoyando a su patrón de una manera tan servil que Flora sintió náuseas. ¡Y estos pobres diablos eran las plumas del diario progresista de Lyon!

¿Creía Rittiez, aprovechado ex alumno de los jesuitas que se escurría como una anguila de las preguntas de Flora sobre aquellas informaciones mentirosas, que la iban a intimidar esos siete varones con aires de matarifes? Tuvo ganas de decirle, de entrada, que once años atrás, cuando era una inexperta mujercita de treinta años, había pasado cinco meses en un barco, sola con diecinueve hombres, sin sentirse cohibida por tantos pantalones, de manera que ahora, a sus cuarenta y uno, y con la experiencia adquirida, esos siete sirvientes intelectuales, cobardes y calumniadores, en lugar de asustarla la llenaban de bríos.

El señor Rittiez, en vez de responder a sus protestas («¿De dónde ha salido la monstruosa mentira de que soy una espía?» «¿Dónde está la supuesta prueba encontrada en mis papeles por ese comisario Bardoz, si yo tengo la lista, firmada por él, de todo lo que me fue decomisado y luego devuelto por la policía y en ella no figura nada de eso?» «¿Cómo osa su diario calumniar de ese modo a quien dedica toda su energía a luchar por los obreros?»), se limitaba, una y otra vez, a repetir como un loro, accionando igual que si estuviera en el Parlamento: «Yo no calumnio. Yo combato sus ideas, porque el pacifismo desarma a los obreros y retrasa la revolución, señora». Y, de tanto en tanto, le reprochaba otra mentira: ser falansteriana y, como tal, predicar una colaboración entre patrones y obreros que sólo servía a los intereses del capital.

Las dos horas de absurda discusión —un diálogo de sordos— las recordarías, luego, Florita, como el más deprimente episodio de toda tu gira por el interior de Francia. Era muy simple. Rittiez y su corte de plumíferos no habían sido sorprendidos ni engañados, ellos habían cocinado la falsa información. Acaso por envidia, debido al éxito que tuviste en Lyon, o porque desprestigiarte con la acusación de ser espía era la mejor manera de liquidar tus ideas revolucionarias, de las que ellos disentían. ¿O su odio se debía a que eras mujer? Les resultaba intolerable que una hembra hiciera esta labor redentora, para ellos sólo cosa de machos. Y cometían semejante vileza quienes se llamaban progresistas, republicanos, revolucionarios. En las dos horas de discusión, Flora no consiguió que monsieur Rittiez le dijera de dónde había salido la especie que *Le Censeur* difundió. Harta, partió, dando un portazo y amenazando con entablar al diario un proceso por libelo. Pero el comité de la Unión Obrera la disuadió: *Le Censeur,* diario de oposición al régimen monárquico, tenía prestigio y un proceso judicial en su contra perjudicaría al movimiento popular. Preferible contrarrestar la falsa información con desmentidos públicos.

Así lo hizo los días siguientes, dando charlas en talleres y asociaciones, y visitando todos los otros diarios, hasta conseguir que al menos dos de ellos publicaran sus cartas de rectificación. Eléonore no se separó de ella un instante, prodigándole unas muestras de cariño y devoción que a Flora la conmovían. Qué suerte haber conocido a una muchacha así, qué fortuna que la Unión Obrera contara en Lyon con una mujercita tan idealista y tan resuelta.

La agitación y los disgustos contribuyeron a debilitar su organismo. Desde el segundo día de su regreso a Lyon, comenzó a sentirse afiebrada, con temblores en el cuerpo y una descomposición de estómago que la fatigaba enormemente. Pero, no por eso amainó su actividad frenética. Por doquier acusaba a Rittiez de sembrar la discordia en el movimiento popular desde su periódico.

En las noches, la desvelaba la fiebre. Era curioso. Te sentías, luego de once años, como en aquellos cinco meses en *Le Mexicano,* cuando, en la nave que comandaba el capitán Zacarías Chabrié, cruzaste el Atlántico, y, luego del cabo de Hornos, remontaste el Pacífico, rumbo al Perú, al encuentro de tus parientes paternos, con la esperanza de que, además de recibirte con los brazos abiertos y darte un nuevo hogar, te entregaran el quinto de la herencia de tu padre. Así se resolverían todos tus problemas económicos, saldrías de la pobreza, podrías educar a tus hijos y tener una existencia tranquila, a salvo de necesidades y de riesgos, sin temor de caer en las garras de André Chazal. De esos cinco meses en altamar, en el minúsculo camarote donde apenas podías estirar los brazos, rodeada de diecinueve hombres —marineros, oficiales, cocinero, grumete, armador y cuatro pasajeros—, recordabas ese atroz mareo que, como ahora en Lyon los cólicos estomacales, te succionaba la energía, el equilibrio, el orden mental, y te sumía en la confusión y la inseguridad. Vivías ahora como entonces, segura de que en cualquier momento te desplomarías, incapaz de mantenerte erguida, de moverte a compás con los asimétricos balanceos del suelo que pisabas.

Zacarías Chabrié se portó como el perfecto caballero bretón que Flora había intuido en él la noche que lo conoció, en aquella pensión parisina. Extremaba las atenciones, llevándole él mismo al camarote esas infusiones que supuestamente controlaban las arcadas, e hizo que le armaran un pequeño lecho en cubierta, junto a las jaulas de las gallinas y las cajas con verduras, porque al aire libre el mareo se atenuaba y Flora tenía intervalos de paz. No sólo el capitán Chabrié multiplicó las atenciones hacia ella. También el segundo de a bordo, Louis Briet, otro bretón. Y hasta el armador Alfred David, que posaba de cínico y emitía opiniones ferozmente negativas sobre el género humano y augurios catastrofistas, con ella se dulcificaba y se mostraba servicial y simpático. Todos en el barco, desde el capitán hasta el grumete, desde los pasajeros peruanos hasta el cocinero provenzal, hicieron lo imposible para que la travesía te resultara grata, pese al martirio del mareo.

Pero nada salió en aquel viaje como esperabas, Florita. No te arrepentías de haberlo hecho, al contrario. Eras ahora lo que eras, una luchadora por el bienestar de la humanidad, gracias a aquella experiencia. Te abrió los ojos sobre un mundo cuya crueldad y maldad, cuya miseria y dolor, eran infinitamente peores de lo que hubieras podido imaginar. Y tú que, por tus pequeñas miserias conyugales, creías haber tocado el fondo del infortunio.

A los veinticinco días de navegación, *Le Mexicano* se refugió en la bahía de La Praia, en la isla de Cabo Verde, para calafatear la sentina, que mostraba filtraciones. Y a ti, Florita, que habías sentido tanta dicha al saber que pasarías unos días en tierra firme sin que todo se moviera bajo tus pies, en La Praia te fue todavía peor que con el mareo. En esa localidad de cuatro mil habitantes viste la cara real, espantosa, indescriptible, de una institución que apenas conocías de oídas: la esclavitud. Siempre recordarías aquella imagen con que te recibió la placita de armas de La Praia, a la que los recién llegados en *Le Mexicano* arribaron luego de cruzar una tierra negra, rocallosa, y escalar el alto farallón a cuyas orillas se desplegaba la ciudad: dos soldados sudorosos, entre juramentos, azotaban a dos negros desnudos, atados a un poste, entre nubes de moscas, bajo un sol de plomo. Las dos espaldas sanguinolentas y los rugidos de los azotados, te clavaron en el sitio. Te apoyaste en el brazo de Alfred David:

—¿Qué hacen ésos?

—Azotan a dos esclavos que habrán robado, o algo peor —le explicó el armador, con gesto displicente—. Los amos fijan el castigo y dan unas propinas a los soldados para que lo ejecuten. Dar latigazos en este calor es terrible. ¡Pobres negreros!

Todos los blancos y mestizos de La Praia se ganaban la vida cazando, comprando y vendiendo esclavos. La trata era la única industria de esta colonia portuguesa donde todo lo que Flora vio y oyó, y todas las gentes que conoció en los diez días que demoró calafatear las bodegas de *Le Mexicano,* le produjeron conmiseración, espanto, cólera, horror. Nunca olvidarías a la viuda Watrin, alta y obesa matrona color café con leche, cuya casa estaba llena de grabados de su admirado Napoleón y de los generales del Imperio, que, luego de convidarte una taza de chocolate con pastas, te mostró orgullosa el adorno más original de su sala de estar: dos fetos negros, flotando en unas peceras llenas de formol.

El terrateniente principal de la isla era un francés de Bayona, monsieur Tappe, antiguo seminarista que, enviado por su orden a realizar trabajo apostólico en las misiones africanas, desertó, para dedicarse a la tarea, menos espiritual, más productiva, de la trata de negros. Era un cincuentón rollizo y congestionado, de cuello de toro, venas salientes y unos ojos libidinosos que se posaron con tanta desfachatez en los pechos y el cuello de Flora que ella estuvo a punto de abofetearlo. Pero, no lo hizo, escuchándolo fascinada despotricar de los malditos ingleses que, con sus estúpidos prejuicios puritanos contra la trata, estaban «arruinando el negocio» y llevando a los negreros a la ruina. Tappe vino a comer con ellos en *Le Mexicano,* trayéndoles de regalo botijas de vino y latas de conserva. Flora sintió arcadas viendo la voracidad con que el negrero se embutía a mordiscos las piernas de cordero y el asado de carne, entre largos tragos de vino que lo hacían eructar. Tenía en la actualidad veintiocho negros, veintiocho negras y treinta y siete negritos, que, decía, gracias «a don Valentín» —el látigo que llevaba enrollado en la cintura— «se portaban bien». Ya borracho, les confesó que, debido al temor de que sus sirvientes lo envenenaran, se había casado con una de sus negras, a la que le hizo tres hijos «que salieron como el carbón». A su mujer le hacía probar todas las comidas y bebidas por si los esclavos intentaban envenenarlo.

Otro personaje que quedaría grabado en la memoria de Flora fue el desdentado capitán Brandisco, un veneciano, cuya goleta estaba anclada en la bahía de La Praia junto a *Le Mexicano.* Los invitó a cenar en su barco y los recibió vestido como figurante de opereta cómica: sombrero de plumas de pavo real, botas de mosquetero, un apretado pantalón de terciopelo rojo y una camisola tornasolada con pedrerías que destellaban. Les mostró un baúl de sartas de vidrio, que, se jactó, cambiaba por negros en las aldeas africanas. Su odio al inglés era peor que el del ex seminarista Tappe. Al veneciano, los ingleses lo sorprendieron en altamar con un barco lleno de esclavos y le confiscaron la nave, los esclavos, todo lo que tenía a bordo, y lo encerraron por dos años en una prisión, donde contrajo una piorrea que lo dejó sin dentadura. A los postres, Brandisco intentó venderle a Flora a un negrito muy despierto, de quince años, para que fuera «su paje». A fin de convencerla de lo sano que era el muchachito, ordenó al adolescente que se sacara el taparrabos, y él, al instante, les mostró sonriendo sus vergüenzas.

Sólo tres veces bajó Flora de *Le Mexicano* para visitar La Praia, y, las tres, vio en la candente placita a soldados de la guarnición colonial azotando esclavos por cuenta de sus dueños. El espectáculo la entristecía y enfurecía tanto que decidió no sufrirlo más. Y anunció a Chabrié que permanecería en el barco hasta el día de la partida.

Fue la primera gran lección de ese viaje, Florita. Los horrores de la esclavitud, injusticia suprema en este mundo de injusticias que había que cambiar, para volverlo humano. Y, sin embargo, en el libro que publicaste en 1838, *Peregrinaciones de una paria,* contando aquel viaje al Perú, en el relato de tu paso por La Praia incluías aquellas frases sobre «el olor a negro, que no puede compararse con nada, que da náuseas y que persigue por todas partes» de las que nunca te arrepentirías bastante. ¡Olor a negro! Cuánto habías lamentado después esa imbecilidad frívola, que repetía un lugar común de los esnobs parisinos. No era el «olor a negro» lo repugnante en aquella isla, sino el olor a la miseria y la crueldad, al destino de esos africanos al que los mercaderes europeos habían convertido en productos comerciales. Pese a todo lo que habías aprendido en materia de injusticia, todavía eras una ignorante cuando escribiste las *Peregrinaciones de una paria.*

El último día en Lyon fue el más atareado de los cuatro. Se levantó con fuertes cólicos, pero a Eléonore, que le aconsejaba quedarse en cama, le respondió: «A una persona como yo no le está permitido enfermarse». Medio arrastrándose, fue a la reunión que el comité de la Unión Obrera le tenía organizado en un taller con una treintena de sastres y cortadores de paños. Eran todos comunistas icarianos, y tenían como su biblia (aunque muchos sólo lo conocían de oídas pues eran iletrados) el último libro de Étienne Cabet, publicado en 1840: *Viaje por Icaria.* En él, el antiguo carbonario, con el subterfugio de relatar las supuestas aventuras de un aristócrata inglés, Lord Carisdall, en un fabuloso país igualitario sin bares ni cafés ni prostitutas ni mendigos —¡pero con baños en las calles!—, ilustraba sus teorías sobre la futura sociedad comunista, donde, mediante los impuestos progresivos a la renta y a la herencia, se lograría la igualdad económica, se aboliría el dinero, el comercio y se establecería la propiedad colectiva. Sastres y cortadores estaban dispuestos a viajar al África o América, como lo hizo Robert Owen, a constituir allá la sociedad perfecta de Étienne Cabet, y cotizaban para la adquisición de tierras en ese nuevo mundo. Se mostraron poco entusiasmados con el proyecto de Unión Obrera universal, que, comparado con su paraíso icariano, donde no había pobres, ni clases sociales, ni ociosos, ni servicio doméstico, ni propiedad privada, donde todos los bienes eran comunes y el Estado, «el soberano Icar», alimentaba, vestía, educaba y entretenía a todos los ciudadanos, les parecía una alternativa mediocre. Flora, a modo de despedida, ironizó: era egoísta querer ir a refugiarse en un Edén particular dando la espalda al resto del mundo, y muy ingenuo creer al pie de la letra lo que decía *Viaje por Icaria,* un libro que no era científico ni filosófico, ¡nada más que una fantasía literaria! ¿Quién, con dos dedos de sensatez en la mollera, iba a tomar una novela como un libro doctrinario y una guía para la revolución? ¿Y qué clase de revolución era esa del señor Cabet que tenía a la familia por sagrada y conservaba la institución del matrimonio, compraventa disimulada de las mujeres a sus maridos?

La mala impresión que tuvo con los sastres quedó borrada en la cena de despedida que le organizó el comité de la Unión Obrera, en una asociación de tejedores. Colmaron el vasto local más de trescientos obreros y obreras, que, en el curso de la velada, la ovacionaron varias veces, y entonaron *La Marsellesa del trabajador*, compuesta por un zapatero. Los oradores dijeron que las calumnias de *Le Censeur* habían servido para prestigiar más la obra que Flora Tristán realizaba, y mostrar las envidias que despertaba en los fracasados. Se sintió tan conmovida con este homenaje que, les dijo, valía la pena ser insultada por los Rittiez de este mundo si el premio era una noche así. Esta sala archirrepleta probaba que la Unión Obrera era imparable.

Eléonore y los demás miembros del comité la despidieron, a las tres de la madrugada, en el embarcadero. Las doce horas en el barquito sobre el Ródano, contemplando las orillas coronadas de montañas, en cuyas cumbres con cipreses vio despuntar el amanecer mientras se deslizaban hacia Avignon, volvieron a traerle a la memoria las imágenes de aquella travesía en *Le Mexicano*, desde Cabo Verde hasta las costas de América del Sur. Cuatro meses sin pisar tierra, viendo sólo el mar y el cielo y a sus diecinueve compañeros, en esa prisión flotante que la tenía, un día sí y otro también, descompuesta con el mareo. Lo peor fue el cruce de la línea ecuatorial, entre tormentas diluviales que sacudían la nave y la hacían crujir y chirriar como si fuera a desintegrarse, y obligaban a marinos y pasajeros a andar amarrados a las barras y anillos de la cubierta para que no los arrebataran las olas.

¿Se habían enamorado de ti los diecinueve varones de *Le Mexicano*, Florita? Probablemente. Lo seguro era que todos te deseaban, y que, en ese encierro forzado, tener cerca a una mujercita de grandes ojos negros, largos cabellos andaluces, cintura de maniquí y gestos graciosos, los desasosegaba y enloquecía. Estabas segura de que no sólo el adolescente grumete, también algunos marineros, imaginándote, se gratificaban a escondidas con las suciedades que le habías descubierto en Burdeos a Ismaelillo, el Eunuco Divino. Todos te deseaban, sí, por ese encierro y privaciones que realzaban tus encantos, aunque ninguno te llegara jamás a faltar el respeto, y sólo el capitán Zacarías Chabrié te declarara formalmente su amor.

Ocurrió en La Praia, una de esas tardes en que todos desembarcaban, menos Flora, por no ver azotar a los esclavos. Chabrié se quedaba acompañándola. Era agradable conversar con el educado bretón, en la proa del barco, viendo ponerse el sol en una fiesta de colores allá en el horizonte. Amenguaba el ardiente calor, corría una brisa tibia y el cielo fosforecía. Algo grueso, atildado, las buenas maneras y la exquisita cortesía de este tenor frustrado que no llegaba a la cuarentena, lo mejoraban físicamente, hasta lo hacían aparecer por momentos apuesto. Pese al disgusto que te provocaba el sexo, no podías dejar de coquetear con el marino, divertida con las emociones que suscitaba en él verte reír a boca llena, o contestarle con una ocurrencia chispeante, pestañeando, exagerando el aleteo de las manos, o estirando una pierna bajo la falda hasta dejar entrever la finura de tu tobillo. Chabrié se ruborizaba, feliz, y, a veces, para entretenerte, entonaba una romanza, un aria de Rossini o un vals vienés, con potente y armoniosa voz. Pero, aquella tarde, alentado tal vez por la munificencia del crepúsculo, o porque tus gracias fueron más lejos que de costumbre, el caballeroso bretón no pudo contenerse, y asiendo con delicadeza una de tus manos entre las suyas, se la llevó a los labios, murmurando:

—Perdone mi atrevimiento, mademoiselle. Pero, no puedo resistir más, debo decírselo: yo la amo.

La larga y temblorosa declaración de amor transpiraba sinceridad y decencia, cortesía, buena crianza. Tú lo escuchabas desconcertada. ¿Existían, pues, hombres así? Correctos, sensibles, delicados, convencidos de que la mujer debía ser tratada con el pétalo de una flor, como en las novelitas románticas. El marino estaba trémulo, tan avergonzado de su atrevimiento que, compadecida, aunque sin aceptar formalmente su amor, le diste esperanzas. Grave error, Florita. Estabas impresionada con su hombría de bien, con la pureza de sus intenciones, y le dijiste que siempre lo querrías como al mejor de los amigos. En un rapto que te traería luego problemas, tomaste entre tus manos la enrojecida cara de Chabrié, y lo besaste en la frente. El capitán de *Le Mexicano,* santiguándose, agradeció a Dios haber hecho de él en ese instante el ser más bienaventurado de la Tierra.

¿Te habías arrepentido, Florita, en estos once años de haber jugado en aquel viaje con los sentimientos del buen Zacarías Chabrié? Se lo preguntaba, mientras el barquito sobre el Ródano se aproximaba a Avignon. Como otras veces, se respondió: «No». No te arrepentías de esos juegos, coqueterías y mentiras que habían tenido a Chabrié en ascuas, durante la travesía hasta Valparaíso, creyendo que hacía progresos, que en cualquier momento mademoiselle Flora Tristán le daría el sí definitivo. Habías jugado con él sin el menor escrúpulo, alentándolo con tus ambiguas respuestas y esos estudiados abandonos en que permitías a veces al marino, cuando iba a visitarte al camarote en un momento de sosiego en el mar, que te besara las manos, o cuando, de pronto, en un transporte emotivo, para que siguiera contándote su vida —sus viajes, sus ilusiones de joven en Lorient de ser cantante de ópera, la decepción que tuvo con la única mujer que quiso en su vida antes de conocerte—, le permitías descansar su

cabeza en tus rodillas y le acariciabas los ralísimos cabellos. Alguna vez, incluso, dejaste que los labios de Chabrié rozaran los tuyos. ¿No te arrepentías? «No.»

El bretón creyó a pie juntillas que Flora era una
madre soltera, cuando ella le dio una explicación sobre la
mentira que le había pedido fingir el día del embarque
en Burdeos. Pensó que, al cumplido católico que era el
marino, lo escandalizaría saber que Flora había tenido una
hija fuera del matrimonio. Pero, por el contrario, conocer
«su desgracia», alentó a Chabrié a proponerle que se casa-
ran. Adoptaría a la niña y se irían a vivir lejos de Francia,
donde nadie pudiera recordar a Florita la villanía del
hombre que mancilló su juventud: Lima, California, México, la mismísima India si ella lo prefería. Aunque nunca
sentiste amor por él, lo cierto era, ¿no, Florita?, que alguna vez te tentó la idea de aceptar su oferta. Se casarían, se
instalarían en un lugar alejado y exótico, donde nadie te
conociera ni pudiera acusarte de bígama. Allí llevarías una
existencia tranquila y burguesa, sin miedo y sin hambre,
bajo la protección de un caballero intachable. ¿Lo hubieras soportado, Andaluza? Por supuesto que no.

El embarcadero de Avignon ya estaba allí. En lugar
de seguir escarbando el pasado, volver al presente. Manos a la obra. No había tiempo que perder, Florita, la redención de la humanidad no admitía demoras.

No resultó fácil redimir a estos obreros aviñoneses
con quienes a duras penas conseguía comunicarse, porque
la mayoría casi no hablaba francés, sólo la lengua regional. En París, esa reliquia de las asociaciones obreras que
era Agricol Perdiguier, apodado el Aviñonés Virtuoso, pese
a estar en desacuerdo con sus tesis sobre la Unión Obrera, le había dado unas cartas de presentación para gentes
de su ciudad natal. Gracias a ellas, Flora pudo celebrar
reuniones con los obreros de las fábricas de paños y con

los trabajadores del ferrocarril Avignon-Marsella, los mejor pagados de la región (dos francos al día). Pero, no fueron muy exitosas, debido a la prodigiosa ignorancia de estos hombres, que, pese a ser explotados con ferocidad, carecían de reflejos y vegetaban, conformes con su suerte. En la reunión con los obreros de las fábricas de paño, apenas vendió cuatro ejemplares de *La Unión Obrera*, y, en la de los ferrocarrileros, diez. Los aviñoneses no tenían muchas ganas de hacer la revolución.

Cuando supo que, en las cinco fábricas textiles del industrial más rico de Avignon, los horarios de trabajo eran de veinte horas diarias, tres o cuatro más que lo acostumbrado, quiso conocer a ese patrón. Monsieur Thomas no tuvo reparo en recibirla. Vivía en el antiguo palacio de los duques de Crillon, en la rue de la Masse, donde la citó muy de mañana. El bellísimo local albergaba, por dentro, un caos de muebles y cuadros de distintas épocas y estilos, y el despacho del señor Thomas —un ser esquelético y nervioso, de una energía que se le escapaba por los ojos— era viejo, sucio, con las paredes despintadas, y cantidades de papeles, cajas y carpetas por el suelo, entre los cuales apenas podía ella moverse.

—No exijo a mis obreros nada que no haga yo mismo —le ladró a Flora, cuando ésta, luego de explicarle su misión, le reprochó que sólo dejara a los trabajadores cuatro horas para dormir—. Porque yo trabajo desde el alba hasta la medianoche, vigilando personalmente la marcha de mis talleres. Un franco al día es una fortuna para un inútil. No se deje engañar por las apariencias, señora. Viven como miserables porque no saben ahorrar. Se gastan lo que ganan bebiendo alcohol. Yo, para que usted lo sepa, soy abstemio.

Le explicó a Flora que él no *imponía* los horarios. A quien no gustaba ese sistema, podía buscar trabajo en otra parte. Para él no era problema; cuando faltaba mano de obra en Avignon, la importaba de Suiza. Con esos bárbaros de las montañas alpinas jamás tuvo problemas: trabajaban calladitos y agradecidos con el salario que les pagaba. Ellos sí que sabían ahorrar, esos suizos embrutecidos.

Sin reflexionar ni un instante, dijo a Flora que no pensaba darle un centavo para su proyecto de Unión Obrera, porque, aunque él no fuera muy enterado, había algo en sus ideas que se le antojaba anarquista y subversivo. Por eso, tampoco le compraría un solo libro.

—Le agradezco la franqueza, señor Thomas —dijo Flora, poniéndose de pie—. Como no volveremos a vernos las caras, permítame decirle que usted no es un ser cristiano, ni civilizado, sino un antropófago, un comedor de carne humana. Si algún día sus obreros lo cuelgan, se lo habrá ganado.

El industrial se echó a reír a carcajadas, como si Flora le hubiera rendido un homenaje.

—A mí, las mujeres de carácter me gustan —la aprobó, exultante—. Si no estuviera tan ocupado, la invitaría a pasar un fin de semana en mi finca, en el Vaucluse. Usted y yo nos entenderíamos de maravilla, mi señora.

No todos los empresarios de Avignon resultaron tan toscos. Monsieur Isnard la recibió con cortesía, la escuchó, se suscribió con veinticinco francos a la Unión Obrera y le encargó veinte libros «para repartirlos entre los obreros más inteligentes». Reconoció que, a diferencia de Lyon, ciudad tan moderna en todos los sentidos, Avignon estaba políticamente en la prehistoria. Los obreros eran indiferentes, y las clases directoras se dividían entre monárquicos y napoleonistas, cosas bastante parecidas aunque con etiquetas diferentes. No le auguraba muchos éxitos en su cruzada para acabar con la injusticia, pero se los deseaba.

Flora no se dejó desmoralizar por esos malos pronósticos, ni por la colitis que, sin tregua, la atormentó los diez días de Avignon. En las noches, en la pensión El Oso, como no podía dormir y hacía calor, abría la ventana para sentir la brisa y ver el cielo de Provenza, cuajado de estrellas, tan numerosas y titilantes como las que contemplabas desde *Le Mexicano,* en las noches tranquilas, luego de pasar la región ecuatorial, en esas cenas en cubierta que el capitán Chabrié amenizaba cantando canciones tirolesas y arias de Rossini, su compositor preferido. Alfred David, el armador, aprovechaba sus conocimientos de astronomía para enseñar a Flora los nombres de las estrellas y las constelaciones, con la paciencia de un buen maestro de escuela. Los celos hacían palidecer al capitán Chabrié. También debía sentir celos con las prácticas de español que hacías, ayudada por los diligentes pasajeros peruanos, el cusqueño Fermín Miota, su primo don Fernando, el viejo militar don José y su sobrino Cesáreo, quienes se disputaban por enseñarte los verbos, corregirte la sintaxis e ilustrarte sobre las variantes fonéticas del español que se hablaba en el Perú. Pero, aunque Chabrié debía sufrir por las atenciones que los demás te prodigaban, no lo decía. Era demasiado correcto y educado para hacerte escenas de celos. Como le habías dicho que al llegar a Valparaíso le darías una respuesta definitiva, esperaba, sin duda rezando cada noche para que le dieras el sí.

Después de los calores ecuatoriales, y de unas semanas de calma chicha y buen tiempo en que el mareo cedió y la travesía se volvió más llevadera —pudiste devorar los libros de Voltaire, Victor Hugo y Walter Scott que llevabas contigo—, *Le Mexicano* enfrentó la peor etapa del viaje: el cabo de Hornos. Cruzarlo en julio y agosto era arriesgarse a naufragar a cada momento. Los vientos huracanados parecían empeñarse en precipitar el barco contra las montañas de hielo que les salían al encuentro y tormentas de nieve y granizo les caían encima, anegando camarotes y bodegas. Día y noche vivían aterrados y semicongelados. El miedo a morir ahogada mantuvo a Flora sin pegar los ojos en esas semanas terribles, viendo, admirada, cómo los oficiales y marineros de *Le Mexicano*, empezando por Chabrié, se multiplicaban, izando o arriando las velas, achicando el agua, protegiendo las máquinas, reparando los destrozos, en jornadas que los tenían sin descansar y sin comer doce o catorce horas seguidas. La mayor parte de la tripulación llevaba poco abrigo. Los marineros tiritaban de frío y caían a veces derribados por la fiebre. Hubo accidentes —un maquinista resbaló desde el palo de mesana y se rompió una pierna— y una epidemia cutánea, con escozor y forúnculos, contaminó a medio barco. Cuando, por fin, salieron del cabo y la nave comenzó a remontar el litoral de América del Sur por las aguas del Pacífico, rumbo a Valparaíso, el capitán Chabrié presidió una ceremonia religiosa de acción de gracias, por haber salido con vida de esta prueba, que pasajeros y tripulantes —la excepción fue el armador David, que se proclamaba agnóstico— siguieron devotamente. Flora también. Hasta el cabo de Hornos, nunca habías sentido la muerte tan cerca, Andaluza.

Estaba pensando, precisamente, en aquella ceremonia religiosa y en los sentidos rezos de Zacarías Chabrié, cuando, una mañana en que disponía de unas horas libres en Avignon, se le ocurrió visitar la antigua iglesia de Saint-Pierre. Los aviñoneses la consideraban una de las joyas de la ciudad. Se celebraba una misa. Para no distraer a los fieles, Flora se sentó en una banca del fondo de la nave. Al poco rato sintió hambre —debido a los cólicos, sus comidas eran frugales— y como llevaba un pan en el bolsillo, lo sacó y comenzó a comer, con discreción. No le sirvió de mucho, pues, al poco rato, se vio rodeada por un corro de mujeres enfurecidas, con pañuelos en la cabeza y misales y rosarios en las manos, que la recriminaban por faltar el respeto a un lugar sagrado y atropellar los sentimientos de los feligreses durante la santa misa. Les explicó que no había sido su intención ofender a nadie, que estaba obligada a comer algo cuando tenía fatiga pues sufría del estómago. En vez de calmarlas, sus explicaciones las irritaban más, y varias de ellas, en francés o provenzal, comenzaron a llamarla «judía», «judía sacrílega». Terminó por retirarse, para que el escándalo no pasara a mayores.

El incidente del que fue víctima al día siguiente al entrar a un taller de tejedores ¿fue consecuencia de lo ocurrido en la iglesia de Saint-Pierre? En la puerta del taller, en actitud amenazante, cerrándole la entrada, la esperaba un grupo de obreras, o de mujeres y parientes de obreros, a juzgar por la extremada pobreza de sus ropas. Algunas iban descalzas. Los intentos de Flora de dialogar con ellas, averiguar qué le reprochaban, por qué querían impedirle entrar al taller a reunirse con los tejedores, no dieron resultado. Las aviñonesas, gritando varias a la vez y gesticulando con furia, la callaban. A medias, pues el francés y la lengua regional se mezclaban en sus bocas, acabó por entenderlas. Temían que, por su culpa, sus maridos perdieran sus trabajos, e, incluso, fueran apresados. Algunas parecían celosas de su presencia allí, pues le gritaban «corruptora» o «puta, puta», mostrándole las uñas. Los dos aviñoneses que la acompañaban, discípulos de Agricol Perdiguier, le aconsejaron que renunciara al encuentro con los tejedores. Tal como estaban de caldeados los ánimos, no se podía excluir una agresión física. Si venía la policía, Flora pagaría los platos rotos.

Optó por visitar el Palacio de los Papas, convertido ahora en cuartel. No le interesó el ostentoso y pesado edificio, y menos las pinturas de Devéria y Pradier que adornaban sus macizas paredes —no había mucho tiempo ni ánimos para gustar del arte cuando se estaba en una guerra contra los males que agobiaban a la sociedad—, pero quedó prendada de madame Gros-Jean, la vieja portera que guiaba a los visitantes por este palacio tan semejante a una prisión. Gorda, tuerta, arrebujada en mantas pese al fuerte calor veraniego que a Flora la hacía transpirar, enérgica y de una locuacidad imparable, madame Gros-Jean era una monárquica fanática. Sus explicaciones le servían de pretextos para despotricar contra la Gran Revolución. Según ella, todas las desgracias de Francia habían comenzado en 1789, con esos demonios impíos de los jacobinos, sobre todo el monstruo Robespierre. Enumeraba, con fruición macabra y violentas condenaciones, las negras hazañas, en Avignon, del bandido robespierrista Jourdan, apodado el Cortacabezas, que decapitó personalmente a ochenta y seis mártires y quiso demoler este palacio. Afortunadamente, Dios no lo permitió, y más bien hizo que Jourdan terminara sus días en la guillotina. Cuando, de pronto, Flora, para ver la cara que ponía la portera, afirmó que la Gran Revolución era lo mejor que le había pasado a Francia desde los tiempos de saint Louis, y el hecho histórico más importante de la humanidad, madame Gros-Jean tuvo que sujetarse de una columna, fulminada por el pasmo y la indignación.

La última parte del viaje de *Le Mexicano*, frente a la costa sudamericana, fue la menos ingrata. Haciendo honor a su nombre, el mar Pacífico se mostró siempre calmado, y Flora pudo leer con más tranquilidad, además de los suyos, los libros de la pequeña biblioteca del barco, que contenía autores como Lord Byron y Chateaubriand a los que leía por primera vez. Lo hacía tomando notas, estudiándolos, y descubriendo, en cada página, ideas que la imantaban. También, las lagunas de su educación.

Pero ¿acaso habías tenido alguna educación, Florita? Ésa era la tragedia de tu vida, no André Chazal. ¿Qué clase de educación tenían las mujeres, incluso hoy día? ¿Hubiera sido posible un episodio como el de esas beatas que te llamaron «judía» en la iglesia de Saint-Pierre, y las que te creían una «puta» en el taller de tejedores, si las mujeres recibieran una educación digna de ese nombre? Por eso, las escuelas obligatorias para mujeres de la Unión Obrera revolucionarían la sociedad.

Le Mexicano atracó en el puerto de Valparaíso a los ciento treinta y tres días de haber zarpado de Burdeos, con cerca de dos meses de atraso sobre el tiempo previsto. Valparaíso era una sola calle larguísima, paralela al mar de arenas negras, y en ella se agitaba una humanidad variopinta, donde parecían representados todos los pueblos del planeta, a juzgar por la variedad de lenguas que se hablaba, fuera del español: inglés, francés, chino, alemán, ruso. Todos los mercaderes, mercenarios y aventureros del mundo que venían a buscarse la vida en América del Sur, entraban al continente por Valparaíso.

El capitán Chabrié la ayudó a instalarse en una pensión regentada por una francesa, madame Aubrit. Su llegada provocó una conmoción en el pequeño puerto. Todo el mundo conocía a su tío, don Pío Tristán, el hombre más rico y poderoso del sur del Perú, que había estado exiliado un tiempo aquí en Valparaíso. La noticia de la llegada de una sobrina francesa de don Pío —¡y de París!— alborotó el vecindario. Los tres primeros días, Flora debió resignarse a recibir una procesión de visitantes. Las familias principales querían presentar sus saludos a la sobrina de don Pío, de quien todos juraban ser amigos, y, al mismo tiempo, comprobar con sus propios ojos si lo que decía la leyenda de las parisinas —bellas, elegantes y diablas— correspondía a la realidad.

Con las visitas, llegó una noticia que hizo a Flora el efecto de una bomba. Su anciana abuela, la madre de don Pío, en quien había puesto tantas esperanzas para ser reconocida e integrada en la familia Tristán, había fallecido en Arequipa el 7 de abril de 1833, el mismo día en que Flora cumplía treinta años y se embarcaba en *Le Mexicano*. Mal comienzo para tu aventura sudamericana, Andaluza. Chabrié la consoló como pudo, al ver que ella se ponía lívida. Flora iba a aprovechar la ocasión para decirle que estaba demasiado turbada para dar una respuesta a su oferta de matrimonio, pero, él, adivinándola, le impidió hablar:

—No, Flora, no me diga nada. No todavía. No es éste el momento para un asunto tan importante. Siga su viaje, vaya a Arequipa a reunirse con su familia, arregle sus problemas. Yo iré a verla allá, y entonces me hará conocer su decisión.

Cuando, el 18 de julio de 1844, Flora dejó Avignon, rumbo a Marsella, estaba más alentada que los primeros días en la ciudad de los Papas. Había constituido un comité de la Unión Obrera con diez miembros —trabajadores textiles y del ferrocarril, y un panadero— y asistido a dos intensas reuniones secretas con los carbonarios. Éstos, pese a ser reprimidos con dureza, seguían activos en Provenza. Flora les explicó sus ideas, los felicitó por el coraje con que luchaban por sus ideales republicanos, pero consiguió exasperarlos, al decirles que formar sociedades secretas y actuar en la clandestinidad, eran chiquillerías, romanticismos tan anticuados como las pretensiones de los icarianos de ir a fundar el Paraíso en América. La lucha había que librarla a plena luz, a la vista de todo el mundo, aquí y en todas partes, para que las ideas de la revolución llegaran a los trabajadores y los campesinos, a todos los explotados sin excepción, porque sólo ellos, movilizándose, transformarían la sociedad. Los carbonarios la escuchaban desconcertados. Algunos, le recriminaron ásperamente formularles críticas que nadie le había pedido. Otros, parecían impresionados con su audacia. «Después de su visita, tal vez los carbonarios tengamos que revisar la prohibición de aceptar mujeres en nuestra sociedad», le dijo el jefe, señor Proné, al despedirla.

X. Nevermore
Punaauia, mayo de 1897

Cuando, a fines de mayo de 1896, Pau'ura le dijo que estaba encinta, Koke no dio importancia a la noticia. Y su *vahine* tampoco; a la manera maorí, tomaba su preñez sin alegría ni amargura, con tranquilo fatalismo. Había sido una pésima época para él, por el rebrote de las llagas, los dolores al tobillo y las penurias económicas luego de gastarse hasta el último centavo de la herencia del tío Zizi. Pero el embarazo de Pau'ura coincidió con un cambio de suerte. Al mismo tiempo que las llagas de sus piernas una vez más comenzaban a cerrarse, le llegó un envío de mil quinientos francos de Daniel de Monfreid: Ambroise Vollard había vendido unas telas y una escultura, por fin. Al ex soldado francés, Pierre Levergos, que, luego de dejar el uniforme se había instalado en una finquita de frutales en los alrededores de Punaauia y venía a veces a fumarse una pipa y a tomarse un trago de ron con él, Paul le aseguró, medio en broma medio en serio:

—Desde que supieron que iba a ser padre de un tahitiano, los Ariori han decidido protegerme. A partir de ahora, con ayuda de los dioses de esta tierra, las cosas irán bien.

Así ocurrió, por un tiempo. Con dinero y la salud algo mejorada —aunque sabía que el tobillo lo atormentaría siempre y seguiría cojo de por vida— luego de pagar deudas pudo volver a comprar aquellos toneles de vino, que, en la puerta de su cabaña, recibían a los visitantes, y organizar, los domingos, aquellas comidas en las que el plato estrella era una tortilla babosa, casi líquida, que preparaba él mismo, con aspavientos de maestro cocinero. Las fiestas provocaron de nuevo las iras del párroco católico y del pastor protestante de Punaauia, pero Paul no les hacía el menor caso.

Estaba de buen humor, animoso, y, para su propia sorpresa, conmovido al ver cómo comenzaban a ensancharse la cintura y el vientre de su *vahine*. La chiquilla no tuvo, los primeros meses, esos vómitos y mareos que acompañaron todos los embarazos de Mette Gad. Por el contrario, Pau'ura continuó su régimen de vida, como si ni siquiera advirtiese que germinaba un ser en sus entrañas. A partir de septiembre, cuando comenzó a abultarse su vientre, adquirió una suerte de placidez, de lentitud cadenciosa. Hablaba despacio, respirando hondo, movía las manos en cámara lenta y caminaba con los pies muy abiertos para no perder el equilibrio. Koke dedicaba mucho tiempo a espiarla. Cuando la veía inspirar hondo, llevándose las manos al vientre, como queriendo auscultar al niño, lo embargaba una sensación desconocida: la ternura. ¿Te estabas volviendo viejo, Koke? Tal vez. ¿Podía un salvaje sentirse ilusionado por la universalmente compartida experiencia de la paternidad? Sí, sin duda, ya que te sentías feliz con esa criatura de tu semen que pronto iba a nacer.

Su estado de ánimo se reflejó en cinco cuadros que pintó deprisa, en torno al tema de la maternidad: *Te arii vahine* (La mujer noble); *No te aha oe riri* (¿Por qué estás enojada?); *Te tamari no atua* (El hijo de Dios); *Nave nave mahana* (Días deliciosos) y *Te rerioa* (El sueño). Cuadros en los que apenas te reconocías, Koke, pues en ellos la vida se mostraba sin drama, tensiones ni violencia, con apatía y sosiego, en medio de paisajes de suntuoso colorido. Los seres humanos parecían un escueto trasunto de la paradisíaca vegetación. ¡La pintura de un artista satisfecho!

La niña nació tres días antes de la Navidad de 1896, al atardecer, en la cabaña donde vivían, atendida por la partera del lugar. Fue un parto sin complicaciones, con el telón de fondo de los coros navideños que ensayaban las niñas y niños de Punaauia en las iglesias protestante y católica. Koke y Pierre Levergos celebraron el nacimiento con vasos de ajenjo, sentados al aire libre, entonando canciones bretonas que el pintor acompañaba con su mandolina.

—Un cuervo —dijo Koke, de pronto, dejando de tocar y señalando el gran mango vecino.

—En Tahití no hay cuervos —se sorprendió el ex soldado, levantándose de un salto, para ir a ver—. Ni cuervos ni serpientes. ¿No sabías, acaso?

—Es un cuervo —insistió Koke—. He visto muchos en mi vida. En la casa de Marie-Henry, la Muñeca, en Le Pouldu, uno venía a dormir todas las noches a mi ventana, a advertirme una desgracia que yo no adiviné. Nos hicimos amigos. Ese pajarraco es un cuervo.

No pudieron confirmarlo, pues, cuando se acercaron al mango, el bulto oscuro, la sombra alada, se esfumó.

—Es un ave de mal agüero, lo sé muy bien —insistió Koke—. El de Le Pouldu vino a anunciarme una tragedia. Éste ha venido hasta aquí con la noticia de otra catástrofe. Se me abrirán los eczemas, o, en la próxima tormenta, a esta cabaña le caerá un rayo y la incendiará.

—Era otro pajarraco, quién sabe cuál —porfió Pierre Levergos—. En Tahití, en Moorea y demás islas de acá, jamás se ha visto un cuervo.

Dos días después, mientras Koke y Pau'ura discutían sobre dónde llevar a la niña a bautizar —ella quería la iglesia católica, pero él no, pues el padre Damián era peor enemigo suyo que el reverendo Riquelme, más tratable—, la criatura se puso rígida, comenzó a amoratarse como si le faltara la respiración y quedó inmóvil. Cuando llegaron al puesto sanitario de Punaauia, ya había expirado. «Por un defecto congénito en el sistema respiratorio», según el parte de defunción que firmó el oficial de la salud pública.

Enterraron a la niña en el cementerio de Punaauia, sin servicio religioso. Pau'ura no lloró, ni ese día ni los siguientes, y, poco a poco, retomó su rutina, sin mencionar para nada a su hijita fallecida. Paul tampoco hablaba de ella, pero pensaba día y noche en lo ocurrido. Este pensamiento llegó a torturarle el espíritu como, meses atrás, el *Retrato de Aline Gauguin,* cuyo paradero nunca averiguó.

Pensabas en la niña muerta y en el siniestro pajarraco —era un cuervo, estabas seguro, por más que nativos y colonos aseguraran que no había cuervos en Tahití—. Aquella silueta alada removía viejas imágenes de tu memoria, de un tiempo que, aunque no tan lejano, sentías ahora remotísimo. Trató de procurarse alguna publicación, en la modesta biblioteca del Club Militar de Papeete, y en la biblioteca particular del colono Auguste Goupil —la única digna de ese nombre en toda la isla—, donde apareciera la traducción al francés del poema *El cuervo,* de Edgar Allan Poe. Lo habías escuchado leer en alta voz al traductor, tu amigo, el poeta Stéphane Mallarmé, en su casa de la rue de Rome, en esas tertulias de los martes a las que, en una época, solías concurrir. Recordabas con claridad las explicaciones del elegante y fino Stéphane sobre el período atroz de la vida de Poe, deshecho por el alcohol, la droga, el hambre y las penalidades familiares allá en Filadelfia, en que había escrito la primera versión de aquel texto. Ese tremendo poema, traducido de modo tan tétrico y a la vez tan armonioso, tan sensual y tan macabro, te llegó al tuétano, Paul. La impresión de esa lectura te incitó a hacer un retrato de Mallarmé, como homenaje a quien había sido capaz de verter de manera tan astuta, en francés, aquella obra maestra. Pero a Stéphane no le gustó. Acaso tenía razón, acaso no llegaste a atrapar su elusiva cara de poeta.

Recordó que, en la cena del Café Voltaire del 23 de marzo de 1891 que le dieron sus amigos para despedirlo, en vísperas de su primer viaje a Tahití, y que había presidido, justamente, Stéphane Mallarmé, éste leyó dos traducciones de *El cuervo,* la suya y la del tremebundo poeta Charles Baudelaire, que se jactaba de haber hablado con el diablo. Luego, en agradecimiento por el retrato, Stéphane regaló a Paul un ejemplar dedicado de la pequeña edición privada de su traducción, aparecida en 1875. ¿Dónde estaba ese librito? Revisó el baúl de los cachivaches, pero no lo encontró. ¿Quién de tus amigos se había quedado con él? ¿En cuál de tus innumerables mudanzas se extravió ese poema que ahora tenías urgencia —como de alcohol, como de láudano cuando te atacaban los dolores— de volver a leer? La desazonadora memoria de lo que significó buscar el retrato de tu madre te impidió rogar a tus amigos que trataran de encontrar aquella traducción del poema de Poe.

No recordaba los versos, sólo el ritornelo con que terminaban las estrofas —«*Nevermore*», «Nunca más»—, y también el desarrollo y la anécdota. Un poema escrito para ti, Koke, el tahitiano, en este momento de tu vida. Te sentías —eras— el estudiante aquel al que, en esa medianoche borrascosa, cuando está sumido en sus cavilaciones y lecturas, con el corazón destrozado por la muerte de su amada Leonor, viene a interrumpir un cuervo. Irrumpe por la ventana de su estancia, traído por la tempestad o enviado por las tinieblas, y se posa sobre el busto de blanco mármol de Palas, que custodia la puerta. Recordabas con lucidez febril la melancolía y los matices macabros del poema, sus alusiones a la muerte, al horror, a la desdicha, al infierno («las playas de Plutón»), a la tiniebla, a la incertidumbre del más allá. A todas las preguntas del estudiante sobre su amada, sobre el futuro, el pajarraco respondía con el siniestro graznido («¡Nunca más!», *«Nevermore»*) hasta crear una angustiosa conciencia de eternidad, de tiempo inmóvil. Y los versos finales, cuando la historia abandona, condenados a seguir frente a frente, hasta el fin de los tiempos, al estudiante y su negra visita.

Tenías que pintar, Koke. La crepitación espiritual que no te invadía hacía tiempo estaba ahí, de nuevo, exigiéndotelo, convirtiéndote en un ser convulsionado, incandescente. Sí, sí, por supuesto: pintar. ¿Qué pintarías? Afiebrado, comido por la excitación y ese hervor de la sangre que le erizaba la piel, subía hasta su cerebro y lo hacía sentirse seguro, poderoso, triunfante, dispuso una tela en el bastidor y la aseguró sobre el caballete con tachuelas. Comenzó a pintar a la niña muerta, tratando de resucitarla desde las creencias y las supersticiones de los antiguos maoríes, esas de las que no quedaba rastro o que los actuales mantenían tan ocultas, tan secretas, que estaban vedadas para ti, Koke. Trabajó jornadas enteras, mañana y tarde, con un descanso al mediodía para una corta siesta, reinventando el cuerpecillo ínfimo, la carita amoratada. Al atardecer del tercer día, cuando la luz declinante ya no le permitía trabajar con comodidad, echó un brochazo de pintura blanca sobre la imagen tan afanosamente construida. Se sentía asqueado, enardecido, con una rabia que le rebalsaba por las orejas y los ojos, esa ira que lo poseía cuando, luego de una racha de entusiasmo que lo empujaba a trabajar, advertía que había fracasado. Lo que te mostraba la tela era basura, Koke. Entonces, a la decepción, a la frustración, a la sensación de impotencia, se sumó un dolor agudo en las articulaciones y los huesos. Dejó los pinceles junto a la paleta y decidió beber, hasta la inconsciencia. Cuando cruzaba el dormitorio hacia la entrada, donde estaba el tonel de clarete, vio, sin ver, a Pau'ura desnuda, tendida de costado, la cara vuelta hacia las rectangulares aberturas del tabique por las que, en un cielo azul cobalto, asomaban las primeras estrellas. Los ojos de su *vahine* se posaron un instante sobre él, indiferentes, y regresaron a mirar el cielo, con serenidad, o, acaso, desinterés. En ese desgano crónico de Pau'ura hacia todo había algo misterioso, hermético, que lo intrigaba. Se detuvo en seco, se acercó a ella, y, de pie, la observó. Sentías una sensación extraña, una premonición.

Eso que veías era lo que tenías que pintar, Koke. Ahora mismo. Sin decir nada, fue al estudio, cogió el álbum de bocetos y unos carboncillos, regresó al dormitorio y se dejó caer sentado en la alfombrilla de estera, frente a Pau'ura. Ella no se movió, ni le hizo pregunta alguna, mientras él, con trazo seguro, hacía dos, tres, cuatro apuntes de la muchacha tendida de costado. Pau'ura, de tanto en tanto, cerraba los ojos, ganada por la somnolencia, y al rato volvía a abrirlos y los posaba un instante sobre Koke, sin la menor curiosidad. La maternidad había dado mayor plenitud a sus caderas, ahora más redondeadas, y dotado a su vientre de una pesadez majestuosa que te hacía recordar los vientres y caderas de las lánguidas odaliscas de Ingres, de las reinas y mujeres mitológicas de Rubens y Delacroix. Pero, no, no, Koke. Este maravilloso cuerpo de piel mate, con reflejos dorados, de muslos tan sólidos, que se prolongaban en unas piernas fuertes, armoniosamente torneadas, no era europeo, ni occidental, ni francés. Era tahitiano. Era maorí. Lo era en el abandono y la libertad con que Pau'ura descansaba, en la sensualidad inconsciente que vertía por cada uno de sus poros, incluso en esas trenchas de cabellos negros que la almohada amarilla —un dorado tan recio que te hizo pensar en los oros desbocados del Holandés Loco sobre los que tú y él habían discutido tanto en Arles— ennegrecía aún más. El aire arrastraba un aroma excitante, deseable. Una sexualidad espesa te iba embriagando más que el vino que te disponías a tomar cuando viste a tu *vahine* desnuda, en esta pose providencial, que te rescató de la depresión.

Sintió su verga tiesa, pero no dejó de trabajar. Interrumpir el trabajo en este momento sería sacrílego, el encantamiento no volvería a surgir. Cuando tuvo el material que necesitaba, Pau'ura se había dormido. Se sentía extenuado, aunque con una sensación bienhechora y una gran calma en el espíritu. Mañana empezarías de nuevo el cuadro, Koke, esta vez sin vacilaciones. Sabías perfectamente la tela que ibas a pintar. Y también que, en esa tela, detrás de la mujer desnuda y dorada tendida sobre una cama y reposando la cabeza en una almohada amarilla, habría un cuervo. Y que el cuadro se llamaría *Nevermore*.

Al día siguiente, al mediodía, su amigo Pierre Levergos se acercó a la cabaña como otros días para beber juntos una copa, conversando. Koke lo despidió de manera abrupta:

—No vuelvas hasta que te llame, Pierre. No quiero ser interrumpido, ni por ti ni por nadie.

No pidió a Pau'ura que retomara la postura en que estaba pintándola; hubiera sido como pedirle al cielo que reprodujera esa luz límite en que vio a su *vahine,* una luz a punto de empezar a disolver y borrar los objetos, a sumirlos en sombras, a tornarlos bultos. La muchacha jamás volvería a mostrar ese abandono tan espontáneo, esa dejadez absoluta en que la sorprendió. Tenía la imagen tan vívida en la memoria que la reproducía con facilidad, sin dudar un segundo en los contornos y el trazo de la figura. En cambio, le costaba un trabajo desmedido bañar su imagen en aquella luz declinante, algo azulada, en esa atmósfera de aparición, magia o milagro, que, estabas seguro, daría a *Nevermore* su sello, su personalidad. Trabajó con cuidado la forma de los pies, tal como los recordaba, distendidos, terrestres, los dedos separados, comunicando una sensación de solidez, de haber estado siempre en contacto directo con el suelo, de comercio carnal con la naturaleza. Y se esmeró en la mancha sanguinolenta de ese pedazo de tela abandonada junto al pie y la pierna derecha de Pau'ura: llamita de incendio, coágulo tratando de abrirse paso entre ese cuerpo sensual.

Advirtió que había una correspondencia estrecha entre esta tela y la que pintó de Teha'amana en 1892: *Manao tupapau* (El demonio vigila a la niña), su primera obra maestra tahitiana. Ésta sería otra obra maestra, Koke. Más madura y profunda que aquélla. Más fría, menos melodramática, quizás más trágica; en vez del miedo de Teha'amana al espectro, aquí, Pau'ura, después de esa prueba, perder a su hija a poco de nacida, yacía pasiva, resignada, en esa actitud sabia y fatalista de los maoríes, ante el destino representado por el cuervo sin ojos que reemplazaba en *Nevermore* al demonio de *Manao tupapau*. Cuando, cinco años atrás, pintaste este último cuadro, arrastrabas todavía muchos residuos de la fascinación romántica por el mal, por lo macabro, por lo tétrico, como Charles Baudelaire, poeta enamorado de Lucifer al que aseguraba haber reconocido, una noche, sentado en un *bistro* de Montparnasse y discutido con él sobre estética. Aquel decorado literario-romántico había desaparecido. Al cuervo lo tropicalizaste: se volvió verdoso, con pico gris y alas manchadas de humo. En este mundo pagano, la mujer tendida aceptaba sus límites, se sabía impotente contra las fuerzas secretas y crueles que se abaten de pronto sobre los seres humanos para destruirlos. Contra ellas, la sabiduría primitiva —la de los Ariori— no se rebela, llora o protesta. Las enfrenta con filosofía, con lucidez, con resignación, como el árbol y la montaña a la tempestad, las arenas de las playas a las mareas que las sumergen.

Cuando terminó el desnudo, amuebló el espacio en torno de manera lujosa, rica en detalles, con un colorido variado y sutiles combinaciones. Aquella misteriosa luz indecisa, de crepúsculo, cargaba los objetos de ambigüedad. Todos los motivos de tu mundo personal comparecían, para dar un sello propio a esta composición que era, sin embargo, inequívocamente tahitiana. Además del cuervo ciego, coloreado por el trópico, en paneles distintos, asomaban flores imaginarias, unas infladas siluetas tuberosas, bajeles vegetales de velamen desplegado, un cielo con nubes navegantes que podían ser las pinturas de una tela que recubría el muro o un cielo que asomaba por una ventana abierta en el recinto. Las dos mujeres que conversaban detrás de la muchacha tendida, una de espaldas, otra de perfil, ¿quiénes eran? No lo sabías; había en ellas algo siniestro y fatídico, algo más cruel que el demonio oscuro de *Manao tupapau,* disimulado por la normalidad de su apariencia. Bastaba acercar los ojos a la muchacha tumbada para advertir que, pese a la calma de su pose, sus ojos estaban sesgados: trataba de escuchar el diálogo que tenía lugar a sus espaldas, un diálogo que la inquietaba. En distintos objetos de la pieza —la almohada, la sábana— aparecían las florecillas japonesas que venían a tu pincel automáticamente desde que, en tus comienzos de pintor, descubriste a los grabadores japoneses del período Meiji. Pero, ahora, también en estas florecillas se manifestaba la ambigüedad recóndita del mundo primitivo, pues, según la perspectiva, mudaban, se volvían mariposas, cometas, formaciones volantes.

Cuando terminó el cuadro —estuvo puliendo y retocando los detalles cerca de diez días— se sintió feliz, triste, vacío. Llamó a Pau'ura. Ella, después de contemplarlo un rato, de manera inexpresiva, movió la cabeza sin mucho entusiasmo:

—Yo no soy así. Esa mujer es una vieja. Yo soy mucho más joven.

—Tienes razón —le replicó—. Tú eres joven. Ésta, es eterna.

Se echó a dormir un rato y al despertar buscó a Pierre Levergos. Lo invitó a Papeete, a festejar su recién terminada obra maestra. En los barcitos del puerto bebieron sin parar, toda la noche y de todo: ajenjo, ron, cerveza, hasta perder ambos el sentido. Trataron de entrar a un fumadero de opio en las vecindades de la catedral, pero los chinos los echaron. Durmieron en el suelo de una fonda. Al día siguiente, al regresar a Punaauia en el coche público, Paul tenía revueltas las tripas, arcadas y una acidez venenosa en el estómago. Pero, aun en ese mal estado, empaquetó cuidadosamente la tela y se la envió a Daniel de Monfreid, con estas breves líneas: «Como es una obra maestra, si no se puede sacar un buen precio por ella, prefiero que no se venda».

Cuando llegó la respuesta de Monfreid, cuatro meses después, diciéndole que Ambroise Vollard había vendido *Nevermore* por quinientos francos el primer día que exhibió el cuadro en su galería, Paul había dejado Punaauia y estaba viviendo en Papeete. Había encontrado un empleo, como asistente de dibujante, en el Departamento de Obras Públicas de la administración colonial. Ganaba ciento cincuenta francos. Le alcanzaba para vivir, modestamente. Había dejado de ir semidesnudo, con un simple pareo, y, como los funcionarios, vestía a la occidental y con zapatos. Pau'ura lo había abandonado —sin decir palabra, desapareció un buen día con su puñadito de enseres personales—, y él, deprimido con su partida, y con la noticia de la muerte de su hija Aline en Copenhague, que lo desasosegaba más a medida que pasaba el tiempo, había vendido la casa de Punaauia y jurado públicamente, ante un grupo de amigos, no volver a pintar nunca más ni un palote, ni esculpir objeto alguno, ni siquiera con un trozo de papel o una miga de pan. En adelante, se dedicaría sólo a sobrevivir, sin hacer planes de ninguna especie. Cuando, sin saber si hablaba en serio o era un delirio alcohólico, le preguntaron por qué había tomado una decisión tan radical, les respondió que, después de *Nevermore*, todo lo que pudiera pintar sería malo. Este cuadro era su canto del cisne.

Se inició entonces un período de su vida en que todos los vecinos de Papeete lo espiaban, preguntándose cuánto duraría la agonía de este muerto en vida que parecía haber entrado en la recta final de la existencia y que hacía cuanto podía para apresurar su muerte. Vivía en una pensión de las afueras, donde Papeete desaparecía tragada por el bosque. Salía muy temprano de allí, rumbo al Departamento de Obras Públicas; su cojera hacía que se demorase en el trayecto el doble que un hombre a paso normal. Su trabajo era poco menos que simbólico —un favor del gobernador Gustave Gallet—, pues los planos que le daban a dibujar los hacía con tanta torpeza y desgano que debían ser rehechos. Nadie le llamaba la atención. Todos temían su carácter irritable, esos arrebatos beligerantes que ahora lo sobrecogían no sólo borracho, también sobrio.

No comía casi nada y enflaqueció mucho; unas ojeras violáceas circundaban sus ojos, y lo demacrado de su cara hacía que su fracturada nariz pareciera todavía más grande y más torcida, semejante a la de uno de esos ídolos que antes le gustaba tallar en madera, asegurando que eran los antiguos dioses del panteón maorí.

Salía de su trabajo directamente hacia los barcitos del puerto, que ya eran doce. Avanzaba despacio por el paseo del embarcadero, el Quai du Commerce, solo, cojeando, apoyado en su bastón, con signos evidentes de malestar físico en la cara, enfurruñado, hosco, sin contestar a nadie el saludo. Él, que había tenido épocas de gran sociabilidad con nativos y colonos, se volvió huraño, distante. Escogía un día la terraza de un bar, otro día otra. Bebía una copa de ajenjo, o de ron, o de vino, o una cerveza, y a los dos o tres sorbos alcanzaba la vidriosidad en los ojos, el enredo de la lengua y los gestos morosos del borracho consuetudinario.

Entonces, conversaba con los cantineros, las rameras, los vagos y borrachines del contorno, o con Pierre Levergos, que venía de Punaauia a hacerle compañía, compadecido de su soledad. Según el ex soldado, se equivocaban quienes creían que iba a morir. Para él, a Paul le ocurría algo más grave; estaba perdiendo la razón; su cabeza se había vuelto un batiburrillo. Hablaba de su hija Aline, muerta en Copenhague, a los veinte años, sin que hubiera podido despedirse de ella, y lanzaba contra la religión católica las peores apostasías e impiedades. La acusaba de haber exterminado a los Ariori, los dioses locales, y de envenenar y corromper las costumbres sanas, libres, desprejuiciadas de los nativos, imponiéndoles los prejuicios, censuras y vicios mentales que habían arrastrado a Europa a su decadencia actual. Sus odios y furores tenían muchos blancos. Ciertos días se concentraban en los chinos avecindados en Tahití, a los que acusaba de querer apoderarse de estas islas para acabar con los tahitianos y los colonos y extender el imperio amarillo. O se enzarzaba en largos e incomprensibles soliloquios sobre la necesidad de que el arte reemplazara el patrón de belleza occidental, la mujer y el hombre de piel blanca y proporciones armoniosas, creado por los griegos, por los valores inarmónicos, asimétricos y de audaz estética de los pueblos primitivos, cuyos prototipos de belleza eran más originales, variados e impuros que los europeos.

No le importaba si lo escuchaban, pues, si alguien lo interrumpía con una pregunta, no se daba por enterado o lo callaba con una grosería. Permanecía sumergido en su mundo, cada vez menos permeable a la comunicación con los demás. Lo malo eran sus furias, que lo llevaban de pronto a insultar a cualquier marinero recién desembarcado en Papeete o a tratar de descerrajar un silletazo al parroquiano que, para su mala suerte, le cruzaba la mirada. En esos casos, los gendarmes lo arrastraban al puesto policial y lo hacían dormir en un calabozo. Aunque los vecinos lo conocían, y se desentendían de sus provocaciones, no ocurría lo mismo con los marineros en tránsito, que, a veces, se liaban a golpes con él. Y, ahora, era Paul quien quedaba mal parado, con moretones en la cara y el cuerpo magullado. Tenía sólo cuarenta y nueve años pero su cuerpo estaba tan en ruinas como su espíritu.

Otro tema obsesivo de Koke era mandarse mudar a las Marquesas. Quienes habían estado en aquellas alejadas colonias, a más de mil quinientos kilómetros la más próxima de Tahití, trataron de disuadirlo de la fantasiosa idea que se había hecho de esas islas, pero pronto optaron por callar, advirtiendo que no los escuchaba. Su cabeza ya no parecía capaz de discriminar entre fantasía y realidad. Decía que todo lo que curas católicos y pastores protestantes, así como colonos franceses y chinos comerciantes, habían pervertido y aniquilado en Tahití y las demás islas de este archipiélago, en las Marquesas se conservaba intacto, virgen, puro, auténtico. Que, allá, el pueblo maorí seguía siendo el de antes, el orgulloso, libre, bárbaro, pujante pueblo primitivo en comunión con la naturaleza y con sus dioses, viviendo todavía la inocencia de la desnudez, del paganismo, de la fiesta y la música, de los ritos sagrados, del arte comunicativo de los tatuajes, del sexo colectivo y ritual y el canibalismo regenerador. Él buscaba eso desde que se sacudió la costra burguesa en la que estaba atrapado desde la infancia, y llevaba un cuarto de siglo siguiendo el rastro de ese mundo paradisíaco, sin encontrarlo. Lo había buscado en la Bretaña tradicionalista y católica, orgullosa de su fe y sus costumbres, pero ya la habían mancillado los turistas pintores y el modernismo occidental. Tampoco lo encontró en Panamá, ni en la Martinica, ni aquí, en Tahití, donde la sustitución de la cultura primitiva por la europea ya había herido de muerte los centros vitales de aquella civilización superior, de la que apenas quedaban miserables restos. Por eso, debía partir. Apenas reuniera algo de dinero tomaría un barquito a las Marquesas. Quemaría sus ropas occidentales, su guitarra y su acordeón, sus telas y pinceles. Se internaría en los bosques hasta dar con una aldea aislada, que sería su hogar. Aprendería a adorar a esos dioses sanguinarios que atizaban los instintos, los sueños, la imaginación, los deseos humanos, que no sacrificaban jamás el cuerpo a la razón. Estudiaría el arte de los tatuajes y lograría dominar su laberíntico sistema de signos, la cifrada sabiduría que conservaba intacto su riquísimo pasado cultural. Aprendería a cazar, a danzar, a rezar en ese maorí elemental más antiguo que el tahitiano, y regeneraría su organismo comiendo carne de su prójimo. «No me pondré nunca al alcance de tus dientes, Koke», le decía Pierre Levergos, el único a quien aguantaba bromas.

A su espalda, los vecinos se reían de él. Se contaban sus alucinados disparates, y, cuando no el Bárbaro o el Cojo, le decían el Caníbal. Que ya no tenía muy sana su cabeza era evidente, por las contradicciones en que incurría cuando se ponía a evocar su vida pasada. Se jactaba de ser descendiente directo del último emperador azteca, llamado Moctezuma, y si alguien, respetuosamente, le recordaba que hacía unos días había asegurado que su linaje procedía en línea recta de un virrey del Perú, decía que, en efecto, era así, y que, además, tenía una abuela, Flora Tristán, anarquista en tiempos de Louis-Philippe, a la que él, de niño, había ayudado a preparar las bombas y la pólvora para los atentados terroristas contra los banqueros. No le importaba incurrir en afirmaciones sin pies ni cabeza, o garrafales anacronismos; sus recuerdos eran las invenciones del momento de alguien desconectado de la realidad, una cabeza que se había fabricado un pasado porque el suyo se lo habían disuelto enfermedades, remedios, locuras y borracheras.

Ningún colono, oficial de la pequeña guarnición o funcionario, lo invitaba a su casa, ni se le permitía la entrada al Club Militar. Para las familias de la pequeña sociedad colonial de Tahiti-nui, se volvió un apestado. Por su escandalosa vida, por convivir públicamente con nativas, por lucirse con prostitutas y protagonizar escándalos de abierta depravación, tanto en Mataiea como en Punaauia —escándalos que la chismografía exageraba hasta el delirio—, y por la mala fama que le hicieron los curas y pastores (sobre todo, el padre Damián), quienes, aunque mantenían una rivalidad muy intensa disputándose las almas indígenas para sus respectivas iglesias, estaban de acuerdo en considerar a Paul, pintor borracho y degenerado, un peligro público, un desprestigio para la sociedad y una fuente de inmoralidades. En cualquier momento cometería crímenes. ¿Qué se podía esperar de un sujeto que hacía público elogio del canibalismo?

Un día se presentó en el Departamento de Obras Públicas una muchacha indígena embarazada, preguntando por él. Era Pau'ura. Con naturalidad, como si se hubieran despedido la víspera —«Salud, Koke»—, le señaló su barriga, con media sonrisa. Tenía en la mano su bultito de ropa.

—¿Vienes a quedarte conmigo?

Pau'ura asintió.

—¿Eso que llevas en la barriga es mío?

La chiquilla volvió a asentir, muy segura, con unos brillos traviesos en los ojos.

Él se puso muy contento. Pero, inmediatamente surgieron complicaciones, algo inevitable tratándose de ti, Koke. La dueña de la pensión se negó a permitir que Pau'ura compartiera el cuarto de Paul, alegando que su pensión era modesta pero digna, y que bajo su techo no cohabitaban parejas ilegítimas, menos un blanco con una indígena. Comenzó entonces un patético recorrido por las casas de familia de Papeete que daban albergue. Todas se negaron a recibirlos. Paul y Pau'ura tuvieron que refugiarse en Punaauia, en la finquita de Pierre Levergos, que accedió a hospedarlos hasta que encontraran donde vivir, con lo que el ex soldado se ganó la enemistad del padre Damián y del reverendo Riquelme.

La vida de Koke, viviendo en Punaauia y trabajando en Papeete, se volvió dificilísima. Tenía que tomar el primer coche de servicio público, aún a oscuras, y pese a ello llegaba media hora tarde al Departamento de Obras Públicas. Para compensar la tardanza, ofreció quedarse media hora luego del cierre de las oficinas.

Como si no tuviera ya bastantes problemas, se le metió en la cabeza algo descabellado: enjuiciar a las pensiones y hospedajes de Papeete que le negaron alojamiento con su *vahine*, acusándolos de haber violado las leyes de Francia, que prohibían discriminar entre los ciudadanos por causa de raza y religión. Perdió horas, días, consultando abogados y hablando con el procurador público, sobre el monto de las indemnizaciones que él y Pau'ura podían pedir por el agravio recibido. Todos trataron de disuadirlo, argumentando que jamás ganaría semejante proceso, pues las leyes amparaban el derecho de propietarios y administradores de hoteles y pensiones de rechazar a personas que, a su juicio, carecían de respetabilidad. ¿Y qué respetabilidad podía acreditar él, que vivía en flagrante adulterio, unión ilegítima, o bigamia, nada menos que con una indígena, y que había protagonizado infinitos incidentes, registrados por la policía, a causa de sus borracheras, y sobre quien pesaba, además, la acusación de haber huido de la clínica para no pagar lo que debía? Era un acto de conmiseración que los médicos del Hospital Vaiami no hubieran iniciado una acción judicial contra él por daños y perjuicios; pero, si se empeñaba en este proceso, aquel asunto saldría a relucir y Koke sería el perjudicado.

No fueron estos argumentos los que lo hicieron desistir, sino una carta conjunta de sus amigos Daniel de Monfreid y el buen Schuff, que le llegó a mediados de 1897 como maná caído del cielo. Venía acompañada de una remesa de mil quinientos francos y anunciaba, para pronto, un nuevo envío. Ambroise Vollard comenzaba a vender sus cuadros y esculturas. No a un solo cliente, a varios. Tenía promesas de compra que podían concretarse en cualquier momento. Todo esto parecía preludiar un cambio de fortuna con su pintura. Sus dos amigos se alegraban de que, por fin, los coleccionistas empezaran a reconocer lo que ya algunos críticos y pintores admitían a media voz: que Paul era un gran artista, que había revolucionado los patrones estéticos contemporáneos. «No descartamos que contigo pase lo que con Vincent», añadían. «Después de haberlo ignorado sistemáticamente, ahora todos se disputan sus cuadros, pagando por ellos sumas enloquecidas.»

El mismo día que recibió esta carta, Paul renunció al Departamento de Obras Públicas. En Punaauia consiguió un pequeño terreno, no muy alejado de la finquita de Pierre Levergos, donde, como la casa de éste era diminuta, dormían él y su *vahine* en un cobertizo sin paredes, a orillas de la huerta de frutas. Llevando la carta de sus amigos y el cheque, así como el anuncio de próximos envíos, consiguió que el Banco de Papeete le hiciera un préstamo para su nueva vivienda, cuyos planos él mismo dibujó, y cuya construcción vigiló celosamente.

Desde el regreso de Pau'ura su mejoría fue notable. Volvió a alimentarse, recuperó los colores, y, sobre todo, el ánimo. Otra vez se le oyó reír y mostrarse sociable con los vecinos. No sólo la presencia de su *vahine* lo alegraba; también, la perspectiva de ser padre de un tahitiano. Eso significaría su asentamiento definitivo en esta tierra, la evidencia de que los manes del lugar, los Ariori, por fin lo aceptaban.

En un par de meses la nueva vivienda fue habitable. Era más pequeña que la anterior, pero más sólida, con unos tabiques y un techo que resistirían las lluvias y los vientos. No había vuelto a pintar, pero ya Pierre Levergos dudaba que mantuviera su promesa de no coger más los pinceles. Porque el arte, la pintura, venían con frecuencia a su conversación. El ex soldado lo escuchaba, simulando un interés mayor del que sentía, oyéndolo criticar a pintores que desconocía, defender ideas incomprensibles. ¿Cómo se podía hacer una «revolución» pintando, de la manera que fuera? Al ex soldado lo dejaba estupefacto que Paul, en sus momentos de exaltación, asegurase que la tragedia de

Europa, de Francia, había comenzado cuando los cuadros y las esculturas dejaron de estar mezclados a la vida de las gentes, como había ocurrido hasta la Edad Media, y como ocurrió en todas las civilizaciones antiguas, los egipcios, los griegos, los babilonios, los escitas, los incas, los aztecas, y aquí también, entre los antiguos maoríes. Algo que todavía estaba ocurriendo en las Marquesas, donde se trasladarían él y Pau'ura y el niño dentro de algún tiempo.

La enfermedad impronunciable cortó la recuperación física y moral de Koke, retornando de pronto, en el mes de marzo, con más furia que antes. Volvieron a abrirse las llagas de sus piernas, supurantes. Esta vez, el ungüento a base de arsénico no conseguía calmarle el escozor. Al mismo tiempo, arreciaron los dolores del tobillo. El boticario de Papeete se negó a seguir vendiéndole láudano sin receta del médico. Con la cabeza gacha, descompuesto de humillación, tuvo que dejarse llevar al Hospital Vaiami. Se negaron a admitirlo si no abonaba antes lo que quedó debiendo, aquella vez que se escapó por la ventana. Debió, además, dejar un avance como garantía de que esta vez sí abonaría la factura.

Permaneció ocho días internado. El doctor Lagrange accedió a recetarle otra vez el láudano, advirtiéndole, sin embargo, que no podía seguir abusando de ese estupefaciente, en buena parte responsable de su pérdida de memoria, y de esos períodos de extravío mental —no saber quién era, dónde estaba, dónde iba— de que ahora se quejaba. Cuando el médico, dando un gran rodeo para no herir su susceptibilidad, se atrevió a sugerirle si no sería mejor para él, dado su estado de salud, considerar el regreso a Francia, su país, donde los suyos, gentes de su misma lengua, sangre y raza, para pasar rodeado de ellos sus últimos años —serían muy penosos, tenía que saberlo—, Paul reaccionó alzando la voz:

—Mi lengua, mi sangre y mi raza son los de Tahiti-nui, doctor. No volveré a pisar Francia, país al que sólo debo fracasos y sinsabores.

Salió de la clínica todavía con llagas en las piernas y sin que cedieran los dolores del tobillo. Pero el láudano lo defendía contra el escozor y la desesperación. Era toda una experiencia desasirse poco a poco del entorno, irse sumiendo en un territorio de puras sensaciones, de imágenes, de deshilachadas fantasías, que lo libraba del dolor y del asco que sentía al saber que se pudría en vida, que aquellas heridas de sus piernas, cuyo hedor no atajaban las vendas impregnadas de ungüento, estaban sacando a la luz sus pecados, suciedades, vilezas, maldades y errores de toda una vida. Una vida que, por lo visto, no iba a durar mucho ya, Paul. ¿Te morirías antes de llegar a las Marquesas?

El 19 de abril de 1898 nació el hijo de Koke y Pau'ura, un varoncito sano y de buen peso al que de común acuerdo llamaron Émile.

XI. Arequipa
Marsella, julio de 1844

«Hay ciudades que una detesta sin conocerlas», pensó Flora, apenas bajó del *coupé* que la trajo de Avignon con un cura y un comerciante como compañeros de viaje. Divisaba con disgusto las casas de Marsella. ¿Por qué odiabas esta ciudad que no habías visto aún, Florita? Después, se diría que la detestó porque era próspera: había demasiados ricos y gente acomodada en esta pequeña Babilonia de aventureros y emigrantes ávidos. El exceso de comercio y riquezas habían impuesto en sus habitantes un espíritu fenicio y un individualismo feroz que contagiaba incluso a los pobres y explotados, entre los que tampoco encontró la menor predisposición a la solidaridad, y sí, más bien, una indiferencia pétrea hacia las ideas de la unidad obrera y la fraternidad universal que fue a inculcarles. ¡Maldita ciudad donde las gentes sólo pensaban en el lucro! El dinero era el veneno de la sociedad; lo corrompía todo y volvía al ser humano una bestia codiciosa y rapaz.

Como si Marsella hubiera querido darle razones para justificar su antipatía, todo empezó a salirle torcido desde que pisó tierra marsellesa. El Hotel Montmorency resultó espantoso y con pulgas que le hicieron recordar su llegada al Perú en septiembre de 1833, por el puerto de Islay, donde, la primera noche, en casa de don Justo, el administrador de Correos, creyó morir con las picaduras de esas alimañas que se cebaron en ella sin misericordia. Al día siguiente escapó a una posada del centro de

Marsella, regentada por una familia española; le dieron un cuarto sencillo, amplio, y no objetaron que recibiera allí a grupos obreros. El poeta-albañil Charles Poncy, autor del himno a la Unión Obrera, con quien Flora contaba para que la guiase en sus reuniones con los trabajadores marselleses, se había marchado a Argel, dejándole una notita: se hallaba exhausto y sus nervios y músculos necesitaban reposo. ¿Qué se podía esperar de los poetas, aunque fueran obreros? Eran otros monstruos de egoísmo, ciegos y sordos a la suerte del prójimo, unos narcisos hechizados con los sufrimientos que se inventaban para poder cantarlos. Deberías considerar, tal vez, Andaluza, la necesidad de que en la futura Unión Obrera no sólo se prohibiera el dinero, también a los poetas, como hizo Platón en su República.

Para colmo, desde el primer día en Marsella sus males recrudecieron. En especial, la colitis. Apenas comía cualquier cosa, la hinchazón del estómago y los retortijones la doblaban en dos. Resuelta a no dejarse derrotar, siguió con sus visitas y reuniones, optando, eso sí, por no probar bocado, salvo calditos insípidos o papillas de bebe, que su lastimado vientre conseguía retener.

Al segundo día en Marsella, luego de una reunión con un grupo de zapateros, panaderos y sastres, organizada por dos peluqueros fourieristas a los que, por recomendación de Victor Considérant, había escrito desde París, tuvo un incidente en el puerto, donde presenció un episodio que le revolvió la sangre. Estaba observando desde el embarcadero las operaciones de descarga de un barco recién atracado. Allí pudo ver, con sus propios ojos, cómo funcionaba el sistema de «esclavos blancos» del que, justamente, acababan de informarle en la reunión de los peluqueros. «Los estibadores no vendrán a verla, señora —le dijeron—. Ellos son los peores abusivos con los pobres». Los descargadores tenían una patente que les daba a ellos solos el derecho de trabajar en las bodegas de los barcos, cargando o descargando mercancías, y de prestar ayuda a los pasajeros con sus equipajes. Muchos preferían subarrendar su trabajo a los genoveses, turcos o griegos apiñados frente al embarcadero, que con gestos y gritos imploraban ser llamados. Los cargadores recibían por descarga un buen salario, un franco y medio, y daban al realquilado cincuenta centavos, con lo que, sin levantar un dedo, se embolsillaban un franco de comisión. Lo que sacó a Flora de sus casillas fue advertir que uno de los estibadores cedía una enorme maleta —casi un baúl— a una genovesa alta y fuerte, pero con un embarazo avanzado. Encogida, con su carga al hombro, la mujer avanzaba rugiendo, la cara congestionada por el esfuerzo y chorreando sudor, hacia la diligencia de los pasajeros. El estibador le alcanzó veinticinco centavos. Y cuando ella, en bárbaro francés, comenzó a reclamarle los veinticinco restantes, la amenazó y la insultó.

Flora salió al encuentro del cargador cuando éste regresaba al barco, entre un grupo de compañeros.

—¿Sabes qué eres tú, infeliz? —le dijo, fuera de sí—. Un traidor y un cobarde. ¿No te da vergüenza portarte con esa pobre mujer como los explotadores se portan contigo y tus hermanos?

El hombre la miraba sin comprender, preguntándose sin duda si tenía que vérselas con una demente. Por fin, entre risas y burlas de los demás, optó por preguntarle, con gesto ofendido:

—¿Quién es usted? ¿Quién le ha dado autorización para meterse conmigo?

—Me llamo Flora Tristán —le dijo ella, con ira—. Recuerda bien mi nombre. Flora Tristán. Dedico mi vida a luchar contra las injusticias que se cometen con los pobres. Ni siquiera los burgueses son tan despreciables como los obreros que explotan a otros obreros.

Los ojos del hombre —fortachón, cejijunto, ventrudo, de piernas zambas— se encendieron, indignados.

—Métete a puta, te irá mejor —exclamó, alejándose y haciendo un gesto de burla a los mirones del embarcadero.

Flora llegó a la pensión con escalofríos y fiebre alta. Tomó unas cucharadas de caldo y se metió en cama. Pese a estar bien abrigada y ser pleno verano, sentía frío. Durante algunas horas no pudo pegar los ojos. Ah, Florita, este maldito cuerpo tuyo no estaba a la altura de tus inquietudes, de tus obligaciones, de tus designios, de tu voluntad. ¿Acaso eras tan vieja? A los cuarenta y un años un ser humano estaba lleno de vida. Cuánto se había deteriorado tu organismo, Andaluza. Hacía sólo once años habías resistido tan bien ese terrible viaje de Francia a Valparaíso, y luego el tramo de Valparaíso a Islay, y por fin el asalto de esas pulgas que te comieron toda la noche. ¡Qué recibimiento te hizo el Perú!

Islay: una sola callecita con cabañas de bambú, una playa de arenas negras y un puerto sin muelle donde desembarcaban a los pasajeros igual que los bultos y los animales, descolgándolos con poleas desde la cubierta del barco hasta unos lanchones de madera. La llegada a Islay de la sobrinita francesa del poderoso don Pío Tristán provocó una conmoción en el pequeño puerto de mil almas. A eso debías el haber sido alojada en la mejor casa del lugar, la de don Justo de Medina, administrador de Correos. La mejor, pero no por eso exonerada de las pulgas que reinaban y tronaban en Islay. La segunda noche, al verte picoteada de pies a cabeza y rascándote sin cesar, la esposa de don Justo te dio su receta para poder dormir. Cinco sillas en hilera, la última de las cuales tocaba la cama.

Despojarte en la primera del vestido y hacer que la esclava se lo llevara con sus pulgas. Despojarte en la segunda silla de la ropa interior y frotarte las partes expuestas con una mezcla de agua tibia y colonia para desprender las pulgas adheridas a la piel. Y continuar, quitándote en cada silla nueva el resto de las ropas, con los frotamientos respectivos en las partes del cuerpo liberadas, hasta la quinta, donde te esperaba un camisón de dormir impregnado de agua de colonia, que, mientras no se evaporase, mantendría a raya a los ácaros. Eso permitía atrapar el sueño. Dos o tres horas más tarde, envalentonadas, las pulgas volvían al ataque, pero para entonces ya estabas dormida, y, con un poco de suerte y otro de hábito, no las sentías.

Fue la primera lección, Florita, que te dio el país de tu padre y de tu tío don Pío, el de tu vasta familia paterna, que venías a explorar, con la ilusión de recuperar algo de la herencia de don Mariano. Allí pasarías un año y allí descubrirías la opulencia, lo que era vivir en el seno de una familia llena de ínfulas, sin preocupaciones económicas, rozando la irrealidad.

Qué fuerte y sana eras entonces, a tus treinta años, Andaluza. Si no, no habrías resistido esas cuarenta horas a caballo, trepando los Andes y cruzando el desierto, entre Islay y Arequipa. Desde la orilla del mar hasta dos mil seiscientos metros de altura, luego de atravesar precipicios, empinadas montañas —las nubes se veían a tus pies— donde las bestias sudaban y relinchaban, abrumadas por el esfuerzo. Al frío de las cumbres, sucedió el calor de un desierto interminable, sin árboles, sin una sola sombra verde, sin un riachuelo ni una poza, de pedruscos calcinados y médanos de arena en los que de pronto aparecía la muerte en forma de esqueletos de reses, asnos y caballos. Un desierto sin pájaros ni serpientes ni zorros, sin seres vivientes de ninguna especie. Al suplicio de la sed se añadía el de la incertidumbre. Tú, sola allí, rodeada de esos quince hombres de la caravana que te miraban todos con indisimulada codicia, un médico, dos negociantes, el guía y once arrieros. ¿Llegarías a Arequipa? ¿Sobrevivirías?

Llegaste a Arequipa y sobreviviste. En tus actuales condiciones físicas, habrías muerto en aquel desierto y sido enterrada como ese joven estudiante, cuya tumba con su tosca cruz de madera fue el único signo de presencia humana en el trayecto lunar de dos días a caballo entre el puerto de Islay y los majestuosos volcanes de la Ciudad Blanca.

Lo mal que se sentía la hacía perder muy rápido la paciencia en las reuniones marsellesas por las preguntas estúpidas que le formulaban a veces los obreros que venían a reunirse con ella en la posada de los españoles. Comparados con los de Lyon, los trabajadores de Marsella eran prehistóricos, incultos, toscos, sin la menor curiosidad por la cuestión social. Con indiferencia, bostezando, la escuchaban explicar que gracias a la Unión Obrera tendrían un trabajo seguro y podrían dar a sus hijos una educación tan buena como la que los burgueses daban a los suyos. Lo que más irritaba a Flora era la estupefacción recelosa, a veces la abierta hostilidad, con que la escuchaban hablar contra el dinero, decir que con la revolución desaparecería el comercio y hombres y mujeres trabajarían, como en las comunidades cristianas primitivas, no por acicate material, sino por altruismo, para satisfacer las necesidades propias y ajenas. Y que en ese mundo futuro todos llevarían una vida austera, sin esclavos blancos ni negros. Y ningún hombre tendría queridas ni sería bígamo ni polígamo, como tantos marselleses.

Sus diatribas contra el dinero y el comercio alarmaban a los trabajadores. Lo notaba en sus caras de extrañeza y reprobación. Y les parecía absurdo que Flora considerara inicuo, una vergüenza, que los hombres tuvieran queridas, recurrieran a la prostitución o mantuvieran harenes como un pachá turco. Uno de ellos se atrevió a decírselo:

—Tal vez usted no entiende las necesidades de los hombres, señora, porque es mujer. Ustedes están felices con tener un marido. Les basta y sobra. Pero, a nosotros, una mujer sola toda la vida nos resulta aburrido. Quizás usted no se dé cuenta, pero hombres y mujeres somos muy distintos. Hasta la Biblia lo dice.

El vértigo te rondaba cuando oías estos lugares comunes, Florita. En ninguna parte habías visto, como en esta ciudad de mercaderes ostentosos, una exhibición tan cínica de la lujuria y de la explotación sexual. Ni tantas prostitutas que buscaran clientes con osadía y descaro parecidos. Tus intentos de hablar con las rameras de las callejuelas llenas de barcitos y burdeles vecinos al puerto —menos sórdidos que los de Londres, tenías que reconocerlo— fueron un fracaso. Muchas no te entendían, pues eran argelinas, griegas, turcas o genovesas que apenas chapurreaban francés. Todas se alejaban de ti, asustadas, temiendo que fueras una predicadora religiosa o un agente de la autoridad. Hubieras tenido que disfrazarte de hombre, como en Inglaterra, para ganar su confianza. Creías soñar cuando, en las reuniones con hombres de prensa, profesionales con simpatías fourieristas, sansimonianos o icarianos, e incluso trabajadores del montón, oías hablar con desparpajo y admiración de los banqueros, armadores, consignatarios y comerciantes que adquirían queridas, de las casas que les ponían, de las ropas y joyas con que las vestían y adornaban, y de cómo las mimaban: «Qué bien tiene a sus amantes el señor Laferrière», «Nadie como él para tratarlas, es un gran señor». ¿Qué revolución se podía hacer con gentes así?

En materia de exhibicionismo de poder y de riqueza estos mercaderes no se parecían a los ricos de París o de Londres, sino a los de la lejana Arequipa. Porque Flora comprendió por primera vez, en su vertiginosa dimensión, lo que significaban «privilegio» y «riqueza», al llegar al Perú, en aquel septiembre de 1833, cuando, luego del viaje desde Islay, una cabalgata de decenas de personas, todas vestidas a la moda de París, y casi todos parientes suyos de sangre o políticos —las familias principales de Arequipa eran bíblicas por lo vastas y todas emparentadas entre sí—, salió a darle el encuentro a las alturas de Tiabaya. La escoltaron hasta la casa de don Pío Tristán, en la calle de Santo Domingo, en el centro de la ciudad. Recordaba como una fantasmagoría aquella entrada triunfal en la tierra de su padre: el verdor y la armonía del valle regado por el río Chili, las recuas de llamas de orejas tiesas y los tres soberbios volcanes coronados de nieve a cuyos pies se esparcían las casitas blancas, hechas de piedra sillar, de esa ciudad de treinta mil almas que era Arequipa. El Perú tenía unos cuantos años de República, pero todo en esta ciudad, donde los blancos se hacían pasar por nobles y soñaban con serlo, delataba la colonia. Una ciudad llena de iglesias, de conventos, de monasterios, de indios y negros descalzos, de rectas calles de adoquines desportillados en medio de las cuales corría una acequia donde las gentes echaban las basuras, los pobres meaban y cagaban y bebían las acémilas, los perros y los niños callejeros, y, entre viviendas miserables y rancherías de desechos y tablones y paja, se levantaban de pronto, majestuosas, palaciegas, las casas principales. La de don Pío Tristán era una de ellas. Él no estaba en Arequipa sino en sus ingenios azucareros de Camaná, pero la gran casona de blanca fachada de sillar esperaba a Flora vestida de gala, en medio de un estruendo de cohetones. Iluminaban el gran patio de entrada hachones de resina y toda la servidumbre —domésticos y esclavos— estaba allí formada para darle la bienvenida. Una mujer con mantilla, las manos llenas de anillos y el cuello de collares, la abrazó: «Soy tu prima Carmen de Piérola, Florita, ésta es tu casa». No podías creer lo que veías: te sentías una pordiosera rodeada de tanto lujo. En el gran salón de recepciones todo brillaba; a la inmensa araña de cristal de roca se añadían, por el contorno, candelabros con velas de colores. Mareada, pasabas de una a otra persona, extendiendo la mano. Los caballeros te la besaban, haciendo galantes venias, y las señoras te abrazaban, a la usanza española. Muchos te hablaron en francés y todos te preguntaban por una Francia que desconocías, la de los teatros, las tiendas de modas, las carreras de caballos, los bailes de la Ópera. Había también allí varios monjes dominicos de blancos hábitos adscritos a la familia Tristán —¡la Edad Media, Florita!— y, en medio de la recepción, de pronto, el prior pidió silencio para pronunciar unas palabras de saludo a la recién llegada e implorar para ella, durante su estancia en Arequipa, la bendición del cielo. La prima Carmen había preparado una cena. Pero tú, medio muerta de fatiga por el viaje, la sorpresa y la emoción, te excusaste: estabas agotada, preferías descansar.

La prima Carmen —cordialísima, efusiva, sin cuello y la cara cubierta de marcas de viruela— te acompañó hasta tus aposentos, en un ala posterior de la casona: una amplia recámara y un dormitorio de techo abovedado, altísimo. En la puerta te mostró a una negrita de ojos vivos, que las esperaba, inmóvil como una estatua:

—Esta esclava, Florita, es para ti. Te ha preparado un baño de agua y leche tibia, para que duermas fresquita.

Igual que los ricos de Arequipa, los mercaderes de Marsella no parecían darse cuenta de lo obsceno que era el espectáculo de la abundancia que ofrecían, rodeados de miserables. Es verdad que los pobres de Marsella eran ricos en comparación con esos indios pequeñitos, arrebujados en sus ponchos, que pedían limosna en las puertas de las iglesias arequipeñas mostrando sus ojos ciegos o sus miembros lisiados para despertar la piedad, o trotaban junto a sus rebaños de llamas, llevando sus productos al mercado de los sábados, bajo los portales de la Plaza de Armas. Pero, aquí, en Marsella, también había muchos desvalidos, casi todos inmigrantes, y, por serlo, explotados en los talleres, en el puerto y en las fincas agrícolas de los alrededores.

No había pasado una semana en Marsella, y, pese a lo mal que se sentía, celebrado buen número de reuniones y vendido medio centenar de ejemplares de *La Unión Obrera,* cuando vivió una experiencia que recordaría luego, a veces con carcajadas y a veces indignada. Una señora que sólo dejaba su nombre, nunca su apellido, madame Victoire, vino a buscarla varias veces a la posada de los españoles. A la cuarta o quinta vez, dio con ella. Era una mujer sin edad, que cojeaba del pie izquierdo. Pese al calor, vestía de oscuro, con un pañuelo cubriéndole los cabellos y una gran bolsa de tela colgando del brazo. Insistió tanto en que conversaran a solas, que Flora la hizo pasar a su cuarto. Madame Victoire debía ser italiana o española, por su acento, aunque también podía ser de la región, pues los marselleses hablaban el francés con un deje que a ratos le resultaba a Flora incomprensible. Incontinente, madame Victoire la halagaba —qué cabellera de azabache, esos ojos brillarían como luciérnagas en la noche, qué delicada silueta, qué pequeñitos sus pies— hasta hacerla ruborizar.

—Es usted muy amable, señora —la interrumpió—. Pero, tengo muchos compromisos y no puedo demorarme. Para qué quería verme.

—Para hacerte rica y feliz —la tuteó madame Victoire, abriendo los brazos y los ojos, como abarcando un universo de lujo y fortuna—. Esta visita mía puede cambiar tu vida. Nunca tendrás palabras para agradecérmelo, bella.

Era una alcahueta. Venía a decirle que un hombre muy rico, generoso y apuesto, de la alta sociedad de Marsella, la había visto, se había prendado de ella —espíritu romántico, el caballero creía en el amor a primera vista— y estaba dispuesto a sacarla de esta pensión de mala muerte, ponerle casa y ocuparse de sus necesidades y caprichos de manera que su vida estuviera en adelante a la altura de su belleza. ¿Qué te parecía, Florita?

Boquiabierta, arrebatada, Flora tuvo un ataque de risa que le cortó la respiración. Madame Victoire se reía también, creyendo el negocio concluido. Y se llevó menuda sorpresa cuando vio a Flora pasar de la risa a la furia, y abalanzarse sobre ella gritándole improperios y amenazándola con denunciarla a la policía si no se marchaba de inmediato. La celestina partió murmurando que, una vez que recapacitara, lamentaría esta reacción infantil.

—Hay que pescar a la suerte cuando pasa, bella, porque nunca regresa.

Flora se quedó cavilando. La indignación cedía el sitio a un sentimiento de vanidad, de coquetería íntima. ¿Quién pretendía ser tu amante y protector? ¿Un viejo en ruinas? Debías haber fingido interés, sonsacar su nombre a madame Victoire. Entonces, te hubieras presentado ante él a tomarle cuentas. Pero, una propuesta así, de uno de esos ricos y lujuriosos marselleses, indicaba que, pese a tantas desventuras, a tu vida sin tregua, a las enfermedades, debías ser todavía una mujer atractiva, capaz de inflamar a los hombres, de incitarlos a hacer locuras. Llevabas bien tus cuarenta y un años, Florita. ¿No te decía Olympia a veces, en los momentos más apasionados: «Sospecho que eres inmortal, amor mío»?

En Arequipa, todos tenían a la francesita recién llegada por una belleza. Se lo dijeron desde el primer día sus tías y tíos, primas y primos, sobrinas y sobrinos, y la maraña de parientes de parientes, amigos de la familia y curiosas y curiosos de la sociedad arequipeña, que, las primeras semanas, vinieron a presentarle sus respetos, trayéndole regalitos, y a satisfacer esa curiosidad frívola, chismosa, malsana, una enfermedad endémica de la «buena sociedad» arequipeña (así le decían ellos mismos). Con qué distancia y desprecio veías ahora a toda esa gente que había nacido y vivía en el Perú pero sólo soñaba con Francia y con París, a esos republicanos recientes que fingían ser aristócratas, a esas damas y caballeros decentísimos cuyas vidas no podían ser más hueras, parásitas, egoístas y frívolas. Ahora podías hacer esos juicios tan severos. Entonces, no. No todavía. En esos primeros meses en la tierra de tu padre viviste halagada, feliz, entre ricos burgueses. Esas sanguijuelas de lujo, con sus amabilidades, invitaciones, cariños y galanterías, te hacían sentir rica también, decente y burguesa y aristócrata también, Florita.

Te creían virgen y soltera, por supuesto. Nadie sospechaba la dramática vida conyugal de la que huiste. Qué maravilloso levantarte y ser servida, tener una esclava siempre allí esperando tus órdenes, no preocuparte jamás por el dinero, porque, mientras estuvieras en esta casa, siempre habría para ti comida, techo, cariño, y un vestuario que, gracias a la generosidad de la parentela, sobre todo tu prima Carmen de Piérola, se multiplicó en pocos días. ¿Significaba este tratamiento que don Pío y la familia Tristán habían decidido olvidar que eras una hija natural y reconocerte los derechos de hija legítima? No lo sabrías de manera definitiva hasta la vuelta de don Pío, pero los indicios eran alentadores. Todos te trataban como si jamás te hubieras apartado de la familia. A lo mejor el corazón de tu tío Pío se ablandó. Te reconocería como hija legítima de su hermano Mariano y te daría la parte de la herencia de tu abuela y de tu padre que te correspondía. Volverías a Francia con una renta que te permitiría vivir en el futuro como una burguesa.

¡Ay, Florita! Mejor que no ocurriera, ¿verdad? Hubieras terminado convertida en una de esas mujeres ricas y estúpidas que ahora despreciabas tanto. Mucho mejor que sufrieras aquella decepción en Arequipa y que aprendieras, a fuerza de reveses, a reconocer la injusticia, odiarla y combatirla. La tierra de tu padre no te devolvió a Francia opulenta, pero sí convertida en una rebelde, en una justiciera, en una «paria», como te llamarías a ti misma, con orgullo, en el libro en el que decidiste contar tu vida. Después de todo, tenías muchas cosas que agradecer a Arequipa, Florita.

La reunión más interesante de Marsella la celebró en una cofradía de talabarteros. En el local, impregnado de olor a cueros, tintes y madera húmeda, con una veintena de personas, súbitamente se presentó Benjamin Mazel, gallardo y exuberante discípulo de Charles Fourier. Era un cuarentón lleno de energía, de cabellos alborotados de poeta romántico, envuelto en una capa constelada de lamparones y de caspa, de verba exaltada. Llevaba consigo, lleno de anotaciones, un ejemplar de *La Unión Obrera*. Sus opiniones y críticas te sedujeron de inmediato. Mazel, cuyo atlético corpachón y su entusiasmo a flor de piel te recordaban al coronel Clemente Althaus, de Arequipa, dijo, gesticulando como un italiano, que, en el proyecto de reforma social de la Unión Obrera, faltaba, junto al derecho al trabajo y a la instrucción, el derecho al pan cotidiano y gratuito. Expuso su tesis con detalle y convenció en el acto a la veintena de talabarteros y a la propia Flora. En la futura sociedad, las panaderías, todas en manos del Estado, prestarían un servicio público, como las escuelas y la policía; dejarían de ser instituciones comerciales y suministrarían pan a los ciudadanos de manera gratuita. El costo se financiaría con los impuestos. Así, nadie se moriría de hambre, nadie viviría ocioso y todos los niños y jóvenes recibirían educación.

Mazel escribía opúsculos y había dirigido un periodiquito que fue clausurado por subversivo. Mientras, alrededor de una mesa con refrescos y tazas de té, Flora lo oía contar sus percances políticos —había sido arrestado varias veces por agitador—, no podía dejar de recordar a Althaus, la persona que, con la Mariscala, más la impresionó aquel año de 1833, en el Perú. Como Mazel, Clemente Althaus chorreaba energía y vitalidad por todos los poros de su cuerpo y personificaba la aventura, el riesgo, la acción. Pero, a diferencia de Mazel, no le importaba la injusticia, ni que hubiera tantos pobres y tan pocos ricos, ni que estos últimos fueran tan crueles con los desvalidos. A Althaus le interesaba que hubiera guerras en el mundo, para participar en ellas, disparando, matando, mandando, diseñando una estrategia y aplicándola. Hacer la guerra era su vocación y su profesión. Alemán alto, rubio, de cuerpo apolíneo y ojos azules acerados, cuando Flora lo conoció parecía mucho más joven de sus cuarenta y ocho años. Hablaba francés tan bien como alemán y español. Era mercenario desde adolescente. Había crecido peleando en los campos de batalla de un extremo a otro de Europa, en las filas de la alianza, durante las guerras napoleónicas, y cuando éstas terminaron, se vino a América del Sur en busca de otras guerras donde alquilarse como ingeniero militar. Contratado por el gobierno del Perú y nombrado coronel del ejército peruano, llevaba catorce años participando en todas las guerras civiles que sacudieron a la joven República desde el día de su independencia, cambiando de bando una y otra vez, según las ofertas que recibía de los combatientes. Flora descubriría pronto que, empezando por su tío don Pío Tristán —virrey de la colonia española y después presidente de la República—, cambiar de bando era el deporte más popular de la sociedad peruana. Lo curioso es que todos se jactaban de ello, como de un arte refinado para sortear los peligros y beneficiarse del estado crónico de conflictos armados en que vivía sumido el país. Pero, nadie se ufanaba con tanta gracia y descaro de esa falta de principios, ideales y lealtades, de la pura búsqueda de la aventura y de la paga a la hora de decidir por quién combatir, como el coronel Clemente Althaus. Estaba en Arequipa porque en esta ciudad, a la que llegó en el Estado Mayor de Simón Bolívar, se había enamorado de Manuela de Flores, prima hermana de Flora, hija de una hermana de don Pío y de don Mariano, con la que se casó. Como su mujer estaba en Camaná, con don Pío y su corte, Althaus se convirtió en el inseparable compañero de Flora. Le enseñó todos los lugares interesantes de la ciudad, desde sus iglesias y conventos centenarios hasta los misterios religiosos que se representaban al aire libre, en la Plaza de las Mercedes, ante una abigarrada muchedumbre que seguía, horas de horas, los mimos y recitados de los actores. Él la llevó a las peleas de gallos en los dos coliseos de Arequipa, a los lances de toros en la Plaza de Armas, al teatro donde se montaban comedias clásicas de Calderón de la Barca o farsas anónimas, y a las procesiones, muy frecuentes, que a Flora le hicieron pensar en lo que debían de haber sido las bacanales y los saturnales: unas indecentes bufonadas para entretener al pueblo y mantenerlo aletargado. Precedidos por bandas de músicos, zambos y negros disfrazados de pierrots, arlequines, tontos, mascaritas, se contorsionaban y divertían con sus payasadas a la plebe. Venían después, envueltos en incienso y sahumerios, los penitentes, arrastrando cadenas, cargando cruces, flagelándose, seguidos por una masa anónima de indios que rezaban en quechua y lloraban a gritos. Los cargadores del anda se entonaban con tragos de aguardiente y alcohol de maíz fermentado —lo llamaban chicha—, totalmente borrachos.

—Este pueblo supersticioso produce los peores soldados del mundo —le decía Althaus, riéndose, y tú lo escuchabas hechizada—. Cobardes, brutos, sucios, indisciplinados. La única manera de que no huyan del combate es el terror.

Te contó que él había conseguido que se implantara en el Perú la costumbre alemana de que fueran los propios oficiales, no sus subordinados, los que impusieran a la tropa los castigos corporales:

—El látigo del oficial hace al buen soldado, así como el látigo del domador hace a la fiera del circo —afirmaba, muerto de risa. Tú pensabas: «Es como uno de esos germanos bárbaros que acabaron con el Imperio romano».

Un día en que fueron a Tingo con amigos, a conocer los baños termales (había varios, en los alrededores de Arequipa), ella y Althaus hicieron un aparte, para visitar unas cuevas. De pronto, el alemán la tomó en sus brazos —te sentiste frágil y vulnerable como un pajarillo atrapada por esos músculos—, le acarició los pechos y la besó en la boca. Flora tuvo que hacer un verdadero esfuerzo para no rendirse a las caricias de este hombre cuyo encanto se ejercía sobre ella como nunca antes le había ocurrido con varón alguno. Pero, la repugnancia aquella contraída hacia el sexo desde su matrimonio con Chazal, prevaleció:

—Siento mucho que, con esta grosería, haya destruido la simpatía que sentía por usted, Clemente.

Y le dio una bofetada sin mucha fuerza, que apenas remeció aquella rubia cara sorprendida.

—Yo soy el que lo siento, Florita —se disculpó Althaus, chocando los tacones—. No volverá a ocurrir. Se lo juro por mi honor.

Cumplió su palabra y, en todos los meses restantes que Flora pasó en Arequipa, no volvió a propasarse ni insinuarse, aunque, a veces, ella sorprendía en los glaucos ojos de Althaus amagos de deseos.

Pocos días después de aquel episodio en los baños de Tingo, experimentó el primer terremoto de su vida. Estaba en su recámara, escribiendo una carta, cuando, segundos antes de que todo comenzara a temblar, escuchó en la ciudad un desaforado tumulto de ladridos —le habían dicho que los perros eran los primeros en sentir lo que se venía— y vio que, al instante, su esclava Dominga caía de rodillas y, con los brazos en alto y los ojos espantados, comenzaba a rezar a voz en cuello al Señor de los Temblores:

> *Misericordia, Señor*
> *Aplaca, Señor, tu ira*
> *tu justicia y tu rigor*
> *Dulce Jesús de mi vida*
> *Por tus santísimas llagas*
> *Misericordia, Señor.*

La tierra tembló dos minutos seguidos, con un ronquido sordo, profundo, mientras Flora, paralizada, olvidaba correr al quicio de la puerta, como le habían enseñado sus parientes. El terremoto no hizo muchos estragos en Arequipa, pero destruyó dos ciudades de la costa, Tacna y Arica. Los tres o cuatro temblores que hubo luego, fueron insignificantes en comparación con el terremoto. Nunca olvidarías esa sensación de impotencia y catástrofe vivida durante aquel sacudón interminable. Aquí en Marsella, once años después, todavía te daba escalofríos.

Pasó sus últimos días en el puerto mediterráneo en cama, agobiada por el calor, los dolores de estómago, la debilidad general y rachas de neuralgias. La sublevaba perder el tiempo así, cuando le quedaba tanto por hacer. Su impresión de los obreros de Marsella mejoró algo, en esos días. Al verla enferma, se desvivieron por cuidarla. En pequeños grupos, desfilaban por la pensión trayéndole frutas, un ramito de flores, y se estaban al pie de la cama, atentos y cohibidos, con sus gorras en las manos, esperando que les pidiera algo, ansiosos por servirla. Gracias a Benjamin Mazel, pudo formar un comité de la Unión Obrera de diez personas, entre las que, fuera del folletinista y agitador, todos eran trabajadores manuales: un sastre, un carpintero, un albañil, dos talabarteros, dos peluqueros, una costurera y hasta un estibador.

Las reuniones, en su dormitorio de la posada, eran distendidas. Por la debilidad y el malestar, Flora hablaba poco. Pero escuchaba mucho, y se divertía con la ingenuidad de sus visitantes y su enorme incultura, o se enojaba con los prejuicios burgueses que se les habían contagiado. Contra los inmigrantes turcos, griegos y genoveses, por ejemplo, a los que tenían por responsables de todos los robos y crímenes; o contra las mujeres, a las que no conseguían considerar sus iguales, con los mismos derechos que los hombres. Para no irritarla, fingían aceptar sus ideas respecto a la mujer, pero Flora veía en sus expresiones y las miraditas que cambiaban, que no los convencía.

En una de estas reuniones se enteró, por Mazel, que madame Victoire, además de alcahueta, era informante de la policía. Y que llevaba días averiguando sobre ella en los mentideros marselleses. De modo que aquí también andaba la autoridad siguiéndole los pasos. Cuando oyó esto, Salin, un carpintero que la visitaba a diario, se alarmó y, temeroso de que la policía detuviera a la señora y la encerrara en un ergástulo de prostitutas y ladronas, le propuso disfrazarla con su uniforme de la Guardia Nacional y esconderla en un refugio de pastores que él conocía en la montaña. La propuesta hizo reír a toda la concurrencia. Flora les contó que ya había vivido una peripecia como la que le proponía Salin. Y les relató sus aventuras en Londres, donde, hacía cinco años, estuvo cuatro meses vestida casi siempre de hombre para moverse con libertad y realizar sus investigaciones sociales. Mientras hablaba, le fallaron las fuerzas y se desmayó.

También en Arequipa te habías disfrazado de hombre, durante los carnavales —de húsar, con espadín, casco con penacho, botas y bigote—, para asistir a un baile de disfraces. Los arequipeños de la «buena sociedad» jugaban en las noches echándose mistura, serpentinas o perfume, pero, en el día, al igual que la gente común, celebraban los carnavales a baldazos de agua y cascarones —cáscaras de huevo rellenas de aguas de colores— en verdaderas batallas callejeras. Desde la terraza-azotea de la casa de don Pío, tú contemplabas el espectáculo con la fascinación que te inspiraba esta tierra tan distinta de las que conocías.

Todo, en Arequipa, te dejaba sorprendida, desconcertada, y soliviantaba tus ideas sobre los seres humanos, la sociedad y la vida. Por ejemplo, que el mejor negocio de las órdenes religiosas consistiera en vender los hábitos a los moribundos, pues era costumbre arequipeña que los muertos se enterraran con hábitos religiosos. También, que la vida social y mundana en esta pequeña ciudad fuera más intensa que la de París. Las familias hacían y recibían visitas todo el día, y a media tarde comían los deliciosos bizcochos y golosinas que preparaban las monjas de clausura de Santa Catalina, Santa Teresa y Santa Rosa, tomaban chocolate traído del Cusco, y fumaban —las mujeres más que los hombres— sin cesar. El cotilleo, los dimes y diretes, las infidencias, las maledicencias, las indiscreciones sobre la intimidad y las vergüenzas de las familias, hacían la dicha de los comensales. En todas estas reuniones, por supuesto, se hablaba, con nostalgia, con envidia, con desesperación, de París, que era para los arequipeños una sucursal del Paraíso. Te comían a preguntas sobre la vida parisina, y tú, que la desconocías más que ellos, tenías que inventar toda clase de fantasías para no defraudarlos.

Al mes y medio de estar en Arequipa, el tío don Pío seguía en Camaná y no daba señales de regreso. ¿Era esta ausencia prolongada una estrategia para desanimarte en tus pretensiones? ¿Temía don Pío que hubieras traído contigo nuevas pruebas que forzaran a la justicia a declararte hija legítima, y por lo tanto heredera de primera clase de don Mariano Tristán? Estaba en estas reflexiones, cuando le anunciaron que el capitán Zacarías Chabrié, recién llegado a Arequipa, vendría esa tarde a visitarla. La aparición del marino bretón, en quien no había vuelto a pensar desde que se despidió de él en Valparaíso, le hizo el efecto de otro terremoto. Sin la menor duda, insistiría en casarse con ella.

El primer día, el reencuentro con Chabrié fue amable, afectuoso, gracias a la presencia, en la sala, de media docena de parientes que impidió al marino hablar del apasionado asunto que lo traía. Pero sus ojos decían a Flora lo que su boca callaba. Al día siguiente, se presentó en la mañana y Flora no pudo evitar quedarse a solas con él. De rodillas, besándole la mano, Zacarías Chabrié le imploró que lo aceptara. Dedicaría el resto de su vida a hacerla feliz, sería un padre modelo para Aline; la hijita de Flora sería la suya. Abrumada, sin saber qué hacer, estuviste a punto de decirle la verdad: que eras una mujer casada, no con una hija sino con dos hijos (porque el tercero había muerto), legal y moralmente impedida de casarte otra vez. Pero te retuvo el temor de que, en un arranque de despecho, Chabrié te delatara a los Tristán. ¿Qué ocurriría entonces? Esta sociedad que te había abierto los brazos te echaría, por mentirosa y cínica, por ser una esposa prófuga y una madre desalmada.

¿Cómo librarse de él, entonces? En su cama de Marsella, abanicándose para defenderse del candente anochecer de octubre y oyendo el runrún de las chicharras, Flora volvió a sentir la acidez en el estómago y la sensación de culpa, la mala conciencia. Siempre le ocurría cuando recordaba la estratagema de que se valió para decepcionar a Chabrié y librarse de su acoso. Ahora, sentiste también el metal frío de la bala, junto al corazón.

—Bien, Zacarías. Si es verdad que me ama tanto, pruébemelo. Consígame un certificado, una partida de nacimiento, demostrando que soy hija legítima de mis padres. De este modo, podré reclamar mi herencia y, con lo que herede, viviremos tranquilos y seguros, en California. ¿Lo hará? Usted tiene conocidos, influencias, en Francia. ¿Me conseguirá esa partida, aunque sea sobornando a algún funcionario?

Ese hombre rectilíneo, ese católico íntegro, palideció y abrió mucho los ojos, sin dar crédito a lo que acababa de oír.

—Pero, Flora, ¿se da cuenta de lo que me pide?

—Para el verdadero amor nada es imposible, Zacarías.

—Flora, Flora. ¿Ésa es la prueba de amor que necesita? ¡Que cometa un delito! ¡Que violente la ley! ¿Eso espera de mí? ¿Que me convierta en un delincuente para que usted cobre una herencia?

—Ya lo veo. Usted no me ama lo bastante para que yo sea su mujer, Zacarías.

Lo viste palidecer aún más; luego, enrojecer como si fuera a sufrir una apoplejía. Se mecía en el sitio, a punto de desplomarse. Por fin, se alejó de ti, de espaldas, arrastrando los pies como un anciano. En la puerta, se volvió, para decirte, con una mano en alto, como exorcizándote:

—Sepa que ahora la odio tanto como la amé, Flora.

¿Qué habría sido del buen Chabrié todos estos años? Nunca habías vuelto a saber de él. Tal vez había leído las *Peregrinaciones de una paria* y de esta manera conocido la verdadera razón por la que te serviste de esa fea treta para rechazar su amor. ¿Te habría perdonado? ¿Te odiaría todavía? ¿Cómo habría sido tu vida, Florita, si te casabas con Chabrié y te ibas a enterrar con él a California, sin volver a poner los pies en Francia? Una vida tranquila y segura, sin duda. Pero, entonces, nunca habrías abierto los ojos, ni escrito libros, ni te habrías convertido en abanderada de la revolución que liberaría a las mujeres de la esclavitud y a los pobres del mundo de la explotación. Después de todo, hiciste bien dándole aquel tremendo mal rato, en Arequipa, a ese santo varón.

Cuando, algo repuesta de sus males, Flora hacía sus maletas para continuar su gira rumbo a Toulon, Benjamin Mazel le trajo una noticia divertida. El poeta-albañil Charles Poncy, que la dejó plantada con el pretexto de un viaje de descanso a Argel, nunca cruzó el Mediterráneo. Subió al barco, sí, pero, antes de que zarpara, preso de pavor ante el riesgo de un naufragio, tuvo un ataque de nervios, con llanto y gritos, y exigió que tendieran la escalerilla y lo desembarcaran. Los oficiales de la nave optaron por el remedio de la marina inglesa para quitar a los reclutas el miedo al mar: echarlo al agua por la borda. Muerto de vergüenza, Charles Poncy se escondió en su casita de Marsella, haciendo tiempo, para que creyeran que estaba en Argel, buscando a las musas. Un vecino lo delató y era ahora el hazmerreír de la ciudad.

—Cosas de poetas —comentó Flora.

XII. ¿Quiénes somos?
Punaauia, mayo de 1898

Llegó a Papeete muy temprano, antes de que arreciara el calor. El barco-correo de San Francisco, anunciado la víspera, ya había entrado en la laguna y atracado. Esperó, tomando una cerveza en un bar del puerto, que aparecieran los empleados del Correo. Los vio pasar por el Quai du Commerce, en un coche tirado por un caballo cansino, y el más viejo de los carteros, Foncheval o Fonteval —siempre te equivocabas—, lo saludó con una inclinación de cabeza. Tranquilo, sin hablar con nadie, paladeando la cerveza en la que había invertido sus últimos centavos, esperó que los dos empleados se perdieran de vista bajo los flamboyanes y las acacias de la rue de Rivoli. Hizo tiempo calculando lo que les tomaría disponer en anaqueles y buzones los paquetes y cartas esparcidos por el suelo del pequeño local. No le dolía el tobillo. No sentía el escozor en las pantorrillas que lo tuvo desvelado, sudando frío, toda la noche. Esta vez tendrías más suerte que con el último barco, el mes pasado, Koke.

Se dirigió a la oficina de Correos despacio, sin apurar al pony que tiraba el cochecito. Sentía en la cabeza el lamido de un sol que en los minutos y horas siguientes se iría enardeciendo hasta alcanzar, entre dos y tres de la tarde, el extremo intolerable. La rue de Rivoli estaba semidesierta, aunque había algunas personas en los jardines y balcones de sus grandes casas de madera. Entre la verdura de los altos mangos divisó la torre de la catedral, a lo lejos. El Correo estaba abierto. Eras el primer usuario de la mañana, Koke. Los dos carteros se afanaban por ordenar cartas y paquetes, ya filiados por orden alfabético, en el mostrador de recibo.

—No hay nada para usted —lo saludó, con gesto contrito, Foncheval o Fonteval—. Lo siento.

—¿Nada? —sintió el ardor vivísimo en las pantorrillas, la punzada del tobillo—. ¿Está usted seguro?

—Lo siento —repitió el viejo cartero, encogiendo los hombros.

Supo inmediatamente qué debía hacer. Regresó a Punaauia sin prisa, al ritmo del caballo que tiraba de su pequeño coche a medio pagar, maldiciendo a los galeristas parisinos de los que no tenía noticias hacía medio año por lo menos. El próximo barco, que venía por la ruta de Sidney, no llegaría antes de un mes. ¿De qué vivirías hasta entonces, Koke? El chino Teng, dueño de la única bodega de Punaauia, le había cortado el crédito porque hacía dos meses no amortizaba la deuda acumulada por las conservas, el tabaco y el alcohol. Eso no era lo peor, Koke. Estabas acostumbrado a vivir debiendo a medio mundo sin por ello perder la confianza en ti mismo ni el amor a la vida. Pero, una sensación de vacío, de acabamiento, se había apoderado de ti hacía tres o cuatro días, cuando supiste que aquel cuadro enorme, cuatro metros de lado y casi dos de alto, el más grande que habías pintado nunca y el que más tiempo te tomó —varios meses—, estaba definitivamente terminado. Un solo retoque más lo estropearía. ¿No era estúpido que el mejor cuadro en tus cincuenta años de vida lo hubieras pintado en una arpillera que se pudriría con la humedad y las lluvias en poco tiempo? Pensó: «¿Importa que desaparezca sin que nadie lo vea? De todos modos, nadie reconocería que se trata de una obra maestra». Nadie la comprendería. ¿Cómo era posible que tampoco te hubiera escrito Daniel de Monfreid, ese amigo tan leal a quien hacía tres meses pediste ayuda con desesperación de ahogado?

Entró a Punaauia a eso del mediodía. Afortunadamente, Pau'ura y el pequeño Émile no estaban en la casa. No porque ella hubiera podido estorbar tus planes, pues la chiquilla era una maorí cabal, acostumbrada a obedecer a su marido en todo lo que hiciera o quisiera, sino porque hubieras tenido que hablar con ella, contestar sus preguntas estúpidas y, ahora, no tenías tiempo, humor ni paciencia para la estupidez. Y menos para los berridos del niño. Recordó lo inteligente que era Teha'amana. Conversar con ella sí te ayudaba a capear los temporales; con Pau'ura, no. Subió por la cimbreante escalerilla exterior de la cabaña al dormitorio, en busca de la bolsa de polvillo de arsénico con que se frotaba las llagas de las piernas. Cogió su sombrero de paja y el bastón al que había tallado en la empuñadura un falo tieso y, sin echar una ojeada de despedida al desorden de libros, cuadernos, ropas, postales, vasos y botellas entre los que dormitaba el gato, abandonó la casa. Ni siquiera miró su estudio, donde, estas últimas semanas, había vivido encarcelado, en estado de incandescencia, por culpa del enorme cuadro que vampirizó toda su existencia. Pasó sin mirar junto a la escuelita vecina de la que salía un vocerío con carreras y se apresuró al cruzar la finca de frutales de su amigo, el ex soldado Pierre Levergos. Vadeó el riachuelo y tomó el rumbo del valle de Punaruu, que, alejándose de la costa, enfilaba hacia las tupidas y escarpadas montañas.

Hacía ya muchísimo calor, ese calor del verano que podía hacer perder el sentido al imprudente que se expusiera mucho rato con la cabeza descubierta a la violencia del sol. En algunas de las ralas cabañas de los nativos oyó risas y canciones. Las fiestas del Año Nuevo, comenzadas hacía una semana. Y, por dos veces, antes de abandonar el valle, oyó que lo saludaban («Koke», «Koke»), llamándolo con ese apodo que en realidad era la manera más aproximada que tenían los tahitianos de pronunciar su apellido. Les respondía con la mano, sin detenerse, tratando de apresurar el paso, lo que aumentó el escozor de las piernas y las punzadas del tobillo.

En realidad, avanzaba muy despacio, apoyándose en el bastón, cojeando. De tanto en tanto, se limpiaba el sudor de la frente con los dedos. Cincuenta años era una edad decente para morir. ¿Vendría aquella gloria póstuma en la que, en tus años jóvenes, en París, en el Finisterre, en Panamá y la Martinica, habías tenido una fe tan firme? ¿Cuando la noticia de tu muerte llegara a Francia, despertaría la frivolidad de los parisinos una chisporroteante curiosidad en torno a tu obra y tu persona? ¿Ocurriría contigo lo que con el Holandés Loco luego de su suicidio? La curiosidad, el reconocimiento, la admiración, el olvido. No te importaba lo más mínimo.

Había comenzado a escalar la montaña por un sendero angosto, sombreado por una intrincada vegetación de cocoteros, mangos y árboles del pan medio sumergidos por los matorrales. Tenía que abrirse paso usando el bastón como un machete. «No me arrepiento de nada de lo que he hecho», pensó. Falso. Te arrepentías de haber contraído la enfermedad impronunciable, Koke. A medida que el sendero se empinaba, él iba más despacio. El esfuerzo lo agitaba. No era cuestión de que, precisamente ahora, te viniera un infarto. Tu muerte sería como la habías planeado tú, no como y cuando lo decidiera la enfermedad impronunciable. Andar protegido por la vegetación de las faldas de la montaña era mil veces preferible que hacerlo por el valle, bajo el fuego del cielo, ese instrumento de trepanación. Se detuvo varias veces a tomar aliento, antes de alcanzar la pequeña meseta. Había subido hasta allí meses atrás, guiado por Pau'ura, y apenas pisó esa explanada de tierra, sin árboles pero con multitud de helechos de todos los tamaños, desde la cual se veía el valle, la línea blanca de la costa, la laguna azulina, la luz rosada de los arrecifes de coral, y, detrás, el mar confundiéndose con el cielo, decidió: «Aquí quiero morir». Era un sitio bellísimo. Tranquilo, perfecto, virginal. Acaso el único, en todo Tahití, que se pareciera como una gota de agua al refugio que tenías en la mente, siete años atrás, en 1891, al partir de Francia rumbo a los Mares del Sur, anunciando a tus amigos que huías de la civilización europea corrompida por el becerro de oro, en busca de un mundo puro y primitivo, en cuya tierra de cielos sin invierno, el arte no sería un negocio más de los mercaderes sino un quehacer vital, religioso y deportivo, y donde un artista, para comer, sólo necesitaría, como Adán y Eva en el Jardín del Edén, levantar los brazos y arrancar su alimento de los fértiles árboles. La realidad no estuvo a la altura de tus sueños, Koke.

Hasta este pequeño balcón natural colgado de la falda de la montaña ascendía, traída por una suave brisa, esa fragancia intensa, despedida por la vegetación en los meses de las lluvias, que los tahitianos llamaban *noa noa*. Aspiró, con delicia, y por unos segundos se olvidó de su tobillo y de sus piernas. Se sentó en un pedazo de tierra reseca, al pie de una mata de helechos que le ocultó el cielo. Sin emoción, sin que la mano le temblara, abrió la bolsa y se tragó todo el polvillo de arsénico, ayudándose con la saliva y haciendo unas pequeñas pausas para no atorarse. Lamió los últimos residuos de la bolsa. Tenía un sabor terroso, ligeramente ácido. Esperó los efectos del veneno, sin miedo, sin fantasear alguna de esas truculencias que tanto le gustaban, con distante curiosidad. Casi de inmediato, comenzó a bostezar. ¿Ibas a dormirte? ¿Pasarías de manera dulce, inconsciente, de la vida a la muerte? Tú creías que morir por veneno era dramático, dolores atroces, desgarramientos musculares, un cataclismo en las entrañas. En vez de eso, te hundías en un mundo gaseoso y empezabas a soñar.

Soñó con la negra aquella de Panamá, en abril o mayo de 1887, de sexo rojo como un coágulo. A la puerta de su casucha de tablones había siempre una cola más larga que en la de las otras putas colombianas del campamento. Los trabajadores del Canal en construcción la preferían a causa del «perrito», algo que Paul tardó en descubrir era la versión panameña, benigna, de la terrífica *vagina dentata* de la mitología. La de esa negra, según los peones del Canal, no castraba a sus montadores, los mordisqueaba con cariño y ese cosquilleo sobresaltado los hacía gozar. Curioso, hizo también la cola el día de la paga, igual que otros lamperos de su cuadrilla, pero no notó en el sexo de la negra nada de particular. Recordabas el poderoso vaho de su cuerpo sudado, la cálida hospitalidad de su vientre, muslos y tetas. ¿Te había contagiado ella la enfermedad impronunciable? La sospecha lo acosaba desde las fiebres voraces que casi lo matan en la Martinica. ¿A esa negra panameña debías que se te hubiera debilitado la vista, que te fallara el corazón, que las piernas se te hubieran llenado de pústulas? Esta idea lo entristeció y, de pronto, lloraba por Aline: no la veías hacía tantos años y no la verías nunca más, pues tu hija había muerto allá en Dinamarca, arrebatada por una pulmonía, cuando era ya sin duda una bella señorita danesa que hablaría el francés tan mal como Pau'ura. Ahora, tú estabas muriendo aquí, en esta islita perdida de los Mares del Sur: Tahiti-nui. Y, entonces, soñó con su compañero y amigo Charles Laval. Lo habías conocido en la buena época de Pont-Aven y te acompañó a la Martinica y Panamá, a buscar el Paraíso. No se encontraba allí; más bien, tú y Charles se dieron de bruces con el Infierno. Charles contrajo la fiebre amarilla y trató de matarse. Pero ¿por qué apiadarte ahora de Charles Laval, Koke? ¿No se había curado de la peste? ¿No había sobrevivido a su intento de suicidio? ¿No había regresado a Francia a contar sus hazañas como un cruzado vuelve al terruño luego de conquistar Jerusalén? ¿No había conseguido una digna fama de pintor? Y, sobre todo, ¿no se había casado con la bella, delicada, aérea Madeleine, hermana de Émile Bernard, de la que habías estado prendado allá en Bretaña? Bruscamente, su sueño mudó en pesadilla. Se ahogaba. Algo espeso y caliente le subía por el esófago y le cerraba la garganta. No podías escupirlo. Estuvo mucho rato así, sufriendo, ahogándose, removiéndose, presa de la angustia. Cuando abrió los ojos, se había vomitado encima y una fila de hormigas rojas desfilaba por su pecho, contorneando las manchas del vómito.

¿Estabas vivo? Estabas vivo. Pero confuso, aturdido, avergonzado, sin fuerzas ni para levantar los brazos. Era el atardecer y, a lo lejos, presentía la última llamarada del crepúsculo. A ratos, perdía la conciencia y una galería de imágenes desfilaba por su mente. Una sobre todo, recurrente, sobre la cubierta del *Jérôme-Napoléon*. Un oficial te preguntaba: «¿Dónde le rompieron la nariz, marinero Gauguin?». «No está rota, señor, es así. Pese a mis ojos azules y a mi apellido francés, soy un Inca, señor. Mi marca es mi nariz.» Se había hecho de noche; cuando abría los ojos, veía estrellas y temblaba de frío. Se dormía, se despertaba, se volvía a dormir y de pronto supo con total lucidez qué título convenía al cuadro que había estado pintando estos últimos meses, después de medio año sin tocar los pinceles ni hacer un solo boceto en sus cuadernos. Esta certeza le inyectó una seguridad tranquilizadora y eclipsó la vergüenza que sentía por haber fracasado también en su suicidio, como Charles Laval en el Caribe, en abril o mayo de 1887, cuando contrajo la peste. Con los primeros destellos del alba recuperó la lucidez y las fuerzas para enderezarse y ponerse de pie. Las piernas le temblaban pero no le ardían y el tobillo no le causaba ahora molestia alguna. Antes de emprender el regreso, estuvo un buen rato sacándose a manotazos las hormigas rojas que ambulaban por su cuerpo. Qué frustradas se sentirían de que no murieras, Koke, qué banquete se hubieran dado con tu esqueleto podrido, pero tan terco y tan estúpido que se empeñaba en vivir.

Aunque la sed lo torturaba —tenía la lengua petrificada como la de un lagarto— mientras iba bajando la ladera de la montaña, hacia el valle, no se sentía mal, ni del cuerpo ni del espíritu, y, más bien, invadido por una excitación optimista. Ansiabas llegar pronto a tu casa, sumergirte en el río de Punaauia en el que te bañabas cada mañana antes de empezar a trabajar, beber un litro de agua y un té bien caliente con un chorrito de ron (¿quedaba ron?), y luego, encendiendo la pipa (¿quedaba tabaco?), meterte al estudio y, sin pérdida de tiempo, pintar aquel título que habías descubierto gracias a tu frustrado suicidio, en letras negras, en el rincón superior izquierdo de esa arpillera de cuatro metros de largo a la que habías estado imantado estas últimas semanas. ¿Una obra maestra? Sí, Koke. En aquel rincón superior presidirían la tela esas preguntas tremendas. No tenías la menor idea de las respuestas. Pero, sí, la seguridad de que en las doce figuras del cuadro, que trazaban, en un arco de sentido contrario al de las agujas del reloj, la trayectoria humana desde que la vida comienza en la infancia hasta que termina en la indigna vejez, estaban esas respuestas para quien supiera buscarlas.

Poco antes de llegar al valle se dio con una pequeña cascada que caía del flanco de la montaña sobre un surco de moho. Bebió, con felicidad. Se mojó la cara, la cabeza, los brazos, el pecho, y descansó, sentado en la orilla del sendero, las piernas en el vacío, sumido en un agradable atontamiento. Hizo el resto del camino borracho de fatiga, aunque animoso.

Entró a su casa cerca del mediodía, como si acabara de dar la vuelta al mundo. El pequeño Émile dormía desnudo, bocarriba, en su camastro, y Pau'ura, sobre las esteras, con el gato enroscado en sus piernas, trataba de sacar una melodía a la guitarra. Lo miró y le sonrió, sin dejar de acariciar las cuerdas de ese instrumento que nunca llegaría a amansar. Desafinaba en cada nota.

—Intenté matarme y fracasé, tragué tanto veneno que me vinieron vómitos y eso me salvó, pero me he quedado sin arsénico para mis piernas —dijo él, despacio, en francés, que Pau'ura entendía perfectamente, aunque lo hablara con dificultad—. No sólo soy un artista fracasado y un muerto de hambre. También, un suicida fracasado. Anda, prepárame una taza de té.

La expresión ida de su mujer no se alteró. De manera mecánica, esbozó otra sonrisa, mientras sus manos seguían empeñadas en sacar algunos acordes a la maltratada guitarra.

—Koke —dijo, sin moverse del sitio—. Una taza de té.

—¡Una taza de té! —repitió él, tumbándose en la cama, y azuzándola con las manos—. ¡Ahora mismo!

Ella se desprendió del gato, dejó en el suelo la guitarra y fue con suave contoneo hacia la puerta. Parecía mayor de sus dieciséis o diecisiete años. Era rellenita, no muy alta, de largos cabellos azulados que le barrían los hombros y una piel sedosa, que, en contraste con su pareo rojo, parecía fosforecer. Una linda muchachita, acaso la más bonita *vahine* con la que habías convivido desde que pisaste Tahití. Había parido ya dos veces y no se le había deformado el cuerpo en lo más mínimo; su silueta seguía esbelta y juvenil. Llevabas ya años con ella, pero nunca habías llegado a quererla como a Teha'amana, a la que, de cuando en cuando, todavía echabas de menos con irreprimible nostalgia. ¿Y por qué no habías llegado a quererla, Koke, si, además de bella, era tan sumisa y servicial? Porque era demasiado tonta. En los últimos tiempos, había reducido los diálogos con su mujercita tahitiana a lo esencial. Si estaba callada, llegaba a sentir por Pau'ura cierto afecto; era una compañía, una ayuda, y, cuando lo asaltaba el deseo, algo que ahora le ocurría con menos frecuencia que antes, un cuerpo joven, duro y sensual. Pero, cuando abría la boca y hablaba, en su pobre francés o en un tahitiano que no siempre le resultaba comprensible, lo deprimía la banalidad de sus preguntas y su incapacidad para entender las explicaciones que él intentaba darle. Pero, sobre todo, lo exasperaba su desidia infinita para interesarse en cualquier cosa espiritual, intelectual, artística, o simplemente inteligente. ¿Había entendido que quisiste matarte? Lo había entendido muy bien. Pero, como todo lo que su marido hacía estaba bien, qué comentario iba a hacer al respecto. ¿Acaso tenía voz ni voto en las cosas de su amo y señor? No era una mujer, Koke. Era un cuerpecito adolescente, un coñito y unas tetas, nada más.

Se quedó dormido. Pero no por mucho rato, pues cuando abrió los ojos la taza de té que le había dejado Pau'ura junto a la cama, estaba todavía caliente. Fue en busca de la última botella de ron de la despensa. Estaba casi vacía, pero las pocas gotas que escurrió sobre el té, encendieron la bebida. La paladeó a sorbitos, mientras, con miedo, pasaba a su estudio. Echó una larga ojeada a la inmensa tela tensada sobre el caballete que, como el andamiaje de un edificio, construyó especialmente para ella. Los dardos del sol que se filtraban entre las cañas de bambú habían puesto al cuadro en movimiento, comunicándole una curiosa vibración. Un desasosiego de mariposas, como en la floresta de Punaruu a la hora de la canícula. Sí, Koke, el título le convenía. Tomó su paleta de colores, y con uno de los pinceles más finos escribió en el rincón superior izquierdo, en minúsculas: «*¿de dónde venimos? ¿quiénes somos? ¿adónde vamos?*».

¿Era éste el cuadro que habías querido pintar? Ahora, viéndolo de regreso de la muerte —bonita frase, Koke—, con la perspectiva y la serenidad que daba el haber vuelto del más allá, ya no estabas tan seguro. ¿Era aquello el Paraíso, reinventado por un pintor salvaje avecindado en la isla de Tahití? Ésa había sido tu vaga intención inicial. O, más bien, pintar desde el infierno en el que habías caído en estos últimos tiempos de encarnizamiento del infortunio, un Jardín del Edén no abstracto, no europeo, no místico, sino maorí. Un Edén material, encarnado aquí y ahora. Pero no era eso lo que tenías al frente. ¿Quién era esa gran figura central, con un taparrabos blanco, que cogía una fruta del árbol invisible que tenía sobre su cabeza y partía la tela en dos mitades? No Eva, ciertamente. Ni siquiera era seguro que fuese una mujer, porque, aunque algo de su tez, su cintura y sus brazos pudiesen considerarse femeninos, no eran de hembra los bultos que hinchaban el taparrabos: eran unos buenos testículos y un consistente falo, acaso en proceso de erección.

Se echó a reír. ¡Un *taata vahine*! ¡Un *mahu*! Eso habías pintado, Koke: un hombre-mujer. Siete años atrás, al llegar a Tahití en junio de 1891, cuando el subteniente Jénot (¿qué sería de él?) te contó que los nativos, debido a tus largos cabellos flotantes y tu sombrero a lo Buffalo Bill, te creían un *taata vahine*, un *mahu*, tuviste escalofríos. ¿Un hombre-mujer, tú? ¿Acaso no dabas sobradas pruebas de virilidad desde que tenías uso de razón? Incómodo, te cortaste la larga cabellera y sustituiste el sombrero mohicano por uno de paja. Pero, después, al descubrir que para los tahitianos, a diferencia de los europeos, un *taata vahine* era tan aceptable como un hombre o una mujer a secas, cambiaste de opinión. Ahora te enorgullecía haber sido tomado por un *mahu*. «Lo único que no les han podido quitar los misioneros», pensó. ¿No había acaso *taata vahine* en las aldeas, en el seno de muchas familias, pese a la prédica feroz de los curas y los pastores, empeñados en imponer una estricta simetría sexual, hombres aquí, mujeres allá, y eliminar toda forma de ambigüedad entre los sexos? Eso no habían podido arrancarles a los indígenas: su sabiduría sexual. Recordó, divertido, su aventura con Jotefa, el leñador, en la cascada: no hacía tanto tiempo y parecían siglos, Koke. Sí, había aún muchos *taata vahine* en Tahití. No en Papeete, pero sí en el interior de la isla, donde la influencia europea llegaba tarde, mal y nunca. A esos muchachos que engalanaban sus cabezas con los adornos de flores de las mujeres, y que guisaban, tejían y hacían las labores domésticas, él los había visto muchas veces, en las fiestas, a la hora de la borrachera, ser acariciados por los hombres, y a veces usados como las mujeres, con naturalidad. Y había visto, también, en las mismas circunstancias, a muchachas y mujeres abrazarse y acariciarse sin que nadie se extrañara. Los últimos restos de la desaparecida civilización que viniste a buscar y no encontraste, Koke, el último resuello de esa cultura primitiva, sana, pagana, feliz, sin vergüenza del cuerpo, no deformada por la decadente idea del pecado. Lo único que quedaba de aquello que te trajo a los Mares del Sur, Koke, esa sabia aceptación de la necesidad del amor sin orejeras, del amor en todas sus metamorfosis, incluido el hermafroditismo. No duraría mucho. Europa acabaría también con los *taata vahine*, como había acabado con los dioses antiguos, las antiguas creencias, los antiguos usos, la antigua desnudez, los tatuajes y la antropofagia, con esa civilización sana, alegre, enérgica, que hubo alguna vez. Pero seguía existiendo en las Marquesas. Tenías que ir allí, antes de reventar.

Sin saberlo ni quererlo, habías pintado un *taata vahine* en el centro de tu mejor cuadro. Un homenaje a lo extinto, a lo que les habían robado a los tahitianos. En todos los años que llevabas aquí no habías encontrado una sola persona que recordara cómo eran, antes, las costumbres, las relaciones, la vida cotidiana. No les habían dejado ni siquiera la desnudez espléndida con que aparecían en tu cuadro. Los misioneros embutieron sobre sus cuerpos cobrizos esas túnicas que parecían hábitos. ¡Qué crimen! Ocultar esas hermosas siluetas color ocre, gris pálido o azulado que durante siglos debieron lucirse orgullosas ante el sol, con inocencia animal. Las túnicas que los obligaban a llevar les borraban la gracia, la soltura, la fuerza, les ponían la marca infamante de los siervos. Koke, Koke: esa desaparecida cultura habías tenido que crearla tú de pies a cabeza para que existiera. ¿Habían sido alguna vez los maoríes como aparecían en el cuadro? Naturales, amigos de sus cuerpos, hermanos de los árboles que les ofrecían sus frutos, del mar y la laguna donde pescaban y se bañaban y cuyas aguas rasgaban sus ágiles piraguas, protegidos de las desgracias por esa diosa inquietante, Hina, a la que habías tenido también que inventar para ellos, ya que ningún tahitiano recordaba cómo fue, cuando la adoraban sus antepasados. Los misioneros les habían arrebatado la memoria, convertido en amnésicos.

Era un acierto diferenciar con ese desvaído amarillo aquellas esquinas superiores para dar idea de un fresco antiguo cuyos bordes comienza a deteriorar la edad. Y, otro, el tono constante del paisaje, sostenido por un azul suave y el verde veronés del fondo, sobre el que se encrespaban como tentáculos y serpientes unas ramas y troncos danzantes. Los árboles, únicos personajes beligerantes del cuadro. Los animales, en cambio, eran pacíficos: los gatos, la cabrita, el perro, los pájaros, convivían fraternalmente con los humanos. Hasta la vieja acuclillada de la izquierda que iba a morir o acaso había muerto, adoptando aquella postura de las momias peruanas que nunca habías podido olvidar, parecía resignada a su extinción.

    ¿Y esas dos figuras envueltas en túnicas rosadas que, en un segundo plano, caminaban contra el tiempo, de la muerte a la vida, junto al árbol del conocimiento? Mientras las pintabas, se te ocurrió que serían tú mismo y la desdichada Aline. Pero, no. Aquellas figuras cuchicheantes no eran tú y tu hija muerta. Tampoco, tahitianos. Había algo siniestro, tosco, intrigante, írrito, en su manera de secretearse, de absorberse en sí mismas, desinteresadas del contorno. Cerró los ojos, buscó en el fondo de su espíritu. ¿Qué habías representado en esa pareja, Koke? No lo sabía. No lo sabrías nunca. Un buen síntoma. No sólo habías pintado tu mejor cuadro con las manos, con tus ideas, con tu fantasía, con tu viejo oficio. También, con esas oscuras fuerzas venidas del fondo del alma, el crepitar de tus pasiones, la furia de tus instintos, esos impulsos que irrumpían en los cuadros excepcionales. Los cuadros que nunca morirían, Koke. Como la *Olympia* de Manet.

    Estuvo todavía un largo rato absorbido en el estudio de su cuadro, tratando de entenderlo de manera cabal. Cuando bajó del estudio, Pau'ura había preparado la cena y lo estaba esperando, abajo, en la habitación abierta a la intemperie por sus dos costados, que servía de comedor. Tenía a Émile en brazos y el niño —por el que nunca habías llegado a sentir la ternura que te inspiraba su hermanita, muerta a poco de nacer—, aunque tenía los ojos muy abiertos, permanecía mudo y absolutamente inmóvil. Menos mal. Había sobre la mesa una fuente de frutas y la tortilla que le habías enseñado a preparar a tu *vahine* como a ti te gustaba: muy suave y blanda, casi líquida. Se oía muy cerca la resaca del invisible mar.

—O sea que el chino Teng nos fió, una vez más —lo celebró él, sonriendo—. ¿Cómo lo convenciste?

—Koke —asintió ella—. Chino. Huevos. Sal.

Tenía en los ojos algo quieto, dulce, infantil, que contrastaba con la redondez adulta de su cuerpo.

—Si esta noche te amo, me sentiré resucitado de verdad —dijo él, en voz alta, sentándose a comer.

—De verdad —asintió Pau'ura, haciendo un mohín.

XIII. La monja Gutiérrez
Toulon, agosto de 1844

La primera impresión de Flora sobre Toulon, donde llegó al amanecer del 29 de julio de 1844, no pudo ser peor: «Una ciudad de militares y delincuentes. Aquí nada podré hacer». Le inspiraba ese pesimismo que Toulon viviera del Arsenal Naval, donde trabajaban cinco mil obreros de la ciudad, mezclados con los presos que cumplían condenas de trabajos forzados. Por otra parte, desde Marsella, la colitis y las neuralgias no le daban tregua.

Quienes la recibieron en Toulon eran unos burgueses sansimonianos, muy modernos cuando hablaban de técnica, progreso científico y de organizar la producción de bienes industriales, pero aterrados de que los exabruptos de Flora les trajeran problemas con la autoridad. Quien los dirigía, un capitán con aires de petimetre llamado Joseph Corrèze, la fatigaba dándole consejos de prudencia y moderación.

—Si se trata de ser prudente y moderada, no habría hecho esta gira —lo puso en su sitio Flora—. Para eso están ustedes. Yo he venido a hacer una revolución y tendré que decir algunas verdades, qué remedio. Si las autoridades se enojan, mejorarán mis credenciales ante los obreros.

La autoridad se enojó, en efecto, antes de que Flora hubiera abierto la boca en público. Al día siguiente de su llegada, el comisario de Toulon, un barbado cincuentón oloroso a lavanda, se presentó en su hotel y la interrogó media hora sobre sus intenciones en la ciudad. Cualquier acto que subvirtiera el orden público sería sancionado con energía, le advirtió. Y, horas después, le llegó una citación del procurador del rey para que compareciera en su despacho.

—Dígale a su jefe que no iré —estalló Madame-la-Colère, indignada—. Si he cometido un delito, que me haga arrestar. Pero, si quiere intimidarme y hacerme perder tiempo, no lo conseguirá.

El ayudante del procurador, un joven de maneras delicadas, la miraba sorprendido e inquieto, como si esta mujer que le levantaba la voz y hacía vibrar un índice amenazador a milímetros de su nariz, pudiera pasar a la agresión física. Así te había mirado, Florita, con la misma estupefacción, el mismo desconcierto y el mismo susto, diez años atrás, en la casona familiar de la calle Santo Domingo, de Arequipa, tu tío don Pío Tristán, aquella mañana, días después del primer encuentro, cuando por fin tú y él abordaron el espinoso tema de la herencia. Don Pío, elegante, pequeño, fluido, canoso y endeble caballero de ojos azules, tenía muy bien preparada su argumentación. Luego de un amable preámbulo, abrumándote de latinajos y citas leguleyas te hizo saber que, como hija ilegítima de padres cuya unión carecía, según confesión tuya en carta a él, de toda legalidad comprobable, no podías aspirar a recibir ni un centavo de la herencia de su querido hermano Mariano.

Don Pío tardó tres meses en volver de sus ingenios azucareros de Camaná, como si temiera el encuentro con su sobrinita francesa. A ti, conocer en persona a este hermano menor de tu padre, cuyos rasgos recordaban tanto los de éste, te emocionó hasta las lágrimas. Todavía eras una sentimental, Andaluza. Te abrazaste a tu tío, temblando, susurrándole que querías quererlo y que él te quisiera; te sentías feliz de recobrar a tu familia paterna, de tener, gracias a ella, un calor y una seguridad que, desde tu infancia en la casa de Vaugirard, no habías conocido. ¡Lo decías y lo sentías, Florita! Y el tío Tristán se emocionó también en apariencia, abrazándote y murmurando, con los ojos azules enturbiados por el sentimiento:

—Dios mío, si eres el vivo retrato de mi hermano, hijita.

Los días siguientes, este vejete de sesenta y cuatro años espléndidamente conservado —con trescientos mil francos de renta, era el rico más rico de Arequipa— extremó las atenciones y los cariños con su sobrina. Pero, cuando, por fin, consintió en que hablaran a solas y Flora le expuso sus anhelos de ser reconocida como hija legítima de don Mariano y de recibir, como tal, del legado de su abuela y de su padre, una renta de cinco mil francos, don Pío se transformó en un ser glacial, jurídico, en portavoz inflexible de la norma legal: las leyes, sagradas, debían prevalecer sobre los sentimientos; si no, no habría civilización. Según la ley, a Florita no le correspondía nada; si no le creía, que lo consultara con jueces y abogados. Don Pío lo había hecho ya y sabía de qué hablaba.

Entonces, Flora estalló en uno de esos arrebatos como el que, en Toulon, acababa de hacer partir, pálido, casi huyendo, al joven ayudante del procurador del rey. Ingrato, innoble, avaro, ¿así pagaba los desvelos de don Mariano, que lo cuidó, protegió y educó allá en Francia? ¿Abusando de su hija desvalida, desconociéndole sus derechos, condenándola a la miseria, siendo él un hombre riquísimo? Flora levantó tanto la voz que don Pío, blanco como el papel, se dejó caer sobre un sillón. Parecía anulado y mínimo en esa sala de paredes guarnecidas de retratos de sus antepasados, altos funcionarios y validos de la administración colonial: oidores, maeses de campo, obispos, virreyes, alcaldes, generales. Más tarde, le confesó a Flora que, en sus sesenta y cuatro años de vida, era la primera vez que, dentro o fuera de la familia, había visto a una mujer insubordinarse de ese modo y faltar así el respeto a un *pater familias.* ¿Eran ésas, ahora, las costumbres francesas? Flora se echó a reír. «No, tío —pensó—. En lo relativo a la mujer, las costumbres francesas son todavía más retrógradas que las arequipeñas». Cuando sus amigos sansimonianos de Toulon se enteraron de la visita del comisario y la citación del procurador, se alarmaron. Habría un registro en su habitación del hotel, era seguro. El capitán Joseph Corrèze ocultó en su casa todos los papeles de Flora sobre la organización de la Unión Obrera en las provincias de Francia. Pero, por alguna razón misteriosa, ni hubo registro ni el procurador del rey volvió a requerir a Flora durante su visita.

Para resarcirla de las fuertes emociones, los sansimonianos la llevaron al puerto a presenciar «las justas marinas», diversión anual que traía a Toulon gran cantidad de visitantes de todas las regiones, y hasta de Italia. Plantados en una pequeña plataforma en la proa de unas lanchas que hacían de corceles marinos, dos lanceros armados de largas pértigas de punta amolada y protegidos por escudos de madera, se embestían, briosos, a toda la velocidad que imprimían a las lanchas una docena de remeros. Por el fuerte impacto, uno, y a menudo los dos lanceros, caían al agua, entre los rugidos de la multitud aglomerada en los muelles y el paseo marítimo. Los sansimonianos quedaron algo amoscados cuando, al terminar el espectáculo, Flora les hizo saber que lo más impresionante para ella fue advertir que esos pobres hombres que se atacaban con lanzas para divertir a la plebe y a los burgueses caían a unas aguas inmundas, donde desaguaban las alcantarillas de la ciudad. Sin duda, contraerían infecciones.

Nunca te habían gustado esas diversiones multitudinarias en las que, amparados en la masa, los individuos se animalizaban, perdían el control de sus instintos y actuaban como salvajes. Por eso, aquellas corridas de toros en la Plaza de Armas de Arequipa, a las que Clemente Althaus te llevó, o las peleas de gallos, en medio de esos desaforados que apostaban y azuzaban a los animales sangrantes, te habían desagradado profundamente. Fuiste a ellas por esa curiosidad de saberlo y averiguarlo todo que te era congénita y te obligaba a menudo a tragar sapos y culebras.

El coronel Althaus, que se decía también víctima de la avaricia de don Pío Tristán, trató de consolarla. Y de disuadirla de cualquier acción legal para hacerse reconocer como hija legítima, pues, le aseguró, jamás encontrarías un buen abogado que se atreviera a enfrentarse al hombre más poderoso de Arequipa, ni un juez que osara declarar a don Pío reo de algún delito. «¡Esto no es Francia, Florita! ¡Esto es el Perú!» También el alemán se hacía ilusiones con la dulce Francia.

En efecto, la media docena de abogados que consultaste fueron categóricos: no tenías la menor posibilidad. Con tu ingenua carta a don Pío, contándole la verdad sobre el matrimonio de tus padres, te echaste la soga al cuello. Jamás ganarías el juicio si cometías la temeridad de entablarlo. Flora consultó, incluso, a un abogado radical, al que la buena sociedad arequipeña rehuía por su fama de comecuras, desde que se atrevió, dos años atrás, a defender a la monja Dominga Gutiérrez, un escándalo que seguía enfervorizando las chismografías de la ciudad. El joven y fogoso Mariano Llosa Benavides acabó por darte el puntillazo:

—Siento defraudarla, doña Flora, pero, legalmente, usted nunca ganará ese juicio. Aun si tuviera los papeles en regla, y el matrimonio de sus padres fuera legal, también lo perderíamos. Nadie le ha ganado todavía un pleito a don Pío Tristán. ¿No sabe que media Arequipa vive de él y la otra media aspira también a mamar de sus ubres? Aunque, en teoría, seamos ya República, la Colonia está vivita y coleando en el Perú.

Rumiando su derrota, tuvo que renunciar a sus sueños de convertirse en una próspera burguesita. Mejor, ¿verdad, Florita? Sí, mejor. Por eso, aunque Arequipa había desbaratado tantas ilusiones tuyas, tenías un irreprimible cariño a la ciudad de los volcanes. Ella te abrió los ojos sobre las desigualdades humanas, el racismo, la ceguera y el egoísmo de los ricos, y lo inhumano del fanatismo religioso, fuente de toda opresión. La historia de la monja Dominga Gutiérrez —prima tuya, por supuesto, en esa ciudad de infinitos incestos solapados— te desasosegó, maravilló, indignó, e indujo a interrogar a medio mundo para hacerte una idea de lo que le había ocurrido. Para entender la historia, era imprescindible conocer esos conventos de clausura, otro distintivo de Arequipa, que, además del blanco sillar de sus iglesias y viviendas, de sus terremotos y revoluciones, se jactaba de ser la más católica de las ciudades del Perú, de América, y, a lo mejor, del mundo. Y decidiste conocerlos.

Con ese carácter que terminaba por doblegar a las piedras, la francesita pidió, imploró, conspiró con amigos y parientes hasta obtener los permisos necesarios del obispo Goyeneche, y pudo visitar los tres principales monasterios de monjas de clausura de Arequipa: Santa Rosa, Santa Teresa y Santa Catalina. Este último, donde Flora pernoctó cinco noches, era, detrás de sus muros almenados, una pequeña ciudad española enclavada en el centro de Arequipa: callecitas primorosas con nombres andaluces y extremeños, placitas recoletas alborotadas de claveles y rosales, fuentes cantarinas, y una muchedumbre femenina circulando por esos refectorios, oratorios, salas de recreación, capillas y viviendas dotadas de jardines, terrazas y cocinas, donde cada religiosa tenía derecho a enclaustrar consigo a cuatro esclavas y cuatro sirvientas.

Flora no podía dar crédito a sus ojos ante semejante boato. Nunca hubiera imaginado que un monasterio de clausura ostentara un lujo así. Aparte de la riqueza artística, cuadros, esculturas, tapices y objetos de culto en plata, oro, alabastro y marfil, las celdas lucían alfombras y cojines, sábanas de hilo, cubrecamas bordados a mano. Los refrigerios y colaciones se servían en vajillas importadas de Francia, de Flandes, de Italia y Alemania, y cubiertos de plata labrada. Las monjitas de Santa Catalina le hicieron un bullicioso recibimiento. Eran desenfadadas, risueñas, encantadoras y femeninas a más no poder. Para saber «cómo se vestían las francesas», no se contentaron con que Flora se quitara la blusa y les mostrara el corsé y el corpiño; también las faldas y la faja pues ardían de curiosidad por tocar las prendas íntimas del atuendo femenino francés. Roja como una amapola, muda de vergüenza, Flora, en calzones y medias, debió exponerse un buen rato al escrutinio rumoroso de las monjitas, hasta que la priora vino a rescatarla, ella también muerta de risa.

Pasó unos días instructivos y ciertamente divertidos en este monasterio aristocrático, al que sólo tenían acceso novicias de alcurnia, capaces de pagar las altas dotes que la orden exigía. Pese al encierro perpetuo, y a las largas horas dedicadas a la meditación y la oración, las monjitas no se aburrían. Los rigores de la clausura estaban atenuados por el confort y la actividad social que las ocupaba: pasaban buena parte del día agasajándose, jugando como niñas, o visitándose en esas casitas que las esclavas zambas, mulatas y negras y las sirvientas indias mantenían inmaculadamente limpias. Todas las monjas de Santa Catalina a las que interrogó creían firmemente que Dominga estaba poseída por el demonio. Y todas decían que en Santa Catalina jamás hubiera ocurrido algo tan tétrico.

Porque la historia de Dominga tuvo lugar, en efecto, en Santa Teresa, monasterio de carmelitas descalzas más austero, estricto y riguroso que el de Santa Catalina, en el que Flora pasó también cuatro días y tres noches, erizada de angustia. Santa Teresa tenía tres claustros bellísimos, con enredaderas, jazmines, nardos y rosales bien cuidados, gallineros y una huerta que las religiosas cultivaban con sus propias manos. Pero aquí no reinaba el ambiente informal, mundano, juguetón y frívolo de Santa Catalina. En Santa Teresa nadie se divertía; se oraba, meditaba, trabajaba en silencio, y se sufría en carne y espíritu por amor a Dios. En las minúsculas celdas donde las monjitas se encerraban a rezar —no eran sus dormitorios— no había lujo ni comodidad, sino paredes desnudas, una ascética silla de paja, una mesa de tablones sin cepillar, y, colgadas de un clavo, las disciplinas con que las monjitas se azotaban para ofrecer el sacrificio de sus carnes llagadas al Señor. Desde su celda, Flora, espantada, oyó los llantos que acompañaban los chasquidos nocturnos de las disciplinantes y entendió lo que debía de haber sido la vida de su prima Dominga Gutiérrez los diez años que pasó aquí, desde sus catorce años de edad.

Esa edad tenía Dominga cuando, a instancias de su madre y luego de una decepción amorosa —su joven enamorado se casó con otra—, entró como novicia a Santa Teresa. A las pocas semanas, tal vez a los pocos días, comprendió que jamás podría adaptarse a este régimen de sacrificio, austeridad extrema, silencio y aislamiento total, en el que apenas se dormía, comía y vivía, porque todo era rezar, cantar los himnos, flagelarse, confesarse, y trabajar la tierra con las manos. Los ruegos y súplicas a su madre, a través del locutorio, para que la sacara del monasterio, fueron inútiles. Los argumentos de su confesor, que confundían a Dominga, reforzaban los de su madre: debía resistir esas acechanzas, el demonio quería hacerla renunciar a su genuina vocación religiosa.

Un año después, hechos los votos que la ligarían hasta la muerte a estos muros y esta rutina, Dominga escuchó, en la lectura a la hora de la colación, en unas páginas del *Libro de la vida* de Santa Teresa, la historia de un caso de posesión, de una monja de Salamanca, a la que el demonio inspiró una macabra estratagema para huir del convento. A Dominga, que acababa de cumplir quince años, se le iluminó la mente. Sí, era una manera de escapar. Había que proceder con infinita cautela y paciencia para tener éxito. Llevar a cabo el plan le tomó ocho años. Cuando pensabas en lo que debieron ser, para tu prima Dominga, aquellos ocho años de urdir, pasito a paso, con infinitas precauciones, la compleja trama, dando marcha atrás cada vez que la invadía el temor de ser descubierta, para recomenzar al día siguiente —Penélope incansable que borda, desborda y reborda su manto—, se te encogía el corazón, te venían impulsos destructores y pensabas en quemar conventos, en ahorcar o guillotinar a esos fanáticos represores del espíritu y el cuerpo, como los revolucionarios de 1789. Después, te arrepentías de esos apocalipsis secretos fraguados por tu indignación.

Por fin, el 6 de marzo de 1831, Dominga Gutiérrez, de veintitrés años, pudo ejecutar su plan. La víspera, dos de sus sirvientas se habían procurado el cadáver de una india, gracias a la complicidad de un médico del Hospital de San Juan de Dios. Amparadas por las sombras, lo llevaron en un costal a una tienda alquilada para el efecto frente a Santa Teresa. Con la última campanada de la medianoche, lo arrastraron al interior del monasterio por la puerta principal, que la hermana portera, también en la trama, dejó abierta. Allí las esperaba Dominga. Ella y las domésticas instalaron el cadáver en el pequeño nicho en que dormía la monjita. Desnudaron a la india y la vistieron con el hábito y los escapularios de Dominga. Rociaron de aceite el cadáver y le prendieron fuego, procurando que las llamas deshicieran el rostro hasta volverlo irreconocible. Antes de huir, desordenaron la celda para dar mayor verosimilitud al fingido accidente.

Desde su escondite, en el cuarto alquilado, Dominga Gutiérrez siguió el oficio fúnebre que celebraron las monjas de Santa Teresa antes de enterrarla, en el cementerio contiguo a la huerta. ¡Había resultado! La joven exclaustrada no fue a refugiarse a su casa, por temor a su madre, sino donde unos tíos, que la habían acariñado mucho de niña. Los tíos, espantados con la responsabilidad, corrieron a delatar al obispo Goyeneche la increíble historia. Hacía dos años de ello y el escándalo no amainaba. Flora encontró a la ciudad dividida en partidarios y adversarios de Dominga, a quien, luego de ser echada de la casa de sus tíos, dio refugio uno de sus hermanos en una chacrita de Chuquibamba, donde vivía confinada en otra forma de clausura, mientras las acciones legales y eclesiásticas sobre su caso seguían su curso.

¿Estaba arrepentida? Flora fue a averiguarlo a Chuquibamba. Luego de un esforzado viaje por las serranías andinas, llegó a la sencilla casita de campo que servía de prisión laica a Dominga. Ésta no tuvo reparos en recibir a su prima. Parecía mucho mayor de sus veinticinco años. El sufrimiento, el miedo y la incertidumbre habían desencajado su rostro de facciones buriladas, con los huesos de los pómulos salientes; un temblor nervioso agitaba su labio inferior. Vestía con sencillez, un floreado vestido de campesina cerrado en el cuello y en los puños, y tenía sus manos, de uñas recortadas, encallecidas por el trabajo de la tierra. Había en sus ojos profundos, graves, algo huidizo y asustado, al acecho de alguna catástrofe. Hablaba con suavidad, buscando las palabras, temerosa de cometer un error que agravara su situación. Al mismo tiempo, cuando, a instancias de Flora, habló de su caso, su firmeza de ánimo era inflexible. Había procedido mal, sin duda. Pero ¿qué otra cosa podía hacer para escapar de aquel encierro contra el que se rebelaban su espíritu, su mente, todos los segundos de la vida? ¿Sucumbir a la desesperación? ¿Loquearse? ¿Matarse? ¿Eso hubiera querido Dios que hiciera? Lo que más la entristecía era que su madre le hubiera mandado decir que, desde su apostasía, la consideraba muerta. ¿Qué planes tenía? Soñaba con que terminara este proceso, los enredos ante los tribunales y la Curia, y que le permitieran irse a Lima a vivir en el anonimato, aunque fuera trabajando como doméstica, pero en libertad. Cuando se despidieron, murmuró al oído de Flora: «Reza por mí».

¿Qué habría hecho Dominga Gutiérrez en estos once años? ¿Viviría, por fin, lejos de su tierra arequipeña, donde sería siempre objeto de controversia y curiosidad pública, o habría conseguido viajar y desaparecer en Lima como anhelaba? ¿Se habría enterado Dominga del cariño y la solidaridad con que habías descrito su historia en *Peregrinaciones de una paria*? No lo sabrías nunca, Florita. Desde que don Pío Tristán hizo quemar públicamente tu libro de memorias, allá en Arequipa, nunca más recibiste una carta de los conocidos y parientes que frecuentaste, años atrás, en tu aventura peruana.

Durante la visita al Arsenal Naval de Toulon, que le tomó todo un día, Flora tuvo ocasión, otra vez, como en Inglaterra, de ver de cerca el mundo carcelario. No era el tipo de cárcel que había conocido su prima Dominga, sino algo peor. Los miles de presos que cumplían condenas de trabajos forzados en las instalaciones del Arsenal llevaban en los tobillos unas cadenas, que, a muchos, les habían desgarrado la piel y formado costras. No sólo las cadenas los distinguían de los obreros, con los que trabajaban entremezclados en talleres y canteras; también, los blusones rayados en que iban embutidos, y los gorros, cuyo color indicaba la condena que purgaban. Era difícil evitar un estremecimiento ante los forzados que llevaban gorros verdes, la cadena perpetua. Como Dominga, estos pobres diablos sabían que, a menos de una fuga, vivirían lo que les quedaba de vida sometidos a esta rutina embrutecedora, custodiados por guardias armados, hasta que la muerte viniera a librarlos de la pesadilla.

Como en las cárceles inglesas, aquí también la sorprendió la cantidad de presos que, a simple vista, eran enfermos mentales, infelices aquejados de cretinismo, delirios y otras formas de enajenación. La miraban embobados, boquiabiertos, con hilos de saliva descolgándose de sus labios, y los ojos vidriosos, extraviados, del que ha perdido la razón. Muchos no debían de haber visto una mujer hacía tiempo, por la expresión de éxtasis o de terror con que veían pasar a Flora. Y algunos idiotas se llevaban la mano a las partes pudendas, y comenzaban a masturbarse, con la naturalidad de las bestias.

¿Era justo que los débiles mentales, los tarados y los locos fueran juzgados y condenados, igual que los individuos en su pleno juicio? ¿No era una injusticia monstruosa? ¿Qué responsabilidad podía tener sobre sus actos un enajenado? Buen número de estos forzados, en vez de estar aquí, deberían hallarse en asilos de alienados. Aunque, recordando aquellos hospitales psiquiátricos de Inglaterra, y los tratamientos a que eran sometidos los locos, era preferible ser condenados como delincuentes. He ahí un tema para reflexionar y buscarle solución en la futura sociedad, Florita.

Los oficiales del Arsenal de Toulon le advirtieron que no debía entablar diálogos con los trabajadores —presos u obreros—, porque podían suscitarse situaciones incómodas. Pero, fiel a su genio, Flora se acercó a los grupos, hizo preguntas sobre las condiciones de trabajo, sobre la relación de forzados con cadenas y los obreros, y, de pronto, ante el desconcierto de los dos oficiales de la Marina y el funcionario civil que la acompañaban, se vio presidiendo, al aire libre, un encendido debate en torno a la pena de muerte. Ella defendía la abolición de la guillotina como una medida de justicia, y anunció que la Unión Obrera la prohibiría. Muchos obreros protestaron, airados. Si ahora, existiendo la guillotina, se cometían tantos robos y crímenes, ¿qué sería cuando desapareciera el freno que la pena de muerte inspiraba a los criminales? El debate se vio interrumpido de manera farsesca, cuando un grupo de locos, atraídos por la discusión, intentó participar en ella. Sobreexcitados, gesticulantes, dando brincos, hablaban a la vez, rivalizando en disparates, o cantando y bailoteando para llamar la atención, entre las risas de los otros, hasta que los guardianes pusieron orden, blandiendo sus garrotes.

Para Flora, la experiencia fue utilísima. Buen número de obreros, a raíz de lo que le oyeron decir durante la visita al Arsenal, se interesaron en la Unión Obrera y le preguntaron dónde podían charlar con ella con más calma. A partir de ese día, y ante la sorpresa de sus amigos sansimonianos que apenas le habían podido organizar un par de encuentros con un puñado de burgueses, Flora pudo reunirse, dos o tres veces en el día, con grupos de obreros que acudían llenos de curiosidad a escuchar a este extraño personaje con faldas, decidida a implantar la justicia universal, en un mundo sin explotadores y sin ricos, en el que, entre otras excentricidades, las mujeres tendrían los mismos derechos que los hombres ante la ley, en el seno de la familia, y hasta en el trabajo. Del pesimismo con que llegó a esta ciudad de militares y marinos, Flora pasó a un entusiasmo que hasta alivió sus males. Se sintió mejor y poseída de la energía de sus mejores épocas. Tenía una actividad frenética desde el alba hasta la medianoche. Mientras se desvestía —¡ah, el sofocante corsé, contra el que habías lanzado una diatriba en tu novela *Méphis* y que quedaría prohibido en la futura sociedad como una prenda indigna pues hacía sentirse a las mujeres cinchadas como yeguas!—, al hacer el balance del día, se alegraba. Los resultados no podían ser mejores; medio centenar de ejemplares de *La Unión Obrera* se agotaron y debió pedir más al editor. Las inscripciones en el movimiento sobrepasaron pronto el centenar.

A las reuniones, en casas particulares, sociedades obreras, centros masónicos o talleres de artesanos, llegaban a veces inmigrantes que no hablaban francés. Con los griegos e italianos no era problema, pues siempre aparecía alguna persona bilingüe, que oficiaba de traductora. Era más difícil con los árabes, quienes se quedaban acuclillados en un rincón, enfurecidos por no poder participar.

En estas reuniones de gentes de distintas razas y lenguas surgían a menudo incidentes que Flora tenía que sofocar, con enérgicas intervenciones contra los prejuicios raciales, culturales y religiosos. No siempre tenías éxito, Florita. ¡Qué difícil convencer a muchos compatriotas de que todos los seres humanos eran iguales, con prescindencia del color de su piel, de la lengua que hablaran o del dios al que rezaban! Incluso cuando parecían admitirlo, apenas surgía cualquier discrepancia, afloraban el desdén, el desprecio, los insultos, las proclamas racistas y nacionalistas. En una de esas discusiones, Flora reprochó indignada a un calafateador francés pedir que se prohibieran estas reuniones a los «paganos mahometanos». El obrero se levantó y partió dando un portazo, gritándole desde la puerta: «¡Puta de negros!». Flora aprovechó para incitar a la asamblea a cambiar ideas sobre el tema de la prostitución.

Fue una discusión larga, complicada, en la que, debido a la presencia de Flora, los asistentes tardaron en envalentonarse y hablar con franqueza. Quienes condenaban a las prostitutas, lo hacían sin convicción, más para halagar a Flora que creyendo lo que decían. Hasta que un ceramista macilento, ligeramente tartamudo —le decían Jojó—, osó contradecir a sus compañeros. Con la vista baja, en medio de un silencio sepulcral al que siguieron risitas maliciosas, dijo que no estaba de acuerdo con tantos ataques a las prostitutas. Ellas, después de todo, eran «las queridas y amantes de los pobres». ¿Acaso tenían éstos los medios económicos de los burgueses para costearse entretenidas? Sin las prostitutas, la vida de los humildes sería aún más triste y aburrida.

—Usted dice eso porque es hombre —lo interrumpió Flora, indignada—. ¿Diría lo mismo si fuera una mujer?

Estalló una violenta discusión. Otras voces apoyaron al ceramista. Durante el debate, Flora se enteró de que los burgueses de Toulon tenían la costumbre de asociarse para mantener queridas en grupo. Cuatro o cinco comerciantes, industriales o rentistas hacían un fondo común para mantener a otras tantas amantes, a las que estos sinvergüenzas compartían. Así rebajaban los gastos de manutención y cada cual disfrutaba de un pequeño harén. La sesión terminó con un discurso de Flora, exponiendo ante caras escépticas, cuando no risueñas, su idea, diametralmente opuesta a la de los fourieristas, de que, en la futura sociedad, ladrones y prostitutas serían confinados en islas remotas, lejos del resto de la gente común a la que de este modo ya no podrían degradar con su mala conducta.

Tu odio a la prostitución era de larga data y tenía que ver con el disgusto y la repugnancia que, desde tu matrimonio con Chazal y hasta conocer a Olympia Maleszewska, te inspiraba el sexo. Por más que racionalmente te decías que a gran número de mujeres eran el hambre, la necesidad de sobrevivir, lo que las empujaba a abrir las piernas por dinero, y que, por lo tanto, las rameras, como esas miserables que habías visto en el East End, de Londres, eran más dignas de conmiseración que de asco, algo instintivo, un rechazo visceral, un ramalazo de cólera, surgía en ti, Florita, cuando pensabas en la abdicación moral, en la renuncia a la dignidad de la mujer que vendía su cuerpo a la lujuria de los hombres. «En el fondo, eres una puritana, Florita —se burlaba Olympia, mordisqueándote los pechos—. Atrévete a decirme que en este instante no gozas».

Y, sin embargo, en Arequipa, por primera y única vez en su vida, durante la guerra civil entre orbegosistas y gamarristas que le tocó presenciar en los primeros meses de 1834, Flora llegó a sentir por las rabonas, que, a fin de cuentas, eran una variante de las rameras, respeto y admiración. Y así lo escribiste en *Peregrinaciones de una paria*, en el encendido elogio que hiciste de ellas.

¡Vaya viaje aquel a la tierra de tu padre, Andaluza! Hasta una revolución y una guerra civil te tocó presenciar, y, en cierto modo, tomar parte en la contienda. Apenas recordabas los orígenes y las circunstancias, en verdad meros pretextos para el desenfrenado apetito de poder, la enfermedad que compartían todos esos generales y generalitos que, desde la Independencia, se disputaban la presidencia del Perú, por medios legales, y, más a menudo, a tiros y cañonazos. En este caso, la revolución comenzó cuando, en Lima, la Convención Nacional eligió, para suceder al presidente Agustín Gamarra que terminaba su mandato, al Gran Mariscal don Luis José de Orbegoso, en vez del general Pedro Bermúdez, protegido de Gamarra, y, sobre todo, de la mujer de éste, doña Francisca Zubiaga de Gamarra, apodada la Mariscala, un personaje cuya aureola de aventura y leyenda te fascinó desde que oíste hablar de ella por primera vez. Doña Pancha, la Mariscala, vestida de militar, había combatido a caballo junto a su marido, y gobernado con él. Cuando Gamarra ocupó la presidencia, tuvo tanta o más autoridad que el Mariscal en los asuntos de gobierno y no vaciló en sacar la pistola para imponerse, y en manejar el látigo o abofetear a quien no le obedecía o guardaba el respeto, como hubiera hecho el más beligerante varón.

Cuando la Convención Nacional eligió a Orbegoso en vez de Bermúdez, la guarnición de Lima, a instigación de Gamarra y de la Mariscala, dio, el 3 de enero de 1834, un cuartelazo. Pero tuvo éxito sólo parcial, porque Orbegoso, con parte del ejército, consiguió salir de Lima para organizar la resistencia. El país se dividió en dos bandos, según las guarniciones se pronunciaban en favor de Orbegoso o de Bermúdez. Cusco y Puno, con el general San Román a la cabeza, tomaron partido por el golpe, es decir, por Bermúdez, es decir, por Gamarra y la Mariscala. Arequipa, en cambio, se decidió por Orbegoso, el presidente legítimo, y bajo el mando militar del general Nieto se dispuso a resistir el ataque de los sublevados.

Días divertidos, ¿verdad, Florita? Sumida en la excitación por lo que ocurría, ella no se sintió nunca en peligro, ni siquiera durante la batalla de Cangallo, que, tres meses después de iniciada la guerra civil, decidió la suerte de Arequipa. Una batalla que Flora contempló, como una función de ópera, con un largavista, desde la terraza-azotea de su tío don Pío, mientras éste y sus parientes, y toda la sociedad arequipeña, se apiñaban en los monasterios, conventos e iglesias, temerosos, más que de las balas, del saqueo de la ciudad que inevitablemente seguía a las acciones guerreras, fuera quien fuera el vencedor.

Para entonces, milagrosamente, Flora y don Pío habían hecho las paces. Una vez que su sobrina aceptó que no podía emprender acción legal alguna contra su tío, éste, asustado del escándalo con que ella lo había amenazado el día de la pelea, amansó a Florita, movilizando a su mujer, hijos, sobrinas, y sobre todo al coronel Althaus, para que la hicieran desistir de su propósito de dejar la casa de los Tristán. Debía permanecer aquí, donde sería siempre tratada como la sobrinita querida de don Pío, objeto de la solicitud y cariño de la parentela. Nunca le faltaría nada y todos la querrían. Flora —qué te quedaba— consintió.

No lo lamentabas, desde luego. Qué pena hubiera sido perderse esos tres meses de efervescencia, trastornos, convulsiones y agitación social indescriptible en que vivió Arequipa desde el estallido de la revolución hasta la batalla de Cangallo.

Apenas el general Nieto comenzó a militarizar la ciudad y a prepararla para resistir a los gamarristas, don Pío entró en convulsiones histéricas. Para él, las guerras civiles significaban que los combatientes entrarían a saco en su fortuna, con el pretexto de las contribuciones para la defensa de la libertad y de la patria. Llorando como un niño contó a Florita que el general Simón Bolívar le había sacado un cupo de veinticinco mil pesos, y el general Su-

cre otro de diez mil y, por supuesto, ese par de bribon-
zuelos no le habían devuelto ni un centavo. ¿Qué cupo le
infligiría ahora el general Nieto, a quien, por lo demás,
manejaba como su títere ese cura revolucionario demoníaco, el impío deán Juan Gualberto Valdivia, que, desde su periódico *El Chili* acusaba al obispo Goyeneche de
robarse la plata de los pobres y protestaba contra el celibato de los curas, que pretendía abolir? Flora le aconsejó
que, antes de que el general Nieto le fijara un cupo, fuera
él, en persona, en un acto de espontánea adhesión, a llevarle cinco mil pesos. De este modo, se lo ganaría y quedaría a salvo de nuevas sangrías revolucionarias.

—¿Tú crees, Florita? —murmuró el avaro—. ¿No
bastarían unos dos mil?

—No, tío, debe usted darle cinco mil, para desar-
marlo emocionalmente.

Don Pío le hizo caso. Desde entonces, consultó con
Flora todas sus acciones en un conflicto en el que a él, como a todos los ciudadanos pudientes de Arequipa, sólo le
interesaba no ser desvalijado por los bandos en pugna.

El coronel Althaus obtuvo su nombramiento como
jefe de Estado Mayor del general Nieto, después de considerar ir a ponerse al servicio del adversario, el general San
Román, que venía desde Puno con el ejército gamarrista a
invadir Arequipa. Althaus hacía toda clase de confidencias
a Flora, divirtiéndose a lo grande con la perspectiva de una
guerra. Se burlaba con ferocidad del general Nieto, quien,
con los cupos que hizo pagar en monedas contantes y so-
nantes a los propietarios de Arequipa —Flora vio desfilar
por la calle Santo Domingo a estos contritos señores con
sus talegas de dinero bajo el brazo, rumbo al cuartel general, la prefectura—, compró «dos mil ochocientos sables para un ejército de sólo seiscientos soldados, levados en las
calles con sogas, que ni siquiera tenían zapatos».

A una legua de la ciudad fue instalado el campamento militar. Bajo la jefatura de Althaus, una veintena de oficiales instruían a los reclutas en el arte militar. En medio de ellos se paseaba, montado en una mula y arrebujado en una capa morada, con una carabina al hombro y una pistola en la cintura, el tétrico deán Valdivia. Pese a tener sólo treinta y cuatro años, estaba prematuramente envejecido. Flora pudo cambiar unas palabras con él, y llegó a la conclusión de que, probablemente, este cura filibustero era la única persona que combatía en esta revolución guiado por un ideal y no por intereses mezquinos. El deán Valdivia, luego de la instrucción, exhortaba a los soldados bostezantes, en vibrantes arengas, a luchar hasta la muerte en defensa de la Constitución y de la libertad, encarnadas en el Mariscal Orbegoso, en contra de «Gamarra y su rabona, la Mariscala», esos golpistas y subversores del orden democrático. Por la convicción con que hablaba, el deán Valdivia creía a pie juntillas lo que decía.

Junto al ejército regular, constituido por esos reclutas levados a la mala, había un batallón de jóvenes voluntarios, de las clases acomodadas de Arequipa. Se habían bautizado a sí mismos «los inmortales», otra muestra del hechizo que tenían aquí todas las cosas de Francia. Eran jóvenes de alta clase social y habían llevado al campamento sus esclavos y sirvientes, que los ayudaban a vestirse, les preparaban las comidas y los cruzaban en brazos los lodazales y el río. Cuando Flora visitó el campamento, le ofrecieron un banquete, con conjuntos de música y danzas indígenas. ¿Serían capaces de combatir estos muchachos de buena sociedad que, a simple vista, lucían en el campamento como en una de esas mundanas fiestas en que ocupaban su existencia? Althaus decía que la mitad de ellos, sí, combatirían y se harían matar, pero no por ideales sino para parecerse a los héroes de las novelas francesas; y que, la otra mitad, apenas silbaran las balas, correrían como galgos.

Las rabonas eran otra cosa. Concubinas, queridas, esposas o barraganas de los reclutas y soldados, estas indias y zambas con polleras de colores, descalzas, con largas trenzas que asomaban debajo de sus pintorescos sombreros campesinos, hacían funcionar el campamento. Cavaban trincheras, levantaban parapetos, cocinaban para sus hombres, les lavaban las ropas, los espulgaban, hacían de mensajeras y vigías, de enfermeras y curanderas, y servían para el desfogue sexual de los combatientes cuando a éstos se les antojaba. Muchas de ellas, pese a estar embarazadas, seguían trabajando a la par que las otras, seguidas por desarrapadas criaturas. Según Althaus, a la hora de pelear, eran las más aguerridas, y estaban siempre en primera línea, escoltando, apoyando y azuzando a sus hombres, y sustituyéndolos cuando caían. Los jefes militares las enviaban por delante en las marchas, para que ocuparan las aldeas y confiscaran alimentos y pertrechos, a fin de asegurar el rancho de la tropa. Esas mujeres podían ser, también, putas, pero ¿no había una gran diferencia entre putas como estas indias, y las que, apenas caían las sombras, merodeaban por los contornos del Arsenal Naval de Toulon?

Cuando Flora partió, rumbo a Nîmes, el 5 de agosto de 1844, se dijo que su estancia en Toulon había sido más que provechosa. El comité de la Unión Obrera contaba con una directiva de ocho miembros y ciento diez afiliados, entre ellos ocho mujeres.

XIV. La lucha con el ángel
Papeete, septiembre de 1901

Cuando Paul convocó, en el ayuntamiento de Papeete, para el 23 de septiembre de 1900, un mitin del Partido Católico contra «la invasión de los chinos», muchas personas, entre ellas su amigo y vecino de Punaauia, el ex soldado Pierre Levergos y hasta Pau'ura, su mujer, concluyeron que el pintor excéntrico y escandaloso se había acabado de loquear. El almacenero de Punaauia, el chino Teng, le había quitado el saludo y rehusaba venderle nada hacía tiempo. Por lo demás, el propio Paul, en sus períodos de racionalidad y lucidez, reconocía que la enfermedad y los remedios le habían dañado la mente y que no era capaz ya, muchas veces, de controlar sus actos, que decidía por instinto o pálpito, como los niñitos o los viejos gagás. Cierto, ya no eras el de antes, Koke. Hacía meses, acaso años, desde que pintaste *¿de dónde venimos? ¿quiénes somos? ¿adónde vamos?*, no habías terminado un solo cuadro. Cuando no estabas derribado por la enfermedad, el alcohol o las drogas, dedicabas todo tu tiempo a ese periodiquito mensual, humorístico y panfletario, *Les Guêpes* (las avispas), órgano de los colonos del Partido Católico de François Cardella, en el que atacabas con ferocidad al gobernador Gustave Gallet, a los colonos protestantes acaudillados por tu antiguo amigo Auguste Goupil y a los comerciantes chinos, contra los que te encarnizabas acusándolos de ser la avanzadilla de una «invasión bárbara, peor que la de Atila» para reemplazar el dominio francés de la Polinesia por «la peste amarilla».

¿Qué locura era ésta? Ni Pierre Levergos ni sus otros amigos lo entendían. ¿Cómo había terminado Paul sirviendo de esa manera estridente, para no decir abyecta, los intereses del farmacéutico y propietario de la plantación cañera Atimaono, monsieur Cardella, y los otros colonos del Partido Católico cuya única razón para odiar al gobernador Gallet era que éste quería limitar su prepotencia y sus abusos y obligarlos a actuar según las leyes y no como señores feudales? Resultaba absurdo e incomprensible porque, hasta hacía unos meses y durante todos sus años en Tahití, Paul había sido un apestado para esos colonos a los que ahora servía, que entonces lo despreciaban por bohemio, por sus opiniones anárquicas ¡y por intimar con esos nativos que poblaban sus cuadros! ¿Cómo entender que, en *Les Guêpes,* esos maoríes, cuyas costumbres y antiguas creencias tanto alababa antes, lamentando que estuvieran siendo sustituidas por las occidentales, fueran ahora acusados por su antiguo valedor de ladrones y mil otras taras? *Les Guêpes* en cada número reprochaba a los jueces su tolerancia hacia los aborígenes que perpetraban latrocinios contra las familias de colonos, y hacerse la vista gorda o dar sentencias tan leves que eran una burla a la justicia. Pau'ura recibía quejas a diario de los vecinos de Punaauia: «¿Es verdad que ahora Koke nos odia?». «¿Qué le hemos hecho?» Ella no sabía qué contestarles.

Este cambio se debía al dinero. Los colonos católicos te habían comprado, Koke. Antes andabas en friegas y apuros, haciendo esos angustiados viajes al Correo de Papeete a ver si tus amigos de París te habían enviado alguna remesa, y prestándote dinero de medio mundo para que tú, Pau'ura y Émile no murieran de hambre. Ahora, gracias a lo que te pagaba el Partido Católico por llenar esas cuatro hojitas de *Les Guêpes* de caricaturas e invectivas, ya no tenías preocupaciones materiales. Habías vuelto a llenar tu casita de Punaauia de viandas y licores, y a organizar, cuando tu mala salud lo permitía, esas cenas dominicales terminadas en orgías que hasta a Pierre Levergos, ex soldado que creía haberlo visto todo, sonrojaban. Sí, la necesidad material y la gradual desintegración de tus sesos por culpa de tu maldita enfermedad y esos malditos remedios explicaban tu increíble cambio de un año a esta parte. ¿Era así, Koke? ¿O era otra manera de suicidarte, más lenta pero más efectiva que la tentativa anterior?

El mitin del 23 de septiembre de 1900 fue todavía peor de lo que Pierre Levergos temía. Asistió sin ganas, para no decepcionar a Paul, a quien tenía simpatía, tal vez compasión, sabiendo que pasaría un mal rato. Pierre, que se jactaba de ser más francés que cualquiera (lo había mostrado portando el uniforme y las armas por Francia), no apoyaba la guerra declarada por el corso Cardella y otros colonos ricachones a los comerciantes chinos de Tahití, en nombre del patriotismo y de la pureza de la raza. ¿Quién se iba a tragar ese embuste? Pierre Levergos sabía, como todo el mundo en Tahiti-nui, que el odio a los chinos era porque éstos habían roto el monopolio de la importación de productos de consumo local. Sus tiendas vendían más barato que los almacenes de Cardella y demás colonos. Paul era el único que parecía creerse al pie de la letra que los chinos arraigados en Tahití hacía dos generaciones constituían una amenaza para Francia, que el imperialismo amarillo quería arrebatarle sus posiciones en el Pacífico, ¡y que el sueño de todo amarillo era estuprar a una mujer blanca!

Esas y peores barbaridades le oyó decir Pierre Levergos a Paul en el mitin del ayuntamiento de Papeete, al que asistieron medio centenar de colonos católicos. Varios de éstos, firmemente alineados detrás de François Cardella en su lucha contra el gobernador Gallet, mostraron cierta incomodidad en algunos pasajes del discurso racista y chovinista de Paul, como cuando, en tonos dramáticos y gesticulando, afirmó, hablando de los chinos de las islas: «Esta mancha amarilla en la bandera francesa me enrojece de vergüenza».

Luego de que los asistentes desfilaron por la tribuna para felicitar al orador, Paul y Pierre Levergos fueron a tomar una copa a uno de los barcitos del puerto, antes de regresar a Punaauia. Koke estaba muy pálido, extenuado. Debieron caminar muy despacio, Paul apoyándose en el bastón cuya empuñadura ya no era un falo erecto sino una tahitiana desnuda. Cojeaba más que de costumbre y parecía que en cualquier momento se iba a desplomar de fatiga. Al llegar a Las islas, se dejó caer en una mesa de la terraza sombreada por un amplio parasol, y pidió ajenjo. ¡Cuánto había envejecido desde que Pierre Levergos lo conoció, a su retorno de París, en septiembre de 1895! En esos cinco años, a Paul le habían caído diez o más. No era ya el apuesto forzudo de ayer, sino un viejo medio encorvado, en cuyos cabellos abundaban las canas. En su rostro, surcado por arrugas y una barba grisácea, centellaba una amargura beligerante. Hasta la nariz parecía habérsele quebrado y retorcido más, como un decrépito sarmiento. De tanto en tanto hacía unas muecas que podían ser de dolor o de exasperación. Las manos le temblaban, como a los borrachos consuetudinarios.

Pierre Levergos temía que Paul lo interrogara sobre su discurso, pero tuvo suerte, pues, ni mientras estuvieron en el puerto, ni más tarde, en el viaje de retorno a Punaauia, ni aquella noche, mientras comían al aire libre, viendo a Pau'ura jugar con el pequeño Émile, se refirió Paul una sola vez a ese tema obsesivo de sus últimos tiempos: la política. Para nada. Habló sin cesar de religión. Vaya, Koke, nunca dejarías de desconcertar a la gente. Ahora, ante el asombrado Pierre, decía que, a su muerte, la humanidad lo recordaría como pintor y reformador religioso.

—Eso es lo que soy —afirmó, muy seguro—. Cuando se publique un ensayo que acabo de terminar, lo entenderás, Pierre. En *El espíritu moderno y el catolicismo* pongo en su sitio a los católicos, en nombre del verdadero cristianismo.

Pierre Levergos pestañeaba sin cesar. Vaya diablos. ¿Era éste el mismo Paul que en *Les Guêpes* pedía que se echara de los colegios de las islas a los maestros protestantes y se los reemplazara por misioneros católicos? Ahora, había escrito un ensayo ajustándole las clavijas al catolicismo. No había duda: se le había achicharrado el cerebro y su mano derecha ya no sabía lo que hacía la izquierda. Él continuaba con su tema: tarde o temprano, la humanidad comprendería que *le sauvage péruvien* había sido un artista místico, y que el cuadro más religioso de los tiempos modernos era *La visión después del sermón* que él pintó allá en Pont-Aven, un pueblecito del Finisterre bretón, a finales del verano de 1888. Esa tela resucitó en el arte moderno la inquietud espiritual y religiosa estancada desde su esplendor en la Edad Media.

Después, ya Pierre Levergos no entendió una palabra del monólogo de Koke (había tomado mucho alcohol y tenía la lengua algo trabada) en el que aparecían personas, cosas, lugares, sucesos, que no le decían nada. Vendrían de recuerdos que, por alguna razón, esta noche tranquila de Punaauia, sin luna, sin calor y sin insectos, actualizaba su conciencia.

—¿Estamos en 1900, no es verdad? —Paul dio a su vecino una palmadita en la rodilla—. Te hablo del verano de 1888. Doce años atrás, apenas. Un granito de arena en la trayectoria de Cronos. Pero, sí, es como si hubieran pasado siglos desde entonces.

Es lo que te decía ese cuerpo maltratado, enfermo, cansado y lleno de rabia que arrastrabas por la vida, a tus cincuenta y dos años. Qué distinto de aquel otro, robusto, dispuesto, de tus cuarenta, cuando, pese a las privaciones y contratiempos debidos a la falta de dinero que te asediaban desde que dejaste los negocios por la pintura, exudabas un optimismo invencible, sobre tu vocación y tu talento, sobre la belleza de la vida y la religión del arte, una convicción que arrollaba todos los obstáculos. ¿No idealizabas el pasado, Paul? Aquel verano de 1888, en tu segunda estancia en Pont-Aven, no andabas tan entero. No tu cuerpo, en todo caso, aunque tal vez tu espíritu sí. El cuerpo aún sufría las secuelas de la malaria y las fiebres contraídas en Panamá, pese a que hacía ya diez meses de tu retorno a Francia, en noviembre de 1887. Lo cierto era que pintaste *La visión después del sermón* en medio de una atroz disentería, soportando esos ramalazos de dolor que la bilis, amasada en el estómago, te hacía padecer, antes de salir luego por el ano, escoltada por pedos estruendosos que eran el hazmerreír de toda la pensión Gloanec. ¡Cuánta vergüenza sentías temiendo que la joven, la bella, la pura, la inmaterial Madeleine Bernard escuchara esas incontenibles sartas de pedos, herencia de aquellas fiebres palúdicas (¿acaso los primeros síntomas de la enfermedad impronunciable, Paul?) atrapadas durante la malhadada aventura de Panamá y la Martinica!

Ahora, mientras su lengua, convertida en una inobediente fierecilla, trataba de explicárselo al buen Pierre Levergos, que dormitaba en su silla, ya no sentías el menor enojo contra Émile Bernard. Pese a que éste, desde la ruptura de 1891, andaba diciendo por calles y plazas que ha-

bías querido regatearle el haber sido el primero en desarrollar las ideas de un «arte sintético». Como si a ti te interesa-
ra el papel de fundador de escuelas de las que probablemente ya nadie se acordaba. Más te dolieron otras cosas
que decía el apuesto, delicado, fino muchacho, veinte años
menor que tú, hermano de la bella Madeleine, que, con
sus frescos dieciocho años, se presentó un día en la pensión
Gloanec y te dijo, balbuceando: «Me envía a conocerlo
desde Concarneau su amigo Schuffenecker. Dice que es
usted la única persona en el mundo que puede ayudarme
a ser un artista de verdad». Ahora, aseguraba que le habías
plagiado la composición, las ideas y las cofias de las bretonas estáticas de *La visión después del sermón,* que él habría
concebido antes en su cuadro *Las bretonas en la pradera.*

—Estupideces, mi querido Pierre —afirmó, gol-
peando la mesa—. De esas *bretonas en la pradera* sólo me
acuerdo del título. ¿Qué le pasó al mejor de mis discípulos
para, de pronto, llenarse de envidia y comenzar a odiarme?

Le había ocurrido algo muy humano, Paul: comprender que *La visión después del sermón* era una obra
maestra. Fue demasiado fuerte para él. En venganza, se puso a odiar a quien tanto había querido y admirado. ¡Pobre
Émile! ¿Qué sería de él? Aunque, reflexionando, tal vez no
fuera inexacto lo que decía. Sin Bernard acaso no hubieras
pintado nunca, aquel verano de 1888, en tu cuartito estrecho de esa pensión Gloanec atiborrada de pintores amigos
que te consideraban su mentor —Bernard, Laval, Chamaillard, Meyer de Haan—, aquel cuadro que describía un
milagro, o acaso sólo una visión. Un grupo de piadosas bretonas, luego de escuchar el sermón dominical de un ton-
surado párroco de perfil parecido al tuyo y replegado en un
extremo del cuadro, concentradas en la oración, en estado
de arrobo, veían frente a ellas, o tal vez sólo imaginaban,
aquel inquietante episodio del Génesis: la lucha de Jacobo

con el ángel, reconstituida en una pradera bretona cortada en dos por un manzano y de un imposible color bermellón. El verdadero milagro de aquel cuadro, Paul, no era la aparición de los personajes bíblicos en la realidad o en la mente de esas humildes campesinas. Eran los colores insolentes, atrevidamente antinaturalistas, el bermellón de la tierra, el verde botella de la ropa de Jacob, el azul ultramarino del ángel, el negro de Prusia de los atuendos femeninos y los blancos con visajes rosas, verdes o azules de la gran hilera de cofias y collarines que se anteponían entre el espectador, el manzano y la pareja que luchaba. Lo milagroso era la ingravidez que imperaba en el interior del cuadro, ese espacio en el que el árbol, la vaca y las fervientes mujeres parecían levitar al conjuro de su fe. El milagro era haber conseguido en aquella tela acabar con el prosaico realismo creando una realidad nueva, en la que lo objetivo y lo subjetivo, lo real y lo sobrenatural, se confundían, indivisibles. ¡Bien hecho, Paul! ¡Tu primera obra maestra, Koke!

Esa fe católica tú no la entendías entonces. La habías perdido, si la tuviste alguna vez. No fuiste a Bretaña en busca del catolicismo preservado por la terca antimodernidad y el pasadismo del pueblo bretón, que, en aquellos años, resistía silenciosa, firmemente, los empeños de la Tercera República contra el clericalismo, para imponer en Francia una secularización radical. Fuiste, como explicaste al buen Schuff, en busca del salvajismo y primitivismo que te parecían propicios para que el gran arte floreciera. La Bretaña rural te sedujo desde el primer momento, por ser rústica, supersticiosa, aferrada a sus ritos y costumbres ancestrales, una tierra que alegremente daba la espalda a los esfuerzos modernizadores del gobierno y respondía a la secularización multiplicando las procesiones, repletando las iglesias, celebrando apariciones de la Virgen por doquier. Todo ello te encantó. Para mimetizarte con el medio, te pusiste a usar el chaleco bordado bretón y unos zuecos de madera que tú mismo tallaste y decoraste. Asistías a los «perdones», ceremonias particularmente concurridas en Pont-Aven en que los fieles, muchos de rodillas, daban la vuelta a la iglesia pidiendo perdón por sus pecados; visitabas todos los calvarios de la región, empezando por el más venerado, el de Nizon, y peregrinabas a la pequeña capilla de Tremaló, con su antiquísimo Cristo de madera policromada que te inspiraría otro cuadro religioso: el *Cristo amarillo*.

Sí, todos los materiales para la pintura antinaturalista que soñabas hacer, estaban dispersos en esa Bretaña donde, como pontificabas ante el buen Schuff, «cuando mis zuecos de madera resuenan en este suelo de granito, oigo el tono sordo, mate y poderoso que trato de conseguir en mis pinturas». No lo hubieras conseguido sin Bernard y su hermana Madeleine. Sin ellos, nunca hubieras empezado a sentir que te impregnabas también, poco a poco, sin darte cuenta al principio, de esa fe que a ellos les era connatural, ni más ni menos que sus facciones delicadas, su apostura física y la gracia con que se movían y hablaban. Los dos hermanos vivían la religión las veinticuatro horas del día. Émile había recorrido toda Bretaña y Normandía a pie, visitando iglesias, conventos, adoratorios, monasterios y lugares de culto y de piedad, en pos de huellas de esa Edad Media a la que tenía como período supremo de la civilización humana por su identificación con Dios y por la presencia de la religión en todas las actividades públicas y privadas. Bernard no era un beato, era un creyente, espécimen raro para ti, que, luego de burlarte del joven por su ardiente pasión religiosa, comenzaste, insensiblemente, a dejarte contagiar por la intensidad con que Émile vivía la fe cristiana.

Un verano inolvidable, ¿no es cierto, Paul? «Lo fue», exclamó, dando otro puñetazo en la mesa. Pau'ura se había metido en la cabaña con el niño en brazos y ambos dormirían ya, plácidamente, enredados con el gato. Pierre Levergos dormitaba, encogido en su silla, lanzando a veces un ronquido. La noche estaba oscura cuando se sentaron a comer, pero el viento se había llevado las nubes, y ahora la luz de una media luna iluminaba el contorno. Mientras fumabas tu pipa, podías ver el collar de girasoles dorados que rodeaba la cabaña. Te habían asegurado que los girasoles europeos no se aclimataban en la humedad tropical de Tahití. Pero tú, terco, pediste las semillas a Daniel de Monfreid, y con Pau'ura las plantaste, regaste y cuidaste con amor. Y ahí estaban ahora, vivos, enhiestos, luminosos, exóticos. Unos girasoles menos deslumbrantes que aquellos de Provenza que pintaba con tanto ahínco el Holandés Loco; pero te hacían compañía y, ¿por qué razón, Paul?, te daban cierto sosiego espiritual. A Pau'ura en cambio esas flores exóticas le causaban risa.

Aquel verano de 1888, en el pequeño pueblecito bretón bañado por el Aven, te pasaron cosas extraordinarias. Habías entendido la fe católica, leído *Los miserables* de Victor Hugo, pintado una obra maestra, *La visión después del sermón,* te habías enamorado púdicamente de esa Virgen María encarnada que era Madeleine Bernard, y encariñado con su hermano Émile. Ese verano, en el que, a través de su arrolladora correspondencia, el Holandés Loco te urgía a que fueras de una vez a vivir a Arles con él. Ese verano en el que, por culpa de Panamá —mosca en la olla de leche—, habías cagado sin cesar y reventado millares de cuescos.

¿Qué fue lo más importante de todo aquello? *Los miserables,* Koke. La novela de Victor Hugo la habían leído todos los pintores que convivían contigo en la pensión de la viuda Marie-Jeanne Gloanec (hasta ella la había leído), Charles Laval, Meyer de Haan, Émile Bernard, Ernest de Chamaillard. Todos la elogiaban. Tú te resistías a sumergirte en esa voluminosa historia que conmovía a toda Francia, de las porteras a los duques, de las modistillas a los intelectuales, de los artistas a los banqueros. Pero te rendiste a las solicitaciones de Madeleine, cuando te confesó que ese libro «había estremecido su alma» y la había tenido con «los ojos húmedos todo el tiempo de la lectura». A ti no te hizo llorar la aventura de Jean Valjean, pero sí te conmovió, más que todos los libros que habías leído hasta entonces. Tanto que, cuando, a solicitud del Holandés Loco y como anticipo de la próxima cohabitación de ambos en Arles, intercambiaron sus respectivos retratos, te pintaste metamorfoseado en el héroe de la novela, Jean Valjean, el antiguo penado convertido en santo por la infinita piedad del obispo monseñor Bienvenu, que lo gana para el bien el día que le entrega los candelabros que aquél había querido robarle. La novela te deslumbró, inquietó, alarmó, desconcertó. ¿Existía una limpieza moral así, capaz de sobrevivir a la mugre humana, una generosidad y un desprendimiento parecidos en este mundo vil? La dulce Madeleine, en los atardeceres sin lluvia, cuando era posible sentarse a esperar la noche en la terraza de la pensión Gloanec, tenía un nombre para eso: la gracia. Pero, si era la mano vivificante de Dios la que, a través del obispo Bienvenu, y luego de Jean Valjean, hacía triunfar el bien sobre ese mal que, al final de la novela, se llevaba empozado en el alma al fondo del Sena el implacable Javert, ¿cuál era el mérito del animal humano?

En el autorretrato que enviaste al Holandés Loco personificando a Jean Valjean pintaste al artista incomprendido, condenado al exilio social por la ceguera, el materialismo y el filisteísmo de sus conciudadanos. Pero, acaso en ese autorretrato habías comenzado ya a pintar aquello que sólo se haría realidad cabal meses más tarde, en *La visión después del sermón:* el paso de lo histórico a lo trascendente, de lo material a lo espiritual, de lo humano a lo divino. ¿Recordabas las felicitaciones y elogios de tus amigos de Pont-Aven cuando el cuadro estuvo terminado? ¿Y las palabras de la bella Madeleine: «Esta obra suya me acompañará hasta el fin de mis días, monsieur Gauguin»?

¿Se habría acordado la espiritual Madeleine, en El Cairo, cuando moría de tuberculosis, un año después del pobre Charles Laval, de *La visión después del sermón*? Claro que no. Se habría olvidado por completo de ti, del cuadro y probablemente hasta de aquel verano de 1888 en Pont-Aven. Nunca creíste que volverías a enamorarte de nadie, después de Mette Gad, Paul. Es verdad, ya entonces vivían separados, ella en Copenhague con sus cinco hijos, y tú en Pont-Aven, y lo único que quedaba del matrimonio era un papel y una correspondencia desvaída. Pero, pese a ello, y pese a sospechar que tú y Mette jamás volverían a formar una familia, un hogar común, nunca te habías sentido sentimentalmente libre. Hasta ahora, Koke. En 1888 ya habías llegado a la conclusión de que el amor, a la manera occidental, era un estorbo, que, para un artista, el amor debía tener el exclusivo contenido físico y sensual que tenía para los primitivos, no afectar los sentimientos, el alma. Por eso, cuando cedías a la tentación de la carne y hacías el amor —con prostitutas, sobre todo— tenías la sensación de un acto higiénico, una diversión sin mañana. La llegada de Madeleine con su hermano Émile a la pensión Gloanec de Pont-Aven, en aquel verano de hacía doce años, te devolvió esa emoción que atolondraba, que enmudecía y azoraba, ante ese rostro juvenil de tez tan blanca, tan tersa, de esa mirada azul líquida, de ese cuerpecillo tan armonioso, tan frágil, que irradiaba inocencia, santidad, cuando entraba al comedor, salía a la terraza, o tomaba el fresco a la vera del Aven, distraída, viendo zarpar los barcos de los pescadores, y tú la espiabas, oculto entre los árboles.

Nunca le dijiste una palabra de amor, ni le hiciste la menor insinuación. ¿Porque era demasiado jovencita, porque le doblabas la edad? Por una extraña autocensura moral, más bien. La premonición de que enamorándola ensuciarías su integridad, su hermosura espiritual. Por eso, disimulaste, posando de hermano mayor, que aconseja, desde la experiencia, a la niña que da sus primeros pasos en el mundo adulto. No todos habían reprimido los sentimientos que inspiraba la belleza glauca de Madeleine. Charles Laval, por ejemplo. ¿La había enamorado ya aquel tibio verano de 1888, recitándole versos de amor, mientras tú, en tu cuartito, dabas forma y color a *La visión después del sermón*? ¿Vivieron una hermosa pasión Charles y Madeleine? Ojalá. Triste que murieran tan jóvenes, a un año de distancia, y, ella, en esa tierra exótica de Egipto, tan lejos de la suya. Como morirás tú, Paul.

Esas experiencias, *Los miserables,* el amor puro a Madeleine, las discusiones con sus amigos pintores en los que el tema religioso aparecía con frecuencia —igual que Émile Bernard, el holandés Jacob Meyer de Haan, judío convertido al catolicismo, vivía obsesionado con la mística—, fueron decisivas para que pintaras *La visión después del sermón*. Al terminarlo, estuviste varias noches desvelado, escribiendo, a la luz del minúsculo quinqué del dormitorio, cartas a los amigos. Les decías que por fin habías alcanzado aquella simplicidad rústica y supersticiosa de las gentes comunes, que no distinguían bien, en sus vidas sencillas y en sus creencias antiguas, la realidad del sueño, la verdad de la fantasía, la observación de la visión. A Schuff, al Holandés Loco, les aseguraste que *La visión después del sermón* dinamitaba el realismo, inaugurando una época en la que el arte, en vez de imitar al mundo natural, se abstraería de la vida inmediata mediante el sueño y, de este modo, seguiría el ejemplo del Divino Maestro, haciendo lo que él hizo: crear. Ésa era la obligación del artista: crear, no imitar. En adelante, los artistas, liberados de ataduras serviles, podrían osarlo todo en su empeño de crear mundos distintos al real.

¿A qué manos habría ido a parar *La visión después del sermón*? En la subasta en el Hotel Drouot el domingo 22 de febrero de 1891 para reunir fondos que te permitieran tu primera venida a Tahití, *La visión después del sermón* fue el cuadro por el que se pagó más, cerca de novecientos francos. ¿En qué comedor burgués parisino languidecería ahora? Tú querías para *La visión después del sermón* un entorno religioso, y ofreciste regalárselo a la iglesia de Pont-Aven. El párroco lo rechazó, alegando que esos colores —¿dónde había en Bretaña una tierra color sangre?— conspiraban contra el recato debido a los lugares de culto. Y también lo rechazó, aún más enojado, el párroco de Nizon, alegando que un cuadro así causaría incredulidad y escándalo en los feligreses.

Cuánto habían cambiado para ti las cosas, Paul, en estos doce años, desde que escribías al buen Schuff: «Resueltos los problemas del coito y la higiene, y pudiendo concentrarme en el trabajo con total independencia, mi vida está resuelta». Nunca estuvo resuelta, Paul. Tampoco ahora, aunque, debido a tus artículos, dibujos y caricaturas en *Les Guêpes,* se hubiera acabado la angustia de no saber si al día siguiente podrías comer. Ahora, gracias a François Cardella y a sus compinches del Partido Católico podías comer y beber con una regularidad que no habías conocido en todos los años de Tahití. Con mucha frecuencia, el poderoso Cardella te invitaba a su imponente mansión de dos pisos, con terrazas de barandas labradas y un anchísimo jardín protegido por una verja de madera, de la rue Bréa y a las tertulias políticas en su farmacia de la rue de Rivoli. ¿Estabas contento? No. Estabas amargo y harto. ¿Porque hacía más de un año que no pintabas ni una simple acuarela ni tallabas un minúsculo *tupapau*? Tal vez sí, tal vez no. ¿Qué sentido tenía seguir pintando? Ahora sabías que todas las obras dignas de durar formaban parte de tu historia pasada. ¿Coger los pinceles para producir testimonios de tu decadencia y tu ruina? Mierda, no.

Preferible volcar todo lo que quedaba en ti de creatividad y de beligerancia, en *Les Guêpes,* atacando a los funcionarios enviados desde París, a los protestantes y a los chinos que tantos dolores de cabeza daban al corso Cardella y sus amigos. ¿Tenías, a veces, remordimientos por haberte convertido en un mercenario al servicio de gentes que antes te despreciaban y a las que considerabas despreciables? No. Habías decidido hacía muchos años que para ser un artista era indispensable sacudirse toda clase de prejuicios burgueses, y los remordimientos eran uno de esos lastres. ¿Se arrepentía el tigre de las dentelladas al gamo con que se alimenta? ¿La cobra, al hipnotizar y tragarse vivo a un pajarillo, tiene escrúpulos? Ni siquiera cuando, en uno de los primeros números de *Les Guêpes,* en abril o mayo de 1899, lanzaste con bombos y platillos la delirante especie, tomada de una invención de Pierre Loti, en *Le mariage de Loti,* la novela que entusiasmó tanto al Holandés Loco, que los chinos habían traído la lepra a Tahití, tuviste un solo remordimiento por propagar esa calumnia.

—Una buena puta hace bien su trabajo, mi querido Pierre —deliró, sin fuerzas para levantarse—. Yo soy una buena puta, atrévete a negarlo.

Le respondió un ronquido profundo de Pierre Levergos. De nuevo las nubes habían cubierto la luna y se hallaban en una oscuridad intermitente, interrumpida por brillos de luciérnagas.

La abuela Flora no hubiera aprobado lo que hacías, Paul. Por supuesto que no. Esa loca marisabidilla hubiera estado del lado de la justicia y no de François Cardella, el principal productor de ron de la Polinesia. ¿Cuál era la justicia en esta isla de porquería que se asemejaba cada vez menos al mundo de los antiguos maoríes y cada vez más a la putrefacta Francia? La abuela Flora hubiera tratado de averiguar dónde estaba la justicia, entrometiendo su naricita en ese dédalo de querellas, intrigas, intereses sórdidos disfrazados de altruismo, para dar un veredicto fulminante. ¡Por eso habías muerto con sólo cuarenta y un años, abuela! Él, en cambio, que se cagaba en la justicia, había vivido ya cincuenta y tres, doce más que la abuela Flora. No durarías mucho más, Paul. Bah, para lo que de veras importaba, la belleza y el arte, tu biografía estaba terminada.

Cuando, al amanecer del día siguiente, lo despertó un chaparrón que le caló los huesos, seguía en la misma silla, a la intemperie, con una fuerte tortícolis por la postura de su cabeza. Pierre Levergos había partido en algún momento de la noche. Dejó que la lluvia lo despertara del todo y se arrastró al interior de la cabaña, a tumbarse en su cama y dormir hasta el mediodía. Pau'ura y el niño habían salido.

Desde que había dejado de pintar, ya no madrugaba como antes. Retozaba hasta muy entrada la mañana y luego iba a tomar el carro público a Papeete, donde permanecía hasta la noche, preparando el próximo número de *Les Guêpes*. La revista era mensual y constaba de cuatro páginas, pero como todo lo que aparecía en ella salía de sus manos —artículos, caricaturas, dibujos, versitos festivos, burlas y chismes, chascarrillos— cada número le significaba mucho trabajo. Además, llevaba los materiales a la imprenta, corregía los colores, las pruebas, la impresión, y comprobaba que la revista llegara a los suscriptores y lugares públicos. Todo aquello lo divertía y se entregaba a ese trabajo con entusiasmo. Pero lo aburrían las constantes reuniones con François Cardella y sus amigos del Partido Católico, que costeaban la revista y le pagaban. Estaban siempre fastidiándolo con consejos que eran órdenes disimuladas. Y se permitían hacerle reproches, por excederse en las críticas a Gallet o por no haber sido lo bastante virulento. A veces, los escuchaba resignado, pensando en otra cosa. Otras, perdía la paciencia, echaba interjecciones, y en dos ocasiones les ofreció la renuncia. No se la aceptaron. Con quién iban a reemplazarlo estos chuscos que apenas eran capaces de garabatear una carta.

Así hubiera continuado su vida quién sabe hasta cuándo, si, a comienzos de 1901, sus males físicos, que habían amainado por un buen tiempo, no se hubieran abatido de nuevo sobre él, con más saña que antaño. Un anochecer de enero de ese primer año del nuevo siglo, en la casa de François Cardella de la rue Bréa, cuando su anfitrión le acercaba una taza de café con un chorro de brandy, el corazón de Paul enloqueció. Palpitaba deprisa, desbocado, y su pecho subía y bajaba como un fuelle. Apenas podía respirar. Toda la semana fue víctima de ataques de taquicardia, de estertores, y, por último, un vómito de sangre lo obligó a ir al Hospital Vaiami.

—¿Y, ahora, doctor Lagrange, resulta que también tengo problemas cardíacos? —ironizó ante el médico que lo examinaba.

El galeno dijo que no con la cabeza. No era una enfermedad nueva, mi amigo. Era la de siempre, que proseguía su marcha inexorable. Ahora, como había hecho ya con su piel, su sangre y su cabeza, comenzaba a demolerle el corazón. Entre enero y marzo de 1901 debió internarse tres veces, siempre por varios días, la última por dos semanas. En el Vaiami lo trataban bien, pues la mayoría de los médicos, empezando por el doctor Lagrange que ahora dirigía el hospital, apoyaba a Cardella en su campaña contra las autoridades enviadas desde la metrópoli. Incluso, le facilitaron un tablero para preparar desde su lecho los números de *Les Guêpes*.

Pero, estas estancias obligatorias en el hospital tuvieron un efecto inesperado. Reflexionó mucho y, de pronto, en un largo desvelo, llegó a esta conclusión: estabas harto de lo que hacías, y de las gentes para quienes lo hacías. No querías morirte trabajando para unos mentecatos. Era lastimoso haber llegado a esto, tú, que viniste a Tahití huyendo del dinero, y, como soñabas con el Holandés Loco allá en Arles cuando se llevaban todavía bien, anhelando construir aquí un pequeño Edén de libertad, de belleza, de creación y de goce, sin las servidumbres de la civilización europea del dinero. ¡La Casa del Placer la llamaba Vincent! Qué extraño y caprichoso era el destino, Koke.

¿Ya no te acordabas, Paul? Todo empezó año y medio atrás, después de tu frustrado intento de suicidio, cuando pintabas *¿de dónde venimos? ¿quiénes somos? ¿adónde vamos?*, la última de tus obras maestras. Empezaron a desaparecer cosas de la cabaña —¿desaparecían o fantaseabas que desaparecían?— y en tu cabeza tomó forma la certeza de que los ladrones eran los nativos de Punaauia. Pau'ura decía que no, que soñabas. Pero el mecanismo delirante se puso en marcha, imparable. Te empeñaste en que el tribunal de Papeete enjuiciara a los ladrones, y como los jueces, razonablemente, se negaron a abrir un proceso sobre acusaciones tan endebles, escribiste cartas públicas, durísimas, llenas de fuego y de hiel, acusando a la administración colonial de coludirse con los nativos contra los franceses. Así nació *Le Sourire (Journal méchant),* cuyo veneno divertía a los colonos. Lo compraban, encantados, y te mandaban esquelas de felicitación. Entonces, el propio Cardella vino a visitarte y te ofreció el oro y el moro para que dirigieras *Les Guêpes.* Todo fue sobre ruedas, casi sin que te dieras cuenta. Durante dieciocho meses habías comido y bebido, provocado un pequeño terremoto en la isla con tus diatribas, y te habías distraído y olvidado en ese vértigo de que eras un pintor. ¿Estabas contento con tu suerte? No. ¿Ibas a continuar trabajando para Cardella? De ninguna manera.

¿Qué harías, entonces? Salir cuanto antes de esta maldita isla de Tahití a la que Europa ya había podrido, acabando con todo lo que la hacía, antes, salvaje y respirable. ¿Adónde llevarías tus huesos cansados y tu cuerpo enfermo, Paul? A las Marquesas, naturalmente. Allá, un pueblo maorí todavía libre, indómito, conservaba intacta su cultura, sus costumbres, el arte de los tatuajes, y, en el fondo de los bosques, lejos de la vigilancia occidental, practicaba el canibalismo sagrado. Sería un baño lustral, Koke. En ese nuevo ambiente, fresco y virgen, la enfermedad impronunciable se detendría. Era posible que allá volvieras a empuñar los pinceles, Paul.

Le bastó tomar la decisión para que las cosas comenzaran a organizarse de modo favorable. Acababan de darle de alta en el Hospital Vaiami, cuando, como una bomba, llegó la noticia de que París había removido de su cargo al gobernador Gustave Gallet. Los colonos para los que trabajabas quedaron tan felices con la noticia, que no te costó trabajo convencerlos de que, luego de este triunfo, ya no tenía sentido seguir sacando el periódico. Te despidieron con una buena gratificación.

Pocos días después, cuando, en uno de esos estados febriles que precedían siempre sus grandes cambios de vida, hacía averiguaciones sobre barcos entre Tahití y las islas Marquesas, Pierre Levergos vino a decirle que Axel Nordman, un caballero sueco recién avecindado en Tahití, quería comprarle su cabaña de Punaauia. La había visto, al pasar, y se prendó de ella. Paul cerró el negocio en cuarenta y ocho horas, con lo que reunió dinero para su pasaje, el flete de sus pocas pertenencias, e incluso para regalar una pequeña cantidad a Pau'ura y el pequeño Émile. La muchacha se negó terminantemente a acompañarlo a las Marquesas. ¿Qué iba a hacer allí, tan lejos de su familia? Ése era un mundo muy remoto y peligroso. Koke se moriría en cualquier momento ¿y qué harían ella y el niño? Prefería regresar donde su familia.

No te importó mucho. La verdad, Pau'ura y Émile hubieran sido un estorbo para empezar esta nueva existencia. En cambio, te irritó que Pierre Levergos se negara a acompañarte. Le ofreciste llevarlo de cocinero y compartir con él todo lo que tenías. Tu vecino fue categórico: ni por todo el oro del mundo se movería de aquí. Jamás cometería la locura de seguirte en esa descabellada decisión. Entonces, Paul lo llamó aburguesado, cobarde, mediocre y desleal.

Pierre Levergos quedó un buen rato pensativo, sin responder a tus insultos, masticando una brizna de hierba con esa boca a la que faltaba la mitad de los dientes. Estaban sentados a la intemperie, junto al gran árbol de mango que les daba sombra. Por fin, sin alzar la voz, con aire tranquilo, deletreando las palabras, te habló así:

—Andas diciendo por todas partes que te vas a las Marquesas porque allá conseguirás modelos menos caras, porque allá hay tierras vírgenes y una cultura menos decadente. Yo creo que les mientes. Y te mientes también a ti,

Paul. Te vas de Tahití por las ronchas de tus piernas. Aquí, ya ninguna mujer quiere acostarse contigo, por lo mal que huelen. Es por eso que Pau'ura no quiere acompañarte. Piensas que, en las Marquesas, como son más pobres que aquí, te podrás comprar niñas por un puñadito de dulces. Otro sueño tuyo que se convertirá en pesadilla, vecino, ya verás.

Nadie lo fue a despedir al puerto de Papeete el 10 de septiembre de 1901, cuando subió a *La Croix du Sud*, que partía hacia Hiva Oa. Llevaba consigo su armonio, su colección de estampas pornográficas, su baúl de recuerdos, su autorretrato como Cristo en el Gólgota y una pequeña pintura de Bretaña bajo la nieve. Pese a las insistencias del nuevo propietario de su casa de Punaauia de que se llevara todo, dejó allí algunos rollos de pintura y una docena de tallas de madera de sus inventados *tupapaus*. Según se lo comunicaría el señor Axel Nordman por carta, unos meses más tarde el nuevo propietario de su cabaña echó al mar todos esos monigotes porque asustaban a su hijito pequeño.

XV. La batalla de Cangallo
Nîmes, agosto de 1844

En el sofocante cuartito del Hotel du Gard, de Nîmes, que olía a viejo y a orines de gato, donde, del 5 al 12 de agosto de 1844 pasó seis días y seis noches de espanto, los peores de toda su gira, Flora tuvo casi a diario una angustiosa pesadilla. Desde los púlpitos, los curas de la ciudad amotinaban contra ella a esa masa fanatizada que atestaba las iglesias, la que salía a buscarla por las calles de Nîmes para lincharla. Temblando, se escondía en vestíbulos, zaguanes, en rincones oscuros; desde su precario refugio sentía y divisaba a la muchedumbre desencadenada en pos de la impía revolucionaria para vengar a Cristo Rey. Cuando la descubrían y se abalanzaban sobre ella con las caras desfiguradas por el odio, se despertaba, empapada de sudor y paralizada de miedo, oliendo a incienso.

Desde el primer día, en Nîmes todo le salió mal. El Hotel du Gard era sucio e inhóspito y la comida malísima. (Tú, Florita, que nunca habías dado importancia a los alimentos, ahora te descubrías soñando con una buena mesa casera, de sopa espesa, huevos frescos y mantequilla recién batida.) Los cólicos, las diarreas y los dolores a la matriz, unidos al calor insoportable, tornaban cada jornada un calvario, agravado por la sensación de que este sacrificio sería inútil, porque en esta gigantesca sacristía no encontrarías un solo obrero inteligente que sirviera de piedra miliar a la Unión Obrera.

Encontró uno, en verdad, pero no era de Nîmes, sino —¡naturalmente!— de Lyon. El único, entre los cuarenta mil obreros de este emporio de tejidos de chales de seda, lana y algodón, que, en las cuatro reuniones que consiguió organizar con la ayuda remolona del par de médicos que le habían recomendado como filántropos, modernos y fourieristas —los doctores Pleindoux y De Castelnaud—, no le pareció totalmente atontado por las doctrinas estupefacientes de los curas que los obreros nimenses se tragaban sin el menor empacho. Creías haber visto y oído todo en materia de imbecilidad, Andaluza, pero Nîmes te enseñó que la frontera podía alargarse indefinidamente. El día que, en una reunión, escuchó decir a un mecánico: «Los ricos son necesarios, pues gracias a ellos hay pobres en el mundo, que nos iremos al cielo, en tanto que ellos no», le vino primero una carcajada, después un vahído. Que los púlpitos hubieran convencido a los obreros de que era bueno ser explotados porque así entrarían al Paraíso, la desmoralizó de tal modo que estuvo mucho rato muda, sin ánimos ni siquiera para indignarse.

Sólo durante aquella farsa tragicómica, la batalla de Cangallo, en la última etapa de su estancia en Arequipa, diez años atrás, había visto tanta idiotez y confusión acumuladas, como aquí en Nîmes. Con una diferencia, Florita. Hace dos lustros, cuando, en las afueras de Arequipa, gamarristas y orbegosistas perpetraban esa pantomima con sangre y muertos, tú, espectadora privilegiada, estudiabas aquello con emoción, tristeza, ironía, compasión, tratando de entender por qué esos indios, zambos, mestizos, arrastrados a una guerra civil sin principios, ni ideas, ni moral, cruda exposición de las ambiciones de los caudillos, se prestaban a ser carne de cañón, instrumento de luchas de facciones que no tenían nada que ver con su suerte. Aquí, en cambio, ante la muralla de prejuicios religiosos y de estulticia que cerraba todas las puertas a la prédica de la revolución pacífica, reaccionabas de una manera amarga, pasional, dejando que la cólera te nublara la inteligencia.

¿El malestar físico te volvía tan impaciente? ¿Te provocaba semejante depresión la fatiga de estos meses viviendo a salto de mata, en pensiones y albergues mediocres o de mala muerte como el Hotel du Gard? Las pesadillas nocturnas en que los curas de Nîmes te hacían linchar por el populacho, te tenían exhausta. Preferible el desvelo a la pesadilla. Se pasaba buena parte de las noches con la ventana abierta, tramando apocalipsis contra los sacerdotes nimenses. «Si llegas al poder, harás un escarmiento terrible, Florita. Los meterás en ese coliseo romano del que están tan orgullosos, y que allí los devoren los mismos obreros a los que sus sermones han vuelto unas bestias crueles.» Imaginar esas maldades terminaba por quitarle el mal humor, la hacía reírse como una chiquilla, y, entonces, solía regresar a Arequipa.

¿Y si todas las batallas fueran tan disparatadas como la que te tocó presenciar en la Ciudad Blanca? Un caos humano que, luego, los historiadores, para satisfacer el patriotismo nacional, volvían coherentes manifestaciones del idealismo, el valor, la generosidad, los principios, borrando todo lo que hubo en ellas de miedo, estupidez, avidez, egoísmo, crueldad e ignorancia de los más, sacrificados de manera inmisericorde por la ambición, la codicia o el fanatismo de los menos. Era posible que dentro de cien años aquella mojiganga, aquella fiesta de las burlas que fue la batalla de Cangallo, figurara en los libros de historia que leerían los peruanos como una página ejemplar del pasado patrio en el que la heroica Arequipa, defensora del presidente elegido, el general Orbegoso, se batía gallardamente contra las fuerzas sublevadas del general Gamarra que, luego de acciones tan sangrientas como bravas, conseguían derrotarla (para resultar victoriosa días después, mágicamente). Sí, Florita: la historia vivida era un mamarracho cruel, y, la escrita, un laberinto de embelecos patrioteros.

Se demoraron tanto en llegar a Arequipa las tropas gamarristas del general San Román, que el ejército orbegosista, presidido por el general Nieto y el deán Valdivia, y cuyo jefe de Estado Mayor era su primo Clemente Althaus, se había poco menos que olvidado de ellas. Tanto que el 1 de abril de 1834, el general Nieto dio permiso a sus soldados para que fueran a la ciudad a emborracharse. En la casa de la familia Tristán, en la calle Santo Domingo, Florita oyó, toda la noche, el revuelo de cantos, bailes y gritos con que, en todas las chicherías de la ciudad, los soldados celebraban su noche franca bebiendo chicha y comiendo picantes. Charangos y guitarras atronaban los barrios. Al día siguiente, a lo lejos, por el perfil de los cerros, en el aire limpísimo del horizonte encuadrado por los volcanes, asomaron los soldados del general San Román. Protegida del sol con una sombrilla roja y armada de un largavista, Florita los vio aparecer y, lentísima mancha de hormigas, irse acercando. Mientras, en medio de gran algarabía, en las habitaciones de la casa, su tío don Pío, su prima Carmen, su tía Joaquina y demás parientes —tías, primas, tíos, primos, validos y frailes— se afanaban haciendo bolsas y paquetes con las joyas, dineros, vestidos y objetos más valiosos, para ir a refugiarse, como toda la sociedad arequipeña, a los monasterios, conventos e iglesias. A media mañana, cuando una gran polvareda le había ocultado por completo la visión de los soldados del general San Román, Flora vio aparecer a caballo, sudando, armado de pies a cabeza, a Clemente Althaus. El coronel se había escapado un momento del campamento para prevenirlos:

—Todos nuestros hombres están borrachos, incluso los oficiales, por la estúpida idea de Nieto de darles la noche libre —bramó de cólera—. Si San Román ataca ahora, estamos perdidos. Métanse al convento de Santo Domingo, sin pérdida de tiempo.

Y, blasfemando en alemán, partió, a galope tendido. Pese a que tías y primas la urgían a seguirlas, Florita permaneció en la azotea de la mansión, con los varones. Se trasladarían al vecino Santo Domingo cuando la batalla comenzara. A las siete de la noche estallaron las primeras cargas de mosquetería. El tiroteo continuó, esporádico, lejano, sin acercarse a la ciudad, por varias horas. A eso de las nueve, apareció un solitario ordenanza por la calle Santo Domingo. Era un enviado del general Nieto a su mujer, pidiéndole que corriera al convento más cercano; las cosas no iban bien. Don Pío Tristán le hizo dar de comer y de beber, mientras el ordenanza les relataba lo sucedido. Jadeante de fatiga, hablaba a la vez que se atragantaba de refrescos y comida. El batallón cuadrado de San Román fue el primero en atacar. Le salieron al encuentro los dragones del general Nieto, que consiguieron contenerlo. La lucha estuvo equilibrada hasta que, con las primeras sombras, la artillería del coronel Morán equivocó el blanco, y, en vez de apuntar a los gamarristas, lanzó sus andanadas de fuego y metralla contra los propios dragones, entre los que hizo destrozos. Aún se desconocía el desenlace, pero el triunfo de San Román ya no era imposible. Previendo una invasión de la ciudad por las tropas enemigas, convenía que «los señores se escondieran». ¿Recordabas la espantada general que estas noticias produjeron, Florita? Minutos después, tíos y primos, seguidos por esclavos cargados de alfombras, bolsas de alimentos y ropa, y, muchos, con bacinicas de plata, loza o porcelana en las manos, desfilaban hacia el convento y la iglesia de Santo Domingo, luego de trancar las puertas con tablones. La noticia había corrido como la pólvora, porque, en su marcha hacia el refugio, Florita reconoció a otras familias de la ciudad, corriendo despavoridas a los lugares sagrados. Llevaban en los brazos todas las riquezas y lujos que les cabían en ellos para ponerlos a salvo de la codicia del vencedor.

En la iglesia y el convento de Santo Domingo reinaba indescriptible desorden. Las familias arequipeñas hacinadas en pasillos, zaguanes, naves, claustros, celdas, con sus niños y esclavos tirados por los suelos, apenas podían moverse. Había nauseabundos olores a orines y excrementos y un griterío enloquecedor. Las escenas de pánico se mezclaban con los rezos y salmos que entonaban algunos grupos, en tanto que los monjes, saltando de un lugar a otro, trataban en vano de poner orden. Don Pío y su familia, dados su rango y fortuna, tuvieron el privilegio de ocupar el despacho del prior; allí, la vasta parentela, pese a la estrechez del recinto, podía al menos moverse por turnos. El tiroteo cesó en la noche, recrudeció al alba, y, poco después, calló del todo. Cuando don Pío decidió ir a ver qué ocurría, Flora lo siguió. La calle estaba desierta. La casa de los Tristán no había sido invadida. Desde la azotea, con su largavista, Flora vio a la distancia, en una mañana de cielo limpio y una brisa fresca que había despejado la humareda de la pólvora, siluetas militares que se abrazaban. ¿Qué ocurría? Lo supieron poco después, cuando llegó al galope por la calle Santo Domingo, tiznado de pies a cabeza, con rasguños en las manos y los rubios cabellos blancos de tierra, el coronel Althaus.

—El general Nieto es todavía más bruto que sus oficiales y soldados —rugió, sacudiéndose a manazos el uniforme—. Ha aceptado la tregua que pidió San Román, cuando podíamos rematarlo.

El fuego de artillería del coronel Morán, además de causar bajas a los propios dragones —entre treinta y cuarenta muertos, calculaba Althaus—, bombardeó el campamento de las rabonas confundiéndolas con gamarristas; sus cañones habían pulverizado y lisiado vaya usted a saber a cuántas de esas mujeres, insustituibles para el auxilio y aprovisionamiento de la tropa. Pese a ello, luego de varias cargas a la bayoneta, los soldados de Nieto, enardecidos por el ejemplo del deán Valdivia y el propio Althaus, hicieron retroceder al ejército de San Román. Entonces, en vez de acceder a lo que el cura y el alemán le pedían —perseguirlos y aniquilarlos—, Nieto aceptó la tregua que reclamaba el enemigo. Se reunió con San Román, se abrazaron y lloraron, besaron juntos una bandera peruana, y, luego de que el gamarrista le prometiera que reconocería a Orbegoso como presidente del Perú, el imbécil de Nieto le estaba enviando ahora alimentos y bebidas para sus hambrientos soldados. El deán Valdivia y Althaus le aseguraron que era una estratagema del adversario para ganar tiempo y reordenar sus fuerzas. ¡Era insensato aceptar la tregua! Nieto fue inflexible: San Román era un caballero; reconocería a Orbegoso como Jefe de Estado y de este modo se reconciliaría la familia peruana.

Althaus pidió a don Pío que, unido a otros notables de Arequipa, destituyera a Nieto, asumiera el mando militar y ordenara el reinicio de las hostilidades. El tío de Flora palideció como un cadáver. Juró que se sentía enfermo y fue a meterse en cama. «Lo único que le preocupa a este viejo avaro es su dinero», masculló Althaus. Florita pidió a su primo que, puesto que había cesado la guerra, la llevara al campamento. El alemán, después de dudar un momento, asintió. La subió a la grupa de su caballo. Todo el contorno estaba en ruinas. Chacras y viviendas habían sido saqueadas antes de ser ocupadas por las rabonas y convertidas en refugios o enfermerías. Mujeres ensangrentadas, a medio vender, cocinaban en improvisados fogones, en tanto que los soldados heridos permanecían tumbados en el suelo, sin atención alguna, gimiendo, mientras que otros dormían a pierna suelta la fatiga del combate. Gran cantidad de perros merodeaban por el lugar, olisqueando los cadáveres bajo nubes de buitres. Cuando, en el puesto de mando de Althaus, Florita interrogaba a unos oficiales sobre los incidentes del combate, llegó un parlamentario de San Román. Explicó que, por acuerdo de su Estado Mayor, la promesa de su jefe de reconocer a Orbegoso como presidente, era incumplible: todos sus oficiales se oponían. Así, pues, se reiniciaban las acciones. «Por el tarado de Nieto, hemos perdido una batalla ganada», susurró Althaus a Flora. Le dio una mula para regresar a Arequipa e informar a la familia que recomenzaba la guerra.

El alba la encontró, en su sórdido cuartito del Hotel du Gard, riéndose sola al recuerdo de aquella batalla, que, de confusión en confusión, se acercaba a su inverosímil desenlace. Era su tercer día en la odiosa Nîmes, y, a media mañana, tenía cita con el poeta-panadero Jean Reboul, cuyos poemas habían elogiado Lamartine y Victor Hugo. ¿Encontrarías, por fin, en ese vate salido del mundo de los explotados, el valedor que te hacía falta para que prendiera en Nîmes la idea de la Unión Obrera y sacara a los nimenses del sopor? Nada de eso. En Jean Reboul, el famoso poeta obrero de Francia, encontró un ensoberbecido vanidoso —la vanidad era la enfermedad de los poetas, Florita, estaba comprobado— al que a los diez minutos de estar con él detestó. En un momento tuvo ganas de taparle la boca a ver si así enmudecía su deslenguada jeta. La recibió en su panadería, la subió a los altos y cuando ella le preguntó si había oído hablar de su cruzada y de la Unión Obrera, el blanduzco y creído gordinflón comenzó a enumerar a los duques, académicos, autoridades y profesores que le escribían, elogiando su estro y agradeciéndole lo que hacía por el arte de Francia. Cuando ella intentó explicarle la revolución pacífica que acabaría con la discriminación, la injusticia y la pobreza, el fatuo la interrumpió con una frase que la dejó estupefacta: «Pero, justamente, eso es lo que hace nuestra santa Madre Iglesia, señora». Flora, reponiéndose, intentó ilustrarlo, explicándole que todos los sacerdotes —judíos, protestantes y mahometanos, pero principalmente los católicos— eran aliados de los explotadores y los ricos porque con sus sermones mantenían resignada a la humanidad doliente con la promesa del Paraíso, cuando lo importante no era ese improbable premio celestial *post mortem*, sino la sociedad libre y justa que se debía construir aquí y ahora. El poeta panadero respingó como si se le hubiera aparecido el diablo:

—Usted es mala, mala —exclamó, haciendo con las manos una especie de exorcismo—. ¿Y se le ocurre venir a pedirme ayuda a mí, para una obra contra mi religión?

Madame-la-Colère terminó por estallar, llamándolo traidor a sus orígenes, impostor, enemigo de la clase obrera y falso prestigio al que el tiempo se encargaría de desenmascarar.

La visita al poeta-panadero la dejó tan extenuada que debió sentarse en una banca, a la sombra de unos plátanos, hasta serenarse un poco. A su lado oyó decir a una pareja, muy excitados ambos, que esa tarde irían a escuchar al pianista Liszt, en la sala de audiencias del ayuntamiento. Curiosa casualidad; en casi toda su gira, habían coincidido. El pianista parecía seguirte los pasos, Florita. ¿Y si esta noche te tomabas un descanso e ibas a escucharlo? No, de ninguna manera. Tú no podías perder el tiempo oyendo conciertos, como los burgueses.

Del desenlace de la batalla de Cangallo, se enteró sólo un mes más tarde, en Lima, por el coronel gamarrista Bernardo Escudero, con quien —el recuerdo esfumó a Jean Reboul—, en sus últimos días en Arequipa, ¿viviste un romance, Florita? ¡Vaya historia! Al día siguiente de la ruptura de hostilidades entre orbegosistas y gamarristas, el general Nieto ordenó a su ejército ponerse en marcha y salir en busca del taimado San Román. Encontró a los soldados gamarristas en Cangallo, bañándose en el río y descansando. Nieto se abalanzó sobre ellos. Iba a ser una rápida victoria. Pero, una vez más, las equivocaciones vinieron en ayuda de San Román. Esta vez los dragones de Nieto confundieron el blanco, pues, en vez de lanzar sus cargas de fusilería sobre las huestes enemigas, diezmaron a su propia artillería, hiriendo incluso al coronel Morán. Abrumados por lo que creyeron una irresistible acometida de los gamarristas, los soldados de Nieto dieron media vuelta y echaron a correr en enloquecida retirada rumbo a Arequipa. Al mismo tiempo, creyéndose perdido, el general San Román, que ignoraba lo que ocurría en el bando adversario, ordenó también a su tropa retirarse a marchas forzadas en vista de la superioridad del enemigo. En su huida, tan desesperada y ridícula como la de Nieto, no paró hasta Vilque, a cuarenta leguas de allí. La imagen de esos dos ejércitos, con sus generales al frente, corriendo uno del otro pues ambos se creían derrotados, la tenías siempre en la memoria, Florita. Un símbolo del caos y el absurdo en que transcurría la vida en la tierra de tu padre, esa tierna caricatura de República. A veces, como ahora, aquel recuerdo te divertía, te parecía representar, a gran escala, una de esas farsas de enredos y malentendidos molierescos que aquí en Francia se creían exclusivas de los escenarios.

Al día siguiente de la batalla, San Román supo que su rival también había huido y, una vez más, dio media vuelta y llevó su tropa a ocupar Arequipa. El general Nieto había tenido tiempo de entrar a la ciudad, dejar a los heridos en iglesias y hospitales, y, con lo que quedaba de ejército, emprender una retirada rumbo a la costa. Florita despidió a su primo, el coronel Clemente Althaus, con lágrimas en los ojos. Sospechabas que no verías más a ese querido rubio bárbaro. Tú misma ayudaste a prepararle su equipaje, con mudas nuevas, té, vino de Burdeos y bolsas de azúcar, chocolate y pan.

Cuando, veinticuatro horas después, los soldados del general San Román, involuntario triunfador de la batalla de Cangallo, entraron a Arequipa, no se produjo el temido saqueo. Una comisión de notables que presidía don Pío Tristán los recibió con banderas y banda de músicos. En prueba de su solidaridad con el ejército vencedor, don Pío entregó al coronel Bernardo Escudero un donativo de dos mil pesos para la causa gamarrista.

¿Se prendó de ti el coronel Escudero, Andaluza? Estabas segura de que sí. ¿Y tú te prendaste también de él, verdad? Bueno, tal vez. Pero el buen juicio te contuvo a tiempo. Todas las voces decían que, desde hacía tres años, Escudero no sólo era el secretario, adjunto, edecán, sino también el amante de ese sorprendente personaje femenino, doña Francisca Zubiaga de Gamarra, llamada doña Pancha o la Mariscala, y, por sus enemigos, la Virago, esposa del mariscal Agustín Gamarra, ex presidente del Perú, caudillo y conspirador profesional.

¿Cuál era la verdadera historia y cuál el mito de la Mariscala? Nunca lo averiguarías, Florita. Ese personaje te fascinó, te encendió la imaginación como nadie antes, y, acaso, la aguerrida imagen de esa mujer que parecía salida de una novela, hizo nacer en ti la decisión y la fuerza interior capaces de transformarte en un ser tan libre y resuelto como entonces sólo estaba permitido serlo a un hombre. La Mariscala lo había conseguido: ¿por qué Flora Tristán no? Debía ser de tu misma edad cuando la conociste, frisar los treinta y tres o treinta y cuatro años. Era cusqueña, hija de español y peruana, a quien Agustín Gamarra, héroe de la independencia del Perú —luchó junto a Sucre en la batalla de Ayacucho—, conoció en un convento limeño, donde sus padres la tenían recluida. La muchacha, prendada de él, escapó del claustro, para seguirlo. Se casaron en el Cusco, donde Gamarra era prefecto. La veinteañera no fue la esposa hogareña, pasiva, doméstica y reproductora que eran (y se esperaba que fueran) las damas peruanas. Fue la colaboradora más eficaz de su marido, su cerebro y su brazo en todo: la actividad política, social, e, incluso —esto enriquecía sobre todo su leyenda—, militar. Lo reemplazaba en la prefectura del Cusco cuando él salía de viaje y, en una de esas ocasiones, aplastó una conspiración, presentándose en el cuartel de los conspiradores vestida de oficial, con una bolsa de dinero y una pistola cargada en las manos: «¿Qué eligen? ¿Rendirse y repartirse esta bolsa o pelear?». Prefirieron rendirse. Más inteligente, más valerosa, más ambiciosa y audaz que el general Gamarra, doña Pancha cabalgaba junto a su marido, montando a caballo siempre con botas, pantalón y guerrera, y participaba en los combates y refriegas como el más arrojado combatiente. Se hizo famosa por su excelente puntería. Durante el conflicto con Bolivia, fue ella, al frente de la tropa, con su osadía ilimitada y su coraje temerario, la vencedora de la batalla de Paria. Luego de la victoria, festejó con sus soldados bailando huaynos y bebiendo chicha. Hablaba con ellos en quechua y sabía carajear. A partir de entonces, su influencia sobre el general Gamarra fue total. En los tres años que éste ocupó la presidencia del Perú, el verdadero poder lo ejerció doña Pancha. Se le atribuían intrigas y crueldades inauditas contra sus enemigos, pues su falta de escrúpulos y de freno eran tan grandes como su valor. Se decía que tenía muchos amantes y que, alternativamente, los mimaba o maltrataba como si fueran muñequitos, perros falderos.

De todas las anécdotas que se contaban de ella, había dos que no olvidabas, porque, ¿verdad, Florita?, de las dos te hubiera encantado ser la protagonista. La Mariscala visitaba, en representación del presidente, las instalaciones del Fuerte Real Felipe, en el Callao. De pronto, entre los oficiales que le rendían honores, descubrió a uno que, según habladurías, se jactaba de ser su amante. Sin dudarlo un segundo, se precipitó sobre él y le marcó la cara de un fuetazo. Luego, sin bajarse del caballo, con sus propias manos le arrancó los galones:

—Usted no hubiera podido ser nunca mi amante, capitán —lo increpó—. Yo no me acuesto con cobardes.

La otra historia ocurría en palacio. Doña Pancha ofreció una cena a cuatro oficiales del ejército. La Mariscala fue una anfitriona encantadora, bromeando con sus invitados y atendiéndolos con exquisita cortesía. A la hora del café y el cigarro, despachó a los criados. Cerró las puertas y encaró a uno de sus huéspedes, adoptando la voz fría y la mirada despiadada de sus cóleras:

—¿Ha dicho usted, a estos tres amigos suyos aquí presentes, que está cansado de ser mi amante? Si ellos lo han calumniado, usted y yo les daremos su merecido. Pero, si es cierto, y, al ver su palidez me temo que lo sea, estos oficiales y yo vamos a romperle el lomo a latigazos.

Sí, Florita, aquella cusqueña, que padecía de tanto en tanto esos ataques de epilepsia —uno de los cuales te tocó presenciar—, que, sumados a sus derrotas y padecimientos, acabarían con ella antes de que cumpliera treinta y cinco años, te dio una inolvidable lección. Había, pues, mujeres —y, una de ellas, en ese país atrasado, inculto, a medio hacer, en un lejano confín del mundo—

que no se dejaban humillar, ni tratar como siervas, que conseguían hacerse respetar. Que valían por sí mismas, no como apéndices del varón, incluso a la hora de manejar el látigo o disparar las pistolas. ¿Era el coronel Bernardo Escudero amante de la Mariscala? Este español aventurero, venido al Perú igual que Clemente Althaus a enrolarse como mercenario en las guerras intestinas a ver si así hacía fortuna, era, desde hacía tres años, la sombra de doña Pancha. Cuando Florita se lo preguntó, a boca de jarro, lo negó, indignado: ¡calumnias de los enemigos de la señora de Gamarra, por supuesto! Pero tú no quedaste muy convencida.

Escudero no era apuesto, aunque sí muy atractivo. Delgado, risueño, galante, tenía más lecturas y mundo que los hombres que la rodeaban y Flora lo pasó muy bien con él aquellos días, cuando Arequipa se acomodaba, a regañadientes, a la ocupación de las tropas de San Román. Se veían mañana y tarde, hacían paseos a caballo por Tiabaya, a las fuentes termales de Yura, a las faldas del Misti, volcán tutelar de la ciudad. Flora lo acosaba a preguntas sobre doña Pancha Gamarra y sobre Lima y los limeños. Él respondía con infinita paciencia y derrochando ingenio. Sus comentarios eran inteligentes y su galantería refinada. Un hombre que desbordaba simpatía. ¿Y si te casabas con el coronel Bernardo Escudero, Florita? ¿Y si, como Pancha Gamarra con el Mariscal, te convertías en el poder detrás del trono, para, desde allí arriba, usando la inteligencia y la fuerza a la vez, hacer esas reformas que necesitaba la sociedad a fin de que las mujeres no siguieran siendo esclavas de los hombres?

No fue una fantasía pasajera. Esa tentación —casarte con Escudero, quedarte en el Perú, ser una segunda Mariscala— se apoderó de ti al extremo de inducirte a coquetear con el coronel, como nunca lo habías hecho antes con varón alguno, ni lo harías después, decidida a seducirlo. El incauto cayó en tus redes, en un dos por tres. Cerrando los ojos —había empezado a correr una brisa que atenuaba el calor del ardiente verano de Nîmes— revivió aquella sobremesa. Bernardo y ella solos, en la casa de los Tristán. Sus palabras resonaban en la alta bóveda. De pronto, el coronel le cogió la mano y se la llevó a la boca, muy serio: «La amo, Flora. Estoy loco por usted. Puede hacer conmigo lo que quiera. Déjeme estar siempre a sus pies». ¿Te sentiste feliz con ese rápido triunfo? En el primer momento, sí. Tus ambiciosos planes comenzaban a hacerse realidad, y a qué prisa. Pero, un rato después, cuando, al retirarse, en el oscuro zaguán de la casa de Santo Domingo el coronel te tomó en sus brazos, te estrechó contra su cuerpo y te buscó la boca, se rompió el hechizo. ¡No, no, Dios mío, qué locura! ¡Nunca, nunca! ¿Volver a aquello? ¿Sentir, en las noches, que un cuerpo velludo, sudoroso, se montaba sobre ti y te cabalgaba como a una yegua? La pesadilla reapareció en tu memoria, aterrándote. ¡Ni por todo el oro del mundo, Florita! Al día siguiente comunicaste a tu tío que querías regresar a Francia. Y, el 25 de abril, ante la sorpresa de Escudero, te despedías de Arequipa. Aprovechando la caravana de un comerciante inglés, partías rumbo a Islay, y, luego, a Lima, donde, dos meses después, tomarías el barco de regreso a Europa.

Esa turbamulta de imágenes arequipeñas la distrajeron del mal rato que le hizo pasar el poeta-panadero Jean Reboul. Regresó al Hotel du Gard, despacio, por unas calles atestadas de gentes que hablaban en la lengua regional que no entendía. Era como estar en un país extranjero. Esta gira le había enseñado que, contrariamente a lo que creían en París, el francés estaba lejos de ser la lengua de todos los franceses. Veía, en muchas esquinas, a esos saltimbanquis, magos, payasos, adivinos, que abundaban en esta ciudad casi tanto como los mendigos que estiraban una mano, ofreciendo, a cambio de una moneda, «rezar un avemaría por el alma de la buena señora». La mendicidad era una de sus bestias negras: en todas las reuniones trató de inculcar a los obreros que mendigar, práctica atizada por las sotanas, era tan repugnante como la caridad; ambas cosas degradaban moralmente al mendigo, al tiempo que daban al burgués buena conciencia para seguir explotando a los pobres sin remordimientos. Había que combatir la pobreza cambiando la sociedad, no con limosnas. Pero el sosiego y el buen ánimo no le duraron mucho, pues, camino al hotel, debió pasar por el lavadero público. Un lugar que, desde su primer día en Nîmes, la puso fuera de sí. ¿Cómo era posible que, en 1844, en un país que se preciaba de ser el más civilizado del mundo, se viera un espectáculo tan cruel, tan inhumano, y que nadie hiciera nada en esta ciudad de sacristías y beatos para acabar con semejante iniquidad?

Tenía sesenta pies de largo y cien de ancho, y estaba alimentado por un manantial que bajaba de las rocas. Era el único lavadero de la ciudad. En él escurrían y fregaban la ropa de los nimenses de trescientas a cuatrocientas mujeres, que, dada la absurda conformación del lavadero, tenían que estar sumergidas en el agua hasta la cintura para poder jabonar y fregar la ropa en los batanes, los únicos del mundo que, en vez de estar inclinados hacia el agua, para que las mujeres pudieran permanecer acuclilladas en la orilla, lo estaban hacia el lado opuesto, de manera que las lavanderas sólo podían utilizarlos sumergiéndose. ¿Qué mente estúpida o perversa dispuso así los batanes para que las desdichadas mujeres quedaran hinchadas y deformes como sapos, con erupciones y manchas en la piel? Lo grave no era sólo que pasaran tantas horas en el agua; sino que esa agua, que utilizaban también los tintoreros de chales de la industria local, estaba cargada de jabón, de potasio, de sodio, de agua de Javel, de grasa, y de tinturas como índigo, azafrán y rubia. Varias veces conversó Flora con estas infelices que, por pasarse diez y doce horas en el agua, padecían de reumatismo, infecciones a la matriz y se quejaban de abortos y embarazos difíciles. El lavadero no paraba nunca. Muchas lavanderas preferían trabajar de noche, pues podían elegir mejores sitios, ya que a esa hora había pocos tintoreros. Pese a su dramática condición, y a explicarles que ella obraba para mejorar su suerte, no consiguió convencer a una sola lavandera que asistiera a las reuniones sobre la Unión Obrera. Las notó siempre recelosas, además de resignadas. En uno de sus encuentros con los doctores Pleindoux y De Castelnaud les mencionó el lavadero. Se extrañaron de que Flora encontrara inhumanas esas condiciones de trabajo. ¿No trabajan así las lavanderas en el resto del mundo? No veían en ello motivo de escándalo. Naturalmente, desde que descubrió cómo funcionaba el lavadero de Nîmes, Flora decidió que, mientras permaneciera en esta ciudad, nunca daría su ropa a lavar. La lavaría ella misma, en el hotel.

El Hotel du Gard no era la pensión de madame Denuelle, ¿cierto, Andaluza? Antigua cantante de ópera parisina varada en Lima y transformada en hotelera, donde ella pasó Flora sus últimos dos meses en tierras peruanas. Se la había recomendado el capitán Chabrié, y, en efecto, madame Denuelle, a quien aquél había hablado de Flora, la recibió con muchas consideraciones, le dio un cuarto muy cómodo y una excelente pensión por un precio módico (don Pío la despidió con un regalo de cuatrocientos pesos para los gastos, además de pagarle el pasaje). En esas ocho semanas, madame Denuelle le presentó a la mejor sociedad, que venía a la pensión a jugar a las cartas, hacer tertulia, y a lo que Flora descubrió era la ocupación principal de las familias acomodadas de Lima: la frivolidad, la vida social, los bailes, los almuerzos y comidas, la chismografía mundana. Curiosa ciudad esta capital del Perú, que, pese a tener sólo unos ochenta mil pobladores, no podía ser más cosmopolita. Por sus callecitas cortadas por acequias donde los vecinos echaban las basuras y vaciaban sus bacinicas, se paseaban marineros de barcos anclados en el Callao procedentes de medio mundo, ingleses, norteamericanos, holandeses, franceses, alemanes, asiáticos, de modo que, vez que salía a visitar los innumerables conventos e iglesias coloniales, o a dar vueltas a la Plaza Mayor, costumbre sagrada de los elegantes, Flora oía a su alrededor más idiomas que en los bulevares de París. Rodeada de huertas de naranjos, platanares y palmeras, con casas espaciosas de un solo piso, una amplia galería para tomar el fresco —aquí no llovía nunca— y dos patios, el primero para los dueños y el segundo para los esclavos, esta pequeña ciudad de apariencia provinciana, con su bosque de campanarios desafiando el cielo siempre gris, tenía la sociedad más mundana, muelle y sensual que Flora hubiera podido imaginar.

Entre las amistades de madame Denuelle y sus propios parientes (trajo cartas para ellos desde Arequipa) en esos dos meses Flora se pasó los días abrumada de invitaciones a casas suntuosas donde se preparaban cenas opíparas. Y yendo al teatro, a los toros (en la detestable corrida uno de los astados destripó a un caballo y corneó a un torero), a las riñas de gallos, al obligatorio Paseo de Aguas, donde las familias iban, a pie o en calesas, a mostrarse, reconocerse, enamorarse o intrigar, a la cuesta de Amancaes, y a procesiones, misas (las señoras asistían a dos o tres cada domingo), a los baños de mar de Chorrillos,

y visitó los calabozos de la Inquisición, con los escalofrian-
tes instrumentos de tortura que se aplicaban a los acusados para arrancarles las confesiones. Conoció a todo el
mundo, desde el presidente de la República, el general
Orbegoso y a los generales más en boga, algunos de ellos,
como Salaverry, jovencitos semiimberbes, simpáticos y
galantes pero de una incultura prodigiosa, y a una eminencia intelectual, el sacerdote Luna Pizarro, quien la invitó a una sesión del Congreso.

Lo que más la impresionó fueron las limeñas de la
buena sociedad. Cierto, parecían ciegas y sordas a la miseria
que las rodeaba, esas calles llenas de mendigos e indios
descalzos que, en cuclillas e inmóviles, parecían esperar la
muerte, ante los que lucían sus elegancias y riquezas sin el
menor embarazo. ¡Pero de qué libertad gozaban! En Francia, hubiera sido inconcebible. Vestidas con el atuendo tí-
pico de Lima, el más astuto e insinuante que se podía
inventar, el de las «tapadas», que constaba de la *saya,* una
estrecha falda y un manto que, como un saco, envolvía
hombros, brazos, cabeza y dibujaba las formas de una manera delicada y cubría tres cuartas partes de la cara, dejando al descubierto sólo un ojo, las limeñas, vestidas así
—disfrazadas así—, a la vez que fingían ser todas bellas y
misteriosas, también se volvían invisibles. Nadie podía re-
conocerlas —empezando por sus maridos, según las oía
jactarse Flora— y eso les inspiraba una audacia inusitada.
Salían solas a la calle —aunque seguidas a distancia por
una esclava— y les encantaba dar sorpresas o burlarse
con picardías de los conocidos a quienes cruzaban en la calzada, que no podían identificarlas. Todas fumaban, apostaban fuertes sumas en el juego, y hacían gala de una coquetería permanente, a veces desmedida, con los caballeros.
La señora Denuelle le fue informando sobre los amores
clandestinos, las intrigas amorosas en que esposos y espo-

sas andaban enredados, y que, a veces, si estallaba el escándalo, solían culminar en duelos a sable o pistola a orillas del lánguido río Rímac. Además de salir solas, las limeñas montaban a caballo vestidas de hombre, tocaban la guitarra, cantaban y bailaban, incluso las viejas, con soberbio descaro. Viendo a estas mujeres emancipadas, Florita se veía en apuros cuando, en las reuniones y saraos, aquéllas, abriendo los labios con fruición y con los ojos ávidos, le pedían que les contara «las cosas tremendas que hacían las parisinas». Las limeñas tenían una predilección enfermiza por los zapatitos de raso, de formas audaces y de todos los colores, uno de los artilugios claves de sus técnicas de seducción. Te regalaron un par de ellos y tú, Florita, se los regalarías años después a Olympia, en prenda de amor.

A las cuatro semanas de estar Flora en Lima, apareció en la pensión Denuelle el coronel Bernardo Escudero. Estaba de paso por la capital, acompañando a la Mariscala, que, hecha prisionera en Arequipa, aguardaba en el Callao el barco que la llevaría exiliada a Chile, adonde, por supuesto, también la escoltaría el militar español. Su marido, el general Gamarra, había huido a Bolivia, luego de que su rebelión contra Orbegoso terminara —en Arequipa, justamente— de modo truculento. La Mariscala y Gamarra entraron a la ciudad conquistada para ellos de aquella manera bufa por el general San Román, pocos días después de la partida de Flora. Las tropas gamarristas multiplicaban las exacciones contra los vecinos, lo que fue enardeciendo al pueblo arequipeño. Entonces, dos batallones gamarristas, encabezados por el sargento mayor Lobatón, decidieron sublevarse contra Gamarra y plegarse a Orbegoso. Se apoderaron de los puestos de mando, dando vítores a su antiguo enemigo, el presidente constitucional. El pueblo de Arequipa, al oír los disparos, malentendió lo que ocurría, y, harto ya de la ocupación, armado con piedras, cuchillos y escopetas de caza, se lanzó contra los sublevados creyéndolos todavía gamarristas. Cuando advirtieron su yerro, ya era tarde, pues habían linchado al sargento mayor Lobatón y a sus principales colaboradores. Entonces, más encolerizados todavía, atacaron al desconcertado ejército de Gamarra y San Román, que se desintegró ante la embestida popular. Los soldados cambiaron de bando o se dieron a la fuga. El general Gamarra alcanzó a huir, disfrazado de mujer, y, rodeado de un pequeño séquito, fue a asilarse a Bolivia. La Mariscala, a quien la muchedumbre enfurecida buscaba para lincharla, se tiró por el techo de la vivienda donde estaba hospedada, a una casa vecina, donde horas después fue capturada por las tropas regulares de Orbegoso. Siempre diestro y veloz para adaptarse a las nuevas circunstancias políticas, ahora don Pío Tristán presidía el Comité Provisional de Gobierno de Arequipa, que se había declarado orbegosista y puesto la ciudad a las órdenes del presidente constitucional. Este comité había decidido el exilio de la Mariscala, que el gobierno de Lima confirmó.

Florita rogó a Bernardo Escudero que la llevara a conocerla. Estuvo con doña Pancha a bordo del barco inglés *William Rusthon,* que le servía de prisión. Aunque derrotada, y semidestruida (moriría unos meses después), a Flora le bastó ver a esta mujer de talla mediana, robusta, de fiera cabellera y ojos azogados, y encontrar su mirada orgullosa, desafiante, para sentir la fuerza de su personalidad.

—Yo soy la salvaje, la feroz, la terrible doña Pancha que se come crudos a los niños —le bromeó la Mariscala, con voz brusca y seca. Vestía con elegancia estridente, y tenía sortijas en todos los dedos, zarcillos de diamantes y un collar de perlas—. Mi familia me ha pedido que me vista así, en Lima, y he tenido que darle gusto. Pero, la verdad, yo me siento más cómoda con botas, guerrera y pantalones, y sobre el lomo del caballo.

Estaban conversando en cubierta, cordialmente, cuando, de pronto, doña Pancha palideció. Le comenzaron a temblar las manos, la boca, los hombros. Volteó los ojos y a sus labios asomó una espuma blanca. Escudero y las damas que la acompañaban debieron llevársela cargada al camarote.

—Desde el desastre de Arequipa, los ataques le repiten todos los días —le contó Escudero, esa noche—. Y, a menudo, varias veces al día. Se quedó muy apenada de no haber podido charlar más con usted. Me dijo que la invitara a volver al barco, mañana.

Flora volvió y se encontró con una mujer deshecha, un espectro de labios exangües, ojos hundidos y manos temblorosas. En una noche le habían caído muchos años encima. Incluso para hablar, tenía dificultad.

Pero, no era éste su último recuerdo de Lima. Sino la visita a la hacienda Lavalle, la más grande y próspera de la región, a dos leguas de la capital. El dueño, señor Lavalle, hombre exquisito, de gran refinamiento, le habló en buen francés. La hizo recorrer los cañaverales, los molinos de agua donde se trituraba la caña, los calderos de la refinería donde se separaba el azúcar de la melaza. Flora quería a toda costa hacerle hablar de sus esclavos. Ya a finales de la visita, el señor Lavalle tocó el tema:

—La falta de esclavos nos está arruinando a los agricultores —se quejó—. Figúrese, yo tenía mil quinientos y me quedan apenas novecientos. Por la falta de aseo, el descuido, la holgazanería y sus costumbres bárbaras se llenan de enfermedades y mueren como moscas.

Flora se atrevió a insinuar que, tal vez, la existencia miserable que llevaban y la ignorancia debido a la falta total de educación explicara que los esclavos fueran tan propensos a enfermarse.

—Usted no conoce a los negros —replicó el señor Lavalle—. Dejan morir a sus hijos de perezosos que son. Su indolencia no tiene límites. Son peores que los indios, todavía. Sin el látigo, no se consigue nada de ellos.

Flora no pudo contenerse más. Exclamó que la esclavitud era una aberración humana, un crimen contra la civilización, y que, tarde o temprano, también en el Perú se aboliría, igual que en Francia.

El señor Lavalle se quedó mirándola, desconcertado, como si descubriera a otra persona a su lado.

—Mire usted lo que ha pasado en la antigua colonia francesa de Santo Domingo desde que se emancipó a los esclavos —replicó, por fin, incómodo—. El caos total y el retorno a la barbarie. Allá los negros se están comiendo unos a otros.

Y, para mostrarle los extremos a que podían llegar aquellas gentes, la condujo a los calabozos de la hacienda. En una celda semi a oscuras, con el suelo lleno de paja —parecía el cubil de alguna fiera—, le mostró a dos negras jóvenes, totalmente desnudas, encadenadas a la pared.

—¿Por qué cree usted que están aquí? —le dijo, con tonito triunfal—. Estos monstruos mataron a sus propias hijas recién nacidas.

—Las comprendo muy bien —repuso Flora—. En el caso de ellas, yo hubiera hecho el mismo favor a una hija mía. Librarla, aunque sea con la muerte, de una vida de infierno, como esclava.

¿Empezaste ahí, Florita, en esa hacienda cañera de las afueras de Lima, delante de este caballero limeño afrancesado, esclavista y feudal, tu carrera de agitadora y rebelde? En todo caso, sin aquel viaje al lejano Perú, sin las experiencias vividas allí, no serías lo que eras ahora.

¿Qué eras ahora, Andaluza? Una mujer libre, sí. Pero una revolucionaria fracasada en toda la línea. Por lo menos, aquí, en Nîmes, esta ciudad de ensotanados que apestaba a incienso. Porque, el 17 de agosto, día de su partida a Montpellier, cuando hizo el balance de su estadía, el resultado no pudo ser más pobre. Sólo setenta ejemplares vendidos de *La Unión Obrera;* los otros cien que trajo, debió dejarlos donde el doctor Pleindoux. Y no pudo constituir un comité. En las cuatro asambleas, ninguno de los asistentes se animó a trabajar por la Unión Obrera. Por supuesto, nadie fue a despedirla a la estación la mañana de su partida.

Pero, unos días después, ya en Montpellier, por una asustada misiva del administrador del Hotel du Gard supo que, después de todo, alguien se había interesado por ella en Nîmes, aunque, felizmente, sólo después de su partida. El comisario local, acompañado de dos gendarmes, se presentó en el establecimiento con una orden firmada por el alcalde de Nîmes, ordenando su expulsión inmediata de la ciudad «por azuzar a los obreros nimenses a pedir aumento de salario».

La noticia le provocó una carcajada y la tuvo todo el día de buen humor. Vaya, vaya. No eras una revolucionaria *tan* fracasada, pues, Florita.

XVI. La Casa del Placer
Atuona (Hiva Oa), julio de 1902

Cuando, en la madrugada del 16 de septiembre de 1901, *La Croix du Sud* soltó el ancla frente a Atuona, en la isla de Hiva Oa, y Paul, desde el puente de la nave divisó en el pequeño puerto al grupito de gentes que los esperaban —un gendarme de uniforme blanco, misioneros de largos hábitos y sombreros de paja, una nube de niños indígenas semidesnudos—, sintió gran felicidad. Porque al fin se hacía realidad su sueño de llegar a las islas Marquesas y porque aquí terminaba la horrible travesía de seis días y seis noches desde Tahití, en este barquito inmundo y asfixiante donde apenas pudo pegar los ojos, pues se pasó las horas matando hormigas y cucarachas y espantando a las ratas que venían a merodear por el camarote en busca de comida.

Nada más desembarcar en el ínfimo lugar que era Atuona —un asentamiento de unas mil personas rodeado de colinas boscosas y dos montañas abruptas coronadas de verdura— conoció en el mismo embarcadero ¡nada menos que a un príncipe! Eso era el anamita Ky Dong, un apodo de guerra que adoptó cuando, allá en su país, Vietnam, decidió renunciar a su carrera en la administración colonial francesa para dedicarse a la agitación política, la lucha anticolonialista y, al parecer, incluso al terrorismo. Eso fue, al menos, lo que sentenció el tribunal de Saigón que lo juzgó por subversivo y lo condenó a prisión perpetua en la Isla del Diablo, en la remota Guayana. Antes de autobautizarse Ky Dong, el príncipe Nguyen Van Cam había estudiado literatura y ciencia, en Saigón y en Argelia. De allí regresó a Vietnam, donde estaba haciendo una magnífica carrera en la burocracia, que abandonó para luchar contra el ocupante francés. ¿Cómo había venido a parar a Atuona? Gracias a la bestia negra de *Les Guêpes*, el ex gobernador Gustave Gallet, quien lo conoció en una escala en Papeete del barco que llevaba al anamita a cumplir su condena a la Isla del Diablo. Impresionado por la cultura, la inteligencia y las maneras refinadas de Ky Dong, el gobernador le salvó la vida: lo nombró enfermero en el puesto sanitario de Atuona. De esto hacía tres años. El anamita tomaba su suerte con filosofía oriental. Sabía que no volvería a salir de aquí, salvo para ser conducido al infierno de la Guayana. Se había casado con una marquesana de Hiva Oa. Hablaba corrido el maorí y se llevaba bien con todo el mundo. Menudo, discreto, de una elegancia natural algo sinuosa, cumplía sus funciones de enfermero de manera cabal y, en este limbo de gentes incultas, trataba por todos los medios de conservar su inquietud intelectual y su sensibilidad.

Sabía que el recién llegado de Papeete era un artista y se ofreció a ayudarlo a instalarse y a informarle sobre el lugar donde («en un acto de extraordinaria temeridad», le dijo) monsieur Gauguin había decidido enterrarse. Así lo hizo. Su amistad y sus consejos fueron invalorables para Paul. Del puerto lo llevó a alojarse, al final de la única callecita de tierra acosada por la maleza que era Atuona, en la cabaña de Matikana, un chino-maorí amigo suyo que daba pensión. Le guardó baúles y maletas en su propia casa, mientras Koke adquiría un terreno y erigía su vivienda. Y le presentó a quienes serían desde entonces sus amigos en Atuona: el norteamericano Ben Varney, ex ballenero que por una borrachera quedó varado en Hiva Oa donde administraba el almacén, y el bretón Émile Frébault, agricultor, comerciante, pescador y empecinado ajedrecista.

Comprar un terreno en esta minúscula localidad rodeada de bosques, era dificilísimo. Todas las tierras de la circunscripción pertenecían al obispado y el tremendo obispo Joseph Martin, autoritario y tenaz, empeñado en una lucha sin cuartel para salvar a la población nativa del vicio del alcohol que la estaba desintegrando, jamás vendería un terreno a un forastero de escasa virtud.

Acatando la estrategia diseñada por Ky Dong —cuyas lecturas, buen humor y elegancia espiritual le hacían pasar excelentes momentos— Paul fue un católico de misa diaria desde el día siguiente de su llegada a Atuona. En la iglesia, se le divisaba siempre en primera fila, siguiendo con devoción el oficio, y se confesaba y comulgaba con frecuencia. Asistía, también, algunas tardes, al rosario. Su piedad y la corrección de su conducta, en esos primeros días en Hiva Oa, convencieron al obispo de que era una persona respetable. Y monseñor Joseph Martin, en un gesto que lamentaría amargamente, accedió a venderle, por una suma módica, un lindo terreno en la periferia de Atuona. Tenía a la espalda la Bahía de los Traidores, nombre que los marquesanos detestaban pero seguían usando para designar la playa y el embarcadero, y, al frente, las dos soberbias cumbres del Temetiu y el Feani. A su vera discurría el Make Make, uno de la veintena de riachuelos en que desaguaban las cascadas de la isla. Desde que, por primera vez, presenció el grandioso espectáculo, Paul tuvo en la mente a Vincent. Dios mío, éste era, Koke, éste era. El lugar con el que soñaba el Holandés Loco allá en Arles. El paraje primitivo, tropical, del que habló sin parar en ese otoño que compartieron en 1888, donde quería instalar el Estudio del Sur, esa comunidad de artistas de la que tú serías el maestro y donde todo pertenecería a todos, pues habría sido abolido el dinero corruptor. Un lugar en el que, en un marco único de libertad y de belleza, el fraterno grupo de artistas viviría dedicado a crear un arte imperecedero, unas telas y unas esculturas cuya vitalidad atravesaría indemne los siglos. ¡Qué alaridos de entusiasmo darías, Vincent, si vieras esta luz todavía más blanca que la de Provenza, esta erupción de buganvillas, helechos, acacias, cocoteros, enredaderas y árboles del pan, que, deslumbrado, estaba viendo Koke!

Apenas firmó el contrato de compraventa con el obispado y fue dueño del terreno, Paul se olvidó de las misas y los rosarios, y, luchando contra los achaques crecientes —dolores en las piernas y en la espalda, dificultad para andar, una mala vista que empeoraba cada día y palpitaciones que le cortaban la respiración—, se entregó en cuerpo y alma a la construcción de La Maison du Jouir, nombre con el que, en las fantasías de quince años atrás, en Arles, con el Holandés Loco bautizaron aquel imaginado Estudio del Sur. Lo ayudaban, trabajando con él hombro a hombro, Ky Dong, Émile Frébault, un nativo de barba blanca llamado Tioka que sería a partir de ahora su vecino, y hasta el gendarme de la isla, Désiré Charpillet, con quien Koke hizo excelentes migas.

La Casa del Placer estuvo terminada en seis semanas. Era de madera, esteras y paja trenzada, y, como sus casitas de Mataiea y Punaauia, constaba de dos pisos. El de abajo, dos cubos paralelos separados por un espacio abierto que serviría de comedor, albergaba la cocina y el taller de escultura. En los altos, bajo un techo cónico de paja, se hallaban el taller de pintura, el pequeño dormitorio y el aseo. Paul labró un panel de madera para la entrada, con el título de *La Maison du Jouir,* y dos largos paneles verticales que flanqueaban aquel letrero, con mujeres desnudas en poses voluptuosas, unos animales y una

maleza estilizados y unas invocaciones que causaron revuelo tanto en la misión católica (la más numerosa) como
en la pequeña misión protestante de Hiva Oa: *Soyez mysté-
rieuses* (Sean misteriosas) y *Soyez amoureuses et vous serez
hereuses* (Enamórense y serán dichosas). Desde que supo
que había tenido el atrevimiento de decorar su vivienda
con esas obscenidades, el obispo Joseph Martin se convirtió en su enemigo. Y cuando supo que, además de un
armonio, una guitarra y una mandolina, su estudio exhibía en las paredes cuarenta y cinco fotos pornográficas con
posturas sexuales descabelladas, lo fulminó en uno de sus
sermones dominicales como una presencia maligna, a la
que los marquesanos debían evitar.

Paul se reía de las pataletas del obispo, pero el príncipe anamita le advirtió que la enemistad de monseñor
Martin podía traerle problemas, pues era rencoroso, además de incansable e influyente. Se reunían todas las tardes, en La Casa del Placer, que Koke había bien provisto
de viandas y bebidas compradas en el único almacén de
Atuona, el de Ben Varney. Contrató dos criados, Kahui,
un cocinero medio chino, y un jardinero maorí, Mataha-
ba, a quien dio instrucciones precisas para que aclimatara
aquí también los girasoles, como hizo él en Punaauia. Esos
girasoles terminaron por iluminar su jardín, en La Casa
del Placer. El recuerdo del Holandés Loco casi no te abandonó un instante en tus primeros meses en Atuona: ¿por
qué, Koke? Conseguiste erradicarlo de tu memoria durante casi tres lustros, y en buena hora, sin duda, porque
el recuerdo de Vincent te incomodaba, te angustiaba, y
hubiera estropeado tu trabajo. Pero aquí, en las Marquesas, porque pintabas poco, o porque te sentías cansado
y enfermo, ya no tenías cómo impedir que la imagen del
buen Vincent, del pobre Vincent, del inaguantable Vincent, con su obsequiosidad y sus locuras, irrumpiera todo

el tiempo en tu conciencia. Y que los episodios, anécdotas, discusiones, anhelos, sueños, de esas ocho semanas de difícil convivencia allá en Provenza, quince años atrás, los revivieras con una lucidez que no tenías para hechos sucedidos apenas hacía unos días, que olvidabas totalmente. (Por ejemplo, a Ben Varney le hiciste repetir dos veces, en una misma semana, su historia de cómo, luego de una borrachera, despertó en la Bahía de los Traidores y descubrió que su barco ballenero había zarpado y él había quedado varado aquí sin un centavo, ni un documento y sin hablar palabra de francés ni marquesano.)

Ahora te apiadabas del Holandés Loco y lo recordabas incluso con ternura. Pero, en aquel octubre de 1888, cuando, accediendo a sus exhortaciones y a la presión de Theo van Gogh para que escucharas los llamados de su hermano, fuiste a vivir con él a Arles, habías llegado a detestarlo. ¡Pobre Vincent! Se hizo tantas ilusiones con tu venida, con la idea de que tú y él serían los pioneros de esa comunidad de artistas —un verdadero monasterio, un Edén en miniatura— con que fantaseaba, que el fracaso de su proyecto acabó con su sanidad, lo enloqueció y lo mató.

Entre los viajes pesadillescos que Paul había hecho en su vida, figuraban en lugar estelar aquellas quince horas con seis cambios de tren, que le tomó llegar de Pont-Aven, en Bretaña, a Arles, en Provenza. Partió apenadísimo de Pont-Aven. Allí quedaba un buen número de pintores amigos que lo consideraban su maestro, y, sobre todo, Émile Bernard y su hermana, la dulce Madeleine. Llegó a la estación de Arles, molido, a las cinco de la madrugada del 23 de octubre de 1888, y, para no despertar a esas horas a Vincent, se refugió en un cafecito contiguo. Para sorpresa suya, nada más verlo entrar, el patrón lo reconoció: «¡Ah, el artista amigo de Vincent!». El Holandés Loco le había mostrado el autorretrato que Paul le envió, en el que encarnaba a Jean Valjean, el héroe de *Los miserables*. El patrón del café, ayudándolo a cargar maletas y bultos, lo llevó hasta la Plaza Lamartine, en los extramuros de la ciudad, al pie de la Puerta de la Caballería, una de las que daban acceso a la antigua ciudad, no lejos del anfiteatro y el coliseo romanos. En una esquina de la Plaza Lamartine, la más cercana a las orillas del Ródano, estaba La Casa Amarilla que el Holandés Loco alquiló unos meses atrás, para recibirlo. La había pintado, amueblado, decorado y llenado sus paredes de cuadros, trabajando día y noche y preocupándose con verdadero fanatismo de todos los detalles, para que Paul se sintiera a gusto y con ánimos de pintar en su nuevo hogar.

Pero, no te habías sentido bien en La Casa Amarilla, Paul. Más bien desagradado por esa efusión de colores que cegaban y mareaban, que saltaban agresivos a tu encuentro donde volvieras la vista, y, también, incómodo por la obsequiosidad y los halagos con que Vincent te recibió y te fue mostrando, ansioso por saber si lo aprobabas, el despliegue que había hecho en La Casa Amarilla para causarte una buena impresión. En verdad, te despertó recelo y cierta angustia. Era tan excesivamente efusivo y amable este Vincent que, desde ese primer día, empezaste a sentir que con alguien así tu libertad se vería recortada, que no tendrías vida propia, que Vincent sería un invasor de tu intimidad, un efusivo carcelero. Esta Casa Amarilla podía convertirse, para un hombre tan libre como tú, en una prisión.

Pero, ahora, a la distancia, recordado desde esta Casa del Placer de majestuosa perspectiva, el Holandés Loco, sobreexcitado, infantil, pendiente de ti como un enfermo del médico que le salvará la vida, se te aparecía sobre todo en su vertiente de ser desvalido y bueno, de infinita generosidad, sin envidias, rencores ni pretensiones, entregado al arte en cuerpo y alma, viviendo como un pordiosero y sin que le importara lo más mínimo, hipersensible, obsesivo, vacunado contra toda forma de felicidad. Se aferró a ti como náufrago a una tabla, te creyó un sabio y un fuerte que podía enseñarle a sobrevivir en esta jungla. ¡Tamaña responsabilidad te echó encima, Paul! Vincent, que entendía de arte, de colores y de telas, no entendía absolutamente nada de la vida. Por eso fue siempre desdichado, por eso se loqueó y acabó disparándose un tiro en la barriga a los treinta y siete años. ¡Qué injusticia que esos cuervos frívolos, esos parisinos ociosos ahora te echaran la culpa de la tragedia de Vincent! Cuando fuiste tú el que, en esos dos meses de convivencia en Arles, estuviste a punto de volverte loco, e, incluso, hasta de perder la vida por el holandés.

Desde el principio todo funcionó bastante mal en La Casa Amarilla. Empezando por el desorden, que Paul detestaba y que era el elemento natural en el que se movía Vincent. Hicieron una estricta distribución del trabajo: Paul cocinaba, el holandés hacía la compra, y ambos, un día uno, al siguiente el otro, se encargaban del aseo. En verdad, Paul hacía el aseo y Vincent el desaseo. El primer motivo de querella fue la canasta de gastos. En un ensayo de esa propiedad colectiva que implantaría la futura comunidad de artistas, el Estudio del Sur que fundarían en un país exótico, hicieron una bolsa común, donde depositaban el dinero que les enviaba desde París Theo van Gogh. Con una libretita y un lápiz para que cada uno anotara la cantidad que cogía. Paul terminó protestando: Vincent se llevaba la parte del león, sobre todo con lo que eufemísticamente anotaba como «actividades higiénicas», los polvos con Rachel, una prostituta joven y filiforme con la que acostumbraba acostarse en el burdel de madame Virginie, situado no lejos de La Casa Amarilla, en una de las callejuelas que salían de la Plaza Lamartine.

El barrio rojo de Arles fue otro motivo de discusión. Paul reprochaba a Vincent que sólo hiciera el amor con prostitutas; él, en cambio, en vez de pagar prefería seducir a las mujeres. Algo que, por lo demás, resultó bastante fácil con las arlesianas, a las que su apostura, su labia, y su desenvuelta exuberancia encantaban. Vincent le aseguró que, antes de la venida de Paul, iba donde madame Virginie un par de veces al mes; en cambio, ahora, dos por semana. Ese furor sexual recientísimo lo angustiaba; estaba convencido de que la energía que se le iba en «fornicar» (usaba esta palabra de ex predicador luterano), se la restaba a su trabajo de artista. Paul se burlaba de los prejuicios puritanos del ex pastor. A él, por el contrario, nada daba tanto ímpetu para coger los pinceles como tener la verga satisfecha.

—No, no —se exasperaba el Holandés Loco—. Mis mejores cuadros los he pintado en los períodos de total abstinencia sexual. ¡Mi pintura espermática! La pinté con toda esa energía sexual que volqué en las telas en vez de las mujeres.

—Vaya idiotez, Vincent. O, será, tal vez, que yo tengo energía sexual de sobra, para mis pinturas y mis mujeres.

Tenían más desacuerdos que afinidades, y, sin embargo, a veces, cuando lo oías hablar con tanto candor e ilusión de esa comunidad de artistas-monjes, apartados del mundo, refugiados en un país lejano y primitivo, sin vínculos con la civilización materialista, entregados en cuerpo y alma a la pintura e inmersos en una fraternidad sin sombras, te dejabas arrastrar por el sueño de tu amigo. ¡Era emocionante, claro que sí! Había algo hermoso, noble, desinteresado, generoso, en ese anhelo del holandés de fundar esa pequeña sociedad de artistas puros, de creadores, de soñadores, de santos laicos, consagrados al arte como los caballeros medievales se consagraban a luchar por un ideal o una dama, un sueño no muy distinto, tal vez, de los que alentó tu propia abuela, cuando, medio muerta, recorría Francia tratando de reclutar adeptos para esa revolución que acabaría con los males de la humanidad. La abuela Flora y el Holandés Loco se hubieran entendido, Koke.

Hasta sobre el Estudio del Sur tuvieron desavenencias. Una noche, en el café de la simétrica Plaza Forum en cuya terraza solían tomar un ajenjo después de la cena, Vincent propuso a Paul que invitaran al pintor Seurat a integrar la comunidad de artistas. «¿A ese fabricante de puntitos que se hace pasar por un creador?», exclamó él. «Jamás.» Propuso, en cambio, reemplazar al puntillista por Puvis de Chavannes, al que Vincent detestaba tanto como Paul a Seurat. La discusión se prolongó hasta el amanecer. A ti se te olvidaban pronto las disputas, Paul; no a Vincent. Quedaba pálido, angustiado, rumiando el asunto por varios días. Para el Holandés Loco nada era intrascendente, banal, todo tocaba un centro neurálgico de la existencia, los grandes problemas: Dios, la vida, la muerte, la locura, el arte.

Si algo tenías que agradecerle al Holandés Loco era que él, por primera vez, te abrió el apetito por la Polinesia. Gracias a una novelita que cayó en sus manos y que le encantó: *Rarahu* o *El matrimonio de Loti,* de un oficial de la marina mercante francesa, Pierre Loti. Ocurría en Tahití y describía un Paraíso terrenal antes de la caída, con una naturaleza bella y ubérrima y unas gentes libres, sanas, sin prejuicios ni malicia, que se entregaban a la vida y al placer con naturalidad, de manera espontánea, llenas de entusiasmo y vigor primitivos. Vaya paradojas que tenía la vida, ¿no, Koke? Era Vincent el que soñaba con la huida de la decadente Europa del dinero hacia un mundo exótico, en busca de esa fuerza elemental y religiosa que la civilización había amputado al Occidente. Pero él no había podido escapar de la cárcel europea. Tú, en cambio, habías llegado a Tahití, y ahora hasta las Marquesas, tratando de hacer realidad aquello con que el Holandés Loco soñaba.

—Te di gusto, hice realidad tu sueño, Vincent —gritó, a voz en cuello—. Aquí está, pues, La Casa del Placer, La Casa del Orgasmo, con la que tanto me jodías la vida en Arles. No resultó lo que pensábamos. ¿Te das cuenta, no, Vincent?

No había nadie alrededor y nadie podía responderte. Sólo el gato y el perro que acababas de incorporar a la recién terminada casa de Atuona estaban allí, mirándote atentos, como si entendieran el significado de esos rugidos que lanzabas al vacío y que sin duda espantaban a los gallos, gatos y caballitos salvajes de que estaban repletos los bosques de Hiva Oa.

También de religión hablaron y discutieron mucho en Arles. Qué distinta era una formación protestante, puritana, como la que recibió Vincent, de la católica en que te formaron a ti, en los diez años que pasaste, entre 1854 y 1864, en el pequeño seminario de la Chapelle Saint-Mesmin, cerca de Orléans, bajo la guía espiritual del obispo Dupanloup. ¿Cuál era mejor, Koke, para enfrentar la vida? La de Vincent era más intensa, más austera, más estricta, más fría, más honesta y, también, más inhumana. La católica era más cínica, más acomodaticia con la naturaleza corrupta del hombre, más lujosa y creativa desde el punto de vista cultural y artístico, y, probablemente, más humana, más cerca de la realidad, de la vida posible. ¿Recuerdas aquella noche de lluvia y de mistral en que, encerrados en La Casa Amarilla, el Holandés Loco se puso a hablar de Cristo como de un artista? Tú no lo interrumpiste ni una sola vez, Paul. Cristo era el más grande de los artistas, decía Vincent. Pero despreció el mármol, la greda, las pinturas, y prefirió trabajar sus obras en la carne viva de los seres humanos. No hizo estatuas, cuadros, ni poemas. Hizo seres inmortales, creó los instrumentos gracias a los cuales los hombres y mujeres podían hacer de sus vidas una perfecta y bellísima obra de arte. Habló mucho rato, bebiendo ajenjo a tragos cortos, y diciendo a veces cosas que tú no alcanzabas a descifrar. Pero sí comprendiste, y no olvidaste nunca, aquello que, al amanecer, le oíste poco menos que rugir a Vincent, con lágrimas en los ojos:

—Quiero que mi pintura conforte espiritualmente a los seres humanos, Paul. Como los confortaba la palabra de Cristo. El «halo» sugería lo eterno en la pintura clásica. Ese «halo» es lo que ahora yo trato de reemplazar por la irradiación y la vibración del color en mis pinturas.

Desde entonces, Paul, aunque nunca te entusiasmó mucho ese espectáculo de luces cegadoras, esos fuegos de artificio que eran los cuadros de Vincent, consideraste esos colores desmedidos, violentos, con más respeto que antes. Había en el Holandés Loco una vocación de martirio que a ti, a veces, te daba escalofríos.

Pese a que no se sentía bien, la instalación en Atuona, la construcción de La Casa del Placer, los nuevos amigos, animaron a Koke. Las primeras semanas en su nueva residencia estuvo contento, lleno de proyectos. Sin embargo, aunque a regañadientes, poco a poco fue comprendiendo que las Marquesas, si habían sido en algún momento el Paraíso, ya habían dejado de serlo. Como Tahití. Las marquesanas eran bellísimas, eso sí, más todavía que las tahitianas. Al menos, así le parecía a él. Porque Ky Dong, el gendarme Désiré Charpillet, Émile Frébault y su vecino Tioka le decían, riéndose, que su mala vista lo traicionaba, pues muchas de esas despercudidas marquesanas que iban a La Casa del Placer a que les mostrara sus fotos pornográficas —su colección se hizo famosa en toda Hiva Oa— y a las que él fotografiaba y manoseaba con descaro delante de sus maridos, no eran siempre las jóvenes atractivas que él creía, sino unas viejas feas, y, algunas, con caras y cuerpos averiados por la elefantiasis, la lepra y la sífilis, que hacían estragos en la población nativa. Bah, no te importaba. Ojos que no ven, corazón que no siente. Es cierto que tus pobres ojos veían cada vez menos. Pero ¿no habías sostenido tú, desde hacía mucho tiempo, que el verdadero artista no busca sus modelos en el mundo exterior, sino en la memoria, ese mundo privado y secreto que se puede contemplar con una conciencia que tú tenías en mejor estado que tus pupilas? Era el momento de verificar si tu teoría funcionaba, Koke.

Esto había sido motivo de ásperas discusiones con Vincent, allá en Arles. El Holandés Loco se proclamaba pintor realista y decía que el artista debía salir al aire libre y plantar sus caballetes en medio de la Naturaleza a fin de encontrar en ella inspiración. Para llevar la fiesta en paz, en sus primeras semanas en Provenza, Paul le dio gusto. Los dos amigos fueron con sus caballetes, paletas y pinturas a instalarse mañana y tarde en Les Alyscamps, la gran necrópolis romana y paleocristiana de Arles, y pintaron, cada uno, varios cuadros de la gran alameda de tumbas y sarcófagos que, escoltados por rumorosos álamos, conducía a la iglesita de San Honorato. Pero, no mucho después, las lluvias y los soplidos del mistral hicieron imposible seguir pintando al aire libre y debieron encerrarse en La Casa Amarilla, a trabajar buscando sus temas en sus recuerdos y fantasías en vez del mundo natural, como quería Paul.

Lo que más te dolió fue tener que aceptar que, por lo menos en esta isla de las Marquesas, no quedaba rastro de canibalismo. Una práctica que a ti —oyéndote, tus nuevos amigos se rascaban la cabeza, espeluznados— no te parecía salvaje y reprobable, sino viril, natural, signo de una cultura fogosa, joven, creativa, en constante recreación de sí misma, no contaminada de conformismo y decadencia. Nadie creía, en Atuona, que los marquesanos comieran carne humana todavía, ni en esta ni en las otras islas; en un remoto pasado, sin duda, pero, ahora, no. Se lo aseguró su vecino Tioka y lo corroboraron todos los nativos a quienes interrogó, entre ellos una pareja de la isla de Tahuata, donde había muchos pelirrojos. La mujer de Haapuani —lo llamaban el Brujo—, Tohotama, lo era. Su larga cabellera le barría las espaldas hasta la cintura y despedía, a las horas de sol fuerte, reflejos rosados. Tohotama se convertiría en su modelo preferida en Atuona. Más todavía que Vaeoho, una chiquilla de catorce años —la edad de tus amores, Koke—, su mujer a partir del tercer mes en Hiva Oa.

Obtener a Vaeoho requirió una excursión al interior de la isla, al valle de Hanaupe, el único viaje que el cuerpo maltratado de Koke le permitió hacer en Hiva Oa. Lo acompañaron Ky Dong, gran conocedor de las costumbres isleñas, y Tioka, perfectamente bilingüe. El azaroso trayecto de diez kilómetros a lomo de bestia por unos bosques espesos y húmedos llenos de avispas y mosquitos que le inflamaron toda la piel, dejó a Paul hecho una ruina. La chiquilla era hija del jefe local de un pequeño poblado indígena, Hekeani, y el regateo con el cacique duró varias horas. Al final, para poder llevarse a la chiquilla consintió en pagar una lista de regalos que compró en el almacén de Ben Varney y que le costó más de doscientos francos. No se arrepintió. Vaeoho era bella, hacendosa, risueña, y aceptó darle clases de marquesano, pues el maorí de aquí era distinto del tahitiano. Aunque a veces la hacía posar, Koke prefería como modelo a la pelirroja Tohotama cuyos pechos turgentes, grandes caderas, gruesos muslos, lo excitaban. Algo que no le ocurría ya con la misma frecuencia de antes. Con Tohotama, sí. Cuando venía a posar, siempre se daba maña para acariciarla, a lo que ella se prestaba sin entusiasmo, con aire aburrido. Hasta que una tarde, en que tenía en el cuerpo bastantes copas de ajenjo, acabó por empujarla a la cama del estudio. Mientras le hacía el amor, oía a sus espaldas, riendo y cuchicheando, a su flamante mujer, Vaeoho, y al Brujo Haapuani, el marido de Tohotama, divertidos con el espectáculo.

Los marquesanos eran más espontáneos y libres que los tahitianos en asuntos sexuales. Casadas o solteras, las mujeres se burlaban de los hombres y se insinuaban a ellos con total falta de remilgos, pese a las perpetuas campañas de las misiones católica y protestante para someterlas a las normas de la decencia cristiana. Los hombres seguían siendo bastante insumisos. Y algunos, como el marido de Tohotama, no vacilaban en desafiar a las iglesias vistiéndose como *mahu*, de hombre-mujer, con tocados florales en la cabeza, y en los tobillos, las muñecas y los brazos los adornos que correspondían a las hembras.

Otra decepción que se llevó Paul en su nueva tierra fue saber que el arte del tatuaje, en el que los marquesanos habían destacado más que nadie en toda la Polinesia, estaba desapareciendo. Los misioneros católicos y protestantes lo perseguían de manera encarnizada, como una manifestación de barbarie. Eran pocos los nativos que aún se tatuaban en Atuona, donde se exponían a las fulminaciones de curas y pastores. Lo seguían haciendo en el interior de la isla, en los minúsculos caseríos perdidos en el corazón de esos bosques intrincados, donde, por desgracia, el calamitoso estado de tu salud ya no te permitía ir a comprobarlo. ¡Qué frustración, Koke! Tenerlos allí, a pocos kilómetros, y no poder ir a conocer a aquellos tatuadores. Ni siquiera pudo visitar, en el valle de Taaoa, las ruinas de Upeke y sus grandes *tikis* o ídolos de piedra, porque las dos veces que intentó subir hasta allá a caballo la fatiga y los dolores le hicieron perder el sentido. Estar acá, tan cerca de esos enclaves donde sobrevivía ese bellísimo arte del tatuaje, una sabiduría codificada y oculta del pueblo maorí en que cada figura era un palimpsesto para ser descifrado, y no poder llegar a ellos por culpa de la enfermedad impronunciable, le producía desvelo, rabia, y, algunas noches, ataques de llanto.

La decadencia había llegado aquí también, por desgracia. El obispo Joseph Martin, convencido de que la proliferación de enfermedades y pestes entre los nativos se debía al alcohol, lo había prohibido. El almacén de Ben Varney sólo vendía vino y licores a los blancos. Pero el remedio era peor que la enfermedad. Como no podían hacerlo con vino, los marquesanos de Hiva Oa se emborrachaban con alcoholes de naranja y otras frutas que destilaban en alambiques clandestinos y que les calcinaban las entrañas. Indignado, Koke combatió la prohibición llenando La Casa del Placer de garrafas de ron con que obsequiaba a todos los indígenas que venían a visitarlo.

Se sentía muy cansado, y, por primera vez en su vida desde que descubrió —cuando todavía trabajaba en la Bolsa, en París— que su vocación era la pintura, sin ganas de ir a sentarse frente al caballete y coger los pinceles. No era sólo el malestar físico, los ardores de las llagas de las piernas, la decreciente visión y las palpitaciones lo que lo mantenía ocioso, bebiendo sorbitos de una copa de ajenjo suavizado por el agua, con la que desleía sobre el licor un terroncito de azúcar. Era, también, la sensación de inutilidad. ¿Para qué afanarte y volcar la poca energía que te quedaba en unas telas que, cuando las terminases, y, luego de larguísimo viaje, llegaran a Francia, languidecerían en el depósito del galerista Ambroise Vollard, o en un altillo de Daniel de Monfreid, esperando que, alguna vez, un mercader quisiera adquirirlas por unos cuantos francos para decorar su casa recién construida?

Un día, Vaeoho, durante la clase de marquesano, le dijo, medio en francés medio en maorí, una frase que no entendió. O que no quisiste entender, Koke. Se la hizo repetir varias veces hasta que no le quedó la menor duda sobre su significado: «Cada día estás más viejo. Pronto me quedaré viuda». Él fue al espejo y se estuvo contemplando hasta que le dolieron los ojos.

Entonces, decidió pintar su último autorretrato. El testimonio de su decadencia, en este perdido rincón del mundo, rodeado de marquesanos que, como él, se hundían en la ruina, la inacción, la degradación, la desmoralización. Colocó el espejo junto al caballete y trabajó algo más de dos semanas, tratando de llevar a la tela aquella imagen que sus pupilas malogradas apresaban con dificultad, que parecía escurrirse, difuminarse: un hombre vencido pero aún no muerto, contemplando el irremediable final próximo con serenidad y cierta sabiduría empozada en su mirada, detrás de unos humillantes espejuelos, en la que aparecía, resumida, una intensa vida de aventuras, locuras, búsquedas, fracasos, luchas. Una vida que, por fin, llegaba a término, Paul. Tenías los cabellos blancos y cortos y estabas delgado y quieto, esperando con tranquila valentía la embestida final. No estabas muy seguro, pero intuías que, entre los innumerables autorretratos que te habías hecho —como campesino bretón, como inca peruano en la comba de una jarra, como Jean Valjean, como Cristo en el Jardín de los Olivos, como bohemio, como romántico—, éste, el de la despedida, el del artista al final del camino, era el que te representaba mejor.

Pintar este autorretrato te recordó el retrato que, en aquellas semanas confinados por las lluvias y el mistral en La Casa Amarilla de Arles, hiciste de Vincent, pintando girasoles, la flor que obsesionaba al holandés. La pintaba sin descanso y a ella se refería a menudo cuando exponía sus teorías sobre la pintura. Esas flores no seguían el movimiento del sol por casualidad o ciego mandato de las leyes físicas. Había en ellas algo del fuego del astro rey, y, si uno las observaba con la devoción y terquedad con que lo hacía Vincent, advertía en ellas el «halo» que las circundaba. Pintándolas, procuraba que, sin dejar de ser girasoles, fueran también antorchas, candelabros. ¡Qué locuras! Al mostrarte La Casa Amarilla por primera vez, el Holandés Loco te señaló, orgulloso, los girasoles pintados por él que literalmente llameaban un oro líquido y candente sobre tu cama. Tú reprimiste apenas un gesto de disgusto. Por eso, lo retrataste rodeado de girasoles. El retrato no tenía —con toda deliberación— la luz vibrante que Vincent imponía a sus telas. Por el contrario, era algo opaco, mate, y en él tanto las flores como el pintor lucían sus siluetas difuminadas, deshaciéndose en los contornos. Más que un ser humano delineado y consistente, Vincent era un bulto, un muñecón rígido, disecado, presa de insoportable tensión, a punto de estallar, de crepitar: un hombre-volcán. La rigidez del brazo derecho, sobre todo, que sostenía el pincel, revelaba el esfuerzo sobrehumano que debía hacer para seguir pintando. Y todo ello se empozaba en su rostro fruncido, en su mirada aturdida con la que parecía decir: «Yo no pinto, yo me inmolo». A Vincent no le gustó nada ese retrato. Cuando se lo enseñaste, quedó un buen rato observándolo, muy pálido, mordiéndose el labio inferior, el tic que lo asaltaba en los malos momentos. Por fin, murmuró: «Sí, ése soy yo. Pero, loco».

¿No lo estabas acaso, Vincent? Claro que sí. Paul se fue convenciendo de ello, al advertir los súbitos cambios de humor que aquejaban a su amigo, la velocidad con que, del halago empalagoso y abrumador podía pasar a la agresividad, a discusiones absurdas, a reñirlo por nimiedades. Luego de cada discusión caía en un letargo de muerte, en una inmovilidad de la que Paul, alarmado, debía sacudirlo con zalamerías, tragos de ajenjo o arrastrándolo donde madame Virginie, a que se acostara con Rachel.

Entonces, lo decidiste: era hora de irse. Esta convivencia acabaría mal. Con tacto, intentaste prepararlo, dejando caer en los diálogos de sobremesa que, por razones de familia, tal vez deberías partir de Arles antes del año que habían acordado pasar juntos. Mejor no lo hubieras hecho, Paul. El holandés advirtió en el acto que habías tomado ya la decisión de partir, y entró en un estado de nerviosismo histérico, en un desquiciamiento mental. Parecía un amante desesperado porque el ser que ama lo va a dejar. Te rogaba, te imploraba que permanecieras todo el año con él, con lágrimas en los ojos y la voz rota, o dejaba de hablarte días enteros, mirándote con rencor y odio, como si le hubieras causado un daño irreparable. A veces, sentías infinita piedad por ese ser desvalido, desarmado ante el mundo, que se aferraba a ti porque te sentía fuerte, un luchador. Pero, otras veces, te indignabas: ¿no tenías tú suficientes problemas para echarte encima también los del Holandés Loco?

Las cosas se precipitaron unos días antes de la Nochebuena de 1888. Paul se despertó de pronto en su cuarto de La Casa Amarilla con una sensación opresiva. En la débil luminosidad que entraba por la ventana, distinguió la silueta de Vincent, al pie de la cama, observándolo. Se incorporó, asustado: «¿Qué pasa, Vincent?». Sin decir palabra, su amigo salió de la habitación como una sombra. Al día siguiente, le juró que no recordaba haber entrado a su cuarto; había sido, tal vez, un acto de sonambulismo. Dos días después, la víspera de la Navidad, en el Café de la Plaza Forum, Paul le anunció que, muy a su pesar, tenía que partir. Asuntos familiares exigían su presencia en París. Se iría dentro de unos días y, si todo se arreglaba, tal vez volvería en el futuro a pasar otra temporada con él. Vincent lo escuchó mudo, asintiendo de rato en rato con exagerados movimientos de cabeza. Estuvieron bebiendo un buen momento, sin hablar. De pronto, el holandés cogió su copa semivacía y se la arrojó a la cara, con furia. Paul consiguió esquivarla. Se levantó, a grandes trancos fue a La Casa Amarilla, metió en una bolsa dos o tres enseres de primera necesidad, y, al salir, se dio con Vincent, que entraba. Le dijo que se iba a un hotel y que mañana vendría a recoger el resto de sus cosas. Le habló sin rencor:

—Lo hago por los dos, Vincent. Esa copa podría partirme la cara la próxima vez que me la lances. Y yo no sé si me contendré, como esta noche. O si me echaría sobre ti, a torcerte el pescuezo. Nuestra amistad no debe terminar así.

Pálido como un muerto, con los ojos enrojecidos, Vincent lo miraba fijamente, sin decir nada. Desde hacía algún tiempo, le había dado por raparse como un recluta o un bonzo, y cuando la tristeza o la rabia lo alteraban, como ahora, su cráneo parecía también latir, igual que sus sienes y su mentón.

Paul partió y —lo recordabas muy bien—, en la calle, el frío del invierno le caló los huesos. En su caminata a través de la ciudad amurallada, oyó, en algunas casas, a las familias cantando villancicos. Iba rumbo a la estación, a un hotel modesto cuya patrona conocía. Al atravesar la placita Victor Hugo, sintió pasos a su espalda, muy próximos. Se volvió, con un mal pálpito, y, en efecto, a pocos metros, con una navaja de afeitar en la mano y descalzo, Vincent lo fulminaba con unos ojos terribles.

—¿Qué pasa? ¿Qué significa esto? —le gritó.

El holandés dio media vuelta y echó a correr. ¿Hiciste mal, Paul, no alertando de inmediato a los gendarmes sobre el estado de tu amigo? Sí, sin duda. Pero cómo diablos ibas a imaginar que el pobre Vincent, luego de esa frustrada tentativa de acuchillarte, iría a cortarse media oreja izquierda y a llevarle el pedazo de carne sanguinolento, envuelto en un periódico, a Rachel, la putita flaca de madame Virginie. Y, luego, como si fuera poco, a tumbarse en su propia cama, con la cabeza envuelta en toallas, que, a la mañana siguiente, cuando entraste a La Casa Amarilla —rodeada de policías y curiosos—, verías impregnadas de sangre, como las sábanas, las paredes, los cuadros. Parecía que, el Holandés Loco, además de cortarse la oreja, en un ritual bárbaro, hubiera bautizado con su sangre todo el escenario de su mutilación. Y, ahora, la basura esa, los petimetres parisinos, te echaban la culpa de la tragedia de Vincent. Porque, el holandés, desde que hizo aquella enormidad, no levantó cabeza más. Primero, encerrado en el Hotel Dieu de Arles; luego, cerca de un año, en el sanatorio de Saint-Rémy, y finalmente, el último mes de su vida, en el pueblecito de Auvers-sur-Oise, donde terminó pegándose aquel mal tiro en la barriga que lo hizo agonizar todo un día con dolores atroces antes de morir. Ahora, los ociosos de París, que nunca le compraron un cuadro mientras estaba vivo, habían decretado *post mortem* que Vincent era un genio. Y que tú, por no haberlo salvado en aquella Nochebuena, eras su verdugo y destructor. ¡Canallas!

¿Descubrirían, después de tu muerte, que también eras un genio, Paul? ¿Empezarían a venderse tus cuadros a los altos precios que se vendían ahora los del Holandés Loco? Sospechabas que no. Por lo demás, tampoco te importaba ya tanto como antaño ser reconocido, famoso, un artista inmortal. No ocurriría. Atuona estaba demasiado lejos de París para que, allí donde se decidían los prestigios y las modas artísticas, esos frívolos se interesaran por lo que habías hecho. A ti, ahora, lo que te obsesionaba no era la pintura, sino la enfermedad impronunciable, que, al cuarto mes de tu estancia en Hiva Oa, atacó de nuevo, feroz.

Las llagas le comían las piernas y ensuciaban las vendas tan rápido que, al final, ya no tenía ánimos para cambiárselas. Debía hacerlo él porque Vaeoho, asqueada, se negó, amenazándolo con dejarlo si la obligaba a curarlo. Conservaba las vendas sucias dos o tres días, oliendo mal y llenas de moscas, que también se cansaba de espantar. El doctor Buisson, director de Sanidad en Hiva Oa, a quien había conocido en Papeete, le ponía inyecciones de morfina y le daba láudano. Le calmaba el dolor, pero lo mantenía en un estado de sonambulismo idiota, y el presentimiento agudo de un deterioro rápido de su estado mental. ¿Ibas a terminar como el Holandés Loco, Paul? En junio de 1902 le fue casi imposible caminar, por el dolor en las piernas. Apenas le quedaba dinero de la venta de su casa de Punaauia. Invirtió sus últimos ahorros en comprarse un cochecito tirado por un pony que, cada tarde, embutido en una camisa verde y un pareo azul, su gorrita parisina y un nuevo bastón de madera al que había labrado —otra vez— como empuñadura un falo erecto, lo llevaba, dando un rodeo por la misión protestante y los hermosos tamarindos de la casa del pastor Vernier, hacia la Bahía de los Traidores. A esta hora estaba siempre llena de chiquillos y chiquillas bañándose en el mar o montando a pelo los caballitos salvajes que relinchaban y saltaban sobre las olas, desafiantes. Frente a la bahía, la islita desierta de Hanakee parecía un cachalote dormido, una gran ballena de esas que venían a buscar antes, desde Norteamérica, los barcos balleneros a los que los nativos de Hiva Oa tenían todavía un miedo cerval. Porque, según contaban, la tripulación de aquellas naves solía emborrachar a los indígenas para luego secuestrarlos y llevárselos consigo, como esclavos. Con uno de estos balleneros había ocurrido aquel episodio que daba a la bahía su nombre infame. Hartos de los secuestros, los nativos de Hiva Oa habrían recibido con fiestas, bailes y comilonas de pescado crudo y cerdo salvaje a la tripulación de uno de estos barcos. Y, en medio del festín, los degollaron a todos. «¡Confiesen que se los comieron!», rugía Koke, exaltado, cada vez que oía esta historia. «¡Bravo! ¡Muy bien hecho! ¡Hicieron bien!» Poco antes de que se ocultara el sol, Koke regresaba a La Casa del Placer dando un rodeo que lo hacía cruzar la única calle de Atuona. La recorría muy lentamente, conteniendo al pony, desde el embarcadero hasta la pensión del chino-maorí Matikana, saludando ceremoniosamente a todo el mundo, aunque, a la mayoría, sus ojos fueran ya incapaces de identificar cabalmente.

A su llegada, porque habían oído hablar de él como editor de *Les Guêpes*, los católicos de la isla lo recibieron como a uno de los suyos. Pero, luego, su vida disipada, sus borracheras, sus intimidades con los nativos, las leyendas facinerosas sobre lo que ocurría en La Casa del Placer, lo convirtieron en un réprobo. Los protestantes, a quienes tanto había atacado en *Les Guêpes*, lo miraban de lejos, con resentimiento. Pero, la brusca partida del doctor Buisson, trasladado a Papeete a mediados de junio, lo impulsó a acercarse al pastor protestante, Paul Vernier,

a quien había atacado personalmente en su revista. Ky
Dong y Tioka lo llevaron a él, diciéndole que era la única
persona en Atuona que tenía algunos conocimientos de
medicina y podía ayudarlo. El pastor Vernier, hombre
manso y generoso, lo recibió sin sombra de rencor por
los agravios recibidos, y, en efecto, trató de ayudarlo, con
ungüentos y calmantes para las piernas. Algún efecto le hicieron, pues, en julio de 1902, fue capaz de nuevo de dar
pequeños paseos valiéndose de sus propios pies.

Para celebrar su momentánea mejoría, el gendarme Désiré Charpillet tuvo la idea de nombrarlo —ya
que era un artista— juez del tradicional concurso musi-
cal que se llevaba a cabo el 14 de julio entre los coros de
los dos colegios de la isla, el católico y el protestante. La
rivalidad entre ambas misiones se manifestaba en las cosas más nimias. Tratando de no envenenar más esta rivalidad, Paul optó por un fallo salomónico: empate entre
los concursantes. Pero esa repartición dejó insatisfechas a
las dos iglesias, que quedaron ambas enojadas con él. De
manera que debió retirarse hacia La Casa del Placer en
medio de las recriminaciones y la hostilidad general.

Pero, cuando el carrito tirado por el pony llegó
a su casa, lo recibió una agradable sorpresa. Ahí estaba su
vecino, Tioka, el maorí de la barba blanca, esperándolo.
Muy serio, le dijo que, luego del tiempo transcurrido, lo
consideraba un verdadero amigo. Venía a proponerle que
celebraran la ceremonia de la amistad recíproca. Era muy
simple. Consistía en intercambiar los nombres respectivos,
sin perder los propios. Así lo hicieron, y, desde entonces,
su vecino pasó a llamarse Tioka-Koke, y él, Koke-Tioka.
Ya eras todo un marquesano, Paul.

XVII. Palabras para cambiar el mundo
Montpellier, agosto de 1844

Flora se había prometido que su estancia en Montpellier, adonde llegó el 17 de agosto de 1844 luego de Nîmes, sería de absoluto descanso. Necesitaba recuperarse. Estaba agotada; la disentería le duraba ya dos meses y cada noche sentía en el pecho, acompañada de fuertes punzadas, la bala junto a su corazón. Pero el destino decidió otra cosa. El Hotel du Cheval Blanc, que le habían reservado, al descubrir que viajaba sola le dio con la puerta en las narices. «Como en todos los establecimientos decentes, en éste sólo admitimos damas que vienen con sus padres o esposos», la amonestó el administrador.

Iba a responderle «Pues en Nîmes me dijeron que el Hotel du Cheval Blanc era poco menos que el burdel de Montpellier», cuando un agente viajero llegado al mismo tiempo que ella se adelantó a ofrecerse como valedor de la señora. El hotelero titubeaba. Flora se sentía conmovida, cuando advirtió que el galante caballero insistía en tomar una sola habitación para los dos. «¿Me cree usted una puta?», lo encaró, al tiempo que le descargaba una sonora bofetada. El infeliz quedó alelado, frotándose la cara. Ella salió a las calles de Montpellier, cargada de maletas, a buscar un refugio. Sólo lo encontró a mediodía, el Hotel du Midi, un hotelito en construcción en el que resultó la única inquilina. Los siete días en la ciudad vivió escoltada por la bulla y el trajín de albañiles y trabajadores que, colgados de los andamios, rehacían y ampliaban el local. Estaba tan cansada que, pese al agobio del ruido, renunció a buscar otro albergue.

Los primeros cuatro días no celebró reunión alguna con obreros ni con los sansimonianos y fourieristas locales para los que traía cartas de recomendación. Pero no fueron días de reposo. La hinchazón del vientre y los retortijones la atormentaban tanto que debió ver a un médico. El doctor Amador, recomendado por el hotel, resultó ser español y Flora se alegró de practicar con él esa lengua que, desde su regreso del Perú, diez años atrás, apenas había tenido ocasión de hablar. El doctor Amador, fanático de la homeopatía, a la que, poniendo los ojos en blanco, llamaba «la ciencia nueva», era un cincuentón fino, culto, moreno y alargado, de simpatías sansimonianas y convencido de que la «teoría de los fluidos» de Saint-Simon, clave para entender la evolución de la historia, explicaba también el cuerpo humano. «La técnica y la ciencia económica son las fuerzas transformadoras de la sociedad, doña Flora», le decía, con voz de barítono. Era grato conversar con él. Fiel a sus convicciones homeopáticas de que el mal con el mal se cura, le recetó un preparado de arsénico y azufre, que Flora bebió con aprensión, temerosa de envenenarse. Pero, desde el segundo día de tomar la extraña pócima, experimentó notable mejoría.

Este hombre atento y respetuoso, que te escuchaba con deferencia aun cuando en muchos temas discreparan, se asemejaba a los primeros «hombres modernos» que, gracias a tu audacia y tesón, conociste en París, a principios de 1835, a tu regreso del Perú, luego de esa endemoniada travesía en barco en la que estuviste a punto de ser violada por un pasajero impertinente y degenerado, el Loco Antonio. ¿Te acuerdas, Florita? En las noches trataba de forzar tu camarote, sin que el capitán de la nave lo llamara al orden; debía estar acostumbrado a que sus pasajeros asaltaran a las señoras que viajaban solas. Tú se lo reprochaste y el capitán Alencar, a modo de excusa, te respondió esta instructiva imbecilidad: «Usted es la primera señora a la que veo viajar sola en mis treinta años de lobo de mar». ¡Vaya viajecito de espanto que fue tu regreso a Francia, por culpa del mareo y del Loco Antonio!

Pero, qué te importó ese mal trago en aquellos primeros meses en París, en tu departamentito recién alquilado de la rue Chabanais. La modesta pensión del tío Pío Tristán te permitía vivir con decoro. Cargada de ímpetus e ilusiones gracias al año pasado en el Perú, más rico en enseñanzas que cinco años en la Sorbona, volviste a Francia decidida a ser *otra*, a romper las cadenas, a vivir plenamente y libre, resuelta a llenar las lagunas de tu espíritu, a cultivar tu inteligencia, y, sobre todo, a hacer cosas, muchas cosas, para que la vida de las mujeres fuera mejor de lo que había sido para ti.

En ese estado de ánimo escribiste, a poco de llegar a Francia, tu primer libro. Mejor dicho, librito, folleto de pocas páginas: *Sobre la necesidad de dar una buena acogida a las extranjeras.* Ahora, ese texto romántico, sentimental, lleno de buenas intenciones acerca de la nula o mala acogida que recibían las forasteras en Francia, te avergonzaba por su ingenuidad. ¡Proponer la creación de una sociedad para ayudar a las extranjeras a instalarse en París, encontrarles alojamiento, presentarles gente y ofrecer consuelo a las necesitadas! ¡Una sociedad cuyos miembros harían un juramento y tendrían un himno y unas insignias con los tres blasones de la institución: Virtud, Prudencia y Propaganda contra el Vicio! Sofocada por la risa —qué tonta eras entonces, Florita—, se desperezó, en su estrecho cuartito del Hotel du Midi. Tampoco tú pudiste escapar a la epidemia de formar sociedades que padecía Francia.

Fue un texto juvenil, que denotaba tu incultura, aquel que el dueño de la imprenta Delaunay, en el Palais Royal, debió corregir de principio a fin por la cantidad de faltas de ortografía del manuscrito. ¿No había en él nada rescatable, con todo lo que habías madurado? Algo, sí. Por ejemplo, tu profesión de fe —«Una creencia, una religión, la más bella y la más santa: el amor a la humanidad»— y tus ataques al nacionalismo: «Nuestra patria debe ser el universo». Crear sociedades era la obsesión de sansimonianos y fourieristas. ¿Ya estabas, pues, en relación con ellos cuando salió el folleto?

Sólo por lecturas. Leíste mucho en tu pisito de la rue Chabanais, y luego en el de la rue du Cherche-Midi, en 1835, 1836, 1837, pese a los dolores de cabeza que te daba André Chazal. Tratabas de asimilar aquellas ideas, filosofías, doctrinas, que representaban la modernidad, en las que veías el arma más eficaz para conseguir la emancipación de la mujer. De *Le Globe* de los sansimonianos a *La Phalange* de los fourieristas, pasando por todos los folletos, libros, artículos, conferencias a los que podías echar mano, querías leerlo todo. Horas de horas haciendo apuntes, fichas, extractos, en tu casa o en los dos gabinetes de lectura a los que te abonaste. Con qué ilusión buscabas relacionarte con sansimonianos y fourieristas, las dos corrientes que en aquellos años —todavía no conocías las ideas de Étienne Cabet ni las del escocés Robert Owen— te parecían las más avanzadas para alcanzar el objetivo: la igualdad de derechos entre el hombre y la mujer.

El filósofo y economista Claude-Henri de Rouvroy, conde de Saint-Simon, visionario de la «sociedad de productores y sin fricciones», había muerto en 1825 y su heredero, el esbelto, elegante, refinado e iluminado Prosper Enfantin, seguía siendo jefe de los sansimonianos hasta hoy. Él fue uno de los primeros a quien enviaste tu librito, con una dedicatoria devota. Enfantin te invitó a una reunión de seguidores en Saint-Germain-des-Prés. ¿Recuerdas tu deslumbramiento al estrechar la mano de ese sacerdote laico por el que desfallecían las parisinas? Era apuesto, locuaz y carismático. Había estado en la cárcel, a resultas del primer experimento de sociedad sansimoniana en Ménilmontant, donde, para estimular la solidaridad entre los compañeros y aniquilar el individualismo, Enfantin diseñó aquellos uniformes fantasiosos: unas túnicas con abotonadura en la espalda que sólo se podían cerrar con ayuda de otra persona. Prosper Enfantin había viajado hasta Egipto, en busca de la mujer-mesías, que, según la doctrina, sería la redentora de la humanidad. No la encontró y seguía buscándola. Ahora, esos aspavientos feministas de los sansimonianos te parecían poco serios, un juego lujoso y frívolo. Pero en 1835 te llegaban al alma, Florita. Con qué reverencia observabas la silla vacía que, junto a la del Padre Prosper Enfantin, presidía las reuniones sansimonianas. ¿Cómo no te iba a conmover descubrir que no estabas sola, que, en París, otros, como tú, encontraban intolerable que la mujer fuera considerada un ser inferior, sin derechos, un ciudadano de segunda clase? Ante aquella silla vacía de las ceremonias de los discípulos de Saint-Simon, empezaste a decirte, en secreto, como rezando: «La salvadora de la humanidad serás tú, Flora Tristán».

Pero, para ser la mujer-mesías de los sansimonianos había que formar pareja —meterse a la cama, simplemente— con Prosper Enfantin. A muchas parisinas las tentaba. A ti, no. Hasta ahí llegaba tu celo reformista. La libertad sexual que estos movimientos predicaban te parecía —aunque no lo dijeras— una coartada para el libertinaje, y, en eso, no estabas dispuesta a seguirlos. Porque la vida sexual te seguiría inspirando, hasta conocer a Olympia Maleszewska, la misma repugnancia que el recuerdo de André Chazal.

Si el conde de Saint-Simon estaba muerto hacía tiempo, Charles Fourier, en cambio, en aquel año de 1835 estaba vivo. Tenía sesenta y tres años y le quedaban dos por vivir. Lo conociste, Andaluza. Y nueve años después, pese a lo mal que ahora pensabas de sus discípulos, esos teóricos e inactivos falansterianos, a él lo recordabas con admiración. Y, aunque lo trataste poco, con cariño filial, Fourier fue la primera persona a la que enviaste *Sobre la necesidad de dar una buena acogida a las extranjeras,* ofreciéndole tu colaboración con palabras exaltadas: «Usted, maestro, encontrará en mí una fuerza poco común entre las de mi sexo, una urgencia por hacer el bien». Y, menuda sorpresa, el noble y pulcro viejecito, con su levita muy bien planchada y sus bondadosos ojos claros se apareció en persona en el 42, rue du Cherche-Midi, para agradecerte el libro y felicitarte por tus ideas renovadoras y tu espíritu justiciero. ¡Uno de los días más felices de tu vida, Florita!

Tuviste grandes dificultades para entender algunas de sus teorías (que existía un orden social equivalente al del universo físico descubierto por Newton, por ejemplo, o el paso de la humanidad por ocho estados de salvajismo y barbarie antes de llegar a la Armonía, donde alcanzaría la felicidad), leíste *La teoría de los Cuatro Movimientos, El nuevo mundo industrial y societario* e innumerables artículos aparecidos en *La Phalange* y otras publicaciones fourieristas. Pero, era sobre todo él, por la resplandeciente limpieza moral que emanaba de su persona, la frugalidad de su vida —vivía solo, en el modestísimo pisito de la rue Saint-Pierre, en Montmartre, atiborrado de libros y papeles, donde le llevaste un día un reloj de arena de regalo—, su bondad, su horror a toda forma de violencia y su confianza a machamartillo en la buena entraña de los seres humanos, lo que, en aquellos años de 1835, 1836 y 1837, te hicieron sentirte discípula de ese generoso sabio. Fourier también estaba contra el matrimonio y creía como tú que esta malhadada institución hacía de la mujer un objeto de uso, sin dignidad ni libertad. Su teoría de que, organizando el mundo en falansterios, unidades de cuatrocientas familias cada una, sin explotadores ni explotados, donde el trabajo y sus frutos se repartirían de manera equitativa, remunerando más los quehaceres más ingratos y menos los más placenteros, y donde reinaría la más absoluta igualdad entre hombres y mujeres, al principio te hechizó. Esta doctrina daba forma concreta a tus anhelos de justicia para la humanidad.

Pero nunca pudiste conformarte a aquellos aspectos de la filosofía de Fourier que concernían al sexo. ¿Era tu culpa? Olympia creía que sí. Comprendías las altruistas intenciones del maestro: que nadie, por sus vicios o manías, quedara excluido de la sociedad ni de la dicha. Santo y bueno. Pero ¿era realizable aquello de formar falansterios por afinidades sexuales, reuniendo a los invertidos, a las sáficas, a los que gozaban recibiendo o impartiendo dolor, a los mirones y onanistas, en pequeños enclaves donde se sentirían normales? Aunque no tenías argumentos para refutarla, la sola idea de aquella tesis te hacía ruborizar. Y sospechabas que la propuesta era demasiado osada para ser realista. Además, imaginar la vida en aquellos falansterios de excéntricos sexuales, practicando lo que el maestro Fourier llamaba «la orgía noble», te provocaba escalofríos. Olympia tenía razón cuando, jugando con tu cuerpo en el lecho, te hacía enrojecer de pies a cabeza con sus caprichos: «Eres una puritana, Florita, una monjita laica».

Desde luego que compartías la afirmación de Fourier de que la civilización está en relación directamente proporcional con el grado de independencia del que disfrutan las mujeres. Otras afirmaciones suyas te dejaban confusa. Como la absoluta seguridad del anciano de que el mundo duraría exactamente ochenta mil años y de que en ese tiempo cada alma transmigraría entre la Tierra y otros planetas ochocientas diez veces y tendría mil seiscientas veintiséis existencias. ¿No parecía todo eso más cerca de la superstición que de la ciencia?

De otra parte, se te encogía el corazón viendo, o imaginando, al sabio viejecillo, cada mediodía, levantándose presuroso de los cafetines del Palais Royal donde iba a escribir y leer, para remontar la colina de Montmartre, rumbo a su casita de la rue de Saint-Pierre, a esperar, según lo había anunciado desde 1826, al mecenas, el capitalista rico e ilustrado que vendría a comunicarle que estaba dispuesto a financiar el primer falansterio, semilla de la futura humanidad feliz. Te llenaba los ojos de lágrimas pensar que, con su indestructible fe en la bondad innata de los seres humanos, desde 1826 hasta la víspera de su muerte, el 10 de octubre de 1837, Charles Fourier estuvo esperando, en su casa, de doce a dos, al visitante que nunca llegó. ¿Había algo más patético que esa larga e inútil espera de once años?

Los discípulos de Fourier, empezando por Victor Considérant, el director de *La Phalange,* no lo pensaban así. Todavía ahora, en 1844, siete años después de muerto el maestro, eran capaces de creer en capitalistas capaces de actos magnánimos. ¿Magnánimos? Suicidas, más bien. Pues, en el hipotético caso de que el falansterianismo triunfara, el capitalismo desaparecería en el mundo. Pero, no ocurriría, y tú, Florita, a pesar de tu escasa ciencia, entendías muy bien por qué. Los capitalistas serían malvados y egoístas, pero sabían lo que les convenía. Jamás financiarían un patíbulo para que les cortaran el pescuezo. Por eso ya no creías en los fourieristas, por eso los mirabas con conmiseración. Pese a ello, habías mantenido una buena relación con Victor Considérant, quien, desde 1836, te publicó en *La Phalange* cartas y artículos, a veces muy críticos de la propia revista. Y, a pesar de ser consciente de que ya no estabas con ellos, te dio cartas y recomendaciones para esta gira por el interior de Francia.

Cuando el doctor Amador, el homeópata de Montpellier, a quien Flora vio varias veces en esta semana, la oía criticar de manera destemplada a fourieristas y sansimonianos, acusándolos de «débiles» y «burgueses», se burlaba de su «espíritu incendiario». Flora advertía en el español —hablaba acariciándose las cuidadas patillas canosas que le bajaban hasta la mandíbula— una visible atracción por su persona. No dejaba de halagarte, Andaluza. Sin embargo, esa cordial relación terminó de manera bastante brusca el día en que te enteraste, por el mismo Amador, de que éste, en sus clases de la Facultad de Medicina de la Universidad de Montpellier, no enseñaba la homeopatía, inaceptable para la academia, sino la medicina alopática o tradicional, por la que —te lo había dicho de manera tajante— sentía el desdén que merecen las cosas viejas, las ideas apolilladas.

—¿Cómo puede usted enseñar algo en lo que no cree y encima cobrar por ello? —le espetó una escandalizada Madame-la-Colère—. Es una incoherencia y una inmoralidad.

—Bueno, bueno, no sea usted tan severa —contemporizó él, sorprendido con esa reacción tan viva—. Amiga mía, tengo que vivir. No siempre se puede ser absolutamente coherente y ético en la vida, a menos que se tenga vocación de mártir.

—Yo debo tenerla —afirmó Madame-la-Colère—. Porque trato siempre de actuar de una manera rectilínea, de acuerdo a mis convicciones. Se me caería la lengua si tuviera que enseñar cosas en las que no creo, simplemente para justificar un sueldo.

Fue la última vez que se vieron. Sin embargo, pese a haber quedado, sin duda, escaldado con las críticas de Flora, el doctor Amador le envió al Hotel du Midi a un carpintero. André Médard resultó ser un muchacho inquieto y simpático. Había formado una sociedad obrera de ayuda mutua, a la que la invitó.

—¿Por qué ha decidido usted no hablar en Montpellier, señora?

—Porque me aseguraron que no encontraría aquí un solo obrero inteligente —lo provocó Flora.

—Aquí hay cuatrocientos obreros inteligentes, señora —se rió el muchacho—. Yo soy uno de ellos.

—Con cuatrocientos obreros inteligentes yo haría la revolución en toda Francia, hijo mío —le repuso Flora.

La reunión que André Médard le organizó, con dieciséis hombres y cuatro mujeres, resultó excelente. Estaban desinformados, pero eran curiosos, con ganas de escucharla, y mostraron interés por la Unión Obrera y los Palacios de los Trabajadores. Compraron algunos libros y aceptaron formar un comité de cinco miembros —una mujer entre ellos— para promover el movimiento en Montpellier. Contaron a Flora cosas que la sorprendieron. Bajo su apariencia tranquila, de próspera ciudad burguesa, Montpellier era, según ellos, un polvorín. No había trabajo y muchos desempleados merodeaban por las calles desafiando la prohibición de las autoridades y apedreando a veces las carrozas y las casas de los ricos, numerosos en la ciudad.

—Si no nos apresuramos y cambiamos la situación pacíficamente gracias a la Unión Obrera, Francia, acaso Europa entera, estallarán —afirmó Flora, al término de la reunión—. La carnicería será terrible. ¡Manos a la obra, amigos!

A diferencia de sus primeros días en Montpellier, descansados, los tres últimos fueron de una actividad desbordante, gracias al preparado homeopático del doctor Amador, que la hacía sentirse eufórica y llena de energía. Intentó visitar la cárcel, sin éxito, y recorrió las librerías dejando ejemplares de *La Unión Obrera*. Por último, se reunió con una veintena de fourieristas locales. Como siempre, la decepcionaron. Eran profesionales y burócratas incapaces de pasar de la teoría a la acción, con una desconfianza innata hacia los obreros, en los que parecían anticipar un peligro para su tranquilidad burguesa. A la hora de las preguntas, un abogado, *maître* Saissac, consiguió sacarla de sus casillas, reprochándole «sobrepasar las funciones de la mujer, que no debía abandonar nunca el cuidado del hogar por la política». El abogado se ofendió cuando ella lo llamó «un prehistórico, un preciudadano, un troglodita social».

Maître Saissac tenía algo de la cara apergaminada, amarillenta, avejentada por la penuria, la amargura y el rencor, de André Chazal, en aquellos años de 1835, 1836, 1837. Flora debió verlo varias veces y enfrentarse a él, en una guerra de la que le quedaba como recuerdo esta bala en el pecho que los buenos doctores Récamier y Lisfranc no consiguieron extraerle. Entre 1835 y 1837, Chazal raptó tres veces a la pobre Aline (y dos a Ernest-Camille), convirtiendo a esa niña en el ser triste, melancólico e inhibido que era ahora. Y, cada vez, los pesadillescos tribunales a los que Flora acudió a reclamar la custodia de sus dos hijos, le dieron la razón a él, pese a ser un vago, un alcohólico, un vicioso, un degenerado, un pobre diablo que vivía en un cuchitril hediondo, donde ese par de niños sólo podían llevar una existencia indigna. ¿Y, por qué? Porque André Chazal era el marido, el que tenía las potestades y derechos, aunque fuese una excrecencia humana capaz de buscar placer en el cuerpo de su propia hija. Tú, en cambio, que habías conseguido, mediante tu esfuerzo, educarte y publicar, llevar una existencia decorosa, que hubieras podido asegurar a esos dos niños una buena educación y una vida decente, siempre fuiste mal vista por esos jueces en cuya cabeza toda mujer independiente era una puta. ¡Infelices!

¿Cómo habías conseguido, Florita, en esos años frenéticos, a la vez que peleabas ante los tribunales y en las calles con André Chazal, escribir las *Peregrinaciones de una paria*? Esa memoria de tu viaje al Perú apareció en dos volúmenes, en París, a principios de 1838, y en pocas semanas te hizo conocida en los medios intelectuales y literarios franceses. La escribiste gracias a esa energía indomable, que sólo estos últimos meses, durante esta gira, comenzabas a perder.

Un libro escrito a salto de mata, entre carreras a las comisarías, ante los jueces de instrucción y citaciones a la policía, para responder a las demandas enloquecidas de Chazal, quien quería —lo confesó él mismo ante el tribunal que lo juzgó por intento de asesinato— no tanto arrebatarte la custodia de los hijos, sino vengarse, vengarse de esa atrevida que, pese a ser su esposa ante la ley, había osado abandonarlo y se jactaba ante el mundo en artículos y libros de sus indignas hazañas, huir del hogar, viajar por el Perú haciéndose pasar por soltera y dejándose cortejar por otros hombres, y, además, lo calumniaba, presentándolo ante la opinión pública como un ser abusivo y brutal.

Y, en efecto, André Chazal se vengó. Violando a la pobre Aline, por lo pronto, a sabiendas de que ese crimen heriría a la madre tanto como a la niña. Volvió a sentir el vértigo de aquella mañana de abril de 1837, cuando llegó a sus manos la cartita de Aline. La niña la entregó a un aguatero servicial que se la llevó a Flora en persona. Enloquecida, fue a rescatar a sus hijos y denunció a la policía al incestuoso violador. Éste la agredió, en la calle, antes de ser aprehendido por los agentes. Lo increíble —¿verdad, Florita?— era que, gracias a las habilidades retóricas del abogado Jules Favre, el juicio, en vez de ser sobre la violación y el incesto cometidos por su marido, giró sobre la personalidad anómala, de dudosa moral y conducta reprobable ¡de Flora Tristán! El tribunal declaró que la violación «no había sido probada» y ordenó que los niños fueran a un internado donde sus padres podrían visitarlos por separado. Ésa era la justicia en Francia para las mujeres, Florita. Por eso estabas en esta cruzada, Andaluza.

La aparición de *Peregrinaciones de una paria* le dio prestigio literario y algún dinero —se agotaron dos ediciones en poco tiempo—, pero también problemas. El escándalo que provocó el libro en París —ninguna mujer había desnudado su vida privada con tanta franqueza, ni reivindicado su condición de «paria», ni proclamado su rebeldía contra la sociedad, las convenciones y el matrimonio como tú lo hiciste— no fue nada comparado con el que suscitó en el Perú, cuando llegaron los primeros ejemplares a Lima y Arequipa. Te hubiera gustado estar allí, ver y oír lo que decían esos señores enfurecidos que leían el francés, al verse retratados de manera tan descarnada. Te divirtió que, en Lima, los burgueses quemaran tu efigie en el Teatro Central, y que tu tío, don Pío Tristán, presidiera una ceremonia en la Plaza de Armas de Arequipa en la que simbólicamente se quemó un ejemplar de las *Peregrinaciones de una paria* por vilipendiar a la buena sociedad arequipeña. Fue menos divertido que don Pío te cortara la pequeña renta que hasta entonces te permitía vivir. La emancipación no venía gratis, Florita.

El libro estuvo a punto de costarte la vida. André Chazal no te perdonó el retrato inmisericorde que hacías de él. Semanas y meses fue rumiando el crimen. En su covacha de Montmartre se encontraron dibujos de sepulcros y epitafios para «la Paria», fechados en la época de la publicación de las *Peregrinaciones*. En mayo de ese año compró dos pistolas, cincuenta balas, pólvora, plomo y cápsulas, sin preocuparse de destruir los recibos. Desde entonces, se ufanaba ante otros grabadores amigos, en el bar, de que pronto haría justicia con sus propias manos «contra esa Jezabel». Al pequeño Ernest-Camille lo llevó algunos domingos a verlo ensayar sus pistolas, disparando al blanco. Todo el mes de agosto de 1838 lo viste merodeando por tu casa, en la rue du Bac. Pese a que alertaste a la policía, ésta no hizo nada para protegerte. El 10 de septiembre, André Chazal salió de su tugurio de Montmartre y fue a almorzar, muy sereno, en un pequeño restaurante, a cincuenta metros de tu casa. Comió con calma, concentrado en la lectura de un libro de geometría, en el que, según el patrón del local, hacía anotaciones. A las tres y media de la tarde, tú, que regresabas a tu casa andando, sofocada por el calor veraniego, avistaste a lo lejos a Chazal. Lo viste acercarse y supiste lo que iba a ocurrir. Pero, un prurito de dignidad o de orgullo te impidió echar a correr. Seguiste andando, con la cabeza muy alta. A tres metros de ti, Chazal levantó una de las dos pistolas que tenía en las manos y disparó. Caíste al suelo, por efecto de la bala que entró a tu cuerpo por una axila y quedó atrapada en tu pecho. Cuando Chazal se disponía a disparar la segunda pistola, apuntándote, conseguiste incorporarte y correr hasta una tienda vecina. Allí te desmayaste.

Después supiste que Chazal, ese débil, no llegó a disparar la segunda pistola y que se entregó a la policía sin resistencia. Ahora, cumplía una pena de veinte años de trabajos forzados. Te habías librado de él, Florita. Para siempre. La Justicia te permitió, incluso, quitar el apellido Chazal a Aline y Ernest-Camille y reemplazarlo con el de Tristán. Una liberación tardía, pero cierta. Sólo que Chazal te dejó, como recuerdo, esta bala que te mataría en cualquier momento, con un mínimo desplazamiento hacia tu corazón. Los doctores Récamier y Lisfranc, pese a todos sus desvelos, y a esas sondas que te metían en el organismo, no consiguieron extirpar el proyectil. El intento de asesinato hizo de ti una heroína, y, durante toda tu convalecencia, la casita de la rue du Bac se convirtió en un sitio de moda. Allí caían las celebridades de París, de George Sand a Eugène Sue, de Victor Considérant a Prosper Enfantin, a interesarse por tu salud. Te volviste más famosa que una cantante de la Ópera o una volatinera del circo, Florita. Pero la muerte del pequeño Ernest-Camille, súbita y cruel como un terremoto, vino a enturbiar aquello que parecía el fin de tus desventuras y una etapa de paz y éxito en tu existencia.

Los doctores Récamier y Lisfranc fueron tan afectuosos y dedicados contigo que, antes de iniciar el viaje promoviendo la Unión Obrera, redactaste un testamento ológrafo, donándoles tu cuerpo en caso de muerte, para que lo utilizaran en sus investigaciones clínicas. Tu cabeza la destinaste a la Sociedad Frenológica de París, en recuerdo de las sesiones a las que asististe, que te dejaron una impresión muy favorable de esa flamante ciencia.

Pese a las recomendaciones de los doctores de que, pensando en el metal helado de tu pecho, llevaras una vida tranquila, apenas pudiste levantarte y salir tu actividad alcanzó un ritmo vertiginoso. Como ahora eras famosa, te disputaban los salones. Igual que en Arequipa, comenzaste a hacer la vida mundana de París: recepciones, galas, tés, tertulias. Hasta te dejaste arrastrar al baile de disfraces de la Ópera, que te maravilló por su magnificencia. Esa noche conociste a una mujer delgada y de ojos penetrantes —una belleza de rasgos góticos— que te besó la mano y te dijo, con tierno acento: «Yo la admiro y la envidio, madame Tristán. Me llamo Olympia Maleszewska. ¿Podríamos ser amigas?». Lo serían, y de qué íntima manera, algo después.

Si no fueras como eres, Florita, hubieras podido convertirte en una gran dama, gracias a la popularidad de que gozaste algún tiempo gracias a *Peregrinaciones de una paria* y a la tentativa de asesinato. Serías ahora una George Sand, señora del gran mundo, halagada y respetada, con una intensa vida social, que, además, denunciaría en sus escritos la injusticia. Una respetada socialista de salón, eso serías. Pero, para tu bien, y también para tu mal, tú no eras eso. Comprendiste inmediatamente que una sirena de los salones parisinos jamás sería capaz de cambiar un ápice la realidad social, ni ejercer la menor influencia en los asuntos políticos. Había que actuar. ¿Cómo, cómo?

En ese tiempo te pareció que escribiendo, que ideas y palabras serían suficientes. Qué equivocada estabas. Las ideas eran esenciales, pero, si no las acompañaba una acción resuelta de las víctimas —las mujeres y los obreros—, las bellas palabras se harían humo y nunca saldrían de los mentideros parisinos. Pero hace ocho, nueve años, creías que las palabras impresas denunciando el mal, bastarían para poner en movimiento el cambio social. Y, por eso, escribiste con urgencia, con pasión, de todo y sobre todo, quemándote las pestañas a la luz de un quinqué en tu pisito de la rue du Bac, desde cuyas ventanas divisabas las torres cuadradas de Saint-Sulpice y oías sus campanas, que hacían vibrar los cristales de tu dormitorio. Redactaste un pedido para la *Abolición de la pena de muerte,* que hiciste imprimir y llevaste en persona a la Cámara de Diputados, sin que hiciera el menor efecto en los parlamentarios. Y escribiste *Méphis,* una novela sobre la opresión social de la mujer y la explotación del obrero, que poca gente leyó y la crítica consideró malísima. (Tal vez lo era. No importaba: lo fundamental no era la estética que adormecía a la gente en un sueño placentero sino la reforma de la sociedad.) Escribiste artículos en *Le Voleur,* en *L'Artiste,* en *Le Globe,* en *La Phalange,* y diste charlas, condenando esa compra y venta de la mujer que era el matrimonio y reclamando el divorcio, ante los oídos sordos de los políticos y la indignación de los católicos.

Cuando el reformador social inglés Robert Owen visitó Francia, en 1837, tú, que conocías apenas sus experimentos de cooperativismo y sociedad industrial y agrícola regulada por la ciencia y la técnica en New Lanark, en Escocia, fuiste a verlo. Lo sometiste a un interrogatorio tan prolijo sobre sus teorías que a él le hizo gracia. Tanto, que te devolvió la visita, llamando a la puerta de tu pisito de la rue du Bac, como lo había hecho Fourier en la rue du Cherche-Midi. Owen, de sesenta y seis años, era menos sabio y soñador que Fourier, más pragmático, y daba la impresión de alguien que ejecuta sus proyectos. Discutieron, coincidieron, y él te animó a que fueras a ver con tus propios ojos, en New Lanark, los resultados de aquella pequeña sociedad que, reemplazando la codicia por la solidaridad e impulsando la educación gratuita, sin castigos corporales a los niños, y con almacenes cooperativos para los obreros donde los productos se vendían a precio de costo, iba forjando una comunidad de gente sana y feliz. La idea de volver a Inglaterra, país que recordabas con horror desde tus días de sirvienta de la familia Spence, te sedujo y aterró. Pero el gusanillo quedó royéndote la mente. ¿No sería estupendo ir, estudiarlo y averiguarlo todo sobre la cuestión social, como en el Perú, y luego volcarlo en un libro de denuncia que removería hasta los cimientos del Imperio británico, esa sociedad impregnada de hipocresía y de mentiras? Apenas concebido el proyecto, comenzaste a buscar la manera de ponerlo en práctica.

Ah, Florita, lástima que el cuerpo privara a tu espíritu de la agilidad con que siete años atrás podías emprender tantas cosas a la vez, dejando de dormir y de comer si era preciso. Ahora, los esfuerzos que te imponías, exigían de ti una inmensa voluntad para sobreponerte al cansancio, elíxir que entumecía y parecía deshacer tus huesos, tus músculos, y te obligaba a recostarte, en una cama, en un sillón, dos o tres veces al día, sintiendo que se te escurría la vida.

Así estaba de cansada, después de una segunda reunión con un grupo de fourieristas de Montpellier, a pedido de ellos. Acudió a la cita, intrigada. Habían hecho una pequeña colecta y le entregaron veinte francos para la Unión Obrera. No era mucho, pero algo es siempre mejor que nada. Estuvo charlando y bromeando con ellos, hasta que una súbita fatiga la obligó a despedirse y volver al Hotel du Midi.

Allí la esperaban dos cartas. Abrió primero la de Eléonore Blanc. La fiel Eléonore, siempre tan activa y afectuosa, le daba cuenta detallada de las actividades del comité de Lyon, los nuevos adherentes, las reuniones, las colectas, la venta de su libro, los esfuerzos para atraer a los obreros. La otra era de su amigo, el artista Jules Laure, con quien mantenía una estrecha relación. En los salones parisinos se decía que eran amantes y que Laure la mantenía. Lo primero era falso, pues, cuando Jules Laure, luego de pintar su retrato, cuatro año atrás, le declaró su amor, Flora, con cruda franqueza, lo rechazó. Le dijo, de manera categórica, que no insistiera: su misión, su lucha, eran incompatibles con una pasión amorosa. Ella, para dedicarse en cuerpo y alma a cambiar la sociedad, había renunciado a la vida sentimental. Por increíble que pareciera, Jules Laure la entendió. Le rogó que, ya que no podían ser amantes, fueran amigos, hermanos, compañeros. Y eso es lo que eran. En el pintor, Flora encontró alguien que la respetaba y quería, un confidente y un aliado, que le ofrecía amistad y apoyo en los momentos de desfallecimiento. Y, además, Laure, que tenía muy buena situación económica, la ayudaba a veces a superar los problemas materiales. Nunca más había vuelto a hablarle de amor ni tratado siquiera de cogerle la mano.

Su carta era portadora de malas noticias. El dueño de su departamento de 100, rue du Bac, la había echado por no pagar el alquiler varios meses seguidos. Sacó su cama y todos sus enseres a la calle. Cuando Jules Laure fue alertado y corrió a rescatarlos para llevarlos a un depósito, habían pasado varias horas. Temía que muchas de sus pertenencias hubieran sido robadas por gente del vecindario. Flora quedó un momento idiotizada. Su corazón se aceleraba, espoleado por la indignación. Con los ojos cerrados, imaginó la innoble operación, los cargadores contratados por ese cerdo con gabardina que olía a ajos, sacando muebles, cajas, ropas, papeles, haciéndolos rodar por la escalera, amontonándolos sobre los adoquines de la calle. Sólo buen rato después pudo llorar y desahogarse, insultando en voz alta a esos «miserables canallas», a esos «asquerosos rentistas», a esas «inmundas arpías». «Quemaremos vivos a todos los propietarios», rugía, imaginando en las esquinas de París las piras humeantes donde

esas excrecencias se achicharraban. Hasta que, de tanto urdir maldades, se echó a reír. Una vez más, esas fantasías ma-
lévolas la aplacaron: era un juego que practicaba desde su
infancia en la rue du Fouarre y que siempre surtía efecto.

Pero, inmediatamente después, olvidando que se
había quedado sin hogar y perdido sin duda buena parte
de sus magros bienes, se puso a reflexionar sobre la manera de dar a los revolucionarios una mínima seguridad en
lo que respecta a la vivienda y el sustento, mientras salían
a ganar adeptos y predicar la reforma social. Le dio la
medianoche trabajando, en su cuartito del hotel, a la luz
de un candil chisporroteante, sobre un proyecto de «refugios» para revolucionarios que, a la manera de los conventos y casas de los jesuitas, los esperarían siempre, con
una cama y un plato de sopa caliente, cuando salieran por
el mundo a predicar la revolución.

XVIII. El vicio tardío
Atuona, diciembre de 1902

—¿Siempre quiso usted ser pintor, Paul? —preguntó, de pronto, el pastor Paul Vernier.

Habían bebido, comido la espléndida «tortilla babosa» del dueño de casa, y discutido sobre los problemas que, a juicio de Ben Varney y Ky Dong, le traerían a Paul sus desafíos a la autoridad con sus exhortaciones a los marquesanos a no pagar impuestos. Habían reído y fantaseado sobre el colerón que le daría al obispo Martin saber que Koke acababa de instalar, en su jardín, dos esculturas de madera que aludían a lo que más podía dolerle al purpurado: el monigote con cuernos, rezando, tenía la cara de monseñor y se titulaba *Padre Lujuria*, y la mujer, de grandes tetas y caderas que exhibía con obscenidad, *Teresa*, como la sirvienta, que, según *vox populi* en Atuona, era amante del obispo. Habían discutido sobre si el barco misterioso que cruzó frente a la isla, a la distancia, en medio de la lluvia y la niebla, era uno de esos balleneros americanos portadores de mala suerte, que tanto inquietaban a los nativos de Hiva Oa pues secuestraban gente de la isla para incorporarla a la fuerza a la tripulación. Pero, rindiéndose a los argumentos de Frébault y Ben Varney de que los balleneros ya no venían porque ya no había ballenas por aquí, habían decretado que el barco que divisaron no existía, que era un barco fantasma.

La súbita pregunta del pastor protestante de Atuona dejó a Paul desconcertado. Conversaban en el anegado jardín de La Casa del Placer. Felizmente, había dejado de llover. Las nubes, al abrirse hacía una hora, desnudaron un cielo de purísimo azul y el sol brilló muy fuerte. Había llovido diluvialmente toda la semana y este paréntesis de buen tiempo tenía a los cinco amigos de Paul —Ky Dong, Ben Varney, Émile Frébault, su vecino Tioka y el jefe de la misión protestante— muy contentos. Sólo el pastor Vernier no bebía alcohol. Los otros acariciaban en las manos vasos de ajenjo o de ron y tenían los ojos achispados.

—¿Sintió la vocación de ser artista desde niño? —insistió Vernier—. Me interesa mucho el tema de las vocaciones. Religiosas o artísticas. Porque creo que hay en ambas mucho de común.

El pastor Vernier era un hombre enjuto e intemporal y hablaba con gran suavidad, acariciando las palabras. Tenía pasión por las almas y las flores; su jardín, extendido al pie de los dos hermosos tamarindos de la misión que Koke divisaba desde su estudio, era el mejor cuidado y el más fragante de Atuona. Se sonrosaba cada vez que Paul o los otros decían palabrotas o mencionaban el sexo. Miraba a Koke con verdadero interés, como si el asunto de la vocación de veras le importara.

—Bueno, a mí, el vicio este me atacó tardísimo —reflexionó Paul—. Hasta los treinta años no creo haber dibujado ni siquiera un monigote. Los artistas me parecían unos bohemios y unos maricones. Los despreciaba. Cuando dejé la marina, al fin de la guerra, no sabía qué hacer en la vida. Pero lo único que no se me pasaba por la cabeza era ser pintor.

Tus amigos se rieron, creyendo que hacías una de tus acostumbradas bromas. Pero era cierto, cierto, Paul. Aunque nadie lo entendiera, empezando por ti mismo. El gran misterio de tu vida, Koke. Lo habías sondeado mil veces, sin encontrar jamás una explicación. ¿Llevabas desde la cuna aquel gusanito en las entrañas? ¿Esperaba el momento, la circunstancia adecuada para manifestarse? Lo acababa de insinuar Ky Dong, que parecía escurrido en su pareo floreado:

—Es imposible que una vocación de pintor aparezca súbitamente en la vida de un hombre maduro, Paul. Cuéntanos la verdad.

Ésa era la verdad, aunque tus amigos no te creyeran. En tu memoria no había rastro del menor interés por la pintura, ni por arte alguno, en los años que recorrías los mares del mundo en barcos de la marina mercante, ni después, cuando hacías el servicio militar en el *Jérôme-Napoléon*. Tampoco antes, en el internado de Orléans de monseñor Dupanloup. Tu memoria fallaba en estos últimos tiempos, pero de eso estabas seguro: ni de escolar ni de marino jamás pintaste un boceto, ni visitaste un museo, ni entraste a una galería de arte. Y, cuando te liberaron del servicio y fuiste a vivir a París donde tu tutor Gustave Arosa, tampoco prestaste mayor atención a las pinturas que colgaban en sus paredes; sólo mirabas con curiosidad las figurillas de barro cocido de los antiguos incas que tenía tu tutor, pero ¿por razones artísticas o porque te recordaban aquellos muñequitos de los mantos prehispánicos que te intrigaron tanto, de niño, en Lima, en la casa del tío abuelo don Pío Tristán?

—¿Y qué hiciste, entonces, entre los veinte y los treinta? —le preguntó Ben. El ex ballenero y dueño del almacén de Atuona estaba congestionado y con los ojos medio desorbitados. Pero su voz no era aún la de un borracho.

—Era agente de Bolsa, financista, banquero —dijo Paul—. Y, aunque tampoco me lo crean, lo hacía bien. Si hubiera seguido en eso, tal vez sería millonario. Un gran burgués que fuma puros y mantiene dos o tres queridas. Perdón, pastor.

Lo festejaron. La risa del gigantesco Frébault, a quien Paul había bautizado Poseidón por su corpulencia y su pasión por el mar, parecía arrastrar piedras. Hasta el hierático Tioka, que se acariciaba la gran barba blanca como sometiendo a rumia filosófica todo lo que oía, se rió. No te imaginaban de hombre de negocios, a ti, siendo el salvaje que eras, Paul. No tenía nada de raro. Ahora, ni siquiera tú te lo creías, pese a haberlo vivido. Pero ¿eras tú aquel joven de veintitrés años, al que Gustave Arosa sugirió, en una charla muy seria, bebiendo cognac en su mansión de Passy, que se dedicara a los negocios en la Bolsa, donde se podían hacer fortunas, como había hecho él? Aceptaste la idea de buena gana y le quedaste reconocido —todavía no lo odiabas, todavía no querías saber que tu madre había sido la amante de ese ricachón— cuando te consiguió un puesto en la oficina de su socio, Paul Bertin, agente reputado de la Bolsa de París. Qué ibas a ser tú ese joven atildado, educado, tímido, que llegaba a la oficina con puntualidad enfermiza, y, sin distraerse un instante, se entregaba horas de horas, en cuerpo y alma, a empaparse de ese difícil oficio, conseguir clientes que confiaran a la agencia Bertin la inversión de sus rentas y patrimonio en la Bolsa de París. Quién que te hubiera frecuentado en estos últimos diez años podría concebir siquiera que, en 1872, 1873, 1874, fueras un empleado modelo, al que el propio patrón, Paul Bertin, tan seco y hosco, felicitaba a veces por su empeño, y por esa vida ordenada, que, a diferencia de la de tus colegas, evitaba la disipación de los cafés y bares donde todos ellos se precipitaban al cierre de las oficinas. Tú no. Tú, hombre formal, te ibas andando al cuartito alquilado de la rue La Bruyère, y, después de cenar frugalmente en un restaurante del vecindario, todavía te sentabas en tu mesita coja y gruñona a revisar papeles de la oficina.

—Parece mentira, Paul —exclamó el pastor Vernier, alzando la voz porque la apagaban lejanos truenos—. ¿Fue usted así, en su mocedad?

—Un asqueroso aprendiz de burgués, pastor. Yo tampoco me lo creo, ahora.

—¿Y cómo ocurrió el cambio? —intervino el vozarrón de Frébault.

—Dirás el milagro —lo corrigió Ky Dong. El príncipe anamita miraba a Paul intrigado, con expresión cavilosa—. ¿Cómo fue?

—He pensado mucho en eso y creo que ahora tengo una respuesta clara —Paul retuvo en la boca, con delectación, un sorbito dulce y picante de ajenjo y chupó su pipa antes de continuar—. El corruptor, el que jodió mi carrera de burgués, fue el buen Schuff.

Hombros caídos, mirada perruna, andar cansino, un acento alsaciano que provocaba sonrisas: Claude-Émile Schuffenecker. El buen Schuff. Qué te ibas a imaginar, Paul, cuando ese hombre tímido, bondadoso, descuadrado y gordinflón entró a trabajar en la agencia Bertin —estaba mejor preparado que tú, había hecho estudios de comercio y esgrimía un diploma—, la influencia que tendría en tu vida. Ese colega amable, cordial, asustadizo, intimidado, te miraba con respeto y envidiaba tu personalidad fuerte y decidida. Te lo dijo, ruborizándose. Se hicieron muy amigos. Sólo después de algunas semanas descubrirías que ese colega inhibido y apocado alentaba, por debajo de su apariencia esmirriada, dos pasiones, que te fue revelando a medida que se trenzaba la amistad: el arte y las religiones orientales, principalmente el budismo, sobre el que Claude-Émile había leído muchísimo. ¿Seguiría interesado en alcanzar el nirvana? Pero fue la manera como Schuff hablaba de la pintura y los pintores lo que te sorprendió, intrigó, y, poco a poco, contagió. Para el buen Schuff, los artistas eran seres de otra especie, medio ángeles, medio demonios, distintos en esencia de los hombres comunes. Las obras de arte constituían una realidad aparte, más pura, más perfecta, más ordenada, que este mundo sórdido y vulgar. Entrar en la órbita del arte era acceder a otra vida, en la que no sólo el espíritu, también el cuerpo se enriquecía y gozaba a través de los sentidos.

—Me estaba corrompiendo y yo no me daba cuenta —les hizo un brindis Paul—. ¡Por el buen Schuff! Me arrastraba a galerías, a museos, a talleres de artistas. Me hizo entrar al Louvre por primera vez, a verlo copiar a los clásicos. Y, un buen día, no sé cómo, no sé cuándo, en los ratos libres, a escondidas, me puse a dibujar. Así empezó. El vicio tardío este. Recuerdo la sensación de estar haciendo algo malo, como de niño, en Orléans, donde el tío Zizi, cuando me masturbaba o espiaba desnudarse a la criada. ¿Increíble, no? Un día, me hizo comprar un caballete. Otro, me enseñó la pintura al óleo. Nunca había tenido antes en mis manos un pincel. Me hizo preparar los colores, mezclarlos. ¡Me corrompió, les digo! Con su carita de mosca muerta, de yo no soy nadie, de yo no existo, el buen Schuff produjo un cataclismo en mi vida. Por culpa de ese alsaciano gordinflón estoy aquí, en este fin del mundo.

Pero ¿el episodio decisivo no habría sido más bien, en vez del buen Schuff, aquella visita a esa galería de la rue Vivienne donde se exhibía la *Olympia,* de Édouard Manet?

—Fue como ser alcanzado por un rayo, como ver una aparición —explicó Paul—. La *Olympia* de Édouard Manet. El cuadro más impresionante que había visto nunca. Pensé: «Pintar así es ser un centauro, un Dios». Pensé: «Tengo que ser un pintor yo también». Ya no me acuerdo muy bien. Pero fue algo así.

—¿Un cuadro puede cambiar la vida de un hombre? —Ky Dong lo miraba con escepticismo.

Sobre sus cabezas había ahora de nuevo una trompetería infernal de rayos y truenos y el viento sacudía todos los árboles de Atuona con furia. Pero todavía no había regresado la lluvia. Una niebla espesa ocultaba otra vez el sol. Habían desaparecido las moles boscosas del Temetiu y el Feani. Los amigos callaron, hasta que un nuevo interludio de la tormenta permitió que se escucharan sus voces.

—A mí me la cambió, me la jodió —afirmó Paul, con brusca furia—. Me revolvió, me dio pesadillas. De pronto, ya no me sentí seguro de nada, ni del suelo que pisaba. ¿No han visto ustedes la foto de *Olympia,* ahí en mi estudio? Se la voy a mostrar.

Cruzó chapoteando el enfangado jardín y subió a los altos de La Casa del Placer. El viento sacudía la escalerilla exterior como si fuera a arrancarla. La foto amarillenta y algo borrosa de *Olympia* presidía la serie de estampas y clichés de su vieja colección: Holbein, Durero, Rembrandt, Puvis de Chavannes, Degas, algunas estampas japonesas, la reproducción de un bajorrelieve del templo javanés de Borobudur. Al comenzar el aguacero, hacía siete días, había descolgado las fotos pornográficas y las tenía metidas bajo el colchón, para salvarlas de la lluvia, que había atravesado el bambú y mojado toda la estancia. Muchas de estas fotos, empapadas, ahora perderían del todo su ya desvaído color. La de *Olympia* era la más antigua. La habías buscado con avidez, luego de aquella exposición en la rue Vivienne, y nunca te habías separado de ella desde entonces.

Sus amigos la examinaron pasándosela de mano en mano, y, por supuesto, al descubrir el cuerpo desnudo, luminoso, de Victorine Meuret (Koke les contó que la había conocido y que la modelo no era ni sombra de su imagen, que Manet la había transfigurado) desafiando con su mirada de mujer libre y superior al mundo entero mientras su criada negra le acercaba un ramo de flores, el pastor Vernier enrojeció hasta las orejas. Temeroso sin duda de que ese desnudo fuera el comienzo de algo peor, alegó un pretexto para irse:

—En cualquier momento va a descargarse el cielo otra vez —dijo, señalando las formaciones amenazadoras de nubes oscuras que avanzaban sobre Atuona—. No quiero llegar a la misión nadando, tenemos servicio esta tarde. Aunque con esta tormenta, me temo, no vendrá nadie. No debe quedar una planta en pie en mi jardín. Adiós a todos. Deliciosa la tortilla, Paul.

Partió, zangoloteando en el barro, y evitando mirar al pasar junto a ellos a los grotescos muñecones *Padre Lujuria* y *Teresa*. Tioka tenía clavada la vista en la foto, y, luego de un buen rato, siempre sobándose la barba nevada, preguntó, en su lento francés:

—¿Una diosa? ¿Una puta? ¿Quién es ella, Koke?

—Las dos cosas y muchas otras más —dijo Paul, sin reír como sus compañeros—. Es lo extraordinario de esa imagen. Ser mil mujeres a la vez, en una sola. Para todos los apetitos, para todos los sueños. La única mujer que no me ha cansado nunca, amigos. Aunque, ahora, apenas consigo verla. Pero la llevo aquí, y aquí, y aquí.

Lo dijo a la vez que se tocaba la cabeza, el corazón y el falo. Sus amigos lo celebraron con nuevas risas.

Como lo había anunciado Vernier, el cielo siguió oscureciéndose muy deprisa. No se veía la colina del cementerio tampoco, pero se oía rugir al río Make Make, cargadísimo. Cuando arreció la lluvia, con las copas en las manos corrieron a refugiarse al taller de escultura, más seco que el resto de La Casa del Placer. Estaban calados. Se acurrucaron en la única banca y el despanzurrado sofá. Paul les llenó las copas de nuevo. Mientras lo hacía advirtió que el aguacero había destrozado los girasoles del jardín y sintió pena por ellos y por el Holandés Loco. Ky Dong se extrañó de no haber visto a Vaeoho en todo el día: ¿dónde andaba, con semejante temporal?

—Se ha ido donde su familia, al poblado de Hanaupe. Está embarazada y prefiere dar a luz allá. En realidad, se aprovecha de este pretexto para librarse de mí. No creo que vuelva. Está harta ya de todo esto y tal vez tenga razón.

Sus amigos se miraron, incómodos. Harta de ti y de tus llagas, Paul. Tu *vahine* no podía ocultar su desagrado y no necesitabas verla para darte cuenta. La cara se le descomponía cada vez que querías tocarla. Bah, pobre muchacha. Estabas convertido en una asquerosidad, en una ruina viviente, Koke. Pero, en este momento, con el calor del ajenjo dentro del cuerpo y conversando con estos amigos, pese a la furia del cielo te querías sentir bien. Unos cuantos girasoles aplastados no te iban a joder la vida más de lo que ya la tenías, Koke.

—En los años que llevo aquí, nunca vi llover así —dijo Ky Dong, mostrando el cielo: las trombas de agua sacudían el techo de bambú y hojas de palmera trenzadas y parecían a punto de arrancarlo. Los relámpagos iluminaban el horizonte por segundos y luego todas las montañas de Hiva Oa que los rodeaban desaparecían, borradas por unas nubes negras y estruendosas. Ni siquiera se divisaba el almacén de Ben Varney que estaba tan cerca. El mar, a su espalda, parecía rabioso. ¿El fin del mundo, Koke?

—Yo tampoco he salido nunca de esta isla y jamás vi antes llover así —dijo Tioka—. Algo malo va a pasar.

—¿Algo más malo que este diluvio? —se burló Ben Varney, con la lengua medio trabada. Y, volviéndose hacia Paul, reanudó la conversación—: ¿O sea que viste ese cuadro y lo echaste todo por la borda y te dedicaste a la pintura? Tú no eres un salvaje sino un loco, Paul.

Estaba muy cómico el almacenero, con sus pelos rojizos apelmazados cubriéndole la frente como un cerquillo. Se reía, divertido e incrédulo.

—Ojalá hubiera sido tan fácil —dijo Paul—. Yo estaba casado. Y muy en serio. Tenía un hogar muy burgués, una mujer que me llenaba de hijos. ¿Cómo echar todo por la borda, de la noche a la mañana? ¿Y las responsabilidades? ¿Y la moral? ¿Y el qué dirán? Yo creía en esas cosas, entonces.

—¿Tú, casado? —se sorprendió Ky Dong—. ¿Con todas las de la ley, Koke?

Con todas las de la ley y mucho más. ¿Te habías enamorado tanto, Paul, de Mette Gad, esa joven danesa culta, espigada, vikinga de largos cabellos rubios venida a pasear a París, en aquel invierno de 1872? No lo recordabas, en absoluto. Pero, sin duda, sí, te habías enamorado de la Vikinga. Pues la habías invitado, cortejado, declarado tu amor y pedido formalmente en matrimonio, algo a lo que la horrible familia de Mette, burguesa, burguesísima, de Copenhague, después de dudarlo mucho y de hacer puntillosas averiguaciones sobre el pretendiente, por fin consintió. Fue una boda como se debe, en la alcaldía del barrio IX, y en la iglesia luterana de París, para satisfacer a esos remilgados escandinavos. Con champagne, orquesta, buen número de invitados y generosos regalos de tu tutor, Gustave Arosa, y de tu jefe, Paul Bertin. Y, luego de una corta luna de miel en Deauville, a ocupar el pisito de la Place Saint-Georges, donde colgaste el manto de los antiguos peruanos que te regalaron tu hermana María Fernanda y su novio colombiano, Juan Uribe. Hacías todo lo que convenía a un joven corredor de Bolsa con un brillante porvenir. Eso eras tú entonces, Paul. Trabajabas mucho, ganabas bien, en 1873 tuviste tres mil francos de prima —más que ninguno de tus colegas de la agencia Bertin—, y Mette, dichosa, decoraba la casa y ardía de impaciencia por empezar a parir. En 1874, cuando nació el primogénito y fue bautizado Emil (por su padrino, el buen Schuff, aunque sin la «e» final, en recuerdo de sus ancestros nórdicos), recibiste un nuevo bono de tres mil francos. Una pequeña fortuna, que la alegre Mette Gad se dispuso a dilapidar en compras y diversiones, sin sospechar que ya tenía el enemigo en casa. Su diligente y afectuoso marido, a escondidas garabateaba bocetos, y había empezado a tomar clases de dibujo y pintura junto a Schuff, en la Academia Colarossi. Cuando lo descubrió, ya no vivían en la Place Saint-Georges, sino en un barrio aún más elegante, el XVI, en un magnífico pisito de la rue de Chaillot que Paul se resignó a alquilar, dando gusto a los delirios de grandeza de Mette, aunque previniéndola de que era excesivo para sus ingresos.

La Vikinga descubrió el vicio secreto por culpa de otro personaje decisivo en tu vida de aquellos años: Camille Pissarro. Nacido en una islita del Caribe, Saint Thomas, donde había apoyado una rebelión de esclavos que hizo de él un apestado, Camille se vino a Europa, y aquí proseguía, imperturbable, su carrera de artista de vanguardia, junto a sus amigos del grupo llamado impresionista, sin angustiarse lo más mínimo por los escasos compradores que tenían sus cuadros. Frecuentaba intelectuales anarquistas, como Kropotkin, quien lo visitaba, y se decía «un ácrata benigno, que no pone bombas». Paul lo conoció donde su tutor, Gustave Arosa, que le había comprado un paisaje, y, desde entonces, se vieron a menudo. Le compró un cuadro, también. Por sus escasos ingresos, Pissarro no podía vivir en París. Tenía una casita en el campo, cerca de Pontoise, donde, patriarca bíblico dotado de la paciencia de Job, criaba a sus siete hijos, que lo adoraban, y soportaba a su mujer, Julie, ex sirvienta de carácter dominante. Lo maltrataba delante de sus amigos, reprochándole su ineptitud para ganar dinero. «Sólo pintas paisajes, que a nadie le gustan», lo reñía, delante de Paul y Mette, a quienes invitaban a pasar fines de semana en Pontoise. «Pinta más bien retratos, fiestas campestres, o desnudos, como Renoir o Degas. A ellos les va mejor que a ti, ¿no?»

Un domingo, mientras bebían una taza de chocolate, Camille Pissarro dejó caer, con un acento que parecía sincero, que Paul tenía «verdadero temple de artista», Mette Gad se sorprendió. ¿Qué era eso?

—¿Es cierto lo que dijo Pissarro? —preguntó a su marido, cuando estuvieron de vuelta en París—. ¿Te interesa el arte a ti? Nunca me lo dijiste.

El azoro, la sensación de culpa, una viborita corriéndote de la cabeza a los pies, Paul. No, mi bella, un mero pasatiempo. Algo más sano y sensible que malgastar las noches en bares o cafés, jugando al dominó con los amigos. ¿No es cierto, Vikinga? Ella, con un mohín inquieto: sí, claro que sí. Intuición de mujer, Paul. ¿Adivinaba que había entrado la disolución en su hogar, que esa intrusa acabaría destruyendo su matrimonio y sus anhelos de llegar a ser una burguesa rica y mundana en la Ciudad Luz?

Después de ese episodio, te sentiste curiosamente liberado, con derecho a exhibir tu flamante vicio ante tu mujer y tus amigos. ¿Por qué un exitoso agente de la Bolsa de París no tendría derecho a lucir ante el mundo esa afición artística que practicaba en sus ratos libres, como otros el billar y los caballos? En 1876, en un acto de audacia, pediste prestado a tu hermana María Fernanda y a su flamante marido, Juan Uribe, el cuadro que les regalaste por su boda, *El bosquecillo de Viroflay*, y lo presentaste al Salón. Entre millares de aspirantes, fue aceptado.

El que más se alegró fue Camille Pissarro, que, desde entonces, presentándote como su discípulo, te llevó al café La Nouvelle Athènes, en Clichy, cuartel general de sus amigos. Los impresionistas acababan de hacer su segunda exposición colectiva. Mientras el imponente Degas, el malhumorado Monet y el jocundo Renoir conversaban con Pissarro —un tonel humano de blanca barba e irrompible buen humor—, tú permanecías en silencio, avergonzado ante esos artistas de ser nada más que un agente de Bolsa. Cuando, una noche, apareció en La Nouvelle Athènes Édouard Manet, el autor de *Olympia,* palideciste como si te fueras a desmayar. Abrumado por la emoción, apenas atinaste a balbucear un saludo. ¡Qué distinto eras entonces, Koke! ¡Qué lejos estabas aún de convertirte en lo que eras ahora! Mette no podía quejarse, pues seguías ganando buen dinero. En 1876 recibiste, además de tu sueldo, un bono de tres mil seiscientos francos, y, al año siguiente, cuando nació Aline, te mudaste de casa. El escultor Jules-Ernest Bouillot te alquiló un piso y un pequeño estudio en Vaugirard. Allí empezaste a modelar arcilla y tallar en mármol bajo la dirección del dueño de casa. La cabeza de Mette que esculpiste con tanto esfuerzo ¿era una pieza aceptable? No lo recordabas.

—Debía ser difícil esa doble vida —observó Ky Dong—. Agente de Bolsa varias horas al día, y, en los huequecitos, la pintura y la escultura. Me recuerda mis épocas de conspirador, en Anam. De día, un circunspecto funcionario de la administración colonial. Y, de noche, la insurrección. ¿Cómo podías, Paul?

—No podía —dijo Paul—. Pero, qué iba a hacer. Era un burgués de principios. ¿Cómo mandar al diablo todo lo que llevaba a las espaldas, mujer, hijos, seguridad, buen nombre? Por fortuna, tenía la energía de un volcán. Cuatro horas de sueño me bastaban.

—Tengo que darte un consejo, ahora que estoy borracho —lo interrumpió Ben Varney, cambiando bruscamente de tema. Tenía ya la voz vacilante y sus ojos sobre todo revelaban que estaba ebrio—. Deja de pelearte con las autoridades de Atuona, porque te irá mal. Ellos son poderosos y, nosotros, no. No podremos ayudarte, Koke.

Paul se encogió de hombros y bebió un sorbito de ajenjo. Le costó esfuerzo apartarse de aquel hombre de treinta y dos, treinta y tres, treinta y cuatro años, que había sido, allá en París, dividido entre sus obligaciones familiares y esa tardía pasión artística que se instaló en su vida con la voracidad de una solitaria. ¿De qué hablaba Varney? Ah, sí, de tu campaña a fin de que los maoríes no pagaran el «impuesto para caminos». Tus amigos también se alarmaron cuando explicaste a los nativos que, si vivían lejos de Atuona, no tenían obligación de llevar a sus hijos a la escuela. ¿Y qué te pasó? Nada.

La tormenta se había tragado el paisaje circundante. El mar vecino, los techos de Atuona, la cruz del cementerio en las faldas de la colina, habían desaparecido detrás de unas gasas blancas que se espesaban por segundos. Ya los tenían cercados. El vecino río Make Make, crecido, comenzaba a desbordarse, removiendo las piedras de su cauce. Paul pensó en los miles de pájaros, en los gatos salvajes y en los gallos cantores de Hiva Oa que estaba asesinando el temporal.

—Ya que Ben ha tocado el asunto, yo también me atrevo a aconsejarte —dijo Ky Dong, con mucho tacto—. Cuando, al comienzo del curso escolar, saliste a la Bahía de los Traidores a informar a los maoríes que traían a sus hijos donde los curas y monjas que no tenían obligación de hacerlo si vivían en localidades apartadas, te lo advertí: «Estás haciendo algo grave». Por tu culpa, el número de alumnos se ha reducido en las escuelas en una tercera parte, acaso más. El obispo y los curas no te lo van a perdonar. Pero, esto de los impuestos es todavía peor. No hagas más disparates, amigo.

Tioka salió de su severa inmovilidad y se rió, algo que hacía rara vez:

—Las familias maoríes que tenían que recorrer media isla para traer a sus hijos al colegio, están agradecidas de que les revelaras esa dispensa, Koke —murmuró, como festejando una picardía—. El obispo y el gendarme nos habían mentido.

—Es lo que hacen los curas y los policías, mentir —se rió Koke—. Mi maestro Camille Pissarro, que ahora me desprecia por vivir entre los primitivos, estaría encantado de oírme. Era ácrata. Odiaba las sotanas y los uniformes.

Un trueno prolongado, ronco y con gárgaras, impidió al príncipe anamita decir lo que pretendía. Ky Dong permaneció con la boca abierta, esperando que el cielo se calmara. Como no lo hacía, habló alto para hacerse oír en medio de la tormenta:

—Lo de los impuestos es mucho peor, Paul. Ben tiene razón, cometes imprudencias —insistía, con su manera suave, felina, ronroneante—. Aconsejar a los indígenas que no paguen impuestos es motín, subversión.

—¿Estás contra la subversión tú, condenado a la Isla del Diablo por querer segregar a Indochina de Francia? —lanzó una carcajada Paul.

—No sólo lo digo yo —repuso el ex terrorista, muy serio—. Lo dicen muchos en el pueblo.

—Yo se lo he oído decir al nuevo gendarme, con esas mismas palabras —intervino Frébault, moviendo sus manazas—. Te tiene entre ojos, Koke.

—¿Claverie, ese hijo de puta? Lástima que reemplazaran al simpático Charpillet por este energúmeno embrutecido —Paul hizo el simulacro de escupir—. ¿Saben desde cuándo me odia este gendarme? Desde que me encontró bañándome desnudo en el río, en Mataiea, al mes de llegar por primera vez a Tahití. El canalla me puso una multa. Lo peor no fue la multa, sino que hizo trizas mi sueño: Tahití no era, pues, el Paraíso terrenal. Había uniformados que impedían vivir a los seres humanos una vida libre.

—Estamos hablando en serio —intervino Ben Varney—. No es por fastidiarte ni entrometernos. Somos tus amigos, Paul. Puedes tener problemas. Lo de los colegios ya fue serio. Pero esto de los impuestos es peor.

—Mucho peor —repitió Ky Dong—. Si los nativos te hacen caso y dejan de pagar impuestos, irás a la cárcel por subversivo. Y quién sabe si tendrás la suerte que tuve yo. Llevas apenas un año aquí y ya te has hecho de enemigos. ¿No querrás terminar tus días en la Isla del Diablo, verdad?

—Tal vez allá, en la Guayana, esté lo que ando buscando por todas partes sin encontrarlo —fantaseó Paul, poniéndose grave—. Bebamos, amigos. No nos preocupemos por el futuro. Además, todo indica allá arriba que acaba de empezar el fin del mundo en las Marquesas.

Los truenos y relámpagos habían retomado su estruendoso concierto y toda La Casa del Placer se estremecía y baloteaba, como si las trombas de agua y las ráfagas de viento candente la fueran a descuajar y llevársela por los aires en cualquier momento. Las aguas del río vecino, desbordadas, comenzaban a anegar el jardín. Eran tus amigos, Paul. Se inquietaban por tu suerte. Decían la verdad: tú no eras nadie, apenas un aprendiz de salvaje sin dinero y sin fama, al que curas, jueces y gendarmes podían partirle el espinazo cuando quisieran. Te lo había advertido el gendarme Claverie, que era, también, juez y autoridad política de la isla de Hiva Oa: «Si sigue usted amotinando a los indígenas, le caerá encima todo el peso de la ley y sus pobres huesos no lo resistirán, queda advertido». Bien, gracias por la advertencia, Claverie. ¿Para qué te buscabas nuevos enredos y líos, Koke? ¿No era imbécil? Tal vez. Pero no era de justicia cobrar un «impuesto para caminos» a los miserables pobladores de una islita donde el Estado no había construido un metro de rutas, senderos o vías, y donde salir de Atuona era encararse por todos lados con un bosque abrupto y cerrado. Tú lo comprobaste en el viaje de pesadilla, yendo a mula hasta Hanaupe, para negociar tu matrimonio con Vaeoho. Por eso no podías moverte de aquí, Koke. Por eso no habías podido ir hasta el valle de Taaoa, a ver las ruinas con *tikis* de Upeke, algo que deseabas tanto. Menuda estafa ese impuesto. ¿Quién se embolsillaba el dinero que no se invertía aquí? Alguno o varios de esos parásitos repulsivos que ocupaban la administración colonial, en la Polinesia, o allá, en la metrópoli. ¡Jódanse! Tú seguirías aconsejando a los maoríes que se negaran a pagarlo. Dándoles el ejemplo, habías escrito a las autoridades exponiéndoles las razones por las que tú tampoco lo harías. ¡Bien hecho, Paul! Tu ex maestro ácrata, Camille Pissarro, aprobaría lo que haces. Y, allá, en el cielo o en el infierno, la agitadora con faldas, la abuela Flora, estaría aplaudiendo.

Camille Pissarro había leído algunos libros y folletos de Flora Tristán y hablaba de ella con tanto respeto que hizo que te interesaras por primera vez en una abuela materna de la que nada sabías. Tu madre jamás te habló de ella. ¿Le guardaba cierto rencor? Y con razón: nunca se ocupó de su hija Aline. La tuvo viviendo con nodrizas, mientras ella hacía la revolución. Pero apenas alcanzaste a leer algo de la abuela Flora. No tenías tiempo para nada más que, de día, correr tras los clientes de la agencia e informarles sobre el estado de sus acciones, y, en todos los momentos libres —sobre todo los dichosos fines de semana, en Pontoise, donde los Pissarro—, pintar, pintar, con verdadera furia. En 1878 se abrió el Museo de Etnografía, en el Palacio de Trocadero. Lo recordabas muy bien, porque allí, por primera vez, observando las figuritas de cerámica de los antiguos peruanos —esos nombres misteriosos: mochicas, chimús—, tuviste por primera vez la adivinación de lo que años más tarde sería para ti un artículo de fe: esas culturas exóticas, primitivas, lucían una fuerza, una beligerancia espiritual que se había evaporado en el arte contemporáneo. Recordabas, sobre todo, una momia de más de mil años de antigüedad, de larga cabellera, dientes blanquísimos y huesos tiznados, procedente del valle del Urumbamba. ¿Por qué te hechizó esa calavera a la que llamabas Juanita, Paul? Muchas veces fuiste a contemplarla, y, una tarde, en un descuido del vigilante, la besaste.

Lo increíble, ¿no, Paul?, es que en esa época, en que la pintura te importaba ya más que nada, los patronos en el mundo de la Bolsa se disputaran tu persona, como un valor seguro. En 1879 aceptaste una propuesta para cambiar de empleo y en la nueva agencia lo hiciste tan bien que la prima, ese año, fue una fortuna: ¡treinta mil francos! Qué alegría para la Vikinga. Mette decidió, de inmediato, renovar el mobiliario y tapizar de nuevo la sala y el comedor. Ese año, por gestión de Camille Pissarro, presentaste en la cuarta exposición impresionista un busto de mármol de tu hijo Emil. La escultura no tenía nada de espectacular, pero, desde entonces, todo el mundo —público y críticos— te consideró parte del grupo. ¿Contento con esos progresos, Paul?

—No tenía tiempo para estar contento, con la frenética vida que llevaba —dijo Koke—. Pero estaba activo, eso sí. Gasté la parte de esa prima fabulosa a la que la Vikinga me dejó echar mano comprando cuadros de mis amigos. Mi casa se llenó de Degas, Monet, Pissarro y Cézanne. El día más emocionante de ese año se lo debo al maestro Degas: me propuso que cambiáramos un cuadro. ¡Me trataba como a su igual, imagínense!

Fue, también, el año en que nació Clovis, tu tercer hijo. En 1880 participaste en la quinta exposición impresionista con ocho cuadros. Y ese año, por primera vez, Édouard Manet te hizo un elogio, de manera circular: «Sólo soy un amateur, que estudia el arte en las noches y los días de fiesta», dijiste, en La Nouvelle Athènes. «No», te rectificó Manet, con energía. «Son amateurs quienes pintan mal.» Quedaste aturdido y feliz. En 1881, el buen Schuff, que había invertido todo su patrimonio y ahorros en una oscura empresa que explotaba una nueva técnica para tratar el oro, comenzó a ganar mucho dinero; entonces, se casó con la bella y pobretona Louise Monn, que pensó hacer así un buen negocio. No se equivocó. El buen Schuff renunció a la Bolsa para dedicarse al arte. Mette se asustó: ¿no estarías tú soñando con una insensatez parecida, Paul? Las disputas conyugales pasaron a ser cotidianas:

—¿Por qué me engañaste, ocultándome tu afición por la pintura?

—Porque me la ocultaba yo también, Mette.

En el pequeño taller alquilado al pintor Félix Jobbé-Duval, robándole horas a la Bolsa, tallabas, labrabas y pintabas con obstinación. Las historias de Jobbé-Duval sobre su tierra, Bretaña, y sobre los bretones, pueblo primitivo y tradicional, fiel a su pasado, que se resistía a la «industrialización cosmopolita», te abrieron el apetito. Entonces empezaste a soñar con huir de París, esa megalópolis, en pos de una tierra en la que el pasado estuviera aún presente y el arte no se hubiera apartado de la vida común. En ese mismo estudio pintaste cuadros de los que todavía te enorgullecías: *Interior de pintor, rue Corail, Estudio de desnudo, Suzanne cosiendo,* que exhibiste en la exposición impresionista, y el mejor de todos: *El pequeño soñador: un estudio.* En 1881, cuando Mette daba a luz al cuarto niño, Jean-René, la galería Durand-Ruel te compró tres cuadros por mil quinientos francos, y un célebre escritor, Joris-Karl Huysmans, te dedicó un artículo elogioso. La vida te sonreía, Paul.

—Sí, sí, y, lo mejor, habían comenzado a quebrar las industrias y los bancos —rugió, exaltado, tratando de hacerse oír entre los truenos—. Francia se iba a la bancarrota, amigos. Las Bolsas, una tras otra, cerraban también. ¡Gracias, Dios mío! ¡Gracias por resolverme mi problema!

Sus amigos lo miraban sin entender. Les explicaste que esa catástrofe económica arruinaba a todos los franceses, salvo a ti. Para ti significaba la emancipación. La tragedia económica trajo como secuela una gran agitación política. Perseguían a los anarquistas y Kropotkin cayó preso. Camille Pissarro se escondió y hubo pánico en muchos hogares pobres y burgueses. Pero tú, Paul, totalmente indiferente a estos sucesos, seguías pintando, enloquecido de impaciencia. Cuando se cerró la Bolsa de Lyon, Mette tuvo una crisis de nervios y lloró como si se le hubiera muerto un ser querido. Cuando se cerró la de París, dejó de comer varios días; enflaqueció, se demacró. Tú estabas muy contento. Ese año, en la séptima exposición impresionista, expusiste once pinturas al óleo, un pastel y una escultura. Cuando tu jefe de la Agencia Financiera, en agosto de 1883, te llamó para decirte con voz trémula y expresión compungida que, dada la crítica situación, «no podía retenerte», hiciste algo que lo desorbitó de sorpresa: le besaste las manos. A la vez que, eufórico, le decías: «Gracias, *patron.* Usted acaba de hacer de mí un verdadero artista». Loco de felicidad, corriste a informar a Mette que, a partir de ahora, nunca volverías a pisar una oficina. Te dedicarías sólo a pintar. Muda, lívida, después de pestañear un buen rato, Mette rodó a tus pies, sin sentido.

—Para entonces, yo había cambiado mucho —añadió Paul, regocijado—. Bebía más que antes. Cognac en casa y ajenjo en La Nouvelle Athènes. Pasaba largos ratos solo, tocando el armonio, porque eso me estimulaba a pintar. Y empecé a vestirme a la manera bohemia, estrafalaria, para provocar a los burgueses. Tenía treinta y cinco años. Empezaba a vivir la verdadera vida, amigos.

De súbito, los truenos cesaron y la lluvia amainó algo. Las treinta cascadas que caían sobre Atuona los días de lluvia desde los montes Temetiu y Feani se habían multiplicado y el río Make Make se rebalsaba por sus dos orillas. Pronto una avenida de agua invadió el estudio y lo anegó. Señalando la neblina que los rodeaba, Ben Varney canturreó: «Es como navegar en un ballenero». En pocos minutos estuvieron sumergidos en el fangoso torrente hasta los tobillos. Empapados, se asomaron al exterior. Toda la zona estaba inundada y un nuevo río, recién aparecido, arrastrando ramas, troncos, hierbas, barro, latas, pasaba rumbo a la calle principal llevándose consigo el jardín de La Casa del Placer.

—¿Saben ustedes qué es ese bulto, allá? —señaló Tioka unas manchas más densas que las nubes rastreras aposentadas sobre Atuona—. ¿Ese que se lleva el torrente hacia el mar? Mi casa. Espero que no se esté llevando también a mi *vahine* y a mis hijos.

Hablaba sin alterarse, con el tranquilo estoicismo de los marquesanos que había impresionado tanto a Koke desde su primer día en Hiva Oa. Tioka les hizo un gesto de despedida y se alejó, con el agua hasta las rodillas. Las cortinas de lluvia y las nubes se lo tragaron en un dos por tres. A diferencia de él, Ky Dong, Poseidón Frébault y Ben Varney reaccionaron, por fin. El susto y la sorpresa les habían quitado en segundos el efecto del alcohol. ¿Qué harían? Lo mejor, apresurarse a ir a ver el estado de sus familias, y, tal vez, refugiarse en la colina del cementerio. En esta llanura estaban mucho más expuestos a las embestidas del huracán. Si, además, se venía un tsunami, adiós Atuona.

—Tienes que subir con nosotros, Paul —insistió Ky Dong—. Esta cabaña no resistirá. No es un temporal. Es un huracán, un ciclón. Estarás más seguro con nosotros allá arriba, en el cementerio.

—¿Con mis piernas en este estado zambullirme en ese fango? —se rió él—. Si apenas puedo andar, amigos. Vayan, vayan ustedes. Me quedo aquí, esperando. ¡El fin del mundo es mi elemento, señores!

Los vio partir, encogidos, chapoteando, el agua en las rodillas, en dirección al sendero ahora desaparecido que se convertía en la espina dorsal de Atuona pasando esa empalizada de arbustos. ¿Llegarían sanos y salvos? Sí, tenían experiencia con estos percances del clima. ¿Y tú, Paul? Ky Dong había dicho la verdad; La Casa del Placer era una frágil construcción de bambú, hojas de palmera y vigas de madera que sólo de milagro había resistido hasta ahora el viento y el agua. Si esto duraba, sería descuajada y arrastrada, y tú con ella. ¿Era una manera de morir aceptable, ésta? Algo ridícula, tal vez. Pero, no era menos ridículo morir de pulmonía. O deshaciéndose a pocos por culpa de la enfermedad impronunciable. Como no había un solo rincón en La Casa del Placer que estuviera seco, a salvo de los manotazos del viento y la lluvia, fue, arrastrando los pies —las piernas le dolían mucho ahora—, a servirse otra copa de ajenjo. Cogió su armonio empapado y empezó a tocar, de manera mecánica. Había aprendido a dominar este difícil instrumento de muchacho, en los barcos, cuando servía en la marina mercante. Su música llenaba los vacíos del espíritu, lo sosegaba en las crisis de exasperación o abatimiento, y, cuando estaba enfrascado en un cuadro o una escultura —rara vez, ahora que tenía la vista tan mala—, le daba ánimos, ideas, algo de la antigua voluntad de alcanzar la escurridiza perfección. ¿Inesperado morir así, Paul? En una islita perdida, en medio del Pacífico. Las Marquesas, la región más apartada del mundo. Bueno, hacía tiempo que lo habías decidido: morir entre los salvajes, como un salvaje más. Pero, entonces, recordó a la vieja ciega que lo hizo sentirse un forastero.

Había aparecido algunas semanas atrás, apoyándose en un bastón, venida de ninguna parte, a la hora del crepúsculo, cuando Koke se asomaba al segundo piso a contemplar, esforzando su pobre vista, la islita desolada de Hanakee y la Bahía de los Traidores, a las que a esta hora el sol poniente teñía de rosado. La vieja ciega se metió al jardín, entre los ladridos del perro y los maullidos de los dos gatos, profiriendo unas exclamaciones en maorí que señalaron a Koke su presencia. Parecía un bulto, un ser informe más que una mujer. Iba envuelta en unos trapos probablemente recogidos en las basuras, remendados y parchados con cuerdas. Guiándose con el bastón —daba rápidos golpecitos a izquierda y derecha—, encontró el camino de la casa y, misteriosamente, el de Paul, que iba a su encuentro. Estuvieron frente a frente, en el taller de escultura, justamente donde Koke estaba ahora, muerto de frío, combatiendo el miedo con ajenjo. ¿Era ciega o fingía? Cuando la tuvo muy cerca divisó sus córneas blanqueadas. Sí, era ciega. Antes de que Paul abriera la boca, la mujer, sintiéndolo, levantó la mano y lo tocó en el pecho desnudo. Lo palpó con calma, los brazos, los hombros, el ombligo. Luego, abriendo su pareo, el vientre, y le cogió los testículos y el pene. Los sopesó, como sometiéndolos a un examen. Entonces, la cara se le avinagró y exclamó, asqueada: «*Popa'a*». Era una expresión que Koke conocía; los maoríes designaban así a los europeos. Sin decir nada más, sin esperar la comida o el regalo que había ido a buscar, la vieja ciega dio media vuelta, y, tanteando, se marchó. Eso eras tú para ellos: un extranjero de falo encapuchado. Habías fracasado en eso también, Koke.

Se despertó a la mañana siguiente, abrazado a su armonio. Se había quedado dormido sobre la mesa de los vasos y botellas, ahora regados por el suelo. Las aguas empezaban a retirarse del estudio, pero, alrededor de Koke, todo era desolación y estrago. Sin embargo, aunque en partes destechada y averiada, La Casa del Placer había resistido el huracán. Y, allí arriba, en un cielo azul pálido, un sol renaciente comenzaba a calentar la tierra.

XIX. La ciudad-monstruo
Béziers y Carcassonne, agosto/septiembre de 1844

A ratos, Flora comparaba su viaje por el sur de Francia con el de Virgilio y Dante en el infierno, porque siempre había en su itinerario una ciudad más sucia, fea y cobarde que las anteriores. En la hedionda Béziers, por ejemplo, donde pernoctó en el inaguantable Hotel des Postes en el que ni uno solo de los mozos, ni siquiera el *maître*, hablaba francés, sólo el occitano, no consiguió permiso para hacer una reunión en fábrica o taller alguno. Patrones y trabajadores le cerraron todas las puertas por miedo a las autoridades. Y los únicos ocho obreros que aceptaron conversar con ella lo hicieron tomando tantas precauciones —llegaron al hotel de noche, entraron por la puerta falsa— y tan atemorizados de perder su trabajo que Flora no intentó siquiera sugerirles que formaran un comité de la Unión Obrera.

Estuvo en Béziers apenas dos días, los últimos de agosto de 1844. Cuando tomó el barco-correo hacia Carcassonne se sintió como si saliera de la cárcel. Para no marearse, permaneció en cubierta, mezclada con los pasajeros sin derecho a camarote. Allí propició una reyerta, que casi termina a golpes, entre un *spahi*, soldado colonial recién venido de Argelia, y un joven de la marina mercante, a quienes incitó a cotejar cuál de sus oficios era más útil a la sociedad. El marinero dijo que los barcos llevaban pasajeros y productos y facilitaban el comercio; en cambio, ¿de qué servían los soldados, salvo para matar? El *spahi*, indignado, exhibiendo sus cicatrices, repuso que el ejército acababa de ganarle a Francia en el norte de África una colonia tres veces más grande que la metrópoli. Cuando se exacerbó y empezó a proferir groserías, Flora lo calló:

—Es usted una prueba viviente de que el ejército de Francia sigue embruteciendo a los conscriptos como en tiempos de Napoleón.

Faltaban seis horas para Carcassonne. Se sentó en una banca de la popa, se acurrucó contra unos cabos, y, al instante, se durmió. Soñó con Olympia. La primera vez que soñabas con ella, Florita, desde que, siete meses atrás, dejaste París.

Un sueño grato, tierno, ligeramente excitante, nostálgico. Sólo tenías buenos recuerdos de esa amiga, a la que tanto debías. Pero no lamentabas haber cortado con Olympia de la manera brusca como lo hiciste a tu regreso de Inglaterra, en el otoño de 1839, porque hubiera sido arrepentirte de tu cruzada para transformar el mundo con la inteligencia y el amor. Aunque la habías conocido en aquel baile de la Ópera al que asististe disfrazada de gitana, en el que aquella mujer esbelta, de ojos incisivos, te besó la mano, tu amistad con Olympia Maleszewska sólo comenzó meses después. Era nieta de un célebre orientalista, profesor de la Sorbona, y trabajaba por la emancipación de Polonia del yugo imperial ruso. Colaboraba con el Comité Nacional Polaco, que reunía al exilio en Francia, y se había casado con uno de sus líderes, Léonard Chodzko, funcionario de la Biblioteca de Sainte-Geneviève, historiador y patriota. Pero Olympia era sobre todo una gran dama de sociedad. Tenía un salón muy conocido, al que asistían literatos, artistas y políticos, y cuando Flora recibió una invitación para las veladas de los jueves, acudió. La casa era elegante, la atención refinada y abundaban las personas célebres. Allí la actriz de moda, Marie Dorval, se codeaba con la novelista George Sand, y Eugène Sue con el Padre de los sansimonianos, Prosper Enfantin. Olympia atendía con exquisito tacto y simpatía. Se mostró muy afectuosa contigo, presentándote a sus amistades con grandes elogios. Había leído *Peregrinaciones de una paria* y su admiración por tu libro parecía sincera.

Como Olympia insistió tanto en que volvieras a su salón, volviste, varias veces, y siempre la pasaste bien. A la tercera o cuarta vez, en el tocador, Olympia, que te ayudaba a desembarazarte del abrigo y te alisaba los cabellos —«Nunca la he visto tan radiante como hoy, Flora»—, de pronto te tomó por la cintura, te estrechó contra su cuerpo y te besó en los labios. Fue tan inesperado que tú, abrasada de la cabeza a los pies, no supiste qué hacer. (La primera vez en la vida que te ocurría, Florita.) Ruborizada, confusa, te quedaste inmóvil, mirando a Olympia sin decir nada. «Si no se había usted dado cuenta, ahora ya sabe que la amo», rió Olympia. Y, cogiéndote de la mano, te arrastró al encuentro de los otros invitados.

Muchas veces te habías preguntado por qué aquella tarde en vez de reaccionar como lo hubieras hecho si, en vez de Olympia, hubiera sido un hombre el que te besaba de improviso —abofeteándolo, mandándote mudar de esa casa al instante—, continuaste en la reunión, turbada, desconcertada, pero sin enojarte y sin deseos de partir. ¿Simple curiosidad o algo más? ¿Qué significaba esto, Andaluza? ¿Qué iba a ocurrir ahora? Cuando, un par de horas más tarde, anunciaste que te ibas, la dueña de casa te tomó del brazo y te llevó al tocador. Te ayudó a ponerte el abrigo y el sombrerito con velo. «¿No se ha enojado usted conmigo, verdad, Flora?», te susurró al oído, con voz cálida. «No sé si estoy enojada o no. Estoy confusa. Es la primera vez que una mujer me besa en la boca.» «Yo la amo desde que la vi aquella noche en la Ópera», te dijo Olympia, mirándote a los ojos. «¿Podemos vernos a solas, para conocernos mejor? Se lo ruego, Flora.»

Se habían visto, tomado té juntas, paseado en fiacre por Neuilly, y Flora, contándole sus experiencias conyugales con André Chazal, hizo que se mojaran los ardientes ojos de su amiga. Le confesaste que, desde tu matrimonio, habías sentido siempre una repugnancia instintiva por el acto sexual, y que, por ello, nunca habías tenido un amante. Con infinita delicadeza y dulzura, Olympia, besándote las manos, te rogó que la dejaras enseñarte lo dulce y grato que podía ser el placer entre dos amigas que se querían. Desde entonces, cuando se saludaban o despedían, se buscaban los labios.

Hicieron el amor por primera vez no mucho tiempo después, en una casita de campo, cerca de Pontoise, donde los Chodzko veraneaban y pasaban fines de semana. Los álamos vecinos, mecidos por el viento, despedían un susurro cómplice; se oía piar a los pájaros, y, en aquella habitación calentada por el fuego de la chimenea, la atmósfera enervante, mareadora, fue desvaneciendo lentamente las prevenciones de Flora. Mientras su amiga la hacía beber, de su boca, sorbos de champagne, la ayudaba a desnudarse. Con desenvoltura, Olympia se desnudó a su vez, y, tomando a Flora en sus brazos, la tendió sobre el lecho, susurrándole palabras tiernas. Luego de contemplarla con minucia y devoción, comenzó a acariciarla. Te había hecho gozar, Florita, sí, mucho, pasados aquellos momentos iniciales de turbación y recelo. Te había hecho sentir bella, deseable, joven, mujer. Olympia te enseñó que no había por qué sentir miedo ni asco del sexo, que abandonarse al deseo, hundirse en la sensualidad de las caricias, en la fruición del goce corporal, era una manera intensa y exaltante de vivir, aunque durara sólo unas horas, unos minutos. Qué egoísmo delicioso, Florita. El descubrimiento del placer físico, de un goce sin violencia, entre iguales, te hizo sentir una mujer más completa y más libre. Aunque nunca pudiste evitar, incluso en los días en que fuiste más feliz con Olympia, al entregarte al puro placer del cuerpo, un sentimiento de culpa, la sensación de dilapidar energías, de un desperdicio moral.

Aquella relación duró menos de dos años. Flora no recordaba una sola disputa, distanciamiento o aspereza que la afeara. Es verdad que no se veían mucho, pues ambas tenían múltiples ocupaciones y Olympia, además, un marido y un hogar que atender, pero, cuando lo hacían, todo marchaba siempre maravillosamente bien. Se divertían y gozaban juntas como dos chiquillas enamoradas. Olympia era más frívola y mundana que Flora, y, salvo la tragedia de la Polonia subyugada, no se interesaba por los asuntos sociales, ni por la suerte de las mujeres ni de los obreros. Y Polonia le interesaba por su marido, a quien, a su manera libérrima, quería mucho. Pero era vital, incansable, y, contigo, infinitamente cariñosa. Flora se entretenía escuchándola referirle las intrigas y chismografías del gran mundo, porque lo hacía con gracia e ironía. Además, Olympia era una mujer instruida, con muchas lecturas y conocimientos de historia, de arte y de política, materias que le apasionaban, de modo que también en el campo intelectual Flora ganó mucho con su amistad. Hicieron el amor varias veces en la casita de Pontoise, pero también en el piso parisino de Olympia, en el de Flora en la rue du Bac, y, alguna vez, disfrazada tú de ninfa y ella de sileno, en un albergue a orillas de la floresta de Marly, en cuyas ventanas venían las ardillas a comer cacahuetes de sus manos. Cuando, en 1839, Flora partió a Londres por cuatro meses, para escribir un libro sobre la situación de los pobres en esa ciudadela del capitalismo, se cartearon dos o tres veces por semana, misivas apasionadas, diciéndose que se extrañaban, recordaban, deseaban y que ambas contaban los días, las horas, los minutos, para volver a verse. «Te como a besos y caricias en todos mis sueños, Olympia. Adoro la oscuridad de tus cabellos, de tu pubis. Desde que te conozco, abomino de las mujeres rubias.» ¿Pensabas esas frases llameantes que escribías a Olympia desde Londres, mientras, disfrazada de hombre, visitabas fábricas, bares, barrios miserables y burdeles para documentar tu odio a ese paraíso de los ricos e infierno de los pobres? Las pensabas con todas sus letras. Pero, entonces, Andaluza, ¿por qué, apenas volviste a París, la misma tarde de tu llegada comunicaste a Olympia que aquella relación se terminaba, que no debían verse nunca más? Olympia, siempre tan segura de sí misma, tan mujer de mundo, abrió mucho los ojos y la boca, y palideció. Pero no dijo nada. Te conocía y sabía que tu decisión era inapelable. Te miraba mordiéndose los labios, devastada.

—No porque no te ame, Olympia. Te amo, eres la única persona en este mundo a la que he amado. Siempre te estaré agradecida por estos dos años de dicha que te debo. Pero, tengo una misión. No podría cumplirla con mis sentimientos y mi mente divididos entre mis obligaciones y tú. Lo que voy a hacer exige que nada ni nadie me distraiga. Ni siquiera tú. Debo entregarme en cuerpo y alma a esta tarea. No tengo mucho tiempo, amor mío. Y no conozco a nadie en Francia que pueda reemplazarme. Esta bala, aquí, puede acabar conmigo en cualquier momento. Por lo menos, debo dejar las cosas bien encaminadas. No me guardes rencor, perdóname.

No se habían vuelto a ver. Entretanto, tú habías escrito tu terrible diatriba contra Inglaterra —*Paseos por Londres*—, tu librito sobre *La Unión Obrera*, y aquí estabas ahora, en los confines pirenaicos de Francia, en Carcassonne, tratando de poner en marcha la revolución universal. ¿No te arrepentías de haber abandonado así a la tierna Olympia, Florita? No. Era tu deber actuar como lo hiciste. Redimir a los explotados, unir a los obreros, conseguir la igualdad para las mujeres, hacer justicia a las víctimas de este mundo tan mal hecho, era más importante que el egoísmo maravilloso del amor, que esa indiferencia suprema hacia el prójimo en que a una la sumía el placer. El único sentimiento que ahora tenía cabida en tu vida era el amor a la humanidad. Ni siquiera para tu hija Aline quedaba sitio en tu corazón tan ocupado, Florita. Aline estaba en Amsterdam, trabajando de aprendiz donde una modista, y a veces pasaban semanas sin que te acordaras de escribirle.

La misma noche que Flora llegó a Carcassonne tuvo un desagradable encuentro con los fourieristas locales, quienes, encabezados por su líder, monsieur Escudié, habían organizado su visita. Le reservaron el Hotel Bonnet, al pie de las murallas. Estaba ya acostada, cuando unos golpes en la puerta de su habitación la despertaron. El encargado del hotel se deshacía en excusas: unos señores insistían en verla. Era muy tarde, que volvieran mañana. Pero, como porfiaban tanto, se echó una bata sobre los hombros y salió a su encuentro. La docena de fourieristas locales que venían a darle la bienvenida estaban bebidos. Tuvo un mareo de disgusto. ¿Pretendían estos bohemios hacer la revolución a golpes de champagne y cerveza? A uno de ellos que, con la lengua trabada y la mirada vidriosa, insistía en que se vistiera para mostrarle las iglesias y las murallas medievales a la luz de la luna, le respondió:

—¡Qué me importan a mí las piedras viejas, cuando hay tantos seres humanos con problemas que resolver! Sepa usted que yo cambiaría, sin vacilar, la más bella iglesia de la Cristiandad por un solo obrero inteligente.

La vieron tan irritada que partieron.

La semana que pasó en la ciudad, los falansterianos de Carcassonne —abogados, peritos agrícolas, médicos, periodistas, farmacéuticos, funcionarios, que se llamaban a sí mismos los *chevaliers*— resultaron una fuente
permanente de problemas. Ávidos de poder, planeaban
una acción armada en todo el mediodía francés. Decían
haber comprometido a muchos militares y guarniciones
enteras. Desde la primera reunión, Flora los criticó con
vehemencia. Su radicalismo, les dijo, en el mejor de los
casos serviría para reemplazar en el gobierno a unos burgueses por otros, sin modificar el sistema social, y, en el
peor, para provocar una represión sangrienta que destro-
zaría al naciente movimiento obrero. Lo importante era
la revolución social, no el poder político. Sus planes conspira-
rativos, sus fantasías violentas, confundían a los trabajadores, los apartaban de los objetivos, los desgastaban en
una acción subversiva de índole puramente política, en la
que podían ser diezmados por el ejército, en un sacrificio
inútil para la causa. Los *chevaliers* tenían influencia en el
medio obrero, y asistieron a las reuniones de Flora con los
trabajadores de las hilanderías y fábricas de paños. Su presencia intimidaba a los pobres, quienes, delante de esos
burgueses, apenas se atrevían a opinar. En vez de explicar
los alcances de la Unión Obrera, tenías que extenuarte,
horas de horas, refutando a aquellos politicastros que en-
candilaban a los obreros con sus planes de levantamiento
armado, para el que, decían, habían escondido en lugares
estratégicos muchos fusiles y barriles de pólvora. La perspectiva de tomar el poder por un acto de fuerza era corruptora, encandilaba a los trabajadores.

—¿Qué diferencia habría entre un gobierno de
fourieristas y el de ahora? —rugía Madame-la-Colère, indignada—. ¿Qué mejora puede significar para los obre-

ros que los exploten ustedes o éstos? No se trata de tomar el poder de cualquier manera, sino de acabar de una vez por todas con la explotación y la desigualdad.

En las noches regresaba al Hotel Bonnet tan exhausta como en Londres, en aquel verano de 1839 de jornadas galopantes, en que, del amanecer al anochecer, con olímpico desprecio de los consejos médicos, Flora se dedicó a estudiarlo todo, en aquella ciudad-monstruo de dos millones de habitantes, capital del más grande imperio del planeta, sede de las fábricas más pujantes y de las fortunas más cuantiosas, para mostrar al mundo cómo, detrás de esa fachada de prosperidad, lujo y poderío, anidaban la más abyecta explotación, las peores iniquidades, y una humanidad doliente padecía villanías y abusos a fin de hacer posible la vertiginosa riqueza de un puñado de aristócratas y propietarios.

La diferencia, Florita, era que, en 1839, pese a tener ya esta bala en el pecho, con unas pocas horas de sueño te recuperabas y estabas lista para otra apasionante jornada londinense, aventurándote por aquellos antros donde no ponía los pies ningún turista e invisibles en las crónicas de los viajeros, quienes se deleitaban describiendo las bellezas de los salones y los clubs, el aseo de los parques, el alumbrado público con gas del West End y los sortilegios de los bailes, banquetes, cenas, con que distraían su ociosidad los parásitos de la nobleza. Ahora, te levantabas tan cansada como te habías acostado, y, durante el día, debías recurrir a esa terquedad ciclópea que por fortuna conservabas intacta para cumplir con el programa que te habías impuesto. No era la bala lo más mortificante; eran los cólicos y el dolor en la matriz, contra los que los calmantes ya no te hacían efecto.

Con todo el odio que llegaste a sentir por Londres e Inglaterra desde que viviste allá, en tu juventud, trabajando para los Spence, tenías que reconocer que, sin ese país, sin los trabajadores ingleses, escoceses e irlandeses, probablemente nunca hubieras llegado a darte cuenta de que la única manera de emancipar a la mujer y conseguir para ella la igualdad con el hombre, era hermanando su lucha a la de los obreros, las otras víctimas, los otros explotados, la inmensa mayoría de la humanidad. La idea le vino en Londres, gracias al movimiento cartista, que reclamaba la adopción por ley de una Carta del Pueblo, estableciendo el sufragio universal, el escrutinio secreto, la renovación anual del Parlamento, y que los parlamentarios recibieran un salario pues así los trabajadores podrían aspirar a un escaño. Aunque existía desde 1836, cuando Flora llegó a Londres, en junio de 1839, el movimiento cartista estaba en pleno apogeo. Ella siguió sus desfiles y mítines, sus recolecciones de firmas, y se informó sobre su excelente organización, con comités en aldeas, ciudades y fábricas. Quedaste impresionada. La excitación te mantenía despierta noches enteras, evocando esas marchas de miles y miles de obreros por las calles londinenses. Un verdadero ejército civil. ¿Quién podría oponerse a ellos si todos los explotados y pobres del mundo se organizaban como los cartistas? Mujeres y obreros, juntos, serían invencibles. Una fuerza capaz de revolucionar a la humanidad sin pegar un solo tiro.

Cuando supo que la Convención Nacional del movimiento cartista tenía lugar en esos días en Londres, averiguó dónde se reunían. En un acto audaz, se presentó en la Doctor Johnson's Tavern, un bar de mezquina apariencia, en un *impasse* de Fleet Street. En un vasto salón humoso y húmedo, mal iluminado, oloroso a cerveza barata y a coles hervidas, se apiñaban un centenar de dirigentes cartistas, entre ellos los principales líderes, O'Brien y O'Connor. Discutían sobre la conveniencia de decretar una huelga general en apoyo de la Carta del Pueblo. Cuando te preguntaron quién eras y qué hacías allí, explicaste, sin que te temblara la voz, que traías el saludo de los obreros y las mujeres de Francia a sus hermanos británicos. Te miraron con extrañeza, pero no te echaron. Había también un puñadito de obreras, que escudriñaban con desconfianza tus ropas burguesas. Durante varias horas, los escuchaste discutir, cambiar propuestas, votar las mociones. Te sentías en estado de trance. Sí, esta fuerza, multiplicada por toda Europa, cambiaría el mundo, traería la felicidad a los desheredados. Cuando, en un momento de la sesión, O'Brien y O'Connor preguntaron si la delegada francesa quería dirigirse a la asamblea, no dudaste un segundo. Trepaste a la tarima de los oradores y, en tu vacilante inglés, los felicitaste y animaste a seguir dando este ejemplo de organización y de lucha a todos los pobres del mundo. Terminaste tu breve alocución con una arenga que dejó a tus oyentes, amantes del método pacífico, totalmente desconcertados: «¡Incendiemos los castillos, *brothers*!».

Ahora te reías recordando aquella arenga, Florita. Porque tú no creías en la violencia. Hiciste aquel llamamiento incendiario para expresar con una imagen dramática la emoción que te embargaba. Qué privilegio estar allí, entre esos hermanos explotados que comenzaban a levantar cabeza. Tú estabas por el amor, por las ideas, por la persuasión, en contra de las balas y los patíbulos. Por eso te exasperaban estos burgueses truculentos de Carcassonne para quienes todo se resolvería movilizando regimientos y levantando guillotinas en las plazas públicas. ¿Qué se podía esperar de gentes tan estúpidas? La burguesía no tenía remedio, su egoísmo le impediría siempre ver la verdad general. Tú, en cambio, ahora más que nunca, tenías la seguridad de andar por la senda correcta. Acercar las mujeres a los obreros, organizar a unos y otros en una alianza que trascendiera las fronteras y que ninguna policía, ejército, ni gobierno podrían aplastar. Entonces, el cielo dejaría de ser una abstracción, escaparía de los sermones de los curas y de la credulidad de los fieles, y se volvería historia, vida de todos los días y para todos los mortales. «Te admiro, Florita», exclamó, entusiasmada. «Oh, Dios, bastaría que envíes diez mujeres como yo a este mundo para que reine la justicia en la Tierra.»

Entre los fourieristas de Carcassonne el más llamativo era Hugues Bernard. Militante en sociedades secretas de Francia y carbonario en Italia, quería a toda costa la guerra civil. Elocuente y seductor, los obreros lo escuchaban embobados. Flora se le enfrentó; lo llamó «encantador de serpientes», «ilusionista», «corruptor de los trabajadores con su saliva demagógica». En vez de ofenderse, Hugues Bernard la siguió hasta el hotel, fatigándola con lisonjas: era la mujer más inteligente que había conocido, la única con la que se hubiera podido casar. Si no estuviera seguro de ser rechazado, intentaría conquistarla. Flora terminó riéndose. Pero, en vista de sus coqueterías, optó por tenerlo a distancia. También Escudié, el líder de los *chevaliers,* se empeñó en ganar su amistad. Era un hombre misterioso y lúgubre, vestido de luto, con chispazos de genialidad.

—Usted sería un buen revolucionario, Escudié, si tuviera un poco más de amor y algo menos de apetitos.

—Ha dado usted en el clavo, Flora —asintió el esbelto y cadavérico fourierista, muy serio, con expresión mefistofélica—. Es el gran problema de mi vida: los apetitos. La carne.

—Olvídese de la carne, Escudié. Para la revolución sólo hace falta el espíritu, la idea. La carne es un estorbo.

—Eso es más fácil de decir que de hacer, Flora —afirmó el falansteriano, adoptando un tono elegíaco y con una mirada que la alarmó—. Mi carne es un compuesto de todas las legiones infernales. Si se asomara al mundo de mis deseos, usted, que parece tan pura, caería muerta de espanto. ¿Ha leído al marqués de Sade, por casualidad?

Flora sintió que las piernas le temblaban. Se las arregló para desviar la conversación, temerosa de que Escudié, lanzado por ese camino, le desvelara su infierno secreto, esos fondos lúbricos de su alma donde, a juzgar por sus pupilas encanalladas, debían anidar muchos demonios. Sin embargo, en un movimiento infrecuente en ella, de pronto se vio haciendo confidencias al macabro fourierista. Ella era una mujer libre, y había demostrado con creces en sus cuarenta y un años de vida no temer a nadie ni a nada. Pero, pese a su pasajera aventura con Olympia, el sexo le seguía provocando un malestar difuso, porque la vida le había mostrado, una y otra vez, que, al mismo tiempo que exaltación y goce, el deseo carnal era también una pendiente por la que el hombre rodaba rápido hacia la bestia, hacia las formas más salvajes de la crueldad y la injusticia contra la mujer. Ella lo había sabido desde joven, gracias a André Chazal, estuprador de su esposa y luego de su propia hija, pero, sobre todo, lo había visto y tocado con un espanto que nunca se borraría de su memoria en el viaje a Londres de 1839. Escenas tan bochornosas que los editores de *Promenades dans Londres* la obligaron a suavizar, y que, luego, una vez publicado el libro, ni un solo crítico se atrevió a comentar. A diferencia de *Peregrinaciones de una paria,* elogiado por doquier, sus denuncias contra las lacras de la metrópoli londinense habían sido cobardemente silenciadas por la intelectualidad parisina. Pero, qué te importaba, Florita. ¿No era una señal de que andabas por el buen camino? «Sí, sí, sin duda», la alentó Escudié.

La idea de vestirse de hombre se la dio, a poco de llegar a Londres, un amigo owenista que la vio afligirse al saber que la entrada al Parlamento británico estaba prohibida a las mujeres. La ayudó un diplomático turco, quien le suministró el disfraz. Tuvo que hacer unos arreglos a los pantalones bombachos y al turbante, y rellenar las babuchas con papel. Aunque sintió inquietud al cruzar el pórtico del imponente local vecino al Támesis, corazón del poder imperial británico, luego, escuchando las intervenciones de los diputados, olvidó por completo su suplantada identidad. La mayoría de los parlamentarios le causó una impresión penosa, por su vulgaridad y su tosca manera de repantigarse sobre los escaños con los sombreros puestos. Sin embargo, cuando oyó a Daniel O'Connell, el líder de los independentistas irlandeses, el primer irlandés católico en ocupar un escaño en la Cámara de los Comunes, que había diseñado una estrategia de lucha no violenta contra el colonialismo inglés, se emocionó. Ese hombre feo, con apariencia de cochero endomingado, cuando hablaba —propugnando la abolición de la esclavitud y el sufragio universal— se volvía hermoso, irradiaba decencia e idealismo. Era un orador tan brillante que todos lo escuchaban, atentos. Oyendo a O'Connell Flora tuvo la idea del Defensor del Pueblo, que incorporó a su proyecto de la Unión Obrera: el movimiento de mujeres y trabajadores llevaría al Congreso un portavoz, pagándole un salario, para que defendiera allá los intereses de los pobres.

A menudo se disfrazó de hombre en esos cuatro meses. Se había propuesto dar cuenta de la vida que llevaban las cien mil prostitutas callejeras que, se decía, merodeaban por Londres, y de lo que ocurría en los burdeles de la ciudad, y jamás hubiera podido explorar esos antros sin disimular su sexo tras unos pantalones y una levita de varón. Aun así, resultaba peligroso adentrarse en ciertos barrios. La noche que recorrió Waterloo Road, desde su comienzo en el arrabal hasta Waterloo Bridge, los dos cartistas amigos que la acompañaron fueron armados de bastones para desalentar a la miríada de ladronzuelos y buscavidas que pululaban entre las celestinas, los chulos y las putas. Colmaban las aceras, cuadra tras cuadra, y, aprovechando la ausencia de policías, a la vista de todo el mundo asaltaban a los clientes solitarios. La mercancía se ofrecía con descaro a los paseantes que, a pie, a caballo o en coche, circulaban por la calzada, examinando el material disponible. En teoría, la edad mínima para el comercio humano era doce años. Pero Flora hubiera jurado que entre los esqueletitos sucios, pintarrajeados y semidesnudos que las alcahuetas y los cabrones ofrecían, había niñas y niños de diez y acaso hasta de ocho, criaturitas de miradas aturdidas o estúpidas que no parecían entender nada de lo que les ocurría. El desenfado y la obscenidad con que ofrecían los servicios («A esta muñeca le puede usted dar por el culito, *sir*», «Mi engreída acepta los azotes en el trasero y es una artista chupavergas, patrón») le produjeron vaharadas de odio. Estuvo a punto de desmayarse. Recorriendo la interminable avenida, oculta en sombras que interrumpían de tanto en tanto las danzantes lámparas rojizas de las casitas prostibularias, oyendo los asquerosos diálogos, las voces destempladas de los borrachos, tenías la impresión de una fantasmagoría macabra, de un aquelarre medieval. ¿No era esto lo que más se acercaba, en la tierra, al infierno? ¿Podía haber algo más demoníaco que el destino de esas niñas y niños ofrecidos por unos centavos, a la lujuria de estos asquerosos?

Podía haberlo, Florita. Peor que el territorio prostibulario del East End, de niñas y niños muchas veces secuestrados en el campo o en las aldeas y vendidos a los burdeles y casas de cita londinenses por pandillas especializadas en este negocio, eran los *finishes* del West End, el Londres céntrico, el de las diversiones elegantes. Allí, Florita, tocaste el colmo de la iniquidad. Los *finishes* eran las tabernas-burdeles, los bares-meretricios donde los ricos, los nobles, los privilegiados de esta sociedad de amos y de esclavos supuestamente libres, iban *to finish* sus noches de orgía. Los visitaste vestida de petimetre, con un joven de la legación francesa que había leído tus libros y que te prestó el atuendo masculino, no sin antes tratar de disuadirte, pues, te aseguró, la experiencia te espantaría. Tenía toda la razón. Tú, que creías haberlo visto todo sobre la animalización del ser humano, no habías visto aún los extremos a que podía llegar la vejación de la mujer.

Las damiselas de los *finishes* no eran las prostitutas hambrientas, muchas de ellas tuberculosas, de Waterloo Road. Eran cortesanas bien vestidas, de colores llamativos, enjoyadas, de maquillajes estridentes, que, a partir de la medianoche, dispuestas en fila como coristas de music-hall, recibían a los ricachones que habían estado cenando, o en los teatros y conciertos, y venían a terminar la fiesta en estos cenáculos de lujo, bebiendo, bailando, y, algunos, subiéndose a los reservados de los altos con una o dos muchachas para hacerles el amor, azotarlas o hacerse azotar por ellas, lo que en Francia llamaban *le vice anglais*. Pero, en los *finishes,* la verdadera diversión no era la cama ni el látigo, sino el exhibicionismo y la crueldad. Comenzaba a las dos o tres de la madrugada, cuando lores y rentistas se habían quitado chaquetas, corbatas, chalecos y tirantes, y empezaban las ofertas. Ofrecían guineas lucientes y contantes a las mujeres —muchachas, adolescentes, niñas— para que bebieran las bebidas que ellos les preparaban. Se las embutían en el estómago, regocijados, festejándose unos a otros en corros estremecidos por las carcajadas. Al principio les daban a beber ginebra, sidra, cerveza, whisky, cognac, champagne, pero, pronto, mezclaban el alcohol con vinagre, mostaza, pimienta y peores porquerías, para ver a las mujeres que, con tal de embolsillarse aquellas guineas se bebían los vasos de un tirón, caer al suelo haciendo muecas de asco, retorciéndose y vomitando. Entonces, los más ebrios o perversos, entre aplausos, azuzados por los corros, se abrían las braguetas y las meaban encima o, los más audaces, se masturbaban sobre ellas para enmelarlas con su esperma. Cuando, a las seis o siete de la mañana, los noctámbulos, cansados de diversión y ahítos de trago y de maldad, habían caído en el sopor imbécil de los beodos, entraban los lacayos al local a arrastrarlos a sus fiacres y berlinas, para llevárselos a dormir la borrachera a sus mansiones.

Nunca habías llorado tanto, Flora Tristán. Ni siquiera al saber que André Chazal había violado a Aline, lloraste como después de aquellas dos amanecidas en los *finishes* londinenses. Entonces decidiste romper con Olympia para consagrar todo tu tiempo a la revolución. Nunca habías sentido tanta compasión, tanta amargura, tanta rabia. Revivías esos sentimientos en esta noche desvelada de Carcassonne, pensando en aquellas cortesanas de trece, catorce o quince años —una de las cuales hubieras podido ser tú si te raptaban cuando trabajabas para los Spence— atragantándose esas pócimas por una guinea, dejando que el veneno líquido les destrozara las entrañas por una guinea, permitiendo que las escupieran, mearan y regaran con semen por una guinea, para que los ricos de Inglaterra tuvieran un momento de animación en sus vidas vacías y estúpidas. ¡Por una guinea! Dios mío, Dios mío, si existías, no podías ser tan injusto para quitarle la vida a Flora Tristán antes de que pusiera en marcha la Unión Obrera universal que acabaría con las maldades de este valle de lágrimas. «Dame cinco, ocho años más. Eso me bastará, Dios mío.»

Carcassonne no era una excepción a la regla, por supuesto. En las fábricas de paños, donde le prohibieron la entrada, los hombres ganaban de uno cincuenta a dos francos diarios y las mujeres, por idéntico trabajo, la mitad. Los horarios se alargaban de catorce a dieciocho horas diarias. En las sederías e hilanderías de lana trabajaban niños de siete años por ocho centavos al día, pese a prohibirlo la ley. El clima de hostilidad contra ella era muy grande. Su gira se había hecho conocida en la región y, últimamente, en las ciudades, los enemigos afilaban los cuchillos para recibirla. Flora descubrió que los patronos hacían circular en Carcassonne unas hojas volanderas acusándola de «bastarda, agitadora y corrupta, que abandonó a su marido y a sus hijos, tuvo amantes y es ahora sansimoniana y comunista icariana». Esto último le dio risa. ¿Cómo se podía ser, a la vez, sansimoniana e icariana? Los dos grupos se detestaban. Habías sido simpatizante de Saint-Simon hacía algunos años, cierto, pero eso era ya tu prehistoria. Aunque habías leído la novela *Viaje por Icaria,* de Étienne Cabet (tenías la primera edición, de 1840, dedicada por él), que le había ganado tantos seguidores en Francia, nunca sentiste la menor simpatía por Cabet ni por sus discípulos, esos tránsfugas de la sociedad que se llamaban «comunistas». Por el contrario, siempre los criticaste, de palabra y en artículos, por prepararse, bajo la batuta de su inspirador, ese aventurero, carbonario y procurador en Córcega antes de convertirse en profeta, a viajar a algún país remoto —América, la selva africana, China— a fundar, en un lugar apartado del resto del mundo, la república perfecta que describía *Viaje por Icaria,* sin dinero, sin jerarquías, sin impuestos, sin autoridad. ¿Había algo más egoísta y cobarde que semejante ensueño de escapistas? No, no había que huir de este mundo imperfecto a fundar un retiro celestial para un grupito de escogidos, allá, donde nadie más llegara. Había que luchar contra las imperfecciones de este mundo en este mismo mundo, mejorarlo, cambiarlo hasta hacer de él una patria feliz para todos los mortales.

Al tercer día en Carcassonne, se presentó en el Hotel Bonnet un hombre ya maduro que no quiso dar su nombre. Le confesó ser policía, comisionado por sus jefes para seguirle los pasos. Era afable y algo tímido, de imperfecto francés, que, para su sorpresa, conocía las *Peregrinaciones de una paria*. Se declaró su admirador. Le advirtió que las autoridades de toda la región habían recibido instrucciones de hacerle la vida imposible, de malquistarla con la gente, pues la consideraban una agitadora dedicada a predicar la subversión contra la monarquía en el mundo del trabajo. Pero, respecto a él, Flora nada debía temer: jamás haría algo que pudiera dañarla. Se mostraba tan emocionado al decirle estas cosas que Flora, en un arranque, lo besó en la frente: «No sabe usted el bien que me hace oírlo, amigo mío».

La alentó, al menos por unas horas. Pero la realidad volvió a hacerse presente, cuando una cita con un influyente abogado fue bruscamente cancelada. *Maître* Trinchant le hizo llegar una ríspida esquela: «Enterado de sus lealtades icarianas comunistas, me niego a recibirla. El nuestro sería un diálogo de sordos». «Pero si mi oficio no es otro que tratar de abrir las orejas a los sordos y los ojos a los ciegos», le contestó Madame-la-Colère.

No estaba abatida, pero no le hacía bien recordar sus visitas a los prostíbulos y los *finishes* de Londres. Ahora, no se apartaban de su memoria. Aunque, en su recorrido por los submundos del capitalismo había visto cosas tristes, nada la sublevó más que el tráfico con esas desventuradas. Pero no olvidaba por ello sus visitas, con un oficial de la Iglesia anglicana, a los barrios obreros de la periferia londinense, esa sucesión de cuartuchos infectos con máquinas de hilar a pedales siempre en acción, atestados de niños desnudos revolcando sus huesos por la pestilencia, y las quejas, repetidas por todas las bocas, como un estribillo: «A los treinta y ocho, a los cuarenta, hombres y mujeres somos considerados inservibles y despedidos de las fábricas. ¿De qué vamos a comer, *milady*? Los alimentos y las ropas usadas que nos regalan las parroquias ni para los niños alcanzan». En la gran usina de gas de la Horsferry Road Westminster casi mueres asfixiada, por empeñarte en ver de cerca cómo esos obreros cubiertos con un simple taparrabos raspaban el coque de unos hornos que te hicieron pensar en las forjas de Vulcano. Te bastó estar allí cinco minutos para empaparte de sudor y sentir que el calor te arrancaba la vida. Ellos permanecían horas, achicharrándose, y, luego, cuando vaciaban el agua sobre los calderos limpios, tragaban un humo espeso que debía tiznarles las entrañas lo mismo que la piel. Al cabo de ese suplicio, podían tumbarse, de dos en dos, sobre unas colchonetas, por un par de horas. El jefe de planta te dijo que ninguno soportaba más de siete años este oficio, antes de contraer la tuberculosis. Ése era el precio de las iluminadas veredas con postes de gas de Oxford Street, en el corazón del West End, ¡la avenida más elegante del mundo!

Las tres prisiones que visitaste, Newgate, Coldbath Fields y Penitenciary, eran menos inhumanas que los antros obreros. Te dio escalofríos ver los instrumentos de tortura medievales que recibían a los reclusos en el pabellón de ingreso a Newgate. Pero las celdas, individuales o colectivas, eran limpias y los presos y presas —ladrones y ladronas la gran mayoría— comían mejor que los trabajadores de las fábricas. En Newgate el director te permitió conversar con dos asesinos, condenados a la horca. El primero, huraño, se encerró en un mutismo total y no pudiste sacarle palabra. Pero, el segundo, sonriente, jovial, feliz de poder romper la ley de silencio por unos minutos, parecía incapaz de matar a una mosca. Y, sin embargo, había descuartizado a un oficial del ejército. ¿Cómo pudo actuar así, siendo tan comedido y simpático? Te lo explicó el patilludo doctor John Ellistson, profesor de Medicina y discípulo fanático de Franz Joseph Gall, fundador de la ciencia frenológica:

—Porque este muchacho tiene dos protuberancias extremadamente desarrolladas en la base posterior del cráneo: los huesecillos del orgullo y la vergüenza. Tóqueselas, señora. Aquí, aquí. ¿Las siente? Estaba fatalmente condenado a matar.

Sólo dos cosas se atrevió Flora a criticar en el sistema penal inglés: la ley de silencio, que obligaba a los presos a jamás abrir la boca —una sola palabra en voz alta acarreaba severísimos castigos— y que estuvieran impedidos de trabajar. El cultivado gobernador de Coldbath Fields, antiguo soldado colonial, le aseguró que el silencio favorecía el acercamiento a Dios, los trances místicos, el arrepentimiento y los propósitos de enmienda. Y, en cuanto al trabajo, el tema se había debatido en el Parlamento. Se estimó que permitir trabajar a los presos sería injusto con los obreros, a los que los delincuentes harían una competencia desleal empleándose por salarios más bajos. En Inglaterra no había límite de edad para ser juzgado y en las tres prisiones Flora encontró niños de ocho y nueve años que purgaban penas por robo y otros latrocinios.

Pero, aunque era lastimoso ver a estos párvulos entre rejas, Flora se dijo que tal vez resultaba preferible para ellos; al menos, comían y dormían bajo techo, en celdas aseadas. En cambio, en la parroquia de Saint Gilles, en las manzanas limitadas por Oxford Street y Tottenham Court Road, el barrio de los irlandeses —Bainbridge Street—, los niños se morían literalmente de hambre. Vivían en harapos y dormían poco menos que a la intemperie, en casuchas de cartones y latas sin defensa contra los aguaceros. En medio de charcos de agua inmunda, emanaciones pútridas, fango, moscas y toda clase de alimañas —esa noche, en su pensión, Flora descubrió que la visita al barrio de los irlandeses había llenado sus ropas de piojos— tuvo la sensación de un recorrido de pesadilla, entre esqueletos, viejos encogidos sobre montoncitos de paja y mujeres en jirones. Había basuras por doquier y ratas que se escabullían entre los pies de la gente. Ni siquiera quienes tenían trabajo alcanzaban a dar de comer a sus familias. Todos dependían de los repartos de alimentos de las iglesias para sustentar a los hijos. Comparado con la miseria y degradación de los irlandeses, el barrio de los judíos pobres de Petticoat Lane le pareció menos tétrico. Aunque la pobreza era extrema, había un comercio activo de ropavejeros en un sinnúmero de tienduchas y de sótanos, entre los que se ofrecían también, con grandes aspavientos y a plena luz del día, putas judías semidesnudas. Y el mercado de Field Lane, donde se vendían a precio vil todos los pañuelos robados en las calles de Londres —había que entrar a esa callejuela sin cartera, relojes, ni prendedores—, le pareció más humano, hasta simpático, con su vocinglería desatada y el rumor de las pintorescas discusiones entre vendedores y clientes que pedían rebajas.

En el Asilo de Alienados de Bethleen Hospital ocurrió algo que te heló la sangre, Florita. Ni tus amigos cartistas ni tus amigos owenistas compartían tu tesis de que la locura era una enfermedad social, un producto de la injusticia y una manifestación oscura, instintiva, de rebeldía contra los poderes establecidos. Y por eso nadie te acompañó en el recorrido por los asilos psiquiátricos de Londres. El Bethleen Hospital era antiguo, muy aseado, con jardines cuidados, bien atendido. El director te dijo de pronto, durante el recorrido, que ellos tenían allí a un compatriota tuyo, un marino francés llamado Chabrié. ¿Querrías verlo? Se te cortó la respiración. ¿Podía ser que el buen Zacarías Chabrié de *Le Mexicano,* a quien habías jugado aquella mala pasada en Arequipa para librarte de su amor, hubiera terminado aquí, loco? Viviste unos minutos de infinita angustia, hasta que trajeron al personaje. No era él, sino un joven apuesto que se creía Dios. Te lo explicó, en calmoso francés y con mucha cautela: era el nuevo Mesías, enviado a la Tierra «para que cesaran las servidumbres y salvar a la mujer del hombre y al pobre del rico». «Los dos estamos en la misma lucha, mi buen amigo», le sonrió Flora. Él asintió con un guiño cómplice.

Había sido una experiencia instructiva, además de agotadora, aquel viaje a Inglaterra de 1839. De ella no sólo resultó tu libro, *Promenades dans Londres,* publicado a principios de mayo de 1840, que asustó a los periodistas y críticos burgueses por su radicalismo y franqueza, pero no al público, que agotó dos ediciones en pocos meses. También, tu idea de la alianza entre las dos grandes víctimas de la sociedad, las mujeres y los obreros, tu librito *La Unión Obrera,* y esta cruzada. ¡Cinco años ya, Andaluza, dedicada, en un esfuerzo sobrehumano, a hacer realidad aquel proyecto!

¿Lo conseguirías? Si no te fallaba el organismo, sí. Si Dios te daba un puñadito de años más de vida, seguro que sí. Pero no estabas convencida de vivir los años que te hacían falta. Tal vez porque Dios no existía y no podía por lo tanto escucharte, o porque existía y andaba demasiado tomado por cosas trascendentales para ocuparse de las minucias materiales que te importaban a ti, como tus cólicos y tu lastimada matriz. Cada día, cada noche, te sentías más débil. Por primera vez, te acosaba la premonición de una derrota.

En la última reunión en Carcassonne, uno de los *chevaliers* al que Flora no había tenido mucho en cuenta, el abogado Théophile Marconi, se ofreció, de manera espontánea, a organizar un comité de la Unión Obrera en la ciudad. Aunque reticente al principio, había quedado finalmente convencido de que la estrategia de Flora era más sólida que los intentos conspiratorios y de guerra civil de sus amigos. La mancomunidad de mujeres y obreros para cambiar la sociedad le parecía algo inteligente y factible. Luego de la reunión con Marconi, un joven obrero, con cara de pícaro, apellidado Lafitte, la escoltó hasta el hotel y la hizo reír con un plan que había tramado para, según le confesó, estafar a los burgueses falansterianos. Se haría pasar por fourierista y ofrecería a los *chevaliers* una inversión para doblar su capital adquiriendo, a precio ridículo, unos telares robados. Cuando tuviera reunido el dinero, se burlaría de ellos: «La codicia los perdió, señores. Este dinero irá a las arcas de la Unión Obrera, para la revolución». Bromeaba, pero en sus ojos había unos azogues que inquietaron a Flora. ¿Y si la revolución se convertía en un negocio para algunos vivillos? El simpático Lafitte al despedirse le pidió permiso para besarle la mano. Ella se la alcanzó, riéndose y llamándolo «aprendiz de señorito».

La última noche en la ciudad amurallada, soñó con la cuchara de hierro y su tintineo de ultratumba. Era un recuerdo persistente, en el que, en cierto modo, había quedado simbolizado su viaje a Inglaterra: el tintineo de esa cuchara de metal, sujeta con una cadena a las fuentes de bombeo, en muchas esquinas de Londres, donde los miserables venían a aplacar su sed. Las aguas que esos pobres bebían eran contaminadas, antes de llegar a las fuentes habían pasado por los desagües de la ciudad. La música de la pobreza, Florita. La llevabas en los oídos desde hacía cinco años. A veces te decías que ese tintineo te acompañaría hasta el otro mundo.

XX. El hechicero de Hiva Oa
Atuona, Hiva Oa, marzo de 1903

—Lo que me sorprende más, en toda la historia de tu vida —dijo Ben Varney, mirando a Paul como si quisiera descifrarlo—, es que tu mujer te aguantara esa locura.

Paul lo oía sólo a medias. Estaba tratando de medir los estragos que causó en Atuona el huracán. Antes, desde los altos del almacén de Ben Varney donde platicaban, sólo se veía la torrecilla de madera de la misión protestante. Pero los vientos devastadores habían descuajado algunos árboles, y desvestido y mutilado a muchos otros, de modo que ahora era posible divisar desde esta baranda toda la fachada de la iglesia y la pulcra casita del pastor Paul Vernier. También, los dos hermosos tamarindos que la flanqueaban, apenas dañados por el temporal. Mientras entreveía todo aquello, Paul imaginaba el sendero hacia la playa: habría quedado intransitable con todo el fango, las piedras y las ramas, hojas y troncos con que lo obstruyó el huracán. Pasaría buen tiempo antes de que lo limpiaran y pudieras reanudar tus paseos a la hora del crepúsculo hasta la Bahía de los Traidores, Koke. ¿Les habrían preparado aquella emboscada los pacíficos marquesanos a los tripulantes de aquel barco ballenero? ¿Los habrían matado y manducado?

—Que siguiera contigo pese al descalabro económico que significó para tu familia tu capricho de ser pintor, quiero decir —insistió el almacenero. Desde que había escuchado la historia, acosaba a Paul sin descanso para saber más detalles—. ¿Cómo pudo aguantarte?

—No me aguantó mucho, sólo un par de años —te resignaste a contestarle—. ¿Qué otra cosa hubiera podido hacer? La Vikinga no tenía escapatoria. Apenas la tuvo, me dejó. Mejor dicho, se las arregló para que yo la dejara.

Conversaban en la terraza de Ben, en los altos del almacén. Adentro, se oía hablar en marquesano a la mujer de Varney con unos niños. En el cielo de Hiva Oa comenzaba el gran fuego de artificio —azul, rojo, rosado— de todos los crepúsculos. El ciclón de diciembre pasado había hecho pocas víctimas en Atuona, pero sí muchos estragos: derribado cabañas, destechado locales, arrancado árboles y convertido la única calle del poblado en un lodazal agujereado y supurante de tierra agusanada. Pero la vivienda de madera del norteamericano, igual que La Casa del Placer, había resistido, con escasos daños ya restañados. El más perjudicado de los amigos fue Tioka, el vecino de Koke, al que la creciente del río Make Make le arrebató su cabaña entera. Pero su familia quedó indemne. Ahora, el recio anciano de barbas blancas y los suyos trabajaban sin descanso, construyéndose otra morada en el pedazo de terreno, que, dentro del suyo, le regaló Koke.

—Puede que yo no sepa mucho de arte —admitió el almacenero—. Bueno, la verdad, no sé nada de eso. Pero, reconoce que es algo difícil de entender, para una inteligencia normal. Gozar de una vida segura y próspera, y dejarlo todo, a los treinta y pico de años, para empezar una carrera de artista. ¡Teniendo mujer y cinco hijos! ¿No se debe llamar eso una locura?

—¿Sabes una cosa, Ben? Si yo seguía en la Bolsa, hubiera terminado asesinando a Mette y a mis hijos, aunque, como al bandido Prado, me cortaran luego el pescuezo en la guillotina.

Ben Varney se rió. Pero no bromeabas, Koke. Cuando, en agosto de 1883, te quedaste sin empleo, habías llegado al límite. Dedicar buena parte del día a hacer algo que odiabas pues te impedía coger los pinceles —lo que ya te importaba más que nada en la vida—, te tenía al borde de un estallido que hubiera podido terminar —estabas seguro— en el suicidio o el crimen. Por eso te sentiste tan feliz cuando perdiste el empleo, a sabiendas de que empezar otra vida les exigiría a ti y sobre todo a Mette muchos sacrificios. Así fue. Las pruebas, Koke. Pruebas de un diosecillo desconfiado y cruel para verificar si tenías vocación de artista, y, más difícil aún, para saber si merecías tener talento. Veinte años después, aunque las hubieras aprobado todas, esa abusiva divinidad te seguía mandando pruebas. Ahora, la más infame: el deterioro de tus ojos. ¿Cómo podías pasar el examen de la semiceguera siendo un pintor? ¿Por qué ese ensañamiento contigo?

Poco después del último parto de Mette, en diciembre de 1883 —al benjamín, Paul Rollon, lo llamarían siempre Pola—, la familia Gauguin dejó París para instalarse en Rouen. Se te ocurrió que allí la vida sería más barata y que ganarías buen dinero vendiendo tus cuadros y retratando a los prósperos ruaneses. Las quimeras de siempre, Koke. No vendiste una tela ni te encargaron un solo retrato. Y, los ocho meses en ese pisito minúsculo del barrio medieval, oíste a Mette maldecir a diario su suerte, llorar e increparte por haberle ocultado tu vocación de artista que los arruinó. Pero, esas querellas domésticas te importaban un comino, Koke.

—Era libre y feliz, Ben —se rió Paul—. Pintaba paisajes normandos, barcos y pescadores en el puerto. Una soberana mierda de cuadros, por supuesto. Pero, tenía la certeza de que pronto sería un buen pintor. Estaba a la vuelta de la esquina. ¡Qué entusiasmo me corría por las venas, Ben!

—Yo, de Mette, te hubiera envenenado —dijo el ex ballenero—. Pero, en fin, si hubieras sido un buen marido nunca habrías llegado a las Marquesas. ¿Sabes una cosa? Si alguien escribiera la vida de los que hemos terminado varados aquí, saldría una historia formidable. Fíjate, Ky Dong y tú, o yo mismo.

—La más original es tu historia, Ben —dijo Paul—. Mira que perder tu barco por una borrachera. ¿Es verdad eso? ¿Ocurrió así?

El norteamericano asintió, haciendo una mueca que arrugó su cara pecosa y colorada.

—La verdad es que mis compañeros me emborracharon para poder largarse sin mí —dijo, sin amargura, como si hablara de otro—. En el barco ballenero me tenían por un tipo algo jodido, creo. Como te tienen a ti acá. Nos parecemos, Koke. Será por eso que te aprecio tanto. A propósito, ¿cómo va tu lío con las autoridades?

—Que yo sepa, los juicios se han estancado —Paul escupió hacia las palmeras del contorno—. Tal vez, con el ciclón se les refundieron o deshicieron los expedientes. Ya no pueden hacerme daño. ¡La Naturaleza defendió al arte contra curas y gendarmes! ¡El ciclón me absolvió, Ben!

En julio de 1884, Mette Gad se trepó a un barco en el puerto de Rouen que se la llevó a Dinamarca con tres de los niños, dejando a Paul en la capital normanda a cargo de Clovis y Jean. En Copenhague, a la Vikinga le fue mejor. Su familia le consiguió trabajo como profesora de francés. Y, entonces —los sueños, Koke, siempre los sueños—, decidiste trasladarte allí a fin de conquistar Dinamarca para el impresionismo.

—¿Qué es el impresionismo? —quiso saber Ben.

Tomaban brandy y el almacenero estaba ya achispado. Paul, en cambio, pese a haber bebido más que él, se encontraba perfectamente ecuánime. A su espalda, desde la colina de la misión católica el viento traía hasta ellos los himnos del coro del colegio de las monjas de San José de Cluny. Ensayaban siempre a esta hora. Unos himnos que ya no parecían religiosos, porque se habían impregnado de la alegría y el ritmo sensual de la vida marquesana.

—Un movimiento artístico del que, me imagino, ya no se acuerda nadie en París —se encogió de hombros Koke—. Y, ahora, Ben, el último brindis. Si se me hace de noche, con estos ojos no encontraré mi casa.

Ben Varney lo ayudó a bajar las escaleras, a cruzar el jardín cercado de alambres y a subir a su cochecito. Apenas lo sintió a bordo, el pony partió. Conocía el camino de memoria y avanzaba con prudencia en la medialuz del atardecer, esquivando los obstáculos. Felizmente, no tenías que guiarlo, Paul; no hubieras podido, en estas sombras tus ojos lastimados por la enfermedad impronunciable no distinguían los huecos ni baches del camino. Te sentías bien. Ciego y contento, Koke. Había una atmósfera tibia, bienhechora, una suave brisa aromada de sándalo. Aquélla había sido una prueba difícil para tu orgullo. Tener que vivir en 29 Frederiksbergalle, la casa de la madre de Mette, mantenido y humillado por tu suegra y por los tíos, hermanas y hermanos y hasta primos de tu mujer. Ninguno podía comprender, menos aceptar, que hubieras abandonado las finanzas y la vida burguesa para ser un bohemio, según ellos sinónimo de artista. Te exiliaron en la buhardilla, donde, dada tu apariencia pobretona y excéntrica —que tú, por supuesto, en aquellos días, como represalia contra tu familia política, exageraste colocándote en la cabeza un tocado de piel roja—, debías permanecer encerrado mientras Mette enseñaba francés a las jóvenes y a los jóvenes privilegiados de la sociedad danesa, pues había el riesgo de que, disgustadas ellas y ofendidos ellos con tu apariencia inconveniente, renunciaran a las clases. Las cosas no mejoraron cuando Mette, tú y los niños abandonaron la casa de tu suegra, para vivir —gracias a la venta de un cuadro de tu colección de impresionistas— en la casita de Norregada 51, un barrio sórdido de Copenhague, lo que dio a Mette nuevos argumentos para encolerizarse contra ti y apiadarse de su suerte.

También esa prueba de la humillación y la soledad en un país cuya lengua no hablabas, donde no tuviste un amigo ni un comprador para tus cuadros, la pasaste. Trabajando sin descanso y con furia: esquiadores en el helado Parque de Frederiksberge, los árboles del Parque del Este, tu primer autorretrato. Cerámicas, maderas, dibujos, incontables bocetos. Uno de los raros artistas daneses que se interesó en lo que hacías, Theodor Philipsen, fue a curiosear tus cuadros. Durante una hora, conversaron. De pronto, te oíste diciendo al danés que, para ti, las sensaciones eran más importantes que las razones. ¿De dónde sacaste semejante teoría? La inventabas a medida que la decías. La pintura debía ser expresión de la totalidad del ser humano: su inteligencia, su destreza artesanal, su cultura, pero también sus creencias, sus instintos, sus deseos y sus odios. «Como entre los primitivos.» Philipsen no prestó la menor importancia a lo que habías dicho; era amable y desvaído, como todos los nórdicos. Pero, tú, sí. Habías soltado aquello sin premeditación; luego, reflexionando, descubrirías que esa fórmula resumía tu credo estético. Hasta hoy, Koke. Porque, detrás de las infinitas afirmaciones y negaciones sobre cuestiones artísticas que venías diciendo y escribiendo todos estos años, el núcleo inamovible seguía siendo el mismo: el arte occidental había decaído por segregarse de aquella totalidad de la existencia que se manifestaba en las culturas primitivas. En éstas el arte, inseparable de la religión, formaba parte de la vida cotidiana, como comer, adornarse, cantar y hacer el amor. Tú querías restablecer en tus cuadros esa interrumpida tradición.

Cuando llegó a La Casa del Placer, cuyos contornos, desde el ciclón de diciembre, habían dejado de ser boscosos y se habían vuelto un descampado de ralos arbolitos y troncos derribados, era ya noche. Uno de los rasgos de Hiva Oa: oscurecer en un instante, como un telón que cae y borra el escenario. Una agradable sorpresa. Ahí estaban Haapuani y su mujer Tohotama, sentados junto a las caricaturas del *Padre Lujuria* y *Teresa,* sobrevivientes del ciclón. Acababan de llegar de Tahuata, la isla de los pelirrojos, como Tohotama. ¿A qué se debía esta grata visita?

Haapuani vaciló y cambió una larga mirada con su mujer, antes de responderle, sin alegría:

—Acepto tu propuesta. La necesidad me obliga, Koke.

Desde que lo conoció, a poco de llegar a Atuona, Paul había querido pintar a Haapuani. Su personalidad lo intrigaba. Había sido sacerdote de un poblado maorí, en Tahuata, antes de la llegada de los misioneros franceses. Nadie sabía a ciencia cierta si vivía ahora en Hiva Oa, en su isla de origen, o yendo y viniendo entre las dos. Desaparecía largas temporadas y al volver no decía palabra sobre sus andanzas. Los naturales de Hiva Oa le atribuían saberes y poderes tradicionales, por su antiguo oficio, que, según Ky Dong, seguía practicando en secreto, a ocultas del obispo Martin, del pastor Vernier y del gendarme Claverie. Koke lo admiraba por su audacia. Pues Haapuani, pese a sus años —debía ser cincuentón—, se presentaba a veces en La Casa del Placer vestido y adornado como un *mahu,* un hombre-mujer, algo que, aunque dejaba indiferentes a los maoríes, podía atraer sobre él las fulminaciones de las dos iglesias y de la autoridad civil si lo descubrían. Haapuani nunca objetó que la bella y musculosa Tohotama posara —lo hizo muchas veces—, pero jamás aceptó que Koke lo pintara. Cada vez que se lo propusiste, se enojaba. Lo había hecho cambiar de opinión el ciclón, que, si hizo daños en Hiva Oa, en Tahuata causó terribles males, destruyendo viviendas y granjas y dando muerte a decenas de personas, entre ellas varios parientes del antiguo hechicero. Haapuani te lo confesó: necesitaba dinero. A juzgar por su voz y su expresión, le había costado gran esfuerzo dar este paso.

¿Te permitirían pintarlo estos miserables ojos?

Sin pensarlo dos veces, Koke aceptó, entusiasmado. De inmediato, formalizaron el acuerdo, tras lo cual Paul adelantó a Haapuani algún dinero. Sentía tanta excitación con la perspectiva de pintar esa tela, que pasó buena parte de la noche desvelado, revolviéndose en su cama mientras oía maullar a los gatos salvajes y contemplaba, en un cielo encapotado de nubes, las apariciones de la luna. Haapuani sabía muchas más cosas de las que quería admitir. Koke lo había sondeado, cuando venía a acompañar a Tohotama, mientras ella posaba. Nunca aceptó revelarle nada sobre su pasado de sacerdote maorí. Siempre le negó que todavía se practicara el canibalismo en algunas islas apartadas del archipiélago. Pero a Koke, obsesionado con el tema, esas negativas no lo convencían. En cambio, consiguió algunas veces vencer la resistencia del hechicero a hablar sobre el arte de los tatuajes, que el obispo Martin y el pastor Vernier creían haber abolido. Pero estaba vivo aún en las aldeas y bosques perdidos de todas las Marquesas, preservando, en aquellas remotas soledades, sobre las pieles tostadas de los varones y las hembras maoríes, la antigua sabiduría, la fe y las tradiciones exorcizadas por los misioneros. En su único viaje al interior de Hiva Oa, hacia la aldea de Hanaupe, en el valle de Hekeani, para negociar la compra de Vaeoho, Koke lo comprobó: hombres y mujeres de la aldea lucían sus tatuajes sin la menor inquietud. Y había conversado, mediante un intérprete, con el tatuador del pueblo, un anciano risueño que le mostró la delicadeza y seguridad de artista con que imprimía sobre la piel humana aquellos dibujos simétricos y laberínticos. Haapuani, que, cada vez que Koke lo interrogaba sobre las creencias marquesanas, se erizaba como un gato, algunas veces se animaba a ilustrarlo acerca del significado de los tatuajes, y, un día, incluso, dibujando sobre un papel con la facilidad de un experto tatuador, le explicó la maraña de alusiones encerrada en ciertos diseños —los más antiguos, según él—, aquellos que servían para proteger a los guerreros en los combates, los que daban fuerza para resistir las acechanzas de los espíritus malignos, los que garantizaban la pureza del alma.

El hechicero se presentó a la mañana siguiente en La Casa del Placer, poco después de la salida del sol. Koke lo esperaba en el estudio. El cielo estaba limpio en la vecindad de Atuona, aunque en el horizonte marino, en dirección de la despoblada Isla de las Ovejas, había una acumulación de nubes oscuras y viborillas rojizas de relámpagos que presagiaban tormenta. Cuando colocó a Haapuani en la posición donde mejor podía darle la naciente luz, se le encogió el corazón. ¡Qué desgracia, Koke! Distinguías apenas algo más que un bulto, difuminado en los bordes, y manchas de distintas tonalidades y profundidad. En eso se habían convertido ahora para tus ojos los colores: borrones, nieblas. ¿No era vano intentarlo, Koke?

—No, maldita sea, no —murmuró, acercándose mucho al brujo, como si fuera a besarlo o morderlo—. Aunque me vuelva ciego del todo, o me mate la rabia, te pintaré, Haapuani.

—Lo mejor es conservar la calma, Koke —le aconsejó el maorí—. Ya que tanto quieres saber lo que piensan los marquesanos, ésa es nuestra creencia principal: no ponerse nunca rabioso, salvo frente al enemigo.

Tohotama, que estaba por alguna parte —no la habías sentido llegar—, soltó una risita, como si todo aquello fuera un juego. Mette tenía también esa irritante costumbre: banalizar los asuntos importantes haciendo una broma y lanzando una carcajada. Aunque nunca llegaron a hacerse amigos, el pintor danés Philipsen se portó bien contigo. Luego de aquella visita a la casa de Norregada 51 para ver tus cuadros, movió sus relaciones a fin de que una Sociedad de Amigos del Arte de Dinamarca auspiciara una exposición de tu pintura. Se inauguró el 1 de mayo de 1884, con asistencia escasa aunque distinguida. Caballeros y señoras, atentos y ceremoniosos, parecieron interesarse en tus cuadros y te interrogaron sobre ellos en relamido francés. Sin embargo, nadie compró una tela, no apareció una reseña favorable u hostil en la prensa de Copenhague y a los cinco días la exposición se cerró. Tú alardearías luego de que las autoridades, académicas y conservadoras, la habían mandado clausurar, escandalizadas por tus atrevimientos estéticos. Pero, no era así. En verdad, tu única exposición mientras viviste en Copenhague terminó tan pronto por falta de público y por su fracaso comercial.

Lo peor no fue tu frustración; fue lo indignada que quedó contigo la familia de Mette por aquel fiasco. ¡Cómo! Este bohemio estrafalario dejaba su posición y su trabajo respetable de financista en nombre del Arte ¡y era esto lo que pintaba! La condesa Moltke hizo saber que si ese personaje de indumentaria grotesca y afeminada, imitador de los pieles rojas, permanecía en Copenhague ella dejaría de pagar el colegio a Emil, el hijo mayor de los Gauguin, obra caritativa que había asumido hacía seis meses. Y la Vikinga, pálida y lloriqueando, se atrevió a decirte que, si no partías, los jóvenes diplomáticos a los que enseñaba francés la habían amenazado con buscarse otro profesor. Y, entonces, ella y los niños se morirían de hambre. ¡Te echaron de Copenhague como un perro, Koke! No tuviste más remedio que volver a París, en una tercera de tren, llevándote al pequeño Clovis, de seis añitos, así aliviabas de una boca las penurias de Mette para alimentar al resto de la familia. La separación, aquel comienzo de junio de 1885, fue una obra maestra de hipocresía. Tú y ella simularon una separación momentánea, exigida por las circunstancias, diciéndose que, apenas las cosas mejoraran, volverían a reunirse. Sin embargo, en el fondo tú sabías de sobra, y acaso Mette también, que la separación sería larga, tal vez definitiva. ¿Cierto, Koke? Bueno, sólo hasta cierto punto. Porque, aunque en estos dieciocho años sólo se habían visto una vez y por pocos días —ella no dejó que la tocaras—, legalmente la Vikinga seguía siendo tu mujer. ¿Hacía cuántos meses ya que Mette no te escribía, Koke?

Llegó a París sin un centavo en el bolsillo, con un niño a cuestas, a alojarse donde el buen Schuff, en su departamento de la rue Boulard, desde cuyas ventanas divisabas las lápidas del cementerio de Montparnasse. Tenías treinta y siete años, Koke. ¿Comenzabas a ser un verdadero pintor? Todavía. Como en el piso no había espacio para trabajar, dibujabas y pintabas en las calles, de pie junto a un castaño del Luxemburgo, sentado en las bancas de los parques, a las orillas del Sena, en cuadernos y telas que te regalaba el amigo Schuff, quien, sin que lo advirtiera Louise, su mujer, te deslizaba a veces unos francos en el bolsillo para que a media jornada pudieras sentarte un rato en la terraza de un café. ¿Fue en ese verano de 1885 que, algunas noches de desvelo, te asustaste, pensando que, a lo mejor, todo aquello que hacías era un monumental error, un disparate que lamentarías? No, el período de desesperación extrema vino después. En julio, gracias a la venta de otro cuadro de tu colección de impresionistas (quedaban muy pocos y todos en manos de Mette) partiste a Dieppe. Allí pasaba el verano una colonia de pintores conocidos tuyos, entre ellos Degas. Se reunían en una casa extraordinariamente vistosa y original, el Chalet du Bas-Fort-Blanc, del pintor Jacques-Émile Blanche. Fuiste a visitarlos, creyendo que esos compañeros te recibirían con los brazos abiertos; pero se hicieron negar y descubriste a Degas y Blanche espiándote detrás de los visillos, mientras el mayordomo te despedía. Desde entonces, ambos te esquivaron como a un ser impresentable. Lo eras, Koke. Merodeabas, solo como un hongo, por el puerto y los acantilados, con tu caballete, tus pinturas y tus cartulinas, pintando bañistas, playas arenosas, altos arrecifes. Los cuadros eran malos. Te sentías un perro sarnoso. Nada raro que Degas, Blanche y los otros pintores de Dieppe te evitaran: te vestías como pordiosero porque en eso te habías convertido.

Todavía no había llegado lo peor, Koke. Vino con el invierno, cuando retornaste a París, de nuevo sin dinero. Tu hermana María Fernanda te devolvió a Clovis, de quien se había hecho cargo a regañadientes mientras tú estabas en Dieppe. Los Schuffenecker ya no pudieron alojarte. Alquilaste un cuartito miserable en la rue Cail, cerca de la Gare de l'Est, sin muebles. Conseguiste en un mercadillo de trastos viejos una camita para Clovis. Tú dormías en el suelo, temblando de frío bajo una simple manta. Sólo tenías ropa de verano y Mette no te envió nunca la de invierno que dejaste en Copenhague. Aquellos meses finales de 1885 y primeros de 1886 fueron helados, con frecuentes nevadas. Clovis contrajo una varicela y ni siquiera pudiste comprarle remedios; sobrevivió porque, sin duda, tenía tu misma sangre fuerte y un espíritu rebelde que se crecía ante la adversidad. Lo alimentabas con puñaditos de arroz y tú, muchos días, comiste apenas un mendrugo. Entonces —la desesperación, Koke— tuviste que dejar de pintar para que tú y el niño no desfallecieran. Cuando pensabas que, tal vez, la solución sería lanzarte desde uno de los puentes a las aguas heladas del Sena con el niño en brazos, encontraste trabajo: pegador de carteles publicitarios en las estaciones de París. ¡Albricias, Koke! Era un trabajo duro, a la intemperie, que te embadurnaba de engrudo de pies a cabeza, pero, en unas cuantas semanas, te permitió ahorrar lo suficiente para poner a Clovis en una modestísima pensión, en Antony, en las afueras de París.

¿Fue ese invierno, entre 1885 y 1886, el peor momento de tu vida, cuando estuviste a punto de rendirte? No. Era éste, pese a que tenías un techo bajo el cual dormir y —gracias a Daniel de Monfreid y al galerista Ambroise Vollard— un dinerillo que, aunque escaso, te permitía comer y beber. Porque nada, ni siquiera aquel horrible invierno de hacía dieciocho años, se comparaba a la impotencia que sentías cada jornada, tratando, poco menos que a tientas, de volcar en el lienzo los colores y las formas que te sugería la presencia de Haapuani. La presencia, porque casi todo lo que veías de él era una silueta sin rostro. Eso no te importaba tanto. Tenías en la memoria, muy nítida, la agraciada cara, pese a sus años, del marido de Tohotama, y, también, la idea de lo que debía ser el cuadro. Un bello hechicero que es, al mismo tiempo, un *mahu*. Un ser coqueto y distinguido, con florecillas entre sus lacios y largos cabellos femeninos, envuelto en una gran capa roja que llamea a sus espaldas, con una hoja en su mano derecha que delata sus conocimientos secretos del mundo vegetal —filtros de amor, pociones curativas, venenos, cocimientos mágicos— y, detrás de él, como siempre en tus cuadros (¿por qué, Koke?), dos mujeres sumergidas en la floresta —reales o tal vez fantásticas, arrebujadas en unos misteriosos capotes masculinos de reminiscencia frailuna y medieval—, observándolo, fascinadas o asustadas por su conducta misteriosa y equívoca y por su insolente libertad. Habría un perro allí también, a los pies del brujo, de extraña osatura, venido acaso del averno maorí. Un gallo negro, un río de aguas blanquiazules, y un cielo de anochecer asomaría entre los árboles del bosque, al fondo. Lo veías muy bien en tu mente, pero, para trasladarlo sobre la tela, necesitabas consultar a cada momento al propio Haapuani, o a Tohotama, o a Tioka, que a veces venía a verte trabajar, sobre los colores, y las mezclas que hacías poco menos que por mera intuición, sin poder verificar los resultados. Ellos tenían buena voluntad, pero no las palabras ni el conocimiento para responder a tus preguntas. La idea de que sus informaciones inexactas estropearan tu tarea te torturaba. El trabajo iba lentísimo. ¿Avanzabas o retrocedías? Cómo saberlo. Cuando la impotencia te arrancaba un gemido, una crisis de llanto y blasfemias, Haapuani y Tohotama permanecían a tu lado, sin moverse, respetuosos, esperando que te calmaras y retomaras el pincel.

Entonces, Paul recordó que, en aquel invierno durísimo de hacía dieciocho años, cuando pegaba carteles en las estaciones de ferrocarril de París, el azar puso en sus manos un librito que encontró, olvidado o arrojado allí por su dueño, en una silla de un cafetín contiguo a la Gare de l'Est donde se sentaba a tomar un ajenjo al término de la jornada. Su autor era un turco, el artista, filósofo y teólogo Mani Velibi-Zumbul-Zadi, que, en ese ensayo, había trenzado sus tres vocaciones. El color, según él, expresaba algo más recóndito y subjetivo que el mundo natural. Era manifestación de la sensibilidad, las creencias y las fantasías humanas. En la valoración y el uso de los colores se volcaba la espiritualidad de una época, los ángeles y demonios de las personas. Por eso, los artistas auténticos no debían sentirse esclavizados por el mimetismo pictórico frente al mundo natural: bosque verde, cielo azul, mar gris, nube blanca. Su obligación era usar los colores de acuerdo a urgencias íntimas o al simple capricho personal: sol negro, luna solar, caballo azul, olas esmeraldas, nubes verdes. Mani Velibi-Zumbul-Zadi decía también —qué oportuna ahora esa enseñanza, Koke— que los artistas, para preservar su autenticidad, debían prescindir de modelos y pintar fiándose exclusivamente de su memoria. Así su arte materializaría mejor sus verdades secretas. Eso era lo que, obligado por tus ojos, estabas haciendo, Koke. ¿Sería *El hechicero de Hiva Oa* el último cuadro que pintarías? La pregunta te daba arcadas de tristeza y rabia.

—Cuando termine este retrato no volveré a coger un pincel, Haapuani.

—¿Quieres decir que, por pintarme, te voy a enterrar, Koke?

—En cierto modo, sí. Me vas a enterrar y yo, en cambio, te voy a inmortalizar. Saldrás ganando, Haapuani.

—¿Puedo preguntarte, Koke? —Tohotama había estado muda e inmóvil toda la mañana, tanto que Paul no advirtió su presencia—. ¿Por qué has puesto esa capa roja en los hombros de mi marido? Haapuani nunca se ha vestido así. Tampoco conozco a nadie de Hiva Oa o de Tahuata que lo haga.

—Pues eso es lo que yo veo en los hombros de tu marido, Tohotama —Koke se sintió animado al oír la voz honda y espesa de la muchacha, que se correspondía tan bien con su robusta anatomía y sus cabellos rojizos, sus pechos turgentes, sus grandes caderas y sus gruesos y lustrosos muslos, todas esas cosas bellas que ahora ya sólo podía recordar—. Veo toda la sangre que han vertido los maoríes a lo largo de su historia. Luchando entre sí, destrozándose por la comida y por la tierra, defendiéndose contra invasores de carne y hueso o demonios del otro mundo. En esa capa roja está toda la historia de tu pueblo, Tohotama.

—Yo sólo veo una capa roja que nunca nadie se ha puesto acá —insistió ella—. ¿Y las capuchas de ésas? ¿Son dos mujeres, Koke? ¿O son hombres? No pueden ser marquesanos. Nunca he visto en estas islas a una mujer o un hombre que se ponga eso en la cabeza.

Sintió deseos de acariciarla, pero no lo intentó. Estirarías los brazos y tocarías el aire, pues ella te esquivaría con facilidad. Entonces, te invadiría una sensación de ridículo. Pero, haberla deseado, aunque fuera sólo un momento, te alegró, pues una de las consecuencias del avance sobre tu cuerpo de la enfermedad impronunciable era la falta de deseos. No estabas muerto del todo, Koke. Un poco más de paciencia y tesón, y terminarías este maldito cuadro.

Después de todo, tal vez era cierto aquello que, en el seminario de la Chapelle Saint-Mesmin, en tu infancia en Orléans, le gustaba repetir al obispo Dupanloup en sus clases de religión, cuando exaltaba a los héroes de la Cristiandad: era cayendo más bajo cuando el alma pecadora podía impulsarse más, para llegar más alto, como Roberto el Diablo, el malvado absoluto que terminó santo. Te había pasado a ti, luego de aquel invierno atroz de 1885-1886, en París, cuando sentiste que te hundías en el cieno. A partir de allí empezaste a ascender hacia la superficie, hacia el aire puro, poco a poco. El milagro tenía un nombre: Pont-Aven. Muchos pintores y aficionados al arte hablaban de Bretaña, por la belleza de su paisaje sin domesticar, su aislamiento y sus temporales románticos. Para ti, el atractivo de Bretaña combinaba dos razones, una ideal y otra práctica. En Pont-Aven, pueblecito perdido en el Finisterre bretón, encontrarías todavía una cultura arcaica, gentes que en vez de renunciar a su religión, a sus creencias y costumbres tradicionales, se aferraban a ellas con soberano desprecio por los esfuerzos del Estado y de París para integrarlos a la modernidad. De otro lado, allí podrías vivir con poco dinero. Aunque las cosas no salieran exactamente como lo esperabas, tu partida hacia Pont-Aven —trece horas de tren, por la ruta de Quimperlé— en aquel soleado julio de 1886 fue la decisión más acertada hasta entonces de toda tu vida.

Porque en Pont-Aven habías comenzado, ahora sí, a ser un pintor. Un gran pintor, Koke. Aunque ya lo hubieran olvidado los esnobs y frívolos, en el casquivano París. Recordaba muy bien su llegada, molido por el largo viaje, a la placita triangular de aquel pueblo pintoresco de carta postal, en medio de un ubérrimo valle flanqueado por colinas arboladas y coronado por un bosque dedicado al Amor, hasta el que venía, en el aire salado de las tardes, la noticia del mar. Allí estaban los alojamientos para los pudientes, esos norteamericanos e ingleses que llegaban hasta allí en busca de color local: el Hotel des Voyageurs y el Lion d'Or. No eran esos hoteles lo que tú buscabas, sino el modesto albergue de madame Gloanec, que, por insensata o por santa, acogía en su pensión a los artistas menesterosos y aceptaba —magnífica mujer— que, si no tenían dinero, le pagaran el cuarto y la comida con los cuadros que pintaban. ¡La mejor decisión de tu vida, Koke! A la semana de estar instalado en la pensión Gloanec, te vestías como un pescador bretón —zuecos, gorra, chaleco bordado, sacón azul— y te habías convertido, antes que por tu pintura, por tu talante arrollador, tu verba exuberante, tu ciclópea fe en ti mismo y, sin duda, también por tu edad, en el jefe de fila de la media docena de jóvenes artistas que se cobijaban allí gracias a la bondad o la idiotez de la maravillosa viuda Gloanec. Ya habías salido del abismo, Paul. Ahora, a pintar obras maestras.

Dos o tres días después, Tohotama volvió a interrumpir el trabajo de Koke con unas exclamaciones en maorí marquesano, que él no entendió, salvo la palabra *mahu* perdida entre las frases. En el mundo de sombras y contrastes de luz que era ahora el suyo, advirtió que, picado por la curiosidad, Haapuani abandonaba el lugar en que posaba para acercarse al cuadro a averiguar a qué se debía la excitación de Tohotama. Se debía a que, en vez de mostrarlo con un pareo en la cintura o desnudo, en la tela el hechicero exhibía, bajo la capa roja, un vestido ceñido como un guante a su esbelto cuerpo, una prenda muy corta que dejaba desnudas sus torneadas piernas de mujer. Haapuani observó la tela un buen rato sin decir nada. Luego, volvió a colocarse en la pose que Koke le había indicado.

—No me has dicho nada sobre tu retrato —comentó Paul, luego de retomar el minucioso, imposible trabajo—. ¿Qué te ha parecido?

—Por todas partes ves *mahus* —evitó responderle el hechicero—. Donde los hay y también donde no los hay. No ves al *mahu* como algo natural, sino como un demonio. En eso te pareces a los misioneros, Koke.

¿Era cierto eso? Bueno, te había ocurrido algo curioso hacía un par de meses, cuando pintaste *La hermana de caridad,* ese cuadro para el que precisamente posó Tohotama. Al final, no fue un cuadro sobre la monja sino sobre el hombre-mujer que está frente a ella, algo de lo que apenas fuiste consciente mientras lo pintabas. ¿Por qué esta obsesión con el *mahu*?

—¿Por qué no me dices qué te ha parecido tu retrato? —insistió Koke.

—De lo único que estoy seguro es que ese del cuadro no soy yo —repuso el maorí.

—Ése es el Haapuani que llevas dentro —le replicó Koke—. El que ha tenido que esconderse dentro de ti para que no lo descubran los curas y los gendarmes. Aunque no me creas, te aseguro que el de la tela eres tú. No sólo tú. El verdadero marquesano, el que está desapareciendo, del que pronto no quedarán rastros. En el futuro, para averiguar cómo eran los maoríes, la gente consultará mis pinturas.

Tohotama se rió, con una risa franca, alegre y despreocupada que enriquecía la mañana, y Haapuani también se rió, pero sin ganas. Ese anochecer, cuando la pareja ya se había marchado y vino a conversar con él su vecino —pasaba un par de veces al día por La Casa del Placer para averiguar si Koke necesitaba alguna cosa— Tioka se quedó largo rato observando la tela. Para verla mejor, acercó una de las teas embreadas de la entrada. Paul no le hizo ninguna pregunta. Al cabo de un rato, su vecino, habitualmente parco de palabras, le dio su parecer:

—En muchos cuadros, has pintado a las mujeres de estas islas con músculos y cuerpos de hombres —afirmó, intrigado—. Pero, en éste, has hecho lo contrario: pintar a Haapuani como si fuera una mujer.

Si lo que Tioka decía era exacto, *El hechicero de Hiva Oa* había salido más o menos como lo concebiste, pese a haberlo pintado casi todo el tiempo a ciegas, con pequeños intervalos en que la luminosidad del día, tu voluntarioso esfuerzo o el diosecillo compadecido, te aclaraban la visión y, por unos minutos, podías corregir detalles, acentuar o debilitar los colores. No sólo la vista te fallaba. También, el pulso. A veces el temblor de tu mano era tan fuerte que tenías que tumbarte un rato en la cama, hasta que tu cuerpo se serenaba y cesaban esos incontrolables movimientos de tus músculos. Sólo las obras maestras las habías pintado en ese estado de incandescencia, Koke. ¿Sería *El hechicero de Hiva Oa* una obra maestra? Si tus ojos pudieran ver la tela de manera cabal, aunque fuese unos segundos, lo sabrías. Pero te quedarías siempre con la duda.

En la siguiente sesión, Tohotama le habló del cuadro. ¿Por qué andabas siempre tan interesado en los *mahus,* los hombres-mujer, Koke? Él le dio una explicación tonta —«son pintorescos, llamativos, exóticos, Tohotama»—, pero la pregunta se quedó repicando en su memoria el resto del día. Y lo tuvo cavilando aquella noche, en su cama, después de haber comido un poco de fruta, cambiarse las vendas de las piernas y tomar para el dolor unas gotas de láudano disueltas en agua. ¿Por qué, Koke? Tal vez porque en el huidizo, semiinvisible, perseguido *mahu,* abominado como una aberración y un pecado por curas y pastores, sobrevivía el último rasgo indómito de ese salvaje maorí del que pronto, gracias a Europa, no quedaría ni una muestra. El primitivo marquesano sería tragado y digerido por la cultura cristiana y occidental. Esa cultura que tú habías defendido con tanto brío y tanta verba, y tantas exageraciones y calumnias allá en Tahití, en *Les Guêpes* y en *La Sourire,* Koke. Tragado y digerido como lo había sido ya el tahitiano. Puesto en orden, en lo relativo a la religión, a la lengua, a la moral, y, por supuesto, al sexo. En un futuro muy próximo, las cosas serían tan claras para los marquesanos como lo eran para cualquier europeo, creyente y burgués. Había dos sexos y bastaba, para qué más. Bien diferenciados y separados por un abismo infranqueable: hombre y mujer, macho y hembra, verga y vagina. La ambigüedad, en el campo del amor y del deseo, era, como en el de la fe, una manifestación de barbarie y vicio, tan degradante para la civilización como la antropofagia. El hombre-mujer, la mujer-hombre, eran anormalidades a las que había que exorcizar, como hizo Dios Padre con Sodoma y Gomorra. ¡Pobres los pocos *mahus* que quedaban en estas islas! Los colonos y administradores coloniales hipócritas los buscaban para contratarlos de domésticos, por la buena fama que tenían como cocineros, lavanderos, niñeros o guardianes de los hogares. Pero, para no malquistarse con los religiosos, les prohibían adornarse y vestirse como féminas. Cuando, seguramente con mucha aprensión y miedo de ser descubiertos, se enredaban flores en la cabeza, se ponían brazaletes en las muñecas y ajorcas en los tobillos y se adornaban como muchachas, y osaban mostrarse así, de manera fugaz, los *mahus* no sospechaban que eran los estertores agónicos de una cultura. Esa manera sana, espontánea, libre, de los primitivos de aceptarse con todo lo que llevaban dentro —sus deseos y sus fantasías— tenía los días contados. *El hechicero de Hiva Oa* era una lápida, Koke.

Pese a lo que te había dicho aquella vieja ciega maorí tocándote el pene encapuchado, tú estabas más cerca de ellos que de gentes como monseñor Martin o el gendarme Jean-Paul Claverie. O que de esos colonos embrutecidos por la ignorancia y la codicia a los que habías servido como mercenario, en Papeete. Porque a los salvajes tú los entendías. Los respetabas. Los envidiabas. En tanto que, a tus supuestos compatriotas, les tenías desprecio.

Por lo menos de eso sí estabas seguro, Koke. Tu pintura no era la de un europeo moderno y civilizado. Nadie se engañaría a ese respecto. Aunque lo intuías de manera incierta desde antes, fue en Bretaña, primero en Pont-Aven, luego en Le Pouldu, donde lo entendiste con certeza absoluta. El arte tenía que romper esa moldura estrecha, el horizonte pequeñito en que habían terminado por encarcelarlo los artistas y los críticos, los académi-

cos y los coleccionistas de París: abrirse al mundo, mezclarse con las demás culturas, airearse con otros vientos,
otros paisajes, otros valores, otras razas, otras creencias, otras
formas de vida y de moral. Sólo así recobraría la pujan-
za que la existencia muelle, fácil, frívola y mercantil de
los parisinos le habían sustraído. Tú lo habías hecho, sa-
liendo al encuentro del mundo, yendo a buscar, a aprender, a embriagarte con aquello que Europa desconocía o
negaba. Te había costado caro, pero ¿verdad que no te
arrepentías, Koke?

   No te arrepentías. Estabas orgulloso de haber llegado hasta aquí, aunque fuera en este estado. Pintar tenía
un precio y lo pagaste. Cuando, luego de los meses de verano y otoño pasados en Pont-Aven, volviste a París para
enfrentar el invierno, eras otra persona. Habías cambiado
de piel y de espíritu; estabas eufórico, seguro de ti mismo, loco de alegría por haber descubierto por fin tu camino. Y ávido de barbaridades y de escándalo. Una de
las primeras cosas que hiciste, en París, fue atacar a la bella
Louise, la mujer del buen Schuff, con la que, hasta entonces, sólo te habías permitido coqueteos. Ahora, imbuido de
ese nuevo talante revoltoso, temerario, iconoclasta, anár-
quico, aprovechaste la primera oportunidad en que ambos
estuvieron solos —el buen Schuff dictaba en la academia
sus clases de dibujo— para abalanzarte sobre Louise. ¿Se
podía decir que abusaste de ella, Paul? Sería exagerado.
La tentaste y corrompiste, cuando más. Porque Louise sólo
se resistió al principio, más por guardar las formas que por
convicción. Y nunca pareció arrepentirse luego de aquel
desliz.

   —Es usted un salvaje, Paul. ¿Cómo se atreve a po-
nerme las manos encima?

   —Por lo que tú has dicho, mi bella. Porque soy un
salvaje. Mi moral no es la de los burgueses. Ahora, mis

instintos ordenan mis actos. Gracias a esta nueva filosofía seré un gran artista.

Una declaración de principios, Koke, que resultó profética. ¿Se habría enterado el buen Schuff de aquella traición? Si se enteró, fue capaz de perdonarte. Un ser superior ese alsaciano. Mucho mejor que tú, sin duda, para la moral civilizada. Y por eso, sin duda, el buen Schuff pintó siempre tan mal.

Al día siguiente, luego de unos últimos retoques, Koke pagó a Haapuani lo convenido. El cuadro estaba terminado. ¿Lo estaba? Esperabas que sí. En todo caso, ya no tenías fuerzas en el cuerpo ni en el ánimo para seguirlo trabajando.

XXI. La última batalla
Burdeos, noviembre de 1844

Cuando, el nefasto 24 de septiembre de 1844, recién llegada a Burdeos, Flora Tristán aceptó aquella invitación para asistir, desde un palco del Grand Théâtre, al concierto del pianista Franz Liszt, no sospechaba que aquel mundano acontecimiento, donde las damas bordelesas iban a lucir sus joyas y elegancias, sería su última actividad pública. Las semanas que le quedaban las pasaría en una cama, nada menos que en casa de dos sansimonianos, los esposos Elisa y Charles Lemonnier, a quienes un año antes había rehusado ser presentada por considerarlos demasiado burgueses. Paradojas, Florita, paradojas hasta el último día de tu vida.

No se sentía mal al llegar a Burdeos; sólo fatigada, irritada y decepcionada, porque, desde que salió de Carcassonne, tanto en Toulouse como en Agen los prefectos y comisarios del reino le habían hecho la vida difícil, irrumpiendo en sus reuniones con obreros, prohibiéndolas, e, incluso, dispersándolas a bastonazos. Su pesimismo no tenía que ver con su salud sino con las autoridades, decididas a impedir por todos los medios que terminara su gira.

Qué te ibas a imaginar, cinco años atrás, a tu vuelta de Londres, cuando, llena de entusiasmo con la idea de forjar la gran alianza de mujeres y obreros para transformar a la humanidad, empezaste un frenético quehacer tratando de vincularte a los trabajadores, que terminarías acosada por un poder que te consideraba subversiva, a ti, pacifista convicta y confesa. No sólo volviste a París llena de ilusiones y sueños; también, de buena salud. Leías asiduamente las dos principales revistas obreras, *L'Atelier* y *La Ruche Populaire* (las únicas publicaciones que elogiaron tus *Paseos por Londres*) y visitabas y leías a todos los mesías, filósofos, doctrinarios y teóricos del cambio social, lo que, más que instructivo, resultó confusionista y caótico. Porque, entre socialistas y reformadores ácratas, abundaban los chiflados y los excéntricos que predicaban el puro disparate mental. Como, por ejemplo —su recuerdo te provocaba carcajadas—, el carismático escultor Ganneau, con aspecto de sepulturero, fundador del *evadismo,* doctrina basada en la idea de la igualdad entre los sexos y promotor de la liberación de la mujer, a quien, por unas semanas, con gran ingenuidad, tomaste en serio. El respeto que le tenías se desintegró el día en que el sombrío personaje de ojos fanáticos y manos alargadas te explicó que el nombre de su movimiento, *evadismo,* provenía de la primera pareja —Eva y Adán— y que él se hacía llamar Mapah por sus discípulos en homenaje a la familia, pues la palabra fundía las dos primeras sílabas de mamá y papá. Era tonto, o estaba más loco que una cabra.

El acoso policial frustró lo que hubiera podido ser una provechosa visita de Flora a Toulouse, entre el 8 y el 19 de septiembre. Al día siguiente de llegar estaba reunida con una veintena de obreros en el Hotel des Portes, rue de la Pomme, cuando irrumpió en la sala el comisario Boisseneau. Barrigón, con bigotes hirsutos y una mirada de pocos amigos, sin siquiera quitarse el tongo ni saludarla le advirtió:

—No está usted autorizada a venir a Toulouse a predicar la revolución.

—No vengo a hacer la revolución, sino a demorarla, señor comisario. Lea usted mi libro, antes de juzgarme —le repuso Flora—. ¿De cuándo acá una mujer sola asusta a comisarios y prefectos de la más poderosa monarquía de Europa?

El funcionario se retiró sin despedirse, con un seco: «Está advertida».

Sus esfuerzos para hablar con el prefecto de Toulouse fueron vanos. La prohibición desanimó a sus contactos en la ciudad. Consiguió apenas un encuentro secreto, en un albergue del *quartier* de Saint-Michel, con ocho artesanos del cuero. Llenos de aprensión con la idea de que los descubriera la policía, la escuchaban con ojos atemorizados, lanzando ojeadas a la puerta de calle. Su visita a *L'Emancipation,* periódico que pregonaba ser demócrata y republicano, fue otro fracaso: los periodistas la miraban como si vendiera menjunjes contra las pesadillas y el mal agüero, y no prestaron la menor atención a su detallada exposición sobre los objetivos de la Unión Obrera. Uno le preguntó si era gitana. La ofensa llegó al colmo cuando el más osado de estos *chevaliers,* un redactor llamado Riberol, flaco como un palo de escoba y de mirada lujuriosa, comenzó a guiñarle los ojos y a susurrarle frases de doble sentido.

—¿Está usted tratando de seducirme, pobre imbécil? —lo atajó, en voz muy alta, Madame-la-Colère—. ¿No se ha visto usted nunca en un espejo, infeliz?

Se levantó y partió, dando un portazo. La furia se te disipó recordando —el mejor desagravio, Florita— cómo se había encendido de vergüenza la cara astillada de Riberol, a quien tu intemperante reacción dejó mudo y boquiabierto, entre las risas de sus colegas.

En Agen, donde estuvo cuatro días, las cosas no fueron mejor que en Toulouse, también por culpa de la policía. En la ciudad había muchas sociedades obreras de ayuda mutua, a las que había prevenido de su llegada, desde París, el amable Agricol Perdiguier, a quien apodaban el Aviñonés Virtuoso con razón: espíritu magnánimo, estaba en desacuerdo con las ideas de Flora y sin embargo la había ayudado como nadie. Los amigos de Perdiguier le tenían preparados encuentros con distintos gremios. Pero sólo el primero tuvo lugar. La reunión agrupaba a una quincena de carpinteros y tipógrafos, dos de los cuales, muy despiertos, se mostraron resueltos a constituir un comité. Ellos la acompañaron a visitar a la gloria local, el poeta-peluquero Jazmin, en el que Flora tenía puestas muchas esperanzas. Pero, por supuesto, los halagos de la burguesía también habían convertido a este antiguo poeta popular en un vanidoso y un estúpido. No había uno que escapara a ese destino, por lo visto. Ya no quería acordarse de sus orígenes proletarios y adoptaba poses olímpicas. Era redondo, blando, coqueto y cursi. Aburrió a Flora contándole lo bien que había sido recibido en París por eminencias como Nodier, Chateaubriand y Sainte-Beuve, y la emoción que lo embargó recitando sus «poemas gascones» ante el propio Louis-Philippe. Su Majestad, emocionada oyéndolo, habría derramado una lágrima. Cuando Flora le explicó la razón de su visita y le pidió ayuda para la Unión Obrera, el poeta-peluquero hizo una mueca de espanto: ¡jamás!

—Yo nunca apoyaré sus ideas revolucionarias, señora. Ya ha corrido demasiada sangre en Francia. ¿Por quién me toma usted?

—Por un trabajador consecuente y leal con sus hermanos, monsieur Jazmin. Me he equivocado, ya lo veo. Usted no es más que un monito saltarín, un pelele más entre los bufones de la burguesía.

—Fuera, fuera de mi casa —le señaló la puerta el vate gordinflón—. ¡Mujer malvada!

Esa misma tarde vino el comisario a su hotel a informarle que no le permitiría ninguna reunión en la localidad. Flora decidió no respetar la prohibición. Se presentó en un albergue de la rue du Temple, donde la esperaban cuarenta trabajadores de distintos oficios, sobre todo zapateros y talladores. Llevaba apenas diez minutos exponiendo sus tesis cuando el albergue fue cercado por una veintena de sargentos y medio centenar de soldados. El comisario, un cuarentón forzudo armado de una ridícula bocina, dando gritos estentóreos ordenó a los asistentes que salieran de uno en uno, para registrar sus nombres y domicilios. Flora les pidió que no se movieran. «Hermanos, obliguemos a la fuerza pública a venir a sacarnos; que estalle un escándalo y la opinión pública se entere de este atropello.» Pero, la gran mayoría, temerosa de perder el trabajo, obedeció. Salieron en hilera, con las gorras en las manos, cabizbajos. Sólo siete se quedaron, rodeándola. Entonces, los sargentos entraron y les dieron de bastonazos, insultándolos. Los sacaron a empujones. Pero a ella no la tocaron ni respondieron a sus vehementes protestas: «¡Péguenme a mí también, cobardes!».

—La próxima vez que desobedezca la prohibición, irá al calabozo, con las ladronas y las prostitutas de Agen —la amenazó el vozarrón del comisario; gesticulaba con la bocina como un malabarista—. Ya sabe a qué atenerse, señora.

Lo sucedido sirvió de escarmiento a las mutuales y gremios de Agen, que cancelaron todos los encuentros programados. Nadie aceptó su sugerencia de organizar reuniones clandestinas de pocas personas. De modo que los últimos días de Flora en Agen fueron de soledad, aburrimiento y frustración. Más que con el comisario y sus jefes, estaba indignada con la cobardía de los obreros. A la primera bravata de la autoridad ¡huían como conejos!

La víspera de su partida a Burdeos le ocurrió algo curioso. En el pequeño escritorio de su cuarto, en el Hotel de France, encontró un precioso relojito de oro, olvidado por algún cliente. Cuando se disponía a llevarlo a la administración, una tentación la asaltó: «¿Y si me quedo con él?». No por codicia, de la que a estas alturas de su vida carecía por completo. Más bien, por afán de conocimiento: ¿cómo se sentían los ladrones después de cometer sus fechorías? ¿Experimentaban miedo, alegría, remordimientos? Lo que sintió, en las horas siguientes, fue agobio, desagrado, ramalazos de terror y una sensación de ridículo. Decidió entregarlo al momento de partir. Tampoco pudo esperar tanto. A las siete horas, la angustia era tan intensa que bajó a poner el reloj en manos de la dirección del hotel, mintiendo que lo acababa de encontrar. No hubieras sido una buena ladrona, Andaluza.

Pensándolo bien, Florita, la gira no había sido tan inútil. Esa movilización de comisarios y prefectos en las últimas semanas para impedirte los encuentros con los obreros ¿no indicaba que tu prédica iba germinando? Tal vez ganabas más prosélitos de lo que sospechabas. Las reverberaciones que habías dejado a tu paso irían extendiéndose hasta desembocar tarde o temprano en un gran movimiento. Francés, europeo, universal. Apenas llevabas año y medio en este trajín y ya eras una enemiga del poder, una amenaza para el reino. ¡Todo un éxito, Florita! No debías deprimirte, al contrario. Cuántos progresos desde aquella reunión en París, organizada el 4 de febrero de 1843 por el magnífico Gosset, «el padre de los herreros», para que hablaras por primera vez a un grupo de trabajadores parisinos sobre la Unión Obrera. Un año y medio no era mucho, pero, con este cansancio en todos tus huesos y músculos, te parecía un siglo.

Habías olvidado muchas cosas de esos últimos dieciocho meses, tan ricos en episodios, entusiasmos y también fracasos, pero nunca olvidarías tu primera intervención pública explicando tus ideas en aquella mutual obrera patrocinada por Gosset. Presidía Achille François, una reliquia entre los tintoreros del cuero parisinos. Tu nerviosismo era tan grande que mojaste tus calzones, algo que por fortuna nadie notó. Te escucharon, te interrogaron, estalló una discusión y, al final, se formó un comité de siete personas como núcleo organizador del movimiento. ¡Qué fácil te pareció todo entonces, Florita! Un espejismo. En las siguientes reuniones con ese primer comité el trabajo se fue envenenando, por las críticas que hacían a tu texto, todavía sin imprimir, de *La Unión Obrera*. La primera, que hubieras hablado del «lastimoso estado material y moral» de los obreros de Francia. Les parecía derrotista, desmoralizador, aunque fuera verdad. Cuando te oyó llamar a esos críticos «brutos e ignorantes que no querían ser salvados», Gosset, el «padre de los herreros», te dio una lección que volvería a tu memoria muchas veces:

—No se deje ganar por la impaciencia, Flora Tristán. Usted está comenzando en estas lides. Aprenda de Achille François. Trabaja de seis de la mañana a ocho de la noche para dar de comer a los suyos, y, luego, de ocho a dos de la madrugada, por sus hermanos obreros. ¿Es justo llamarlo «bruto e ignorante» porque se permite discrepar con usted?

El «padre de los herreros» sí que no era bruto ni ignorante. Más bien, un pozo de sabiduría, que, en aquellas primeras semanas de tu apostolado, en París, te apoyó más que nadie. Llegaste a considerarlo un maestro, un padre espiritual. Pero madame Gosset no entendió esa sublime camaradería. Una buena noche, furibunda y en jarras se presentó en casa de Achille François, donde celebraban una reunión, y, como una furia griega, se precipitó contra ti llenándote de improperios. Regando saliva y apartando los pelos brujeriles de su cara, te amenazó con denunciarte a la justicia ¡si perseverabas en tu pérfida intriga para arrebatarle a su marido! La vieja Gosset se creía que estabas enamorando al anciano dirigente obrero. Ay, Florita, qué risa. Sí, qué risa. Pero aquella escena de vodevil proletario te enseñó que nada era fácil, y, menos que nada, luchar por la justicia y la humanidad. También, que, en ciertas cosas, pese a ser pobres y explotados, los obreros se parecían tanto a los burgueses.

Aquel concierto de Liszt, en Burdeos, a fines de septiembre de 1844, al que asististe más por curiosidad que por afición a la música (¿cómo sería ese pianista que, desde hacía seis meses, se cruzaba y descruzaba contigo por los caminos de Francia?), terminó como otro vodevil: un súbito desmayo que te hizo rodar al suelo y atrajo todas las miradas del auditorio —entre ellas la enfurecida del propio pianista interrumpido— hacia tu palco del Grand Théâtre. Y que remató la crónica de aquel periodista despistado, que aprovechaba tu desvanecimiento para presentarte como una sílfide mundana: «Admirablemente bella, talle elegante y ligero, aire orgulloso y vivo, ojos llenos del fuego de Oriente, larga cabellera negra que podría servirle de manto, bella tez olivácea, dientes blancos y finos, madame Flora Tristán, la escritora y reformadora social, hija de los rayos y las sombras, sufrió anoche un vértigo, tal vez por el trance en que la envolvieron los eximios arpegios del maestro Liszt». Enrojeciste hasta la raíz de los cabellos leyendo esa estúpida frivolidad al despertarte en ese mullido lecho. ¿Dónde estabas, Florita? Esta elegante cámara perfumada con flores frescas y delicadas cortinas de hilo que filtraban la luz no tenía nada que ver con tu modesto cuartito de hotel. Era la residencia de Charles y Elisa Lemonnier, quienes, la víspera, al sufrir tú aquel vahído en el Grand Théâtre, insistieron en traerte a su casa. Aquí estarías mejor cuidada que en el hotel o en el hospital. Así fue. Charles era abogado y profesor de filosofía y su esposa Elisa animadora de escuelas profesionales para niños y jóvenes. Sansimonianos devotos, amigos del Padre Prosper Enfantin, idealistas, cultos, generosos, dedicaban su vida a trabajar por la fraternidad universal y «el nuevo cristianismo» predicado por Saint-Simon. No te guardaban el menor rencor por el desplante que les hiciste el año anterior negándote a conocerlos. Habían leído tus libros y te admiraban.

El comportamiento de la pareja con Flora las semanas siguientes no pudo ser más esmerado. Le dieron la mejor alcoba de la casa, llamaron a un prestigioso médico de Burdeos, el doctor Mabit, hijo, y contrataron una enfermera, mademoiselle Alphine, para que acompañara a la enferma día y noche. Sufragaron las consultas y los remedios y no permitieron siquiera que Flora hablara de devolverles lo gastado.

El doctor Mabit, hijo, indicó que podía ser el cólera. Al día siguiente, luego de otro examen, rectificó, señalando que se trataba más bien, probablemente, de una fiebre tifoidea. Pese al estado de extenuación total de la enferma, se declaró optimista. Le recetó una dieta sana, reposo absoluto, frotaciones y masajes, y una poción reconstituyente que debía tomar día y noche, cada media hora. Los dos primeros días, Flora reaccionó favorablemente al régimen. Al tercer día, sin embargo, tuvo una congestión cerebral, con fiebre altísima. Durante horas, permaneció en estado de semiinconsciencia, delirando. Los Lemonnier convocaron una junta de médicos, presidida por una eminencia local, el doctor Gintrac. Los facultativos, luego de examinarla y discutir a solas, confesaron cierta perplejidad. Sin embargo, pensaban que, aunque su condición era sin duda grave, podía ser salvada. No se debía perder la esperanza ni permitir que la enferma advirtiera su estado. Recetaron sangrías y ventosas, además de nuevas pociones, ahora cada quince minutos. Para ayudar a la exhausta mademoiselle Alphine, que atendía a Flora con devoción religiosa, los Lemonnier contrataron otra enfermera veladora. Cuando, en uno de los momentos de lucidez de su huésped, los dueños de casa preguntaron a Flora si no quería que viniera a acompañarla algún familiar —¿su hija Aline, tal vez?—, ella no vaciló: «Eléonore Blanc, de Lyon. Es también mi hija». La llegada de Eléonore a Burdeos —esa cara tan querida, tan pálida, tan trémula, inclinándose llena de amor sobre su lecho— devolvió a Flora la confianza, la voluntad de luchar, el amor a la vida.

En aquellos comienzos de su campaña por la Unión Obrera, año y medio atrás, *La Ruche Populaire* se había portado muy bien con ella, a diferencia del otro diario obrero, *L'Atelier,* que primero la ignoró, y luego la ridiculizó llamándola «aspirante a ser una O'Connell con faldas». *La Ruche,* en cambio, organizó dos debates, al cabo de los cuales catorce de los quince asistentes votaron a favor de un llamado a los obreros y obreras de Francia, escrito por Flora, convocándolos a unirse a la futura Unión Obrera. Aunque superó muy pronto su miedo inicial a hablar en público —lo hacía con desenvoltura y era excelente a la hora de los debates—, siempre la ganaba un sentimiento de frustración porque en esas reuniones casi nunca participaban mujeres, pese a sus exhortaciones para que asistieran. Cuando conseguía que algunas acudieran, las notaba tan intimidadas y hundidas que sentía compasión (a la vez que cólera) por ellas. Rara vez se atrevían a abrir la boca y cuando alguna lo hacía miraba primero a los varones presentes como pidiendo su consentimiento.

La publicación de *La Unión Obrera,* en 1843, fue toda una proeza, de la que aún ahora, en los períodos en que salías del estado de sufrimiento y desconexión total con el entorno en que te tenía sumida la enfermedad, te sentías orgullosa. Editar ese librito que llevaba ya tres ediciones y circulaba por centenares de manos obreras había sido, ¿no, Andaluza?, un triunfo del carácter contra la adversidad. Todos los editores que conocías en París se negaron a publicarlo, alegando pretextos fútiles. En verdad, temían granjearse problemas con las autoridades.

Entonces, una mañana, viendo desde el balconcito de la rue du Bac las macizas torres de la iglesia de Saint-Sulpice —una de ellas inconclusa—, recordaste la historia (¿o la leyenda, Florita?) del párroco Jean-Baptiste Languet de Geray, quien, un buen día, se propuso erigir una de las más bellas iglesias de París con la sola ayuda de la caridad. Y, sin más, se lanzó a mendigar de puerta en puerta. ¿Por qué no harías tú lo mismo para imprimir un libro que podía convertirse en el Evangelio del futuro para las mujeres y obreros de todo el mundo? No habías acabado de concebir aquella idea cuando ya estabas redactando un «Llamado a todas las personas de inteligencia y devoción». Lo encabezaste con tu firma, seguida por las de tu hija Aline, tu amigo el pintor Jules Laure, tu criada Marie-Madeleine y tu aguatero Noël Taphanel, y, sin pérdida de tiempo, empezaste a hacerlo circular por todas las casas de amigos y conocidos, a fin de que colaboraran con la financiación del libro. ¡Qué sana y fuerte eras todavía, Flora! Podías corretear doce, quince horas por todo París, llevando y trayendo aquel llamado —lo llevaste a más de doscientas personas— que, al final, apoyarían gentes tan conocidas como Béranger, Victor Considérant, George Sand, Eugène Sue, Pauline Roland, Fréderick Lemaitre, Paul de Kock, Louis Blanc y Louise Colet. Pero muchos otros personajes importantes te dieron con la puerta en las narices, como Delacroix, David d'Ángers, mademoiselle Mars, y, por supuesto, Étienne Cabet, el comunista icariano que quería tener el monopolio de la lucha por la justicia social en el universo.

Ese año de 1843, la composición social de las personas que iban a visitarla a su pisito de la rue du Bac cambió de manera radical. Flora recibía los jueves en la tarde. Antes, los visitantes eran profesionales con curiosidad intelectual, periodistas y artistas; desde comienzos de 1843 fueron principalmente dirigentes de mutuales y sociedades obreras, y algunos fourieristas y sansimonianos que, por lo general, se mostraban muy críticos con lo que consideraban el excesivo radicalismo de Flora. No sólo franceses hacían su aparición por el estrecho pisito de la rue du Bac, a tomar las tazas de chocolate humeante que ella ofrecía a sus invitados mintiéndoles que era del Cusco. A veces, venía también algún cartista u owenista inglés de paso por París, y, una tarde, se apareció un socialista alemán refugiado en Francia, Arnold Ruge. Era un hombre grave e inteligente, que la escuchó con atención, tomando notas. Quedó muy impresionado con la tesis de Flora sobre la necesidad de constituir un gran movimiento internacional que uniera a los obreros y a las mujeres de todo el mundo para acabar con la injusticia y la explotación. Le hizo muchas preguntas. Hablaba impecable francés y pidió permiso a Flora para volver la semana siguiente trayendo a un amigo alemán, joven filósofo y también refugiado, llamado Carlos Marx, con quien, le aseguró, haría excelentes migas, pues tenía ideas parecidas a las suyas sobre la clase obrera, a la que atribuía también una función redentora para el conjunto de la sociedad.

Arnold Ruge volvió, en efecto, la semana siguiente, con seis camaradas alemanes, todos exiliados, entre ellos el socialista Moses Hess, muy conocido en París. Ninguno de ellos era Carlos Marx, a quien había retenido la preparación del último número de una revista que sacaba con Ruge, tribuna del grupo: los *Anales Franco-Alemanes*. Sin embargo, lo conociste poco después, en circunstancias pintorescas, en una pequeña imprenta de la orilla izquierda del Sena, la única que había aceptado imprimir *La Unión Obrera*. Vigilabas la impresión de aquellas páginas, en la vieja prensa a pedales del local, cuando un joven energúmeno de barbas crecidas, sudoroso y congestionado por el malhumor, comenzó a protestar, en un horripilante francés gutural y con escupitajos. ¿Por qué la imprenta incumplía su compromiso con él y postergaba la impresión de su revista para privilegiar «los alardes literarios de esta dama recién venida»?

Naturalmente, Madame-la-Colère se levantó de su silla y fue a su encuentro:

—¿Alardes literarios, ha dicho usted? —exclamó, levantando la voz tanto como el energúmeno—. Sepa, señor, que mi libro se llama *La Unión Obrera* y puede cambiar la historia de la humanidad. ¿Con qué derecho viene usted a dar esos gritos de gallo capón?

El vociferante personaje masculló algo en alemán y, luego, reconoció que no entendía la expresión aquella. ¿Qué significaba «un gallo capón»?

—Vaya y consulte un diccionario y perfeccione su francés —le aconsejó Madame-la-Colère, riéndose—. Y aproveche para cortarse esa barba de puercoespín que le da aspecto de sucio.

Rojo de impotencia lingüística, el hombre dijo que tampoco entendía lo de «puercoespín» y que, en esas condiciones, no tenía sentido proseguir la discusión, madame. Se despidió haciendo una venia malhumorada. Después, Flora supo por el dueño de la imprenta que el irritable extranjero era Carlos Marx, el amigo de Arnold Ruge. Se divirtió imaginando la sorpresa que se llevaría éste si se presentaba con él un jueves a las tertulias de la rue du Bac y Flora, antes de los saludos, se adelantaba a decir, extendiendo la mano: «El caballero y yo somos viejos conocidos». Pero Arnold Ruge nunca lo llevó.

Las dos semanas que Eléonore Blanc pasó en Burdeos, sin moverse de día ni de noche del lado de Flora, hicieron pensar a los médicos que había comenzado una lenta pero efectiva recuperación de la enferma. Se la notaba animosa, pese a su extrema delgadez y a sus padecimientos físicos. Tenía dolores muy fuertes en el vientre y la matriz, y a veces en la cabeza y la espalda. Los facultativos le recetaron pequeñas porciones de opio, que la calmaban y mantenían en un estado de sopor varias horas seguidas. En los intervalos de lucidez, conversaba con desenvoltura y su memoria parecía en buen estado. («¿Has seguido mi consejo, Eléonore, de preguntarte siempre el porqué de todo?» «Sí, señora, lo hago todo el tiempo y así aprendo mucho.») En unos de esos períodos dictó una cariñosa cartita a su hija Aline, que, desde Amsterdam, le escribió unas páginas sentidas al ser alertada de su enfermedad por los Lemonnier. Por otra parte, Flora pedía informaciones detalladas a Eléonore sobre el comité de la Unión Obrera de Lyon, el que, insistía, debía ejercer el liderazgo sobre todos los comités fundados hasta el momento.

—¿Qué probabilidades hay de que se salve? —preguntó Charles Lemonnier, delante de Eléonore, al doctor Gintrac.

—Hace unos días, le hubiera contestado que muy pocas —masculló el galeno, limpiando su monóculo—. Ahora me siento más optimista. Un cincuenta por ciento, digamos. Lo que me inquieta es esa bala en su pecho. Dada su debilidad, podría haber un desplazamiento de ese cuerpo extraño. Sería fatal.

A las dos semanas, Eléonore, muy a su pesar, debió retornar a Lyon. La reclamaban su familia y su trabajo, y sus compañeros del comité de la Unión Obrera, del que era, siguiendo órdenes de Flora —lo decía sin jactancia—, la locomotora. Guardó perfecta compostura al despedirse de la enferma, a la que prometió volver, dentro de pocas semanas. Pero, apenas salió de la habitación, tuvo una crisis de llanto que las razones y cariños de Elisa Lemonnier no conseguían calmar. «Sé que no veré más a la señora», repetía, con los labios exangües de tanto mordérselos.

Y, en efecto, inmediatamente después de la partida de Eléonore a Lyon, el estado de Flora se agravó. Le sobrevenían unos vómitos de bilis que dejaban en el cuarto una pestilencia persistente, que sólo la infinita paciencia de mademoiselle Alphine resistía; ella los limpiaba y se hacía cargo también, mañana y noche, del aseo de la enferma. De tanto en tanto, conmovían a Flora violentos sobresaltos que la aventaban fuera del lecho, poseída de una fuerza desproporcionada para su cuerpo, que cada día se escurría más, hasta hacer de ella un esqueleto de ojos hundidos y bracitos como espinas. Las dos enfermeras y los Lemonnier a duras penas conseguían sujetarla durante los espasmos.

La mayor parte del tiempo, sin embargo, gracias al opio, permanecía semiinconsciente, con los ojos muy abiertos y una luz de espanto en las pupilas, como si viera visiones. A veces emitía monólogos incoherentes, en los que hablaba de su infancia, del Perú, de Londres, de Arequipa, de su padre, de los comités de la Unión Obrera, o entablaba ardientes polémicas con misteriosos adversarios. «No lloren ustedes por mí», la oyeron decir un día Elisa y Charles, que la acompañaban, sentados al pie de su cama. «Más bien, imítenme».

Desde la aparición de *La Unión Obrera,* en junio de 1843, las reuniones de Flora con sociedades obreras, en barrios del centro o de la periferia de París, fueron diarias. Ya no tenía que solicitarlas; se había hecho conocida en el medio y la invitaban muchas organizaciones gremiales y de ayuda mutua, y a veces grupos socialistas, fourieristas y sansimonianos. Hasta un club de comunistas icarianos hizo un alto en sus colectas para comprar tierras en Texas, donde se proponían ir a construir Icaria, el paraíso diseñado por Étienne Cabet, a fin de escuchar sus teorías. La reunión con los icarianos terminó a gritos.

Lo que más desconcertaba a Flora en esas afiebradas asambleas, que podían prolongarse hasta tarde en la noche, era que, a menudo, en vez de debatir los grandes temas de su propuesta —los Palacios Obreros para ancianos, enfermos y accidentados, la instrucción universal y gratuita, el derecho al trabajo, el Defensor del Pueblo—, se perdiera el tiempo en menudencias y banalidades, para no decir estupideces. Casi inevitablemente algún obrero reprochaba a Flora que en su librito hubiera criticado a los trabajadores que «iban a los bares a beber en vez de dedicar el dinero que gastaban en alcohol comprando pan a sus hijos». En una reunión, en un altillo del *impasse* de Jean Auber, cerca de la rue Saint-Martin, un carpintero llamado Roly le espetó: «Ha cometido usted una verdadera traición delatando a la burguesía los vicios obreros». Flora le contestó que la verdad debía ser el arma principal de los proletarios así como la hipocresía y la mentira solían ser la de los burgueses. En todo caso, molestara a quien molestara, ella seguiría llamando vicioso al vicioso y bruto al bruto. La veintena de trabajadores que la escuchaba no quedó muy convencida, pero, temiendo uno de esos arrebatos de cólera sobre los que ya corrían leyendas en París, ninguno la refutó y hasta la premiaron con unos forzados aplausos.

¿Te acuerdas, Florita, en esta bruma gaseosa, londinense, en la que nadas, de tu peregrina idea de un himno de la Unión Obrera que acompañara tu gran cruzada, así como la *Marsellesa* acompañó la gran revolución del 89? Sí, te acuerdas, de manera borrosa, y, también, de la forma grotesca, truculenta, en que aquella idea terminó. La primera persona a la que acudiste a pedirle que redactara el himno de la Unión Obrera fue Béranger. El hombre ilustre te recibió en su casa de Passy, donde almorzaba con tres invitados. Entre impresionados y burlones, los cuatro te escucharon alegar que era imprescindible tener cuanto antes, para empezar la revolución social pacífica, aquel himno que emocionaría a los obreros y los incitaría a la solidaridad y a la acción. Béranger se negó, explicando que le era imposible escribir sin inspiración, por encargo. Y se negó, también, el gran Lamartine, indicando que tú predicabas lo que él ya había anticipado en su visionaria *Marsellesa de la Paz*.

Entonces, Florita, en mala hora se te ocurrió convocar un concurso de «Canto para celebrar la fraternidad humana». El premio sería una medalla ofrecida por el siempre generoso Eugène Sue. ¡Qué grave error, Andaluza! Un centenar de poetas y compositores proletarios concurrieron, decididos a ganar el concurso y hacerse de la medalla y de la fama, valiéndose de su talento o, en su defecto, de cualquier otro medio. Jamás hubieras imaginado que la vanidad, que tú, ingenua, creías un vicio burgués, podía inspirar tantas intrigas, enredos, calumnias, golpes bajos entre los concursantes populares, para descalificarse unos a otros y hacerse con el premio. Pocas veces tuviste tantas rabietas y gritaste tanto, hasta la ronquera, como por culpa de esos poetastros y musicantes. El día que el abrumado jurado concedió el premio a M. A. Thys se descubrió que uno de los concursantes despechados, un poeta llamado Ferrand, simpático cretino que se presentaba a sí mismo, muy en serio, como «Gran Maestro de la Orden Lírica de los Templarios», se había robado la medalla y los libros del premio apenas supo que otro era el ganador. ¿Te estabas riendo, Florita? No estarías tan mal, entonces, si te quedaban fuerzas para sonreír, aunque fuera en sueños y estimulada por las pequeñas dosis de opio.

Oías vagamente las voces, pero no tenías suficiente concentración y lucidez para saber qué decían. Por eso, el 11 de noviembre de 1844, cuando ese audaz turiferario de la grey católica, diciendo apellidarse Stouvenel, se presentó con un cura en casa de Charles y Elisa Lemonnier para darte la extremaunción, asegurando que eras una devota creyente y que así lo habías requerido en el pasado, no pudiste defenderte y —Madame-la-Colère ya sin voz, sin fuerzas y sin conciencia— arrojar de tu cuarto al impostor y al cura. Sorprendidos, engañados, Elisa y Charles Lemonnier, siempre tolerantes con todas las creencias, se tragaron el embauco y los dejaron pasar y hacer de las suyas con tu cuerpo inerte. Luego, cuando Eléonore Blanc, indignada, les hizo saber que la señora jamás hubiera permitido semejante pantomima oscurantista si hubiera estado en sus cinco sentidos, los Lemonnier se apenaron y encolerizaron. Pero el falso Stouvenel y el cuervo ensotanado ya habían conseguido su propósito y hacían correr por calles y plazas de Burdeos la mentira que Flora Tristán, la apóstol de las mujeres y los obreros, había reclamado en su lecho de muerte la ayuda de la Santa Iglesia para entrar en la vida eterna en paz con Dios. ¡Pobre Florita!

Apenas tuvo en sus manos los primeros ejemplares de *La Unión Obrera*, Flora envió copias a todas las sociedades gremiales y mutualistas cuya dirección consiguió. Y repartió un prospecto sobre el libro en tres mil talleres y fábricas de toda Francia. ¿Recuerdas cuántas cartas recibiste de lectores de tu libro-manifiesto? Cuarenta y tres. Todas con palabras de aliento y esperanza, aunque, algunas, preguntándose, con temor, si tu condición de mujer no sería un gran obstáculo. ¿Lo había sido, Florita? En verdad, no tanto. Mal que mal, en estos ocho meses habías podido hacer mucha propaganda en favor de la alianza de los trabajadores y las mujeres, e instalado buen número de comités. No hubieras hecho mucho más si en vez de faldas llevaras pantalones. Una de las cartas que recibiste venía de un obrero icariano de Ginebra, que pedía veinticinco ejemplares para sus compañeros de taller. Otra, del cerrajero Pierre Moreau, de Auxerre, organizador de mutuales, el primero en incitarte a salir de París e iniciar un gran recorrido por toda Francia, por toda Europa, propagando tus ideas y poniendo en marcha la Unión Obrera.

Te convenció. De inmediato, comenzaste los preparativos. Era una gran idea, lo harías. Así se lo dijiste al buen Moreau, y a todos los que te escuchaban, y a ti misma, en esos frenéticos meses de preparativos: «Se ha hablado mucho, en parlamentos, púlpitos, asambleas, de los obreros. Pero nadie ha intentado hablar con ellos. Yo lo haré. Iré a buscarlos en sus talleres, en sus viviendas, en las cantinas si hace falta. Y allí, delante de su miseria, los enterneceré sobre su suerte, y, a pesar de ellos mismos, los obligaré a salir de la espantosa miseria que los degrada y que los mata. Y haré que se unan a nosotras, las mujeres. Y que luchen».

Lo habías hecho, Florita. Pese a la bala junto al corazón, a tus malestares, fatigas, y a ese ominoso, anónimo mal que te minaba las fuerzas, lo habías hecho en estos ocho últimos meses. Si las cosas no habían salido mejor no había sido por falta de esfuerzo, de convicción, de heroísmo, de idealismo. Si no habían salido mejor era porque en esta vida las cosas nunca salían tan bien como en los sueños. Lástima, Florita.

En vista de que los dolores, pese al opio, la tenían rugiendo y retorciéndose, el 12 de noviembre de 1844 los médicos le hicieron poner cataplasmas en el vientre y ventosas en la espalda. No la aliviaron lo más mínimo. El día 14 anunciaron que estaba agonizando. Después de gemir y aullar durante media hora, en estado de afiebrada exaltación —la última batalla, Madame-la-Colère—, cayó en coma. A las diez de la noche era cadáver. Tenía cuarenta y un años y parecía una viejecita. Los esposos Lemonnier cortaron dos mechas de sus cabellos, una para Eléonore Blanc, la otra para Aline.

Surgió una breve disputa entre los Lemonnier y Eléonore por las disposiciones de Flora para con sus restos, que los tres conocían. Eléonore era partidaria de que, conforme a la última voluntad de la señora, se entregara su cabeza al presidente de la Sociedad Frenológica de París, y su cadáver al doctor Lisfranc para que la autopsiara en el Hospital de la Pitié delante de sus alumnos. Y que lo que quedara de sus restos fuera echado a la fosa común, sin ceremonia alguna.

Pero Charles y Elisa Lemonnier alegaron que esa decisión testamentaria no debía ser respetada, en aras de la causa que Flora había promovido con tanto coraje y generosidad. Se debía permitir a las mujeres y a los obreros, los de ahora y los del porvenir, ir a inclinarse ante su tumba para homenajearla. Al final, Eléonore se rindió a sus razones. Aline no fue consultada.

Los Lemonnier encargaron a un artista bordelés una mascarilla mortuoria de la difunta y compraron, para recibir sus restos, una tumba en el antiguo cementerio de La Cartuja. Fue velada durante dos días, pero no hubo ninguna ceremonia religiosa ni se permitió el ingreso de sacerdote alguno al velatorio.

El entierro tuvo lugar el 16 de noviembre, poco antes del mediodía. El cortejo salió de la rue Saint-Pierre, de casa de los Lemonnier, y, a pie, bajo un cielo gris y lluvioso, recorrió a paso lento las calles del centro de Burdeos hasta La Cartuja. Lo formaban algunos escritores, periodistas, abogados, un buen número de mujeres de pueblo y cerca de un centenar de obreros. Estos últimos se relevaban de tanto en tanto para cargar el cajón, que no pesaba casi nada. Llevaban los cordones del féretro un carpintero, un tallador de piedras, un herrero y un cerrajero.

Durante el funeral en el cementerio, los Lemonnier advirtieron la presencia, un tanto apartada del cortejo, del supuesto Stouvenel, el que metió el cura a su casa. Era un hombre delgado, rigurosamente vestido de oscuro. Pese a sus visibles esfuerzos, no conseguía contener las lágrimas. Parecía descompuesto, transido de dolor. Cuando ya se dispersaban los asistentes, los Lemonnier se acercaron a él a tomarle cuentas. Los impresionó lo demacrado y hundido que parecía.

—Usted nos mintió, señor Stouvenel —le dijo Charles, con severidad.

—No me llamo así —contestó él, trémulo, rompiendo en un sollozo—. Les mentí para hacerle un bien a ella. La persona que más he querido en este mundo.

—¿Quién es usted? —preguntó Elisa Lemonnier.

—Mi nombre no interesa —dijo el hombre, con voz impregnada de sufrimiento y amargura—. Ella me conocía por un feo apodo, con el que me ridiculizaban entonces las gentes de esta ciudad: el Eunuco Divino. Pueden ustedes reírse de mí, cuando les dé la espalda.

XXII. Caballos rosados
Atuona, Hiva Oa, mayo de 1903

Supo que su vida entraba en la recta final cuando, a principios de 1903, advirtió que, últimamente, ya no necesitaba valerse de tretas y halagos para atraer a La Casa del Placer a las niñas del colegio de Santa Ana, que regentaban esas seis monjitas de la orden de las hermanas de Cluny que, al cruzarse con él por Atuona, se santiguaban inquietas. Pues las niñas, cada vez con más frecuencia, cada vez más numerosas, se escapaban de la escuela para hacerle visitas clandestinas. No venían a verte a ti, desde luego, aunque sabían muy bien que, si entraban a la casa y se ponían al alcance de tus manos, tú, más por cumplir con un rito que por el placer ahora que eras un hombre semiciego e inválido, les acariciarías los pechos, las nalgas, el sexo, y las incitarías a desnudarse. Todo lo cual provocaba en las chiquillas carreras, grititos, una alegre excitación, como si practicaran contigo un deporte más arriesgado que cortar las aguas con una piragua maorí en la Bahía de los Traidores. En verdad, venían a ver las fotos pornográficas. Debían haberse convertido en un objeto mítico, el símbolo mismo del pecado, para profesores y alumnos de los colegios de la misión católica y la escuelita protestante, y para el resto de los vecinos de Atuona. Y venían, también, claro, a reírse a carcajadas con los monigotes del jardín que ridiculizaban al obispo Joseph Martin —*Padre Lujuria*— y a su ama de llaves y presunta amante *Teresa*.

¿Por qué hubieran venido, si no, esas niñas a La Casa del Placer con la libertad con que ahora lo hacían si todavía te consideraran un peligro, como los primeros meses, como el primer año de tu estancia en Hiva Oa, Koke? En el estado lastimoso en que te encontrabas, ya no constituías un riesgo: no ibas a hacer perder la virginidad ni embarazar a esas niñas marquesanas. No hubieras podido hacerles el amor aunque te lo hubieran permitido, porque, desde hacía algún tiempo, no habías vuelto a tener erecciones ni asomo de deseo sexual. Sólo ardores y escozores enloquecidos en las piernas, sólo punzadas en el cuerpo y esas rachas de palpitaciones que te cortaban la respiración.

El pastor Vernier lo había persuadido de que, por un tiempo al menos, interrumpiera las inyecciones de morfina, a las que el organismo de Koke se había acostumbrado, pues ya no surtían efecto contra los dolores. Obediente, confió la jeringuilla al almacenero Ben Varney, para no tener la tentación a la mano. Pero las cataplasmas y frotaciones con el ungüento de mostaza que encargó a Papeete no atenuaban el escozor de las llagas de ambas piernas, cuyo hedor, además, atraía las moscas. Sólo las gotitas de láudano lo calmaban, sumiéndolo en un torpor vegetal del que apenas salía cuando venía a verlo alguno de los amigos —su vecino Tioka, que había reconstruido ya su casa, el anamita Ky Dong, el pastor Vernier, Frébault y Ben Varney— o cuando irrumpían, como una bandada de pajarillos, las chiquillas del colegio de las hermanas de Cluny para contemplar, con las pupilas encendidas y zumbando como moscardones, los acoplamientos de las postales eróticas de Port-Said.

La presencia de esas chiquillas llenas de picardía y de malicia en La Casa del Placer era una bocanada de juventud a tu alrededor, algo que, por un rato, te distraía de tus achaques y te hacía sentir bien. Dejabas que las chiquillas circularan por todos los cuartos, que lo revolvieran todo, y ordenabas a los criados que les ofrecieran de beber y de comer. Las hermanas de Cluny las educaban como es debido; hasta donde podías darte cuenta, ninguna de esas visitantes clandestinas se había llevado un objeto, ni un dibujo, como recuerdo de La Casa del Placer.

Un día que, alentado por el buen tiempo y una merma del ardor de las piernas, ayudado por los dos criados, se hizo subir al cochecito tirado por el pony y salió a dar un paseo, bajando hasta la playa, la visión del sol destellando sobre la islita vecina de Hanakee —cachalote inmóvil y eterno— antes de ponerse, lo emocionó hasta las lágrimas. Y añoró con más nostalgia que nunca la salud perdida. Cómo te hubiera gustado, Koke, poder trepar esos montes, el Temetiu y el Feani, de laderas boscosas y escarpadas, y explorar sus valles profundos, en pos de aldeas perdidas, donde vieras operar a los tatuadores secretos y te invitaran a participar en algún festín de antropofagia rejuvenecedora. Porque tú lo sabías: nada de eso había desaparecido en las intimidades recónditas de los bosques donde no llegaba la autoridad de monseñor Martin, ni la del pastor Vernier, ni la del gendarme Claverie. Al regresar, recorriendo la calle que era la espina dorsal de Atuona, sus débiles ojos registraron, en el descampado vecino a las construcciones de la misión católica —el colegio de varones, el de las niñas, la iglesia y la residencia del obispo Joseph Martin—, algo que lo llevó a frenar al pony y acercarse. Dispuestas en círculo y vigiladas por una de las monjitas, un grupo de alumnas entre las más pequeñas jugaba, en medio de un alegre vocinglerío. No era la resolana lo que deshacía esos perfiles y esas siluetas embutidas en las túnicas misioneras de las escolares que, aprovechando que la niña «de castigo», en el centro, se acercaba a preguntar algo a una de sus compañeras, cambiaban a la carrera de posiciones en el círculo; era su decadente vista la que le borroneaba la visión de ese juego infantil. ¿Qué preguntaba la niña «de castigo» a las compañeritas del círculo, a las que se iba aproximando, y qué era lo que éstas le respondían al despedirla? Era evidente que se trataba de fórmulas, que unas y otras repetían de manera mecánica. No jugaban en francés, sino en el maorí marquesano que Koke entendía mal, sobre todo en la boca de los niños. Pero inmediatamente adivinó qué juego era ése, qué preguntaba la niña «de castigo» saltando de una a otra compañerita del círculo y cómo era rechazada siempre con el mismo estribillo:

—¿Es aquí el Paraíso?

—No, señorita, aquí no. Vaya y pregunte en la otra esquina.

Una oleada cálida lo invadió. Por segunda vez en el día, sus ojos se llenaron de lágrimas.

—¿Están jugando al Paraíso, verdad, hermana? —preguntó a la monja, una mujer pequeñita y menuda, medio perdida en el hábito de grandes pliegues.

—Un lugar donde usted nunca entrará —le repuso la monjita, haciéndole una especie de exorcismo con su pequeño puño—. Váyase, no se acerque a estas niñas, se lo ruego.

—Yo también jugaba a ese juego de pequeño, hermana.

Koke espoleó su pony y lo orientó hacia el rumor del río Make Make, a cuya orilla se encontraba La Casa del Placer. ¿Por qué te enternecía descubrir que estas niñas marquesanas jugaban al juego del Paraíso, ellas también? Porque, viéndolas, la memoria te devolvió, con esa nitidez con la que tus ojos ya no verían nunca más el mundo, tu propia imagen, de pantalón corto, con babero y bucles, correteando también, como niño «de castigo», en el centro de un círculo de primitas y primitos y niños de la vecindad del barrio de San Marcelo, de un lado a otro, preguntando en tu español limeño, «¿Es aquí el Paraíso?», «No, en la otra esquina, señor, pregunte allá», mientras, a tu espalda, niños y niñas cambiaban de sitio en la circunferencia. La casa de los Echenique y los Tristán, una de las mansiones coloniales del centro de Lima, estaba llena de criados y de mayordomos indios, negros y mestizos. En el tercer patio, al que tu madre les había prohibido acercarse a ti y a tu hermanita María Fernanda, mantenían encerrado a un loco de la familia, cuyos súbitos gritos aterraban a los párvulos de la casa. A ti, además de aterrarte, te fascinaban. ¡El juego del Paraíso! Todavía no encontrabas ese escurridizo lugar, Koke. ¿Existía? ¿Era un fuego fatuo, un espejismo? No lo encontrarías tampoco en la otra vida, pues, como acababa de profetizar esa hermana de Cluny, lo seguro era que, allá, a ti te hubieran reservado un lugar en el infierno. Cuando, acalorados y fatigados de jugar al Paraíso, María Fernanda y tú entraban al salón de la casa lleno de espejos ovalados y de óleos, de alfombras y mullidos confortables, allí estaba siempre, sentado junto a la enorme ventana con celosías de madera desde la que podía espiar la calle sin ser visto, el tío abuelo, don Pío Tristán, tomando una infalible taza de chocolate humeante en la que sopaba aquellos bizcochos limeños llamados biscotelas. Siempre te ofrecía una, con sonrisa bonachona: «Ven aquí, Pablito, picarón».

No sólo la enfermedad de nombre impronunciable se fue agravando a pasos rápidos desde el inicio del año 1903. También, la pugna de Paul con la autoridad, personificada en el gendarme Jean-Paul Claverie, se fue envenenando y enredándote en un dédalo legal. Al extremo de que, un buen día, comprendiste que Ben Varney y Ky Dong no exageraban: al paso que iban las cosas, terminarías en la cárcel y con todos tus escasos bienes confiscados.

En enero de 1903 llegó a Atuona uno de esos jueces volantes que el poder colonial enviaba por las islas de tanto en tanto, para resolver los casos judiciales pendientes. *Maître* Horville, un aburrido magistrado que seguía los consejos y opiniones de Claverie, se ocupó ante todo del caso de los veintinueve indígenas de un pequeño poblado costero, en el valle de Hanaiapa, en la costa norte de la isla. Claverie y el obispo Martin los acusaban, amparados en una delación, de haberse emborrachado y fabricado alcohol clandestino, en violación de la norma que prohibía consumir bebidas alcohólicas a los nativos. Koke asumió la defensa de los acusados y anunció que los representaría ante el tribunal. Pero no pudo ejercitar su acción de defensor. El día de la audiencia, se presentó vestido como nativo marquesano, con sólo su pareo, el pecho desnudo y tatuado, y descalzo. Con aire desafiante, se sentó en el suelo, entre los acusados, con las piernas cruzadas a la manera indígena. Luego de un largo silencio, el juez Horville, que lo miraba echando ascuas, lo expulsó de la sala, acusándolo de faltar el respeto al tribunal. Que fuera a vestirse de europeo si quería asumir la defensa de los procesados. Pero, cuando Paul regresó, tres cuartos de hora después, con pantalón, camisa, corbata, chaqueta, zapatos y sombrero, el juez había dado ya su veredicto, condenando a los veintinueve maoríes a cinco días de prisión y cien francos de multa. El disgusto de Koke fue tan grande que, en la puerta del local donde se celebró el juicio —la oficina de Correos—, tuvo un vómito de sangre que le hizo perder el sentido por varios minutos.

Unos días después, el amigo Ky Dong vino, tarde en la noche, cuando Atuona dormía, a La Casa del Placer, con una información alarmante. No la conocía de manera directa, sino a través de su amigo común, el comerciante Émile Frébault, quien, a su vez, era compadre del gendar-

me Claverie, con el que compartían la pasión por las comilonas de *tamara'a,* los alimentos cocidos bajo tierra con
piedras calientes. El último día que salieron juntos de pes-
ca, el gendarme, loco de felicidad, mostró a Frébault una
comunicación de las autoridades de Tahití autorizándo-
lo a «proceder cuanto antes contra el individuo Gauguin,
hasta quebrarlo o aniquilarlo, pues sus ataques a la escuela obligatoria y el pago de impuestos, socavan el trabajo
de la misión católica y subvierten a los indígenas a los que
Francia se ha comprometido a proteger». Ky Dong tenía
anotada esta frase, que leyó con voz calmosa, a la luz de
un candil. Todo era suave y felino en el príncipe anamita; a Koke lo hacía pensar en gatos, panteras y leopardos.
¿Habría sido un terrorista este buen amigo? Parecía difícil que un hombre de maneras tan suaves y hablar tan fino
pusiera bombas.

— ¿Qué pueden hacerme? —dijo, al fin, encogiendo los hombros.

—Muchas cosas, y todas muy graves —repuso Ky
Dong, despacio y en voz tan baja que Paul adelantó la cabeza para oírlo—. Claverie te odia con toda su alma. Está feliz de haber recibido esa orden, que él mismo debe haber
gestionado. Frébault también lo piensa así. Cuídate, Koke.

¿Cómo te hubieras podido cuidar, enfermo, sin influencia y sin recursos? Esperó, en el estado de sonambulismo idiota en que lo sumían cada día más el láudano y
la enfermedad, el desarrollo de los acontecimientos, como
si la persona contra la que se iba a desencadenar aquella
intriga no fuera él sino su doble. Desde hacía algún tiempo, se sentía cada vez más descarnado, más ido y fantasmal. A los dos días le llegó una citación. Jean-Paul Claverie
le había entablado un juicio por difamar a la autoridad,
es decir, al propio gendarme, en la carta en la que anunciaba que no pagaría el impuesto para caminos, a fin de

dar un ejemplo a los indígenas. Con una prisa sin precedentes en la historia de la justicia francesa, el juez Horville lo citaba a una audiencia el 31 de marzo, siempre en la oficina de Correos, donde se ventilaría la demanda. Koke dictó al pastor Paul Vernier una rápida solicitud pidiendo un plazo ampliatorio para preparar su defensa. *Maître* Horville la rechazó. La audiencia del 31 de marzo de 1903, que tuvo lugar en privado, duró menos de una hora. Paul debió reconocer la autenticidad de aquella carta y los términos duros en que se refería al gendarme. Su alegato, desordenado, confuso, y sin mayor fundamento legal, terminó de manera brusca, cuando un espasmo en el vientre lo obligó a doblarse en dos y a callar. Esa misma tarde el juez Horville le leyó la sentencia: quinientos francos de multa y tres meses de prisión firme. Cuando Paul manifestó su decisión de apelar la condena, Horville, de manera despectiva y amenazante, le aseguró que él se encargaría personalmente de que el tribunal de Papeete resolviera la apelación en tiempo récord y le aumentara la multa y el tiempo de prisión.

—Tus días están contados, sabandija obscena —oyó murmurar a sus espaldas al gendarme Claverie, cuando, con dificultad, tropezando en el pescante, se encaramaba en su cochecito para volver a La Casa del Placer.

«Lo peor es que Claverie tiene razón», pensó. Sintió escalofríos imaginando lo que se venía. Como no estabas en condiciones de pagar la multa, la autoridad, es decir, el propio gendarme, tomaría posesión de todas tus pertenencias. Las pinturas y esculturas que aún albergaba La Casa del Placer serían incautadas y puestas a subasta por las autoridades coloniales, sin duda en Papeete, y malvendidas por centavos a gentes horribles. Entonces, con las pocas energías que le quedaban, Koke se empeñó en salvar lo que aún podía ser salvado. Pero las fuerzas no le dieron para hacer los paquetes, y, por intermedio de Tioka, pidió ayuda al pastor Vernier. El jefe de la misión protestante de Atuona fue, como siempre, un modelo de comprensión y amistad. Trajo cuerdas, cartones y papel de envolver y ayudó a preparar los paquetes con un lote de catorce cuadros y once dibujos para enviarlos a París, a Daniel de Monfreid, en el siguiente barco, previsto para zarpar de Hiva Oa dentro de pocas semanas, el 1 de mayo de 1903. El propio Paul Vernier, ayudado por Tioka y dos sobrinos de éste, se llevó los paquetes, de noche, cuando nadie podía verlos, a la misión protestante. El pastor prometió a Paul que él mismo se encargaría de trasladarlos al puerto, de hacer el despacho y de verificar que estuvieran bien instalados en las bodegas de la nave. No tenías la menor duda de que ese buen hombre cumpliría su promesa.

¿Por qué no enviaste a Daniel de Monfreid *todos* los cuadros, dibujos y esculturas de La Casa del Placer, Koke? Se lo preguntó muchas veces en los días siguientes. Tal vez, para no quedarte más solo de lo que estabas, en este tramo final. Pero, era estúpido creer que te iban a hacer compañía esas imágenes amontonadas en tu estudio en las que tus ojos apenas podían distinguir los colores y las líneas, ciertos bultos y manchas informes. Era absurdo que un pintor se quedara sin vista, instrumento esencial de su vocación y su trabajo. Qué manera de ensañarte con un pobre salvaje moribundo, mierda de Dios. ¿Habrías sido tan malvado en tus cincuenta y cinco años de vida para ser castigado así? Bueno, quizás sí, Paul. Mette lo creía, y así te lo dijo en la última carta que te escribió ¿hacía uno, dos años? Un malvado con ella, un malvado con tus hijos, un malvado con tus amigos. ¿Lo fuiste, Koke? La mayoría de estos cuadros los habías pintado meses atrás, cuando tus ojos, aunque deteriorados, no eran tan inservibles como ahora. Los tenías bastante vivos en la memoria, con sus formas, matices y colores. ¿Cuál era tu preferido, Koke? Sin duda, *La hermana de caridad*. Una monjita de la misión católica contrastaba su figura arrebujada en tocas, hábitos y velos, símbolo del terror al cuerpo, a la libertad, a la desnudez, al estado de Naturaleza, con ese *mahu* semidesnudo que exhibía ante el mundo, con perfecta soltura y convicción, su condición de ser libre y artificial de hombre-mujer, su sexo inventado, su imaginación sin orejeras. Un cuadro que mostraba la total incompatibilidad de dos culturas, de sus costumbres y religiones, la superioridad estética y moral del pueblo débil y avasallado y la inferioridad decadente y represora del pueblo fuerte y avasallador. Si en vez de Vaeoho te hubieras amancebado con un *mahu* lo más probable era que lo tuvieras todavía aquí contigo, cuidándote: era sabido que las mujeres más fieles y leales con sus maridos eran los *mahus*. No fuiste un salvaje cabal, Koke. Eso te faltó: aparearte con un *mahu*. Se acordó de Jotefa, el leñador de Mataiea. Pero también tenías cariño a los óleos y dibujos dedicados a los caballitos salvajes que proliferaban en la isla de Hiva Oa, y que, a veces, súbitamente, se acercaban a Atuona y cruzaban el pueblo en manada, a galope tendido, asustados y hermosos, los ojos muy abiertos, llevándose de encuentro lo que se les ponía delante. Recordabas, sobre todo, uno de esos cuadros, en los que habías pintado a unos caballitos color rosado, como los arreboles del cielo, caracoleando alegres en la Bahía de los Traidores, entre marquesanos desnudos, uno de los cuales, encaramado sobre un caballo, lo montaba a pelo, a la vera del mar. ¿Qué dirían los exquisitos de París? Que pintar de rosado un caballo era una excentricidad demente. No podían sospechar que, en las Marquesas, la bola de fuego del sol antes de hundirse en el mar enrojecía los seres animados e inanimados, irisando por unos momentos milagrosos toda la faz de esta tierra.

A partir del 1 de mayo casi no tuvo fuerzas para levantarse de la cama. Permanecía en su estudio de los altos, sumido en una inactividad sin tiempo, notando apenas que las moscas ya no sólo se encariñaban con los vendajes de sus piernas; se paseaban por el resto de su cuerpo y por su cara sin que él se dignara espantarlas. Como los ardores y el dolor de las piernas habían recrudecido, pidió a Ben Varney que le devolviera le jeringuilla de las inyecciones. Y, al pastor Vernier, que le suministrara morfina, con un argumento que éste no pudo refutar:

—¿Qué sentido tiene, mi buen amigo, que sufra como un perro, como un despellejado vivo, si en cuestión de días o a lo más semanas voy a morir?

Se ponía la morfina él mismo, a tientas, sin tomarse el trabajo de desinfectar la aguja. El sopor adormecía sus músculos y sosegaba el dolor y los ardores, pero no su imaginación. Por el contrario, la encandilaba, la mantenía crepitando. Revivía, en imágenes, aquello que había escrito en sus abigarradas y fantasiosas memorias inconclusas, sobre la vida ideal del artista, el salvaje en su selva, y su entorno de fieras tiernas y feroces, como el tigre real de los bosques de Malasia y la cobra de la India. El artista y su hembra, dos fieras sensuales también, rodeados de deliciosas y embriagadoras pestilencias felinas, vivirían dedicados a crear y a gozar, aislados y orgullosos, lejos y desinteresados de la muchedumbre estúpida y cobarde de las ciudades. Lástima que los bosques de la Polinesia carecieran de fieras, de crótalos, que en ellos sólo proliferaran los mosquitos. A veces, se veía, no en las islas Marquesas, sino en Japón. Allí debías haber ido a buscar el Paraíso, Koke, en vez de venir a la mediocre Polinesia. Pues, en el refinado país del Sol Naciente todas las familias eran campesinas nueve meses al año y todas eran artistas los tres meses restantes. Pueblo privilegiado, el japonés. Entre ellos no se había producido esa trágica separación del artista y los otros, que precipitó la decadencia del arte occidental. Allí, en Japón, todos eran todo: campesinos y artistas a la vez. El arte no consistía en imitar a la Naturaleza, sino en dominar una técnica y crear mundos distintos del mundo real: nadie había hecho eso mejor que los grabadores japoneses.

—Caros amigos: hagan una colecta, cómprenme un kimono y envíenme a Japón —gritó, con todas sus fuerzas, al vacío que lo cercaba—. Que mis cenizas reposen entre los amarillos. ¡Es mi última voluntad, señores! Ese país me espera desde siempre. ¡Mi corazón es japonés!

Te reías, pero creías al pie de la letra todo lo que gritabas. En uno de los escasos momentos en que salía de la semiinconsciencia de la morfina, reconoció al pie de su cama al pastor Vernier y a Tioka, su hermano de nombre. Con voz imperiosa, insistió en que el jefe de la misión protestante aceptara, como recuerdo suyo, el ejemplar de la primera edición de *L'après-midi d'un faune* que le había regalado, en persona, el poeta Mallarmé. Paul Vernier se lo agradeció, aunque lo que ahora preocupaba al pastor era otra cosa:

—Los gatos salvajes, Koke. Se pasean por tu casa y se lo comen todo. Nos inquieta que, en el estado de inercia en que te deja la morfina, te puedan morder. Tioka te ofrece su casa. Allá, él y su familia te cuidarán.

Se negó. Los gatos salvajes de Hiva Oa eran tan buenos amigos suyos como los gallos salvajes y los caballos salvajes de la isla desde hacía mucho tiempo. No sólo venían en busca de provisiones para combatir el hambre; también, a hacerle compañía e interesarse por su salud. Por lo demás, los felinos eran demasiado inteligentes para comerse a un ser putrefacto cuya carne podía envenenarlos. Te alegró que tus palabras hicieran reírse al pastor Vernier y a Tioka.

Pero, unas horas o días después, ¿o acaso antes?, vio a Ben Varney (¿en qué momento había llegado el almacenero a La Casa del Placer?), sentado al pie de su cama. Lo miraba con tristeza y compasión, mientras contaba a los otros amigos:

—No me ha reconocido. Me confunde, me llama Mette Gad.

—Es su mujer, la que vive en un país escandinavo, tal vez Suecia —oyó ronronear a Ky Dong.

Se equivocaba, por supuesto, porque Mette Gad, en efecto tu mujer, no era sueca sino danesa, y, si estaba aún viva, viviría no en Estocolmo sino en Copenhague, haciendo traducciones y dando clases de francés. Quiso explicárselo al ex ballenero pero no debió salirle la voz, o habló tan bajo que ni siquiera lo oyeron. Seguían charlando entre ellos de ti, como si estuvieras inconsciente o muerto. No estabas ninguna de las dos cosas, pues los oías y los veías, aunque de una manera extraña, como si te separara de tus amigos de Atuona una cortina de agua. ¿Por que te habías acordado de Mette Gad? Hacía tanto que no recibías noticias de ella, y tampoco tú le escribías. Ahí estaba su alta silueta, su perfil masculino, su miedo y frustración al descubrir que el joven con quien había contraído matrimonio no sería nunca un nuevo Gustave Arosa, un triunfador en la selva de los negocios, un opulento burgués, sino un artista de incierto destino, que, luego de rebajarla a vivir como una proletaria, la despacharía con sus hijos a Copenhague, para que la mantuviera su familia mientras él se lanzaba a la bohemia. ¿Seguiría siendo la misma? ¿Se habría vuelto vieja, gorda, agria? Quiso preguntar a sus amigos si la Mette Gad de hacía diez, quince años, tenía aún algo que ver con la de ahora. Pero descubrió que estaba solo. Tus amigos se habían marchado, Koke. Pronto oirías maullar a los gatos, detectarías las pisadas aéreas de los gallos, sus quiquiriquís vibrarían en tus tímpanos, como los relinchos de los caballitos marquesanos. Todos ellos retornaban siempre a La Casa del Placer apenas advertían que te habías quedado sin compañía. Verías merodear en torno sus siluetas grisáceas, los verías auscultar con sus largos bigotes los bordes de tu cama. Pero, contrariamente a lo que temía el amigo Vernier, esos micifuces no saltarían sobre ti, acaso por indiferencia, o por piedad, o ahuyentados por el hedor de tus piernas.

La imagen de Mette se mezclaba por momentos con la de Teha'amana, tu primera esposa maorí. Y de ésta, curiosamente, más que sus largos cabellos azulados, o sus hermosos y firmes pechos, o sus muslos relucientes de sudor, prevalecían en tu memoria, de manera obsesiva, los siete dedos de su pie deforme, el izquierdo —cinco normales y dos muy pequeñitos, unas ínfimas protuberancias—, que tú habías retratado devotamente en *Te nave nave fenua* (La hermosa tierra), un cuadro que ¿en manos de quién estaría ahora? Era sólo un buen cuadro, no una obra maestra. Lástima. Aún estabas vivo, Koke, por más que tus amigos, cuando asomaban junto a tu cama, parecían ponerlo en duda. Tu mente era una fragua, un vórtice incapaz de retener una idea, una imagen, un recuerdo, por un tiempo suficiente para entenderlos y gozarlos. No, todo lo que en ella despuntaba, desaparecía al instante, reemplazado por una nueva cascada de caras, pensamientos, figuras, que eran desplazados a su vez sin dar tiempo a tu conciencia de identificarlos. No tenías hambre, ni sed, ni ardor en las piernas, ni el tumulto en el pecho. Te embargaba la curiosa sensación de que tu cuerpo había desaparecido, carcomido, podrido por la enfermedad impronunciable, como una madera devorada por el comején panameño, que hacía desaparecer bosques enteros. Ahora, eras puro espíritu. Un ser inmaterial, Koke. Intangible al sufrimiento y a la corrupción, inmaculado como un arcángel.

Esa serenidad se vio alterada de pronto (¿cuándo, Koke?, ¿antes?, ¿después?) porque intentaste recordar si fue en Pont-Aven, en Le Pouldu, en Arles, en París o la Martinica, donde empezaste a planchar tus cuadros para que fueran más lisos y chatos, y a lavarlos para desgrasar el color y decrecer su brillo. Aquella técnica provocaba sonrisas a tus amigos y discípulos (¿cuáles, Paul? ¿Charles Laval? ¿Émile Bernard?) y por fin tuviste que darles la razón: no servía. Este fracaso te sumió en un profundo abatimiento. ¿Te sacó de esa nube lúgubre la morfina? ¿Habías alcanzado a coger la jeringuilla, a meter la aguja en el frasquito, a absorber unas gotas de líquido, a clavarte la aguja en la pierna, en el brazo, en el estómago o donde cayera, y a inyectarte? No lo sabías. Pero tenías la sensación de haber dormido largo rato, en una noche sin estrellas ni ruido, en absoluta paz. Ahora, parecía de día. Te sentías aliviado y tranquilo. «En ti, la fe es invencible, Koke», gritó, exaltándose. Pero nadie debió enterarse, pues tus palabras no tuvieron eco alguno. «Yo soy un lobo en el bosque, un lobo sin collar», gritó. Pero tampoco escuchaste tu voz, porque tu garganta no emitía ya sonidos, o porque te habías quedado sordo.

Tiempo después tuvo la seguridad de que alguno de sus amigos, sin duda el fiel, el leal Tioka Timote, su hermano de nombre, estaba allí, sentado a su vera. Quiso contarle muchas cosas. Quiso contarle que, siglos atrás, luego de huir de Arles y del Holandés Loco, el mismo día que llegó a París asistió a la ejecución pública del asesino Prado y que la imagen de esa cabeza que la guillotina cercenaba, en la lívida luz del amanecer, entre las risotadas de la muchedumbre, se le aparecía a veces en las pesadillas. Quiso contarle que, hacía doce años, en junio de 1891, al llegar a Tahití por primera vez, había visto morir al último de los reyes maoríes, el rey Pomare V, ese inmenso, elefantiásico monarca al que le había reventado el hígado, por fin, después de pasarse meses y años bebiendo día y noche un cóctel homicida de su invención, compuesto de ron, brandy, whisky y calvados, que hubiera aniquilado en pocas horas a cualquier ser normal. Y que, su entierro, seguido y llorado por millares de tahitianos venidos a Papeete de toda la isla y de las islas vecinas, había sido al mismo tiempo fastuoso y caricatural. Pero tuvo la impresión de que el incierto interlocutor al que se dirigía no podía escucharlo, o entenderlo, pues se inclinaba mucho hacia él, casi hasta rozarlo, como para poder captar algo de lo que decía o comprobar si todavía respiraba. No valía la pena tratar de hablar, gastar tanto esfuerzo en las palabras, si nadie te entendía, Paul. Tioka Timote, que era protestante y no bebía, hubiera condenado severamente las costumbres disolutas del rey Pomare V. ¿También condenaba las tuyas en silencio, Koke?

Después, sintió que transcurría un tiempo infinito sin saber quién era, ni qué lugar era éste. Pero aún lo atormentaba más no poder averiguar si era de día o de noche. Entonces oyó, con total claridad, la voz de Tioka:

—¡Koke! ¡Koke! ¿Me oyes? ¿Estás ahí? Voy a llamar al pastor Vernier, ahora mismo.

Su vecino, habitualmente inmutable, hablaba con voz irreconocible.

—Creo que me desmayé, Tioka —dijo, y esta vez la voz salió de su garganta y su vecino la oyó.

Poco después, sintió a Tioka y Vernier subir a trancos la escalerilla y los vio entrar al estudio con caras alarmadas.

—¿Cómo se siente, Paul? —preguntó el pastor, sentándose a su lado y palmeándolo en el hombro.

—Creo que me desmayé, una o dos veces —dijo él, moviéndose. Percibió que sus amigos asentían. Le sonreían de manera forzada. Lo ayudaron a enderezarse en la cama, le hicieron beber unos sorbos de agua. ¿Era de día o de noche, amigos? Pasado el mediodía. Pero no brillaba el sol. El cielo se había encapotado de nubes negruzcas y en cualquier momento rompería a llover. Los árboles y arbustos y las flores de Hiva Oa despedirían una fragancia embriagadora y el verde de las hojas y ramas sería intenso y líquido y el rojo de las buganvillas llamearía. Te sentías enormemente aliviado de que tus amigos oyeran lo que les decías y de poder oírlos. Después de una eternidad, estabas conversando y percibías la belleza del mundo, Koke.

Les pidió, señalando, que le acercaran el cuadrito que lo acompañaba desde hacía tanto tiempo: ese paisaje de Bretaña cubierta por la nieve. Oyó que ellos se movían por el estudio; arrastraban un caballete, lo hacían chirriar, sin duda ajustando sus clavijas para que aquel níveo paisaje quedara frente a su cama, de manera que él pudiera verlo. No lo vio. Sólo distinguía unos bultos imprecisos, alguno de los cuales debía de ser la Bretaña aquella, sorprendida bajo una tormenta de copos blancos. Pero, aunque no lo viera, saber que aquel paisaje estaba allí lo reconfortó. Tenía escalofríos, como si nevara dentro de La Casa del Placer.

—¿Ha leído usted *Salambó,* esa novela de Flaubert, pastor? —preguntó.

Vernier dijo que sí, aunque, añadió, no la recordaba muy bien. ¿Una historia pagana, de cartagineses y bárbaros mercenarios, no? Koke le aseguró que era hermosísima. Flaubert había descrito con colores flamígeros todo el vigor, la fuerza vital y la potencia creativa de un pueblo bárbaro. Y recitó la primera frase cuya musicalidad le encantaba: *«C'était à Mégara, faubourg de Carthage, dans les jardins d'Hamilcar».* «El exotismo es vida ¿verdad, pastor?»

—Me alegra mucho ver que está mejor, Paul —oyó decir a Vernier, con dulzura—. Tengo que dar una clase a los niños de la escuela. ¿No le importa que me marche, por un par de horas? Volveré esta tarde, de todas maneras.

—Vaya, vaya, pastor, y no se preocupe. Ahora me encuentro bien.

Quiso hacerle una broma («Muriéndome, derrotaré a Claverie, pastor, pues no le pagaré la multa ni podrá meterme preso»), pero ya se había quedado solo. Un rato después, los gatos salvajes habían vuelto y merodeaban por el estudio. Pero también estaban allí los gallos salvajes. ¿Por qué no se comían los gatos a los gallos? ¿Habían vuelto de veras o era una alucinación, Koke? Porque, desde hacía algún tiempo, se había esfumado aquella frontera que, antes, separaba de manera tan estricta el sueño y la vida. Esto que estabas viviendo ahora es lo que siempre quisiste pintar, Paul.

En ese tiempo sin tiempo, estuvo repitiéndose, como uno de esos estribillos con que rezaban los budistas caros al buen Schuff:

Te jodí
Claverie
Me morí
Te jodí

Sí, lo jodiste: no pagarías la multa ni irías a la cárcel. Ganaste, Koke. Confusamente, le pareció que uno de esos criados ociosos que casi nunca comparecían ya en La Casa del Placer, acaso Kahui, se acercaba a olfatearlo y a tocarlo. Y lo oyó exclamar: «El *popa'a* ha muerto», antes de desaparecer. Pero no debías estar muerto aún, porque seguías pensando. Estaba tranquilo, aunque apenado de no darse cuenta si era día o noche.

Por fin, oyó voces en el exterior: «¡Koke! ¡Koke! ¿Estás bien?». Tioka, sin la menor duda. Ni siquiera hizo el esfuerzo de intentar responderle, pues estaba seguro de que su garganta no emitiría sonido alguno. Adivinó que Tioka escalaba la escalerilla del estudio y el rumor de sus pies descalzos en la madera del piso. Muy cerca de su cara, vio la de su vecino, tan afligida, tan descompuesta, que sintió infinita compasión por el dolor que le causaba. Intentó decirle: «No te pongas triste, no estoy muerto, Tioka». Pero, por supuesto, no salió de tu boca ni una sílaba. Intentó mover la cabeza, una mano, un pie, y, por supuesto, no lo conseguiste. De manera muy borrosa, a través de sus pupilas entrecerradas, advirtió que su hermano de nombre había empezado a golpearle la cabeza, con fuerza, rugiendo cada vez que descargaba un golpe. «Gracias, amigo.» ¿Trataba de sacarte la muerte del cuerpo, según algún oscuro rito marquesano? «Es en vano, Tioka.» Hubieras querido llorar de lo conmovido que estabas, pero, por supuesto, no salió una sola lágrima de tus ojos resecos. Siempre de esa manera incierta, lenta, fantasmal en que todavía percibía el mundo, advirtió que Tioka, después de golpearle la cabeza y tironearle los cabellos para traerlo a la vida, desistía de su empeño. Ahora se había puesto a cantar, a ulular, con amarga dulzura, junto a su cama, a la vez que, sin moverse del sitio, se balanceaba sobre sus dos piernas, ejecutando, a la vez que cantaba, la danza con la que los maoríes de las Marquesas despedían a sus muertos. ¿Tú no eras un protestante, Tioka? Que, debajo del evangelismo que profesaba en apariencia su vecino, anidara siempre la religión de los ancestros, te causó alegría. No debías estar muerto aún, pues veías a Tioka velándote y despidiéndote, ¿verdad, Koke?

En ese tiempo sin tiempo que era el suyo ahora, guiados por el criado Kahui, entraron al estudio el obispo de Hiva Oa, monseñor Joseph Martin, y sus escoltas, dos de los religiosos de esa congregación bretona, los hermanos de Ploërmel, que regentaban el colegio de varones de la misión católica. Tuvo el pálpito de que los dos hermanos se santiguaron al verlo, pero el obispo no. Monseñor Martin se inclinó y lo observó, largo rato, sin que la expresión que avinagraba su cara se atenuara un ápice con lo que veía.

—Qué pocilga es esto —lo oyó decir—. Y qué pestilencia. Debe de llevar muerto muchas horas. El cadáver hiede. Hay que enterrarlo cuanto antes, la podredumbre puede desencadenar una infección.

Él no estaba muerto aún. Pero ya no veía, porque alguno de los presentes le había cerrado los párpados o porque la muerte ya había comenzado, por sus ojos de pintor. Pero oía, sí, con bastante claridad lo que decían a su alrededor. Oyó a Tioka explicar al obispo que ese hedor no provenía de la muerte sino de las piernas infectadas de Koke, y que su fallecimiento era reciente, pues hacía menos de dos horas había estado conversando con él y con el pastor Paul Vernier. Poco o mucho después el jefe de la misión protestante entraba también al estudio. Fuiste consciente (¿o era la última fantasía, Koke?) de la frialdad con que se saludaron los enemigos encarnizados en lucha permanente por las almas de Atuona, y, aunque no sintió nada, supo que el pastor estaba tratando de hacerle la respiración artificial. El obispo Martin lo reprendió con sarcasmo:

—Pero, qué hace usted, hombre de Dios. ¿No ve que está muerto? ¿Cree que va a resucitarlo?

—Es mi obligación intentarlo todo, para conservarle la vida —respondió Vernier.

Casi inmediatamente después la tensa, frenada hostilidad entre el obispo y el pastor estalló en abierta guerra verbal. Y, aunque cada vez más lejos, cada vez más débil (se te empezaba a morir también la conciencia, Koke), conseguía siempre oírlos, pero apenas le interesaba lo que discutían. Y, sin embargo, era una disputa que, en otras circunstancias, te hubiera divertido muchísimo. El obispo, indignado, había ordenado a los hermanos de Ploërmel que arrancaran del tabique esas inmundas imágenes obscenas, para quemarlas. El pastor Vernier alegaba que aquellas fotos pornográficas, por más que constituyeran una ofensa al pudor y la moral, pertenecían a los bienes patrimoniales del difunto y la ley era la ley: nadie, ni siquiera la autoridad religiosa, podía disponer de ellas sin una previa sentencia judicial. Inesperadamente, la desagradable voz del gendarme Jean-Paul Claverie —¿en qué momento había entrado este odioso individuo a La Casa del Placer?— vino en ayuda del pastor:

—Me temo que así sea, Su Ilustrísima. Mi obligación es hacer un inventario de todas las pertenencias del difunto, incluso de esas asquerosidades de la pared. No puedo autorizar que usted las queme o se las lleve. Lo siento, Su Ilustrísima.

El obispo no dijo nada, pero esos ruidos debieron ser un bufido, un gruñido, una protesta de sus vísceras ofendidas, ante este obstáculo imprevisto. Casi sin transición, estalló una nueva disputa. Cuando el obispo comenzó a dictar instrucciones para el entierro, el pastor Vernier, con energía inusual dado su natural discreto y conciliador, se opuso a que el fallecido fuera enterrado en el cementerio católico de Hiva Oa. Alegaba que las relaciones de Paul Gauguin con la Iglesia católica estaban cortadas, eran inexistentes, incluso hostiles, desde hacía tiempo. El obispo, subiendo la voz hasta los gritos, respondía que el difunto, cierto, había sido un pecador notorio y una iniquidad social, pero católico de origen. Y, por tanto, sería enterrado en tierra consagrada, pesare a quien pesare, y no en el cementerio pagano. El griterío continuó, hasta que el gendarme Claverie intervino, diciendo que, como autoridad política y civil de la isla, a él le tocaba elegir. No lo haría de inmediato. Prefería que los ánimos se apaciguaran y sopesar con calma los pros y los contras de la situación. Lo decidiría en el curso de la noche.

A partir de allí, ya no vio ni oyó ni supo nada, porque te habías acabado de morir del todo, Koke. No supo ni vio que el obispo Joseph Martin se salía con la suya, en las dos controversias que lo enfrentaron a Vernier, junto al cadáver todavía caliente de Paul Gauguin, aunque los métodos de que se valió para ello no fueran los más apropiados según la legalidad ni la moral vigentes. Porque, aquella noche, cuando en La Casa del Placer sólo moraba el cadáver de Koke y, tal vez, algunos gallos y gatos salvajes intrusos, mandó robar las cuarenta y cinco fotos pornográficas que adornaban el estudio, para quemarlas en una pira inquisitorial, o, acaso, para conservarlas a ocultas, y probarse, de cuando en cuando, la firmeza de ánimo y su capacidad de resistencia a la tentación.

Tampoco vio ni oyó ni supo que, antes de que el gendarme Jean-Paul Claverie decidiera el lugar del entierro, el obispo Martin, al amanecer del 9 de mayo de 1903, envió, al mando de un curita de la misión católica, a cuatro cargadores indígenas, a meter el cadáver del difunto en un ataúd de tablas toscas suministrado por la propia misión, y a llevarlo deprisa, cuando los habitantes de Atuona empezaban a desperezarse en sus cabañas y a despedirse con bostezos del sueño, a la colina de Make Make, y enterrarlo a la carrera en una de las tumbas del cementerio católico, ganando así un punto —un cadáver o un alma— en su pugna con el adversario protestante. De modo que, cuando el pastor Vernier, acompañado de Ky Dong, Ben Varney y Tioka Timote se presentó, a las siete de la mañana, en La Casa del Placer, para enterrar a Koke en el cementerio laico, se encontró con el estudio vacío y la noticia de que los restos de Koke reposaban ya bajo tierra en el lugar decidido por monseñor Martin.

No vio ni oyó ni supo que su único epitafio fue una carta del obispo de Hiva Oa a sus superiores, que, con el correr de los años, Koke ya famoso, alabado y estudiado y sus cuadros disputados por coleccionistas y museos en el mundo entero, todos sus biógrafos citarían como símbolo de lo injusta que es a veces la suerte con los artistas que sueñan con encontrar el Paraíso en este terrenal valle de lágrimas: «Lo único digno de anotarse últimamente en esta isla ha sido la muerte súbita de un individuo llamado Paul Gauguin, un artista reputado pero enemigo de Dios y de todo lo que es decente en esta tierra».